GOLDMANN

Autorin

Barbara Cartland ist Historikerin, Bühnenschriftstellerin und Dozentin. Neben ihren vielen romantischen Liebesromanen hat sie auch eine Anzahl historischer und biographischer Werke veröffentlicht. Zu der Biographie ihres Bruders, der als erstes Parlamentsmitglied im Krieg gefallen ist, schrieb Winston Churchill das Vorwort. Durch die Heirat ihrer Enkelin Di mit dem englischen Thronfolger Prinz Charles rückte Barbara Cartland noch stärker in den Blickpunkt der Öffentlichkeit.

Von Barbara Cartland liegen außerdem folgende Romane als Goldmann-Taschenbücher vor:

Auf den Fügeln der Liebe (6603) · Das Herz einer Frau (6708) · Das ferne Schloß (8472) · Der griechische Prinz (6755) · Drache und Diamant (6668) · Ein Lord in Schottland (6828) · Ein spanischer Traum (9233) · Fesseln der Liebe (6641) · Glück am seidenen Faden (8359) · Herrin der Liebe (6723) · Inkognito in Monte Carlo (6632) · Keine Zeit für Zärtlichkeit (8827) · Dem König versprochen (9103) · Königliche Liebe (9272) · Liebe kennt keine Grenzen (8925) · Liebestraum (8628) · Melodie der Liebe (8395) · Schiff der Versuchung (6850) · Sonne im Herzen (8861) · Spiel der Herzen (6780) · Stern des Westens (8506) · Tanz weiter, mein Herz (8996) · Verlangen des Herzens (8958) · Wenn die Heide blüht (9134) · Wer die Leidenschaft flieht (9198)

BARBARA CARTLAND

Der griechische Prinz
Fesseln der Liebe
Spiel der Herzen

Drei Romane in einem Band

GOLDMANN VERLAG

Der Goldmann Verlag
ist ein Unternehmen der Verlagsgruppe Bertelsmann

Made in Germany · 6/89 · 1. Auflage
Genehmigte Taschenbuchausgabe
Der griechische Prinz

Fesseln der Liebe

Spiel der Herzen

Umschlaggestaltung: Design Team München
Umschlagillustration: Norma Illustrators, Barcelona
Druck: Elsnerdruck, Berlin
Verlagsnummer: 11959
Au · Herstellung: Heidrun Nawrot
ISBN 3-442-11959-6

Der griechische Prinz

Aus dem Englischen von Helga August

Titel der Originalausgabe:
The Prince and the Pekinese
Originalverlag: Bantam Books, New York

1

1902

»Die Königin sah wunderschön aus in ihrem grauen Kleid, an dessen Mieder sternförmige Diamantbroschen in abgestuften Größen glitzerten. Diese Broschen gehörten zu ihrem Lieblingsschmuck.«

Angelinas Stimme erstarb, und sie legte das Buch beiseite, aus dem sie ihrer Großmutter vorgelesen hatte, als sie bemerkte, daß diese eingenickt war. Doch ohne Anweisung ihrer Großmutter durfte sie das Zimmer nicht verlassen.

Sie streckte die Beine aus und brachte damit Twi-Twi, den weißen Pekinesen, der es sich zu ihren Füßen bequem gemacht hatte, aus der Ruhe. Ein ärgerliches Knurren war die Antwort.

Sofort wachte ihre Großmutter auf.

»Was ist los mit Twi-Twi?« fragte sie. »Will er nach draußen?«

»Ich glaube, ja, Großmutter.«

»Dann geh hinaus mit ihm! Sofort!« befahl Lady Medvin. »Du weißt, daß er alle vier Stunden ausgeführt werden soll.«

Sie war zwar erst zwei Stunden zuvor mit ihm im Garten am Belgrave Square spazierengegangen, doch Angelina erwiderte gehorsam:

»Ja, Großmutter, ich werde mit Twi-Twi in den Garten gehen, und ich hoffe, daß du ein wenig schlafen kannst.«

»Das bezweifle ich«, entgegnete Lady Medvin würdevoll.

Doch bevor Angelina noch an der Tür des Schlafzimmers angelangt war, hatte ihre Großmutter bereits die Augen geschlossen. Sie würde jetzt für mindestens eine halbe Stunde ihr nachmittägliches Nickerchen halten.

Für eine Weile ihrer Verpflichtungen enthoben, lief Angelina in ihr eigenes Schlafzimmer hinauf und setzte einen mit Blumen besetzten Strohhut auf, der genau zu ihrem Musselinkleid paßte.

Selbst für den Monat August war es ungewöhnlich heiß. Normalerweise hätten die meisten Londoner zu dieser Zeit die Stadt verlassen, um sich in ihre Landhäuser zurückzuziehen oder einen Urlaub an der See zu verbringen.

Doch am 9. August würde in der Westminster Abbey die Krönung König Edwards VII. stattfinden, der alle in- und ausländischen Würdenträger und jeder, der einen gewissen gesellschaftlichen Rang hatte, beiwohnen würden.

Ursprünglich war die Krönung für den 26. Juli vorgesehen gewesen, wurde dann jedoch kurzfristig wegen einer Blinddarmentzündung des Königs verschoben.

Es war allgemein bekannt, daß er sich zunächst geweigert hatte, eine Verschiebung des Krönungstermins auch nur in Erwägung zu ziehen. Am 23. Juni jedoch eröffneten ihm seine Ärzte, daß er eine Bauchfellentzündung habe und sterben würde, wenn er sich nicht sofort operieren ließe.

In glühenden Worten beschrieben die Zeitungen, wie heftig der neue König, der sein Volk nicht enttäuschen wollte, mit den Ärzten gestritten hatte. Schließlich jedoch gelang es den Ärzten, ihn zu der lebensnotwendigen Operation zu überreden, die am folgenden Tag ausgeführt werden sollte.

Die ganze Nation, ja die ganze Welt war geschockt von dieser Nachricht und nach dem geglückten Eingriff überglücklich vor Freude.

Obwohl Angelina der bedeutungsvollen Zeremonie nicht beiwohnen würde, entging ihr der damit verbundene Trubel natürlich nicht.

Das Haus ihrer Großmutter lag neben der Botschaft der Insel Kephallenia, und Angelina beobachtete voller Entzücken das Eintreffen der Beamten in ihren prächtigen, mit Orden geschmückten Uniformen, sah sie wieder abreisen und schließlich, jetzt im August, wieder in die Botschaft einziehen.

Sie nahm jede sich bietende Gelegenheit wahr, um Twi-Twi im Garten spazierenzuführen und dabei soviel wie möglich von den aufregenden Ereignissen, die sich vor der Botschaft abspielten, mitzubekommen.

Auf diese Weise gewann auch sie einen, wenn auch nur sehr kleinen Eindruck von der Bedeutung der Krönung.

Sie hatte ihre Großmutter inständig gebeten, in Begleitung eines der Diener die Prozession, die vom Buckingham Palace zur Westminster Abbey zog, ansehen oder sich vor dem Palast aufhalten zu dürfen, doch Lady Medvin hatte es ihr nicht erlaubt.

»Ich will nicht, daß du dich wie ein Milchmädchen vom Lande unter die neugierige Menge mischst«, hatte sie mit Bestimmtheit erklärt. »Außerdem sind die Dienstboten zu alt, um stundenlang stehen zu können. Und das müßten sie, wenn sie dich begleiten.«

Das entsprach sicher der Wahrheit, denn alle Dienstboten in dem riesigen, düsteren Haus am Belgrave Square standen bereits seit vielen Jahren in den Diensten ihrer Großmutter. Bei einem seiner Heimatbesuche aus Indien hatte ihr Vater einmal erklärt, sie lägen alle schon »in den letzten Zügen«.

Aus diesem Grund auch durfte Angelina Twi-Twi allein, ohne die Begleitung eines Mädchens, im Garten ausführen.

Hannah, die sich seit über fünfzig Jahren um Lady Medvin kümmerte, hatte vom Rheuma schmerzende Knie und kam nur noch zu den Mahlzeiten die Treppe herunter.

Die drei Hausmädchen gehörten der gleichen Altersstufe an, und ein Besucher mußte mindestens sechsmal an der Tür läuten, bis Ruston, der alte Butler, endlich die Haustür erreicht hatte.

Angelina genoß diese Spaziergänge mit Twi-Twi.

Von der Stadt kannte sie kaum mehr als die unmittelbare Umgebung von Belgrave Square, denn es war ihr nur sehr schwer möglich, jemanden zu finden, der sie zu einem Einkaufsbummel durch die Geschäfte begleitete.

Im Augenblick jedoch war sie völlig zufrieden damit, so viel Zeit wie möglich im Garten verbringen zu können.

Während sie durch die Büsche spähte, konnte sie viel von den aufregenden Geschehnissen vor der Botschaft beobachten, ohne selbst gesehen zu werden.

Auch Twi-Twi war ganz zufrieden damit, zwischen den Büschen herumschnüffeln zu können, und fühlte sich hier sicher wohler als irgendwo sonst. Zudem war es immer ziemlich aufregend, ihn außerhalb des Gartens spazierenzuführen, denn für die Mehrzahl der Engländer waren Pekinesen noch immer eine unbekannte, fremdartige Hunderasse.

Angelina hatte sich ausgiebig mit der Geschichte dieser Hunde beschäftigt, die China über Jahrhunderte hinweg nicht hatten verlassen dürfen.

Sie hatte alles gelesen, was sie in Büchern darüber finden konnte. Manchmal auch, wenn sie in Hundeausstellungen zu sehen waren, erschienen in den Zeitungen und Zeitschriften Artikel über sie.

Diese Artikel schnitt sie dann aus und sammelte sie in einem Album. Inzwischen hatte sie all das, was sie auf diese Weise über die Pekinesen erfahren hatte, schon so vielen Leuten erzählt, daß sie es beinahe auswendig konnte.

Im Jahre 565 soll Kaiser Kao-Wei von der nördlichen Chow-Dynastie einen persischen Hund besessen haben, den er Ch'in Hu oder Roter Tiger nannte.

Diesem Ch'in Hu verlieh er den Titel und die Privilegien eines Chun-Chun, dessen Rang mit dem eines Herzogs zu vergleichen war.

Der Hund wurde mit ausgewähltem Fleisch und Reis gefüttert, und bei den Ausritten des Kaisers saß er vor ihm auf einer Matte, die man vor dem Sattel befestigt hatte.

Aus diesem Hund und einigen anderen, die in mit Seide ausgeschlagenen Reisewagen von der Insel Melitta nach China gebracht worden waren, wurde schließlich eine kleinwüchsige Hunderasse gezüchtet, die in China nahezu zum Heiligtum wurde.

Sie wurden in den kaiserlichen Stand erhoben, doch außerhalb Chinas kannte sie niemand.

Nach dem Boxer-Aufstand fanden drei englische Offiziere, die den Sommerpalast in der Nähe von Peking niedergebrannt hatten, fünf dieser kleinen Hunde, die die Leiche einer Hofdame bewachten, die Selbstmord begangen hatte.

Einer dieser Hunde wurde von dem jungen Hauptmann John Hart Dunne nach England gebracht, der ihn Königin Victoria zum Geschenk machte.

Jedesmal wenn Angelina an diesem Punkt der Geschichte anlangte, geriet ihre Stimme ins Wanken, denn es bewegte sie sehr, daß der junge Hauptmann der Königin den Hund schenken wollte, den er auf dem weiten, beschwerlichen Weg von China nach England mitgebracht hatte.

So kam Looki, wie der Pekinese genannt wurde, an den Hof der Königin. Er war der erste Pekinese, der in England auftauchte.

Zwei Jahre später brachte Lord John Hay, der Kommandeur der Fregatte »Odin«, zwei weitere Pekinesen nach England.

Er schenkte sie der Herzogin von Wellington, der Schwester der Königin, die daraufhin begann, diese Hunderasse in Stratfield Saye zu züchten.

Auch Sir George Fitzroy brachte zwei Pekinesen mit nach England und übergab sie seiner Cousine, der Herzogin von Richmond.

Auch Angelinas Vater, Generalmajor Sir George Medvin, hatte während seines Aufenthaltes im Fernen Osten von diesen chinesischen Hunden gehört, und als er vor zwei Jahren auf Urlaub nach Hause kam, brachte er seiner Mutter als Geschenk einen kleinen weißen Pekinesen mit, dem er den Namen Twi-Twi gab.

Als Lady Medvin dieses seltsam aussehende Tierchen zum erstenmal sah, war sie überrascht und leicht befremdet gewesen. Bald jedoch hing sie mit abgöttischer Liebe an dem Hund.

Und ebenso erging es den übrigen Bewohnern des Hauses, die Twi-Twi vergötterten und ihm in unterwürfiger Liebe jeden Wunsch erfüllten.

Sie rissen sich darum, Twi-Twi auf bestem chinesischen Geschirr sein fein zerschnittenes Fleisch zu bringen, und nutzten jede Gelegenheit, um ihn zu streicheln.

Twi-Twi nahm diese Fürsorge und Zuwendung ziemlich ungerührt hin und behandelte sie mit einer Arroganz, deren Ursprung – davon war Angelina überzeugt – darin liegen mußte, daß er sich seiner Bedeutung voll bewußt war.

Er betrachtete Angelina als seine Herrin und schenkte den anderen nur sehr wenig Aufmerksamkeit, auch wenn er sich manchmal dazu herabließ, Lady Medvin Gesellschaft zu leisten.

Mit der Würde eines Mandarins und der Autorität eines Kaisers pflegte er im Haus herumzustolzieren.

Angelina freute sich darüber, daß er sie mochte. Wenn er von ihr gestreichelt werden wollte, gab er ihr das durch einen sanften, liebevollen Stupser gegen ihre Hand zu verstehen.

Meist jedoch saß er abseits von den anderen und sah ihnen mit kühlem, unpersönlichem Blick entgegen, als hielte er sie für seine Untertanen, mit denen er keinen zu engen Kontakt haben wollte.

Für Angelina bedeutete er einen willkommenen Vorwand, das Haus des öfteren verlassen zu können und ihren Alltag auf diese Weise etwas abwechslungsreicher und interessanter zu gestalten.

»Komm, Twi-Twi«, rief sie jetzt, und der kleine Hund lief hinter ihr her aus dem Zimmer ihrer Großmutter. »Wir gehen spazieren.«

Er verstand sie sofort und lief bereitwillig in den zweiten Stock hinunter. Er wußte genau, wohin sie gingen, und blieb unten an der Treppe sitzen.

Angelina, die einen Hut auf ihr blondes Haar gestülpt hatte, kam mit leuchtenden Augen die Treppe heruntergelaufen und sah aus wie ein kleiner rosa-weißer Engel.

Sie war sehr schön, wenngleich sie noch recht kindlich wirkte, was wiederum in Widerspruch zu ihrem Wesen stand, denn Angelina war nicht nur intelligent, sondern auch sehr belesen.

Da sie schon immer viel allein gewesen war und nur wenig Spielgefährten gehabt hatte, hatte sie jedes Buch gelesen, das ihr in die Hände kam. So war sie, was ihre geistige Reife betraf, ihren Altersgenossinnen weit überlegen.

Als ihre Mutter noch lebte, hatten sie auf dem Lande gelebt und waren, da sie nicht genügend Geld besaßen, nur selten in die Stadt gereist.

Doch Angelina war zufrieden gewesen mit diesem Leben, mit einem Pferd, das sie reiten durfte, und dem großen Garten, der stets ungepflegt und verwildert aussah, weil sie sich keinen Gärtner leisten konnten.

Ihr Vater war die meiste Zeit mit seinem Regiment im Ausland, und sie bekam ihn so selten zu Gesicht, daß sie ihn, als sie noch klein war, bei seinen wenigen Besuchen kaum wiedererkannte.

Kurz nach dem Tode ihrer Mutter wurde Sir George als Oberbefehlshaber der Armee an die Nordwest-Grenze nach Indien geschickt.

Angelina hatte ihn inständig gebeten, sie mitzunehmen, doch er hatte erklärt:

»Frauen stören nur, wenn man kämpfen muß. Außerdem hätte ich gar keine Zeit, mich um dich zu kümmern.«

Das bedeutete, daß sie bei ihrer Großmutter leben mußte. Seit etwa einem Jahr hatte sie keinerlei Lust mehr, die Schule zu besuchen.

Mit größter Mühe und allen ihr zur Verfügung stehenden Überredungskünsten hatte sie es durchgesetzt, daß sie ihren Musikunterricht bei einem hochbetagten Musiklehrer fortsetzen durfte, der früher in einem berühmten Orchester gespielt hatte.

Sonst gab es nur Bücher für sie; Bücher erzählten ihr von der Welt, die außerhalb ihres begrenzten Lebensraumes lag.

Da waren die weltweite Bestürzung über den Tod Königin Victorias und jetzt der Trubel und die Aufregung um die Krönung des neuen Königs.

Die Botschaft von Kephallenia am Belgrave Square hatte ihre Pforten erst vor einem Jahr geöffnet, und damit hatte sich für Angelina ein neues Interessengebiet aufgetan.

Natürlich wußte sie, wo Kephallenia lag – schließlich floß in ihren Adern auch etwas griechisches Blut, worüber sie allerdings mit keinem Menschen reden durfte.

Gerade wegen dieses Tabus jedoch war Angelinas Interesse an Griechenland besonders groß.

Ein großer Teil des für ihre Garderobe vorgesehenen Budgets wanderte in die Londoner Stadtbücherei.

Sie suchte sich in den Katalogen die für sie interessanten Bücher aus und ließ sie sich per Post zuschicken.

Zuerst hatte sie die Mythologie der griechischen Götter und Göttinnen gelesen, die auf dem Berg Olymp gelebt hatten. Dann hatte sie die Leiden des griechischen Volkes unter dem alles erobernden Osmanischen Reich verfolgt.

Kephallenia war eine große Insel vor der Westküste Griechenlands. Obwohl Angelina zunächst kaum etwas Geschriebenes über diese Insel fand, spürte sie, daß die Einrichtung dieser Botschaft neben dem Haus ihrer Großmutter von schicksalhafter Bedeutung für sie sein würde.

Als sie jetzt, gefolgt von dem mit hoheitsvoller Miene hinter ihr herstolzierenden Twi-Twi, die Treppe hinunterging, wanderten ihre Gedanken zu Prinz Xenos, und sie hoffte, diesmal das Glück zu haben, ihn sehen zu können.

Sie hatte ihn nur einmal flüchtig gesehen, als er zum ursprünglich geplanten Krönungstermin in England eintraf.

Groß, dunkel und gutaussehend, entsprach er genau ihrer Vorstellung von einem griechischen Mann.

Dann war die ganze Abordnung von Kephallenia wieder abgereist, und nur der ältliche Gesandte hielt sich noch in der Botschaft auf. Jetzt jedoch war der Prinz wieder da – vorgestern war er in London eingetroffen.

Angelina hatte auf ihn gewartet. Wenn sie nicht im Garten sein und durch das Buschwerk spähen konnte, hatte sie durch die Vorhänge des großen Salons hinausgesehen, der sich beinahe über die ganze erste Etage des Hauses ihrer Großmutter erstreckte.

Seitdem Lady Medvin bettlägerig war, hatte man die Möbel im Salon mit Leintüchern abgedeckt, die Rolläden waren heruntergelassen und die schweren Damastvorhänge zugezogen.

Im Erdgeschoß befand sich ein Wohnraum, den Angelina als Arbeitszimmer benutzte und der viel gemütlicher als der Salon war.

Angelina empfand es als Verschwendung, einen großen, schön eingerichteten Raum im Haus zu haben, der verhüllt war, als läge er in Trauer, und der wohl kaum wieder benutzt werden würde, wenn sich der Gesundheitszustand ihrer Großmutter nicht wie durch ein Wunder besserte.

Lady Medvin war sehr krank, und die Ärzte, die sie häufig besuchten, machten Angelina nicht viel Hoffnung, daß sie ihr Krankenzimmer je wieder würde verlassen können.

Oft träumte Angelina, daß es ihrer Großmutter plötzlich wieder besser ging und sie eine Gesellschaft im großen Salon geben würde, zu der sie auch Prinz Xenos von Kephallenia einladen würde.

Sie malte sich aus, wie der Salon im festlichen Glanz der Kronleuchter liegen und ihre Großmutter, geschmückt mit einem Diadem und Diamanten, die Gäste begrüßen würde. Der Schmuck, der in einem kleinen Safe verschlossen war, bedurfte dringend der Reinigung.

Sie selbst würde ein weißes Kleid und drei Straußenfedern im Haar tragen, mit denen sie auch im Buckingham Palace Ehre eingelegt haben würde, wenn sie jemanden gehabt hätte, der sie dort einführte.

Ihre Mutter hatte ihr oft den in den Salons Königin Victorias herrschenden Prunk und Pomp beschrieben, den sie von ihren unzähligen Besuchen bei Hofe kannte.

Angelina war immer überzeugt davon gewesen, eines Tages in traditioneller Weise dort eingeführt zu werden, und sie hatte fleißig ihren Hofknicks geübt.

Jetzt war ihre Mutter tot, ihre Großmutter krank und ihr Vater im fernen Indien. Es gab keine Bälle für sie, keine Gesellschaften, kein Einführen bei Hofe, und auch der Krönung würde sie nicht beiwohnen können.

Prinz Xenos würde in der Westminster Abbey sein und mit der Prozession zum Palast fahren. Er würde die Könige und Königinnen aus Europa sehen und die zahllosen Verwandten und Günstlinge des Königs.

Begierig las Angelina die Zeitungen, die auch die einzige Möglichkeit für ihre Großmutter waren, über die Außenwelt und ihre alten Bekannten auf dem laufenden zu bleiben.

Lady Medvin wollte wissen, wer wie oft Gast im Buckingham Palace war, und sie amüsierte sich über die meist äußerst spitzen Zeitungskommentare.

Alle Zeitungen hatten berichtet, daß Sarah Bernhardt, Lady Kimberley, Mrs. Arthur Paget und Mrs. George Keppel, die augenblickliche Favoritin des Königs, besondere Plätze in der Westminster Abbey haben würden.

Wenn es Lady Medvin einigermaßen gut ging, steuerte sie meist ein paar scharfe, aber informative Anekdoten über die einzelnen Personen, von denen Angelina ihr vorlas, bei.

Was wird Prinz Xenos wohl von den Frauen halten, denen er im Buckingham Palace begegnen wird? fragte sich Angelina.

Sie wußte, daß die Griechinnen meist sehr schön waren und der Prinz daher in dieser Beziehung sicher hohe Ansprüche stellte.

Als sie in die kleine, ziemlich dunkle Halle trat, kam ihr der alte Ruston, der dort ständig Dienst zu tun schien, aus den Schatten entgegen. Er hielt den Schlüssel zum Gartentor in der Hand.

»Sie wollen ausgehen, Miß Angelina?« fragte er.

Obwohl es ganz offensichtlich war, was sie vorhatte, und er ihr jedesmal diese Frage stellte, ergriff Angelina lächelnd den Schlüssel und erwiderte:

»Ja, Ruston. Es ist so ein schöner Tag. Viel zu schön, um zu Hause zu bleiben.«

»Das ist gut, Miß Angelina. Ich wünsche Ihnen viel Spaß«, entgegnete er und hielt ihr mit einiger Mühe die Eingangstür auf.

Sie sieht wie eine Blume aus, dachte er bei sich, als sie Twi-Twi auf den Arm nahm und über die menschenleere Straße auf das Gartentor zulief.

Der Garten war von einem hohen, schmiedeeisernen Zaun umgeben, so daß kein Unbefugter ihn betreten konnte. Obwohl jeder der Hausbewohner einen Schlüssel zum Tor besaß, betrat kaum jemand außer Angelina je den Garten.

Meist hatten Twi-Twi und Angelina den Garten für sich allein, und so war es auch heute.

Es war ein ziemlich großer Garten, und im Frühjahr glich er einem Blumenmeer aus Narzissen, Krokussen und Flieder. Alles wucherte scheinbar planlos durcheinander, und jedesmal, wenn Angelina den Garten betrat, wurde sie von Sehnsucht nach dem Leben auf dem Land erfüllt.

Um diese Jahreszeit blühten auch die blutroten Geranien, die in den in der Mitte des Gartens angepflanzten, von blauen und weißen Lobelien umsäumten Beeten standen.

Doch es gab auch wilde Rosen, die zwischen den Büschen wuchsen; das dichte Laub der hohen Bäume spendete wohltuenden Schatten vor der Glut der Sonne.

Zwei Gärtner kümmerten sich um den Garten, sorgten dafür,

daß der Rasen stets gut gewässert war und seine saftig-grüne Farbe behielt. Wenn die Geranien verblüht sein würden, würden Dahlien, die dann gerade in Knospe standen, ihren Platz einnehmen.

Angelina schloß das Gartentor hinter sich ab – das war oberstes Gebot für jeden, der einen Schlüssel besaß –, dann setzte sie Twi-Twi auf die Erde.

Bei seinem ersten Ausflug am Morgen sauste er, aufgeregt die Freiheit genießend, immer wie verrückt im Garten umher. Doch dies war bereits sein vierter Ausgang an diesem Tag, und er stellte bald fest, daß sich seit seinem letzten Aufenthalt im Garten nichts verändert hatte.

Zunächst ging Angelina auf die Geranienbeete in der Mitte des Gartens zu, dann jedoch schlug sie eine andere Richtung ein und bahnte sich ihren Weg durch die dichten Büsche, die vor den Blikken der Passanten schützen sollten. Nun hatte sie freien Ausblick auf die Botschaft.

Vor dem Lunch hatte sie den Prinzen in Begleitung des Gesandten in einer offenen Kutsche davonfahren sehen.

Ihm gegenüber hatten zwei Männer in Uniform gesessen, und Angelina nahm an, daß es sich um seine Adjutanten handelte.

Sie vermutete, daß sie den Lunch entweder im Buckingham Palace einnehmen würden oder bei anderen Fürstlichkeiten, die in allen verfügbaren Hotels und Privathäusern der Stadt untergebracht worden waren.

Die Zeitungen hatten berichtet, daß es kein einziges freies Zimmer in der Hauptstadt mehr gäbe, und Angelina hätte zu gern eins der leerstehenden Schlafzimmer im Haus ihrer Großmutter angeboten. Doch sie wußte, daß das für ihre Großmutter nicht in Frage kam, aber sie konnte immerhin davon träumen, wie es wäre, wenn irgendeine weniger hochgestellte Persönlichkeit ihr Gast sein würde.

Die Türen der Botschaft standen offen.

Angelina spähte durch die Zweige. Sie sah die vielen wartenden Diener und den am Fuße der Treppe liegenden, zusammengerollten roten Teppich, und sie wußte, daß sie nicht lange würde warten müssen.

Die Diener trugen sehr schöne Livreen; die der älteren Diener waren grün und mit viel Goldlitze besetzt. An den Livreen der jüngeren glänzten goldene Knöpfe, in die die Krone von Kephallenia eingraviert war.

Durch die offenstehende Tür konnte Angelina den unteren Teil eines riesigen Kronleuchters und ein Stück der Marmortreppe sehen.

Die Botschaft von Kephallenia war viel größer als das Haus ihrer Großmutter. Man hatte seinerzeit zwei der Herrenhäuser am Belgrave Square zu einem gemacht und mit einer Doppeltür versehen.

Mit der großen, über dem Säulengang hängenden Fahne wirkte die Botschaft sehr eindrucksvoll. Wenn Angelina die Fahne erblickte, tat ihr Herz jedesmal einen kleinen Sprung, weil ihr die romantischen Farben so gut gefielen.

Manchmal träumte sie davon, daß sie über die Meere nach Griechenland segeln und das Land Apollos sehen würde, wo – wie sie in Büchern gelesen hatte – die Natur Farben hervorbrachte wie in keinem anderen Teil der Welt.

Doch sie wußte, daß ihre Träume wohl kaum je Wirklichkeit werden würden, es sei denn, ihr Vater ließe sich erweichen und nähme sie mit nach Indien. Das Schiff würde auf dem Weg zum Suezkanal an Griechenland vorbeifahren, und sie würde vielleicht einen Blick auf die Inseln werfen können, die sich im Süden des unsterblichen Landes aneinanderdrängten.

Vom Prinzen war noch immer nichts zu sehen, und Angelina fürchtete, wieder ins Haus zurück zu müssen, ohne ihn gesehen zu haben.

Wenn ihre Großmutter aufwachte, würde sie läuten und als erstes nach einer neuen Wärmflasche und dann nach ihrer Enkelin verlangen.

»Schick Miß Angelina zu mir, Hannah«, würde sie zu ihrer Zofe sagen. »Sie muß mir noch viel aus den Zeitungen vorlesen. Aber zuerst gib mir einen Spiegel, damit ich sehen kann, ob meine Haube richtig sitzt.«

In ihrer Jugend war Lady Medvin eine berühmte Schönheit gewesen, und jetzt war es ihr sehr wichtig, daß ihre elegante, kleine, mit blauen Bändern besetzte Spitzenhaube korrekt auf ihrem dünner werdenden Haar saß.

Nach einem Besuch des Vikars hatte sie einmal einen zufälligen Blick in den Spiegel geworfen und festgestellt, daß ihre Haube verrutscht war.

Sie war entsetzt gewesen, und seitdem sah sie mindestens ein Dutzend Mal am Tag in den Spiegel, um den Sitz ihres Häubchens zu kontrollieren.

Wo mag er wohl sein? fragte sich Angelina.

Vielleicht war die Gesellschaft doch nicht so offiziell gewesen, wie sie gedacht hatte, und der Prinz hatte die Bekanntschaft einer attraktiven, charmanten Frau gemacht, von der er sich nicht trennen mochte.

Aus den Schilderungen ihrer Großmutter wußte sie, daß die Damen der Gesellschaft sehr weiblich und von faszinierender Schönheit waren und daß sie nicht nur die Aufmerksamkeit ihrer eigenen Ehemänner, sondern auch die anderer Männer auf sich zogen.

Nicht nur der König hatte stets eine Favoritin. Es gab keine unter den schönen Frauen, von denen Angelina gehört hatte, die nicht in eine Reihe von Liebesaffären verwickelt gewesen wären.

Lady Medvin hatte ihr natürlich nur von den Schönheiten berichtet, die ihr begegnet waren, als sie selbst noch Mittelpunkt dieser glänzenden Gesellschaften war.

Doch diese Frauen waren inzwischen alt geworden, eine neue Generation weiblicher Schönheiten war Mrs. Langtry, Lady de Grey und der Herzogin von Sutherland gefolgt.

Angelina mußte feststellen, daß ihre Großmutter nur sehr wenig über die jungen Frauen wußte, von denen in den Zeitungen zu lesen war und deren Kleider im *The Ladies Journal* gezeigt wurden.

Sie versuchte sich vorzustellen, wie die Frau aussehen mochte, die die Aufmerksamkeit des Prinzen fesselte, und was er wohl zu ihr sagen würde und ob er wirklich gut Englisch sprach.

Irgendwo hatte sie einmal gelesen, daß die Angehörigen der oberen Gesellschaftsschicht in Griechenland meist französisch miteinander sprachen, was ihr fast wie ein Verrat an ihrem Vaterland vorkam.

Sie mußten doch stolz darauf sein, sehr stolz sogar, Griechen zu sein! Ebenso wie ihr Vater und seine Freunde stolz darauf waren, Engländer zu sein, und glaubten, daß ihnen schon allein deshalb die Welt gehöre.

Angelina konnte verstehen, daß ihr Vater in Indien lebte.

Schließlich hatten die Engländer Indien erobert, und die Königin war Kaiserin von Indien geworden, und die Stellung des Vizekönigs kam an Bedeutung der eines jeden anderen europäischen Königs gleich.

Vielleicht wird Papa eines Tages selbst Vizekönig, dachte Angelina. Dann kann er sich auch nicht mehr weigern, mich zu sich zu nehmen.

Doch sie wußte selbst, daß das höchst unwahrscheinlich war. Reiche Peers wurden zum Vizekönig ernannt, und nicht Soldaten. Und sie wußte auch, daß – falls man ihn fragen sollte – er es vorziehen würde, mit seinem Regiment an der Nordwest-Grenze zu kämpfen.

»Die Männer lieben den Krieg«, hatte ihre Mutter einmal voll Bitterkeit erklärt. »Nur die Frauen, die zu Hause auf sie warten müssen, hassen ihn.«

»Warum sollten Männer den Krieg lieben, Mama?« hatte Angelina gefragt.

»Weil es Abenteuer ist, riskantes Spiel mit dem Feuer, und ich glaube, gerade das brauchen alle Männer«, hatte ihre Mutter sanft erwidert. »Sie finden es langweilig, zu Hause zu sitzen und nichts zu tun zu haben.« Tief aufseufzend hatte sie hinzugefügt: »Frauen verlieren ihre Männer an den Krieg, an ihre Clubs oder an eine andere Frau.«

Erst jetzt schien ihrer Mutter bewußt geworden zu sein, zu wem sie sprach, und sie hatte hastig hinzugefügt:

»Es ist Zeit für deine Klavierübungen, Angelina. Du solltest deine Zeit nicht mit solchen Gesprächen mit mir vertrödeln.«

Angelina hatte nicht vergessen, was ihre Mutter gesagt hatte, und sie fragte sich, ob eine andere Frau wohl der Grund dafür gewesen war, daß ihr Vater sie nicht zu sich nach Indien geholt hatte.

Sie glaubte jedoch nicht, daß irgendeine Frau ihm ein vollkommener Ersatz für ihre Mutter sein konnte, denn diese war von unvergleichlicher Schönheit und Sanftmut gewesen, und sie hatte ihren Mann über alles geliebt.

War es das, was ein Mann bei einer Frau suchte, oder war es etwas anderes?

Für Angelina war es schwer, sich ein Urteil über Gefühle und zwischenmenschliche Beziehungen zu bilden, denn sie kannte nur sehr wenige Leute.

Als ihre Mutter noch lebte, war Angelina von einer Gouvernante erzogen worden. Als sie dann später zu ihrer Großmutter zog, hatte sie eine kleine Schule für ausgewählte junge Damen der Gesellschaft in Queen's Gate besucht.

Dort hatte sie zu ihrer eigenen Überraschung festgestellt, daß sie viel mehr wußte als die anderen Mädchen ihres Alters. Das lag sicher daran, daß sie viel wißbegieriger war als die anderen.

Alles, wofür diese jungen Damen sich interessierten, war, auf welche Weise sie eines Tages in die Gesellschaft eingeführt werden würden. Ob ihre Eltern einen großen oder einen kleinen Ball für sie geben würden, welcher Mann sie zum Tanz auffordern würde und ob man sie nach Ranelagh, Henley oder Hurlingham bringen würde.

Als ihre Großmutter immer schwächer wurde, waren Angelinas Hoffnungen, eines Tages in die Gesellschaft eingeführt zu werden, unbarmherzig dahingeschmolzen.

Lady Medvin sagte zwar des öfteren: »Ich muß gesund werden und eine Party für dich geben. Ich habe ja wirklich kaum noch Kontakt zu Frauen, die Töchter in deinem Alter haben, aber es dürfte nicht schwierig sein, dafür zu sorgen, daß du auf die richtigen Bälle eingeladen wirst.«

In letzter Zeit jedoch sprach sie nur noch dann von Bällen, wenn in den Zeitungen darüber berichtet wurde und ihr bekannte Namen in den Berichten auftauchten.

Wenn doch nur Papa einmal wieder auf Urlaub nach Hause käme! wünschte Angelina sich insgeheim, doch sie wußte, daß ihr Vater die lange Reise von Indien nach London wohl kaum nur ihretwegen unternehmen würde.

Wenn ich ein Junge wäre, wäre alles ganz anders, dachte sie oft.

Und das entsprach sicher der Wahrheit.

Ihr Vater hatte sich einen Sohn gewünscht, und es war eine bittere Enttäuschung für ihn gewesen, daß sie sein einziges Kind geblieben war.

Er war wahrscheinlich überzeugt davon, seine väterliche Pflicht erfüllt zu haben, als er sie bei seiner Mutter ließ. Und diese würde sich ja auch sicher in der richtigen Weise um sie gekümmert haben, wenn es ihr Gesundheitszustand erlaubt hätte.

Angelina stieß einen hoffnungslosen Seufzer aus.

Vom Prinzen war noch immer nichts zu sehen, und sicher wartete ihre Großmutter bereits auf sie.

»Wenn ich nicht mehr auf ihn warte, wird er sicher gleich kommen«, sagte sie sich schließlich.

Und ihr fielen die Worte ihres Kindermädchens ein, das mehr als einmal gesagt hatte:

»Wenn du zu sehr darauf wartest, daß etwas Bestimmtes geschieht, wird es nie geschehen.«

Und genau das tat sie jetzt, während der Prinz höchstwahrscheinlich mit einer schönen, verführerischen Frau flirtete und sich nicht dazu durchringen konnte, in die Botschaft zurückzukehren.

Ich wüßte zu gern, wie es drinnen aussieht, dachte Angelina.

Sie hatte zwar in Büchern darüber gelesen, aber sie war selbst noch nie in einer Botschaft gewesen und konnte sich kein rechtes Bild davon machen.

Ihr Vater hatte ihr einmal von den herrlichen Gebäuden erzählt, die die Engländer in Indien errichtet hatten, wie z. B. den Palast des Vizekönigs in Kalkutta, der der Kedleston Hall, dem bedeutendsten von Robert Adams palladianischen Bauwerken in England, nachgebildet war.

Und auch das palastähnliche Herrenhaus außerhalb von Bombay war ein prachtvolles Bauwerk, doch man konnte es nicht mit einer Botschaft vergleichen. Angelina versuchte sich zu erinnern, was sie über das Innere der Britischen Botschaft in Paris gelesen hatte, die einmal Prinzessin Paulina Borghese gehört hatte.

Noch immer war vom Prinzen nichts zu sehen, und Angelina drehte sich enttäuscht um, um zum Haus zurückzugehen. Erst jetzt fiel ihr Twi-Twi wieder ein, der jedoch friedlich und träge neben ihr im Gras lag.

»Komm, du fauler Kerl«, sagte sie. »Lauf ein bißchen, es wird dir guttun.«

Wie um es ihm vorzumachen, lief Angelina über den Rasen, und sie tat es so leichtfüßig, daß ihre Füße kaum den Boden zu berühren schienen.

Erst als sie bei den Büschen an der anderen Seite des Gartens angelangt war, drehte sie sich suchend nach Twi-Twi um. Doch der war ihr nicht gefolgt, sondern saß noch immer am alten Platz – ein kleiner weißer Fleck auf einem smaragdgrünen Teppich – und beobachtete sie.

Angelina fühlte sich leicht beschämt, weil sie in so wenig damenhafter Weise gelaufen war, doch dann sagte sie sich zu ihrer Beruhigung, daß sie ja ohnehin niemand gesehen hatte.

Ich muß einen Ball für Twi-Twi besorgen, dachte sie. Die Diener überfüttern ihn, und wenn ich nicht aufpasse, wird er dick und fett werden.

Sie liebte es, wenn Twi-Twi zum Spielen aufgelegt war, doch selbst das tat er mit einer Würde, die man bei anderen Hunden nicht beobachten konnte.

Sie ging langsam zu ihm zurück.

»Du bist schon ein fauler Bursche!« sagte sie. »Nun gut, dann gehen wir also wieder hinein, und wenn du dann brav zu Großmutters Füßen sitzt, wird es dir vielleicht leid tun, daß du nicht unternehmungslustiger warst.«

Sie hatte noch nicht ausgeredet, als sie den Klang von Pferdehufen hörte, und sie lief schnell zu ihrem Aussichtsposten zurück.

Dieses Mal wurde sie für ihre Geduld belohnt.

Von Westen her sah sie die von einem prächtigen Gespann schwarzer Pferde gezogene offene Kutsche heranrollen, in der der Prinz zuvor weggefahren war.

Neben der Kutsche gingen mehrere Lakaien, und der auf dem Kutschbock sitzende Kutscher, auf dessen Kopf ein mit einer Kokarde geschmückter Zylinder saß, wirkte sehr beeindruckend, als er – im vollen Bewußtsein der Bedeutung seines Auftritts – zum Aufgang hinauffuhr.

Angelina, die sehr klein war, reckte den Hals, stellte sich auf die Zehenspitzen und konnte so die Insassen der Kutsche deutlich erkennen.

Der Botschafter war kleiner als der Prinz, der mit seinen breiten Schultern und einem Zylinder auf den dunklen Haaren jetzt noch besser auszusehen schien, als Angelina ihn in Erinnerung hatte.

Sobald die Lakaien den roten Teppich ausgerollt und die Tür der Kutsche geöffnet hatten, stieg einer der Adjutanten aus und bezog Stellung neben der Kutsche, während auch der Prinz ausstieg.

Er sagte etwas, das Angelina nicht verstehen konnte, doch sie sah das Lächeln auf seinen Lippen.

Dann schritt er über den roten Teppich durch die offene Tür in die Botschaft hinein.

Angelinas Herz klopfte heftig vor Aufregung.

Sie sah die Kutsche davonfahren und wußte, daß das Spektakel vorüber war. Es war höchste Zeit, ins Haus zurückzukehren.

Sie nahm Twi-Twi auf den Arm und zog den Schlüssel aus dem Gürtel, wo sie ihn sicherheitshalber befestigt hatte. Dann lief sie auf das Gartentor zu und öffnete es.

In diesem Augenblick fuhr die Kutsche an ihr vorbei und bog nach links zu den Stallungen hin ab, die an der Rückseite der Häuser lagen.

Angelina schloß das Tor hinter sich ab und begann – Twi-Twi noch immer auf dem Arm tragend – die Straße zu überqueren.

Sie hatte beinahe schon den Bürgersteig auf der anderen Straßenseite erreicht, als etwas passierte, womit sie – wie sie hinterher erkannte – eigentlich hätte rechnen müssen.

Die Botschaftskatze, ein ziemlich häßliches Tier mit rötlichgelbem Fell, kam aus dem Kellergeschoß der Botschaft und spähte durch die Gitterstäbe des Geländers.

Wenn es irgend etwas auf der Welt gab, was Twi-Twi nicht ausstehen konnte, so war es diese Katze.

Angelina war immer überzeugt davon gewesen, daß die Katze

das wußte und Twi-Twi absichtlich mit »Worten« reizte, die nur er verstehen konnte.

Seltsame Geräusche, die Twi-Twi in wütendes Gebell ausbrechen ließen, kamen oft von der anderen Seite der hohen Mauer, die die Höfe der beiden Gebäude trennte.

Die Katze blickte die Straße hinauf und hinunter, bemerkte ihren Feind auf Angelinas Armen jedoch nicht und betrat den Bürgersteig.

Mit einer Kraft, die sie ihm nie zugetraut hätte, sprang Twi-Twi unerwartet aus Angelinas Armen auf die Fahrbahn.

Die Katze erkannte die Gefahr zu spät und hatte keine Zeit mehr, sich an ihren Ausgangsort zurückzuziehen. Also raste sie mit der Schnelligkeit eines Windhundes den Bürgersteig entlang, die Treppe hinauf und durch die offenstehende Tür in die Botschaft hinein.

Auch Twi-Twi konnte, wenn er wollte, sehr schnell sein.

Angelina sah nur einen orangefarbenen Streifen, der – gefolgt von einem weißen Kugelblitz – an den Lakaien, die gerade den roten Teppich einrollten, vorbei durch die Eingangstür ins Haus sauste.

Sie konnte nichts anderes tun als hinterherlaufen in der verrückten Hoffnung, Twi-Twi rechtzeitig einholen zu können. Doch sie wußte selbst, daß ihr das wohl kaum gelingen würde.

Ohne sich darüber klar zu sein, was sie tat, lief sie hinter den beiden her in die Botschaft.

Ein paar Männer standen herum, doch sie sah sie nicht. Ihr Blick war, auf der Suche nach Twi-Twi, unverwandt auf den Boden geheftet.

Sie entdeckte ihn am anderen Ende der riesigen Halle, wo er die Katze offensichtlich hinter einer großen chinesischen Vase, die eine edle Aspidistra enthielt, in die Enge getrieben hatte.

Sie befürchtete, daß es jeden Augenblick zu einem Massaker kommen würde, und stürmte durch die Halle.

»Twi-Twi! Twi-Twi!« rief sie dabei.

Die rötlichgelbe Katze stieß einen schrillen Angstschrei aus, worauf Twi-Twi mit einem grimmigen Knurren antwortete. Dann sprang die Katze mit einer akrobatischen Meisterleistung auf die Vase und von dort auf die Treppe.

Sie schlüpfte durch das Treppengeländer und verschwand, und der geschlagene Twi-Twi konnte ihr nur knurrend nachsehen.

Angelina bückte sich und nahm Twi-Twi auf den Arm.

»Wie kannst du nur so häßlich sein!« sagte sie vorwurfsvoll.

Als sie sich umdrehte, sah sie sich plötzlich dem Mann gegenüber, den sie soeben heimlich beobachtet hatte – dem Prinzen.

Ohne Hut sah er beinahe noch attraktiver aus, und er kam ihr auch viel größer vor.

Einen Augenblick lang begegneten sich ihre Augen, und Angelina war so verwirrt, daß sie kein Wort herausbrachte.

Dann wurde ihr bewußt, daß noch mehr Leute in der Halle standen, deren Blicke auf sie gerichtet waren, und sie murmelte:

»Es... tut mir leid... sehr leid.«

»Ihr Hund scheint unsere Katze nicht zu mögen«, erwiderte der Prinz.

Mit seiner Antwort hatte er eine der Fragen, die sie bewegten, beantwortet. Er sprach perfekt Englisch mit einem ganz schwachen Akzent.

»Es... tut mir leid«, wiederholte sie, »aber die beiden sind... alte Feinde.«

»Wollen Sie damit sagen, daß Ihr Hund und unsere Katze alte Bekannte sind?« fragte der Prinz.

Zu spät fiel Angelina ein, daß sie einen Knicks hätte machen müssen.

»Ich wohne nebenan... Eure Königliche Hoheit«, antwortete sie, bemüht, das Versäumte wiedergutzumachen.

»Dann haben Sie mir etwas voraus«, meinte der Prinz. »Sie wissen, wer ich bin, doch ich kenne Ihren Namen nicht.«

»Ich heiße Angelina Medvin, Sir.«

»Darf ich sagen, daß ich mich freue, Ihre Bekanntschaft zu machen, Miß Medvin?« sagte der Prinz galant, »und darf ich hinzufügen, daß Ihr Hund mich sehr interessiert.«

Dabei blickte er auf Twi-Twi hinunter, der noch immer suchend auf die Treppe starrte.

»Es ist eine seltene Rasse, Sir«, erklärte Angelina. »Er ist ein Pekinese.«

»Aber natürlich!« rief der Prinz. »Ich hätte es wissen müssen. Ich habe von diesen Hunden in China gehört und gelesen, aber ich habe noch nie einen gesehen.«

»Das haben nur sehr wenige Leute«, entgegnete Angelina. »Der erste Pekinese kam erst im Jahre 1860 nach England.«

Es kam ihr geradezu kurios vor, daß sie ausgerechnet dem Mann Erklärungen über Pekinesen abgab, dem sie so gern selbst zugehört hätte.

»Ich habe es einmal gelesen«, sagte der Prinz. »Ich glaube, die Engländer stießen auf sie, als sie den Sommerpalast in Peking niederbrannten. Habe ich recht?«

»Ja, Sir«, pflichtete Angelina ihm bei, »aber nur sehr wenige Leute wissen, woher die Pekinesen stammen und warum sie so aussehen.«

»Ich bin sicher, Sie wissen viel mehr über diese Hunde als ich.«

Der Prinz wollte noch etwas hinzufügen, als einer der Adjutanten neben ihn trat.

Sie unterhielten sich in griechischer Sprache, und Angelina, die wartend neben ihnen stand, fühlte sich in ihrer Meinung, daß Griechisch eine der schönsten Sprachen sei, bestätigt. Sie verstand nur ein Wort: warten.

»Ja, natürlich«, sagte der Prinz und nickte mit dem Kopf. Dann wandte er sich wieder Angelina zu und sagte:

»Ich hoffe, wir werden noch einmal Gelegenheit haben, uns wiederzusehen und uns über den Kampfgeist der streitlustigen Pekinesen zu unterhalten, Miß Medvin.«

Angelina lachte amüsiert auf.

»Es wäre mir eine große Ehre, Sir.«

Der Schalk stand in den Augen des Prinzen, und sie erwiderte seinen Blick auf die gleiche Weise.

»Wie heißt eigentlich dieser fürchterliche Drache?« fragte der Prinz und gab damit zu verstehen, daß er sehr viel über Pekinesen wußte.

»Twi-Twi, Sir.«

»Dann muß ich mich bei Twi-Twi dafür bedanken, daß er mich mit einer sehr charmanten Nachbarin bekannt gemacht hat.«

Angelina versank in einen tiefen Knicks, tiefer, als sie ihn für gewöhnlich machte. Sie wollte sich damit für ihre vorhergegangene Unterlassungssünde entschuldigen.

Der Prinz verbeugte sich, und dann trat – wie aus dem Nichts – einer der Adjutanten auf Angelina zu, um sie zur Tür zu begleiten.

»Auf Wiedersehen, Miß Medvin«, sagte er in einwandfreiem Englisch.

»Auf Wiedersehen«, antwortete sie und lief, ohne sich umzusehen, die Treppe hinunter.

Als sie nach Hause ging, klopfte ihr Herz wie wild – auf eine ihr fremde und ganz besondere Art.

»Ich bin ihm begegnet! Ich bin ihm begegnet!« hätte sie am liebsten laut gejubelt. »Ich habe den Prinzen gesehen, und er ist noch viel wunderbarer, als ich erwartet habe!«

2

Angelina trug Twi-Twi über die Straße, schloß das Tor auf und ging in den Garten.

Im Haus war ihr der Arzt begegnet, der zu ihrer Großmutter gerufen worden war. Nachdem er bei ihr gewesen war, hatte Sir William sehr ernst den Kopf geschüttelt. Auf dem Weg zur Tür hatte er Angelina eingeschärft: »Erfüllen Sie Ihrer Großmutter jeden Wunsch, und machen Sie sie glücklich. Das ist das beste Rezept, das ich ausstellen kann.«

»Ich werde mein Bestes tun, Sir William«, erwiderte Angelina. »Und danke, daß Sie gekommen sind.«

»Ich werde nächste Woche wieder nach ihr sehen. Es sei denn, Sie lassen mich vorher rufen.«

Er blickte auf sie hinunter und lächelte, als freue er sich über das hübsche Bild, das sie bot.

»Ich brauche Sie wohl nicht zu fragen, wie es Ihnen geht«, sagte er dann.

»Mir geht es sehr gut, danke«, erwiderte Angelina.

»Sie sind jung, und Sie sind glücklich«, bemerkte Sir William.

Dann hob er seinen Hut, stieg in seinen Brougham und fuhr davon.

Eilig lief Angelina zu ihrer Großmutter hinauf und rief schon von der Tür des Schlafzimmers aus:

»Sir William schien zufrieden mit dir zu sein, Großmutter.«

Lady Medvin, die ihr schönstes Spitzenhäubchen aufgesetzt und ein wenig Puder aufgelegt hatte, lächelte.

»Ich freue mich immer, Sir William zu sehen«, sagte sie. »Er besitzt die Höflichkeit, die man von einem Mediziner erwartet. Ganz anders als diese jungen Ärzte mit ihren rüden Manieren.«

Sie dachte offensichtlich an Sir Williams Partner, der sie im letzten Monat während Sir Williams Abwesenheit besucht hatte.

Lady Medvin hatte eine starke Abneigung gegen den jungen Arzt und weigerte sich, auch nur einen seiner Ratschläge zu befolgen. Sie hatte ihm klar und deutlich gesagt, daß sie ihn nicht mehr zu sehen wünschte.

Angelina hingegen hielt ihn für hochintelligent und war überzeugt davon, daß seine modernen Behandlungsmethoden wesentlich wirksamer waren als die von Sir William.

Doch da ihre Großmutter ihn ablehnte, bestanden sicher keine Aussichten, daß er noch einmal wiederkam.

Während sie die mit Spitzen besetzten Bettücher glättete, fragte Angelina:

»Kann ich irgend etwas für dich tun, bevor ich mit Twi-Twi in den Garten gehe, Großmutter?«

»Nein, danke, mein liebes Kind«, antwortete Lady Medvin. »Geh nur mit Twi-Twi spazieren, und wenn du wiederkommst, kannst du mir etwas vorlesen.«

Sie seufzte. »Es ist so ein schöner Tag, und ich würde gern nach draußen gehen. Aber Sir William will, daß ich im Bett bleibe. Er besteht sogar darauf, daß ich jeden Nachmittag mindestens zwei Stunden schlafe.«

»Arme Großmama! Das muß schrecklich langweilig für dich sein!« rief Angelina.

»Ich werde tun, was Sir William sagt«, erklärte Lady Medvin resigniert. »Und stell dir vor, Angelina, er hat sogar mein Häubchen bewundert.«

Sie legte eine Pause ein, bevor sie hinzufügte: »Natürlich war das ein wenig zu vertraut und nicht gerade das, was ich erwartet hätte, aber ich fühlte mich doch sehr geschmeichelt.«

»Du siehst sehr hübsch aus, Großmama«, sagte Angelina mit ernster Miene, »und ich bin überzeugt davon, daß jeder Mann, der dich sieht, das gleiche denkt.«

Lady Medvins Augen leuchteten für einen Augenblick auf, und Angelina mußte plötzlich daran denken, wie sehr ihre Großmutter, die in ihrer Jugend eine bewunderte und gefeierte Schönheit gewesen war, diese Komplimente jetzt, wo sie alt war, vermissen mußte.

»Weißt du was, Großmama?« sagte sie spontan, »ich habe kürzlich ein paar besonders schöne Stücke Spitzenborte in deiner Schublade gesehen, die sicher sehr kostbar sind. Ich werde dir eine solch schöne Haube daraus machen, daß Sir William sich auf Anhieb in dich verlieben wird, wenn er dich wiedersieht.«

»Wirklich, Angelina, du sagst manchmal schon unmögliche Sachen!« protestierte ihre Großmutter, aber es war ihr anzusehen, daß ihr dieser Vorschlag gefiel.

Im Handumdrehen setzte Angelina ihren Hut auf, blickte dann jedoch noch kurz prüfend in den Spiegel.

Ob sie den Prinzen wiedersehen würde?

Falls es der Fall sein sollte – würde er sie schön finden?

Dann fielen ihr all die schönen Frauen ein, denen er auf den aus Anlaß der Krönung stattfindenden Partys und Gesellschaften begegnen würde, und sie war sicher, nicht mit ihnen konkurrieren zu können.

Im Garten angekommen, setzte sie Twi-Twi auf den Rasen und ging langsam und zielstrebig zu den Büschen hinüber, von wo aus sie die Eingangstür der Botschaft sehen konnte.

Sie blickte zu den Geranienbeeten hinüber und erstarrte.

Zum erstenmal seit Jahren war sie nicht allein im Garten – und sie sah den Prinzen auf sich zukommen.

Sie wartete, bis er dicht vor ihr stand, ihre Füße schienen wie angewurzelt zu sein. Dann fiel ihr ihr schlechtes Benehmen vom Vortag ein, und sie machte hastig einen tiefen Knicks.

»Guten Morgen, Miß Medvin!«

»Guten Morgen, Königliche Hoheit.«

»Ich hatte gehofft, daß Sie mit Twi-Twi in den Garten gehen würden. Sie kommen jeden Morgen hierher?«

»Ja, mehrmals am Tag.«

Ihr Herz hämmerte noch immer in der Brust, und es fiel ihr schwer, den Blick vom Gesicht des Prinzen zu lösen. In seinen Augen lag ein Ausdruck, der sie verlegen und befangen machte. Nie gekannte Gefühle überkamen sie.

»Ich würde mich gerne mit Ihnen unterhalten, wenn Sie erlauben«, sagte der Prinz.

Er bemerkte ihr Zögern und fügte lächelnd hinzu:

»Wir wurden einander ja bereits von Twi-Twi und Kruger – das ist der Name der Katze, wie ich inzwischen erfahren habe – vorgestellt.«

»Kruger!« rief Angelina.

Das war der Name des Präsidenten der Buren, gegen die England noch bis zum Mai des Jahres gekämpft hatte.

»Nicht jedermann billigt den Krieg der Engländer in Südafrika.«

»Der Kaiser zum Beispiel.« Angelina errötete. »Aber ich wußte nicht, daß die Griechen ...«

»Die Griechen sind, sagen wir, pro-englisch eingestellt«, unterbrach der Prinz sie.

Sie lächelten einander an, als käme ihnen ihr Gespräch selbst ein wenig lächerlich vor.

Der Prinz ergriff ihren Arm und führte sie zu einer im Schatten einer großen Eiche stehenden Bank direkt vor dem größten Blumenbeet.

Als sie sich setzten, sagte er:

»Sie haben offensichtlich eine sehr patriotische Einstellung, sogar, was Ihre Blumen anbelangt.«

Es war Angelina nie bewußt geworden, daß die roten Geranien und die blauen und weißen Lobelien genau den britischen Nationalfarben entsprachen, und sie erwiderte lachend:

»Ich muß leider gestehen, daß das hier am Belgrave Square die einzige Dekoration anläßlich der Krönung ist. Sicher sieht es in der Mall und am Trafalgar Square sehr festlich aus?«

Der Prinz sah sie überrascht an.

»Sie waren noch nicht dort?«

Angelina schüttelte den Kopf.

»Meine Großmutter ist krank, und sie erlaubt mir nicht, mich unter die Menschenmenge zu mischen und mir das alles anzusehen, so wie ich es gern tun würde.«

Sie spürte, daß das wie ein Vorwurf klang, und fügte schnell hinzu:

»Ich sehe ein, daß es nicht geht. Doch ich bin sicher, die Straßen sind alle sehr schön geschmückt.«

»Das sind sie«, bestätigte der Prinz, »und es ist schade, daß Sie sie nicht sehen können.«

»Auf jeden Fall war es aufregend, Sie ankommen zu sehen«, fuhr Angelina fort, »und ich sagte mir, daß Sie mein kleiner Teil der Krönung sein würden.«

Der Prinz lachte.

»Ein sehr kleiner Teil, das versichere ich Ihnen«, entgegnete er. »Ich habe mich lediglich in die lange Prozession zur Westminster Abbey gequetscht. Vor mir sind unendlich viele bedeutende Könige und Königinnen.«

»Aber Sie werden dabeisein, und es wird eine sehr eindrucksvolle Zeremonie sein«, meinte Angelina träumerisch.

Sie dachte daran, wie wunderbar der König aussehen würde und wie erhebend der Augenblick sein mußte, wenn der Erzbischof ihm die Krone aufs Haupt setzte.

Der Prinz blickte sie forschend an.

»Die Krönung wird wie jede andere sein, wenn man einmal davon absieht, daß die Engländer alles besonders gut zu machen pflegen«, sagte er schließlich.

»Genau das sagte Mama auch immer, wenn sie mir von den

Empfängen im Buckingham Palace erzählte«, meinte Angelina aufgeregt.

»Und Sie waren nie dort?«

»Nein. Mama ist tot und meine Großmutter zu krank, um mich einzuführen.«

»Ihr richtiger Name müßte Cinderella sein«, entgegnete der Prinz lächelnd, »und ich wünschte, ich könnte Sie auf den Ball oder – in diesem Fall zur Krönung – zaubern.«

»Ihre Adjutanten können sich glücklich schätzen, Sie begleiten zu dürfen«, sagte Angelina, »aber Sie können ja wohl kaum mit einer Hofdame erscheinen.«

»Dann wäre mir ein Überraschungserfolg sicher«, erwiderte der Prinz.

Bei dieser Vorstellung mußten beide lachen.

»Gefällt es Ihnen in London?« fragte Angelina in das plötzliche Schweigen hinein.

»Sehr«, erwiderte der Prinz. »Ich war schon einmal hier, aber das ist schon fünf Jahre her. Ich hatte zu Hause sehr viel zu tun.«

»Ich habe versucht, einiges über Kephallenia zu erfahren«, meinte Angelina, »aber in den Geschichtsbüchern ist nur sehr wenig darüber zu finden.«

»Wofür wir ausgesprochen dankbar sind«, antwortete der Prinz. »In gewisser Weise hatten wir in der Vergangenheit nicht so viel zu leiden wie das Festland. Andererseits jedoch...«

Wieder trat eine Pause ein.

»Sie haben Sorgen?« fragte Angelina.

»Ein wenig«, antwortete er.

Sie hätte ihn gerne gefragt, was das für Sorgen seien, doch sie fürchtete, er würde sie für unverschämt und neugierig halten. So wartete sie stumm, und einen Augenblick später sagte er:

»Erzählen Sie mir von sich. Was machen Sie, wenn Sie nicht mit Twi-Twi im Garten spazierengehen?«

»Sehr wenig, fürchte ich«, erwiderte Angelina. »Ich lese meiner Großmutter aus den Zeitungen vor, spiele Klavier und lese viel.«

»Ich auch, wenn ich Zeit dazu habe«, entgegnete der Prinz. »Und was lesen Sie?«

»Sehr viel über Griechenland.«

»Sie scheinen eine große Vorliebe für die Göttinnen zu haben, die allen Menschen innewohnt, die die Schönheit lieben und die griechisches Blut in den Adern haben.«

Angelina hätte ihm gerne gesagt, daß sie nicht nur das Schöne liebte, sondern auch ein wenig griechisches Blut besäße, aber sie fürchtete, er könnte ihr daraufhin verwirrende Fragen stellen. Außerdem hatte man ihr oft genug befohlen, nicht darüber zu reden.

»Ich überlege gerade, welcher Göttin Sie am meisten ähneln«, meinte der Prinz. »Ich glaube, es ist diejenige, die für mich die schönste ist – Persephone.«

»Das hoffe ich nicht!« rief Angelina. »Immerhin lag sie sechs Monate lang im Hades im Kerker und durfte nur dank Zeus' Fürsprache zurückkehren.«

Doch irgendwie empfand sie auch ihr eigenes Leben oft als ein Eingesperrtsein in der Dunkelheit.

Außerhalb des Hauses am Belgrave Square pulsierte das Leben. Jetzt fand dort sogar eine Krönung statt, und es gab Könige und Prinzen zu bewundern.

Doch für sie gab es nur die Gefangenschaft in einem stillen, von alten Menschen bewohnten Haus.

»Völlig richtig«, bestätigte der Prinz.

Sie sah den Prinzen erstaunt an, hatte er doch offensichtlich ihre trübsinnigen Gedanken erraten.

»Nun, was können wir dagegen tun?« fragte er, als habe sie seine Vermutung bestätigt.

»Nichts«, erwiderte sie. »Aber vielleicht wird es anders, wenn Papa zurückkommt. Wenn er mich dann doch nur mit nach Indien nehmen würde!«

»Wo ist Ihr Vater?« wollte er wissen. »Ich habe gehört, daß er ein großer General ist, der in Übersee Dienst tut.«

Angelina war erfreut, daß er sich offensichtlich nach ihr und ihrer Familie erkundigt hatte, und antwortete:

»Papa ist an der Nordwest-Grenze. Er sagt, das sei kein geeigneter Platz für Frauen, und deshalb kann ich nicht zu ihm.«

»Ich bin sicher, Ihr Vater hat recht«, meinte der Prinz. »Es würde mich sehr beunruhigen, zu wissen, daß Ihr Leben in Gefahr ist.«

»Es könnte sehr aufregend sein«, erwiderte Angelina provozierend.

»Ein aufregendes Leben könnten Sie auch in London führen. Davon bin ich überzeugt.«

»Das glaube ich nicht, aber ich möchte mich nicht beklagen. Es wäre alles ganz anders, wenn die arme Großmama nicht so krank wäre.«

»Aber sie ist krank, und deshalb kann Cinderella die Krönung nicht sehen.«

»Ich kann einen der Prinzen, der der Krönung beiwohnt, mit seinem ganzen Hofstaat aufbrechen sehen«, entgegnete Angelina lächelnd.

Bei ihren letzten Worten wurde ihr plötzlich bewußt, daß sie mit dem Prinzen wie mit irgendeinem gewöhnlichen Menschen gesprochen hatte.

Ich muß mich so benehmen, wie man es mich gelehrt hat und wie er es sicher auch erwartet, ermahnte sie sich.

Der Prinz war offenbar tief in Gedanken versunken. Nach einer Weile sagte er:

»Was halten Sie davon, wenn ich Sie einlade, heute nachmittag in die Stadt zu fahren und sich die festlich geschmückten Straßen anzusehen?«

Angelina blickte ihn erstaunt an.

»Nein, nein... das geht nicht... Das könnte ich nicht tun, Sir«, antwortete sie hastig. »Ich habe meiner Großmutter nicht erzählt, daß ich Sie kennengelernt habe, und es würde ihr sicher sehr... unpassend vorkommen.«

Sie hielt inne und fügte dann hinzu:

»Selbst, wenn ich eine... Anstandsdame hätte.«

»Ehrlich gesagt, halte ich eine Anstandsdame für völlig überflüssig«, entgegnete der Prinz. »Aber ich möchte Ihnen die Stadt zeigen... oder soll ich lieber sagen, ich möchte mich mit Ihnen unterhalten? Ich fürchte andauernd, die Erde könnte sich jeden Augenblick auftun und Sie verschlucken.«

Zwei Grübchen erschienen neben Angelinas Mundwinkeln.

»Großmama würde das sicher nicht als Kompliment auffassen.«

»Hören Sie auf, sich über mich lustig zu machen, und seien Sie ernst«, sagte der Prinz. »Wenn ich Sie nicht mit in die Stadt nehmen darf – wohin können wir dann gehen?«

Angelina sah ihn aus großen Augen an.

»Ich könnte mir denken, daß – was immer Großmama auch sagen mag – Ihr Botschafter es nicht billigen würde.«

»Mein Botschafter tut das, was ich ihm sage!« erklärte der Prinz. »Und müssen wir Ihre Großmutter unbedingt um Erlaubnis fragen?«

Ihr fiel ein, daß Sir William ihrer Großmutter eine zweistündige Nachmittagsruhe verordnet hatte. Sie vermutete außerdem, daß er ihr wahrscheinlich diese weiße Medizin verschrieben hatte, die sie immer sehr schläfrig machte.

Da die Medizin stets ziemlich lange nachwirkte, würde sie Angelina sicher auch nicht sofort nach dem Aufwachen zu sich rufen.

Es war eine Versuchung, doch es war die faszinierendste und aufregendste Versuchung, die ihr in ihrem ganzen Leben widerfahren war.

»Sagen Sie ja«, bat der Prinz. »Wir werden irgendwohin gehen, wo uns niemand kennt, so daß man nicht über uns reden kann – falls es das ist, wovor Sie Angst haben. Wir könnten in den Hydepark fahren. Twi-Twi würde der Serpentin-Teich sicher sehr gefallen.«

Angelina sagte ihm nicht, daß es ziemlich unwahrscheinlich war, daß irgend jemand über sie reden würde – aus dem einfachen Grund, weil niemand sie kannte.

Die Vorstellung, allein mit dem Prinzen im Hydepark zu sein, auf einer Bank zu sitzen und sich mit ihm zu unterhalten so wie jetzt, erschien ihr ohnehin viel aufregender, als die festlich geschmückte Stadt zu sehen.

»Ich weiß... ich sollte den Vorschlag Eurer Königlichen Hoheit... eigentlich ablehnen«, sagte sie schließlich.

»Aber Sie werden es nicht tun«, entgegnete er in triumphierendem Ton. »Wenn Ihr Vater an der Nordwest-Grenze so viel Mut beweist, warum sollten Sie hier in London nicht auch ein wenig Courage zeigen?«

Angelina hob den Kopf.

»Ich habe keine Angst«, erwiderte sie entschieden. »Ich bin es nur nicht gewohnt, etwas... Unkonventionelles zu tun.«

»Dann sollten Sie schleunigst damit anfangen«, meinte der Prinz. »Wenn wir alle nur das täten, was den Normen und Konventionen entspricht, wäre diese Welt schrecklich langweilig.«

Seine Stimme klang fröhlich, doch Angelina glaubte, einen Unterton darin zu hören, der sie erkennen ließ, daß auch er in diesem Augenblick viel Mut bewies. Doch sie hätte nicht zu sagen gewußt, warum.

»Wann werden Sie Zeit haben?« drängte er.

Angelina hatte beinahe das Gefühl, daß er sie mit hypnotischen Kräften dazu brachte, seine Wünsche zu erfüllen.

Ein Teil ihres Ichs wollte weiter protestieren, doch der andere, dominierende Teil sagte ihr, daß sie am Ende doch zustimmen würde. Also wozu die Entscheidung noch weiter hinauszögern?

»Meine Großmutter ißt gegen ein Uhr zu Mittag«, sagte sie daher. »Um etwa Viertel vor zwei wird sie... schlafen.«

»Dann werde ich ab Viertel vor zwei auf der anderen Seite des Platzes warten«, antwortete der Prinz. »Ich habe entdeckt, daß es zwei Tore zum Garten gibt. So können Sie durch das eine hineingehen und den Garten auf der anderen Seite wieder verlassen.«

»Hatten Sie... das schon vor, bevor Sie heute morgen hierherkamen?« fragte Angelina.

Der Prinz antwortete nicht sofort. Angelina spürte seinen forschenden Blick und senkte die Augen. Ihre langen Wimpern hoben sich dunkel von ihrer weißen Haut ab.

»Schon als ich Sie gestern sah, wollte ich Sie unbedingt wiedersehen«, erwiderte er schließlich mit leiser Stimme. »Mein Botschafter sagte mir, daß Ihre Großmutter ihm nicht – wie die anderen Bewohner des Belgrave Square – ihre Aufwartung gemacht habe, weil sie krank sei.«

»Großmutter ist seit über einem Jahr bettlägerig.«

»Das hat man mir gesagt«, entgegnete der Prinz. »Ich habe mir den Kopf zerbrochen, wie ich es anstellen könnte, Sie wiederzusehen. Und dann erfuhr ich, daß Sie jeden Tag mit Twi-Twi in den Garten gehen.«

Lächelnd fuhr er fort: »Wenn Sie nicht gekommen wären, hätte ich Kruger vor Ihrem Haus abgesetzt, um Twi-Twi in die Botschaft zu locken.«

»Twi-Twis Entscheidung, Kruger vom ersten Augenblick an als seinen Feind zu betrachten, war offensichtlich richtig gewesen«, entgegnete Angelina.

»Was wir beide nie sein könnten«, meinte der Prinz.

Sie wandte den Kopf zur Seite und heftete den Blick auf die Geranien.

»Ein Grieche könnte niemals ein Feind für mich sein«, sagte sie leidenschaftlich.

»Sie müssen mein Land eines Tages besuchen«, meinte er, »und dann werde ich Ihnen vor allem auch Kephallenia zeigen.«

»Ich bin sicher, daß es wunderschön ist.«

»Das ist es«, bestätigte er. »Es ist wahrhaftig ein kleines, bergiges Paradies.«

Angelinas Augen hingen gebannt an seinem Gesicht; er sah, wie sehr sie das Thema interessierte, und fuhr fort:

»Von jedem einzelnen Berggipfel aus können Sie das herrliche Meer sehen, und es gibt tiefe, grüne Täler dort, voller Maulbeerbäume, Oliven, Orangen und Zitronen.«

Angelina seufzte hingerissen auf. »Fahren Sie fort«, bat sie. »Ich kann es beinahe schon sehen. Erzählen Sie mir mehr.«

»Am Strand gibt es unzählige Höhlen, und hoch oben liegt ein nacktes, indigo-umbrafarbenes Plateau aus vulkanischem Gestein, das wir den ›Schwarzen Berg‹ nennen.«

Angelina sagte nichts und klatschte begeistert in die Hände.

»Es wird gekrönt von dem venezianischen Schloß von St. George, das bis 1757 die Hauptstadt der Insel war.«

»Es klingt so schön, so herrlich!« rief Angelina.

»Es ist die richtige Umgebung für Göttinnen – wie Sie selbst«, sagte der Prinz, »und die Menschen von Kephallenia sind ebenso schön wie das Land.«

»Ich würde sie so gern sehen.«

Schweigen trat ein, und Angelina wurde plötzlich klar, daß der Prinz den Eindruck gewinnen könnte, als wolle sie ihn dazu drängen, sie auf die Insel einzuladen. Das war ihr furchtbar peinlich, und Röte überzog ihr Gesicht.

Sie stand auf.

»Ich muß nach Hause, Königliche Hoheit. Für gewöhnlich dauern meine Spaziergänge mit Twi-Twi nicht so lange, und Großmama wird sicher schon auf mich warten.«

»Werden Sie heute nachmittag kommen?« fragte der Prinz.

»Wollen Sie wirklich... daß ich komme?«

Es war eine kindliche Frage, die ihre ganze Unsicherheit und Ängstlichkeit zeigte.

»Ich wünsche es mir mehr, als ich mir seit langem irgend etwas gewünscht habe«, antwortete der Prinz mit belegter Stimme.

Als habe sie Angst vor dem, was er sagte, ging Angelina zu Twi-Twi und nahm ihn auf den Arm.

Er hatte ein Stück von ihnen entfernt im Gras gesessen und mit einem heruntergefallenen Blatt gespielt.

»Ich... ich muß... gehen.«

Ihre Stimme war leise und atemlos.

»Ich werde auf Sie warten«, sagte der Prinz noch einmal. »Wenn Sie nicht kommen, werde ich selbst in den Hades zu Ihnen hinuntersteigen und Sie zurück in die Sonne holen.«

Sie lächelte ihm noch einmal zu und lief über den Rasen auf das Gartentor zu.

Der Prinz blickte ihr nach.

Dann hob er seufzend seinen Zylinder auf, den er neben sich auf die Erde gelegt hatte. Ein ernster, nachdenklicher Ausdruck lag auf seinem Gesicht, als er langsam zur Botschaft zurückging.

Wie jeden Tag las Angelina ihrer Großmutter aus den Zeitungen vor, doch hinterher erinnerte sie sich an nichts mehr von dem, was sie gelesen hatte.

Die ganze Zeit über, während sie ihrer Großmutter von den Vorbereitungen für die Krönung vorlas, die in zwei Tagen stattfinden sollte, von den Gesellschaften und Bällen, die in jedem größeren Haus und in jeder Botschaft veranstaltet wurden, mußte sie an die Ereignisse des Vormittags denken. Wie konnte sie es wagen, diese Spazierfahrt mit dem Prinzen zu unternehmen, auch wenn ihr Ziel nur der stille Serpentin-Teich im Hydepark war?

Es war ihr sehr wohl bewußt, daß diese Spazierfahrt ein unerhörtes Verhalten für ein Mädchen war, das noch nicht einmal bei Hofe eingeführt war und demnach noch keinerlei gesellschaftliche Stellung innehatte. Und es war ein ungeschriebenes Gesetz, daß ein Mädchen diese gesellschaftliche Position nicht erringen konnte, ohne als Debütantin bei Hofe vorgestellt worden zu sein.

Vorher durfte sie weder die königlichen Anlagen in Ascot betreten noch irgendeine Botschaft der Welt besuchen oder erwarten, zu einer Gesellschaft eingeladen zu werden.

Angelina war überzeugt davon, daß der Botschafter von Kephallenia sie nie auf seine Gästeliste setzen würde, solange es nicht verbürgt war, daß sie bei Hofe akzeptiert war.

Daß Prinz Xenos sie jetzt eingeladen hatte, erschien ihr wie ein Märchen, und sie fand es unmöglich, diese Einladung abzulehnen.

Bei all ihrer Unerfahrenheit war ihr jedoch klar, daß er es nie gewagt haben würde, der Tochter der Herzogin von Devonshire oder der Marquise von Ripon ein solches Angebot zu machen.

Sie kam zu dem Schluß, daß sie es nur als Beleidigung ansehen konnte. Doch was würde sie gewinnen, wenn sie erklärte, daß sie zu sehr Dame sei, um irgendwohin ohne Anstandsdame zu gehen?

Und falls sie auf einer Anstandsdame bestand – wo sollte sie sie hernehmen?

Sie konnte ja wohl kaum die alte Hannah bitten, sie zu begleiten, oder Emily, das Hausmädchen, das taub war und sehr schlecht sitzende, falsche Zähne hatte.

Und die meisten Freunde ihrer Großmutter – es gab noch immer einige, die ihr regelmäßig Besuche abstatteten, um sich nach ihrem Befinden zu erkundigen – würden mit Sicherheit entrüstet reagieren, wenn sie von der Einladung des Prinzen hörten. Und sie wären entsetzt, wenn sie erführen, daß Angelina daran dachte, diese Einladung anzunehmen.

Doch es würde ein Abenteuer sein, und wenn die Krönungsfeierlichkeiten vorbei sein würden, würde der Prinz abreisen, und sie würde ihn nie wiedersehen.

Die Erinnerung jedoch würde ihr bleiben – sie würde etwas haben, wovon sie träumen konnte, wenn sie sich eingesperrt fühlte, vergleichbar mit den Juwelen ihrer Großmutter, die diese in ihrem Safe verschlossen aufbewahrte.

Angelina würde diese Erinnerung in ihrem Herzen aufbewahren.

Lady Medvin ließ sich das Essen auf ihr Zimmer bringen, Angelina jedoch nahm ihre Mahlzeiten im Eßzimmer ein, um den Dienstboten zusätzliche Arbeit zu ersparen.

Und wie so oft kam sie sich auch heute sehr verlassen an dem großen, mit einer blütenweißen Tischdecke bedeckten Tisch vor.

An den Wänden des Raumes standen etwa ein Dutzend mit schönen Schnitzereien versehene Mahagonistühle, die jedoch nie von ihrem Platz bewegt wurden, weil es niemanden gab, der auf ihnen sitzen könnte.

Der Koch stand schon ebenso lange im Dienst Lady Medvins wie die übrigen Dienstboten – 48 Jahre lang, wenn Angelina sich nicht täuschte.

Obwohl Angelina die sogenannte bürgerliche Küche perfekt beherrschte, wagte sie es nicht, einmal neue Rezepte vorzuschlagen. Sie war bereits zu sehr dem Menüplan, nach dem seit der Hochzeit ihrer Großeltern gekocht wurde, verhaftet.

Sonntags gab es stets ein großes Stück Roastbeef, was im allgemeinen bedeutete, daß sie einen Teil am Montag kalt aßen. Am Dienstag wurde aus den Resten eine Fleischpastete bereitet.

Mittwochs gab es Lammkeule, die meist noch für zwei weitere Tage reichte. Am Samstag dann stand Leber mit Speck auf dem Speiseplan, die Angelina überhaupt nicht mochte, die jedoch – wie der Koch und Ruston ihr immer wieder erklärten – gut für ihre Gesundheit sei.

»Leber macht das Blut rot«, sagten sie in einem Ton, der Angelina das Gefühl der Unzulänglichkeit gab oder ihr die Furcht einflößte, ihr Blut müsse – langsam, aber sicher – weiß werden.

Die Puddings waren immer dieselben. Aus der übermäßigen Größe, in der sie jeweils serviert wurden, schloß Angelina, daß sie bei der Dienerschaft sehr beliebt waren.

Es war alles sehr monoton, und sie sehnte sich nach einer Gesellschaft, wo die Gäste – wie der Koch ihr einmal erzählt hatte – seine ganz persönliche, besondere Art der Zubereitung von Lachs zu schätzen wußten.

Angelina hätte nie erwartet, daß er den Lachs einmal eigens für sie auf diese Weise zubereiten würde, aber sie sehnte sich nach ein wenig Abwechslung.

Nun war der Prinz in ihr eintöniges Leben getreten, und sie fühlte sich wie in einem aufregenden Traum und fürchtete nichts mehr, als wieder aufzuwachen.

Das kann doch alles gar nicht wahr sein, dachte sie, als sie nach dem Essen in ihr Zimmer hinauflief, um das Kleid anzuziehen, das sie für ihr hübschestes hielt.

Dazu setzte sie einen kleinen, aber sehr hübschen, mit blauen, zu ihren Augen passenden Bändern besetzten und mit einem Strauß Moosröschen geschmückten Hut auf.

Was ihre Garderobe betraf, so war ihre Großmutter immer sehr großzügig gewesen.

Schneider kamen ins Haus, um Lady Medvin die neuesten Stoffe und Entwürfe für Angelina zu zeigen.

Das Kleid, das sie jetzt angezogen hatte, war ihr bestes, und sie hoffte nur, daß es niemand seltsam vorkommen würde, wenn sie ein Kleid, das sie sonst nur sonntags zu tragen pflegte, an einem ganz gewöhnlichen Wochentag trug.

Dann jedoch sagte sie sich, daß Rustons alte Augen den Unterschied wohl kaum bemerken würden und ihre Großmutter bereits schlafen würde, wenn sie noch einmal in ihr Zimmer sah.

Sie hatte richtig vermutet, denn sie schlief bereits, und Angelina bemerkte das neben ihrem Bett stehende Medizinfläschchen. Sir William hatte ihr also, wie erwartet, einen Schlaftrunk verschrieben.

Sie schloß sehr leise die Tür und lief – gefolgt von Twi-Twi – auf Zehenspitzen die Treppe hinunter.

Ruston wartete wie üblich in der Halle.

»Gehen Sie aus, Miß Angelina?« fragte er.

»Ja«, antwortete sie, »und da Lady Medvin schläft, werde ich etwas länger im Garten bleiben.«

»Tun Sie das, Miß Angelina«, erwiderte er. »Die frische Luft wird Ihnen guttun.«

Er hielt ihr die Tür auf, und Angelina lief, Twi-Twi auf dem Arm haltend, über die Straße auf das Gartentor zu.

Ob sie das alles vielleicht nur geträumt hatte?

Sie träumte viel, und manche ihrer Träume waren so realistisch, daß sie hinterher nicht mehr wußte, ob sie wahr waren oder nicht.

Dies konnte ebenso ein Traum sein – eine Ausgeburt ihrer Phantasie, in der sie und der Prinz die Hauptrollen spielten.

Als sie an der anderen Seite des Gartens auf den Platz hinaustrat, blickte sie voll böser Ahnungen die Straße hinunter.

Die Kutsche war da!

Als er sie sah, stieg der Prinz aus und kam auf sie zu.

Angelina schloß hastig das Tor ab, und als sie damit fertig war, stand der Prinz neben ihr.

»Sie sind gekommen!« rief er. »Sie sind wirklich gekommen!«

»Sie wollten... es doch.«

»Ich hatte Angst... entsetzliche Angst, daß Sie im letzten Augenblick der Mut verlassen würde.«

Als sie widersprechen wollte, lachte er leise auf.

»Es war doch nur Spaß«, meinte er. »Ich weiß, daß Sie mutig sind wie der Löwe, den Sie da im Arm halten.«

Sie blickte ihn verwirrt an und wußte nicht, was sie antworten sollte.

Sie gingen zur Kutsche, und er half ihr beim Einsteigen.

Dabei berührte er ihren Arm, und ein Feuerschwall schien ihren Körper zu durchschießen.

Sie nahm auf dem hinteren Sitz Platz und setzte Twi-Twi auf die gegenüberliegende Bank.

Der Prinz setzte sich neben sie und schloß die Tür der Kutsche. Erstaunt bemerkte Angelina, daß kein einziger Lakai die Kutsche begleitete. Außer ihnen beiden gab es nur noch den Kutscher.

Der Prinz schien ihre Gedanken erraten zu haben, denn er sagte:

»Ich dachte, je weniger Leute von unserem Ausflug wissen, desto besser. Alexis ist Grieche und kannte mich schon als kleinen Jungen. Ich kann mich hundertprozentig auf ihn verlassen. Er würde mich nie verraten, was immer ich auch tue.«

Er legte eine kurze Pause ein, um dann lächelnd fortzufahren:

»Außerdem ist er ein unverbesserlicher Romantiker, und als ich ihm sagte, ich wolle allein mit einer bezaubernden jungen Dame ausfahren, hielt er die Kutsche bereit, und ich konnte unbemerkt durch die Hintertür schlüpfen.«

»Wird es nicht große Aufregung geben, wenn man bemerkt, daß Sie weggegangen sind?« fragte sie.

»Ich habe eine Nachricht für einen meiner Adjutanten auf meinem Schreibtisch hinterlassen, in der ich erkläre, daß ich eine geschäftliche Verabredung habe und man sich keine Sorgen machen solle, wenn ich mehrere Stunden ausbliebe.«

»Das klingt, als wären Sie Ihrem Kindermädchen davongelaufen oder einem sehr gestrengen Lehrer.«

»Genau das habe ich getan«, erwiderte der Prinz lachend. »Sie sperren mich ein und verhätscheln mich. Wenn Sie die Wahrheit wissen wollen – sie machen mir das Leben zur Hölle.«

Er drehte sich zu ihr um und sah sie an.

»Ich bin also genau wie Sie fortgelaufen«, fuhr er fort, »und ich muß sagen, ich finde es ungeheuer aufregend.«

»Es ist auch für mich … sehr aufregend«, entgegnete Angelina.

»Das liegt sicher daran, daß wir beide etwas Verbotenes tun«, meinte er.

»Aber für Sie ist es nicht so schwierig wie für mich, Sir«, hielt Angelina ihm entgegen.

»Da irren Sie sich«, widersprach der Prinz. »Es gibt eine ganze Menge Gründe dafür, warum ich jetzt nicht mit Ihnen hier sein sollte. Aber das ist nebensächlich, verglichen mit der Tatsache, daß ich bei Ihnen bin.«

Die Kutsche war den Grosvenor Crescent hinaufgefahren und erreichte Hydepark-Corner. Als sie die Tore passierten, rief Angelina aufgeregt: »Oh, sie sind ja geschmückt!«

Fahnen und Flaggen und das königliche Wappenschild überragten den von Säulen getragenen Torweg, und sie starrte gebannt hinaus, während der Prinz sie unverwandt ansah.

»Ich werde Ihnen später mehr darüber erzählen«, sagte er.

»Nein, bitte jetzt gleich«, bat Angelina, doch er schüttelte den Kopf.

»Ich fürchte, dann werden Sie die ganze Zeit, während wir zusammen sind, darüber nachdenken, und ich würde es, ehrlich gesagt, vorziehen, wenn Sie an mich dächten.«

Es würde mir schwerfallen, etwas anderes zu tun, dachte Angelina bei sich, denn sie war sich seiner Nähe sehr bewußt.

Das lag nicht nur daran, daß er so gut aussah. Er besaß eine Ausstrahlung, die die anderen Männer, denen sie begegnet war, nicht gehabt hatten.

Sie hatte bisher zwar nicht allzu viele Männer kennengelernt. Es waren vor allem die Freunde ihres Vaters gewesen, die sie besucht hatten, als sie noch auf dem Lande lebten.

Einige von ihnen waren feurige junge Männer gewesen, und sie hatten ihrer Mutter die schönsten Komplimente gemacht. Diese jedoch hatte ihre Schmeicheleien stets lachend zurückgewiesen.

Damals hatte Angelina gehofft, daß so ein eleganter Mann auch ihr eines Tages solche Komplimente machen und vielleicht mit ihr flirten würde.

Doch was der Prinz sagte, war so ganz anders als die oberflächlichen, frivolen Bemerkungen, die sie früher gehört hatte.

Vielleicht lag es an seiner tiefen Stimme oder daran, daß er sich in der für ihn fremden Sprache sehr gewählt ausdrückte, daß soviel Ernsthaftigkeit von ihm ausging.

Doch da war noch etwas anderes – eine Lebenskraft, die ihm anzuhaften schien und auf die sie in einer Weise reagierte, die ihr angst machte.

Es war, als nähme er Besitz von ihr, als verlöre sie auf irgendeine unerklärliche Art und Weise die Kontrolle über sich selbst und würde zu einem Teil von ihm.

Natürlich war das alles Unsinn.

Angelina versuchte, sich einzureden, daß es nur an ihrer Unerfahrenheit und Naivität lag, daß die Gegenwart des Prinzen sie auf solch seltsame Gedanken brachte.

Sie wollte sich möglichst ungezwungen mit ihm unterhalten und sagte daher:

»Sehen Sie sich nur Twi-Twi an, Sir! Er benimmt sich, als sei die Kutsche nur für ihn gemacht und als habe sie ihn überallhin zu bringen, wohin er wollte.«

»Warum nicht?« fragte der Prinz. »Schließlich ist er königlicher Abstammung und hat daher Anspruch auf all die Privilegien, die einem König gewährt werden.«

»Wieso wissen Sie so viel über Pekinesen?« fragte sie.

»Ich sagte Ihnen bereits, daß ich einiges über diese Hunde gelesen habe, obwohl ich noch nie einen gesehen hatte«, antwortete der Prinz. »Gestern abend auf einer Dinner-Party bat ich die Gäste, mir alles zu erzählen, was sie über Pekinesen wußten, und ich erhielt eine ganze Menge äußerst interessanter Informationen.«

»Wieso wußten sie soviel über sie?«

»Einer der Gäste war der chinesische Gesandte«, erwiderte der Prinz. »Das Hobby eines anderen Herrn war das Studium der Hundezucht.«

»Oh, ich wünschte, ich wäre dabeigewesen!« rief Angelina.

»Ich auch«, entgegnete der Prinz. »Da Sie jedoch einen Pekinesen besitzen, glaube ich, daß Sie mehr über diese Hunde wissen, als alle Bücher und die anderen Autoritäten mir sagen könnten.«

»Ich weiß nur wenig über Twi-Twi«, verbesserte Angelina ihn, »er ist für mich ein ganz besonderer Pekinese.«

»Und natürlich mögen Sie ihn besonders gern«, sagte der Prinz. »Und damit ist er der glücklichste Pekinese auf der ganzen Welt.«

Wieder senkte Angelina verlegen den Blick, doch ehe sie etwas erwidern konnte, hatten sie den Serpentin-Teich erreicht.

Der blaue Himmel spiegelte sich im Wasser wider, und als sie aus der Kutsche stiegen, rannte Twi-Twi mit hochaufgerichtetem Schwanz vor ihnen her.

Sie folgten ihm, bis sie zu einer unter einem Baum stehenden Bank kamen, dessen Zweige über das Wasser hinausragten.

Angelina setzte sich. Sonnenstrahlen drangen durch das dichte

Laub, in der Ferne war das Quaken der Enten zu hören, ab und zu glitt ein Schwan in majestätischer Haltung an ihnen vorbei.

Angelina genoß diese romantische Stimmung, die natürlich durch den Mann an ihrer Seite noch gesteigert wurde. Er sah sie an, und seine dunklen Augen schienen in der Tiefe ihres Herzens nach ihren geheimsten Gedanken zu suchen.

»Das ist der Serpentin-Teich«, sagte sie schließlich mit leiser, träumerischer Stimme.

Sie hatte das Gefühl, etwas sagen zu müssen, um das Schweigen zu beenden.

»Und dies«, erwiderte der Prinz, »ist Xenos, der Persephone ansieht und sie für das Schönste hält, das er je gesehen hat.«

Angelina wandte den Kopf zur Seite.

»Ich glaube... Sie sollten nicht... so mit mir reden«, sagte sie zögernd.

»Warum nicht?« fragte er. »Die alten Griechen sprachen auch ganz offen mit den Göttern. Manchmal waren sie geradezu beleidigend, manchmal jedoch sprachen sie nur von ihrer Liebe und Bewunderung.«

»Ich... ich bin... nicht Persephone.«

»Für mich sind Sie es«, entgegnete der Prinz, »aber nicht Sie müssen nachher in den Hades zurück, sondern ich.«

»Hades?« rief Angelina überrascht aus. »Damit meinen Sie doch nicht etwa Kephallenia?«

»Nicht mein geliebtes Land«, antwortete der Prinz, »sondern das, was ich für dieses Land tun muß. Das ist Hades, soweit es mich betrifft.«

»Warum? Ich... verstehe nicht.«

»Dann werde ich es Ihnen erklären«, sagte der Prinz. »Ich wollte es eigentlich nicht, doch jetzt glaube ich, es tun zu müssen.«

Er hielt inne, und Angelina sah ihn gebannt an.

Sein Gesicht war ernst. Der fröhliche junge Mann, mit dem sie heute morgen gesprochen hatte, war verschwunden. Der Mann, der jetzt neben ihr saß, war älter, Schmerz und Kummer lagen in seinem Blick.

»Was ist los?« fragte sie.

Er wandte den Kopf ab und blickte auf das silberne Wasser, doch Angelina spürte, daß seine Gedanken weit weg waren.

»Ich bin nicht nur wegen der Krönung nach England gekommen, sondern noch aus einem anderen Grund«, antwortete er schließlich.

»Und was ist das für ein Grund?«

»Um meine Hochzeit mit einer königlichen Prinzessin in die Wege zu leiten«, gestand er.

Er sprach mit harter, scharfer Stimme, und Angelina erkannte die Qual, die ihm diese Worte bereiteten.

Sie suchte krampfhaft nach einer passenden Antwort.

»Ich... ich nehme an... jedes Regierungsoberhaupt... muß... heiraten«, stammelte sie schließlich.

»Ich hatte mir geschworen, nur aus Liebe zu heiraten«, sagte der Prinz. »Doch die gegenwärtigen Zustände in meinem Land zwangen mich, meine Meinung zu ändern, und ich erklärte mich bereit, eine Frau zu heiraten, die meinem Volk gefällt.«

Er hielt einen Augenblick inne, ehe er weitersprach:

»Vielleicht sollte ich Ihnen alles von Anfang an erklären. Als mein Vater noch lebte und über die Insel regierte, forderte ein Teil der Inselbevölkerung, daß wir uns mit dem Festland vereinigen sollten und die königliche Familie von Kephallenia entmachtet werden sollte.«

»Das war sicher... falsch?« meinte Angelina.

»Der größte Teil der Bevölkerung dachte so«, antwortete der Prinz. »Als mein Vater dann starb und ich auf den Thron kam, glaubte man, daß die oppositionellen Stimmen bald verstummen würden, weil ich Reformen und all die Dinge einführen würde, die mein Vater nicht einmal in Erwägung hatte ziehen wollen.«

Ein schwaches Lächeln zuckte um seine Lippen, als er hinzufügte:

»Mein Vater war sehr traditionsgebunden... sehr konservativ. Was gut genug für seinen Vater gewesen war, war auch gut genug für ihn.«

»Aber... Sie sind... anders«, entgegnete Angelina leise.

»Ich habe mich bemüht, es zu sein«, erwiderte der Prinz. »Ich möchte Neuerungen einführen, die ich für mein Volk für richtig halte.«

»Und wissen sie es zu würdigen?«

»Manche ja«, antwortete der Prinz, »doch einige von den Älteren lehnen jede Veränderung ab. Sie sagen, ich sei zu impulsiv, zu ungeduldig und die üblichen Dinge.«

Angelina konnte sich die Situation lebhaft vorstellen.

»In den letzten beiden Jahren haben sich die Dinge zum Schlechten hin entwickelt«, fuhr der Prinz fort. »Irgend jemand stiftet Unruhe, doch ich weiß leider nicht genau, wer. Es gibt Aufstände und Unruhen. Keine großen Sachen, aber für ein so kleines Land wie Kephallenia doch von großer Bedeutung.«

Er schwieg einen Augenblick und fuhr dann aufseufzend fort: »Ich muß die Ratschläge meiner Berater befolgen. Sie sind der Meinung, daß meine Heirat die Lage verändern und die Leute aufhören würden, von Revolution zu sprechen.«

»Wie wäre das möglich?« fragte Angelina.

Der Prinz lächelte. »Die Frauen würden es begrüßen, wenn es eine Frau gäbe, an die sie sich wenden können, und Frauen machen nun einmal die Hälfte der Bevölkerung aus.«

»Sie werden also... heiraten?« Angelinas Stimme war klein und schien von sehr weit her zu kommen.

»Zuerst muß ich einmal eine Prinzessin finden, die mich nimmt«, antwortete der Prinz trocken. »Mein Botschafter und auch der Premierminister, der mich begleitet, sind jedoch zuversichtlich, daß sie eine finden werden.«

Schwer legte der Prinz eine Hand auf sein Knie und fuhr fort: »Könnte sich dafür eine bessere Gelegenheit bieten als eine Krönung, wo so viele Könige, Königinnen und regierende Prinzen aus ganz Europa zusammentreffen?«

»Ja... das verstehe ich.«

»In diesem Augenblick sollte ich eigentlich dem Kronprinzen irgendeines kleinen Fürstentums meine Aufwartung machen, der – soviel ich weiß – zwei unverheiratete Töchter hat, von denen eine unscheinbarer und uncharmanter als die andere sein soll«, erklärte der Prinz.

Angelina zuckte zusammen.

Die Wut und Verächtlichkeit in der Stimme des Prinzen taten ihr weh.

»Sie sollten... nicht so sprechen«, meinte sie schließlich.

»Warum nicht?« fragte er. »Warum soll ich nicht sagen, was ich denke? Glauben Sie, ich möchte eine Frau heiraten, die nur an meinem Rang interessiert ist, und in keiner Weise an mir selbst?«

»Ich... ich glaube, wer immer sie auch sein mag... sie wird Sie mögen«, stotterte Angelina. »Doch es ist sicher... eine sehr seltsame Art und Weise zu heiraten.«

»Ich habe Ihnen die Umstände erklärt.«

»Und ich verstehe es«, erwiderte Angelina. »Wenn Sie jedoch eine Frau heiraten, die Kephallenia nicht liebt... die nicht versteht, was die Griechen der Welt gegeben haben, würde diese Ehe die Zustände in Ihrem Land sicher verschlimmern.«

Der Prinz wandte sich ihr wieder zu.

»Was wollen Sie damit sagen?« fragte er.

»Ich will damit sagen... ich glaube, daß ein Volk nur glücklich sein kann, wenn es von Menschen regiert wird, die das Land lieben... und die einander vielleicht auch lieben«, antwortete Angelina.

»Eine solche Frau wird sicher an keinem europäischen Hof zu finden sein«, stellte der Prinz traurig fest.

»Das ist nicht wahr«, widersprach Angelina. »Vielleicht lieben Sie sich nicht gleich zu Anfang, aber wenn Sie beide gut aussehen, die gleichen Interessen haben und das Land, das Sie regieren, lieben, werden Sie sich schließlich auch lieben.«

Lächelnd fügte sie hinzu: »Denken Sie nur an Königin Victoria und Prinz Albert und daran, wie sehr sie sich geliebt haben.«

»Wollen Sie damit sagen, daß ich eigentlich gar nicht Liebe suche, sondern es lediglich ablehne, eine Frau zu heiraten, die ich nicht kenne?«

»Ja, das habe ich gemeint, und noch etwas anderes«, antwortete Angelina.

»Und was ist das?«

»Das Wichtigste sind – das haben Sie selbst gesagt – Ihr Land und die Menschen, die darin leben. Glauben Sie, daß es bekannt wird, wenn es in der königlichen Familie Langeweile, Streit und Frustration gibt?«

Als der Prinz stumm blieb, fuhr sie fort:

»Eine unter solchen Umständen geschlossene Ehe kann alles noch schlimmer machen, als es jetzt ist.«

»Sie haben recht! Oh, wie recht Sie haben!« rief der Prinz. »Aber wie kann ich sicher sein, daß die Frau, die ich heirate, verstehen wird, was man von ihr erwartet?«

»Indem Sie sie selbst aussuchen«, erwiderte Angelina. »Sie müssen sie sehen, müssen mit ihr reden, und erst, wenn Sie sicher sind, daß sie Kephallenia lieben wird, lassen Sie Ihre Berater bei ihrem Vater vorstellig werden.«

»Das erscheint sehr logisch«, pflichtete der Prinz ihr bei. »Wie ist es nur möglich, daß Sie die Angelegenheit so klug und feinfühlig sehen, während ich so völlig hilflos war?«

»Vielleicht... erkennen Außenstehende mehr von dem Spiel als die Beteiligten«, vermutete Angelina.

»Ich hätte nie gedacht, daß jemand wie Sie mir so kluge Ratschläge geben könnte.«

Mit gesenkter Stimme fuhr der Prinz fort:

»Man hat auf jede nur mögliche Art und Weise versucht, in dieser Sache auf mich einzuwirken – mit Drohungen, Schmeicheleien und Schwarzmalerei –, bis ich glaubte, verrückt zu werden.«

Er machte eine beredte Geste mit der Hand und fuhr fort:

»Jetzt hat mich eine kleine Göttin gelehrt, das Problem mit anderen Augen zu sehen.«

»Ist... das wahr?« fragte Angelina.

»Aber ja!« rief er. »Jetzt weiß ich endlich, was ich zu tun habe. Ich muß mir Zeit lassen und nicht versuchen, das Problem während meines Aufenthaltes in London zu lösen, wie es mein Premierminister haben will.«

Er verstummte, um nach einer Weile fortzufahren:

»Ich werde eine große Europareise machen, und ich werde eine Prinzessin finden, die mich versteht. Und die die Gefühle des griechischen Volkes versteht.«

»Ja, genau das müssen Sie tun«, sagte Angelina zuversichtlich. »Ich bin sicher, daß Sie... glücklich werden.«

Sie sah ihn von der Seite an und bemerkte seinen seltsamen Gesichtsausdruck.

»Glücklich?« wiederholte er mit eigenartiger Stimme. »Glauben Sie, daß ich auf diese Weise glücklich werde? Ich fürchte, da irren Sie sich, Persephone.«

3

Angelina wollte gerade etwas erwidern, als eine Stimme neben ihr fragte:

»Ich bitte um Verzeihung, aber können Sie mir sagen, um welche Rasse es sich bei diesem seltsam aussehenden Hund handelt?«

Sie waren so in ihr Gespräch vertieft gewesen, daß Angelina ihre Umwelt völlig vergessen hatte.

Als sie erschreckt hochblickte, sah sie in die neugierigen Augen einer Dame mittleren Alters, die in eine Wolke raschelnden Tafts gehüllt war und die Twi-Twi interessiert anstarrte.

Twi-Twi saß knurrend im Gras und verfolgte mit den Augen einen Schwan, der sich ziemlich nahe ans Ufer herangewagt hatte.

»Es ist ein Pekinese«, antwortete Angelina.

»Ein Pekinese!« rief die Dame. »Ich hätte nicht gedacht, daß es solche Hunde hier gibt.«

»Er kommt aus China.«

»Aus China? Das erklärt alles.«

Die Stimme der Dame klang geringschätzig, als hielte sie alles, was aus China kommt, für seltsam oder leicht unmoralisch.

»Ich für meine Person bin völlig zufrieden mit unseren britischen Hunden«, fügte sie in scharfem Ton hinzu. »Sie sind die besten der Welt.«

Damit drehte sie sich um und rauschte davon. Angelina sah den Prinzen verblüfft an, und beide mußten lachen.

»Ich habe mir bereits sagen lassen, daß die Briten mitunter ungeheuer engstirnig sind«, meinte der Prinz.

»Und sehr patriotisch«, fügte Angelina hinzu. »Vielleicht hätte ich Twi-Twi ein rot-weiß-blaues Band um den Schwanz binden sollen.«

Durch die Unterbrechung war der Prinz aus seinen trüben Gedanken gerissen worden, der düstere Gesichtsausdruck war verflogen.

»Ich glaube, ich muß zurück«, sagte Angelina. »Wenn ich zu lange fort bleibe, kommen die Dienstboten womöglich auf den Gedanken, im Garten nach mir zu suchen.«

Das war zwar ziemlich unwahrscheinlich, doch falls ihre Großmutter schon nach ihr gefragt hatte, würde es schwierig sein, ihr zu erklären, warum sie den Garten verlassen hatte. Denn nur dorthin durfte sie alleine gehen.

»Ich werde Sie nach Hause bringen«, erwiderte der Prinz, »aber ich muß Sie wiedersehen. Es gibt noch so vieles, was ich Ihnen sagen, was ich Sie fragen möchte.«

»Morgen ist auch ein Tag«, murmelte Angelina.

»Übermorgen findet die Krönung statt«, entgegnete der Prinz, »und ich habe morgen verschiedene Verpflichtungen zu erfüllen.«

»Ja… natürlich.«

Ihr war jämmerlich zumute.

Wenn die Krönungsfeierlichkeiten vorüber waren, würde der Prinz abreisen, und sie würde ihn nie wiedersehen.

Es würde nichts mehr geben, worauf sie sich freuen konnte, niemanden, den sie durch die Büsche beobachten konnte, und niemanden, der im Garten auf sie wartete.

Selbst jetzt noch mochte sie es kaum glauben, daß sie es gewagt hatte, mit dem Prinzen in den Hydepark zu fahren, und daß sie jetzt hier mit ihm am Wasser saß.

Es war alles so aufregend gewesen. Nein, aufregend war nicht die richtige Bezeichnung für das, was sie empfand. Sie mußte es viel eher einen Zauber nennen.

Als könne er ihre Gedanken lesen, sagte der Prinz:

»Ich muß Sie wiedersehen, das wissen Sie.«

Seine Worte und der Klang seiner Stimme sagten Angelina – obwohl sie es kaum zu glauben wagte –, daß ihre Begegnung auch ihn verzaubert hatte.

»Ich möchte Ihnen einen Vorschlag machen«, fuhr er fort.

»Vielleicht können wir darüber reden, während wir zurückfahren. Ich muß jetzt… wirklich nach Hause.«

»Ich verstehe«, erwiderte er.

Angelina stand auf und nahm Twi-Twi auf den Arm.

»Du magst zwar ein Chinese sein«, sagte sie zu ihm, »aber – ganz gleich, was die Leute sagen – du bist der schönste Hund im ganzen Park.«

»Wollen Sie damit Twi-Twis Gefühle besänftigen oder Ihre eigenen?« fragte der Prinz.

»Ich war wütend auf die Frau, weil sie ihn kritisiert hat«, erwiderte Angelina. »Kein Hund kann schöner sein als Twi-Twi.«

»Ein britischer Schriftsteller hat einmal gesagt: ›Wer mich liebt, liebt auch meinen Hund.‹ Das trifft wohl auf jeden von uns zu. Ein Hund paßt meist zu seinem Herrn, ebenso wie es bei Twi-Twi und Ihnen der Fall ist.«

»Da haben Sie sicher recht«, pflichtete Angelina ihm bei. »Haben Sie auch einen Hund?«

»Ich habe eine ganze Reihe«, antwortete der Prinz, »doch nur drei leben bei mir im Palast. Sie folgen mir auf Schritt und Tritt. Sie müßten sie einmal kennenlernen.«

Angelina hätte gern gesagt, daß sie nicht nur die Hunde, sondern auch den Palast, in dem der Prinz lebte, und Kephallenia überhaupt gern kennenlernen würde.

Doch sie sagte nichts dergleichen, sondern ging schweigend neben ihm über den Rasen auf die wartende Kutsche zu.

Dabei sah sie den Prinzen verstohlen von der Seite an und stellte fest, daß der ernste Ausdruck – oder war es ein erbittertes Grinsen? – wieder auf seinem Gesicht lag. Wahrscheinlich dachte er wieder an die Heirat, die man von ihm verlangte.

Auch ihr selbst wäre nichts verhaßter gewesen, als einen Mann heiraten zu müssen, mit dem sie wenig oder sogar gar nichts gemeinsam hatte, nur weil sie beide demselben Stand angehörten.

»Ich bin froh, daß ich nur ein Durchschnittsbürger bin«, erklärte sie mit einem kleinen Seufzer.

Daß er sich Sorgen deshalb machte, ob seine zukünftige Frau ihn auch lieben würde, konnte sie hingegen nicht verstehen.

Konnte es überhaupt eine Frau geben, die einem so gutaussehenden, anziehenden und in jeder Beziehung interessanten Mann wie ihm widerstehen konnte?

Wer immer sie auch sein mag, sie ist die glücklichste Frau der Welt, dachte sie.

Sie fragte sich, ob die Zeitungen wohl über seine Hochzeit berichten würden. Sie hoffte es, denn dann würde auch sie darüber lesen können. Wenn er jedoch eine englische Prinzessin erwählen und die Trauung in England stattfinden würde, würden die Zeitungen natürlich in allen Einzelheiten darüber berichten.

Wie gewöhnlich malte sie sich alles in ihrer Phantasie aus. Sie las die Beschreibung des Brautkleides in *The Ladies Journal* und in der *Times* die Liste der adligen Gäste, die in der Kirche und beim anschließenden Empfang dabeiwaren.

Und wenn der Prinz sie selbst zu seiner Hochzeit einladen würde – was ja immerhin möglich war, nachdem sie sich kennengelernt hatten? Wenn Großmutter nicht in der Lage ist, mich zu begleiten, werde ich gar nicht hingehen können, dachte sie entsetzt.

Und sie fragte sich, ob er bei der Trauung auch so ernst und grimmig aussehen würde wie jetzt. Ob seine Augen diesen traurigen, gequälten Ausdruck haben würden, der das Verlangen in ihr weckte, ihn zu trösten?

Schweigend kamen sie bei der Kutsche an. Der Prinz half ihr beim Einsteigen, und sie setzte Twi-Twi auf die Bank gegenüber.

Als das Pferd sich in Bewegung setzte, sagte der Prinz:

»Uns bleibt jetzt nur noch sehr wenig Zeit. Ich möchte Sie heute abend wiedersehen, und Sie müssen mir versprechen zu kommen.«

»Heute abend?« fragte Angelina erstaunt.

»Ja, heute abend«, wiederholte der Prinz. »Ich habe mir das eingehend überlegt, und es wird ganz einfach sein.«

Angelina sah ihn aus großen Augen schweigend an, und der Prinz fuhr fort:

»Wann geht Ihre Großmutter schlafen?«

»Wir essen um halb acht zu Abend, und um acht sage ich ihr gute Nacht«, erwiderte Angelina.

»Was machen Sie dann?«

»Entweder gehe ich ins Wohnzimmer, um zu lesen, oder ich gehe ins Bett und lese dort.«

Der Prinz lächelte.

»Dann ist alles ganz einfach.«

»Wie meinen Sie das?«

»Nun, ich werde um Viertel nach acht auf Sie warten«, antwortete er. »Wenn Sie nicht pünktlich kommen können, werde ich eben länger warten.«

»Aber... das geht nicht!« rief Angelina. »Ich kann das Haus nicht verlassen. Ruston, unser Butler, schließt die Eingangstür nach dem Abendessen ab, und wenn ich vorher weggehe, komme ich später nicht mehr hinein.«

»Unsere Häuser liegen dicht nebeneinander«, entgegnete der Prinz. »Es wird Ihnen doch sicher möglich sein, in die hinter den Häusern gelegenen Stallungen zu gelangen. Ich kann das auch.«

Angelina blickte ihn überrascht an.

In der ganzen Zeit, seit sie hier bei ihrer Großmutter lebte, hatte sie das Haus nie auf diese Weise verlassen.

Ihr fiel ein, daß die Tür, die zu den Stallungen führte, sich im Erdgeschoß befand.

Wenn die Diener sich nach dem Abendessen, das sie im Kellergeschoß einnahmen, zurückgezogen hatten, war es höchst unwahrscheinlich, daß irgendeiner von ihnen – außer Hannah und den Hausmädchen, die in der oberen Etage schliefen – noch einmal dorthin kommen würden.

Es war nicht ihre Aufgabe zu prüfen, ob die Tür, die in den Hof führte, verschlossen und verriegelt war, und kaum einer außer dem alten Abbey dürfte sich um die zweite Tür kümmern, die vom Hof zu den Stallungen führte.

Auch Abbey war schon sehr alt, und er war froh, daß die Kutsche nur selten und niemals am Abend gebraucht wurde.

Der Prinz hatte sie unentwegt angesehen.

»Sehen Sie, wie leicht es geht?« fragte er jetzt. »Ich weiß es, weil ich die Botschaft vorhin selbst auf diesem Weg verlassen habe.«

»Aber wenn...«, wollte Angelina einwenden.

»Wenn es jemand bemerkt?« vollendete er den Satz. »Aber warum sollte es jemand bemerken? Und falls doch, so könnte es höchstens einer der Diener sein, die Sie sicher alle sehr gern mögen und nicht mit Ihrer Großmutter darüber sprechen werden.«

Angelina mußte lachen. »Vielleicht würden sie es ihr sagen, weil sie glauben, es sei zu meinem Besten.«

»Dann würde ich selbst zu Ihrer Großmutter gehen und erklären, es sei alles meine Schuld«, hielt ihr der Prinz entgegen.

Angelina stieß einen leisen Schrei aus.

»Das würde alles nur noch schlimmer machen... viel, viel schlimmer! Großmutter wäre entsetzt, weil wir einander nicht offiziell vorgestellt wurden und wir uns ohne ihr Wissen getroffen haben.«

»Dann werden wir eben auf unser Glück vertrauen«, meinte der Prinz. »Es ist uns ja auch bis jetzt hold gewesen.«

Da hat er recht, dachte Angelina.

Hätte sie ein größeres Glück haben können, als – über Twi-Twi und die Botschaftskatze – in die Botschaft zu gelangen und dem Prinzen zu begegnen?

»Vielleicht war es nicht nur Glück«, fuhr der Prinz mit gesenkter Stimme fort. »Vielleicht waren uns die Götter wohlgesinnt. Sie können sehr freundlich sein, wenn sie wollen, und ich bin ungeheuer dankbar, daß ich Persephone gefunden habe, als ich es am wenigsten erwartet hätte.«

Seine Stimme klang belegt, und ein seltsames Gefühl überkam Angelina, als riesle eine zarte, erregende Musik ihren Rücken hinunter.

»Werden Sie heute abend mit mir essen?« fragte er.

Als Angelina nichts erwiderte, fuhr er fort:

»Wir werden in einem ruhigen Restaurant speisen, wo wir uns ungestört unterhalten können. Wenn es dunkel ist, werde ich mit Ihnen durch die erleuchteten, festlich geschmückten Straßen fahren, so daß auch Sie etwas von der Krönung miterleben können.«

Angelinas Herz tat einen freudigen Sprung.

Konnte es etwas Schöneres geben, als die geschmückte Stadt an der Seite des Prinzen zu sehen?

»Davon... habe ich immer geträumt«, stammelte sie, »und... ich habe Angst... vor dem Erwachen.«

»Ich werde nicht zulassen, daß Sie aufwachen«, erklärte der Prinz. »Nicht, solange wir heute abend zusammen sind, und vielleicht noch viel länger.«

Lange kann es nicht sein, dachte Angelina, denn er muß ja bald wieder abreisen. Doch es würde die Erregung, die sie und – das spürte sie – auch den Prinzen erfüllte, steigern.

Warum sollte sie nicht glauben, daß diese aufregenden, wunderbaren Dinge nie aufhörten und sie immer das gleiche wie jetzt empfinden würde? Dieses wunderbare Gefühl, als habe eine Zauberhand sie berührt.

Sie war nicht mehr das Aschenputtel, sie würde an der Seite des Prinzen die Krönung erleben – zumindest einen kleinen Teil davon.

»Sie werden kommen.«

Das war keine Frage, sondern eine Feststellung. Und weil die Vorstellung, mit ihm zusammenzusein, so unwiderstehlich war, war es ihr unmöglich, nein zu sagen.

Doch sie sagte nichts, nickte nur mit dem Kopf.

»Danke«, sagte der Prinz.

»Eigentlich komme ich, weil ich mehr über Ihre Sorgen hören möchte. Vielleicht kann ich... Ihnen ja helfen«, sagte Angelina leise.

Ihr war klar, daß sie ihr Gewissen beruhigen wollte, indem sie sich einredete, daß sie nicht nur ihr Vergnügen suchte, sondern jemandem zu helfen versuchte, der ihre Hilfe wirklich brauchte.

»Ich werde Ihnen alles sagen, was Sie wissen wollen«, versprach der Prinz. »Vielleicht finden Sie ja wirklich einen Ausweg aus dem Dilemma, das mich so unglücklich macht.«

»Ich möchte nicht, daß Sie so sprechen«, entgegnete Angelina. »Vielleicht hilft es Ihnen ja schon ein wenig, wenn Sie mir alles erzählen.«

Mit einer hilflosen Geste fuhr sie fort:

»Aber ich bin sehr unerfahren und weiß nur wenig über die Welt und das Leben. Es ist vermessen von mir, zu glauben, daß ich eine Lösung Ihrer Probleme finden kann.«

»Sie haben mir bereits eine Möglichkeit aufgezeigt«, erwiderte der Prinz. »Aber das ist nicht genug. Ich will viel mehr, Angelina.«

Ihre Blicke trafen sich, und einen Augenblick lang schien es ihnen unmöglich, sich zu bewegen. Mit Bedauern bemerkte Angelina, daß die Kutsche angehalten hatte. Auf der einen Seite der Straße erkannte sie die weißen Säulengänge der Häuser am Belgrave Square, auf der anderen die grün gestrichenen Gartenzäune.

»Wir sind... zu Hause«, sagte sie und war unfähig, das Bedauern in ihrer Stimme zu unterdrücken.

»Ja, aber nur für ein paar Stunden«, erwiderte der Prinz, »und glauben Sie mir, Angelina, diese Stunden werden mir endlos lang vorkommen.«

Die Worte waren sehr einfach, doch die Art, wie er sprach, ließ Angelina erröten.

»Ich werde... zu den Stallungen kommen... wenn es möglich ist.«

»Es muß möglich sein!« sagte der Prinz eindringlich. »Machen Sie keinen Fehler, Angelina. Ich muß Sie wiedersehen. Wenn Sie heute abend nicht kommen, werde ich morgen früh an Ihre Tür klopfen.«

Sie sah ihn prüfend an, um zu sehen, ob er sie necken wollte oder ob er es ernst meinte.

Doch sie hatte das untrügliche Gefühl, daß er wirklich kommen und nach ihr verlangen würde.

»Ich werde... um Viertel nach acht da sein«, erklärte sie leise, als der Prinz ihr aus der Kutsche half und Twi-Twi auf das Pflaster setzte.

Als er ihren Arm berührte, fühlte Angelina wieder diesen seltsamen Stromstoß, der ihren Körper durchzuckte. Sie war so verwirrt, daß sie kaum noch zu denken vermochte.

Als keiner von ihnen sich von der Stelle rührte, sagte Angelina schließlich:

»Falls Sie ... etwas anderes zu tun haben sollten, würden Sie mir vielleicht ... durch Ihren Kutscher eine Nachricht zukommen lassen?«

»Glauben Sie etwa, daß irgend etwas mich aufhalten kann?« rief der Prinz. »Ich schwöre Ihnen, Angelina, selbst wenn König Edward mich heute abend zu sich bäte – ich würde es ablehnen. Ich möchte ... ich muß Sie wiedersehen! Es wird schwer genug für mich sein, bis Viertel nach acht zu warten.«

Wieder verwirrte sie der Klang seiner Stimme, und sie blickte zur Erde, um ihre Verlegenheit zu verbergen.

»Ich ... ich werde da sein«, flüsterte sie.

Dann lief sie, ohne ihn noch einmal anzusehen, auf das Gartentor zu.

Sie schloß es auf und schlüpfte in den Garten, ohne sich umzusehen.

Erst als sie über den Rasen auf das an der anderen Seite des Gartens gelegene Tor zulief, fiel ihr ein, daß sie wieder vergessen hatte, ihren Hofknicks zu machen und ihn geziemend anzureden.

»Ach, es ist schon egal«, sagte sie sich. »Das liegt bereits hinter uns.«

Was liegt hinter uns? fragte sie sich dann. Und was wird uns die Zukunft bringen? Der Prinz soll heiraten, und darüber wollte er heute abend mit ihr sprechen.

Wenn sie auch alles andere vergaß – eins durfte sie nicht vergessen: Der Prinz stammte aus königlicher Familie, und er brauchte eine Braut, die ebenfalls aus königlichem Hause stammte.

Angelina überquerte die Straße und ging die Treppe zum Haus ihrer Großmutter hinauf. Und während sie darauf wartete, daß der alte Ruston ihr die Tür öffnete, fühlte sie sich wirklich wie Persephone.

In den folgenden Stunden kreisten Angelinas Gedanken unentwegt um den bevorstehenden Abend.

Fast ein halbes Dutzend Mal lief sie in ihr Schlafzimmer hinauf, öffnete den Kleiderschrank und überlegte, welches Kleid sie für das Abendessen mit dem Prinzen anziehen sollte.

Seit einiger Zeit hatte ihre Großmutter damit begonnen, ihr Kleider zu kaufen, in denen sie bei Hofe eingeführt werden sollte.

»Ich werde bald wieder ganz gesund sein, mein liebes Kind«, hatte Lady Medvin gesagt. »Aber es wäre vielleicht klug, eher zu einer der späteren Einladungen zu gehen.«

Als die Saison mehr und mehr verstrich, erkannte Angelina, daß es ganz gleich war, welche Einladungen sie bekamen. Ihre Großmutter würde nicht in der Lage sein, das Bett zu verlassen.

Doch die Kleider waren gekauft worden, und weil Lady Medvin Freude an schönen Kleidern hatte, kaufte sie noch weitere.

»Es wird mir gut genug gehen, um dich bei Hofe vorstellen zu können«, hatte ihre Großmutter im Januar gesagt, und im Februar und schließlich, in etwas verzagtem Ton, im März.

Die ersten Gesellschaften hatten Ende April stattgefunden. Angelina hatte in den Zeitungen darüber gelesen, und ihre Großmutter hatte sich sehr interessiert an den Kleidern ihrer Altersgenossinnen gezeigt.

»Elsie trägt natürlich grau, obwohl sie dadurch sehr blaß wirkt«, hatte ihre Großmutter bemerkt. »Sie glaubt wohl, daß sie dann der neuen Königin ähnelt. Welche Vermessenheit! Alexandra von Dänemark ist tausendmal schöner als sie.«

Lady Medvin hatte auch für alle anderen Damen, die ihre Töchter vorstellten, ein paar sarkastische Bemerkungen parat.

»Grün ist wenig schmeichelhaft für Dora. Die Herzogin muß in Blaßrosa geradezu lächerlich ausgesehen haben. Ein wie ein junges Schaf gekleideter Hammel, würde ich sagen.«

Wehmütig dachte Angelina, wie gerne sie dabeigewesen wäre, als die jungen Debütantinnen vorgestellt worden waren. Wahrscheinlich wurden die meisten von ihnen von ihren eigenen Müttern in den Schatten gestellt.

Als schöne, vornehme Damen von Welt mußte es ihnen ein leichtes sein, jedes junge, unerfahrene Mädchen auszustechen, das gerade von der Schulbank kam.

Trotzdem – das wußte Angelina aus Erfahrung – drehten sich die Gedanken der jungen Mädchen um nichts anderes als um Männer.

Sie hatte dem Geplapper der Großmutter zugehört, daß der junge Lord Soundso hoffentlich noch nicht verheiratet wäre, wenn sie in die Gesellschaft eingeführt wurden, oder der Sohn des Herzogs, der so verwegen reiten konnte, sich nicht bei der Jagd den Hals brechen möge.

»Und was ist, wenn sie sich verlieben, Großmama?« fragte Angelina.

»Dann müssen sie es vergessen«, antwortete Lady Medvin. »Zumindest so lange, bis sie verheiratet sind.«

Angelina mußte noch lange über die Worte ihrer Großmutter nachdenken, als sie wieder allein war.

Sie konnte damit doch nur gemeint haben, daß sie erst ans Flirten denken durfte, wenn sie verheiratet war und ihrem Gemahl die nötigen Erben geschenkt hatte. Ein Flirt war offensichtlich etwas, dem sich all die jungen, feurigen Herren hingeben durften, die – wie der König selbst – stets ihre Favoritinnen hatten.

Sie jedoch erwartete sich von ihrer Ehe etwas ganz anderes!

Wie im Märchen wollte sie sich in einen Mann verlieben, der sie um ihrer selbst willen liebte und dem es egal war, wer sie war.

»Ich bin weder reich noch von irgendwelcher Bedeutung«, sagte sie sich. »Also kann ich auch keine ›große‹ Hochzeit erwarten.«

Ihre Großmutter jedoch schien da ganz andere Vorstellungen zu haben.

»Du bist sehr hübsch, Angelina«, sagte sie erst kürzlich, als sie einmal wieder davon sprach, sie in der Gesellschaft einzuführen. »Aber leider bist du nicht sehr groß, und große Frauen sind im Augenblick in Mode. Doch du weckst den Beschützerinstinkt eines Mannes, ebenso wie es die Herzogin von Manchester in ihrer Jugend zu tun vermochte.«

Lachend fuhr Lady Medvin fort:

»Dabei war Louise hart wie Stahl und zäh wie Leder.«

»Fanden die Männer das anziehend, Großmama?« fragte Angelina mit großen Augen.

»Sie hat es nie erfahren«, erwiderte Lady Medvin. »Sie angelte sich den Marquis von Hartington, und er war ihr über dreißig Jahre lang treu.«

Angelina hatte ihre Großmutter verständnislos angesehen, doch diese war nicht auf ihre stumme Frage eingegangen, sondern fuhr fort:

»Du besitzt Anmut und Charme und eine sanfte, melodische Stimme – das ist sehr wichtig. Ich hasse es, wenn junge Frauen eine harte, scharfe Stimme haben.«

Sie hielt inne und betrachtete ihre Enkelin prüfend von oben bis unten.

»Dein größter Vorzug ist jedoch, daß du so jung aussiehst und unerfahren und wißbegierig wirkst.«

»Wie meinst du das?« fragte Angelina.

»Männer schätzen das sehr«, entgegnete Lady Medvin. »Sie lieben es, der Lehrer – und nicht der Schüler – zu sein.«

Angelina hatte zwar nicht ganz verstanden, was ihre Großmutter damit meinte, doch sie war froh, überhaupt irgendwelche Vorzüge zu besitzen.

Verglichen mit den großen Damen der Gesellschaft jedoch, deren Schönheit in den Zeitschriften gepriesen wurde, waren ihre Attribute äußerst bescheiden.

Und nun war völlig unerwartet Prinz Xenos in ihr Leben getreten, wollte mit ihr reden und mit ihr essen gehen!

Ihr war völlig klar, daß das, was sie da zu tun im Begriff war, so unerhört war und gegen alle guten Sitten verstieß, daß ihr Ruf ruiniert sein würde, wenn es je herauskäme.

Kein anständiges Mädchen speiste allein mit einem Mann! Und – was noch viel wesentlicher war – kein anständiger Mann würde sie darum gebeten haben.

Was würde es ihr jedoch bringen, wenn sie sich so verhielt, wie es die guten Sitten vorschrieben? Sie würde allein über einem Buch sitzen, während ein attraktiver, charmanter Prinz, der mit ihr reden wollte, auf sie wartete.

»Es mag vielleicht falsch sein, seine Einladung anzunehmen«, versuchte sie, ihr Gewissen zu beruhigen, »aber er braucht wirklich meine Hilfe.«

»Und wenn du ihm geholfen hast – was dann?« fragte ihr Gewissen.

»Dann habe ich ihn vielleicht ein wenig glücklicher gemacht.«

»Und was gewinnst du dabei? Er wird seine Prinzessin heiraten, und die Vorstellung, wie sie einander in den Armen liegen und er sie mit sich in seine paradiesisch schöne Heimat nimmt, die du nie betreten wirst, wird dir sehr weh tun.«

Doch Angelina trat ihrem schlechten Gewissen trotzig entgegen.

»Es ist mir egal«, sagte sie. »Ich mag gegen die guten Sitten verstoßen, doch vom moralischen Standpunkt aus gesehen, handle ich richtig. Ein Mensch hat mich um Hilfe gebeten. Es spielt keine Rolle, ob er ein Prinz oder ein Bettler, ein regierender Monarch oder ein Straßenkehrer ist. Ich bin kein Pharisäer, der achtlos an einem Hilfesuchenden vorübergeht.«

Ihr Gewissen lachte hämisch auf.

»Würdest du ihm wirklich helfen, wenn er ein häßlicher, alter, noch dazu schmutziger Straßenkehrer wäre? Du glaubst doch wohl selbst nicht, daß die Tatsache, daß er ein Prinz ist, nicht die Hauptursache für deinen plötzlichen Wunsch, den Barmherzigen Samariter zu spielen, ist?«

»Ja, er ist ein Prinz!« entgegnete Angelina mutig. »Aber jetzt findet die Krönung statt, und ich bin von allem ausgeschlossen in diesem Sommer. Ich bin nicht einmal in die Gesellschaft eingeführt worden.«

Sie spürte selbst, daß das nur ein ziemlich schwaches Argument war. Doch es entsprach der Wahrheit. Sie hatte sich nie beklagt, hatte ihrer Großmutter nie gesagt, wie sehr sie darunter litt, nirgendwohin gehen zu können und niemanden sehen zu können außer den alten Freunden ihrer Großmutter und den Ärzten.

In ihrem tiefsten Inneren spürte sie, wie die Zeit unter ihren Händen verrann. Bald würde sie keine Debütantin mehr sein. Sie würde all das versäumt haben, von dem sie während ihrer Schulzeit geglaubt hatte, daß es ihr die Tore zu einer neuen Welt öffnen würde.

Für ihre Schulkameradinnen schien das Leben erst dann zu beginnen, wenn die Schulzeit beendet war und sie zu jungen Damen herangereift waren.

Auch Angelina war in diesem Sinne erzogen worden. Auch sie hatte immer geglaubt, daß alle wichtigen oder unterhaltsamen Dinge, die sich außerhalb ihres Elternhauses abspielten, warten mußten, bis sie offiziell »erwachsen« war.

Und jetzt, wo sie erwachsen war, war ihr Leben begrenzter denn je zuvor in den vergangenen achtzehn Jahren.

Sie unternahm einen letzten, schwachen Versuch, ihr Gewissen zu beruhigen:

»Ich treffe mich mit dem Prinzen, ganz gleich, was für Konsequenzen das für mich hat, und nichts und niemand kann mich davon abhalten.«

Die alten Hausmädchen hatten es schon lange aufgegeben, Angelina beim Umkleiden für ihr einsames abendliches Dinner zu helfen.

Mehr als ihr Zimmer aufzuräumen und ihr Bett für die Nacht zu richten, brachte die alte Emily nicht mehr zuwege.

»Ich kann das schon allein, Emily«, hatte Angelina gesagt, weil ihr das alte Hausmädchen leid tat.

Emily hatte ihr Angebot gern angenommen. Sie räumte Angelinas Zimmer auf, während diese unten im Eßzimmer zu Abend aß, und ließ sich erst wieder blicken, wenn Angelina sie am Morgen zu sich rief.

Dank dieses Umstandes konnte Angelina eins ihrer besten Abendkleider anziehen, ohne daß Emily es bemerkte.

Natürlich galt es noch, an Ruston vorbeizukommen, doch er war fast blind, und sie wußte, daß er nicht bemerken würde, daß ihr Dekolleté tiefer als gewöhnlich war, wenn sie eine Stola umlegte.

Die Puffärmel aus durchsichtigem Tüll ließen sie wie einen von einer weißen Wolke umgebenen Engel aussehen.

Fast all ihre Kleider waren weiß, doch eins gefiel ihr besonders gut.

Es war aus weichem, ihrer Figur schmeichelndem Satin; der Rock war mit feinem Tüll und kleinen Sträußen blaßrosa Rosen besetzt.

Auch am Mieder war ein Rosensträußchen befestigt, ein weiteres sollte sie – auf Anraten der Schneiderin – ins Haar stecken.

Angelina blieb nur sehr wenig Zeit fürs Ankleiden.

Nachdem sie ihrer Großmutter gute Nacht gesagt hatte, suchte sie rasch ihren Umhang, ihre Abendtasche und ihre langen, weißen Handschuhe zusammen, holte Twi-Twi aus ihrem Schlafzimmer und trat in den Hof hinaus.

Die einzige Person im Haus, die sich nicht über ihre elegante Aufmachung gewundert haben würde, war ihre Großmutter.

Lady Medvin hatte stets sehr teure, schöne Kleider und natürlich ihre Juwelen getragen, selbst wenn sie allein mit ihrem Mann oder ihrer Familie gespeist hatte.

Als sie beim letzten Besuch ihres Sohnes wieder in großer Garderobe das Eßzimmer betrat, hatte dieser gesagt:

»Wirklich, Mama, du siehst aus, als gingst du zum Hofball. Ich muß gestehen, daß meine Kleidung in der indischen Hitze manchmal etwas nachlässig ist. Wenn ich dann jedoch an dich denke, ziehe ich mich schleunigst um, selbst wenn ich allein zu Abend esse.«

»Das will ich hoffen, George«, hatte Lady Medvin geantwortet. »Denke immer daran, daß wir Engländer stets Vorbild für die niederen Völker sein müssen, besonders für jene, die wir erobert haben.«

»Du hast völlig recht, Mama«, hatte Sir George ergeben erwidert.

Doch Angelina war das amüsierte Lächeln ihres Vaters nicht entgangen, als dieser ihrer Großmutter das kleine Glas Sherry einschenkte, das diese sich vor dem Abendessen zugestanden hatte.

Deshalb ging sie auch ohne Bedenken ohne Stola ins Schlafzimmer ihrer Großmutter.

»Wie hübsch du heute aussiehst, mein Liebes«, empfing ihre Großmutter sie. »Ich bin froh, daß wir dieses Kleid gekauft haben. Es steht dir ausgezeichnet.«

»Das freut mich, Großmama.«

»Ich habe beschlossen, einen Ball für dich zu geben, sobald es mir besser geht«, fuhr Lady Medvin fort. »Gleich morgen werden wir eine Liste all der Leute aufsetzen, die wir einladen werden. Natürlich nicht nur junge Leute – das wäre langweilig.«

»Das wäre zu schön, Großmama!« rief Angelina.

Sie bemühte sich, ebenso begeistert zu klingen wie damals, als ihre Großmutter ihr diesen Vorschlag zum erstenmal gemacht hatte.

Doch dieses Bemühen mißglückte ihr kläglich, wußte sie doch, daß ihre Großmutter in absehbarer Zeit nicht in der Lage sein würde, ihren Vorschlag wahrzumachen.

»Wir werden also morgen die Liste aufsetzen«, wiederholte Lady Medvin müde. »Gute Nacht, liebes Kind. Ich glaube, ich werde heute nacht gut schlafen.«

»Das hoffe ich, Großmama«, erwiderte Angelina. »Hast du noch einen Wunsch?«

»Nein, danke, mein Liebes. Hannah hat mich mit allem versorgt.«

Angelina küßte ihre Großmutter und verließ das Zimmer.

Dann rannte sie in ihr Schlafzimmer, wo Emily inzwischen ihr Bett für die Nacht gerichtet hatte.

Die größte Schwierigkeit für sie lag darin, so wenig wie möglich zu Abend zu essen, ohne Rustons Verdacht zu erregen.

Zum erstenmal wünschte sie sich, daß Twi-Twi nicht solch ein verwöhnter, anspruchsvoller Pekinese wäre, sondern ein ganz gewöhnlicher Hund, der gierig all das herunterschlänge, was sie nicht essen wollte. Doch sie wußte aus Erfahrung, daß Twi-Twi jeden Leckerbissen achtlos und deutlich sichtbar auf dem Boden liegen lassen und sich mit hoch erhobener Nase zurückziehen würde.

Also versuchte sie es auf andere Weise. Nachdem Ruston einen Gang serviert hatte, pflegte er in die Küche zu gehen, um den nächsten zu holen.

In der Zwischenzeit konnte Angelina das meiste von dem, was sich auf ihrem Teller befand, wieder auf die Platte zurücklegen.

Bei der Suppe war das kein Problem – sie schüttete sie einfach in die Terrine zurück. Beim Fisch war es schon schwieriger, doch es gelang ihr, ihn wieder so auf der Platte zu arrangieren, als sei aus Versehen eine Scheibe zuviel abgeschnitten worden.

Am schwierigsten war es beim Apfelkuchen, denn es war der letzte Gang des Menüs.

Während sie ein kleines Stück auf ihren Teller legte, wußte sie, daß sie keinen Bissen davon hinunterbringen würde.

Sie zerteilte ihn in kleine Stücke und schob sie auf dem Teller hin und her in der Hoffnung, daß Ruston es nicht bemerken würde.

Doch natürlich entging es ihm nicht.

»Sie essen zu wenig, Miß Angelina. Eigentlich sollten Sie durch die frische Luft jetzt doch einen gesunden Appetit haben.«

»Es war sehr heiß heute, Ruston«, erwiderte sie, »und wenn es heiß ist, habe ich nie viel Hunger. Papa geht es genauso. Darum ist er auch so dünn geworden, seit er in Indien ist.«

Es war sehr klug gewesen, das Gespräch auf ihren Vater zu bringen, denn der alte Ruston bewunderte »Master George«, wie er ihn zu nennen pflegte, über alles.

»›Sie sind dünn geworden wie eine Schlange‹, sagte ich bei seinem letzten Besuch zu ihm«, entgegnete der alte Mann. »›Wenn Sie noch viel dünner werden, werden Sie ein Vermögen bei Ihrem Schneider lassen.‹«

»Sie werden ihm noch einmal ins Gewissen reden müssen, wenn er wiederkommt«, sagte Angelina. »Aber zum Glück schmeckt ihm ja alles, was Mrs. Brooks kocht, besonders gut.«

Der alte Mann brummelte noch immer vor sich hin, als Angelina den Raum verließ.

Zum Glück wird mich Ruston nie unbemerkt überraschen können, dachte sie, als sie später die Treppe hinunterlief.

Auch er hatte mit zunehmendem Alter stark an Gewicht verloren, trug jedoch noch immer die gleiche Schuhgröße wie früher. Da ihm seine Schuhe also stets zu groß waren, konnte man ihn durch die Gänge schlurfen hören, lange bevor er in Sichtweite kam.

Bis auf das schwache Licht einer Gaslampe, die Ruston stets als letzte zu löschen pflegte, lag die Halle im Dunkeln.

Die Eingangstür war bereits verriegelt, und Angelina lief – Twi-Twi auf dem Arm tragend – schnell den Gang entlang, an dem das Arbeits- und das Eßzimmer lagen.

Zwischen den Türen zu diesen beiden Räumen befand sich die Tür, die in den kleinen Atriumgarten führte.

Ein paar blasse Glyzinen rankten an dem grünen Gitterwerk empor, das an der Mauer, die das Atrium von den Stallungen trennte, angebracht war.

In der Mitte des Atriums stand eine Statue aus Blei, die ein Kind, das einen großen Delphin im Arm hielt, darstellte. Ursprünglich sollte diese Statue der Mittelpunkt eines Springbrunnens werden. Da dessen Pflege und Unterhaltung aber zuviel Mühe gemacht hätte, war sie jetzt lediglich von Farnkraut umgeben.

Wenn das Farnkraut verwelkt war, wurdc neues angepflanzt. Man hätte es jedoch ebensogut lassen können, denn niemand schenkte der kleinen Statue Beachtung. Niemand außer den Bewohnern des Hauses ihrer Großmutter und denen der oberen Stockwerke des Nachbarhauses hatte Einblick in den kleinen Garten.

Oft spähte Angelina aus ihrem Fenster auf das wesentlich größere Atrium der angrenzenden Botschaft.

Nur sehr selten hatte sie dort ernst aussehende Politiker oder brillentragende Sekretäre beobachten können. Im allgemeinen waren nur die Gärtner zu sehen, wenn sie Blumenarrangements für besondere Anlässe zusammenstellten.

Zum ursprünglichen Krönungstermin im Juni waren prächtige Arrangements aus Rosen, Rittersporn und Lilien zu sehen gewesen, die jedoch später durch Topfpflanzen ersetzt worden waren.

Ebensolche Geranien wie jene, über die der Prinz sich in ihrem Garten amüsiert hatte, waren angepflanzt, und um eine – wie Angelina mit Sicherheit annahm – griechische Statue waren Begonien in herrlichen, schillernden Farben gruppiert.

Leider war ihr der Blick zum Teil durch einen Baum versperrt, der an der anderen Seite der Trennmauer stand und dessen Äste bis in den Garten ihrer Großmutter reichten.

Aus dem, was sie von der Statue sehen konnte, schloß Angelina, daß sie eine Göttin darstellen könnte, vielleicht Aphrodite, und sie nahm sich vor, den Prinzen danach zu fragen und auch, ob sie wirklich von Griechenland zum Belgrave Square gebracht worden war.

Jetzt jedoch hatte sie keine Zeit, darüber nachzudenken. Sie mußte zusehen, daß sie das an der anderen Seite des Gartens liegende Tor, das zu den Stallungen führte, unbemerkt erreichte.

»Du mußt ganz leise sein«, flüsterte sie Twi-Twi zu.

Obwohl es ganz unmöglich war, daß irgend jemand sie sah oder hörte, hatte sie große Angst. Die gesamte Dienerschaft saß unten beim Abendessen. Trotzdem rannte Angelina schnell über das Pflaster und öffnete das Tor. Die Pferdeställe und die schäbigen, kleinen Fenster der darüberliegenden Zimmer, in denen die Stallburschen wohnten, waren so ganz anders als die vornehm und würdevoll aussehenden Gebäude am Belgrave Square.

Ehe sie sich jedoch noch etwas umsehen konnte, erblickte sie ein paar Schritte von sich entfernt eine geschlossene Kutsche, aus der gerade der Prinz ausstieg.

Sie sah ihn an und sah nichts anderes mehr als dic Freude in seinem Gesicht und das Aufleuchten seiner Augen. In seinem Abendanzug sah er noch besser und aufregender aus als am Tag.

Im Knopfloch seiner Jacke steckte eine Gardenie, den Zylinder hatte er in der Kutsche liegenlassen.

Wortlos ergriff er ihre Hand, half ihr in den Brougham und setzte sich neben sie.

Dann schloß er die Tür. Das Pferd setzte sich in Bewegung, und die Kutsche fuhr holpernd an den Stallungen vorbei.

»Sie sind gekommen!« rief der Prinz. »Ich habe zwar versucht, mir einzureden, daß Sie kommen, aber ich hatte trotzdem Angst, daß Sie aufgehalten werden könnten.«

»Ich bin hier«, entgegnete Angelina lächelnd, »aber ich mußte Twi-Twi mitnehmen.« Dabei setzte sie Twi-Twi auf die gegenüberliegende Sitzbank.

»Alexis wird sich um ihn kümmern, während wir essen«, beruhigte sie der Prinz.

»Vielleicht könnten Sie den Torschlüssel an sich nehmen?« stieß Angelina hervor. »Er ist zu groß für meine Tasche.«

Kurz vorher war ihr eingefallen, daß sich das Gartentor von außen – im Gegensatz zur anderen Seite – nur mit einem Schlüssel öffnen ließ.

Das hätte sie beinahe vergessen, wenn sie den Schlüssel nicht beim Öffnen der Tür in einem kleinen Kästchen entdeckt hätte.

Er wurde dort für die Dienstboten aufbewahrt, falls sie einmal zum alten Abbey hinaus wollten, der seinen eigenen Schlüssel hatte.

Der Prinz nahm den Schlüssel und steckte ihn in eine in der Türfüllung angebrachte Tasche.

»Darf ich Ihnen sagen, wie schön Sie aussehen?« sagte der Prinz. »Mit den Rosen im Haar sehen Sie bezaubernd aus.«

Ein wenig unsicher berührte Angelina ihr Haar.

Nachdem sie ihrer Großmutter gute Nacht gesagt hatte, hatte sie die Blumen sehr hastig ins Haar gesteckt, und sie war jetzt nicht sicher, ob sie sie auch richtig befestigt hatte.

»Nicht anfassen«, bat der Prinz. »Sie dürfen nichts verändern. Sie sehen so aus, wie ich es mir erhofft habe, nur viel schöner.«

Angelina spürte, wie sie rot wurde, und blickte schnell aus dem Fenster.

Die Sonne war bereits untergegangen, doch es war noch immer hell. Am Himmel waren noch keine Sterne zu sehen.

»Wohin... fahren wir?« fragte sie mit einer Stimme, die ihr selbst fremd vorkam.

»An einen ruhigen, stillen Ort«, antwortete der Prinz. »Nicht, weil ich mich nicht mit Ihnen sehen lassen möchte, sondern weil ich mich, ungestört von Musik und dem Geplapper der Leute, mit Ihnen unterhalten möchte.«

»Es wird... sehr aufregend für mich sein... wo immer wir auch hinfahren«, entgegnete Angelina. »Ich habe... noch nie... in einem Restaurant gegessen.«

»Und Sie sollten es auch jetzt nicht tun, es sei denn, zusammen mit mir«, erwiderte er. »Ich möchte Ihnen sagen, wie mutig und wunderbar ich es finde, daß Sie meinem Wunsch nachgekommen sind.«

»Großmama wäre... schockiert.«

»Und viele andere auch«, meinte der Prinz. »Darum werde ich auch sehr auf Sie achtgeben, damit niemand uns sieht und uns Schwierigkeiten machen kann.«

»Doch es ist… auch ein großes Abenteuer für mich«, sagte Angelina aus ihren Gedanken heraus.

»Für mich auch«, pflichtete der Prinz ihr bei. »Aber ich habe auch Angst.«

»Angst?« wiederholte sie. »Wovor sollten Sie Angst haben?«

»Weil ich – wenn wir uns weiter so intensiv unterhalten – in immer tiefere Verwirrung gerate und nicht weiß, wie ich je wieder herauskommen soll.«

Angelina starrte ihn verblüfft an.

»Das… verstehe ich nicht.«

»Sie sollen es auch gar nicht verstehen«, erwiderte der Prinz, »jetzt jedenfalls noch nicht. Sie erwecken seltsame Gefühle in mir, und ich bin nicht sicher, ob sie mir Freude oder Schmerz bringen werden.«

Angelina blickte den Prinzen, der sie unverwandt ansah, noch immer verständnislos an.

»Reden wir von etwas anderem«, fuhr er fort. »Ich möchte, daß Sie den heutigen Abend genießen. Sie sollen dieses kleine Stückchen der Krönung, das ich Ihnen bieten kann, in glücklicher Erinnerung behalten. Denn ich wünsche mir, daß Sie immer glücklich sind, Angelina.«

»Auch ich möchte, daß Sie… glücklich sind«, sagte sie.

»Das wird kaum möglich sein«, entgegnete er, »aber zumindest habe ich diesen Abend, und das bedeutet mir sehr viel.«

»Was werden Sie… morgen abend machen?« fragte Angelina, leicht verwirrt durch den eindringlichen Klang seiner Stimme.

»Ich habe eine Verabredung, die ich nicht rückgängig machen kann«, antwortete er. »Und übermorgen abend muß ich am Bankett im Buckingham Palace teilnehmen – falls es diesmal stattfindet.«

»Falls es stattfindet?« wiederholte Angelina. »Was wollen Sie damit sagen?«

»Denken Sie an die Ereignisse der letzten Zeit.«

»Der König kann doch nicht wieder krank sein«, meinte Angelina. »Das wäre entsetzlich.«

»In dieser Beziehung besteht kein Anlaß zur Besorgnis«, erwiderte der Prinz. »Ich habe ihn gestern gesehen, und er befand sich – nach allem, was er durchgemacht hat – in erstaunlich guter Verfassung.«

»Dann wird das Bankett auch stattfinden«, meinte sie. »Es wäre ein Jammer, wenn all das gute Essen ein zweites Mal verschwendet werden müßte.«

»Wieso?« fragte der Prinz. »Was wurde denn damals mit den Speisen gemacht?«

»Man kann es nicht gerade Verschwendung nennen«, meinte Angelina, »doch die Zeitungen berichteten damals von den Plänen der zuständigen Beamten im Palast, was mit den Tonnen von Lebensmitteln, die für das Krönungsbankett bestellt worden waren, zu geschehen hätte.«

»Was geschah also damit?« fragte der Prinz in leicht amüsiertem Ton.

»Da waren einmal die zweitausendfünfhundert Wachteln«, begann Angelina.

»Fahren Sie fort«, drängte er.

»Weiter Unmengen von gekochten Hühnern, Rebhühnern, Stören und Koteletts, von all den Nachspeisen, die sich nicht halten würden, gar nicht zu reden.«

»Und was geschah damit?«

»Man wollte die Speisen für wohltätige Zwecke spenden«, antwortete sie.

»Und wem kamen sie zugute?«

»Den Armen Schwestern.«

Mit einem leisen Auflachen fügte sie hinzu:

»Es waren die Armen von Whitechapel, die Consommé de faisan aux quenelles, Côtelettes de bécassines à la Souvaroff und all die anderen vom königlichen Küchenchef kreierten Delikatessen essen durften, und nicht die geladenen Könige, Prinzen und Diplomaten.«

Der Prinz warf lachend den Kopf zurück.

»Ich sehe durchaus die Problematik, so viele Delikatessen zu haben und niemanden, der sie ißt. Das muß ich unbedingt meiner Familie erzählen, wenn ich wieder zu Hause bin. Sie fragten mich damals nach Einzelheiten über die verschobene Krönung, und ich wußte nichts zu berichten.«

»Nun werden Sie also all die köstlichen Speisen essen und der Zeremonie in der Westminster Abbey beiwohnen können«, meinte Angelina.

»Das alles macht nur Spaß, wenn man jemanden hat, mit dem man hinterher darüber reden und lachen kann.«

Angelina warf ihm einen hastigen, forschenden Blick zu.

Dachte er etwa daran, sich nach der Krönung mit ihr zu treffen und ihr die Ereignisse zu schildern? Doch er sagte nichts dergleichen, sondern starrte stumm vor sich hin in die Dunkelheit.

Sie fuhren jetzt am Piccadilly vorbei. Alle Häuser und selbst die Laternenpfähle waren festlich geschmückt.

Sie beugte sich vor, um besser hinaussehen zu können, als der Prinz ihre Schultern umfaßte und sie zu sich umdrehte.

»Jetzt sollen Sie noch nicht hinaussehen«, rief er. »Später, wenn es dunkel ist und alles erleuchtet ist, sieht es viel schöner und aufregender aus. Dann werden wir mit offenem Verdeck fahren, damit Sie alles richtig sehen können.«

Mit jedem Nerv ihres Körpers spürte Angelina seine Hände, die ihre Schultern umschlossen hielten, und die Nähe seines Gesichtes.

Auch dem Prinzen schien ihre körperliche Nähe sehr bewußt zu sein, denn er sagte nichts, sondern blickte sie nur schweigend an. Angelina glaubte, er müsse das Hämmern ihres Herzens hören.

»Wir sind gleich da. Ich hoffe, Sie sind ebenso hungrig wie ich«, sagte er schließlich.

Als sie im Restaurant Platz genommen hatten, bestellte der Prinz ein großes, erlesenes Menü, doch als die Speisen serviert wurden, ließen sie sie fast unberührt wieder zurückgehen.

Später konnte Angelina sich nicht erinnern, überhaupt etwas gegessen zu haben.

Das Restaurant, das wirklich sehr klein war, lag in einer der vom Piccadilly abzweigenden Straßen.

Der Oberkellner begrüßte sie und führte sie zu einer Nische am hinteren Ende eines langen, schmalen Raumes, wo sie vor neugierigen Blicken geschützt waren.

Der diskret beleuchtete, äußerst geschmackvoll eingerichtete Raum strahlte eine Atmosphäre von Luxus aus, und Angelina war sicher, daß das Essen hier sehr teuer sein würde.

»Dies ist ein Restaurant für Feinschmecker, die gutes Essen zu schätzen wissen«, erklärte der Prinz, »und für Leute wie uns, die allein und unbemerkt bleiben wollen.«

Angelina beobachtete ihn lächelnd, wie er das Menü zusammenstellte und die Weinkarte studierte. Der golden schimmernde Wein schmeckte ihr ausgezeichnet. Doch sie trank nur sehr selten Alkohol und hatte Angst, er könne ihr in den Kopf steigen.

Während des Essens sprachen sie über die Krönung, über Griechenland und Twi-Twi und über alle möglichen Dinge. Schließlich wurden die Platten abgeräumt und Kaffee für sie beide und ein Brandy für den Prinzen serviert.

Er lehnte sich in dem bequemen Sessel, der charakteristisch war für die Einrichtung des Restaurants, zurück und sagte leise:

»Jetzt können wir endlich über uns reden, Angelina. Ich habe den ganzen Tag an nichts anderes gedacht als an Sie.«

»Ich habe... auch an Sie gedacht«, stammelte Angelina, hätte ihre Worte jedoch am liebsten gleich wieder zurückgenommen, weil ihr ein solches Eingeständnis aufdringlich erschien.

Andererseits hatte sie sich vorgenommen, dem Prinzen gegenüber ehrlich und offen zu sein und ihm nicht das schüchterne junge Mädchen vorzuspielen, wie es manche andere Frau getan haben würde.

Der Prinz trank einen Schluck Brandy und sagte:

»Ich sagte Ihnen heute vormittag, daß ich Ihnen meine ganze Geschichte erzählen wolle. Wollen Sie sie wirklich hören, oder würde es Sie langweilen?«

»Nichts, was Sie sagen, kann mich langweilen«, erwiderte Angelina. »Sie sagten auch, daß ich Ihnen... vielleicht helfen könnte, und ich muß gestehen, das wäre mein... sehnlichster Wunsch.«

Als der Prinz sie fragend ansah, senkte Angelina die Augen und fügte hinzu:

»Ich möchte... einem jeden Menschen, der in Not ist, helfen. Besonders aber Ihnen, weil Sie... Grieche sind.«

»Und hoffentlich auch um meiner selbst willen?«

Angelina lächelte.

»Natürlich. Ich kenne keinen anderen Prinzen.«

»Das habe ich nicht gemeint«, entgegnete er. »Sie sollen mir helfen wollen – ganz gleich, ob ich ein Prinz bin oder ein Normalbürger.«

Angelina erkannte, daß er genau das aussprach, worüber sie den ganzen Tag nachgedacht hatte, und starrte ihn aus großen Augen an. Dann sagte sie:

»Bitte, lassen Sie mich Ihnen helfen. Es scheint zwar absurd, daß ich... dazu in der Lage sein sollte, aber manchmal erfahren wir Hilfe... von ganz unerwarteter Seite.«

Einen Augenblick lang sah der Prinz sie schweigend an, dann erwiderte er:

»Also gut, ich erzähle Ihnen alles von Anfang an. Meine Familie regiert Kephallenia seit vielen Hunderten von Jahren, wenn man davon absieht, daß die Ionischen Inseln im Laufe ihrer Geschichte oft kolonialisiert worden sind.«

»Zuerst standen sie unter dem Schutz von Venedig«, murmelte Angelina.

Der Prinz lächelte, als freue er sich über ihr Wissen.

»Dann kamen die Franzosen«, ergänzte er, »und schließlich die Engländer, die uns Kephallenia im Jahre 1864 zurückgaben.«

»Und jetzt müssen Sie es behalten«, erklärte Angelina zuversichtlich.

»Das ist natürlich auch mein Wunsch«, bestätigte der Prinz, »und vor allem der meines Cousins Theodoros Vlachos.«

Nach kurzer Pause fuhr er fort:

»Erst gegen Ende der Regierungszeit meines Vaters zeichneten sich Schwierigkeiten ab, und es gab Leute, die unsere Unabhängigkeit aufgeben und uns der Regierung in Athen unterstellen wollten.«

»Das dürfen Sie nicht tun«, warf Angelina hastig ein.

»Es wird nicht leicht sein, das zu verhindern«, erwiderte der Prinz. »Es ist ohnehin schwer zu verstehen, wie dieser Geist der Revolution, diese Uneinigkeit entstehen konnte.«

Er schwieg nachdenklich und fuhr dann fort:

»Sie haben sich vielleicht gewundert, daß wir – obwohl wir ein sehr kleines Land sind – hier mit einer solch imposanten Botschaft vertreten sind?«

»Großmama war überrascht, als sie erfuhr, wer das Nachbarhaus bezogen hatte.«

»Das haben wir einem meiner Verwandten zu verdanken«, erklärte der Prinz. »Unser Familienname ist Vlachos. Es gibt viele Vlachos in Kephallenia, doch mein Cousin Theodoros ist so ganz anders als die anderen.«

»In welcher Beziehung?« fragte Angelina.

»Weil er ungeheuer reich ist«, antwortete der Prinz. »Zuerst verdiente er viel Geld mit der Schiffahrt. Als er dann wieder nach Hause kam, fürchtete er, daß unsere Insel ihre Unabhängigkeit verlieren könnte – obwohl wir natürlich Griechen sind und König George I. anerkennen.«

Die Art, wie der Prinz den Namen des Königs aussprach, erinnerte Angelina daran, daß George I. Däne und kein Grieche war.

Ihr fiel ein, daß es die Engländer waren, die es erreicht hatten, daß Prinz William George von Holstein-Glücksburg, der Sohn des dänischen Königs, auf den griechischen Thron gewählt wurde.

Erst nach seiner Thronbesteigung trat England die Ionischen Inseln an Griechenland ab.

»Warum hat Ihr Cousin diese Befürchtungen?« wollte Angelina wissen.

»Vor allem wegen der Schwierigkeiten auf Kreta. Theodoros war entsetzt, daß der zweite Sohn des Königs Hoher Kommissar unter dem Sultan werden sollte, und fürchtete, daß dasselbe auch mit Kephallenia geschehen könnte.«

»Ich verstehe ihn«, murmelte Angelina.

»Deshalb brachte er einige europäische Staaten – England inbegriffen – dazu, Kephallenia als selbständigen Teil Griechenlands anzuerkennen.«

Lächelnd fuhr er fort:

»Mein Cousin war es, der diese Botschaft hier einrichtete. Meine Regierung hätte sich das nicht leisten können.«

Er hielt einen Augenblick inne und fuhr dann fort: »Und mein Cousin ist es auch, der mich zur Heirat drängt. Ebenso wie der Premierminister ist er überzeugt davon, daß sie die revolutionären Elemente auf der Insel auseinander sprengen könnte.«

»Sind die anderen Regierungsmitglieder auch dieser Meinung?« fragte Angelina.

»Die Mehrzahl von ihnen schließt sich der Meinung des Premierministers an. Einer jedoch ist dagegen.«

»Wer ist das?« fragte Angelina bemüht, ihr Interesse zu zeigen.

»Ein Mann namens Kharilaos Costas«, antwortete der Prinz. »Er ist unser Außenminister und wird heute abend hier eintreffen.«

»Und er will nicht, daß Sie heiraten?«

»Nein, er war von Anfang an strikt dagegen«, erwiderte der Prinz. »Ich mag ihn zwar nicht, doch ich respektiere seine Einstellung in diesem Punkt.«

Er schien mehr zu sich selbst zu sprechen. Dann blickte er Angelina wieder an und fügte hinzu:

»Es ist eine ziemlich komplizierte Geschichte, aber das sind – wie Sie selbst wissen – ja alle griechischen Geschichten. Das ist meine Geschichte in kurzen Umrissen – ich könnte Ihnen jedoch noch viel mehr erzählen.«

»Es läuft also darauf hinaus, daß Ihr Cousin, den zu kränken Sie sich nicht leisten können, Sie zur Heirat drängt, um auf diese Weise den königlichen Thron vor revolutionären Gruppen zu sichern«, stellte Angelina fest.

»So könnte man es zusammenfassend ausdrücken«, entgegnete der Prinz. »Und der einzige, der darunter zu leiden hat, bin ich.«

»Vielleicht... finden Sie eine Frau... die Sie lieben«, versuchte Angelina ihn zu trösten.

»Ich habe sie gefunden«, erwiderte der Prinz. »Aber ich kann sie nicht heiraten.«

Ein beklemmendes Schweigen trat ein.

Als ihre Blicke sich schließlich trafen, fügte er sehr leise hinzu:

»Ich liebte Sie vom ersten Augenblick an, als ich Sie gesehen habe.«

4

»Das ist... nicht wahr!« stammelte Angelina mit erschreckter, zitternder Stimme.

»Es ist wahr!« bekräftigte der Prinz. »Als ich Sie in der Halle stehen sah, war es mir, als seien Sie in strahlendes Licht gehüllt.«

Er hielt inne und sah Angelina mit einem Blick an, der sie erbeben ließ. Dann fuhr er fort:

»Der Himmel über Kephallenia erstrahlt in schillerndem, zugleich jedoch sanftem Licht, das in ganz Griechenland berühmt ist. Ich habe dieses Licht nirgendwo sonst gesehen, bis zu jenem Augenblick, als ich Sie sah.«

»Wie können Sie... solche Dinge sagen?« fragte Angelina atemlos.

»Sie sind so bezaubernd schön!« antwortete er. »Sie entsprechen so ganz meiner Idealvorstellung von einer Frau, nach der ich ein Leben lang gesucht habe. Und jetzt, wo ich sie gefunden habe, darf ich nicht um sie werben.«

In seiner Stimme lag soviel Qual, daß Angelina ihm am liebsten ihre Arme entgegengestreckt hätte.

Sie konnte es nicht ertragen, ihn leiden zu sehen, wollte nicht der Grund dafür sein, daß er unglücklich war.

»Es tut mir weh, Sie anzusehen und dabei zu wissen, daß Sie mir nie gehören können«, fuhr er fort. »Und trotzdem ist es wie ein unbeschreibliches Wunder für mich, daß es Sie gibt. Daß es eine Frau gibt, die wie eine der Göttinnen ist, an die ich mein ganzes Leben lang geglaubt habe.«

Seine Stimme ließ Angelinas Körper erzittern; sie spürte, wie ihr ganzes Wesen ihm entgegendrängte, als umgäbe nicht sie, sondern ihn das Licht Apolls, das jedes menschliche Wesen so unwiderstehlich anzog.

Sie hatte oft gelesen, daß Licht für die Griechen mehr bedeutete als für jedes andere Volk der Erde.

Als hätte er einmal wieder ihre Gedanken erraten, sagte der Prinz:

»Homer beschrieb die Göttin Athene als helläugig, und Helena trug für ihn einen ›leuchtenden Schleier‹. Für mich sind auch Sie von diesem Leuchten umgeben – von einem Licht, so rein und intensiv, als käme es von der Sonne selbst.«

Angelina war wie gelähmt von seinen Worten und konnte den Prinzen nur stumm anstarren. Nie hätte sie geglaubt, daß je ein Mann so zu ihr sprechen würde, am allerwenigsten der Prinz.

»Ich liebe Sie«, fuhr er fort. »Ich liebe Sie so sehr, daß nichts anderes mehr von Bedeutung für mich ist. Und doch kann ich nichts tun.«

Es war ein Aufschrei, der aus seinem tiefsten Inneren zu kommen schien. Und obwohl Angelina sich am liebsten in seine Arme geworfen hätte, sagte ihr ihr Verstand, daß sie ihm helfen mußte. Daß sie es war, die stark sein mußte.

Sie war es, die ihm sagen mußte, was er tun sollte, die ihn darin bestärken mußte, seine Pflicht gegenüber seinem Volk zu erfüllen.

Sie rang die Hände, als habe sie Angst, den Prinzen gegen ihren Willen zu berühren.

»Was immer wir… füreinander empfinden… Sie müssen zuerst an Kephallenia denken.«

»Was wir füreinander empfinden?« wiederholte der Prinz. »Sagen Sie mir, meine bezaubernde, kleine Persephone, was Sie für mich empfinden.«

Seine Stimme war drängend, fordernd. Angelina konnte seinem Blick nicht länger standhalten und sah zur Seite.

»Sagen Sie es mir«, drängte er.

Einen Augenblick noch zögerte sie, doch als sie sah, wie sehr er litt, flüsterte sie:

»Ich… liebe Sie.«

Er schloß die Augen, als könne er die Schönheit ihres Gesichts und die Wärme ihrer Augen, als sie die ersehnten Worte aussprach, nicht ertragen.

Ehe er jedoch etwas erwidern konnte, fuhr Angelina fort:

»Doch wie Sie selbst gesagt haben – es darf nicht sein. Sie müssen die richtige Frau heiraten, die in der Lage ist, Ihr Land vor den Revolutionären zu retten.«

»Ich weiß, daß ich das tun muß«, erwiderte der Prinz in resignierendem Ton. »Aber was wird aus Ihnen, Angelina?«

Sie blieb stumm, und er fuhr fort:

»Sie werden heiraten – natürlich werden Sie heiraten –, doch ich kann den Gedanken daran nicht ertragen.«

Angelina sagte nichts. Sie hielt es für ziemlich unwahrscheinlich, daß sie jemals einen Mann finden würde, der sie heiraten wollte, und glaubte, den Rest ihres Lebens allein im Haus ihrer Großmutter verbringen zu müssen.

Sie würde umgeben sein von alten Leuten, und es würde niemanden außer Twi-Twi geben, mit dem sie reden konnte.

»Bei meiner Seele«, sagte der Prinz, als ahnte er ihre Gedanken, »es ist leichter für mich, mir Sie mit einem Buch in der Hand im Haus Ihrer Großmutter vorzustellen oder mit Twi-Twi im Garten spazierengehend – nur darf Ihnen dort kein anderer Mann begegnen, so wie ich es getan habe.«

»Und wenn ich hundert Männer träfe«, entgegnete Angelina, »keiner könnte... wie Sie sein.«

Ja, dachte sie, niemand kann wie er sein, nicht nur wegen seines guten Aussehens, seiner breiten Schultern und seiner dunklen, sprechenden Augen, die sie ihr Leben lang nicht vergessen würde.

Von dem Augenblick an, da sie sich zum erstenmal in der Halle der Botschaft gesehen hatten, hatten sie sich wie magnetisch zueinander hingezogen gefühlt.

Als ihre Blicke sich begegnet waren, hatte sie gespürt, daß etwas Seltsames mit ihr vorging.

Sie hatte ihre Gefühle nicht gleich richtig erkannt, doch jetzt wußte sie, daß Amors Pfeil sie in jenem Augenblick getroffen hatte und daß sie nie wieder etwas Ähnliches empfinden würde.

Sie erinnerte sich auch an die heißen Schauer, die ihren Körper durchströmt hatten, als der Prinz ihre Hand berührte.

Auch als er in der Kutsche ihre Schultern umfaßt hatte, war dieses prickelnde Gefühl wieder dagewesen.

Wir gehören zusammen, dachte sie. Und wenn es für ihn eine Qual ist, mich zu verlieren, so ist es für mich noch viel, viel schlimmer.

Für ihn gab es noch andere Dinge in seinem Leben – sein Land, sein Volk, die unzähligen Pflichten, die auf ein Regierungsoberhaupt zukamen, und natürlich die Notwendigkeit, eine Frau zu finden. Ihr ganzes Ich schien vor Qual aufzuschreien bei dem Gedanken daran, daß er eine andere heiraten würde, eine Frau, die – selbst wenn sie ihn eines Tages zu mögen begann – ihn nie so lieben würde, wie sie es tat.

Sie fühlten sich nicht nur körperlich auf eine erregende, unwiderstehliche Art und Weise zueinander hingezogen – auch ihre Seelen schienen eins zu sein.

»Wenn ich ein einfacher Mann wäre und Ihnen im Garten begegnet wäre – würden Sie mich dann heiraten?« fragte der Prinz nach einer Weile.

»Sie... kennen die Antwort«, antwortete Angelina, »doch... wir dürfen nicht darüber nachdenken, weil es uns... nur unglücklich machen würde.«

»Mache ich Sie... unglücklich?« fragte der Prinz.

Als Angelina ihn ansah, konnte er die Antwort in ihren Augen lesen.

»Was ich tue, ist falsch und grausam!« rief er. »Ich wollte Sie ein wenig glücklich machen, indem ich Ihnen diesen Abend schenkte, damit er für Sie ebenso unvergeßlich bleiben sollte wie für mich. Und was tue ich?«

Er seufzte tief auf.

»Als ich mich ankleidete und mich voll Ungeduld darauf freute, Sie wiederzusehen, nahm ich mir vor, Ihnen meine wahren Gefühle nicht einzugestehen. Ich wollte mit Ihnen reden, mit Ihnen lachen. Es sollte ein fröhlicher Abend werden – sonst nichts.«

Wieder seufzte er schwer.

»Als Sie dann jedoch kamen und Ihre bezaubernde Schönheit mir den Atem nahm, wollte ich über nichts anderes mehr sprechen als über meine Liebe zu Ihnen.«

»Ich werde... es nie vergessen«, stammelte sie.

Plötzlich fuhr sie erschrocken zusammen, denn der Prinz schlug mit der Faust auf den Tisch, so daß die Kaffeetassen klirrend zur Seite hüpften.

»Sprechen Sie nicht so!« stieß er hervor. »Sie reden, als wäre alles bereits Vergangenheit. Doch noch haben wir das Heute – diesen Augenblick, diesen Abend, morgen und übermorgen, bis ich wieder nach Hause zurückkehren muß.«

Angelina wandte den Kopf ab. Ihr Blick wanderte im Restaurant umher, doch sie nahm weder die anderen Gäste noch die zwischen den Tischen umhereilenden Ober wahr.

Sie dachte an die Leere und Stille des Hauses ihrer Großmutter und daran, wie es sein würde, wenn es niemanden mehr gab, der sie im Nachbarhaus beobachten konnte, niemand, der im Garten auf sie wartete.

»Was immer die Zukunft uns auch bringen mag«, erklärte sie tapfer, »die Erinnerung an diesen Abend, den ich nie vergessen werde, wird uns bleiben.«

»Auch ich werde ihn nie vergessen«, erwiderte der Prinz. »Mir wurde ein Stück Glück geschenkt, das nur sehr wenige Männer erleben dürfen.«

Ein bitteres, gequältes Lächeln zuckte um seinen Mund.

»Ich kam voller Zorn und Haß nach England, weil ich glaubte, die Frau treffen zu müssen, die ich aus politischen Gründen heiraten sollte.«

Mit einer umfassenden Geste seiner Hand fuhr er fort:

»Doch was geschah? Ich glaubte, alles, was mir etwas bedeutete, zurückgelassen zu haben – das glitzernde, durchscheinende, erregende Licht meiner Heimat, das ich nirgendwo sonst finden zu können glaubte, bis ich Sie sah.«

»Bin ich... wirklich von diesem Licht umgeben?« wollte Angelina wissen.

»Für mich ja«, antwortete er. »Das Licht in Ihnen gleicht dem, von dem die alten Griechen glaubten, daß es ihren Blick erweitere und ihrem Körper ungeahnte Kräfte verleihe.«

»Sie konnten nichts... Schöneres zu mir sagen«, entgegnete sie leise.

Dabei überlegte sie, ob sie ihm ihr Geheimnis anvertrauen sollte.

Doch womöglich war er dann schockiert und sah sie nicht mehr im gleichen Licht wie zuvor?

Doch gerade nach diesem Licht sehnte sie sich. Manchmal hatte sie geglaubt, es in den Sternen über ihr, in der glitzernden Oberfläche eines Sees oder in einem Musikstück zu erkennen.

Weil sie so viel über Griechenland und die griechische Mythologie gelesen hatte, verstand sie den Prinzen so gut.

Der Klang seiner Stimme und der Blick seiner Augen sagten ihr, daß er ihr nicht nur ein billiges Kompliment machen wollte, sondern daß seine Worte aufrichtig gemeint waren und aus der Tiefe seines Herzens kamen.

Trotzdem versetzten sie seine Worte in Erstaunen.

Alles, was sie über Griechenland und seine Götter gelesen hatte, bewahrte sie tief in ihrem Herzen auf. Nie hatte sie mit einem anderen darüber gesprochen, und nie hatte sie geglaubt, es je tun zu können.

Selbst wenn sie – wie alle jungen Mädchen es zu tun pflegen – daran gedacht hatte, sich eines Tages zu verlieben, hatte sie nicht geglaubt, mit ihrem Ehemann über solche Dinge sprechen zu können, wußte sie doch, daß ein Engländer so etwas nie verstehen würde. Ihr Vater würde sie als kindisch ausgelacht haben, wenn sie mit ihm darüber gesprochen hätte, oder gar befürchtet haben, sie sei nicht ganz normal.

Doch der Prinz verstand sie. Ja, sie hätte sogar noch viel von ihm erfahren können über Dinge, die sie nicht wußte.

Doch dazu würde keine Zeit mehr bleiben.

»Was können wir nur tun?« unterbrach der Prinz ihre Gedanken. »Was können wir tun, Angelina? Bei Gott, ein Leben ohne Sie kann ich mir nicht vorstellen.«

»Sie werden… Kephallenia haben«, entgegnete Angelina sanft. »Der Sicherheit Ihrer paradiesischen Heimat gegenüber sind wir nur von sehr… geringer Bedeutung.«

»Mein Volk hatte so viel zu leiden unter den Türken«, erklärte der Prinz. »Das darf sich nicht wiederholen.«

»Natürlich nicht«, erwiderte Angelina schnell. »Aber soviel ich weiß, sympathisieren die Deutschen mit den Türken.«

Sie sah, wie sein Gesicht sich verfinsterte, und wünschte, sie hätte geschwiegen.

»Die Türken bedeuten noch immer eine Gefahr für uns«, meinte er, »und die Deutschen neiden den Engländern ihre Macht und ihre Kolonien.«

»Ich weiß.«

»Es gibt so viel Haß und so wenig Liebe.«

Der Prinz streckte seine Hand aus, und Angelina legte spontan ihre Hand in die seine.

Wieder durchschoß diese wundervolle heiße Welle ihren Körper.

»Ich liebe Sie«, sagte der Prinz mit belegter Stimme. »Ich liebe Sie über alles, Angelina, und deshalb werde ich nie etwas tun, was Ihnen weh tut – wenn ich es vermeiden kann.«

»Es wird eine Qual für mich sein, Sie... zu verlieren«, entgegnete Angelina, »doch ich werde stets dankbar sein, daß ich erfahren durfte, wie... wunderbar ein Mann sein kann.«

Sie konnte die Tränen nicht zurückhalten, und der Druck seiner Hand verstärkte sich. Dann zog er sie zurück und sagte:

»Wir haben noch ein wenig Zeit für uns... heute abend. Ich werde Ihnen später die geschmückte Stadt zeigen, und ich werde Sie bitten, morgen wieder mit mir zu speisen.«

»Aber ich dachte, Sie haben morgen eine... Verabredung, die Sie nicht absagen können?« sagte Angelina.

»Ich werde sie nicht absagen«, antwortete der Prinz. »Ich werde Sie mitnehmen.«

Als Angelina nichts darauf erwiderte, fuhr er fort:

»Es gibt eine ganze Reihe von Leuten aus Kephallenia hier in London. Sie arbeiten hier und treffen sich einmal im Monat in einem griechischen Restaurant.«

Lächelnd fügte er hinzu: »Unser Essen morgen wird sich sehr von dem heutigen unterscheiden, aber ich möchte, daß Sie einige meiner Landsleute, über die ich regiere, kennenlernen.«

»Werden sie... mich auch sehen wollen?«

»Sonst würde ich Sie nicht darum bitten«, erwiderte der Prinz. »Doch sie brauchen nicht zu wissen, wer Sie sind, und es ist äußerst unwahrscheinlich, daß Sie ihnen in den Kreisen, in denen Sie und Ihre Großmutter sich bewegen, je wiederbegegnen.«

Nach kurzer Pause fuhr er fort:

»Das Essen wird das gleiche sein wie bei uns in Kephallenia, und Sie werden erleben, wie die Griechen tanzen und feiern, wenn sie glücklich sind.«

So werden sie auch seine Hochzeit feiern, dachte Angelina, und der Prinz – der wieder einmal ihre Gedanken erahnt zu haben schien – fuhr hastig fort:

»So werden wir uns näher sein, wenn wir nicht mehr zusammensind. Und ich bin eigensüchtig genug, Angelina, um mir zu wünschen, daß Sie mich nicht vergessen werden.«

»Das könnte ich... nie«, erwiderte sie. »Und wenn Sie es für richtig halten, komme ich morgen abend gern mit Ihnen.«

»Dann werden wir noch einmal zusammensein«, meinte der Prinz, und ein glückliches Lächeln huschte über sein Gesicht, »und vielleicht können wir uns vormittags noch einmal im Garten sehen. Aber Sie dürfen nicht traurig sein, wenn ich es nicht einrichten kann.«

»Was werden Sie tun?«

»Heute abend wird mein Außenminister eintreffen, der gerade eine ausgedehnte Auslandsreise hinter sich hat«, erklärte der Prinz. »Wir werden eine lange und mit Sicherheit äußerst langweilige Besprechung haben, während der er mir von den Verhandlungen und Gesprächen, die er geführt hat, berichten wird.«

»Warum mögen Sie ihn nicht?« fragte Angelina neugierig.

Der Prinz zog die Stirn kraus.

»Ich weiß es nicht, und es ist sicher auch sehr indiskret von mir, Ihnen anzuvertrauen, daß ich ihn nicht mag«, antwortete er. »Aber irgend etwas stimmt nicht mit ihm. Ich könnte nicht sagen, was es ist, aber ich spüre es.«

»Ich kenne das«, pflichtete Angelina ihm bei, »und ich glaube, daß man sich auf sein Gefühl verlassen sollte.«

»Auch ich neige dazu«, erwiderte der Prinz. »Doch heutzutage ist es leider so, daß man einen Menschen nur nach dem beurteilen darf, was Akten, Berichte und sein persönlicher Lebenslauf über ihn aussagen.«

»Papa hat mir erzählt, wie sehr die Inder ihren Intuitionen folgen. Er hat es zwar nicht ausdrücklich gesagt, aber ich weiß, daß es in Indien Menschen gibt, die den Charakter eines Menschen mit geradezu hellseherischen Fähigkeiten erkennen.«

»Ich brauche kein Hellseher zu sein, um zu wissen, daß alles an Ihnen vollkommen ist«, meinte der Prinz. »Diese Vollkommenheit umgibt Sie wie ein Heiligenschein, ebenso, wie Apollo, als er – als Stern verkleidet – von einem Schiff sprang.«

Angelina stieß einen Freudenschrei aus und rief:

»Ja, und ein blendendes Licht erhellte den Himmel.«

»Dann verschwand der Stern wieder«, fuhr der Prinz fort, »und zurück blieb ein hübscher, junger Mann mit Pfeil und Bogen.«

Angelina schlug begeistert die Hände zusammen.

»Sie haben die gleiche Geschichte gelesen!«

»Es ist mir die liebste von all den Göttersagen«, antwortete der Prinz. »Damals wählte Apoll auch Delphi für seinen Tempel aus.«

»Sie waren schon einmal da?«

»Natürlich, oft.«

»Ich würde so gern einmal dorthin fahren«, meinte Angelina. »Hatten Sie das Gefühl, Apoll nahe zu sein, als Sie unter den leuchtenden Klippen standen?«

»Ich empfand eine unendliche Ruhe und sah das Licht über und unter mir«, antwortete er. »Doch ich fühlte mich allein. Jetzt kenne ich den Grund dafür – weil Sie nicht bei mir waren.«

»Vielleicht werde ich eines Tages nach Griechenland reisen können«, sagte Angelina hoffnungsvoll.

»Glauben Sie, daß es mir Freude macht, zu wissen, daß Sie in meiner Heimat waren – ohne mich?« fragte er, und seine Stimme war beinahe ein Aufschrei.

»Ich möchte bei Ihnen sein, wenn Sie Griechenland besuchen, Angelina. Es gibt so vieles, was ich Ihnen zeigen möchte, so vieles, was ich Ihnen erklären kann – so vieles, das wir gemeinsam erleben können.«

Ihre Blicke ruhten tief ineinander, und er rief:

»Wie kann ich ohne Sie sein? Wie kann ich leben, wenn ich weiß, daß Sie irgendwo auf der Welt sind und ich Sie nicht sehen, nicht berühren kann?«

»Sie dürfen so etwas nicht sagen«, flüsterte Angelina. »Damit machen Sie alles nur noch... schlimmer.«

»Die Wirklichkeit wird viel schlimmer sein«, entgegnete der Prinz. »Als ich nach England kam, sehnte ich mich nach Kephallenia. Wenn ich jetzt jedoch abreise, wird nur ein Teil von mir nach Hause fahren. Mein Herz bleibt bei Ihnen.«

Sie sahen sich noch immer unverwandt in die Augen, bis der Prinz mit beinahe übermenschlicher Anstrengung den Blick abwandte und in plötzlich verändertem, fast barschem Ton sagte:

»Sie dürfen nicht zu spät nach Hause kommen.«

Er bat um die Rechnung, und nachdem er bezahlt hatte, standen sie wortlos auf und verließen das Restaurant.

Der neben der Tür stehende Oberkellner verbeugte sich ergeben, und der Prinz gab ein Trinkgeld und dankte ihm für das ausgezeichnete Essen. Doch Angelina wußte, daß er es ebensowenig genossen hatte wie sie.

Draußen wartete die Kutsche auf sie. Alexis hatte Twi-Twi neben sich auf den Kutschbock gesetzt.

Jetzt reichte er dem Prinzen den weißen Pekinesen, während dieser Angelina in den Wagen half und den Hund auf die gegenüberliegende Bank setzte.

Wie der Prinz es ihr versprochen hatte, war das Verdeck heruntergelassen worden. Inzwischen war es dunkel geworden, die Gaslampen tauchten die Straßen in goldenes Licht. Fast alle Geschäfte am Piccadilly waren festlich geschmückt und beleuchtet, und die Fahnen und die Bilder des neuen Königspaares lagen in hellem Licht.

Die Beleuchtung verlieh der Stadt ein fröhliches Aussehen und wischte die finstere Würde, die vielen Straßen innewohnte, fort, so daß sie beinahe etwas Leichtlebiges bekamen.

Angelina nahm all diese Eindrücke voll Freude in sich auf, und als der Prinz ihre Hand ergriff, konnte sie nicht anders, als etwas näher an ihn heranzurücken.

»Es ist genau so, wie ich es mir vorgestellt habe«, rief sie aufgeregt, »und es ist wunderschön, daß auch Mond und Sterne zu sehen sind.«

Sie warf begeistert den Kopf zurück. Als der Prinz dabei die feine Linie ihres Halses sah, sog er scharf den Atem ein.

Alexis kutschierte sie über den Piccadilly Circus, dann den Haymarket herunter bis zum Trafalgar Square.

Die von verborgenen Lichtquellen erleuchteten Springbrunnen warfen schimmernde Regenbogen in den Himmel. Die Nelson-Säule war mit Girlanden umwunden, Fahnen und Flaggen wehten an jedem Laternenpfahl.

Eine Gruppe junger Leute tanzte zu den Klängen eines Leierkastens, während andere ihnen zusahen und Beifall klatschten.

»Sehen Sie, wie glücklich alle sind, daß ihr König wieder gesund ist und die Krönung stattfinden kann«, bemerkte der Prinz.

»Er ist sehr beliebt«, erwiderte Angelina. »Man nennt ihn auch den Friedenskönig.«

»Hoffen wir, daß uns der Frieden erhalten bleibt«, meinte der Prinz.

Angelina wußte, daß er dabei an die Deutschen dachte, die für Großbritannien eine ebensolche Gefahr darstellten wie die Türken für Griechenland.

»Lassen Sie uns die Politik für die nächsten Tage vergessen«, bat sie spontan, »und vielleicht gelingt es uns auch, nicht an... die Zukunft zu denken.«

»Vergessen, daß wir Abschied nehmen müssen?« fragte der Prinz.

»Ja, schließlich haben wir noch das Heute. Bitte... ich möchte jede Minute mit Ihnen genießen.«

»Gut«, stimmte er zu, »und vielleicht kommt das Morgen nie.«

»Selbst dann... werden wir das Heute gehabt haben.«

»Sie sind sehr weise, meine kleine Persephone.«

Er hob ihre Hand an seine Lippen und küßte sie.

Seine Lippen auf ihrer Hand ließen sie erbeben und riefen tausend nie gekannte Empfindungen in ihr hervor.

»O Gott, ich liebe Sie so sehr!« rief der Prinz. »Ich verspreche Ihnen, meine Liebste, ich werde versuchen, das Heute so schön wie möglich für uns zu machen.«

Die Kutsche fuhr durch den Admiralsbogen in die Mall hinein.

Hier waren die Laternenpfähle noch prächtiger geschmückt, doch Angelinas Augen wanderten zu dem im Mondlicht schimmernden, kleinen See im St.-James-Park.

Das silberne Wasser schimmerte durch die Zweige der Bäume, und Angelina genoß dieses romantische Bild.

Die Augen des Prinzen jedoch hingen unverwandt an ihrem Gesicht.

»Wollen wir hinübergehen und uns die Enten ansehen?« fragte er.

»Können wir das denn?«

»Warum nicht?«

Er rief Alexis etwas zu, der daraufhin die Kutsche anhielt.

»Bitte, kümmere dich um den kleinen Hund«, bat der Prinz. »Wir werden nicht lange fort sein.«

Er nahm Angelinas Arm. Diese zog ihren Samtumhang fester um die Schultern, weil sie befürchtete, für einen Spaziergang zu elegant gekleidet zu sein. Sie wollte nicht für eine Touristin vom Lande gehalten werden.

Doch die Menschenmassen, die sich am Tag durch den Park geschoben hatten, waren verschwunden. Nur gelegentlich begegneten sie einem Pärchen, das sich im Schatten der Bäume dicht aneinanderschmiegte.

Als sie schließlich die Brücke erreichten, die über den See führte, schienen sie allein an diesem bezaubernden Ort zu sein; der Mond tauchte alles in ein silbernes Licht.

Die ganze Zeit über sah der Prinz sie unentwegt an, doch sie schwiegen. Es bedurfte keiner Worte mehr zwischen ihnen.

Als sie einander so nahe waren und sie die Hand des Prinzen auf ihrem nackten Arm spürte, empfanden sie ein überwältigendes Gefühl der Übereinstimmung.

Eine Weile blickten sie schweigend auf das glitzernde Wasser, dann drehten sie sich um, um zur Kutsche zurückzugehen. Im Schatten eines hohen Baumes blieb der Prinz plötzlich stehen.

Als Angelina fragend zu ihm aufblickte, ergriff er ihren Arm.

»Ich möchte Sie küssen«, sagte er mit heiserer Stimme. »Ich wünsche es mir mehr, als ich mir je irgend etwas gewünscht habe.

Wenn Sie mir jedoch sagen, daß ich es nicht tun soll, werde ich Ihnen gehorchen, denn ich liebe Sie zu sehr, um irgend etwas zu tun, was Sie nicht wollen.«

Angelina blieb stumm.

Sie blickte nur schweigend zu ihm auf, und obwohl sie sich nicht zu bewegen schienen, lag sie plötzlich in seinen Armen.

Dann neigte er den Kopf, und ihre Lippen fanden sich.

Es war ein sehr zarter Kuß, der Kuß eines Mannes, der etwas so Heiliges berührt, daß er beinahe fürchtet, es zu entweihen.

Angelinas Lippen waren weich und warm, und als ihr Kuß sich vertiefte, fühlten sie sich von einem himmlischen Glanz umgeben, der ihre Seelen erfüllt.

Es war ein Rausch, der sie eins werden ließ mit den Sternen, mit dem silbern glänzenden Wasser und der Musik, die aus ihren Herzen kam. Ihre Empfindungen waren so vollkommen, daß Angelina sich in den Himmel emporgehoben fühlte.

Dann spürte sie ein seltsames, nie gekanntes Feuer in sich.

Es schien aus den Tiefen ihres Körpers emporzusteigen; es durchzuckte ihre Brust, ihre Lippen, bis es sich mit der Glut vereinigte, die – das spürte sie – den Prinzen erfüllte.

Es hätte die Jahrhunderte umspannen und Teil der Flammen sein können, die von Apoll aufstiegen und ihn zu einem Stern werden ließen.

Keiner von beiden hätte zu sagen gewußt, wie lange dieser Kuß gedauert hatte.

Als der Prinz schließlich den Kopf hob und Angelina zu ihm aufblickte, war es ihr, als hätten sie aufgehört, menschliche Wesen zu sein.

Einen Augenblick lang standen sie still beieinander, dann gingen sie schweigend Hand in Hand zurück, denn es bedurfte keiner Worte, um das auszudrücken, was sie empfanden.

Als die Kutsche sich in Bewegung setzte, hielten sie sich noch immer an den Händen. Während der ganzen Fahrt sagten sie nichts, und erst als die Kutsche am Belgrave Square zu den Stallungen hin einbog, sagte der Prinz mit seltsam fremd wirkender Stimme:

»Wenn wir uns vor morgen abend nicht sehen, werde ich um dieselbe Zeit wie heute abend auf dich warten.«

Alexis brachte die Kutsche vor dem Gartentor zum Stehen.

Der Prinz nahm den Schlüssel aus der Tasche in der Türfüllung, und Angelina nahm Twi-Twi auf den Arm. Er half ihr beim Aussteigen und schloß das Gartentor auf.

Als er ihr den Schlüssel gab und dabei ihre Hand berührte, fühlte sie wieder diese kribbelnde Erregung und blickte zu ihm auf.

Der Mond schien auf sie herab, und für einen langen Augenblick sahen sie sich schweigend an.

»Gute Nacht, meine kostbare Geliebte«, sagte der Prinz heiser.

»Gute... Nacht«, wisperte sie.

Sie lief durch das Gartentor und schloß es hinter sich ab. Dann rannte sie auf die Haustür zu.

Sie schlüpfte hinein und legte den Schlüssel zum Gartentor wieder an seinen Platz zurück. Dann setzte sie Twi-Twi auf den Boden und tastete sich mit vorgestreckten Händen durch die Dunkelheit.

Sie konnte erst wieder klar denken, als sie in ihrem Schlafzimmer ankam, und wußte, daß das, was heute abend geschehen war, ein unfaßbares Wunder war.

Heute abend war sie wirklich Persephone gewesen. Aber sie hatte dem Neuling, der all die Schrecken der Unterwelt durchwandert hatte, nicht die symbolische Kornähre überreicht, sondern selbst das heilige Zeichen erhalten.

Sie setzte sich auf die Bettkante.

Das ist Liebe, dachte sie. Eine Liebe, die so vollkommen, so aufrichtig ist wie Gott selbst, daß ein Mensch, der sie einmal erfahren hat, nie mehr etwas Ähnliches, vergleichbar mit den Eleusinischen Mysterien, erleben kann.

Wenn sie den Prinzen verlor, würde es ihr unmöglich sein, je einen anderen Mann zu heiraten.

Wie konnte sie einem anderen Mann geben, was sie ihm gegeben hatte – nicht nur ihr Herz, sondern auch ihre Seele?

Und sie wußte – auch ohne daß er es ihr gesagt hatte –, daß er dasselbe empfand wie sie.

Es war, als wäre sie von einem flimmernden, himmlischen Licht umgeben gewesen und auf den Flügeln Gottes in den Himmel geschwebt. Und nichts konnte je wieder so sein.

Jetzt dachte Angelina noch nicht daran, wie sehr sie leiden würde, wenn sie den Prinzen verlor.

Sie dachte nur an die heilige Weihe, die ihre Liebe ihnen verliehen hatte, und sie wußte, daß sie ein Glück erfahren hatte wie kaum eine andere Frau.

Als die alte Emily am nächsten Morgen ihr Schlafzimmer betrat, hatte Angelina das Gefühl, kaum ein Auge zugetan zu haben.

Sie hatte wach gelegen und an den Prinzen gedacht, hatte noch immer seinen Kuß, seine Arme zu spüren geglaubt. Fühlte sich noch immer in den Himmel gehoben, eingehüllt in das Licht der Götter.

»Es ist ein schöner, sonniger Tag, Miß Angelina«, sagte Emily mit ihrer krächzenden Stimme, als sie die Vorhänge zurückzog. »Sicher wird auch morgen bei der Krönung schönes Wetter sein.«

»Möchtest du sehen, wie der König am Buckingham Palace eintrifft, Emily?« fragte Angelina und setzte sich im Bett auf.

»Für so etwas bin ich zu alt«, erwiderte Emily. »Ich werde in den Zeitungen darüber lesen. Natürlich würde ich den König und die Königin gern mit eigenen Augen sehen, doch meine Füße würden es nicht mehr schaffen.«

Es hätte ja immerhin sein können, daß ich sie in letzter Minute überreden kann, mich zu begleiten, dachte Angelina wehmütig.

Wenn sie ehrlich war, mußte sie sich jedoch eingestehen, daß es ihr nicht darum ging, den König und die Königin sehen zu können, sondern einzig und allein um den Prinzen. Für kurze Zeit würde sie ihn jedoch auf jeden Fall von ihrem Aussichtsposten im Garten aus beobachten können.

Sicher wird er in seiner mit den vielen Orden besetzten Uniform sehr gut aussehen, dachte sie. Obwohl es für mich keine Rolle spielt, was er trägt.

Seine Augen wollte sie sehen und den Ausdruck, der darin lag, wenn er sie ansah. Er sagte ihr deutlicher als alle Worte, daß er sie ebenso liebte wie sie ihn.

Kann es einen wunderbareren, liebenswerteren Mann geben, fragte sie sich.

Und ihr war klar, daß kein anderer Mann ihr je etwas würde bedeuten können.

Er hatte ihr gesagt, daß er vielleicht Zeit finden und sie im Garten treffen könnte. Und da jeder Nerv ihres Körpers sich danach sehnte, ihn zu sehen und bei ihm zu sein, zog sie sich schnell an und lief die Treppe hinunter. Sie nahm auf dem Stuhl im Eßzimmer Platz, noch bevor Ruston mit den Vorbereitungen für das Frühstück fertig war.

»Sie sind heute sehr früh dran, Miß Angelina«, begrüßte er sie. »Ich fürchte, Ihr Frühstück ist noch nicht ganz fertig.«

»Das macht nichts«, erwiderte Angelina. »Ich bin sowieso nicht hungrig.«

»Sie müssen ein richtiges Frühstück zu sich nehmen«, erklärte der alte Butler entschieden. »Sie dürfen nicht so dünn werden wie der General.«

Langsam ging er die Treppe zur Küche hinunter, und Angelina blieb nichts anderes übrig, als zu warten, denn sie wußte, daß es einen schrecklichen Aufstand geben würde, wenn sie nicht frühstückte. Doch die Wartezeit wurde ihr endlos lang.

Unmittelbar nach dem Frühstück pflegte sie mit Twi-Twi einen kurzen Spaziergang zu machen. Danach ging sie stets zu ihrer Großmutter hinauf, um ihr die Schlagzeilen aus den Zeitungen vorzulesen und ihr beim Öffnen der Post zu helfen.

Doch gewöhnlich erhielt Lady Medvin nicht viele Briefe.

Beim größten Teil der Post handelte es sich meist um Rechnungen und Bitten um Spenden, die Angelina – wenn sie dringend waren – gleich selbst bezahlte oder beantwortete, ohne damit auf Miß Musgrove zu warten.

Miß Musgrove, eine ältliche Sekretärin, stand seit Jahren in den Diensten ihrer Großmutter. Sie kam jeden Freitag, um die Löhne der Dienstboten auszuzahlen und all die anderen Schreibarbeiten zu erledigen, die sich schnell anhäuften, wenn sie nicht regelmäßig ausgeführt wurden.

Endlich kam Ruston mit einem Tablett ins Eßzimmer zurück,

auf dem eine silberne Kaffeekanne, ein ebenfalls silbernes Sahnekännchen und eine zugedeckte Platte mit Rührei und Speck zu sehen waren.

Auch ein Toastkörbchen mit vier Scheiben Toast stand auf dem Tablett, und Ruston brauchte geraume Zeit, um alles auf den Tisch zu stellen.

Der Tisch war bereits gedeckt mit einer Silberplatte, Tasse, Untertasse und Teller, einer kleinen Portion Butter, einem Kännchen Honig und einem Glas Marmelade.

Alles hatte seinen festen Platz, so wie seit Jahren, und daran würde sich auch in Zukunft nichts ändern.

Angelinas Gedanken waren beim Prinzen. Wie lange würde sie wohl warten müssen, bis er wieder nach England kam?

Würde er zur Hochzeit von einer der Prinzessinnen kommen? Oder zur Beerdigung des neuen Königs?

Im nächsten Augenblick fühlte sie sich beschämt, weil sie daran gedacht hatte, daß der König sterben könnte. Andererseits war er bereits fünfundsechzig Jahre alt, und da er mit seiner Gesundheit nicht allzu schonend umging, brauchte man auch nicht zu erwarten, daß er ebenso lang leben würde wie seine Mutter, Königin Victoria.

Unter solchen Umständen will ich den Prinzen nicht sehen, rief sie sich selbst zur Ordnung.

Nein, die Umstände sind mir ganz egal, dachte sie dann. Wenn ich ihn nur wiedersehe! Aber wahrscheinlich werde ich viele Jahre darauf warten müssen.

Das war eine deprimierende Vorstellung, und Angelina erinnerte sich daran, daß sie selbst dem Prinzen vorgeschlagen hatte, in der Gegenwart zu leben und nicht an die Zukunft zu denken.

Es ist das einzige, was wir tun können, dachte sie. Sonst werden wir kaputtgehen, wenn wir Abschied nehmen müssen.

Doch beim Gedanken an den bevorstehenden Abschied schrie alles in ihr auf. »Wie soll ich es nur ertragen? Wie soll ich weiterleben?« fragte sie sich immer wieder.

Um Ruston eine Freude zu machen, aß sie, soviel sie konnte.

Dann lief sie, gefolgt von Twi-Twi, der während des Frühstücks unter dem Tisch zu ihren Füßen gesessen hatte, ins Zimmer ihrer Großmutter hinauf.

»Du kommst heute von dem Morgenspaziergang, mein Liebes?« sagte Lady Medvin, »und wie hübsch du aussiehst!«

»Danke, Großmama. Hast du gut geschlafen?«

»O ja, danke«, antwortete Lady Medvin. »Wahrscheinlich, weil ich gestern nachmittag ein Nickerchen gehalten habe. Der gute Sir William weiß immer, was das beste für mich ist. Ich werde versuchen, heute mittag wieder zu schlafen.«

»Das wäre gut, Großmama«, stimmte Angelina ihr bei. »Du siehst auch sehr hübsch aus heute.«

Lady Medvin lächelte erfreut.

Sie schlief morgens nie sehr lange und trug bereits ihr mit einer Spitzenkrause versehenes Bettjäckchen aus rosafarbenem Satin. Auch eins ihrer Häubchen hatte sie schon aufgesetzt, dieses Mal ein recht kokettes mit korallenroten Bändern.

»Nur zwei langweilige Briefe«, schimpfte Lady Medvin und legte sie neben sich aufs Bett. »Nun sieh nach, ob irgend etwas Aufregendes in der Zeitung steht. Und dann mußt du mit Twi-Twi in den Garten.«

Nur mit Mühe fand Angelina die wenigen Überschriften, die ihre Großmutter interessierten. Dann jedoch konnte sie es nicht länger aushalten, und sie sagte:

»Ich glaube, ich muß jetzt wirklich mit ihm nach draußen, Großmama.«

»Dann geh«, meinte Lady Medvin, »und wenn du zurück bist, sieh bitte nach, ob irgend etwas über den gestrigen Ball in Devonshire House in der Zeitung steht. Es muß ein großer Ball gewesen sein, und ich nehme an, daß auch unser Nachbar, Prinz Xenos, dort war.«

Angelina konnte sich nicht erinnern, ihrer Großmutter gestern früh irgend etwas über diesen Ball vorgelesen zu haben. Doch schon allein die Erwähnung des Namens des Prinzen trieb ihr das Blut in die Wangen, und sie fragte daher betont ahnungslos:

»Warum... glaubst du, daß der Prinz da war, Großmama?«

»Weil dieser Ball ganz offensichtlich für all die königlichen Hoheiten gegeben wurde, die zur Krönung angereist sind«, antwortete Lady Medvin in leicht mißbilligendem Ton, als hielte sie ihre Enkelin für reichlich dumm.

»Ach ja… natürlich.«

»Nun, wie auch immer – wir werden seinen Namen sicher auf der Gästeliste finden, wenn du zurückkommst«, meinte Lady Medvin.

»Ich glaube, es war ein großer Fauxpas, daß ich der Botschaft bisher noch keinen Besuch abgestattet habe. Aber du weißt ja, daß ich durch meine Krankheit nicht dazu in der Lage war.«

»Es wird dir bald bessergehen, Großmama«, erklärte Angelina zuversichtlich, »und dann werden wir als erstes die Botschaft aufsuchen.«

Inzwischen hatte sie die Tür erreicht, drehte sich jedoch noch einmal um.

»Sie liegt ja gleich nebenan, so daß wir nicht einmal die Kutsche zu nehmen brauchen«, fügte sie hinzu.

»Ohne die Kutsche?« rief Lady Medvin. »So etwas habe ich ja noch nie gehört! Natürlich werden wir, wie es sich gehört, mit der Kutsche vorfahren. Dem Botschafter würde es sicher äußerst seltsam vorkommen, wenn wir zu Fuß ankämen.«

Angelina erwiderte nichts darauf und ging hinaus. Dann rannte sie mit solcher Geschwindigkeit die Treppe hinunter, daß Twi-Twi ihr kaum folgen konnte.

Es ist typisch für Großmama, dachte sie dabei, daß sie alles auf konventionelle Art und Weise tun will.

Was würde sie wohl sagen, wenn sie erführe, daß ihre Enkelin, ganz und gar nicht den Konventionen entsprechend, allein mit einem Mann zu Abend gegessen hatte?

Bitte, lieber Gott, laß Großmama es nie erfahren, betete sie insgeheim.

Sie hatte ihren Hut in der Halle abgelegt, als sie zuvor zum Frühstück hinuntergekommen war. Jetzt setzte sie ihn hastig auf und warf noch einen schnellen, prüfenden Blick in den goldgerahmten Spiegel, der über einem Tisch hing, auf dem ein silbernes Tablett auf die Visitenkarten möglicher Besucher wartete.

Jetzt lagen nur wenige Karten darin, und diese waren bereits etwas vergilbt, weil sie schon so lange dort lagen.

Zum erstenmal bedauerte Angelina es nicht, daß ihre Großmutter krank war und nur wenige Gäste ins Haus kamen, denen sie hätten Gegenbesuche abstatten müssen.

Sie war sich darüber im klaren, wie häßlich und undankbar solche Gedanken waren, doch sie war sicher, daß sie dem Prinzen nicht begegnet wäre, wenn ihre Großmutter gesund wäre. Und sicher wäre es ihr auch nicht möglich gewesen, den gestrigen Abend mit ihm zu verbringen.

Es war alles so wunderbar gewesen, so unbeschreiblich schön, und sie hätte nie zu glauben gewagt, daß sie so etwas je erleben sollte. Doch es war auch etwas, was nicht hätte geschehen dürfen.

Aber gerade dadurch wurde es ja zu einem solchen Abenteuer für sie, und deshalb würde sie vielleicht auch mit einem gebrochenen Herzen dafür bezahlen müssen.

Ruston fragte sie, wie üblich, ob sie ausgehen wolle, und gab ihr den Schlüssel zum Gartentor.

Dann rannte sie über die Straße, öffnete das Tor und betrat den Garten.

Obwohl sie nicht erwartet hatte, daß der Prinz so früh am Morgen schon da war, war sie doch traurig, als sie feststellte, daß er nicht dort auf sie wartete.

Langsam ging sie über den Rasen, wünschte, daß er käme, daß er bei ihr wäre und wüßte, wie sehr sie sich nach ihm sehnte.

Wie immer beim ersten morgendlichen Ausgang schoß Twi-Twi wie verrückt im Garten umher. Angelina setzte sich auf die Bank unter den Bäumen und wartete.

»Wenn ich die Augen schließe und sie dann ganz schnell wieder aufmache, wird er vor mir stehen«, redete sie sich ein.

Bei diesem Gedanken wurde sie immer aufgeregter, und ihre Lippen glühten vor freudiger Erwartung.

Sie wußte, daß das die göttliche Macht der Liebe war, über die sie schon gelesen hatte, ohne jedoch zu glauben, daß sie ihr je widerfahren könnte.

Bis gestern abend hatte sie die Bedeutung dieser Worte nie ganz verstanden. Erst als der Prinz sie küßte und dieses himmlische, erregende Gefühl in ihr aufstieg, hatte sie sie begriffen.

»Ich liebe dich! Ich liebe dich!« jubelte es in ihr. Dann öffnete sie die Augen, war sicher, ihn jetzt auf sich zukommen zu sehen.

Doch nur die Sonne und Twi-Twi waren da.

Der Garten war leer.

5

Es ist kindisch, so enttäuscht zu sein, sagte sich Angelina, doch den ganzen Morgen über saß ihr eine schwere Last auf dem Herzen, die nicht verschwinden wollte.

Als sie später ein zweites Mal mit Twi-Twi in den Garten ging, dachte sie daran, daß der Prinz gesagt hatte, daß er den ganzen Tag über Termine hatte. Er würde also auf gar keinen Fall kommen können.

Trotzdem wanderte ihr Blick immer wieder zum Gartentor hin in der irrsinnigen Hoffnung, daß er doch käme.

Das Mittagessen nahm sie, wie gewöhnlich, alleine ein, und nachdem sie ihrer Großmutter für ihr Mittagsschläfchen die Kissen gerichtet hatte, ging sie mit ziemlich trüben Gedanken erneut in den Garten.

Die Sonne schien weniger strahlend zu scheinen, und sie verspürte auch keine Lust, mit Twi-Twi zu spielen. Sie saß nur auf der Bank und dachte an den vergangenen Abend.

Sie dachte an den Zauber seines Kusses und an die Gefühle, die er in ihr erweckt hatte und die sie glauben ließen, kein menschliches Wesen mehr zu sein.

Gleichzeitig jedoch hatte sie das entsetzliche Gefühl, daß selbst die Erinnerung an dieses Erlebnis eines Tages zur Vergangenheit würde. Mit der Zeit würde sie verblassen wie eine alte Photographie, und nichts würde bleiben als Nostalgie.

Sie spürte selbst, daß ihre Phantasie wieder einmal mit ihr durchging, doch sie war nicht in der Lage, sie unter Kontrolle zu bringen.

Sie war von einer geradezu schmerzhaften Sehnsucht nach dem Prinzen erfüllt, daß sie sich schwach und hilflos fühlte.

Sie zählte nicht nur die Stunden und Minuten bis zum Abend, wo sie ihn wiedersehen würde, sondern auch die bis zu seiner Abreise aus England.

Auch wenn er selbst seinen Aufenthalt in der Botschaft noch so gerne verlängern würde – ein solches Verhalten würde Erklärungen erforderlich machen, galt es in seiner Heimat doch Probleme zu lösen und tausend Entscheidungen zu treffen.

Und aus den Zeitungen wußte sie, daß all die königlichen Gäste, die den Krönungsfeierlichkeiten beiwohnten, unmittelbar danach abreisten.

Es gibt nichts Schlimmeres als ein Gast, der nicht abreisen will, dachte sie mit traurigem Lächeln.

Der Prinz würde also in seine Heimat zurückreisen, und nur die Fahne vor seiner Botschaft würde ihr als Erinnerung an ihn bleiben.

Ich liebe ihn! Ich liebe ihn! dachte sie voll Qual.

Als sie den Garten verließ, blickte sie suchend zu den sechs weißen Stufen hinüber, über die der Prinz die Botschaft verlassen würde.

Sie hätte gern gewußt, ob er auch an sie dachte, und hatte das vage Gefühl, daß sich ihre Gedanken zwischen den beiden Häusern treffen müßten.

»Ich liebe dich!« flüsterte sie in der verrückten Hoffnung, daß die sanfte Brise, die die Fahne vor der Botschaft kräuselte, ihre Worte zu ihm hinübertragen würde, wo immer er sich gerade auch befand.

Ihre Großmutter wartete schon auf sie. Nach den verordneten zwei Stunden Schlaf sah sie frisch und erholt aus.

»Heute habe ich ohne Sir Williams Beruhigungsmittel geschlafen«, erklärte sie stolz.

»Du siehst sehr hübsch aus, Großmama«, erwiderte Angelina, ergriff die *Times* und schlug den Gesellschaftsteil auf.

Sie hatte gerade die Namen des Herzogs und der Herzogin von Devonshire auf der langen Liste der vornehmen Gäste entdeckt, als sie durch ein Klopfen an der Tür gestört wurde und der alte Ruston das Zimmer betrat.

Ziemlich außer Atem vom Treppensteigen verkündete er:

»Lady Hewlett, Mylady.«

Angelina erhob sich.

Lady Hewlett war eine sehr alte Freundin ihrer Großmutter, und diese sprach viel von ihr.

Auch sie war in ihrer Jugend einmal sehr schön gewesen und versuchte jetzt, durch das Färben ihrer Haare und das Auftragen von viel zuviel Rouge und Puder ihr Alter zu verbergen.

Bei jeder jüngeren oder weniger vornehmen Dame wäre dieses Bemühen als lächerlich und unmöglich angesehen worden, aber Lord Hewlett war britischer Gesandter in verschiedenen europäischen Hauptstädten gewesen, und seine Frau galt beinahe als eine Art Institution.

»Lily, meine Liebste«, begrüßte sie Lady Medvin und lief mit ausgestreckten Händen zu ihrem Bett, wobei der Duft ihres teuren französischen Parfüms im Nu das Schlafzimmer erfüllte.

»Daisy! Welch eine Überraschung!« rief Lady Medvin. »Ich habe in der Zeitung gelesen, daß du in London bist, aber ich habe nicht erwartet, daß du noch vor der Krönung Zeit finden würdest, mich zu besuchen.«

»Ich hatte heute nachmittag ein wenig Zeit. Was lag also näher, als meine alte Freundin zu besuchen?« erwiderte Lady Hewlett. »Aber weshalb liegst du im Bett?«

»Seit ein paar Monaten geht es mir nicht besonders gut«, antwortete Lady Medvin. »Es war ziemlich deprimierend, in diesem Sommer krank zu sein, wo ich doch Angelina hätte in die Gesellschaft einführen und zu all den wichtigen Bällen begleiten sollen.«

»Ich habe schon gehört, daß Angelina ihren Knicks im Buckingham Palace noch nicht gemacht hat«, entgegnete Lady Hewlett. »Aber warum hast du es mich nicht wissen lassen, Lily? Dann hätte ich sie vorgestellt.«

Lady Medvin stöhnte leise auf.

»Natürlich habe ich daran gedacht!« rief sie. »Aber, ehrlich gesagt, habe ich nicht erwartet, daß du in England bist.«

»Ich hatte nicht die Absicht, die Krönung zu versäumen«, antwortete Lady Hewlett, »und Arthur natürlich auch nicht. Wir haben selbstverständlich einen besonderen Platz in der Abbey, von wo aus wir alles wunderbar sehen können.«

»Wie ich dich beneide!« seufzte Lady Medvin.

Lady Hewlett nahm auf einem Stuhl neben dem Bett Platz und warf Angelina, die gerade die Zeitungen aufhob, um das Zimmer zu verlassen, einen prüfenden Blick zu. Sie schien sehr zufrieden mit dem, was sie sah, und sagte:

»Du bist sehr hübsch geworden, Angelina. Wirklich, sehr hübsch! Du mußt mit mir nach Paris kommen. Ich bin sicher, all die feurigen jungen Männer werden dir zu Füßen liegen.«

»Es ist... sehr freundlich von Ihnen, das zu sagen«, erwiderte Angelina.

Doch sie war überzeugt davon, daß Lady Hewlett ihre Einladung vergessen haben würde, sobald sie England verließ.

»Da fällt mir etwas ein«, fuhr Lady Hewlett fort. »Ich werde eine Party geben, zu der ich dich und Angelina einladen wollte. Da du jedoch nicht dabeisein kannst, mußt du deiner Enkelin erlauben, allein zu kommen. Ich werde mich um sie kümmern.«

Angelina hielt den Atem an. Wenn Lady Hewletts Party heute abend stattfand, würde sie nicht hingehen können.

Aber, durchschoß es sie, wie soll ich ihr das erklären? Ich kann ihr doch nicht sagen, daß ich schon eine andere Verabredung habe.

So wartete sie wie erstarrt, daß Lady Hewlett weitersprach.

»Es ist nur eine kleine Party – mit etwa dreißig Gästen zum Dinner, und etwa der gleichen Anzahl, die danach kommen. Ich dachte, es wäre ganz lustig, wenn getanzt werden könnte, und habe eine Kapelle bestellt.«

Sie warf Lady Medvin einen leicht verlegenen Blick zu, als sie hinzufügte:

»Bevor ich nach Frankreich ging, glaubte ich eigentlich, daß es für mich mit der Tanzerei vorbei sei, doch die Franzosen belehrten mich eines Besseren.«

»Das wird sicher eine gelungene Party«, meinte Lady Medvin. »Aber ich weiß, daß mein Arzt es mir nie erlauben würden, daran teilzunehmen.«

»Dann muß deine hübsche Angelina eben ohne dich kommen«, entgegnete Lady Hewlett. »Ich werde sie mit der Kutsche abholen lassen und auch ein Mädchen mitschicken, falls du nicht willst, daß sie allein fährt.«

»Du bist sehr lieb«, erwiderte Lady Medvin lächelnd. »Und Angelina besitzt ein paar ganz bezaubernde Abendkleider, so daß du dich ihrer nicht zu schämen brauchst.«

»Sie wird die Königin des Abends sein«, erklärte Lady Hewlett. »Ich werde darüber nachdenken, wohin ich sie während meines Aufenthaltes in London noch mitnehmen kann.«

»Du bist die Güte selbst, Daisy«, beteuerte Lady Medvin. »Ich habe dir schon einmal gesagt, daß es niemanden gibt, der ein solch gutes Herz hat wie meine Jugendfreundin Daisy Hewlett. Nicht wahr, Angelina?«

Angelina merkte, daß die beiden Damen eine Antwort von ihr erwarteten, doch nur mit Mühe brachte sie ein paar Worte heraus.

»Es ist... sehr... freundlich von Ihnen«, stammelte sie mit ihr selbst fremder Stimme.

Und mit einer Stimme, die nur noch ein Flüstern war, fügte sie hinzu: »Wann findet... Ihre Party statt?«

»Wann wohl?« antwortete Lady Hewlett. »Morgen abend natürlich.«

Angelina fiel ein Stein vom Herzen, und sie hörte kaum noch, was Lady Hewlett hinzufügte.

»Du magst dich vielleicht wundern, Lily, daß wir morgen abend nicht im Buckingham Palace sind, aber du hast sicher schon gehört, daß die Einladungen für das Festbankett nach der schweren Krankheit des Königs stark reduziert wurden.«

»Nein, davon habe ich nichts gewußt«, erwiderte Lady Medvin.

»Der König und die Königin werden nur ihre Verwandten einladen, und davon gibt es – weiß Gott – genug. Und natürlich die anderen gekrönten Häupter.«

»Ich halte das für sehr vernünftig«, entgegnete Lady Medvin.

»Nach der anstrengenden Zeremonie in der Abbey täte dem König ohnehin eine Ruhepause gut.«

»Zwischen der Zeremonie und dem Bankett wird er etwa eine Stunde Zeit haben, um sich auszuruhen«, sagte Lady Hewlett. »Doch du hast vollkommen recht – er darf seine Kräfte nicht überschätzen nach allem, was er durchgemacht hat.«

»In der Tat«, stimmte Lady Medvin ihr zu.

»In Frankreich glaubte niemand, daß er eine Überlebenschance hätte«, fuhr Lady Hewlett fort. »Aber ich habe schon damals gesagt – und meine Worte haben sich bestätigt –, daß wir die besten Chirurgen der Welt haben.«

Angelina hielt es nicht länger bei den beiden alten Damen aus. Außerdem wußte sie, daß die beiden gern eine Weile ungestört plaudern wollten. Also verließ sie den Raum und ging in ihr Schlafzimmer hinauf.

Sie hatte das Gefühl, sich keinen Augenblick länger auf den Beinen halten zu können, und ließ sich auf das Bett fallen.

Sie hatte entsetzliche Angst ausgestanden, als sie befürchtete, dem Prinzen für den Abend absagen zu müssen.

Noch vor einer Woche wäre sie beim Gedanken, Lady Hewletts Party besuchen zu dürfen, außer sich vor Freude gewesen.

Sie war schon immer besonders nett zu Angelina gewesen, doch in den letzten neun Monaten hatte sie sie nicht mehr gesehen, weil sie im Ausland war.

Angelina wußte, daß Lady Hewlett stets sehr kluge, bedeutende Leute zu sich einlud, und sie schätzte sich glücklich, als so junges Mädchen in diesen Kreis aufgenommen zu werden.

Hätte die Party jedoch heute abend stattgefunden, würde sie jede einzelne Minute gehaßt haben, die sie nicht beim Prinzen sein konnte.

Morgen war das etwas anderes. Morgen würde er im Buckingham Palace sein, und sie konnte zu Lady Hewlett gehen, ohne befürchten zu müssen, daß der Prinz vielleicht Zeit für sie haben könnte.

Doch sie wußte, daß es ihr schwerfallen würde, sich auf die Gäste zu konzentrieren, weil ihre Gedanken unentwegt bei dem geliebten Mann sein würden – ganz gleich, wie interessant die Party sein und wie viele attraktive Männer sie dort treffen würde.

Lady Hewlett blieb für mehr als eine Stunde bei ihrer Großmutter.

Schließlich begleitete Angelina sie zur Eingangstür hinunter und winkte ihr nach, als sie in ihrer prächtigen, von zwei Pferden gezogenen Kutsche davonfuhr.

Danach ging sie wieder zu ihrer Großmutter hinauf.

»Daisy weiß über alles Bescheid, was in der Gesellschaft geschieht«, sagte Lady Medvin, als Angelina eintrat. »Ich habe mich riesig über ihren Besuch gefreut.«

»Das freut mich, Großmama.«

»Sie will dir ein paar charmante junge Männer vorstellen, während sie in England ist.«

»Wie... nett von ihr.«

»Das zeigt mir einmal wieder, wieviel ich an dir versäumt habe, seit ich krank bin«, fuhr Lady Medvin fort. »›Ein Mädchen sollte früh heiraten‹, sagte Daisy vorhin zu mir, ›und je früher Angelina einen Ehemann findet, desto besser.‹«

Angelina erstarrte.

»Einen... Ehemann, Großmama?«

»Daisy hat recht«, fuhr Lady Medvin fort. »Als ich heiratete, war ich gerade achtzehn, und meine Mutter sagte immer, daß annehmbare Junggesellen immer seltener werden, je älter man wird.«

Angelina war ziemlich verwirrt und hoffte verzweifelt, daß dieser Gedanke bei ihrer Großmutter nicht zur fixen Idee werden würde. Wenn sie sich etwas in den Kopf gesetzt hatte, konnte Lady Medvin äußerst hartnäckig, ja geradezu eigensinnig sein. Angelina und ihr Vater hatten das oft genug erfahren.

Dann halfen auch keine Argumente, und Widerstand bestärkte sie nur in ihrem Vorgehen.

»Ich bin sehr glücklich hier bei dir, Großmama«, entgegnete Angelina schnell, »und habe es gar nicht eilig damit, zu heiraten.«

»Das ist Unsinn!« schimpfte Lady Medvin. »Die liebe Daisy hat mir die Augen geöffnet, und ich erkenne, daß ich vieles falsch gemacht habe.«

»Laß uns damit warten, bis du wieder gesund bist«, versuchte Angelina sie zu beschwichtigen.

»Nichts dergleichen werden wir tun«, erwiderte Lady Medvin. »Wenn Daisy nach Paris zurückfährt, werde ich zu einigen meiner anderen Freunde Kontakt aufnehmen und sie bitten, dich während der Wintersaison unter ihre Fittiche zu nehmen. Ich könnte mich selbst ohrfeigen, daß ich nicht früher daran gedacht habe.«

»Mach dir deshalb keine Sorgen, Großmama«, bat Angelina. »Ich bin wirklich glücklich hier. Es macht mir Spaß, dir vorzulesen und mit Twi-Twi in den Garten zu gehen. Ich hatte gar keine Zeit, an Partys und Bälle zu denken.«

Sie merkte, daß ihre Großmutter ihr gar nicht mehr zuhörte.

»Ich muß dir neue Kleider kaufen, Angelina«, sagte sie. »Bestelle bitte Madame Marguerite für morgen vormittag zu uns, und auch diese andere Schneiderin, deren Modelle mir so gut gefallen – wie hieß sie doch gleich?«

»Großmama, ich habe wirklich sehr viele Kleider, die ich fast alle noch gar nicht getragen habe«, warf Angelina ein.

»Tu, was ich dir gesagt habe, mein liebes Kind«, erklärte Lady Medvin entschieden, »und gleich morgen machen wir eine Liste von all meinen Freunden, von denen ich weiß, daß sie mir helfen werden, ebenso wie die gute Daisy es tut.«

Es ist hoffnungslos, dachte Angelina.

Im Augenblick würde sie ihre Großmutter auf gar keinen Fall davon überzeugen können, daß sie mit ihrem Leben, so, wie es war, ganz zufrieden war.

Doch während sie zu ihrem Zimmer hinüberging, um sich umzuziehen, fragte sie sich, ob es nicht vielleicht ganz gut für sie wäre, ein wenig Abwechslung zu haben. Vielleicht würde es nach der Abreise des Prinzen ihren Schmerz etwas lindern, wenn sie nicht ständig die verlassene Botschaft nebenan sah?

Jetzt jedoch konnte sie an nichts anderes denken als an den bevorstehenden Abend.

Sie würde ihn wiedersehen... mit ihm reden... sie würden zusammensein, und... Sie spürte, wie ihr die Röte ins Gesicht stieg, als ihr klar wurde, wie sehr sie sich nach seinem Kuß sehnte.

Vielleicht jedoch würde er heute abend gar keine Gelegenheit haben, sie zu küssen... vielleicht wollte er es auch gar nicht... vielleicht... Ihre Gedanken drehten sich im Kreis, gleichzeitig jedoch wuchs das Gefühl freudiger Erregung in ihr.

Das konnte nur daran liegen, daß die Stunde des Wiedersehens mit dem Prinzen immer näherrückte.

Es fiel ihr schwer, aus den vielen schönen Abendkleidern eins auszuwählen, und sie entschied sich schließlich für eins, das dem Kleid, das er bereits an ihr gesehen hatte, am wenigsten ähnelte.

Es war ein eher einfaches Kleid in sehr blassem Blau, das mit kleinen Samtvolants der gleichen Farbe und Spitzenrüschen besetzt war. Auch das Mieder war mit feiner Spitze besetzt.

Angelina sah sehr jung und zerbrechlich darin aus wie eine Frühlingsblume, die nach dem Schnee des Winters kurz vor dem Erblühen stand.

In letzter Sekunde schoß ihr plötzlich der Gedanke durch den Kopf, daß der Prinz sie vielleicht lieber in einem eleganteren Abendkleid gesehen hätte. Doch zum Umziehen war es zu spät. Ruston wartete bereits im Eßzimmer mit dem Abendessen auf sie.

Sie lief, gefolgt von Twi-Twi, die Treppe hinunter, und als sie das Eßzimmer betrat, empfing Ruston sie in vorwurfsvollem Ton:

»Ihre Suppe wird kalt, Miß Angelina.«

Angelina wußte, daß das gar nicht möglich war, denn die Terrine war mit einem silbernen Deckel verschlossen, und die Suppe würde noch immer siedend heiß sein, wenn die Köchin sie ausschüttete.

»Es tut mir leid, Ruston«, versuchte sie, sich zu entschuldigen.

Wie am Abend zuvor bemühte Angelina sich wieder, so wenig wie möglich zu essen, ohne daß es Ruston auffiel.

»Sie essen zuwenig, Miß Angelina. Von dem, was Sie zu sich nehmen, würde nicht einmal eine Maus satt werden«, sagte er mit besorgter Stimme.

»Ich bin so aufgeregt wegen der Krönung, Ruston«, entschuldigte sich Angelina.

Und das entspricht sogar der Wahrheit, dachte sie, als sie das Eßzimmer verließ.

Sie hatte ihren eigenen kleinen Anteil an der Krönung, und er war aufregender als irgend etwas sonst auf der Welt.

Sie hatte sich so sehr beeilt, daß sie schon um zehn nach acht unten in der Halle stand. Sie hatte eine Chiffonstola in der Farbe ihres Kleides um die Schultern gelegt und trug Twi-Twi auf dem Arm.

Sie konnte unmöglich bei den Stallungen warten, falls der Prinz noch nicht da war. Also blieb sie wartend in der Tür zum Arbeitszimmer stehen, von wo aus sie die alte Standuhr in der Halle sehen konnte. Zweimal glaubte sie, die Uhr sei stehengeblieben, weil die Zeiger sich so langsam weiterbewegten, doch schließlich zeigten sie nur wenige Sekunden vor Viertel nach acht an, und Angelina rannte durch den Gang auf die Tür zum Garten zu.

Sie trat hinaus, lief durch das Atrium und öffnete die Tür zu den Stallungen.

Kaum war sie hinausgetreten, sah sie sich dem Prinzen gegenüber.

Als sie zu ihm aufblickte, begann ihr Herz zu galoppieren, und ein Kloß schien in ihrem Hals zu sitzen, so daß sie kein Wort herausbrachte.

Sie konnte ihn nur schweigend ansehen, und auch er tat nichts anderes.

»Ich muß dir sagen«, begann er schließlich, »daß wir nicht allein zu der Party gehen werden.«

»Nicht... allein?« wiederholte Angelina.

»Es gab sehr viel Aufregung, weil man glaubte, ich sei gestern abend allein ausgewesen«, fuhr der Prinz fort. »Also mußte ich mich damit einverstanden erklären, daß mich einer der Adjutanten begleitet.«

Er mußte die Enttäuschung in ihrem Gesicht bemerkt haben, denn er fügte hinzu:

»Du weißt, mein Liebling, daß ich mir nichts mehr wünsche, als mit dir allein zu sein, doch ich muß mich dem Wunsch des Botschafters fügen.«

»Wäre es dir lieber, wenn ich... nicht mitkomme?«

Ihr Hals war wie zugeschnürt, und nur mit Mühe brachte sie die Worte heraus.

»Natürlich nicht«, erwiderte der Prinz. »Du mußt mitkommen! Überlaß es nur mir. Irgendwie werde ich es schon einrichten können, daß wir uns ungestört unterhalten können.«

Er sah ihre Augen aufleuchten und fügte mit sehr leiser Stimme, so daß nur sie ihn verstehen konnte, hinzu:

»Ich habe den ganzen Tag auf diesen Augenblick gewartet. Es war die reine Hölle, dich so nah zu wissen und dich nicht sehen zu können.«

»Ich habe... im Garten... gewartet.«

»Glaubst du, das habe ich nicht gewußt?« fragte der Prinz. »Ich habe an dich gedacht und mich nach dir gesehnt, aber es war mir unmöglich, zu kommen.«

»Das... wußte ich.«

Jetzt war er da, sie war bei ihm, und es war wie am Abend zuvor, als wäre aus ihnen beiden eine Person geworden.

»Ich liebe dich!« sagte der Prinz. »Ich hätte es nicht für möglich gehalten – aber du siehst heute fast noch schöner aus als gestern.«

Er lächelte und fügte in plötzlich verändertem Ton hinzu:

»Komm, laß uns zu der Party gehen und all unsere Sorgen vergessen, zumindest für die nächsten Stunden.«

Er führte sie zu der Kutsche, aus der gerade ein junger Mann eilig ausstieg.

Wenn man ihn nicht mit dem Prinzen vergleicht, könnte man ihn als gutaussehend bezeichnen, dachte Angelina.

»Darf ich vorstellen?« sagte der Prinz. »Hauptmann Aristoteles Soutsos, mein Adjutant und alter Freund. Wir sind zusammen zur Schule gegangen.«

Angelina streckte ihm die Hand entgegen, und Hauptmann Soutsos beugte sich darüber.

Dann stiegen sie in die Kutsche. Der Hauptmann nahm auf dem schmalen Sitz Platz, und Angelina setzte Twi-Twi neben ihn.

»Beißt er?« fragte Hauptmann Soutsos.

»Es könnte sein«, antwortete Angelina. »Ich empfehle Ihnen, ihn nicht anzufassen. Er mag es nicht, von Fremden berührt zu werden.«

»Er hat nie versucht, mich zu beißen«, stellte der Prinz fest.

»Vielleicht hat er Sie nie für einen Fremden gehalten«, erwiderte Angelina spontan.

Als ihre Augen die des Prinzen trafen, wußte sie, daß er sie verstand. Sie waren einander nie fremd gewesen.

Vom ersten Augenblick ihrer Begegnung an hatte sie gespürt, daß ihre Seelen eins waren.

»Aristoteles und ich haben einen sehr anstrengenden Tag hinter uns«, sagte der Prinz. »Es fing gleich nach dem Frühstück an mit Terminen und Gesprächen, wo alle viel zuviel redeten und niemand zuhörte.«

Hauptmann Soutsos lachte.

»Das kann man wohl sagen, Sir.«

»Sie werden feststellen«, wandte er sich an Angelina, »daß die Griechen sehr gesprächig werden, wenn es um Dinge geht, die sie tief bewegen.«

»Haben Sie heute über solche Dinge geredet, Sir?« fragte Angelina.

»Wie es den anderen ging, weiß ich nicht. Mich jedoch haben unsere Gespräche tief bewegt«, antwortete der Prinz.

Aus seiner Art zu sprechen, schloß Angelina, ohne daß er es ihr sagen mußte, daß sie über seine Heirat gesprochen hatten.

Doch sie wollte, daß er glücklich war, wenn sie zusammen waren. Also wechselte sie das Thema und erzählte ihm von Lady Hewletts Besuch bei ihrer Großmutter und daß sie morgen abend zu der Party beim Gesandten eingeladen sei.

»Ich kenne Seine Exzellenz«, entgegnete der Prinz. »Er ist ein hochintelligenter Mann. Ich würde mir wünschen, daß die englischen Gesandten in Griechenland nur halb soviel Verständnis und Takt besäßen.«

»Das klingt, als seien Sie unzufrieden mit unseren Repräsentanten«, erwiderte Angelina in leicht scherzhaftem Ton.

»Nicht gerade unzufrieden«, antwortete der Prinz. »Doch ich wünschte mir, sie besäßen etwas mehr Kenntnis über das Land, in dem die britische Fahne weht.«

Hauptmann Soutsos lachte.

»Ich muß gerade an die Vertreter der Krone auf den Ionischen

Inseln denken, als diese nach den Napoleonischen Kriegen unter den Schutz Englands gestellt wurden.«

Auch der Prinz lachte, und Angelina fragte:

»Waren sie so ungewöhnlich?«

»Sie waren große Individualisten oder, um es milder auszudrükken, sie waren ziemlich exzentrisch«, antwortete der Prinz. »Sie kamen sich sehr bedeutend vor und sorgten dafür, daß die Griechen das nie vergaßen.«

»Sir Thomas Maitland, der erste Hohe Kommissar, war bekannt für seine Grobheit und Unhöflichkeit, insbesondere jenen gegenüber, die ein Empfehlungsschreiben vorweisen konnten«, warf Hauptmann Soutsos ein.

»Der nächste war sicher nicht besser«, fuhr der Prinz fort, der Angelina die Geschichte offenbar selbst erzählen wollte. »Sir Frederick Adam heiratete eine ehrgeizige Dame aus Korfu, die – den zeitgenössischen Karikaturen und Biographien zufolge – einen Schnurrbart hatte, dessen sich selbst ein feuriger Husar nicht hätte zu schämen brauchen.«

»Das glaube ich nicht!« rief Angelina lachend.

»Doch, es ist wahr, es sei denn, die Geschichtsbücher lügen«, erwiderte der Prinz. »Diese Besonderheit hielt den Kommissar jedoch nicht davon ab, den größten Teil der britischen Einnahmen auf den Inseln an die behaarte Dame zu verschwenden.«

»Gerechterweise muß aber auch gesagt werden, daß die britischen Kommissare Straßen, Krankenhäuser, Heimstätten und Gefängnisse erbauen ließen«, wandte der Hauptmann ein.

»Auf die späteren Kommissare trifft das zu, da haben Sie recht«, gab der Prinz zu. »Und das besiegte Volk war ihnen auch sehr dankbar.«

Während der ganzen Fahrt versuchten die beiden Männer sich darin zu überbieten, Angelina mit amüsanten Begebenheiten aus lang vergangenen Zeiten zu unterhalten.

Angelina freute sich. Das beinahe jungenhafte Wortduell der beiden Männer in dem Bemühen, sie zum Lachen zu bringen, versprach einen erfreulichen Abend, auch wenn sie nicht mit dem Prinzen allein war.

Ihre Vermutung sollte sich bestätigen.

Als sie vor dem von außen ziemlich klein und unscheinbar wirkenden griechischen Restaurant in der Shaftenbury Avenue ankamen, stürmte eine Menge Griechen aus dem Lokal, um sie zu begrüßen. Sie betraten einen kleinen, niedrigen Raum, in dem über hundert Leute, die bei ihrem Eintreten begeistert in die Hände klatschten, sie erwarteten.

Das ganze Lokal war festlich geschmückt, nicht mit Fahnen wie die Straßen, sondern mit zu verschlungenen Mustern geformten Girlanden aus Blumen und Blättern, die – wie Angelina annahm – sicher von griechischen Mädchen angefertigt worden waren.

Unter den Gästen waren viele junge Mädchen. Sie alle waren sehr schön mit ihren übergroßen, dunklen Augen und den in dikken Zöpfen um den Kopf gewundenen Haaren.

Sie trugen die äußerst kleidsame griechische Nationaltracht: Große, weiße Tücher waren um ihren Kopf gewunden, deren Enden auf der linken Seite bis zur Schulter und rechts bis zur Taille herunterhingen. Die bezaubernde Tracht selbst bestand aus einem scharlachroten, von gelben Blenden eingefaßten Mieder, einer Bluse mit weiten weißen Ärmeln, einem langen dunkelblauen Rock und einer blaßblauen Schürze mit gelben Querstreifen.

Die Trachten verliehen dem Lokal eine fröhliche, farbenfrohe Atmosphäre. Der Prinz und Angelina wurden zu einem mit Blumen geschmückten Tisch am hinteren Ende des Raumes geführt, die anderen Gäste saßen an langen, an den Wänden stehenden Tischen. Die Mitte des Raumes war freigehalten worden.

Doch zum Tanzen würden sie erst später kommen. Jetzt blickte Angelina neugierig auf die Speisen hinunter, die vor ihnen auf den Tischen angerichtet waren.

Als Apéritif nahm der Prinz einen Ouzo, einen Anisschnaps, von dem zu trinken er Angelina allerdings abriet, weil er ihr sicher nicht schmecken würde.

Während sie mit dem Prinzen ein belangloses Gespräch führte, dem jeder hätte zuhören können, spürte sie doch, daß sie sich dabei ohne Worte ihre Liebe erklärten und sich mit unwiderstehlicher Macht zueinander hingezogen fühlten.

»Du siehst sehr schön aus«, flüsterte der Prinz kaum hörbar.

Ihre Augen leuchteten auf, und er sagte, jetzt mit normaler Stimme:

»Sie müssen unbedingt das *Mezé* probieren. Es wird Ihnen sicher schmecken.«

Eine große Vorspeisenplatte wurde vor sie hingestellt, und der Prinz legte ihr eine kleine, mit *Brik* – rotem Kaviar – bestrichene Scheibe Brot und eine zweite mit *Taramosaláta,* einem köstlichen Aufstrich aus Fischrogen, auf den Teller.

Dazu gab es Gurken, Joghurt, Knoblauch sowie verschiedene grüne und schwarze Oliven. Der Prinz erzählte ihr, daß ein Grieche genau sagen könne, aus welchem Teil Griechenlands die einzelnen Oliven stammten.

Für Angelina sahen sie alle gleich aus, und sie schaute den Prinzen überrascht an.

»Die ovalen kommen aus Delphi«, erklärte ihr der Prinz, »und die mit den spitzen Enden aus Kalamata.«

Als Angelina nach einer ovalen Olive griff, lächelten sie sich verständnisinnig an – in Delphi stand der Tempel Apolls.

Später konnte sie sich kaum noch an die verschiedenen Speisen erinnern, die sie probiert hatte, doch sie alle waren köstlich gewesen.

Es gab Fisch in einer besonderen Sauce aus Öl und Zitronensaft – *Souvlákia,* auf Holzkohle gegrillte Fleischspießchen, die – wie ihr der Prinz erzählte – zu den Lieblingsspeisen der Griechen gehörten, und *Dolmas,* mit Minze und Reis gefüllte Weinblätter.

Als schließlich die Desserts serviert wurden, war Angelina so satt, daß sie glaubte, keinen Bissen mehr herunterbringen zu können.

Trotzdem konnte sie den *Baklavà,* einem klebrigen Konfekt aus Honig und Nüssen, nicht widerstehen, und der Prinz bestand darauf, daß sie einen Becher türkischen Kaffee trank.

»Wir nennen ihn *Skéto.* Er wird mit *Méthio,* aber ohne Zucker getrunken«, erklärte er ihr.

Angelina lachte.

»Ich habe zwar versucht, anhand von Büchern Griechisch zu

lernen, und ich kenne eine ganze Reihe von Wörtern. Ich weiß zwar, wie sie geschrieben werden, aber nicht, wie man sie ausspricht.«

»Ich werde dir alle wichtigen Worte beibringen«, flüsterte er mit zärtlicher Stimme.

Doch sie wußten beide, daß ihnen dazu keine Zeit mehr bleiben würde.

»Vielleicht... kann mir Ihr... Botschafter einen... Griechisch-Lehrer empfehlen«, entgegnete Angelina.

Es war eine spontane Idee von ihr gewesen, und sie war überrascht, als sie den plötzlich verärgerten Ausdruck in seinem Gesicht bemerkte.

»Glaubst du, ich möchte, daß irgend jemand anderes dir etwas beibringt?« fragte er leise.

Sie blickte ihn, erstaunt über den Klang seiner Stimme, an und sah die Qual in seinen Augen. Und wieder erkannte sie, wie sehr er litt.

Als nach dem Essen die Tanzfläche freigegeben wurde, erfüllte sich Angelinas sehnlichster Wunsch. Sie bekam die traditionellen griechischen Volkstänze zu sehen, die zwar in fast allen Büchern über Griechenland, die sie gelesen hatte, erwähnt wurden, die man sich aber nur schwer vorstellen konnte, wenn man sie nie gesehen hatte.

Die Kapelle kam ihr zwar etwas eigenartig vor, doch sie merkte bald, daß es für die einzelnen Tänze besondere Instrumente gab.

Der erste Tanz wurde nur von Männern getanzt. Viele von ihnen waren nur einfache Marktarbeiter und wirkten von der Statur her groß und schwer, doch sie tanzten mit pantherähnlicher Geschmeidigkeit und Grazie.

Verbunden durch bunte Taschentücher, die sie in den Händen hielten, bildeten sie einen vor- und zurückschwingenden Kreis, der an eine bunt schillernde Gliederkette erinnerte.

»Dieser Tanz hat symbolische Bedeutung«, erklärte ihr der Prinz. »Er soll demonstrieren, wie ein Volk im Unglück zusammenhält und wie die Menschen sich gegenseitig helfen.«

Jetzt begannen auch die Frauen zu tanzen. Sie bildeten einen

Kreis, der von einem männlichen Tänzer begleitet wurde. Dieser schwenkte mit bemerkenswerter Geschicklichkeit ein Taschentuch, wirbelte es herum und stieß es wie ein Schwert vor und zurück. Die Frauen wurden von einer zweiten Kette von Tänzern umkreist, die sich untergehakt hatten und den inneren Kreis mit schleifenden Füßen umtanzten. Sie tanzten zu den Klängen einer Lyra, einer Klarinette, einer Geige und mehrerer Trommeln.

Lange Zeit tummelten sich die Tänzer auf der Tanzfläche. Der Prinz tanzte nicht, weil er Angelina nicht alleinlassen wollte; Hauptmann Soutsos hingegen hatte sich unter die Tänzer gemischt.

Angelina bemerkte, wie er immer wieder einem sehr hübschen jungen Mädchen zulächelte, das – so sehr die Tanzenden auch herumwirbelten – ständig an seiner Seite zu sein schien.

»Sollen wir gehen?« fragte der Prinz sie plötzlich.

»Können wir das denn?« fragte Angelina.

Als die Musik verstummte, erhob sich der Prinz.

Er hielt eine kurze Rede, von der Angelina sehr viel verstehen konnte, weil er so deutlich sprach.

Er dankte den Leuten aus Kephallenia für ihre Einladung und ihre Treue und Loyalität ihm und ihrer Heimat gegenüber.

Er sagte weiter, daß er in der Überzeugung nach Hause fahren werde, daß ein Kephallenier – ganz gleich, wo immer er auch sei – stets ein Kephallenier bliebe und nie seinen Lebenswillen, seinen Mut und Patriotismus verlieren werde.

Die Rede des Prinzen wurde immer wieder von Bravo-Rufen begleitet. Schließlich ergriff er Angelinas Arm und führte sie unter dem Beifall der Gäste zur Tür.

Als Hauptmann Soutsos sich zu ihnen gesellte, sagte der Prinz:

»Sie bleiben, Aristoteles. Für Sie ist die Nacht noch jung, und es gibt heute abend noch viele Möglichkeiten für Sie, sich zu amüsieren.«

»Ist es wirklich nicht nötig, daß ich Sie begleite, Sir?« fragte der Adjutant.

»Ich versichere Ihnen, ich werde Sie decken, und niemand wird etwas erfahren«, erwiderte der Prinz.

Hauptmann Soutsos warf Angelina einen schnellen Blick zu, und Angelina wußte, daß er erkannt hatte, daß der Prinz mit ihr allein sein wollte.

»Danke, Sir«, sagte er. »Gute Nacht, Miß Medvin.«

»Gute Nacht, Hauptmann«, sagte Angelina.

Sie verließen das Lokal und bestiegen die draußen wartende Kutsche. Alexis übergab ihnen Twi-Twi, und die Kutsche setzte sich in Bewegung.

Der Prinz wartete, bis sie außer Sichtweite des Restaurants waren. Dann legte er den Arm um Angelina und zog sie an sich.

»Endlich!« stieß er hervor. »Ich dachte schon, wir könnten nie mehr allein sein.«

Ihr Herz begann wie verrückt zu schlagen, und als sie die Berührung seiner Hand spürte, fühlte sie wieder dieses heiße, erregende Gefühl in sich aufsteigen. Ihre Kehle war wie zugeschnürt.

»Ich liebe dich«, sagte der Prinz. »Ich kann an nichts anderes mehr denken als an dich.«

»Es war... ein sehr... langer Tag«, flüsterte Angelina.

»Ich weiß«, erwiderte er. »Es war eine schreckliche Qual für mich, in der Ratskammer zu sitzen und Costas' endlosen Ausführungen über seine Probleme zuzuhören und dem Premierminister, der von nichts anderem redete als von meiner Heirat.«

Als Angelina nichts erwiderte, fuhr er fort:

»Außerdem kam ein Schreiben von meinem Cousin Theodoros an. Er schreibt, daß er mir etwas sehr Wichtiges mitzuteilen habe, etwas, das mit den revolutionären Elementen im Süden der Insel zu tun hat.«

»Weißt du, worum es geht?« fragte Angelina.

»Ich habe keine Ahnung«, antwortete der Prinz, »aber es bedeutet, daß ich sofort nach der Krönung nach Kephallenia zurückkehren muß, meine Liebste.«

»Oh, nein... nein!«

Angelinas Stimme war ein einziger Aufschrei, ihre schlimmsten Befürchtungen wurden wahr. Er würde abreisen, und sie würde ihn vielleicht nie wiedersehen.

»Was soll ich tun?« fragte der Prinz. »Ich kann ihm doch nicht schreiben, daß mich die Probleme auf Kephallenia nicht mehr so interessieren, weil ich mich verliebt habe.«

Er zog sie enger an sich und sah ihr in die Augen.

»Du weißt, daß das die Wahrheit ist«, fügte er ernst hinzu.

Das Licht der Gaslampen und die festliche Straßenbeleuchtung erhellten das Innere der Kutsche, und sie konnte sein Gesicht deutlich sehen.

»Ich liebe dich auch«, entgegnete sie, »doch ich weiß, daß du deine Pflicht deinem Land gegenüber erfüllen mußt, und wir... tapfer sein müssen.«

»Mein süßer, kostbarer Liebling!« rief der Prinz. »Kann es eine lieblichere Frau geben als dich?«

Seine Worte verloren sich, als sich ihre Lippen in einem leidenschaftlichen Kuß fanden.

Er küßte sie lange und hingebungsvoll, bis sie sich wieder in den Himmel gehoben fühlte und an nichts anderes mehr denken konnte als an den wunderbaren Zauber, der sie einhüllte.

Das war es, wonach sie sich die ganze Nacht und den ganzen Tag über gesehnt hatte, doch gleichzeitig hatte sie auch Angst gehabt, daß sich etwas so Einzigartiges wie ihr Kuß im St.-James-Park nicht wiederholen könnte. Jetzt jedoch erwachten ganz neue, nie gekannte Gefühle in ihr. Ihre Liebe schien größer und tiefer zu werden und sie höher und höher in den Himmel hinaufzutragen.

Der Prinz mußte Alexis vor ihrer Abfahrt angewiesen haben, nicht zu schnell nach Hause zurückzufahren, denn als Angelina aus ihrer Verzauberung erwachte, stellte sie fest, daß es draußen dunkel war. Sie mußten die erleuchteten Straßen also verlassen haben.

Sie vermutete, daß sie gerade über den langen Rundweg durch den Hydepark fuhren.

»Ich kann nicht ohne dich sein!« stöhnte der Prinz. »Warum konnte ich mich nicht in eine Frau verlieben, die ich heiraten darf? Oder wenigstens in eine Frau, die ich mit nach Kephallenia nehmen könnte, um sie an einem geheimen Ort in der Nähe des Palastes versteckt zu halten, so daß ich sie sehen kann, sooft es möglich ist?«

Angelina erstarrte.

»Fragst du... mich, ob ich das... tun will?« fragte sie dann sehr leise.

»Nein!« erwiderte der Prinz entschieden. »Ich habe dir einmal gesagt, daß ich dir nie weh tun würde, und ich möchte dich auch nicht durch einen solchen Vorschlag beleidigen.«

Ein verzweifeltes Aufstöhnen entrang sich seiner Kehle.

»Ich will damit nur sagen, von wie vielen Schranken du umgeben bist, die ich nicht einreißen kann. Und selbst wenn ich es könnte – ich möchte, daß du so bleibst, wie du bist, so rein und unberührt, meine Persephone, die mit Herz und Seele mir gehört.«

Angelina verstand sehr gut, was er damit sagen wollte. Doch sie beide wußten, daß das keine Lösung war.

Trotzdem war es eine wunderbare Vorstellung für sie, bei ihm zu sein – selbst als seine Geliebte.

Doch sie wußte auch, daß es die Vollkommenheit ihrer Liebe und die Heiligkeit, die ihrem Kuß und ihren Gefühlen füreinander innewohnte, zerstören würde, wenn sie seinem Vorschlag zustimmte.

»Wenn wir... in diesem Leben nicht zusammensein können«, sagte sie nach einer Weile nachdenklich, »können wir es... vielleicht in einem... anderen.«

»Und das soll uns genügen?« rief der Prinz. »Ich will dich jetzt! Ich begehre dich so heftig, so unsagbar, Angelina – daß ich dich nie mehr wiedersehen darf, wenn ich dich heute abend nach Hause gebracht habe.«

Angelina stieß einen kleinen Schrei aus.

»Ist das... wahr?«

»Schon gestern abend, als ich dich, ohne dich noch einmal zu küssen, gehen ließ, spürte ich, daß ich am Ende meiner Widerstandskraft war«, erwiderte er.

In seiner Stimme lag so viel Qual, daß Angelina seine Hand ergriff und an sich preßte.

»Ich bin kein Engländer«, fuhr der Prinz fort, »ich bin Grieche, und meine Liebe zu dir ist stärker als ich selbst – größer als mein Stolz, vielleicht sogar größer als mein Ehrgefühl.«

Der Klang seiner Stimme war tief und heiser. »Ich begehre dich, Angelina! Ich verehre dich nicht nur wie eine Göttin, ich begehre dich auch als Frau. Nicht nur dein Herz soll mir gehören, sondern auch dein einzigartiger, bezaubernder Körper.«

Er sprach mit solcher Heftigkeit, daß Angelina sich vor ihm gefürchtet haben würde, wenn sie ihn nicht so sehr geliebt hätte.

Sie preßte sich noch enger an ihn und verstärkte den Druck ihrer Hand.

»Selbst wenn mein Cousin mich nicht gedrängt hätte, so schnell wie möglich nach Kephallenia zurückzukehren, wäre ich übermorgen abgefahren«, erklärte er.

Angelinas Mund schien wie ausgetrocknet, ihre Lippen starr.

»Ich verstehe«, murmelte sie.

»Wirklich?« fragte der Prinz. »Nein – das ist unmöglich! Du bist zu rein und unerfahren, um zu verstehen, wie sehr ich in Versuchung bin, dich zu nehmen, wenn ich die Gelegenheit dazu habe.«

Eine Weile herrschte Schweigen zwischen ihnen, dann fuhr er – etwas gefaßter – fort:

»Doch zwischen uns steht ein Engel mit einem Flammenschwert – dein Schutzengel, mein Liebling –, der dich, auch wenn du es nicht bemerkst, vor einem Mann beschützt, der im unauslöschbaren Feuer der Hölle brennt.«

Er hob ihre Hand an seine Lippen und küßte sie, leidenschaftlich und besitzergreifend, und Angelina wußte, daß er es nicht wagte, ihren Mund zu küssen aus Angst, die Gewalt über sich zu verlieren.

Die Kutsche hatte neben dem Serpentin-Teich angehalten. Der Prinz blickte durch das offene Fenster hinaus, und Angelina sah das im Licht des Mondes und der Sterne glänzende Wasser.

»Bevor wir heute abend losfuhren«, sagte er mit belegter Stimme, »hatte ich vor, noch einmal mit dir zu dem Platz zu gehen, wo wir an jenem wunderbaren Nachmittag waren, als ich dir von meinen Sorgen erzählte und du versuchtest, mir zu helfen.«

Wieder küßte er ihre Hand.

»Ich liebe dich so sehr und begehre dich so wahnsinnig, daß ich weiß, daß ich nie mehr eine andere Frau lieben werde.«

»Ich möchte, daß du... glücklich bist«, sagte Angelina.

»Das kann ich nicht«, erwiderte der Prinz, »weil ich nicht bei dir sein kann. Und weil ich dich so sehr liebe, wage ich es nicht, mit dir hinaus in den Mondschein zu gehen.«

»Ich möchte... neben dir... am Wasser liegen«, flüsterte Angelina.

»Bring mich nicht in Versuchung!« rief der Prinz beinahe grob. »Ich sagte dir bereits, ich bin ein schwacher Mann, Angelina. Und wenn ich dich berühre, deinen Körper so nahe bei mir spüre – könnte ich vielleicht etwas tun, was wir hinterher beide bereuen.«

In seinen Augen lag ein Ausdruck, den sie nie zuvor gesehen hatte. Im schwachen Licht des Mondes, das durch das Fenster hereinfiel, schien seine Miene beinahe drohend zu sein.

Doch was immer er auch sagte oder tat oder wozu immer er sich hinreißen lassen würde – Angelina wußte, daß sie nie aufhören würde, ihn zu lieben.

Und sie verstand, daß sie ihre Liebe nicht aufs Spiel setzen durften.

Es kostete sie beinahe übermenschliche Anstrengung, als sie leise sagte:

»Laß uns... zurückfahren.«

Der Prinz beugte sich vor und klopfte an die Vorderwand der Kutsche.

Die Pferde setzten sich in Bewegung, und die Kutsche rollte über die Brücke. Als das Licht der Gaslampen die Kutsche erhellte und Angelina das Gesicht des Prinzen wieder deutlich sehen konnte, erkannte sie Erbitterung und Ingrimm darin.

Er schien um Jahre gealtert zu sein, tiefe Linien hatten sich in sein Gesicht gegraben. Zeichen des Schmerzes, dachte Angelina.

Schweigend fuhren sie durch die Nacht. Trotzdem war Angelina sich seiner erregenden körperlichen Nähe bewußt, denn er hielt sie noch immer in seinen Armen.

Obwohl sie jetzt wieder durch die hell erleuchteten Straßen fuhren, hatte Angelina das Gefühl, als kämen sie aus dem strahlenden Licht in eine Finsternis, die sie beide den Rest ihres Lebens umgeben würde.

»Wirst du mir morgen zusehen, wenn ich zur Abbey gehe?« fragte der Prinz. »Mir wäre es lieber, wenn du es nicht tätest.«

»Ich... muß dich... sehen«, erwiderte Angelina. »Und du... versprachst mir... meinen kleinen Anteil an der Krönung.«

»Für mich könnte sie ebensogut eine Beerdigung sein«, entgegnete der Prinz düster.

Angelina hielt den Atem an.

»Hör mir bitte... einen Augenblick zu«, bat sie.

»Ich werde dir immer zuhören. Ich werde deine Stimme auch dann noch hören, wenn ich allein bin«, antwortete der Prinz.

»Du darfst nicht gegen das... Unabwendbare ankämpfen«, sagte sie. »So wirst du dir nur... Schmerz zufügen, so als liefest du mit dem Kopf... gegen eine Mauer. Wir müssen unser Schicksal... akzeptieren, denn wir können nichts daran... ändern.«

»Du bist sehr weise, mein Liebling«, entgegnete er, »doch ich kann meinen Gefühlen nichts befehlen.«

Zum erstenmal, seit sie von dem See fortgefahren waren, sah er sie wieder an und sagte in völlig verändertem Ton:

»Ich liebe dich – ich bewundere dich – ich verehre dich! Alles an dir ist vollkommen. Du sagst nicht nur das Richtige – du denkst es auch. Du bist eingehüllt in dieses Licht, ein Licht, dem ich nie entfliehen kann – bis zu meinem Tod.«

»Möchtest du... sterben?« fragte sie. »Bedauerst du, daß wir uns... begegnet sind?«

»Bedauern?« rief der Prinz. »Es ist das Wunderbarste, was mir je widerfahren ist! Und ich weiß, daß du mich auch dann inspirieren wirst, das Richtige zu tun, wenn du nicht bei mir bist.«

Er hielt einen Augenblick inne und fuhr dann fort:

»Die meisten der griechischen Sagen sind tragisch und enden unglücklich. Wir sind ein Teil unserer eigenen Geschichte, Angelina, doch weil es dich gibt, werde ich mich bemühen, in Zukunft ein besserer Regent, ein besserer Mensch zu sein als bisher.«

»Wirklich?«

»Es ist die ganze Wahrheit«, antwortete er, »und du hast recht – wir werden uns wiedersehen, denn unsere Gefühle füreinander sind stärker als unsere Körper, stärker als der Tod.«

Angelina fühlte, wie ihr die Tränen in die Augen stiegen, und als die Kutsche den Belgrave Square erreichte, umschloß der Prinz mit beiden Händen ihr Gesicht.

»Leb wohl, meine Liebste, meine vollkommene, einzige Liebe«, sagte er. »Du wirst immer bei mir sein, und ich bei dir. Vielleicht werden wir uns eines Tages wiederfinden.«

Dann küßte er sie, doch der Kuß war ganz anders als seine früheren Küsse. Es war der Kuß eines Mannes, der sich seinem Ideal weiht, einem Ideal von solcher Heiligkeit, daß es keine anderen Empfindungen mehr zuläßt.

Die Kutsche blieb stehen, und Angelina wußte, daß das Ende gekommen war.

Es gab nichts mehr zu sagen, nichts konnte ihr Schicksal ändern.

Der Prinz stieg aus und schloß das Gartentor auf.

Einen Augenblick lang sahen sie sich stumm in die Augen; ein Ausdruck unendlicher Traurigkeit, den Angelina nie an ihm bemerkt hatte, lag in seinem Gesicht.

Wortlos betrat sie den Garten. Dann fiel die Tür hinter ihr ins Schloß.

6

»Es ist ein schöner Morgen, Miß Angelina. Ganz wie ich es Ihnen gesagt habe«, verkündete Emily, als sie die Vorhänge zurückzog.

Angelina lag mit geschlossenen Augen im Bett und rührte sich nicht.

Sie wollte der Welt nicht ins Gesicht sehen müssen. Sie wollte nur noch schlafen, um zu vergessen. Die Einsamkeit vergessen, die sie erwartete, und den Schmerz, weil sie nie mehr mit dem Prinzen zusammen sein konnte.

Als sie am Abend zuvor zu Bett gegangen war, hatte sie stundenlang geweint, bis sie selbst dazu zu erschöpft und ihr Kissen naß vor Tränen war.

Dann hatte sie sich dazu gezwungen, von den wunderbaren Augenblicken zu träumen, als er sie geküßt hatte und es ihr unmöglich gewesen war, an etwas anderes zu denken als an seine erregende körperliche Nähe.

Doch sie mußte auch an den leidenschaftlichen Klang seiner Stimme denken, als er ihr gesagt hatte, wie sehr er sie begehrte. Und tief in ihrem Herzen wußte sie, daß sie ebenso großes Verlangen nach ihm hatte.

Sie waren eins, und sie wußte, daß keiner von ihnen ohne den anderen je wieder vollkommen sein würde. Morgen jedoch würde er nach Kephallenia zurückkehren und sie allein in England zurücklassen. Halb Europa würde zwischen ihnen liegen und grenzenlose Einsamkeit. Und sie konnte das Gefühl nicht unterdrücken, daß sie alles leichter ertragen würde, wenn sie es wäre, die in Griechenland lebte.

Dort war das Licht, das Gefühl, den Göttern nahe zu sein, und die unabänderliche Gewißheit, daß alles einmal zu Ende ging.

Dann wiederum sagte sie sich, daß es gar keine Rolle spielte, wo sie lebte. Sie gehörten zusammen, nur das zählte. Und sie glaubte dem Prinzen, daß sie ihn inspirierte.

Das lag nicht nur an ihr und ihrer Schönheit; es war ihrer beider Liebe, die größer und stärker war als sie selbst. Eine Liebe, die von Gott kam und die so göttlich war, daß er sie beinahe wie eine Heilige behandelte.

Doch weil er ein Mann war, ein sehr männlicher, starker Mann, begehrte er sie auch als Frau.

»Was werden Sie heute anziehen, Miß Angelina?« fragte Emily in ihre Gedanken hinein.

Spontan wollte Angelina erwidern, daß sie am liebsten in »Sack und Asche« gehen würde, doch sie wußte, daß Emily das nicht verstehen könnte.

Und sie mußte auch an Twi-Twi denken. Auch wenn sie sich am liebsten in den Kissen vergraben hätte, mußte sie mit ihm nach draußen gehen.

Er erwartete Pünktlichkeit von ihr und würde beleidigt sein, wenn sie später mit ihm hinausging als gewöhnlich.

»Welches hältst du denn für das richtige, Emily?« fragte sie, obwohl es ihr ganz egal war, was sie anzog.

Gestern hatte sie ihr hübschestes Kleid ausgesucht, weil sie erwartet hatte, den Prinzen zu sehen, und der Blick, mit dem er sie gestern abend angesehen hatte, hatte ihr gesagt, daß sie die richtige Wahl getroffen hatte.

Heute würden nur die Dienstboten merken, ob sie ein hübsches Kleid oder ein Nachthemd trug.

Und der Gedanke, daß sie sich am Abend für das Dinner bei Lord und Lady Hewlett schönmachen mußte, war ihr beinahe ein Alptraum.

Wie konnte sie sich schönmachen für ihren Tischnachbarn beim Dinner und die anderen Männer, die sie später zum Tanz auffordern würden, wenn sie sich nach nichts anderem sehnte, als in den Armen des Prinzen zu liegen?

Sie wußte zwar, daß sie ganz automatisch tun würde, was man von ihr erwartete, doch innerlich würde sie tot sein, weil aller Lebenswille sie verlassen hatte.

Der Prinz würde das Licht mit sich nach Kephallenia nehmen – das Licht, das die Griechen in den Menschen sehen, die sie lieben und das der Prinz an ihr gesehen hatte, als sie sich in der Botschaft zum erstenmal gegenüberstanden.

Für sie würde dieses Licht für immer verloren sein.

Nachdem sie, ohne hinzusehen, das Kleid angezogen hatte, das Emily für sie auf einem Stuhl bereitgelegt hatte, ging sie zum Frühstück hinunter.

Erst als Ruston sagte, welch großer Tag das für den neuen König sei und wie sehr sich alle freuten, daß es ihm gut genug ginge, um die Krönung zu überstehen, bemerkte sie, daß sie ein sehr festliches Kleid trug, das ihre Großmutter ihr einmal für Gartenpartys gekauft hatte.

Es war aus zarter Spitze und Chiffon gearbeitet, und als Angelina es zum erstenmal angezogen hatte, war sie sich darin wie eine Prinzessin vorgekommen. Jetzt jedoch fühlte sie sich in dem wunderschönen, festlichen Kleid wie eine Bettlerin.

Ohne Liebe bin ich arm, dachte sie.

Sie ging zu ihrer Großmutter hinauf, um ihr guten Morgen zu wünschen, dann rief sie Twi-Twi, um seinen ersten morgendlichen Spaziergang mit ihm zu machen.

Obwohl der Prinz erklärt hatte, daß er sie nicht mehr sehen könne, konnte sie die irrsinnige Hoffnung, daß er vielleicht seine Meinung änderte, nicht unterdrücken und war nervös und aufgeregt.

Der Garten lag im goldenen Licht der Sonne, doch die Zeit, bis sie wieder ins Haus zurück mußte, zog sich für Angelina endlos lange hin.

Obwohl es keinen Grund dafür gab, war sie enttäuscht, und sie war fest entschlossen, den Prinzen bei seinem Aufbruch aus der Botschaft zu beobachten, auch wenn ihm das nicht lieb war.

Das würde um elf Uhr geschehen, und sie versuchte, sich auszurechnen, um wieviel Uhr er nach der Krönungszeremonie in der Abbey wohl zurückkommen würde. Die anderen Botschaftsangehörigen, die nicht an der Prozession zum Buckingham Palace teilnehmen würden, würden vor ihm zurück sein und ihn erwarten.

Vielleicht findet er vor dem abendlichen Bankett doch noch Zeit, mich zu sehen, überlegte Angelina weiter.

Plötzlich überkam sie das erdrückende Gefühl, daß sie es nicht ertragen könnte, daß sie ihn noch einmal sehen mußte, um ihm zu sagen, wie sehr sie ihn liebte.

Doch das wollte er nicht, und alles in ihr schrie auf, daß er sie nicht wirklich liebte. Wie konnte er sonst die kostbaren Augenblicke verstreichen lassen, wo sie noch einmal hätten zusammensein können?

Dann wieder sagte sie sich, daß seine Liebe zu ihr übergroß sein mußte. Nur deshalb hatte er es gestern abend abgelehnt, mit ihr am See spazierenzugehen, aus Angst, er könne sie verletzen.

Kein Mann kann ein größeres Opfer bringen, dachte Angelina, und es wäre falsch, wenn ich versuchte, ihn von seinem Weg abzubringen.

»Ich liebe dich!« flüsterte sie, als sie den Garten verließ, in der Hoffnung, daß er sie hören könnte und wüßte, daß sie an ihn dachte.

Später las sie ihrer Großmutter aus den Zeitungen vor, und es gelang ihr sogar, ruhig und gelassen zu bleiben, als ihre Großmutter verwundert feststellte, daß der Name des Prinzen in keiner einzigen der Gästelisten der Partys und Empfänge vom gestrigen Abend erschien.

»Vielleicht macht er heimlich einer Prinzessin den Hof«, vermutete Lady Medvin.

»Wie kommst du darauf, Großmama?« fragte Angelina.

»Daisy erzählte mir, daß er auf der Suche nach einer Frau ist. Und da es hier eine ganze Reihe heiratsfähiger Prinzessinnen gibt, dürfte er keine Schwierigkeiten haben, eine zu finden.«

Angelina erwiderte nichts darauf. Die Qual, die sie bisher beim Gedanken daran, daß der Prinz heiraten mußte, empfunden hatte, war einem dumpfen Schmerz gewichen, der sich über ihren ganzen Körper ausgebreitet zu haben schien.

»Du siehst ein bißchen blaß aus heute morgen!« rief Lady Medvin plötzlich, und Angelina zuckte erschrocken zusammen. »Du solltest in die Sonne hinausgehen, damit du ein bißchen Farbe bekommst.«

»Gerne, Großmama.«

»Der König hat sich wahrhaftig einen schönen Tag für die Krönung ausgesucht«, meinte Lady Medvin, »und ich hoffe nur, daß er den ganzen mit der Krönung verbundenen Trubel gut übersteht. Wenn du mich fragst – er hätte nach seiner schweren Krankheit länger warten sollen, bevor er solche Strapazen auf sich nimmt.«

Sie unterhielten sich noch eine Weile über die Krönung. Dann endlich war Angelina entlassen, und sie lief aufgeregt die Treppe hinunter. Zumindest würde sie den Prinzen jetzt noch einmal sehen können, wenn er sich auf den Weg in die Abbey machte.

Der Garten war natürlich leer und verlassen. Angelina setzte Twi-Twi auf die Erde und bahnte sich ihren Weg zu ihrem Aussichtsposten hinter den Büschen, von wo aus sie die Botschaft beobachten konnte.

Die Fliederbüsche und die Lorbeerbäume waren im Laufe des Sommers sehr dicht geworden, und es war gar nicht einfach für Angelina, sich durch sie hindurchzukämpfen. Schließlich jedoch hatte sie ihr Ziel erreicht, und sie konnte die Eingangstür der Botschaft beobachten, ohne selbst gesehen zu werden.

Der rote Teppich war bereits ausgerollt, die Tür jedoch war noch geschlossen, und Angelina mußte eine ganze Weile warten, ehe sie das Geräusch einer heranrollenden Kutsche vernahm.

Die Kutsche wurde von zwei Pferden gezogen, das Verdeck war geschlossen. Der Botschafter und die anderen Staatsmänner, die der Zeremonie in der Abbey beiwohnen würden, hatten die Botschaft noch nicht verlassen. Die Kutsche hielt vor der Eingangstür.

Jetzt eilte eine Reihe von Lakaien in farbenprächtigen Livreen heraus, kurz darauf fuhr eine zweite, ebenfalls geschlossene Kutsche vor.

Angelina verfolgte interessiert das Geschehen.

Der Botschafter kam als erster heraus. Sie erkannte ihn, weil sie ihn bereits mehrmals gesehen hatte.

Ihm folgte ein Mann, der – soviel sie wußte – eine hohe Position innehatte, obwohl sie sich nicht sicher war, welche. Dann traten zwei weitere Männer aus der Botschaft.

Sie stiegen alle in die erste Kutsche und fuhren davon. Die zweite Kutsche rollte vor die Eingangstür.

Nun erschien ein dunkelhaariger, bärtiger Mann, der von einiger Bedeutung zu sein schien, denn er trug eine prächtige, goldbesetzte Uniform.

Angelina war sicher, daß es Kharilaos Costas war, der Außenminister; er wurde von drei weiteren Beamten begleitet.

Auch die zweite Kutsche fuhr davon, und nun sah Angelina Alexis mit einer offenen, von vier Pferden gezogenen Kutsche von den Stallungen her vor das Botschaftsgebäude fahren.

Neben ihm stand ein Lakai, ein zweiter hinter ihm. Angelina hielt den Atem an, denn sie wußte, daß jeden Augenblick der Prinz erscheinen mußte.

Er trat auf die Treppe hinaus, und ihr Herz tat einen wilden Satz. Am liebsten hätte sie ihm zugerufen, wie wunderbar er aussah.

Seine Uniform war mit vielen Orden geschmückt, die im Licht der Sonne aufglänzten. Doch Angelinas Augen hingen nur an seinem Gesicht, auf dem ein ernster, strenger Ausdruck lag.

Während er oben auf der Treppe stand, blickte er kurz zum Garten hinüber, und Angelina wußte, daß er an sie dachte.

»Ich liebe dich! Oh, mein Liebling, ich liebe dich!« schrie ihr Herz.

Sein Gesichtsausdruck blieb unverändert, und sie erkannte enttäuscht, daß er ihre Botschaft nicht empfangen hatte.

Er bestieg die Kutsche und nahm allein auf dem Rücksitz Platz, während Hauptmann Soutsos, der sehr fesch in seiner Uniform aussah, sich zusammen mit einem weiteren Adjutanten auf die gegenüberliegende Bank setzte.

Die Bediensteten der Botschaft verharrten in tiefer Verbeugung, als die Kutsche davonfuhr, und Angelina sah ihr nach, bis sie um die Ecke bog und ihrem Blick entschwand.

Einmal werde ich ihn noch sehen, dachte sie, dann wird das Ende da sein.

Sie setzte sich auf die Bank neben dem Geranienbeet, wo sie mit ihm gesessen hatte, und dachte an ihre fröhliche Unterhaltung von damals und daran, wie sie schon zu jenem Zeitpunkt auf seine Worte reagiert hatte.

Mit seltsamer, unwiderstehlicher Macht, der sie nicht entfliehen konnten, hatten sie sich zueinander hingezogen gefühlt.

Lange saß sie so in Gedanken versunken da. Dann ging sie langsam zum Haus zurück. Jetzt gab es nur noch eins, worauf sie sich freuen konnte – die Rückkehr des Prinzen.

Sie glaubte, daß ihre Großmutter ihr übliches Mittagsschläfchen hielt, doch als sie nach dem Essen zu ihr hinaufging, erklärte Lady Medvin:

»Ich kann jetzt nicht schlafen, wo ich eigentlich in der Abbey hätte sein können, um die Krönung zu sehen. Ich mache dir daher einen Vorschlag, mein liebes Kind. Du liest mir etwas über die Krönung Königin Victorias vor. Es steht in einem Buch im Arbeitszimmer. Geh und suche es. Dann können wir uns beide vorstellen, wir wären in der Abbey.«

Angelina fand das Buch ohne Schwierigkeiten und ging wieder zu ihrer Großmutter zurück.

Während sie mit ihrer süßen, leisen Stimme las, waren ihre Gedanken beim Prinzen. Sie sah ihn, umgeben von all den anderen gekrönten Häuptern, in der festlich geschmückten Abbey.

Den Zeitungsberichten zufolge würden die Krönungsfeierlichkeiten nicht ganz so prächtig und aufwendig verlaufen wie beim ursprünglich geplanten Termin im Juni.

Damals rollten beinahe jede halbe Stunde neue Züge mit königlichen Hoheiten aus aller Welt in den Victoria-Bahnhof ein.

Als Angelina die endlose Gästeliste studiert hatte, war es ihr vorgekommen, als läse sie in einem Märchenbuch.

Die klangvollen Namen Seiner Kaiserlichen Hoheit des Großfürsten Michael von Rußland und Seiner Durchlaucht des Erbprinzen von Marokko fielen ihr ein.

Sie hatte sich schwergetan, die Namen Seiner Königlichen Hoheit Yi Chai-Kak, des Prinzen von Evi-Yang, und Ras Makunan von Äthiopien und Said Ali von Sansibar auszusprechen.

Heute jedoch fehlte eine ganze Reihe der fremdländischen Namen und großen Titel. Es war ihnen wohl zuviel gewesen, die weite Reise ein zweites Mal zu machen.

Lady Medvin mußte herzlich lachen, als sie in der *Times* lasen, daß die abessinische Abordnung vollzählig zugegen war aus dem einfachen Grund, weil sie es nicht gewagt hatten, nach Hause zurückzufahren.

»Sie würden ihr Gesicht verloren haben, wenn sie nach Abessinien zurückgekehrt wären, ohne die Krönung des großen weißen Königs gesehen zu haben«, schrieb die Zeitung.

Auch Lady Medvin hatte ein paar Neuigkeiten beizusteuern.

»Daisy erzählte mir, daß der bereits achtzigjährige Erzbischof von Canterbury so hinfällig aussieht, daß alle glauben, daß er die Krönungszeremonie nicht überleben wird«, verkündete sie.

»Das wäre ja entsetzlich, wenn der arme, alte Mann sterben würde, während er die Krönung vollzieht!« rief Angelina.

»Es wäre eine Katastrophe«, pflichtete Lady Medvin ihr bei. »Wir können nur beten, daß es nicht zu einem solchen Unglück kommt.«

Angelina fiel die Bemerkung des Prinzen ein, als er sagte, daß irgendwelche Zwischenfälle während der Krönungszeremonie nur dann interessant wären, wenn man jemanden an seiner Seite habe, dem man sich mitteilen kann.

Und sie fragte sich, ob er sich heute abend wohl wünschen würde, daß sie bei ihm wäre.

»Ich liebe dich! Ich liebe dich!« schrie es in ihr auf, bis sie endlich voll Erleichterung feststellte, daß es Zeit war, mit Twi-Twi hinauszugehen.

Unglücklicherweise jedoch war Lady Medvin in der Stimmung zu plaudern.

Und so erzählte sie Angelina von allen möglichen Dingen, bis diese beinahe in Panik geriet, weil sie fürchtete, der Prinz könne zurückkommen, ohne daß sie ihn sah.

»Twi-Twi will nach draußen, Großmama«, sagte sie daher nach einer Weile und versetzte Twi-Twi einen leichten Stoß mit dem Fuß.

Er hatte friedlich auf dem Teppich gelegen und geschlafen und reagierte mit einem ärgerlichen Knurren auf Angelinas grobes Verhalten. Lady Medvin jedoch sagte sofort:

»Dann geh mit ihm hinaus, mein Liebes, aber bleib nicht zu lange. Ich habe dir noch vieles zu erzählen, und ich fühle mich heute tatsächlich besser. Es liegt sicher an all der Aufregung um uns herum.«

»Ich werde nicht lange fort sein«, versprach Angelina.

Wenn der Prinz erst einmal in der Botschaft verschwunden ist, habe ich sowieso keine Lust mehr, im Garten zu bleiben, dachte sie dabei.

Sie ging hinunter und setzte ihren Hut auf, den sie wie immer unten in der Halle gelassen hatte.

Ruston gab ihr den Schlüssel, und Angelina ging über die Straße in den Garten.

Als sie den Garten betrat, warf sie einen flüchtigen Blick zur Botschaft hinüber und sah, daß der rote Teppich ausgerollt war. Oben an der Treppe standen mehrere livrierte Diener.

Wahrscheinlich sind der Premierminister und die anderen Staatsmänner schon zurück, und sie warten nur noch auf den Prinzen, vermutete Angelina. Sicher werden sie sich dann wieder zu einer jener langen Besprechungen zusammensetzen, die ihn so langweilten.

Sie werden wieder mit ihm über seine Heirat sprechen, dachte sie.

Sie wußte, wie sehr er diese ständigen Diskussionen über ein Thema haßte, das jetzt fast noch quälender für ihn war als zuvor.

Doch darüber, daß er heiraten mußte, bestand kein Zweifel.

Sogar Lady Hewlett erwartete, daß er sich eine Frau suchen würde. Das zeigte, daß man auch in Paris über dieses Thema gesprochen hatte, und sicher auch in den anderen europäischen Botschaften und Gesandtschaften.

Wieder mußte Angelina daran denken, daß der Tag kommen würde, wo sie in der Zeitung über seine Hochzeit lesen würde, und sie wußte, daß ihr diese Nachricht das Herz brechen und eine nie verheilende Wunde hinterlassen würde.

Sie schloß das Gartentor hinter sich ab und ging zu den Büschen hinüber, in denen sie sich auch frühmorgens versteckt hatte.

Auf dem Weg dorthin fiel ihr ein, daß sie die Kutsche des Prinzen vielleicht schon würde beobachten können, wenn sie von der anderen Seite des Platzes heranrollte.

Auf diese Weise würde sie die Möglichkeit haben, ihn länger zu sehen, und wenn sie sich beeilte, konnte sie rechtzeitig an ihrem gewohnten Aussichtsposten angekommen sein, um seine Ankunft vor der Botschaft zu beobachten.

Twi-Twi, der den Weg inzwischen kannte, lief unter den Fliederbüschen entlang zu ihrem alten Aussichtsplatz hin.

Angelina jedoch ging an den Büschen vorbei.

Sie war schon ein ganzes Stück über den Rasen gegangen, als sie sich noch einmal umdrehte, um zu sehen, ob Twi-Twi ihr folgte.

Er ist doch das reinste Gewohnheitstier, dachte sie. Jede Veränderung kommt ihm seltsam vor.

Erst konnte sie Twi-Twi nirgends entdecken, dann jedoch hörte sie ihn bellen, und sie fürchtete instinktiv, er könnte die Botschaftskatze entdeckt haben.

Bereit, zurückzugehen und ihn zu holen, drehte sie sich um. Dann jedoch sah sie, daß er vor den Büschen stand und bellte. Also konnte er die Katze nicht gesehen haben, denn dann wäre er, wie von der Tarantel gestochen, hin- und hergeflitzt.

Ich möchte wissen, was ihn so aufregt, überlegte sie.

Dann sah sie durch die Büsche einen Mann auf sich zukommen.

Sie konnte ihn nicht genau erkennen, doch sie sah, daß er einen Hut und so etwas Ähnliches wie einen Regenmantel trug.

Als er aus den Büschen heraustrat, fing Twi-Twi wieder zu bellen an, woraufhin der Mann ihm zu Angelinas Entsetzen einen kräftigen Tritt mit dem Fuß versetzte, so daß Twi-Twi auf den Rasen rollte.

Wütend stürzte sie vor, doch als sie bei Twi-Twi angekommen war, lief der Mann schnell auf das Gartentor zu, öffnete es und verschwand auf der Straße.

Liebevoll nahm sie den verschreckten Hund auf den Arm und streichelte ihn. Er knurrte und zitterte vor Wut.

»Mein armer Liebling! Wie konnte er nur so grob zu dir sein?« murmelte Angelina beruhigend und drückte ihn an sich.

Daß sie sich so um ihn sorgte, schien ihm zu gefallen, doch Angelina wußte, daß er sich in seiner Würde verletzt fühlte und nicht so schnell vergessen würde, wie schlecht man ihn behandelt hatte.

Jetzt war es zu spät, um zur anderen Seite des Gartens hinüberzugehen, wie sie ursprünglich vorgehabt hatte. Also machte sie sich auf den Weg zu ihrem alten Aussichtsplatz.

Als sie, um den Pekinesen nicht zu verängstigen, vorsichtig die Zweige der Fliederbüsche auseinanderbog und hindurchtreten wollte, sah sie plötzlich etwas, was sie wie erstarrt stehenbleiben ließ.

Ihr Aussichtsplatz war bereits besetzt!

Durch die Blätter konnte sie den Rücken eines Mannes sehen.

Im ersten Augenblick empfand sie es beinahe als einen Affront, daß eine andere Person es wagte, ihren ureigensten Platz zu belegen. Dann jedoch sagte sie sich, daß der Garten nicht ihr allein gehörte und jeder andere Bewohner von Belgrave Square das Recht hatte, ihn zu benutzen.

Ganz offensichtlich war noch jemand anderes interessiert daran, die Rückkehr des Prinzen zu beobachten.

Ich werde mir einen anderen Platz suchen müssen, sagte sie sich.

Doch während sie noch darüber nachdachte, wohin sie gehen könnte, machte der Mann vor ihr eine Bewegung, und sie sah etwas Metallisches aufblitzen.

Im ersten Augenblick schien es ihr so unglaublich, daß sie zu träumen glaubte, dann jedoch erkannte sie deutlich, daß der Mann, der die Eingangstür der Botschaft beobachtete, ein Gewehr in der Hand hielt.

Das Ganze schien ihr so unmöglich zu sein, daß sie noch einmal genau hinsah, um sich zu vergewissern.

Dann hielt sie den Atem an.

Um kein Geräusch zu verursachen, ließ sie die Zweige der Büsche sehr, sehr vorsichtig zurückgleiten.

Während sie dann mit Twi-Twi auf dem Arm in der Sonne stand, überlegte sie in panischem Entsetzen, was sie tun sollte.

Ihrem ersten Impuls folgend, wollte sie zur Botschaft laufen und sie vor der drohenden Gefahr warnen.

Dann jedoch sagte sie sich, daß – wenn sie das tat – der Angreifer wissen würde, daß er entdeckt war und verschwinden würde.

Er wird es dann einfach später noch einmal versuchen, dachte sie, und in diesem Augenblick wußte sie, was sie zu tun hatte.

Den ärgerlich knurrenden Twi-Twi auf dem Arm haltend, rannte sie quer über den Rasen auf das gegenüberliegende Gartentor zu.

Sie trat hinaus und lief, so schnell sie konnte, die Straße hinunter Richtung Grosvenor Crescent.

Sie wußte, daß das der Weg war, den der Prinz auf der Rückfahrt nehmen würde, und sie konnte nur beten, daß es nicht zu spät war.

Sie hatte entsetzliche Angst, daß die Kutsche schon vorbeigefahren sein könnte, als sie die Ecke des Platzes erreichte.

Doch die Kutsche war nicht zu sehen, und Angelina überquerte erleichtert die Straße und ging ein Stückchen die Straße hinauf.

Vor ihr wogte der Verkehr am Hydepark; mit Menschen vollbesetzte Kutschen, Wagen und von Pferden gezogene Omnibusse boten ein buntes Bild.

Sie wußte, daß sich die Menschenmassen die Mall entlang und

vor dem Buckingham Palace drängen würden, um dem König zuzujubeln, der nach soviel Aufregung nun endlich gekrönt worden war.

Angelina jedoch dachte nur an den Prinzen.

Sein Leben war in Gefahr; die Revolutionäre, von denen er gesprochen hatte, hatten nicht gewartet, bis er nach Kephallenia zurückgekehrt war, sondern wollten ihn schon hier in England töten.

Wartend stand sie an der Straße, ihre Augen suchten den Verkehr am Ende der Straße ab. Twi-Twi zappelte ungeduldig in ihren Armen. Er war erhitzt, noch immer böse, weil man ihn getreten hatte, und wollte nicht länger getragen werden. Angelina drückte ihn noch fester an sich.

»Du mußt warten! Wir müssen ihn retten, Twi-Twi«, sagte sie.

Während sie noch sprach, sah sie die Pferde herankommen, und sie rannte, wild mit dem freien Arm winkend, auf die Straße.

Einen schrecklichen Augenblick lang fürchtete sie, daß Alexis nicht in der Lage sein würde, die Pferde anzuhalten, und daß sie sie überrennen würden. Nur wenige Schritte vor ihr blieben sie schließlich stehen.

Angelina lief auf die Tür der Kutsche zu.

In diesem Augenblick beugte der Prinz sich neugierig vor, um zu sehen, was geschehen war.

Sie sah den überraschten Ausdruck auf seinem Gesicht, und als sie neben der Kutsche ankam, glaubte sie, kein Wort herausbringen zu können.

»Was ist los...?« begann der Prinz, doch Angelina unterbrach ihn.

»Da ist... ein Mann. Ein Mann mit einem Gewehr, der dich erschießen will... Er hat sich... gegenüber der Botschaft in den Büschen versteckt.«

Der Prinz starrte sie ungläubig an.

Dann erklärte Hauptmann Soutsos, der neben dem Prinzen gesessen hatte: »Ich werde nachsehen.«

Der hinten auf der Kutsche stehende Diener sprang herunter, um die Kutschentür zu öffnen, und Hauptmann Soutsos stieg, gefolgt von einem zweiten Adjutanten, aus.

Angelina hielt ihm den Schlüssel zum Gartentor entgegen.

»Wenn Sie durch das Tor ... an dieser Seite des Gartens hineingehen, wird er Sie nicht sehen«, sagte sie.

»Das ist eine gute Idee«, erwiderte Hauptmann Soutsos. »Danke, Miß Medvin.«

Der Prinz streckte die Hand aus und sagte:

»Komm zu mir.«

Angelina kletterte in die Kutsche und setzte sich neben ihn.

An Alexis gewandt sagte Hauptmann Soutsos:

»Fahr an der nächsten Biegung rechts ran und warte, bis wir dich holen.«

Zum Zeichen, daß er verstanden hatte, hob Alexis die Peitsche an seinen Hut und lenkte die Kutsche in den Schatten eines Baumes.

Twi-Twi noch immer im Arm haltend, lehnte Angelina sich zurück. Sie war nicht in der Lage, einen klaren Gedanken zu fassen oder etwas zu sagen.

Sie hatte den Prinzen gerettet – nur das allein war von Bedeutung. Doch sie hatte schreckliche Angst ausgestanden, daß sie zu spät kommen könnte, und fühlte sich jetzt entsetzlich schwach.

Als ahnte er, wie sie sich fühlte, nahm der Prinz ihr Twi-Twi ab und setzte ihn auf die gegenüberliegende Bank.

Dann nahm er ihre Hand in die seine und sagte ruhig:

»Ich danke dir, mein Liebling. Ich hätte nie gedacht, daß sich so etwas hier im sicheren England abspielen könnte!«

Bei der Berührung seiner Hände durchlief ein Zittern Angelinas Körper. Das Schwächegefühl verschwand, neues Leben durchströmte sie.

»Mein Gott, was wäre geschehen, wenn ich ihn nicht gesehen hätte?« flüsterte sie.

»Aber du hast ihn gesehen! Ich werde nicht sterben – jedenfalls nicht heute.«

Sie preßte seine Hand.

»Du darfst nicht ... so sprechen«, bat sie. »Ich kann es ... nicht ertragen.«

»Ich habe keine Angst vor dem Tod«, erwiderte der Prinz. »Als ich eben in der Abbey war, glaubte ich sogar, es sei leichter für mich zu sterben, als ohne dich zu sein.«

Seine Worte trieben ihr die Tränen in die Augen.

Angelina kämpfte dagegen an. Sie wollte nicht wieder weinen wie heute nacht. Schließlich waren sie – trotz ihres Entschlusses, sich nicht mehr zu sehen – wieder zusammen.

Der Prinz hob ihre Hand an seine Lippen, und sie spürte seinen Mund, nicht so leidenschaftlich und fordernd wie am Abend zuvor, sondern sanft und zärtlich und besitzergreifend zugleich.

»Ich redete mir ein, daß mein Entschluß, dich nicht mehr zu sehen, richtig und klug gewesen sei«, sagte er sehr leise, damit die vorne auf der Kutsche stehenden Lakaien ihn nicht verstehen konnten. »Jetzt aber, wo du hier bist, spielt das alles keine Rolle mehr.«

»Du wolltest nicht, daß ich deinen Aufbruch zur Abbey und deine Rückkehr in die Botschaft beobachte«, sagte Angelina, »aber ich mußte dich sehen.«

»Zu meinem Glück, wie man sieht!«

»Wie kann nur irgend jemand dich... töten wollen?« fragte sie. »Erst gestern abend konnte ich erleben, wie sehr dein Volk dich liebt.«

»Revolutionäre haben nur sehr selten gute Motive für ihre Handlungen«, antwortete der Prinz leichthin. »Sie wollen in erster Linie die vorhandene Ordnung stören.«

Mit einem Lächeln fuhr er fort:

»Du siehst, selbst in meiner paradiesischen Heimat lauern Gefahren.«

»Du mußt... auf dich aufpassen.«

Er erwiderte nichts, sondern zuckte nur mit den Schultern.

»Bitte... tu es mir zuliebe!«

»Wenn du mich so bittest, muß ich dir gehorchen«, antwortete der Prinz. »Aber du weißt, daß ich keine Angst vor dem Tod habe.«

»Du mußt leben«, erklärte Angelina eindringlich. »Dein Land... dein Volk braucht dich.«

Der Prinz seufzte.

»Ich bin der Meinung, daß ich schon genug für mein Volk tue, indem ich auf dich verzichte«, entgegnete er. »Es kann nicht noch mehr Opfer von mir verlangen.«

Einen Augenblick lang schwieg Angelina, dann erwiderte sie:

»Als ich gestern abend weinend in meinem Bett lag, mußte ich daran denken, daß Griechenland schon einmal die geistige und kulturelle Entwicklung der Menschheit beeinflußt hat. Und das muß es wieder tun!«

Der Prinz lächelte.

»Ich weiß, was du damit sagen willst«, meinte er. »Das war zu der Zeit, als sich die Menschen beinahe den Göttern gleich fühlten.«

»Und so muß es wieder sein.«

»Die Griechen haben ihre hohen Ideale von damals vergessen«, antwortete der Prinz.

»Dann mußt du ihnen helfen, sie wiederzufinden«, erwiderte Angelina entschieden. »Du und jeder, der so denkt wie du, muß der Welt diese Ideale zurückgeben, die sie so dringend braucht.«

Der Prinz umfing ihr Gesicht mit einem liebevollen Blick.

»So kannst nur du denken, mein teurer Liebling«, sagte er. »Nur du kannst – wie die Griechen – erkennen, wieviel Heiligkeit in der Schönheit liegt, die man überall findet, wenn man sich mit offenen Augen umsieht.«

Wieder hob er ihre Hand an seine Lippen.

»Wir sind uns so ähnlich, wir haben die gleichen Gedanken – und ich kann an dich nur als Grieche denken, mit all den Sehnsüchten und Vorstellungen eines Griechen von einer idealen Welt.«

Ein Lächeln huschte über Angelinas Gesicht.

»Ich möchte dir etwas sagen ...«

Sie unterbrach sich, als Hauptmann Soutsos neben der Kutsche auftauchte.

»Es ist alles in Ordnung, Sir«, sagte er zum Prinzen. »Wir haben den Mann gefangengenommen.«

»Wer war es?«

»Ein Türke!«

»Ein Türke?« rief der Prinz. »Sind Sie sicher?«

»Im Augenblick ist er nicht sehr gesprächig«, antwortete Hauptmann Soutsos mit einem flüchtigen Lächeln. »Wir sind ein wenig grob mit ihm umgegangen. Ich habe einen Blick auf die Papiere geworfen, die er in der Tasche hatte, und die waren in Türkisch geschrieben. Und auch sein Äußeres läßt keinen Zweifel über seine Herkunft zu.«

»Ich verstehe nicht, was er davon hat, mich zu töten.«

»Vielleicht erfahren wir mehr, wenn er das Bewußtsein wiedererlangt«, meinte Hauptmann Soutsos trocken.

An Angelina gewandt fuhr er fort: »Wir sind Ihnen zu großem Dank verpflichtet, Miß Medvin. Der Attentäter – welcher Nationalität er auch immer sei – trug ein zielsicheres Gewehr bei sich. Seine Königliche Hoheit hätte keine Überlebenschance gehabt.«

Angelina schrie leise auf, und der Prinz sagte:

»Hören Sie auf, Aristoteles. Ich möchte Miß Medvin nicht beunruhigen, doch ich bin sicher, daß Seine Exzellenz ihr seinen Dank aussprechen möchte.«

»Er brennt darauf«, antwortete Hauptmann Soutsos. Angelina spürte, daß sie hätte protestieren sollen. Daß sie hätte sagen müssen, daß es das beste für sie wäre, ein »Niemand« zu bleiben. Doch sie wußte, daß das unmöglich war. Hauptmann Soutsos hatte dem Botschafter bereits erzählt, daß sie den Prinzen vor der drohenden Gefahr gewarnt hatte.

Hauptmann Soutsos nahm ihnen gegenüber Platz.

»Ich habe vergessen, Ihnen zu sagen, daß noch ein anderer Mann bei ihm war«, sagte Angelina, der plötzlich einfiel, daß sie dem Prinzen nichts von dem Mann im Regenmantel erzählt hatte. »Er hat Twi-Twi getreten, weil er bellte, und dadurch stieß ich auf den Mann mit dem Gewehr, der sich in den Büschen versteckt hatte.«

»Ein anderer Mann?« wiederholte Hauptmann Soutsos nachdenklich. »Sie werden sehr vorsichtig sein müssen, Sir.«

Der Prinz erwiderte nichts darauf, und Alexis lenkte die Kutsche in elegantem Bogen vor den Eingang der Botschaft.

Als erster stieg der Prinz aus, dann half er Angelina aus der Kutsche. Twi-Twi wartete nicht darauf, herausgehoben zu werden, sondern sprang mit einem Satz aus der Kutsche.

Während sie über den roten Teppich die Treppe hinaufgingen, blickte Angelina immer wieder ahnungsvoll auf Twi-Twi hinab. Sie wußte, daß er nicht zu halten sein würde, wenn er die Botschaftskatze entdeckte.

Andererseits war es ja eigentlich Twi-Twi gewesen, der dem Prinzen das Leben gerettet hatte, und ihm gebührten die bevorstehenden Ehrungen ebenso wie ihr.

In der Halle wurden sie vom Botschafter erwartet. Neben ihm hatten die anderen Herren des Diplomatischen Corps in ihren prächtigen Uniformen Aufstellung genommen, während sich hinter ihnen alle übrigen Angehörigen und Bediensteten der Botschaft versammelt zu haben schienen.

Als der Prinz erschien, brach – ähnlich wie am Abend zuvor – ein allgemeiner Beifallssturm aus, der jedoch wesentlich gedämpfter und gezügelter als der der überschwenglichen Leute im Restaurant war.

»Ich kann Gott nur danken, daß er Ihr Leben verschont hat, Eure Königliche Hoheit«, begann der Botschafter, »und ich bitte Miß Medvin im Namen aller hier Versammelten, unseren tiefen, aufrichtigen Dank entgegenzunehmen dafür, daß sie Ihr Leben gerettet hat.«

Wieder flammte Beifall auf, und Hochrufe wurden laut, und als Angelina dem Botschafter ihre Hand entgegenstreckte, hob dieser sie an seine Lippen.

»Darf ich Ihnen meine Kollegen vorstellen, Miß Medvin, die Ihnen ebenfalls ihren Dank aussprechen möchten?« fragte er.

Angelina lächelte ein wenig befangen.

»Lassen Sie mich Ihnen zuerst unseren Premierminister vorstellen, Herrn Alexandros Ypsilantis«, fuhr der Botschafter fort.

»Sie sind die Retterin unseres geliebten Regenten, Miß Medvin«, sagte der Premierminister.

»Und jetzt Herrn Kharilaos Costas, unseren Außenminister«, erklärte der Botschafter. »Er...«

Ehe er zu Ende sprechen konnte, begann Twi-Twi, dem die große Menschenansammlung nicht zu gefallen schien, den neben dem Premierminister stehenden Mann wütend anzubellen.

Angelina warf ihm einen um Verzeihung heischenden Blick zu, und in diesem Augenblick erkannte sie in ihm den Mann, den sie in die zweite Kutsche, die zur Abbey gefahren war, hatte einsteigen sehen.

Costas blickte mit gerunzelter Stirn auf Twi-Twi hinab und trat unbehaglich von einem Bein auf das andere. Angelina bemerkte, daß er schwarze Seidenstrümpfe trug, und plötzlich durchzuckte sie der Gedanke, daß sie ihn noch ein anderes Mal gesehen hatte.

Ich muß mich irren, dachte sie, das ist unmöglich! Doch sie erinnerte sich genau, daß der Mann, der Twi-Twi im Garten den Tritt versetzt hatte, schwarze Seidenstrümpfe unter seinem Regenmantel getragen hatte.

In ihrer Wut darüber, daß er Twi-Twi weh getan hatte, war ihr nicht viel mehr aufgefallen als die Geschwindigkeit, mit der der Mann den Garten verlassen hatte. Ihr Unterbewußtsein jedoch hatte mehr wahrgenommen!

Ebenso wie Twi-Twi wußte sie jetzt, wer der Mann war, der den Attentäter an seinen Platz im Garten dirigiert hatte.

Twi-Twi schien sich immer mehr in Wut zu steigern. Sein Gebell wurde immer wilder, und er rannte immer wieder drohend auf den Mann zu, als wolle er jeden Augenblick seine scharfen, weißen Zähne in eins seiner Beine graben. Einen Augenblick lang glaubte Angelina, der Mann wolle Twi-Twi noch einmal treten, und, ohne an die Folgen zu denken, schrie sie:

»Das ist der Mann! Das ist der Mann, den ich im Garten mit dem Meuchelmörder mit dem Gewehr habe reden sehen!«

Ihre Stimme überschlug sich beinahe, und der Prinz starrte sie fassungslos an.

Ehe irgend jemand noch etwas sagen konnte, zog der Außenminister eine Pistole aus der Tasche und richtete sie auf den Prinzen.

»Ja, ich war es!« erklärte er. »Und Sie sollten mir lieber aus dem Weg gehen, wenn Sie nicht wollen, daß ich Ihren Prinzen vor Ihren Augen erschieße!«

Seine Pistole war auf das Herz des Prinzen gerichtet, als er sich langsam durch die herumstehenden Menschen seinen Weg zum Ausgang bahnte.

Alle schienen wie erstarrt zu sein, bis Twi-Twi mit einem wilden Satz vorsprang und seine Zähne in das Bein des Außenministers grub.

Er stieß einen lauten Schmerzensschrei aus und blickte dann fluchend auf seinen kleinen Angreifer hinunter. Ganz offensichtlich wollte er ihn wieder mit einem Tritt aus dem Weg räumen.

In diesem Bruchteil einer Sekunde handelte der Prinz.

Er warf sich auf den Außenminister, umklammerte sein Handgelenk mit eisernem Griff und drehte den Lauf der Pistole nach oben. Der Knall eines Schusses hallte von den Wänden der Halle wider, darauf ein zweiter. Dann sah Angelina, wie Kharilaos Costas sich taumelnd an die Brust griff und zu Boden sank.

Hauptmann Soutsos hatte auf ihn geschossen, während der Prinz mit ihm rang.

Die erstarrte Menschenmasse geriet in Bewegung und drängte sich vor. Angelina, die noch immer wie angewurzelt dastand, fühlte sich plötzlich von den Armen des Prinzen hochgehoben und in einen anderen Raum getragen.

Er stieß die Tür hinter sich zu und preßte sie an sich.

Sie stand zu sehr unter dem Schock der Ereignisse, als daß sie irgend etwas anderes hätte tun können, als sich an ihn zu klammern. Ihre Augen hingen forschend an seinem Gesicht, als wolle sie sich vergewissern, daß er lebte und ihm wirklich nichts geschehen war.

»Es ist alles gut, meine Liebste«, sagte der Prinz beruhigend. »Und dank deiner Hilfe kenne ich nun auch meinen Feind.«

»Du… hast ihn ja auch nicht gemocht«, stammelte Angelina.

»Und wie recht ich damit hatte! Er muß mit den Türken zusammengearbeitet haben, um die Insel unter ihre Herrschaft zu bringen. Und er muß auch der Initiator der Demonstrationen und Unruhen gewesen sein.«

»Du lebst! Du lebst… wirklich!« rief Angelina.

»Ja, ich lebe, mein Liebling«, erwiderte der Prinz. »Aber ich hätte dich nicht in all das verwickeln dürfen.«

Seine Lippen fanden ihren Mund, und er küßte sie voll Leidenschaft, ja beinahe Verzweiflung, als wäre nicht er, sondern sie in Gefahr gewesen.

Er nahm ihr den Hut ab und warf ihn achtlos auf den Boden. Er küßte sie, bis der ganze Raum sich um sie zu drehen schien und sie gefangen war im Zauber ihrer Liebe, den sie nie wieder erleben zu können geglaubt hatte.

Die Tür hinter ihnen wurde einen Spalt geöffnet, und jemand – Angelina glaubte, daß es Hauptmann Soutsos war – schob Twi-Twi herein.

Jetzt bellte er nicht mehr, doch – neugierig und unternehmungslustig, wie Pekinesen nun einmal sind – begann er sofort, den Raum zu erkunden.

Angelina lachte leise auf.

»Ich habe dir eigentlich gar nicht das Leben gerettet«, sagte sie dann. »Twi-Twi war es. Er hat den Außenminister wiedererkannt – weil er ihn getreten hat.«

»Das sieht dem Schwein ähnlich«, meinte der Prinz. »Aber vergessen wir das.«

Dabei zog er Angelina zu dem neben dem Kamin stehenden Sofa hinüber.

Erst jetzt bemerkte Angelina, wie groß der Raum war, in dessen Mitte ein langer Tisch stand. Wahrscheinlich der Konferenzraum, dachte sie.

Dabei fiel ihr wieder ein, daß ihr Geliebter eine Königliche Hoheit war und sie sich deshalb Lebewohl sagen mußten.

Doch im Augenblick fiel es ihr schwer, an etwas anderes zu denken als an seine Nähe.

»Ich liebe dich«, sagte er, als sie sich gesetzt hatte. »Niemand kann mutiger sein als du, meine teure kleine Persephone! Ich liebe dich, doch jetzt werde ich dir etwas zu trinken holen.«

»Ich möchte… nichts«, wandte Angelina ein.

Doch der Prinz beachtete ihren Einwand nicht und ging zu einem Tisch hinüber, auf dem Gläser und mehrere Kristallkaraffen standen.

»Ein Glas Wein wäre das richtige für uns beide«, erklärte er entschieden und schenkte ein.

Angelina hatte das Gefühl, daß er sich selbst etwas vormachen wollte und daß sie sich bald trennen mußten.

Er sah so gut und so männlich aus in der prächtigen Uniform, die er zur Krönung angezogen hatte, daß sie am liebsten zu ihm gelaufen wäre und ihn gebeten hätte, sie in die Arme zu nehmen und wieder zu küssen.

Ich muß mich benehmen, rief sie sich zur Ordnung und zwang sich, ihn nicht anzusehen.

Während ihr Blick umherschweifte, entdeckte sie ein großes Bild, das das Porträt eines Mannes zeigte.

»Ich finde es seltsam, daß hier ein Bild von Lord Byron hängt«, sagte sie, als der Prinz mit zwei Gläsern in der Hand zu ihr zurückkam.

»Warum?« fragte er. »In den Augen meines Cousins wäre eine griechische Botschaft unvollkommen, solange dort nicht ein Bild des Mannes zu sehen ist, dem wir – mehr als irgend jemand anderem – unsere Freiheit verdanken.«

»Meinst du damit Lord Byron?« fragte Angelina.

»Natürlich«, erwiderte der Prinz. »Ich dachte, du hast die Geschichte Griechenlands studiert.«

»Ich habe es versucht«, antwortete Angelina. »Doch meine Beziehung zu Lord Byron ist eine besondere… ganz persönliche.«

Sie ergriff das Glas, das der Prinz ihr entgegenhielt, und fügte hinzu:

»Ich wollte es dir eigentlich nicht sagen – aber ich bin Lord Byrons Urenkelin.«

Dabei bemühte sie sich um ein mutiges Lächeln. Wenn der Prinz ein Bild Lord Byrons in seiner Botschaft hängen hatte, würde ihn ihre Mitteilung nicht schockieren, wie sie anfangs befürchtet hatte.

Als sie den Kopf hob und ihn ansah, lag ein sehr seltsamer Ausdruck auf seinem Gesicht.

»Was sagst du da?« fragte er. »Ich verstehe nicht.«

»Ich wollte dir schon bei unserer ersten Begegnung erzählen, wieso ich griechisches Blut in den Adern habe«, entgegnete Angelina. »Doch ich hatte Angst, dich zu schockieren. Papa hat mir eingeschärft, mit niemandem darüber zu reden.«

»Worüber?«

»Daß meine Großmutter Lord Byrons Tochter ist.«

Der Prinz setzte sich neben sie auf das Sofa.

»Erzähl mir alles von Anfang an«, bat er. »Woher weißt du das? Wie war das möglich?«

Angelina sah ihn ängstlich an.

»Bist du... schockiert?« fragte sie. »Ich hätte nicht gedacht, daß du...«

»Nein, ich bin nicht schockiert, mein Liebling«, fiel er ihr ins Wort. »Ich möchte nur mehr darüber hören, weil ich es kaum glauben kann. Vielleicht ist es nur eine Ausgeburt deiner Phantasie.«

»Es ist wahr!« rief Angelina.

Sie blickte zu Lord Byrons Bild empor, und der Blick seiner Augen schien ihr Mut zu geben.

»Bevor er nach Missolonghi fuhr, wo er starb, hielt er sich vier Monate lang in Kephallenia auf. Dabei... verliebte er sich in eine... wunderschöne Frau.«

»Wieso haben wir nie etwas davon erfahren?« wollte der Prinz wissen.

»Weil sie aus einer bedeutenden Familie stammte«, antwortete Angelina.

»Kennst du ihren Namen?«

»Ja... Diliyannis.«

»Ich kenne diese Familie! Natürlich kenne ich sie!« rief der Prinz.

»Sie trafen sich heimlich, und er schrieb ihr einige wunderschöne Briefe und natürlich... Gedichte.«

»Hast du sie?«

»Papa hat sie aus Sicherheitsgründen in einer Bank deponiert. Vielleicht auch, weil er Angst hatte, ich könnte sie jemandem zeigen.«

»Erzähl weiter!« drängte der Prinz. »Ich möchte alles wissen.«

Angelina wunderte sich über den eindringlichen Klang seiner Stimme, doch sie fuhr leise fort:

»Nachdem Lord Byron Kephallenia verlassen hatte, stellte Nonika – das war der Name meiner Urgroßmutter – fest, daß sie... ein Baby erwartete.«

Sie errötete.

Obwohl sie auf ihre Verbindung zu Lord Byron sehr stolz war, war es doch verwirrend für sie, darüber mit dem Prinzen zu sprechen. Als ahnte er ihre Gefühle, griff er nach ihrer Hand und drückte sie beruhigend.

»Aus diesem Grund mußte Nonika ihrer Familie erzählen, wie sehr sie Lord Byron geliebt hatte«, fuhr Angelina fort. »Sie waren natürlich entsetzt darüber, daß sie... in Schwierigkeiten war, und wollten die Affäre unter allen Umständen geheimhalten.«

»Wurde das Baby in Kephallenia geboren?« fragte der Prinz.

»Ja. Es war ein Mädchen, das von einem zur Geheimhaltung verpflichteten Priester auf den Namen Athene getauft wurde.«

»Was geschah dann?«

»Lord Byron schloß Freundschaft mit dem britischen Gouverneur Colonel Charles James Napier.«

»Ich erinnere mich«, meinte der Prinz.

»Auch dieser liebte eine Bürgerin aus Kephallenia. Sie hieß Anastasia und schenkte ihm zwei Töchter.«

»Das stimmt«, warf der Prinz ein.

»Sobald sie alt genug war, um zu reisen, brachte Colonel Napier Athene nach England, wo sie von einer Verwandten von ihm aufgezogen wurde.«

Angelina hielt einen Augenblick inne, um mit einem Lächeln fortzufahren:

»Als sie zwanzig war, verliebte sie sich in Henry Medvin, einen Hauptmann der Grenadiergarde. Nachdem ihre ersten beiden Kinder – zwei Mädchen – noch im Kindesalter gestorben waren, wurde im Jahre 1855 mein Vater geboren.«

Sie legte eine Pause ein und fuhr dann ein wenig traurig fort:

»Ich habe meine Großmutter nie kennengelernt. Sie starb, als ich gerade ein Jahr alt war, und dann hat mein Großvater wieder geheiratet.«

Sie blickte den Prinzen ein wenig unsicher an und erzählte weiter:

»Weil Papa es so wünschte, habe ich seine Stiefmutter immer Großmama genannt. Von seiner richtigen Mutter hat er nie gesprochen.«

Sie umklammerte die Hand des Prinzen.

»Bitte, sag... daß du nicht schockiert bist. Unsere Familie hat sich ihres schwarzen Schafes immer geschämt. Ich jedoch war stets stolz, sehr stolz sogar, mit Lord Byron verwandt zu sein.«

»Das kannst du auch!« rief der Prinz. »Oh, mein Liebling, das ändert alles!«

Angelina sah ihn verständnislos an.

»Wir können heiraten«, erklärte er sanft. »Das heißt, wenn du mich willst, meine teure kleine Persephone.«

»Hei...raten?« stieß Angelina hervor. »Aber wieso? Das verstehe ich nicht! Du mußt eine Prinzessin heiraten.«

»Die Urenkelin Lord Byrons ist eine wesentlich passendere Braut für mich«, entgegnete der Prinz. »Die Griechen betrachteten ihn damals – wie heute – als ihren König.«

»Das... wußte ich nicht«, meinte Angelina. »Ist das wahr?«

»Hundertprozentig, wie jeder Grieche dir bestätigen wird«, antwortete er. »Doch mehr als allen anderen bedeutet er uns auf Kephallenia. Ich kann meinem Volk keine größere Freude machen, als eine Nachfahrin des Mannes zu heiraten, den man nicht nur als Retter Griechenlands verehrt, sondern beinahe als einen Heiligen.«

»Ich... kann es nicht glauben!« rief Angelina.

»Deine Geschichtskenntnisse weisen Lücken auf, mein Liebling«, sagte der Prinz lächelnd.

Dann fuhr er in ernsterem Ton fort:

»Die Zerstörung von Missolonghi im Jahre 1826 hat ganz Europa erschüttert, und hätte Lord Byron nicht zwei Jahre zuvor sein Leben für Griechenland geopfert, wäre es uns vielleicht nie möglich gewesen, die türkische Flotte im darauffolgenden Jahr in der Bucht von Navarino zu zerstören, und unser letztes bißchen Freiheit wäre vernichtet gewesen.«

Angelina schlug die Hände zusammen.

»Jetzt erinnere ich mich.«

»Fünfundsiebzig türkische Kriegsschiffe wurden von sechsundzwanzig britischen, französischen und russischen Schiffen versenkt«, fügte der Prinz hinzu.

Mit einem Blick auf Byrons Porträt fuhr er fort:

»Gegen Ende des Jahrhunderts war aus Griechenland wieder eine Nation geworden. Was Lord Byron für Griechenland getan hat, wurde eigentlich erst durch seinen Tod richtig erkannt.«

»Ich glaube... ich verstehe«, flüsterte Angelina.

Der Prinz stand auf und zog Angelina zu sich hoch.

Er legte einen Arm um ihre Schultern und hob sein Glas dem stummen Bild entgegen.

»Dir verdanken wir es, daß mein Land – und ich – frei sind. Dir verdanke ich es, daß ich mein Glück an der Seite deiner Urenkelin finde. Zusammen werden wir deinen Kampf für die griechischen Ideale fortsetzen – für Ideale, die nie sterben dürfen.«

7

Der Prinz streckte Angelina seine Hand entgegen, um sie über den steinigen, von Bäumen überdachten Pfad hinaufzuführen.

Sie hatten ihre Pferde am Fuße des Berges bei Hauptmann Soutsos zurückgelassen. Twi-Twi, der bis dorthin in einer Satteltasche auf dem Pferd des Hauptmanns gesessen hatte, rannte jetzt vor ihnen her den Weg hinauf.

Sein weißer Schwanz spannte sich in einem Bogen über seinem Rücken, als führe er seine eigene kleine Truppe an.

»Oh, ist das aufregend!« rief Angelina.

Der Prinz lächelte sie an, und in seinen Augen lag soviel Zärtlichkeit, daß Angelina ganz warm ums Herz wurde.

Sie hatten erst vor zehn Tagen geheiratet, und sie hatten sich vorgenommen, daß eine ihrer ersten Unternehmungen auf der Insel eine Pilgerreise nach Metaxata, dem Zufluchtsort Lord Byrons, sein sollte. Angelina fand es äußerst erstaunlich, daß Lord Byron, den man in England noch heute als Freigeist betrachtete, von den Griechen hochgeachtet und verehrt wurde, die in ihm sowohl einen Helden als auch einen Heiligen sahen.

Vom ersten Augenblick ihrer Ankunft auf Kephallenia an hatte Angelina erkannt, daß der Prinz nicht übertrieben hatte, als er seine Heimat als »bergiges Paradies« beschrieb. Es war alles noch viel schöner, als sie erwartet hatte.

Der Himmel flimmerte in strahlendem und doch sanftem Licht, das sich in blendendem Glanz auf den Gipfeln der Berge zu bündeln schien.

Manchmal hatte Angelina wirklich das Gefühl, eine Göttin zu sein, und der Prinz sei tatsächlich Apoll, so wie sie ihn am Anfang ihrer Begegnung gesehen hatte.

Sie konnte noch immer kaum fassen, daß all ihr Elend und Unglück von dem Augenblick an verschwunden sein sollte, seit sie dem Prinzen das Geheimnis ihrer Herkunft anvertraut hatte, nur weil sie Lord Byrons Urenkelin war.

Manchmal wachte sie nachts auf in dem Glauben, daß alles nur ein Traum sei und daß sie, ihrem Vater gehorchend, dem Prinzen nichts vom Geheimnis ihrer Großmutter verraten habe.

Wieviel die Offenbarung dieses Geheimnisses für den Prinzen bedeutete, hatte sie zu begreifen begonnen, als sie vor dem Bild Lord Byrons standen. Der Prinz hatte sie geküßt, bis ihr der Atem verging. Dann war er zur Tür gegangen.

Mit vor Erregung zitternder Stimme hatte er einem der in der Halle stehenden Diener befohlen, den Botschafter und alle, die bei ihm wären, ins Konferenzzimmer zu bitten.

Angelina hatte ihn ängstlich beobachtet. Als er wieder zu ihr kam, streckte sie ihm ihre Hände entgegen und fragte:

»Was... hast du vor?«

»Ich werde meinem Premierminister meine zukünftige Frau vorstellen«, erwiderte er.

»Bist du... wirklich ganz sicher, daß es das richtige für dich ist..., mich zu heiraten?«

»Ich werde dich heiraten«, erklärte er entschieden. »Und vergiß nicht, daß ich mein Leben lang in deiner Schuld stehen werde, weil du mir das Leben gerettet hast.«

»Aber ich möchte nichts tun, was nicht... den Interessen deines Landes entspricht«, entgegnete Angelina.

»Ich kann gar nichts Besseres für mein Land tun, denn du wirst mir helfen, meinem Volk seine Ideale wiederzugeben«, erwiderte der Prinz überzeugt.

Der Botschafter, der noch immer etwas unter dem Schock der Ereignisse zu stehen schien, betrat – gefolgt vom Premierminister und den anderen Beamten – den Raum.

Sicher glauben sie, daß der Prinz sie hat rufen lassen, damit sie mir noch einmal ihren Dank aussprechen, dachte Angelina verlegen. Nicht nur, weil ich ihm das Leben gerettet habe, sondern auch, weil ich den Verräter unter ihnen entlarvt habe.

Der Prinz wartete, bis alle im Raum waren und die Tür sich hinter ihnen geschlossen hatte. Dann sagte er:

»Ich habe Ihnen eine wichtige Mitteilung zu machen, meine Herren, die Sie zwar überraschen wird, die Sie jedoch auch – davon bin ich überzeugt – mit großer Freude erfüllen wird.«

Er legte eine Pause ein, ergriff Angelinas Hand und fuhr fort:

»Miß Medvin haben Sie bereits kennengelernt. Sie wissen, wie tapfer und mutig sie gewesen ist und wieviel sie für uns getan hat. Was Sie jedoch nicht wissen, ist, daß sie die Urenkelin eines Mannes ist, den wir über alle Maßen verehren – Lord Byron, der sein Leben für uns geopfert hat, als niemand sonst auf der Welt sich um uns kümmerte.«

Während er sprach, war sein Blick auf das Bild Lord Byrons gerichtet. Angelina sah, wie die Augen der anwesenden Herren seinem Blick folgten, und sie konnte das Erstaunen und die Bewunderung und Verehrung in ihren Gesichtern erkennen.

Verehrung – das war die richtige Bezeichnung für die Gefühle, die die Griechen für Lord Byron hegten. Das konnte Angelina bald nach ihrer Ankunft auf Kephallenia selbst feststellen.

In dem kleinen Ort Metaxata zeigte man ihr einen riesigen Efeu, den Lord Byron selbst angepflanzt haben sollte, und am Anfang des schmalen Pfades, den sie jetzt hinaufstiegen, stand ein hölzerner Wegweiser mit dem Hinweis »Byron's Roci«.

Wenn sie sich mit den Leuten hier unterhielt, zitierten diese immer wieder Byrons Werke und Gedichte, als gehörten sie zu ihrer Umgangssprache.

Jedermann schien sich mit ihr unterhalten, ihr eine Freude machen zu wollen. Das lag sicher nicht nur daran, daß sie die Frau des Prinzen war, sondern auch daran, daß in ihren Adern griechisches Blut floß.

Alles war so schnell gegangen, daß es Angelina noch wie ein Traum oder ein Märchen vorkam, als ihr Schiff in den Hafen von Kephallenia einlief.

Der Prinz hatte so hartnäckig darauf bestanden, sie so schnell wie möglich zu heiraten, daß nicht einmal Lady Medvin Einwände machen konnte. Die Aussicht, daß Angelina bald die Frau eines regierenden Prinzen werden sollte, war so aufregend für sie gewesen, daß Lady Medvin sogar vergaß, Angelina zu rügen, weil sie sich heimlich mit dem Prinzen getroffen hatte.

Weder Angelina noch der Prinz hatten ihr allerdings gestanden, daß sie allein miteinander gegessen oder daß sie das Fest der Griechen in dem griechischen Restaurant besucht hatten.

Sie hatten lediglich zugegeben, sich durch den Zusammenstoß Twi-Twis mit der Botschaftskatze kennengelernt und im Garten getroffen zu haben.

Und Lady Medvin war viel zu beschäftigt damit gewesen, in der knappen Zeit von weniger als drei Wochen alles für Angelinas Aussteuer zu besorgen und ihre Abreise nach Kephallenia, wo die Hochzeit stattfinden sollte, vorzubereiten, als daß sie Zeit gehabt hätte, viele Fragen zu stellen.

Der Charme des Prinzen hatte sie schon bald völlig für ihn eingenommen, so daß sie sich sogar zu der Bemerkung hinreißen ließ:

»Er ist der sympathischste junge Mann, der mir je begegnet ist – wirklich, Angelina, auch ich habe mich in ihn verliebt!«

Obwohl ihr all die Aufregung gesundheitlichen Auftrieb gegeben hatte, fühlte sie sich doch nicht kräftig genug, um mit Angelina nach Kephallenia zu reisen.

Da erschien Lady Hewlett als Retter in der Not. Sie erklärte, daß es einer ihrer größten Wünsche sei, Kephallenia zu besuchen. Und da es auch Angelinas Vater unmöglich sein würde, rechtzeitig aus Indien zurückzukehren, würde Lord Hewlett nichts lieber tun, als die Rolle des Brautvaters zu übernehmen.

Angelina wußte, wie traurig und enttäuscht ihre Großmutter sein mußte, weil sie nicht an ihrer Hochzeit teilnehmen konnte, und sie sagte ihr daher immer und immer wieder, wie gerne sie sie dabeigehabt hätte.

Der Prinz war es schließlich, der hartnäckig darauf bestand, daß es Lady Medvin durchaus gut genug ginge, um einen Empfang in ihrem Salon zu geben.

»Es wird zuviel für sie werden«, wandte Angelina ein, als sie allein waren.

»Unsinn!« widersprach der Prinz. »Freude und Aufregung haben noch nie einen Menschen umgebracht. Langeweile und Traurigkeit führen viel öfter zum Tod.«

Als er die Unentschlossenheit in Angelinas Zügen bemerkte, küßte er sie und fügte hinzu:

»So etwas wird uns nie passieren, mein Liebling. Du wirst mich erfreuen und erregen, solange ich lebe.«

»Ich... hoffe es«, erwiderte Angelina zaghaft. »Doch du hast schon so viel gesehen und erlebt, hast schon so viele Dinge getan in deinem Leben..., während ich noch in die Schule ging, und ich komme mir manchmal sehr dumm und unerfahren vor.«

»Was immer du auch getan hast – du hast nie etwas gedankenlos getan, hast stets darüber nachgedacht«, entgegnete der Prinz. »Und wir stimmen doch beide darin überein, daß die Griechen das Edle und Schöne mehr als alles andere schätzen.«

Wieder küßte er sie und fügte hinzu:

»Und Schönheit besitzt du im Übermaß, mein Liebling. Du bist so schön, daß ich damit zufrieden wäre, dich tausend Jahre lang nur ansehen zu können.«

Lady Medvin hatte ihr bestes Kleid angezogen und all ihre Juwelen angelegt, als man sie über die Treppe in den Salon hinuntertrug. Als Angelina sie, gemütlich in einem Sessel sitzend mit einer Hermelindecke über den Knien, freudestrahlend ihre Gäste begrüßen sah, wußte sie, daß der Prinz recht gehabt hatte.

Wie immer, dachte sie bei sich. Ich werde noch viel von ihm lernen müssen.

Es stellte sich heraus, daß beinahe jedermann in London Prinz Xenos und seine englische Braut kennenlernen wollte.

Doch es war natürlich unmöglich, sie alle einzuladen. Also mußten sie eine Auswahl treffen und sich auf die persönlichen Freunde Lady Medvins und einige Persönlichkeiten aus königlichen und diplomatischen Kreisen beschränken, die für den Prinzen wichtig waren.

Für Angelina war es eine besondere Freude, den Salon einmal so zu sehen, wie ein Salon sein sollte – im strahlenden Glanz der Kronleuchter und von Lilienduft durchzogen.

Angelinas Kleid für diesen Abend wurde in halsbrecherischer Geschwindigkeit fertiggestellt. Der Schneider, der es entworfen hatte, und seine Angestellten mußten dafür die ganze Nacht durcharbeiten, um es pünktlich abliefern zu können. Doch die Mühe hatte sich gelohnt – das Kleid war ein Gedicht, wie der Prinz sich ausdrückte.

»Du bist schön wie Aphrodite«, sagte er und fügte, als sie allein waren, hinzu: »Für die Griechen war die Göttin der Liebe keine vollbusige Matrone, sondern ein jungfräuliches, aus dem Meeresschaum geborenes Mädchen.«

Sein Mund war dicht vor Angelinas Lippen, als er hinzufügte:

»Schön und verheißungsvoll, meine Liebste, wie das Nahen eines neuen Tages.«

»Wie unsere Hochzeit«, flüsterte Angelina. »Ein neuer Tag, ein neues Leben… und wir werden zusammensein.«

Nach dem Empfang hatte der Prinz sich zusammen mit dem Premierminister auf den Heimweg nach Kephallenia gemacht, um alle notwendigen Vorbereitungen für ihre Hochzeit zu treffen.

Hauptmann Soutsos und der neu ernannte Außenminister gehörten zu Angelinas Eskorte.

Und der Hauptmann war es auch, der sich während der Reise um Twi-Twi kümmerte.

Als Lady Medvin sah, wie schwer es Angelina fiel, sich von dem kleinen weißen Pekinesen zu trennen, hatte sie sich im letzten Augenblick entschlossen, ihr Twi-Twi zu schenken.

»Ist das dein Ernst, Großmama?« hatte Angelina gerufen. »Twi-Twi bedeutet mir mehr als all die Geschenke, die ich bekommen habe, doch ich möchte nicht, daß du traurig bist, wenn er nicht mehr bei dir ist.«

»Ich glaube, daß Twi-Twi unglücklich sein würde ohne dich, mein liebstes Kind«, erwiderte Lady Medvin. »Außerdem bin ich wirklich zu alt, um mir einen Hund zu halten. Ich könnte mich gar nicht richtig um ihn kümmern.«

Sie legte eine Pause ein und fügte lächelnd hinzu:

»Wer soll denn mit ihm in den Garten gehen, wenn du weg bist? Obwohl ich es selbst versuchen würde – das versichere ich dir –, wenn die Aussicht bestünde, einen solch charmanten Mann wie den lieben Xenos dort zu treffen.«

»Es heißt, daß der Blitz nie zweimal an der gleichen Stelle einschlägt«, entgegnete Angelina lachend.

Als sie an jenem Abend ins Bett ging, nahm sie Twi-Twi liebevoll in die Arme und sagte:

»Ich bin so glücklich, daß du bei mir bleibst, obwohl die Leute dich sicher für ein Wesen von einem anderen Stern halten werden, wenn sie dich sehen.«

In der Tat erregte er soviel Aufsehen, daß Angelina schon daran dachte, ihn an ihrem Hochzeitszug teilnehmen zu lassen. Doch das ging natürlich nicht. Statt dessen stellte man ihr zwölf sehr schöne junge Mädchen als Brautjungfern zur Seite.

Sie stammten aus den angesehensten und bedeutendsten Familien von Kephallenia, und die beiden Mädchen, die den Zug der Brautjungfern anführten, trugen den Namen Diliyannis.

Diese beiden Mädchen waren so hübsch, daß Angelina froh war, mit ihren blonden Haaren und blauen Augen einen Kontrast zu ihrer dunklen Schönheit zu bieten.

»Ich verstehe nicht, warum du dich nicht in eine Griechin verliebt hast«, sagte sie nach ihrer Hochzeit zum Prinzen. »Ich kann mir nicht vorstellen, daß es schönere Frauen gibt als sie.«

»Auf diese Frage könnte ich dir viele Antworten geben«, antwortete der Prinz. »Wahr ist jedoch, daß ich mich noch nie richtig verliebt hatte, bis ich dir begegnete.«

»Es fällt mir schwer, das zu glauben«, meinte Angelina.

Sie hielt es für ausgeschlossen, daß ein so gut aussehender Mann wie er achtundzwanzig Jahre lang durch die Welt spazieren konnte, ohne daß ihm Hunderte von Frauenherzen zu Füßen lagen.

Der Prinz, der wieder einmal ihre Gedanken erraten hatte, erwiderte jedoch:

»Du kannst es mir glauben! Natürlich gab es schöne, betörende Frauen in meinem Leben, die mich anzogen, hier, in Paris oder auch in London. Doch als Persephone in mein Leben trat, wußte ich, daß ich noch nie richtig geliebt hatte.«

»Oh, Xenos!« sagte Angelina leise. »Du sagst so... wunderbare Dinge zu mir. Ich beginne zu glauben, daß in jedem Kephallenier ein Dichter schlummert.«

»Falls sie dir ebensolche Dinge sagen wie ich, werde ich nicht nur schrecklich eifersüchtig werden, sondern dich im Palast einsperren und dafür sorgen, daß niemand außer mir in deine Nähe kommt«, entgegnete der Prinz.

»Das ist das typische Verhalten eines Paschas«, erwiderte Angelina neckend.

Der Prinz zog sie in seine Arme und küßte sie voll Inbrunst und Leidenschaft, bis sie sich entschuldigte.

»Wenn du mich einen Pascha nennst, werde ich mich auch so verhalten«, drohte er.

In Wirklichkeit freute sie sich über seine Eifersucht – schließlich war sie selbst auch sehr eifersüchtig.

Alles an ihm und der Insel besaß einen unbeschreiblichen Zauber für sie, und sie dankte Gott tausendmal am Tag, daß sie ein solches Glück erleben durfte.

Die tiefen, grünen Täler und die von Pinien, Myrte, Lavendel und Salbei bedeckten Hänge der Berge waren zu dieser Jahreszeit schöner als zu jeder anderen, so erzählte ihr der Prinz.

Auf ihrem heutigen Ausflug waren ihnen dunkelhäutige Bauern begegnet, auf deren Schultern schwere Holzbündel oder mit Weintrauben gefüllte Körbe ruhten.

Selbst für September war es ungewöhnlich heiß, und es war sehr angenehm gewesen, am Meer entlang hinauf in die Berge nach Metaxata zu gehen.

Man hatte Angelina die Stelle gezeigt, an der ihr Urgroßvater, am Fenster seines Hauses stehend, »diesen wunderschönen Ort« beschrieben hatte, wo er die »stille und zugleich kühle Klarheit des Mondlichtes« erleben und in der Ferne zwischen dem Blau des Himmels und des Meeres die Umrisse von Morea erkennen konnte.

Ebenso wie einst Lord Byron sah Angelina die unterhalb seines Hauses wachsenden dunkelgrünen Orangen- und Zitronenbäume, die gelblichen Pinien und die grauen Olivenbäume und das Blau des mit grünen, in der Ferne verschwimmenden Inseln gesprenkelten Meeres.

Den Abschluß ihres Besuches in Metaxata bildete ein köstlicher kleiner Imbiß. Danach machten sie sich, von Hauptmann Soutsos und Twi-Twi begleitet, auf den Weg nach Lakythra, dem nächsten Dorf.

Der Prinz hatte Angelina nicht verraten, was sie erwartete, doch sie hatte die Tagebücher ihres Urgroßvaters und alles, was über ihn geschrieben worden war, gelesen.

Sie war daher nicht überrascht, als sie am Ende des schmalen Pfades, den sie hinaufgeklettert waren, auf dem Gipfel des Berges eine kleine, weiße Kapelle erblickten. Von einer Gruppe flacher, grauer Felsen aus, die aus dem grünen Rasen herausragten, bot sich ihnen ein wunderbarer Ausblick auf die See.

»Jetzt weiß ich, warum du mich hierhergebracht hast«, rief Angelina, als sie oben angelangt waren. »Auf diesen Felsen sitzend, mit diesem einmaligen, atemberaubenden Panorama vor sich, hat mein Urgroßvater seine Gedichte geschrieben.«

Die Hand des Prinzen haltend, blickte sie auf das vor ihnen liegende Land und das ferne Meer. Sehr leise sagte sie dann:

»Wenn ich ein Dichter werde, so verdanke ich das dem Himmel von Griechenland.«

Der Prinz hob ihre Hand an seine Lippen und küßte sie. Dann nahm er seinen Hut ab, als wolle er die kühle Luft mit ihrem seltsamen Licht auf seiner Stirn spüren.

Auf seinem Gesicht lag ein Ausdruck, der Angelina an ihre Hochzeit in der Kathedrale denken ließ, als er mit tiefer, ernster Stimme, die ihr die Tränen in die Augen trieb, den Treueschwur nachgesprochen hatte.

Und eine ungeheure Dankbarkeit hatte ihr Herz erfüllt, weil ihr das Schicksal diesen wunderbaren Mann geschenkt hatte. Und dafür, daß ihre Liebe schließlich über all die Schwierigkeiten triumphiert hatte, die ihnen zunächst unüberwindlich erschienen waren.

Tief in ihrem Inneren wußte sie – und sie sagte es ihm auch –, daß sie ihn auch geliebt haben würde, wenn er ein einfacher Bauer oder Bettler gewesen wäre. Wenn die Entscheidung nur bei ihr gelegen hätte, würde nichts sie davon abgehalten haben, ihn zu heiraten.

»Ich weiß, meine Liebste«, erwiderte er.

Als er in der Nacht nach ihrer Trauung zu ihr in ihr Zimmer gekommen war, war er ihr beinahe göttergleich – wie Apoll selbst – erschienen.

Sie hatte ihn nicht in ihrem großen, mit kunstvollen Schnitzereien versehenen Bett liegend erwartet, sondern hatte am Fenster gestanden und auf das Meer hinausgesehen, über dem sich der dunkle, von Sternen übersäte Abendhimmel wölbte.

Der Glanz der Sterne spiegelte sich auf den sanften Wellen wider; bald würde der Mond aufgehen und das blasse, durchscheinende Licht der Milchstraße zu sehen sein.

Alles war ruhig und still. Die Dunkelheit war von einem geheimnisvollen Zauber, der Teil ihrer Liebe war.

Als sie den Prinzen auf sich zukommen hörte, drehte sie sich lächelnd nach ihm um. Der Glanz der Sterne schimmerte auf ihrem blonden Haar, so daß ihr Kopf wie von einem Heiligenschein umgeben schien.

Der Prinz blieb dicht vor ihr stehen, ohne sie jedoch zu berühren. Er sah sie nur schweigend an – es bedurfte keiner Worte zwischen ihnen.

Die Trauungszeremonie in der Kathedrale, die vielen Menschen beim anschließenden Empfang, die Jubelrufe der Massen, die ihre Fahrt in der offenen Kutsche zum Palast gesäumt hatten – all das war in Vergessenheit gesunken.

Jetzt waren sie allein; es gab nur noch sie und den Prinzen.

Auf diesen Augenblick hatten sie gewartet, ihn hatten sie ersehnt.

»Bist du es wirklich?« fragte der Prinz mit tiefer, heiserer Stimme.

»Ich... liebe dich«, flüsterte Angelina.

»Ich weiß«, erwiderte er, »und doch fällt es mir schwer zu glauben, daß du wirklich mir gehörst und ich keine Angst mehr haben muß, dich zu verlieren.«

»Es kommt mir alles so... märchenhaft vor, wie im Traum... und doch ist es Wirklichkeit«, entgegnete Angelina. »Ich bin hier, ...und ich bin... deine Frau.«

»Glaubst du, ich weiß das nicht?« fragte der Prinz. »Ich habe dich so sehr begehrt, Angelina. Ich habe das Gefühl, als hätte ich den Himmel in Bewegung gesetzt, um dich zu bekommen, und die Götter haben dich mir gegeben.«

»Wie könnten wir auch... anders empfinden..., wo Götter uns so nahe sind?« entgegnete Angelina. »Ich fühle sie in der Luft und sehe sie überall, wohin ich schaue.«

Der Klang ihrer Stimme ließ den Prinzen seine Arme ausstrekken und sie an sich ziehen. Er hielt sie so zart und behutsam, als wäre sie etwas unendlich Kostbares, das er beschützen mußte.

Angelina legte eine Hand an seine Schulter und blickte auf das Meer hinaus. Sie wußte, daß selbst die Dunkelheit noch einen Schimmer von Licht besaß, des Lichtes, das Griechenland war, das aber auch vom Prinzen ausging und Teil ihrer Liebe war.

Einen Augenblick lang kam sie sich selbst wie ein Teil dieser himmlischen Schönheit der Welt vor.

Der Prinz preßte sie enger an sich und hob ihr Gesicht. Als sie seine Lippen spürte, hörte sie auf zu denken oder zu sehen, fühlte nur noch das Erzittern der silbernen Flügel ihrer Liebe, das sie den Göttern gleichmachte.

Als sie jetzt, an derselben Stelle wie einst ihr Urgroßvater stehend, auf das unter ihr liegende Tal hinabblickte, wurde ihr erneut bewußt, wie groß sein Anteil an ihrem Glück war.

»Ich nehme an, mein geliebter Xenos, dieser Ort sagt dir ebenso wie mir, daß wir uns nicht nur für Kephallenia, sondern für ganz Griechenland einsetzen müssen«, sagte sie schließlich.

»Ich habe gehofft, daß du so denken würdest«, antwortete der Prinz. »Griechenland braucht dich. Es gibt noch immer Uneinigkeit und Zwietracht, und die Türken besitzen noch immer viel Einfluß in Griechenland.«

»Und doch ist seit dem Tode meines Urgroßvaters in Missolonghi viel erreicht worden«, entgegnete Angelina mit einem kleinen zufriedenen Seufzer.

Sie sah zu der kleinen weißen Kapelle hinüber.

»Ist sie offen?«

Der Prinz schüttelte den Kopf.

»Man wollte die Priester, die sich hier nur sonntags aufhalten, davon unterrichten, daß wir kommen«, sagte er, »doch ich wollte hier lieber mit dir alleine sein.«

»Das wäre auch mein Wunsch gewesen«, entgegnete Angelina. »Oh, Xenos, wie gelingt es dir nur, alles, was wir unternehmen, so vollkommen zu planen?«

»Das ist ganz einfach«, erwiderte der Prinz. »Ich überlege, was du dir wünschen könntest, und seltsamerweise ist es immer genau das, was auch ich mir wünsche.«

Angelina lachte.

»Sieh dir Twi-Twi an!« sagte sie dann. »Erst ist er zwischen den Felsen auf Entdeckungsjagd gegangen, und jetzt untersucht er den Eingang zur Kapelle.«

»Auch ich möchte mir etwas ansehen«, sagte der Prinz.

Er zog Angelina von den Felsen fort und führte sie ein Stück von der Kapelle weg. Hier gab es dichtes Buschwerk und von den verschiedensten Pflanzen durchwucherte, hochrankende Weinstöcke. Dazwischen entdeckte Angelina wieder die wunderschönen Blumen, die ihr vom ersten Augenblick an besonders gut gefallen hatten. Sie schritten durch die Büsche, bis sie zu einer Stelle kamen, von wo aus sie erneut einen atemberaubend schönen Ausblick hatten. Der Blick öffnete sich auf die Berge und hohe, wie stumme Wachtposten dastehende Zypressen.

»Es ist alles... so schön!« stieß Angelina atemlos hervor.

Der Prinz zog sie an sich.

»So wie du, meine bezaubernd schöne Frau.«

Sie standen im Schatten eines Baumes, und er löste die Bänder ihres weißen Hutes, die unter ihrem Kinn zusammengebunden waren.

»Ich möchte dich küssen«, sagte er, »um sicher zu sein, daß du mir nicht davonfliegst und mich allein zurückläßt. Denn dann müßte ich mich fragen, ob es dich wirklich je gegeben hat.«

»Ich bin sehr lebendig, mein Liebster«, erwiderte sie.

Er warf ihren Hut in das weiche Gras und zog seinen Mantel aus. Dann streckte er die Arme aus, und sie sank an seine Brust.

Es war ein besonders heißer Tag, und sie hatte für den Aufstieg zu den Felsen nur ein dünnes Musselinkleid angezogen.

Durch das weiße Batisthemd des Prinzen spürte Angelina den Schlag seines Herzens an dem ihren.

»Du gehörst mir!« sagte er. »Mir allein, meine kostbare, kleine Persephone, und mit jedem Tag liebe ich dich mehr.«

»Mir geht es ebenso«, entgegnete Angelina. »Obwohl es beinahe nicht möglich ist, dich noch mehr zu lieben, spüre ich... nachts, wenn wir alleine sind, wie meine Liebe... tiefer wird..., entdecke ich immer neue Gefühle, die ich mir nie hätte vorstellen können.«

»Mache ich dich glücklich?«

»Ja, wahnsinnig glücklich, wild und erregt – als berührte ich die Spitzen dieser wunderbaren Berge... und tauchte in die tiefsten Tiefen des unendlich blauen Meeres.«

»Ich habe mir erhofft, daß du so empfinden würdest, meine süße, kleine Göttin.«

Angelina legte ihre Lippen an sein Ohr.

»Sich zu lieben...«, flüsterte sie, »ist das Wunderbarste, Vollkommenste..., das ich mir vorstellen kann.«

Der Prinz beugte den Kopf und küßte ihren Nacken, und Angelina fühlte, wie ein beinahe schmerzhafter Feuerstrahl sie durchzuckte.

»Bitte... Liebling«, bat sie, »tu... so etwas nicht vor heute nacht.«

Der Prinz zog sie enger an sich.

»Warum sollen wir bis heute nacht warten?« fragte er dann.

Damit hob er sie auf seine Arme und legte sie im Schatten der sich über ihnen wölbenden Bäume behutsam ins weiche Gras.

Angelina schrie leise auf.

»Xenos! Wenn uns jemand sieht!«

»Falls irgend jemand sich in unsere Nähe wagen sollte, wird unser Wachtposten uns nicht nur rechtzeitig warnen, sondern ihn auch davonjagen«; erwiderte der Prinz.

Angelina verstand nicht gleich, was er meinte. Dann fiel ihr Blick auf Twi-Twi, der ein Stück von ihnen entfernt im Gras lag und zu den Bergen hinüberzusehen schien. Doch sie war sicher, daß er sehr wachsam war und ihm nichts entgehen würde.

Sie lachte leise auf.

»Ja, Twi-Twi wird uns warnen«, entgegnete sie dann, »und ich glaube auch, daß er weiß, daß wir ihm unser Glück zu verdanken haben.«

»Ich bin überzeugt, die Götter haben ihn uns geschickt«, sagte der Prinz nachdenklich, »und wie könnte ich mir anmaßen, ein Geschenk von ihnen zurückzuweisen?«

Dann verstummte er; seine Lippen fanden ihren Mund, und seine Hände wanderten fordernd und zärtlich über ihr Kleid.

»Du bist die schönste Frau, die ich je gesehen habe«, stieß er heiser hervor, »und du erregst mich, wie mich noch nie eine Frau erregt hat.«

»Ist das... wirklich wahr?« fragte Angelina. »Ich bin so unerfahren..., willst du mich alles über die Liebe lehren?«

Der Prinz lächelte.

»Was glaubst du, was ich gerade tue, meine angebetete, verführerische kleine Frau?«

Dabei knöpfte er ihr Kleid auf, und Angelina fühlte seine Hand auf ihrem Herzen.

»Oh, Xenos!«

Wieder fühlte sie dieses Feuer in sich aufsteigen, das er in ihrer Hochzeitsnacht entfacht hatte und das in jeder Nacht stärker und unwiderstehlicher in ihr zu brennen schien.

Einen kurzen Augenblick lang wanderten ihre Gedanken in die Vergangenheit, und sie dachte daran, daß Lord Byron Nonika vielleicht gerade an diesem Ort begegnet war und sie geliebt hatte, so wie sie es jetzt taten.

Vielleicht war Athene gerade an diesem Ort gezeugt worden.

Und weil Athene ihren Großvater geheiratet hatte, floß nicht nur griechisches Blut, sondern auch das Lord Byrons in ihren Adern, und jetzt war sie Xenos Frau.

Es war eine wunderbare, märchenhafte Geschichte, und eines Tages würde sie sie ihren eigenen Kindern erzählen.

Und sie betete zu Gott, daß sie ein schönes, wohlgestaltetes Kind bekommen möge, denn es würde ein Teil der Liebe sein, die sie umgab und die Byron Nonika geschenkt hatte.

»Ich will dich!« stieß Xenos hervor. »Ich will dich, jetzt, in diesem Augenblick!«

Dann konnte sie an nichts anderes mehr denken als an ihn.

Zitternd drängte sie sich ihm entgegen, und die glühenden Flammen durchschossen ihren Körper, ihre Lippen.

Ihr Verlangen schien mit dem Licht der Sonne zu brennen.

»Ich liebe dich... ich liebe dich!« rief sie.

Sie wußte nicht, ob sie die Worte wirklich ausgesprochen hatte. Ihr ganzes Inneres jubelte auf, und sie glaubte, ihn nie mehr geliebt zu haben, als er sie aufs neue nie gekannte Wonnen und Höhen der Leidenschaft erleben ließ.

Sie waren eins mit dem flimmernden, kristallisierenden Licht ihres zauberhaften, bergigen Paradieses.

Anmerkung der Autorin

Im Jahre 1973 fragte die Britische Byron-Gesellschaft den Bürgermeister von Missolonghi, ob die Bürger seiner Stadt bereit wären, den 150. Jahrestag des Todes des Dichters zusammen mit ihnen zu feiern.

»Aber es ist unser Lord Byron, nicht der Ihre!« wandte der Bürgermeister ein.

In Lakythra befindet sich auf dem größten der grauen Felsen eine weißglänzende Marmortafel, auf der, in griechischen Buchstaben geschrieben, zu lesen ist: »Daß ich ein Dichter bin, verdanke ich der Luft Griechenlands – Byron.«

In einer Ecke des Zappeionischen Gartens in Athen steht – auf gleicher Höhe mit dem Parthenon – das mit Lorbeer geschmückte Denkmal Byrons.

Im Heldengarten in Missolonghi ist über seinem Waffenrock die königliche Krone zu sehen.

Noch auf dem Totenbett liegend, sagte Byron: »Ich habe Griechenland all mein Hab und Gut und all meine Fähigkeiten gegeben – nun gebe ich ihm auch mein Leben.«

Doch sein Tod schenkte Griechenland neues Leben und schließlich auch die Freiheit.

Alles, was ich über Kephallenia geschrieben habe, entspricht der Wahrheit, wenn man davon absieht, daß ich der Insel ein Königshaus gegeben habe. Doch ich bin der Meinung, daß sie eins verdient hat.

Bei Twi-Twi handelt es sich um meinen eigenen Pekinesen. Er stammt aus der Alderbourne-Rasse, der edelsten der Welt, die im Jahre 1904 zum erstenmal gezüchtet wurde.

Er ist stolz und furchtlos, herrisch und gebieterisch – im wahrsten Sinne des Wortes königlich.

Fesseln der Liebe

Aus dem Englischen von Hermann Völkel

Titel der Originalausgabe:
Love Locked In
Originalverlag: Pan Books Ltd., London

I

Die Herzogin de Savigne hob ihren Blick und sah ihren Cousin, Seine Eminenz Kardinal de Rochechant, an, der ihr am offenen Kamin gegenübersaß. Mit einem leichten Zittern in der Stimme fragte sie:

»Was hat Aristide denn diesmal... getan?«

»Ich bin eigens gekommen, um mit Ihnen darüber zu sprechen, meine Liebe«, erwiderte der Kardinal.

»Ich vermutete es beinahe«, sagte die Herzogin leise. »Sie hätten die lange Reise von Paris nicht auf sich genommen, nur um mich zu sehen.«

Der Kardinal lächelte.

»Das klingt wenig schmeichelhaft und galant«, entgegnete er. »Sie wissen, Louise, daß ich, wenn es meine Zeit erlaubt, sehr gern zu Ihnen komme, doch mein heutiger Besuch schien mir aus einem völlig anderen Grund äußerst dringlich.«

Die Herzogin faltete die schmalen Hände, so daß die bläulich schimmernden Adern noch deutlicher hervortraten. Die Ringe an den Fingern schienen viel zu schwer für diese feingliedrigen Hände.

»Sagen Sie mir die Wahrheit, Xavier. In welchen Skandal ist Aristide denn nun wieder verwickelt?«

»Sie wollen wirklich die volle Wahrheit wissen?« fragte der Kardinal.

»Ich weiß doch, daß Sie sie mir ohne Rücksicht auf meine Wünsche zu enthüllen beabsichtigen«, antwortete die Herzogin mit leichter Ironie. »Und deshalb möchte ich sie hören, ohne daß Sie sie in schöne Worte kleiden und versuchen, meine Gefühle nicht zu verletzen.«

Der Kardinal zögerte einen Augenblick, bevor er in ziemlich barschem Ton die Feststellung traf: »Aristide bringt den Namen der Familie Savigne in solchen Mißkredit, daß er für viele bereits gleichbedeutend ist mit Lasterhaftigkeit, Zügellosigkeit und Skandal.«

Die Herzogin schien nach Luft zu ringen, obwohl das, was sie eben gehört hatte, sie nicht überraschen konnte. Tränen schimmerten in ihren Augen, als sie ihren Cousin mit kaum vernehmlicher Stimme bat:

»Erzählen Sie mir... alle Einzelheiten.«

Sie war einmal eine sehr schöne Frau gewesen; das Leben hatte jedoch inzwischen tiefe Furchen in ihr Gesicht gegraben, und Krankheiten hatten ihre Haut so blaß werden lassen, daß sie durchsichtig zu sein schien.

Die Herzogin wirkte so zerbrechlich, als würde ein leichter Windstoß genügen, um sie wegzutragen. Der Kardinal war bei seiner Ankunft im Schloß von ihrer schlechten Verfassung unangenehm überrascht und schockiert worden.

Er hatte es für seine Pflicht gehalten, eigens von Paris hierher zu kommen, um sie um ihre Unterstützung zu bitten.

Niemand wußte besser als er, welchen Schaden Aristokraten wie der junge Herzog von Savigne dem Land in dieser besonderen historischen Situation zufügten mit ihren Extravaganzen und Orgien, die immer mehr zum Stein des Anstoßes wurden.

Der »Weiße Terror« nach der Schlacht von Waterloo war kaum mit der blutigen Schreckensherrschaft zweiundzwanzig Jahre davor, 1793, zu vergleichen gewesen. Die Juli-Revolution des Jahres 1830 hingegen, noch keine zwei Jahre her, hatte das ganze Land mit Angst und Sorge erfüllt.

Aus Protest gegen den intoleranten und reaktionären König Karl X. war es in Paris zu Aufständen gekommen. Die Börse war in Brand gesteckt worden, das Waffen- und das Pulverlager den Aufrührern in die Hände gefallen. Der Louvre und die Tuilerien wurden von ihnen besetzt.

Truppen marschierten in die Viertel der Aufständischen, konnten aber nichts ausrichten in den engen Gassen, weil sie aus den Fenstern mit Möbelstücken beworfen wurden.

Sechstausend Barrikaden verwandelten fast ganz Paris in eine belagerte Festung. König Karl X. wurde zur Abdankung gezwungen und der Herzog von Orléans, Ludwig Philipp, ein Nachkomme

Ludwigs XIV., gebeten, seinen Platz einzunehmen und Ruhe und Ordnung wiederherzustellen.

Dies konnte ihm jedoch nur glücken, wenn es ihm gelänge, das Vertrauen des Volkes wiederzugewinnen, doch die Einstellung und das Verhalten von Vertretern des Ancien régime wie des Herzogs de Savigne machten ihm dieses Unterfangen noch schwerer, als es ohnehin schon war.

Die Herzogin verharrte schweigend, bis der Kardinal fortfuhr:

»Es sind nicht nur die wüsten Orgien, die Aristide beinahe täglich gibt oder an denen er teilnimmt, es sind auch seine Mätressen, mit denen er sich in den Straßen von Paris zeigt, und die Geschichten von sündhaft teuren Geschenken, die er ihnen macht, die jene, die Hunger leiden, unruhig werden lassen, um es einmal vorsichtig auszudrücken.«

»Sie befürchten ein erneutes Aufflackern von Gewalt?« warf die Herzogin ein.

»Es besteht die Gefahr, daß es wieder zu Aufständen kommt«, erwiderte der Kardinal. »Um einen solchen Gewaltausbruch zu verhindern, ist es nach meiner Ansicht von größter Wichtigkeit, daß die Adligen, die auf ihre Schlösser, ihre Besitztümer und an den ihnen zustehenden Platz in der Gesellschaft zurückgekommen sind, denen, die in den letzten sechzehn Jahren so tiefes Leid ertragen mußten, ein Beispiel geben.«

»Sie haben recht, Xavier«, pflichtete die Herzogin bei. »Sie haben nur zu recht. Haben Sie schon mit Aristide darüber gesprochen?«

Der Kardinal lachte kurz auf, doch war ihm nicht nach einem Scherz zumute.

»Meine liebe Louise, glauben Sie tatsächlich, er würde auf mich hören? Er hat oft genug geäußert, auch in aller Öffentlichkeit, daß die Religion sich selbst überlebt hat. Wenn er während der letzten zehn Jahre einmal die Messe besucht haben sollte, so habe ich davon nichts erfahren.«

Die Herzogin schlug die Hände vor das Gesicht; sie zitterten.

»Wie konnte es mit ihm nur so weit kommen... mit meinem Sohn!« hauchte sie.

»Ich vermute, es rührt alles von jenem bedauerlichen Ereignis in seinem Leben her«, sagte der Kardinal.

Die Herzogin sah den Kardinal zustimmend an. Beide dachten an das tragische Geschehen, das Aristides Jugend überschattet und aus dem glücklichen jungen Mann einen Zyniker gemacht hatte, der mit der Zeit immer verbitterter wurde.

»Ein Skandal folgt dem anderen«, fuhr der Kardinal nach einer Weile fort. »Erst vor zwei Wochen versuchte eine junge Frau, die in Theaterkreisen recht bekannt ist, obwohl ich sie nur mit Vorbehalt eine Schauspielerin nennen möchte, sich das Leben zu nehmen.«

Die Herzogin stieß einen leisen Schrei des Entsetzens hervor, doch der Kardinal ließ sich nicht unterbrechen.

»Sie hatte einen Abschiedsbrief hinterlassen, der in allen Zeitungen veröffentlicht wurde. In ihm gab sie als Grund für ihren verzweifelten Schritt Aristides schändliches Verhalten ihr gegenüber an.«

»War sie seine Mätresse?«

»Nur eine von vielen. Es hat den Anschein, als habe er sie auf eine recht grobe Art verstoßen, und sie sei zu der Überzeugung gekommen, Gott stehe ihr bei, daß das Leben ohne ihn nicht mehr lebenswert wäre.«

»Frauen... immer wieder Frauen!« murmelte die Herzogin.

Der Kardinal schwieg einen Augenblick und sagte dann:

»Aristide ist nun dreißig. Es ist an der Zeit, daß er heiratet und dafür sorgt, daß dieses Geschlecht nicht ausstirbt.«

Die Herzogin sah ihn etwas verwundert an, und er fügte schnell hinzu:

»Louise, Sie wissen ebenso gut wie ich, daß ohne einen Erben der Titel und der Besitz an den älteren Cousin fällt, der am Montmartre unter den Künstlern lebt, sich ganz offen als Republikaner bekennt und nicht nur alle Titel, sondern auch persönlichen Besitz verdammt.«

»Der Himmel weiß, was mit dem Besitz geschieht, wenn er ihn erbt.«

»Weiß Aristide von dieser Regelung?«

»Natürlich weiß er alles!« erwiderte der Kardinal, »aber, ganz offen gesagt, es kümmert ihn nicht!«

Seine Stimme nahm einen schärferen Ton an, als er fortfuhr: »Es scheint ihn derzeit überhaupt nichts zu kümmern, nicht einmal die Frauen, mit denen er sich aus einer Laune heraus einläßt und die er dann ohne Rücksicht auf ihre Gefühle wieder verstößt, sobald sie ihn langweilen.«

Er kniff die Augenbrauen mißbilligend zusammen.

»Und Aristide langweilt sich sehr schnell!«

»Aber wie können wir ihn... zu einer Heirat bewegen? Und wenn er verheiratet wäre, würde das... irgendwie nützen?«

»Ich weiß es leider nicht«, antwortete der Kardinal. »Offen gesagt, mein Gefühl sagt mir, es könnte eine Lösung sein und ihn von Paris fernhalten. Es ist sein schlechter Ruf, der so großen Schaden anrichtet. Über ihn wird immer Neues in den Pariser Journalen berichtet, und Sie wissen, Louise, was das bedeutet.«

Die Herzogin seufzte aus tiefstem Herzen.

»Ich habe schon oft darum gebetet, daß Aristide heiratet und mir einen Enkel schenkt, nein, nicht nur einen, sondern viele Enkel«, sagte sie. »Ich habe es stets zutiefst bedauert, daß ich selbst nur einem Kind das Leben schenken konnte.«

»Zumindest konnte Léon in Frieden dahinscheiden, weil er wußte, daß er einen Sohn hatte«, versuchte sie der Kardinal zu trösten.

»Er würde keinen Frieden finden, könnte er ihn jetzt so sehen«, entgegnete die Herzogin.

»Aus diesem Grunde, liebe Louise, müssen wir etwas unternehmen.«

»Sie werden mit ihm über eine Eheschließung sprechen?«

Der Kardinal schüttelte den Kopf.

»Nein, Louise, Sie müssen das tun.«

Er erhob sich von dem Stuhl mit der hohen Lehne, auf dem er die ganze Zeit gesessen hatte, und durchquerte das Zimmer in Richtung auf das Fenster.

Als er in seiner roten Robe über den kostbaren Teppich schritt, tauchten die durch das Fenster einfallenden Sonnenstrahlen die unbezahlbaren Schätze, mit denen das Schloß ausgestattet war, in gleißendes Licht.

Wie durch ein Wunder war das Château Savigne während der Schreckensherrschaft des Jahres 1793 von Verwüstungen weitgehend verschont geblieben.

Im Gegensatz zu den anderen Schlössern in der Umgebung war es kaum geplündert worden; darüber hinaus war der Großvater des jetzigen Herzogs so weitsichtig gewesen, den Großteil der unbezahlbaren, von Generation zu Generation weitervererbten Schätze an einen sicheren Ort bringen zu lassen, wo sie die Anhänger der Revolution nicht finden konnten.

Nun waren sie wieder an ihrem alten Platz und machten das Château Savigne, so fand der Kardinal, zu einem der schönsten in ganz Frankreich.

Er gestand sich zwar selbst eine gewisse Voreingenommenheit ein, doch er liebte dieses Schloß, das er in seiner Jugend kennengelernt hatte, als seine schöne Cousine Louise dem Herzog de Savigne angetraut wurde.

Er blickte über den großen Park, wo Damwild zwischen den Bäumen dahinzog, und in der Ferne konnte er das silberne Band der Loire erkennen, das sich durch die Landschaft wand.

Große, schöne Schlösser standen beiderseits des Flusses und in seiner näheren Umgebung.

Nachdem Karl VII. im 15. Jahrhundert von den Engländern aus Paris vertrieben worden war, verbrachte er die meiste Zeit in Tours und auf den Schlössern im umliegenden Herzogtum.

Während der folgenden zweihundert Jahre teilten viele seiner Nachfolger auf dem französischen Thron seine Vorliebe für die Touraine.

Weil sich der König so häufig im Tal der Loire aufhielt, sahen sich die Adligen bei Hofe gezwungen, seinem Beispiel zu folgen.

Aus diesem Grund entstanden ungewöhnlich viele Schlösser an den Ufern der Loire und ihrer Nebenflüsse.

Immer größere und majestätischere Schlösser wurden errichtet, weil jeder Adlige seinen Nachbarn übertreffen und ein noch prächtigeres Château bauen lassen wollte.

Viele der Schlösser waren vordem mittelalterliche Festungen gewesen, die dann mit Beginn der Renaissance in Meisterwerke der zeitgenössischen Architektur verwandelt wurden. Ihre prunkvolle Schönheit versetzte alle, die sie sahen, in Erstaunen, denn solchen Prunk würde man in diesem Teil Frankreichs nicht erwarten.

Inzwischen waren die Eigentümer, die während der Revolution geflohen waren, zurückgekommen, um ihre Häuser wieder in Ordnung zu bringen. Viele von ihnen sahen sich dabei vor die schwierige Aufgabe gestellt, riesige, leere, weil geplünderte Räume völlig neu einrichten zu müssen.

Auch wenn sie große Anstrengungen unternehmen mußten, sie waren es wert, dachte der Kardinal bei sich; und wenn viele Adlige solche Mühen auf sich nahmen, warum konnte dann der junge Herzog de Savigne nicht ihrem Beispiel folgen?

Er bemerkte, daß die Herzogin noch immer wartend am Kamin saß; er ging deshalb zurück zu ihr und sagte:

»Es gibt nur einen Menschen, Louise, der Aristide zur Vernunft bringen kann, und das sind Sie!«

»Aber wie? Warum sollte er denn plötzlich auf mich hören, wenn er es schon seit Jahren nicht mehr getan hat?«

»Ich habe das Gefühl – obwohl es mich täuschen kann –«, sagte der Kardinal zögernd, »daß er Sie auf seine Weise immer noch liebt. Wenn er glauben müßte, Sie seien todkrank, würde er Ihnen vielleicht Gehör schenken.«

»Ich todkrank!« rief die Herzogin erschrocken aus.

Ihr Blick traf sich mit dem des Kardinals, der daraufhin seinen Stuhl näher an den ihren rückte und sich wieder setzte.

»Hören Sie mir bitte zu, Louise,…« begann er.

Anfangs ging es noch recht förmlich zu; mit der Zeit jedoch entwickelte sich ein immer tolleres Treiben.

Die fünfzig Gäste waren nach dem exquisiten Diner immer fröhlicher und ausgelassener geworden; Erregung spiegelte sich in ihren erhitzten Gesichtern.

Die Damen saßen noch an der Tafel, und es war nicht zu übersehen, daß sie sich immer ungezwungener gaben – ihre Koketterien hatten sich zu sinnlichen Verlockungen gewandelt, die ihre Begleiter augenscheinlich unwiderstehlich fanden.

Am Kopf der Tafel saß der Herzog de Savigne zurückgelehnt in seinem Stuhl mit der hohen, von seinem geschnitzten Wappen gezierten Lehne und beobachtete seine Gäste mit einem Gesichtsausdruck, der nur schwer zu deuten war.

Diejenigen, die ihn gut kannten, fragten sich häufig, wie es ihm gelang, auf seine etwas seltsame Art so unnahbar und desinteressiert zu erscheinen an dem, was um ihn herum vorging, wenn er sich amüsierte.

Zu seiner Rechten wie zu seiner Linken saß ein hübsches Mädchen. Beide versuchten, seine Aufmerksamkeit auf sich zu lenken, indem sie ihm ab und zu etwas ins Ohr flüsterten und ihm dabei tiefe Einblicke in ihre Dekolletés gewährten.

Das Lachen wurde immer lauter, schließlich aber von der Musik übertönt, die von der Galerie am anderen Ende des Festsaals erklang.

Das Haus, in dem der Herzog in Paris residierte, gehörte zu den größten und imposantesten an den Champs-Élysées.

Kaum ein Passant ging daran vorüber, ohne die vergoldeten Spitzen des Gitterzaunes zu bemerken und sich neugierig zu fragen, was denn wohl im Augenblick in den riesigen Räumen geschah, die beinahe täglich von Reportern beschrieben wurden, die auf ihrer Jagd nach pikanten Geschichten für ihre Zeitungen offensichtlich Zugang zu diesem Haus hatten.

Über den Verlauf des heutigen Abends würde, dessen war sich mancher der anwesenden Adligen mit einem unguten Gefühl sicher, in allen Einzelheiten im *Figaro* und in *Le Temps* berichtet werden.

Viele hofften darauf, daß dabei ihr Name nicht erwähnt wurde. Aber keiner wußte, wer denn nun eigentlich für die Presse arbeitete und von ihr bezahlt wurde.

Sie wußten nur genau, daß derjenige, der über die Exzesse des heutigen Abends berichten würde, unter den Anwesenden, möglicherweise sogar unter den Angehörigen ihres Standes zu suchen sein würde.

»Ich muß Ihnen etwas erzählen, Durchlaucht«, sagte das Mädchen zur Rechten des Herzogs. »Es ist etwas sehr Unanständiges, aber Sie werden bestimmt darüber lachen.«

»Ich höre«, erwiderte der Herzog gelangweilt.

»Hören Sie nicht auf sie!« mischte sich das Mädchen zu seiner Linken ein. »Sie will Ihnen etwas über mich erzählen, aber ich schwöre Ihnen, daß es nicht wahr ist. Versprechen Sie mir, daß Sie ihr nicht glauben.«

»Wie kann ich das versprechen, wenn ich noch nicht einmal gehört habe, was sie mir sagen will?«

»Ich versichere Ihnen, daß es nicht die Wahrheit sein kann, denn Aimie erfindet immer irgendwelche Geschichten!«

»Du mußt mich schon selbst entscheiden lassen«, antwortete der Herzog.

»Nun gut, warum nicht«, gab sich Rosette zufrieden. »Aber Sie werden feststellen müssen, daß ich unschuldig bin.«

Sie blickte den Herzog dabei provozierend an, doch der lächelte nur zynisch zurück.

»Ich bezweifle, ob jemand das kann, Rosette! – Trotzdem möchte ich nun hören, was du getan haben sollst.«

»Ich werde es Ihnen gleich erzählen«, sagte Aimie nun ebenfalls zufrieden.

Während sie sich nach vorne beugte, um dem Herzog die Geschichte zuzuflüstern, erhoben sich, angeregt durch die Musik, einige der Gäste und begaben sich zur Tanzfläche am anderen Ende des Saales.

Das, was sie dort aufführten, war kaum als Tanz zu bezeichnen und gehörte viel eher in die berüchtigten Tanzsäle als in ein vornehmes Haus an den Champs-Élysées.

Die übrigen Gäste waren viel zu stark mit sich selbst beschäftigt, als daß sie sich für die interessierten, die ihrer Tanzleidenschaft frönten. Die Männer knöpften sich die Westen auf, die Abendkleider der Frauen glitten von den weißen Schultern.

Wie auf ein vorher vereinbartes Zeichen löschten Diener die Kerzen in den Lüstern, so daß nur noch die in den Wandleuchtern und im Kandelaber auf der Tafel die Szenerie erleuchteten.

In diesem Augenblick wurde das im Flüsterton geführte Gespräch der beiden Mädchen mit dem Herzog durch eine auffallend gekleidete, feurig blickende dunkelhaarige Schöne, die ganz Paris mit ihren Auftritten im *Théâtre des Variétés* begeistert hatte.

Sie war erst später, nach dem Ende ihrer Vorstellung, zu der Gesellschaft gestoßen und hatte, weil das Diner schon im Gange war, einen Platz weiter unten an der Tafel und nicht, wie von ihr erhofft, an der Seite des Herzogs einnehmen müssen.

Nun war sie an seinen Platz gekommen, und der Ausdruck in ihren feurigen Augen sagte ihm, daß sie willens war, es mit jeder Rivalin um seine Gunst aufzunehmen.

»Monsieur, Sie vernachlässigen mich!« gurrte sie mit einem schneidenden Unterton in der Stimme.

»Das würde mir nie längere Zeit möglich sein, Susanne«, erwiderte der Herzog.

»Warum schicken Sie dann nicht diese Kanaillen einfach weg und schenken mir Ihre geschätzte Aufmerksamkeit?« fragte Susanne.

Aimie und Rosette warfen ihr giftige Blicke zu, doch sie fuhr davon unbeeindruckt fort:

»Was können sie Ihnen denn bieten – Ihnen, der das Vollkommene sucht und sich rühmt, in jeder Beziehung ein *Connaisseur* zu sein?«

Der Herzog schien amüsiert, blieb jedoch eine Antwort schuldig.

»Wenn Sie wie einst der schöne Paris aufgefordert würden, ein Urteil zu fällen, wären Sie, davon bin ich überzeugt, nie im Zweifel, wem Sie den goldenen Apfel überreichen würden.«

»Das glaubst vielleicht du, Susanne!« entgegnete Aimie spitz. »Wir sind da überhaupt nicht so überzeugt!«

Susanne musterte ihre Kontrahentin verächtlich.

»Du störst hier nur, Susanne«, meldete sich Rosette zu Wort. »Wir versuchen, Seine Durchlaucht zu unterhalten, aber es ist für Seine Durchlaucht und für uns bestimmt nicht sehr angenehm, dir zuhören zu müssen, wenn du hier herumkrähst wie ein Gockel auf dem Mist!«

Susanne nahm eine theatralische, zugleich aber auch drohend wirkende Pose ein und sah den Herzog mit einem Ausdruck in den Augen an, durch den er sich herausgefordert fühlte.

»Es liegt nun an Ihnen, Durchlaucht«, hauchte sie, und allein die Art, wie sich dabei ihre Lippen bewegten, stellte schon eine Aufforderung dar.

Auch Aimie und Rosette sahen den Herzog an. Es gab nun keinen Zweifel mehr, daß die drei Frauen gespannt auf ein Urteil aus seinem Mund warteten.

»Wenn mich mein Gedächtnis nicht trügt und ich mich richtig an diese Sage erinnere«, begann der Herzog etwas zögernd nach kurzem Nachdenken, »dann war es doch so, daß die Göttinnen, die Paris um sein Urteil gebeten hatten, ihm alle ihre Reize enthüllten.«

Einen Augenblick lang geschah nichts, doch dann streifte Susanne mit einem kurzen Lachen ihr Kleid von den Schultern, und Aimie und Rosette beeilten sich, ihrem Beispiel zu folgen.

Der Herzog zeigte keinerlei Regung, fragte dann aber nach einer Weile ziemlich desinteressiert:

»Was soll denn nun der Preis, der goldene Apfel, sein?«

»Natürlich eine Nacht mit Ihnen, Durchlaucht«, antwortete ihm Susanne.

Wieder entstand eine kleine Pause, während der der Herzog die drei Frauen betrachtete, die vor ihm standen und von denen jede zuversichtlich war, die Gewinnerin dieses Preises zu sein.

Der Richterspruch fiel ihm nicht leicht, denn er konnte bei keiner der drei einen entscheidenden Vorzug entdecken. Susanne hatte vielleicht die schmalere Taille, doch waren ihre Schenkel kräftiger als die von Rosette, und Aimies Brüste waren voller.

Schließlich sagte der Herzog scheinbar immer noch gelangweilt, doch verriet seine Stimme ein gewisses Amüsement:

»Ich kann nur das salomonische Urteil fällen, den Preis euch allen dreien zuzuerkennen. Zum Glück ist mein Bett groß genug!«

Ein kurzer Aufschrei des Erstaunens war zu hören, doch war auch zu erkennen, daß die Frauen sich vorbehaltlos und willig seinem Spruch beugen würden.

Der Herzog blickte über die Schar seiner Gäste und sah, daß, wie es die Zeitungen nennen würden, »eine Orgie wie im alten Rom« im Gange war.

Susanne raffte ihr am Boden liegendes Kleid zusammen, hob es auf, bedeckte damit ihre Brüste und flüsterte ihm zu:

»Worauf warten wir noch?«

Der Herzog warf ihr einen tadelnden Blick zu.

»Du bist viel zu ungeduldig, Susanne! Aber das war ja schon immer dein Fehler.«

»Ich bin ungeduldig, weil ich diesen aus der Gosse aufgelesenen Flittchen endlich beweisen möchte, daß sie überhaupt nichts von den galanten Künsten verstehen.«

Der Herzog wollte ihr gerade antworten, als ein Lakai, der die in Scharlachrot und Gold gehaltene Livree der Familie Savigne trug, an seine Seite trat.

Er hielt ihm ein silbernes Tablett entgegen, auf dem ein Brief lag, und sagte:

»Dieser Brief wurde soeben von einem Kurier überbracht, Durchlaucht!«

Der Herzog blickte gleichgültig auf das Schreiben und war schon im Begriff, den Diener wieder wegzuschicken, als dieser noch hinzufügte:

»Der Kurier kam vom Schloß Savigne.«

Der Herzog setzte sich im Stuhl auf und nahm den Brief vom Tablett.

Er öffnete ihn, las ihn, und erhob sich.

Ohne ein Wort zu den drei Frauen zu sagen, die auf seine Anordnungen warteten, ohne sie überhaupt noch eines Blickes zu würdigen, verließ er, gefolgt von seinem Diener, den Saal.

Während die Kutsche Seiner Eminenz Kardinal de Rochechant über die holprigen Straßen fuhr, fiel ihm wieder ein Gedanke ein, der ihm schon oft gekommen war: Es gibt keine schönere Gegend als diese, die man auch den »Garten Frankreichs« nannte.

Aber nicht nur die imposanten Schlösser waren der Grund dafür, sondern auch die vom Atlantik bis nach Tours, fast zweihundert Kilometer vom Meer entfernt gelegen, wehenden Brisen, die klimatische Verhältnisse schufen, wie man sie nur selten so weit im Landesinneren antrifft.

Dieses weite, fruchtbare Tal wurde auch als das »Lächeln Frankreichs« bezeichnet, das Lächeln, das an das der Mona Lisa erinnerte.

Dieser Vergleich war durchaus berechtigt, denn Leonardo da Vinci hatte seine beiden letzten Lebensjahre im Tal der Loire auf einem kleinen Schloß in der Nähe von Ambois verbracht.

Seit damals hatten sich im Laufe der Jahrhunderte an den Ufern der Loire mehr Romanzen abgespielt als an irgendeinem anderen Fluß.

Bald, so reflektierte der Kardinal, würde die Sommerhitze die Fluten des Flusses in viele kleine Wasserläufe teilen, die mit ihrem klaren, grünlich schimmernden Wasser zwischen gelben Sandbänken und schmalen Inselchen unter dem Olivgrün der herabhängenden Weidenäste träge dahinziehen.

In den kleinen Weinbergen an den sanft ansteigenden Hängen wuchsen jene lieblichen Weine heran, die der Kardinal viel lieber genoß als die vollmundigeren aus anderen Gebieten.

Eigentlich beschäftigte ihn jedoch nicht so sehr die Schönheit des Loire-Tales, die ihn immer wieder beeindruckte, sondern die Nachricht, die er am Morgen erhalten hatte.

Sie war ihm im Schloß Blois überbracht worden, wo er auf seiner Rückreise nach Paris bewußt einen Halt eingelegt hatte, um die Botschaft von der Herzogin abzuwarten.

Blois war früher einmal eine königliche Residenz gewesen, und der Kardinal fühlte sich hier sehr wohl, doch es fiel ihm schwer, an etwas anderes zu denken als an die dramatischen Ereignisse, die, wie er spürte, im Moment auf Schloß Savigne abliefen.

Mit beinahe hellseherischer Fähigkeit hatte er vorausgesehen, daß der Herzog nach Erhalt des Briefes von seiner Mutter unverzüglich und in größter Eile Paris verlassen und zu ihr reisen würde.

Die Herzogin hatte genau das geschrieben, was ihr der Kardinal geraten hatte.

Schloß Savigne 12. Mai 1832

Mein geliebter Sohn!
Ich bin bei schlechter Gesundheit und fühle, daß meine Tage gezählt sind. Ich bitte Dich, mich so bald wie möglich zu besuchen, denn mich quält der Gedanke, ich könnte aus dieser Welt scheiden, ohne ein letztes Mal Dein Gesicht gesehen und Deine Stimme gehört zu haben.

Vergib mir mein Ansinnen, wenn es Dir gegenwärtig ungelegen kommt, Paris verlassen zu müssen, aber mein Herz sehnt sich nach Dir, und ich bete zu Gott, daß Er mir genügend Zeit einräumt, Dich noch einmal in die Arme schließen zu dürfen, bevor Er mich zu sich ruft.

Deine Dich liebende Mutter
Louise de Savigne

Der Herzog wartete nicht, bis seine Kutsche eingespannt war, und nahm auch keine Diener mit, wie er es sonst tat, wenn er mit einem Gefolge, das dem König alle Ehre gemacht hätte, auf Reisen ging.

Statt dessen verließ er Paris vor Tagesanbruch nur in Begleitung seines Verwalters und zweier Reitknechte und machte sich auf den Weg nach Tours.

Der Verwalter war ein guter Freund des Herzogs und gehörte zu den wenigen, denen er die Gunst seiner Freundschaft schenkte.

Er hieß Pierre de Bethune und war der verarmte jüngere Sohn eines Adligen, der durch die Revolution sein Leben und seinen gesamten Besitz verloren hatte.

Der Herzog hatte Pierre, den er schon seit seiner Kindheit kannte, in einem Pariser Nachtlokal der übleren Sorte, wo er versuchte, ein wenig Geld für seinen Lebensunterhalt zu verdienen, wiedergetroffen und ihm daraufhin eine Stelle angeboten.

Pierre hatte ihm dies mit einer Ergebenheit gedankt, die viele Männer aus dem Bekanntenkreis des Herzogs in Erstaunen versetzte, und war nicht nur zu seinem ständigen Begleiter, sondern auch zu seinem Vertrauten geworden.

Sie galoppierten eine Zeitlang schweigend dahin. Pierre brach als erster dieses Schweigen, indem er den Herzog lachend fragte:

»Davon bekommt man einen klaren Kopf, meinen Sie nicht auch, Durchlaucht?«

»Das habe ich auch gerade gedacht«, erwiderte der Herzog.

Der Morgen dämmerte und tauchte die Landschaft in ein leuchtendes Gold. Wenn der Herzog diesen Anblick als eine willkommene Abwechslung zu den üblichen Nachwehen nächtlicher Ausschweifungen oder der Unordnung in seinem Schlafgemach mit den überall herumliegenden Kleidungsstücken seiner Gespielinnen empfand, so gab er es jedoch nicht offen zu.

Der Verwalter glaubte zu erkennen, daß sich die Gesichtszüge seines Herrn etwas aufgehellt hatten. Das konnte an der Morgendämmerung liegen; jedenfalls blickte er nicht so gelangweilt und zynisch wie sonst.

»Wissen Sie eigentlich«, sagte Pierre de Bethune, »daß es das erste Mal ist, daß ich das Schloß Savigne besuchen darf?«

»Das erste Mal?« überlegte der Herzog. »Dann bin ich aber neugierig darauf, wie es Ihnen gefällt – es ist ein großes, düsteres Gebäude, jedoch nicht ohne einen gewissen Reiz.«

Der Herzog erklärte nicht näher, was er damit meinte. Nachdem sie den ganzen Tag scharf geritten waren, kehrten sie gegen Abend in einer kleinen, sehr einfachen Herberge ein. Beim Abendessen, zu dem ein wenig schmackhaftes Gericht, dafür jedoch ein guter Wein gereicht wurde, brachte Pierre de Bethune das Gespräch wieder auf das Schloß.

»Warum verbringen Sie dort eigentlich so wenig Zeit, Durchlaucht?« fragte er.

»Ich dachte, der Grund dafür läge auf der Hand«, entgegnete der Herzog etwas gereizt. »Es ist mir dort zu langweilig.«

»Das überrascht mich doch in einem gewissen Sinne«, sagte

Pierre. »Sie reiten sehr gerne, und in Paris sind die Gelegenheiten dazu nicht unbedingt gegeben. Darüber hinaus habe ich das Gefühl, daß Sie das Leben auf dem Land lieben, obwohl Sie es nie ausgesprochen haben.«

»Wenn ich es Ihnen sage, es ist langweilig!« wandte der Herzog beinahe unwirsch ein. »Todlangweilig sogar! Und Sie, Pierre, wissen sehr gut, daß ich nichts mehr hasse als Langeweile.«

»Erzählen Sie mir mehr über das Schloß.«

»Was wollen Sie denn wissen? Daß es viele Türmchen hat – daß es so geschützt liegt, daß im Park sogar Palmen wachsen – daß Ludwig XVI. einmal dort übernachtete und sein Schlafgemach, das ich nun benütze, seitdem unverändert blieb?«

»Das klingt alles sehr interessant«, bemerkte Pierre, »und ich nehme an, obwohl Sie es wahrscheinlich nicht zugeben werden, daß Sie Ihre Jugend sehr gern dort verbrachten.«

Einen Augenblick schien der Herzog sehr nachdenklich und erwiderte dann:

»Das ist schon so lange her, daß ich es nicht mehr weiß.«

Pierre de Bethune war jedoch überzeugt, daß er nicht die Wahrheit gesagt hatte.

Sie erreichten das Schloß am frühen Vormittag, und Pierre fand, daß der Herzog in seiner Beschreibung der vielen Türmchen recht gehabt hatte.

Noch nie hatte er etwas ähnlich Schönes, ja Märchenhaftes gesehen wie das Château mit den zum Flußufer hin sanft abfallenden Gärten und der sich gegen den blauen Himmel abhebenden Silhouette der Dächer und Türmchen.

Der Herzog ritt bis vor die große Freitreppe, übergab sein Pferd den Stallburschen und schritt durch das Spalier der grüßenden Bediensteten die breiten Stufen hinauf.

»Darf ich Sie herzlich willkommen heißen, Durchlaucht«, empfing ihn der Kammerherr.

»Bringen Sie mich zur Herzogin«, bedeutete ihm der Herzog.

Der Kammerherr ging ihm voraus die geschwungene Treppe hinauf und den breiten Gang entlang, der in den Südflügel führte, den die Herzogin seit dem Zeitpunkt bewohnte, als sie Witwe geworden war.

Eine Zofe öffnete ihm die Tür, knickste ehrerbietig, und der Herzog trat, sich die Handschuhe abstreifend, in das Zimmer.

Die Herzogin lag in einem großen Bett mit Baldachin. Sie sah sehr zerbrechlich aus, wie sie da zwischen den spitzenbesetzten Kissen lag, und die Blässe ihres Gesichts unterschied sich kaum vom Weiß der Hermelindecke.

»Mein Sohn!«

Sie streckte ihm die Hände entgegen, und der Herzog nahm sie in die seinen und küßte sie zärtlich.

Wie zuvor der Kardinal, so war auch er erschrocken über ihr Aussehen, das sich stark verändert hatte, seit er sie das letzte Mal gesehen hatte: Sie schien ein körperloses Wesen geworden zu sein und schon nicht mehr in dieser Welt zu leben.

»Ich bin sofort losgeritten, nachdem ich Ihren Brief erhalten hatte.«

»Ich danke dir... geliebter Sohn«, flüsterte die Herzogin. »Ich habe gebetet, daß du noch rechtzeitig... hier eintriffst.«

»Sie haben doch die besten Ärzte zu Rate gezogen? Können sie denn nichts für Sie tun?«

»Nein, mein Sohn. Gräme dich nicht um mich. Ich werde bald wieder mit deinem Vater vereint sein, so wie ich es mir gewünscht habe, seitdem er mich verließ.«

Die Finger des Herzogs schlossen sich fester um die ihren.

Die Zofe schloß die Tür und sie waren nun allein im Zimmer.

»Es gibt etwas, um das ich dich... bitten möchte«, sagte die Herzogin, »es ist mein einziger Wunsch... Aristide... bevor ich sterbe.«

»Was ist dieser Wunsch, Mama?«

Am Ausdruck in den Augen des Herzogs sah sie, daß er ahnte, was sie ihm sagen wollte.

»Ich werde nicht... in Frieden sterben können... wenn ich nicht weiß... daß die Erbfolge... gesichert ist.«

Der Herzog holte tief Luft.

»Es ist an der Zeit, daß du heiratest, mein geliebter Sohn«, fuhr die

Herzogin fort, »und ich wünsche mir, wie ich mir in meinem ganzen Leben noch nichts gewünscht habe,... deinen Sohn in meinen Armen halten zu können.«

»Das ist unmöglich, Mama!«

»Aber warum?« fragte die Herzogin.

Er antwortete nicht auf ihre Frage, und nach einer Weile begann sie wieder mit brüchiger Stimme:

»Oh, Aristide, du warst ein so lieber und netter kleiner Junge, und wir haben dich so geliebt... dein Vater und ich.«

Ihre Hand schloß sich fester um die seine, als sie fortfuhr:

»Wir waren so stolz auf dich, als du älter geworden warst. Du warst so vielseitig begabt, so kräftig und athletisch, was deinem Vater überaus gefiel...«

Der Herzog wurde leicht unruhig.

»Dann hast du dich verändert. Der Sohn, den wir kannten und liebten, verließ mich. Ich habe Gott so oft gedankt, daß dein Vater nicht mehr hier ist und diese Veränderung mit ansehen muß.«

»Ich kann nichts dagegen tun, Mama. Ich bin eben so, wie ich bin, und, was mich betrifft, zufrieden damit.«

»Ist das wirklich wahr?« fragte die Herzogin.

Als sie diese Frage stellte, betrachtete sie die von der Nase zum Mund verlaufenden Falten in seinem Gesicht, die Unzufriedenheit auszudrücken schienen, und die dunklen Schatten unter seinen Augen, die von seinem ausschweifenden Lebenswandel herrührten.

Früher einmal, erinnerte sich die Herzogin voller Schmerz, war er der bestaussehende junge Mann in ganz Frankreich gewesen.

Nun sah er älter aus, als er in Wirklichkeit war, wirkte wie ein Mann, der alles, was das Leben bieten konnte, bis zur bitteren Neige ausgekostet hatte.

»Bitte... Aristide«, hauchte sie kaum vernehmlich.

Er erhob sich von der Bettkante und schritt quer durch das Zimmer.

An der gegenüberliegenden Wand hing eine Reihe von Miniaturen mit den Porträts aller Herzöge aus dem Geschlecht de Savigne.

Diese Reihe stattlicher Männer endete mit dem Bild seines Vaters, dessen Gesichtszüge stark den seinen ähnelten, jedoch eine unverkennbare Würde und Eleganz ausstrahlten.

Er wandte dem Bett den Rücken zu, während er dort stand, und nach einer Weile konnte es die Herzogin nicht länger ertragen, zu ihm hinüberzusehen.

Sie hielt ihre Mission für gescheitert und schloß die Augen. Der Kardinal hatte sich geirrt. Aristide liebte sie nicht mehr. Nicht einmal die natürliche Zuneigung zwischen Mutter und Sohn verband sie noch.

»Ich möchte sterben«, dachte sie bei sich, »und dieser Wunsch ist keine Heuchelei. Ich werde sterben, weil ich nichts mehr habe, wofür es sich zu leben lohnt.«

Nur der Gedanke, daß ihr Sohn eines Tages zu ihr zurückkehren würde, hatte ihr die Kraft verliehen, all die Beschwerden und Schmerzen durchzustehen, unter denen sie besonders im Winter litt.

Eines Tages, so hatte sie gehofft, würde er wieder hier im Schloß wohnen, Leben würde die leeren Gänge und Kinderlachen die großen Räume erfüllen.

Nun jedoch mußte sie einsehen, daß alles nur ein Traum gewesen war, ein Traum, der sich nie verwirklichen würde, das Gespinst der kranken Phantasie einer kranken Frau.

Der Herzog hatte die Besichtigung der Ahnengalerie beendet.

Die Porträts hoben sich stilvoll vom blauen Damast der Wandverkleidung ab, und die reich verzierten Rahmen glitzerten im Sonnenschein.

Er schritt zurück zum Bett, blieb davor stehen und blickte auf seine Mutter hinunter.

Sie öffnete ihre Augen nicht, und weil sie sich nicht regte, befiel ihn die plötzliche Furcht, sie würde nicht mehr atmen.

»Mama!«

Es klang wie ein Schrei – ein Hilfeschrei – und sie öffnete niedergeschlagen die Augen.

»Ich werde tun, worum Sie mich gebeten haben!«

»Aristide! Willst du es… wirklich?«

»Wenn es Sie glücklich macht.«

»Du weißt, daß es mich so glücklich machen wird, wie ich es noch nie gewesen bin!«

»Dann wird es die Langeweile und die Schwierigkeiten wert sein, die für mich damit verbunden sind.«

»Ich danke dir, mein geliebter Sohn. Nun gibt es etwas, wofür ich leben kann, auch wenn es, wie ich fühle, nicht mehr lange sein wird.«

»Sie werden leben müssen«, sagte der Herzog, »denn Sie haben mir diesen Vorschlag unterbreitet, und ich lege seine Ausführung ganz in Ihre Hände.«

Die Herzogin reagierte mit leichtem Entsetzen.

»Du hast die Absicht –?« setzte sie an.

»Ich habe die Absicht«, unterbrach sie der Herzog, »selbst nichts zu unternehmen. Suchen Sie mir eine Gemahlin aus. Ich bin sicher, daß Sie eine vorzügliche Wahl treffen werden. Arrangieren Sie die Hochzeit. Sie sollte hier in der Schloßkapelle stattfinden, damit Sie bei Ihrer angegriffenen Gesundheit nicht reisen müssen, um anwesend zu sein, wenn mir die Fesseln des Ehestandes angelegt werden.«

»Aber Aristide –!«

»Dies sind meine Bedingungen«, ließ sich der Herzog nicht unterbrechen. »Ich möchte das Mädchen weder sehen noch sonst etwas mit ihm zu tun haben, bevor es meine Gemahlin geworden ist. Ich werde zur Hochzeit aus Paris kommen und danach so lange hierbleiben, um den Enkel zu zeugen, den Sie sich so sehnlichst wünschen.«

»Aber, mein lieber –« versuchte die Herzogin erneut einzuwerfen.

»Ich habe nicht die Absicht zu streiten«, erklärte der Herzog kategorisch. »Sie haben Ihren Willen durchgesetzt, Mama, und ich hege den Verdacht, daß Sie sich dessen von Anfang an sicher waren. Geben Sie sich damit zufrieden!«

Die Herzogin streckte ihre Hände aus, um die seinen zu berühren.

»Ich möchte, daß du... glücklich wirst«, sagte sie leise.

Die Mundwinkel des Herzogs verzogen sich.

»Ist das der Grund, weshalb Sie mich hierherkommen ließen?«

»Ich glaube, daß dir die Ehe Glück bringen wird. Ich war, wie du weißt, sehr glücklich mit deinem Vater, und er auch mit mir.«

»Aber ich bin nicht wie mein Herr Vater und werde es auch nie sein«, widersprach der Herzog, »und es wird Ihnen auch kaum gelingen, eine solch charmante und schöne Frau für mich zu finden, wie Sie es sind.«

»Ich werde es versuchen, mein geliebter Sohn, ich werde es versuchen. Es wird jedoch etwas schwierig werden, wenn du mich nicht dabei etwas unterstützt und dich etwas liebenswürdiger verhältst.«

»Ich wage zu behaupten, daß meine Gattin, so ich eine bekomme, mich liebenswürdig finden wird«, bemerkte der Herzog spöttisch. »Es gibt eine ganze Reihe von Frauen, die sich in meiner Gesellschaft wohl fühlen.«

»Welche Sorte von Frauen?« fragte die Herzogin.

Der Herzog hob ihre Hand an seine Lippen.

»Wir haben ein Übereinkommen getroffen, Mama, Sie und ich, und ich verspüre nicht den Wunsch, es noch weiter zu erörtern. Bitte entschuldigen Sie mich jetzt, denn ich möchte ein Bad nehmen und meine Kleidung wechseln.«

»Ich bin dir in tiefer Dankbarkeit verbunden, weil du auf meinen Wunsch hin gekommen bist«, sagte die Herzogin.

»Ich habe das Gefühl, Mama, daß Sie stärker sind, als es den Anschein hat. Zumindest Ihre Willenskraft hat nicht an Durchsetzungsvermögen und Intensität verloren!«

»Ich will nur dein Glück«, versicherte sie ihm noch einmal.

»Ich frage mich, was das eigentlich ist – Glück. Ich glaube, daß ich ihm schon so lange nicht mehr begegnet bin, daß ich es nicht einmal mehr erkennen würde.«

»O Aristide –!«

Ein leichtes Zittern schwang in der Stimme der Herzogin mit, und deshalb fiel ihr der Herzog schnell ins Wort.

»Wir werden fürchterlich sentimental, Mama! Führen Sie Ihre Pläne aus, und ich werde, wie ich es bereits versprochen habe, in sie einwilligen. Vergeuden wir nicht länger Zeit damit, sie zu besprechen.«

Er erhob sich, während er sprach.

Einen Augenblick sah er sie an, beugte sich dann zu ihr hinunter und küßte sie auf die Wange.

»Werden Sie wieder gesund, Mama«, sagte er zum Abschied. »Ich habe das Gefühl, Savigne würde zur Ruine verkommen, wenn Sie nicht mehr hier wären.«

Er verließ das Zimmer; die Herzogin sah ihm nach und sank dann erschöpft in die Kissen zurück.

Der Kardinal hatte recht gehabt, dachte sie. Aristide liebte sie immer noch, und er hatte in eine Heirat eingewilligt, weil sie sie ihm vorgeschlagen hatte.

Es war ihr leichter gewesen, auf ihn einzuwirken, als sie es erwartet hatte, doch zugleich regten sich bei ihr schwere Bedenken.

Welche Frau würde ihn bei seiner gegenwärtigen Gemütsverfassung zum Ehemann nehmen?

Der Herzogin war die Verbitterung, die Ironie und der Zynismus in seiner Stimme nicht entgangen, als er sich verpflichtete, ihrem Wunsch zu entsprechen.

Dann dachte sie sich, eigentlich zähle doch einzig und allein, daß die Erbfolge gesichert sein würde.

Sie müßte sich mit der Tatsache vertraut machen, daß Aristide nach den Flitterwochen – wenn sie diese Bezeichnung überhaupt verdienten – sein gewohntes Leben in Paris fortsetzen würde.

Sie teilte auch nicht den Optimismus des Kardinals, daß das Ehe- oder Familienleben aus ihm einen angesehenen Landbesitzer, der sich auf seinen Stammsitz zurückzieht und um seine Güter kümmert, machen würde, so wie es der König und die neue Regierung für wünschenswert hielten.

Andererseits war bereits der erste Schritt in dieser Richtung unternommen. Aristide hatte seiner Verehelichung zugestimmt, und nun hieß es, für ihn die richtige Frau finden.

Die Herzogin streckte ihre Hand nach der kleinen goldenen Klingel aus, die neben ihrem Bett stand.

Kurz darauf wurde die Tür geöffnet und eine ihrer Zofen trat ein.

»Mein Schreibpapier, Tintenfaß und Feder«, befahl sie. »Ein Reitknecht soll sich bereithalten, um meine Botschaft unverzüglich dem

Kardinal auf Schloß Blois zu überbringen.«

Die Zofe knickste.

»Wie Sie befehlen, Durchlaucht.«

Der Kardinal wird erfreut sein, dachte die Herzogin.

Als er ihr erklärt hatte, was sie tun und sagen sollte, war sie sich beinahe sicher gewesen, daß sein Optimismus unbegründet sein und Aristide darauf nicht reagieren würde.

Aber er war sofort nach Savigne gekommen, war den ganzen Weg geritten und hatte im Glauben, sie läge im Sterben, seine Freiheit aufgegeben, ohne sich zu sträuben.

»Gott stehe ihm bei... Gott stehe meinem Sohn bei«, betete sie.

Dieses Gebet hatte sie seit Jahren immer und immer wieder zum Himmel geschickt, und mit der Zeit hatte sie zu fürchten begonnen, Gott habe sich von ihr abgewendet und würde ihr Flehen nicht erhören.

Doch jetzt war alles anders geworden, und als die Zofe mit den Schreibutensilien zurückkam, setzte sie sich im Bett auf und nahm die weiße Schreibfeder in die Hand.

In der Kutsche öffnete Seine Eminenz der Kardinal den Brief der Herzogin und las ihn erneut.

Er konnte kaum glauben, daß Aristide seiner Mutter bei der Auswahl seiner Braut völlig freie Hand lassen und selbst nichts unternehmen würde. Aber da stand es schwarz auf weiß, in der eleganten Handschrift der Herzogin.

Der Kardinal zog ein zweites Blatt Papier aus einer Tasche seiner purpurnen Robe hervor.

Auf ihm hatte er die Namen der Mädchen notiert, über die er mit der Herzogin gesprochen hatte und die als standesgemäße Partien für den Herzog de Savigne in Frage kamen.

Während seines Aufenthalts auf Schloß Blois hatte der Kardinal die Gelegenheit genutzt, seinen Gastgeber sehr diskret über die Mädchen auszufragen, deren Familiennamen auf der von ihm und der Herzogin zusammengestellten Liste standen.

Er hatte seine Worte sorgfältig gewählt.

»Sehen Sie den Herzog de Foucauld-Fleury häufiger?« hatte er gefragt.

»Er und seine Familie sind des öfteren hier zu Gast«, lautete die Antwort.

»Hat er eine große Familie?«

»Ja, und fast alle seine Kinder sind bereits verheiratet.«

»Ach ja, ich erinnere mich. Sein Sohn ist eine glänzende Verbindung eingegangen. Ich glaube, er lernte seine Gattin in Paris kennen.«

»Nur noch eines der sieben Kinder des Herzogs, eine Tochter, ist unverheiratet.«

»Ich glaube, ich habe irgendwo schon einmal ihren Namen gehört – Isabelle?« sagte der Kardinal grübelnd.

»Sie haben recht, Eminenz. Sie ist ein sehr schönes Mädchen. Es überrascht mich, daß sie noch nicht verheiratet ist, aber der junge Mann, mit dem sie schon beinahe verlobt war, kam bedauerlicherweise bei einem Unfall ums Leben.«

»Ein tragisches Ereignis«, pflichtete der Kardinal bei.

»In der Tat. Ich glaube aber, daß der Herzog bald einen Bräutigam für sie finden wird.«

Der Kardinal wechselte das Thema. Er hatte erfahren, was er wissen wollte.

Später erkundigte er sich bei seinem Gastgeber über den Marquis d'Urville und fand heraus, daß dessen Tochter Henriette gerade achtzehn war und wegen ihrer Schönheit gerühmt wurde.

Es stand sonst nur noch ein Name auf der Liste, doch der Kardinal ließ ihn unberücksichtigt, weil die Herzogin und er sich ziemlich sicher waren, daß entweder die Tochter des Herzogs oder die des Marquis in die Ehe mit Aristide einwilligen würden.

Aber wer es auch sein würde, sagte sich der Kardinal, dem armen Mädchen wird es kaum gelingen, Aristides Zuneigung für sich zu gewinnen.

Er seufzte.

Dafür bietet er ihm jedoch zumindest die Einheirat in ein Geschlecht, das eng mit der Geschichte Frankreichs verknüpft ist, große Besitztümer und ein Schloß, dem hier in der Gegend kein anderes gleichkommt, nicht einmal Chambard oder Chenonceaux.

Seine Kutsche befand sich gerade in der Nähe von Chenonceaux, und er lehnte sich aus dem Fenster, um jenes berühmte Gebäude zu betrachten, das der schönsten Frau Frankreichs gehört hatte.

Diane de Poitiers war zwar zwanzig Jahre älter gewesen als Heinrich II., doch er liebte sie bis zu seinem Tode, und ein Zeitgenosse schrieb, daß sie im Alter von fast siebenundsechzig Jahren immer noch so schön war wie mit dreißig.

Dieser Zeitgenosse wollte, so erinnerte sich der Kardinal, damit unterstellen, daß Diane ihre Schönheit mit Zaubermitteln bewahrte. Es wurde gemunkelt, sie nähme jeden Tag eine ganz spezielle Tinktur ein, die sie gegen das Altern immun machen sollte.

Als Historiker und Mann von hoher Intelligenz gab der Kardinal nichts auf solche Geschichten; er hatte schon immer die Ansicht vertreten, daß Diane de Poitiers' gutes Aussehen auch noch im Alter unter anderem darauf zurückzuführen war, daß sie stets in kaltem Wasser badete und niemals den an der Tafel des Königs gereichten Speisen und Weinen im Übermaß zugesprochen hatte.

Er konnte Chenonceaux und seine ungewöhnliche Bauweise, auf den Fundamenten einer früheren Mühle im Flußbett des Cher, nun deutlich erkennen.

Die Brücke mit ihrer doppelstöckigen Galerie spiegelte sich in dem ruhig dahinfließenden Fluß und bot so einen anmutigen und romantischen Anblick.

So sollte eine Frau sein, ging es dem Kardinal in einem seltenen Anflug von Poesie durch den Sinn, anmutig, aber gleichzeitig erfrischend originell, aufregend und rätselhaft, so daß sie auf einen Mann eine ständige Faszination ausübt und für ihn nie langweilig wird.

Das Wort »langweilig« ließ ihn unwillkürlich an den jungen Herzog denken.

Ihn beschlich das Gefühl, daß die Frau, die den Herzog von seinen Exzessen, mit denen er seine Langeweile zu vertreiben versuchte, ablenken könnte, noch nicht geboren worden war!

2

Die Kutsche fuhr durch die herrliche, sonnendurchflutete Landschaft; in ihr saß tief in Gedanken versunken Seine Eminenz Kardinal de Rochechant.

Er überlegte sich, wie er der Herzogin erklären sollte, daß er die Mission, auf die er von ihr geschickt worden war, nicht erfüllt hatte.

Nicht eine Minute hatte er an den Gedanken verschwendet, daß es ihm nicht gelingen könnte, von einer der beiden jungen Frauen, die sie als Heiratskandidatinnen für den Herzog de Savigne ausersehen hatte, die Einwilligung zu erhalten.

Seiner Meinung nach war Isabelle, die Tochter des Herzogs de Foucauld-Fleury, die bessere Partie.

Er war deshalb zur Burg des Herzogs gefahren, wo er vom Herzog und der Herzogin, strenggläubigen Katholiken, überschwenglich begrüßt wurde.

»Eminenz, es ist schon viel zu lange her, daß wir das Vergnügen hatten, Sie in dieser Gegend willkommen heißen zu können«, empfing ihn der Herzog.

»Leider halten mich meine Amtspflichten fast ständig in Paris fest«, erwiderte der Kardinal, »doch ich versichere Ihnen, daß es mir eine große Freude ist, wieder einmal hier in der Touraine zu weilen.«

»Auch uns ist es eine große Freude«, bestätigte der Herzog.

Der Kardinal wurde zu einem vorzüglichen Mittagsmahl eingeladen, und bei dieser Gelegenheit stellte er zufrieden fest, daß Isabelle eine attraktive junge Frau war, die, dessen war er sich sicher, auch Verstand und Geist besaß. Sie wäre Aristide bestimmt eine gute Frau, dachte er sich.

Nach dem Mahl führte der Herzog den Kardinal in sein Studierzimmer, das zu den schönsten und eindrucksvollsten Räumen der riesigen Burg zählte, in der es im Winter recht kalt werden konnte.

»Eminenz, ich möchte vermuten«, begann er das Gespräch, »daß ein besonderer Grund dafür vorliegt, daß Sie mich besuchen. Als ich Ihre Nachricht von Schloß Blois erhielt, hatte ich das Gefühl – ich kann mich hierbei aber auch täuschen –, daß Sie nicht nur hierherkommen wollten, um unsere Freundschaft zu pflegen.«

»Ihr Gefühl hat Sie nicht getrogen, Durchlaucht. Ich verfolge einen Hintergedanken mit meinem Besuch.«

»Ich war mir dessen sicher«, betonte der Herzog, »obwohl ich nicht weiß, um welchen es sich handeln könnte.«

Der Kardinal zögerte kurz, bevor er erklärte:

»Ich bin von der Herzogin de Savigne und ihrem Sohn ermächtigt worden, eine Liaison zwischen Ihren beiden Familien vorzuschlagen, die zum beiderseitigen Vorteil der betroffenen jungen Menschen wäre.«

Er beobachtete den Herzog, während er sprach, und sah, daß er erstarrte. Einen Augenblick lang las er ein ungläubiges Erstaunen in seinen Augen.

Der Herzog schien nach Worten zu suchen, als sich die Tür öffnete und Isabelle eintrat.

»Verzeihen Sie, mein Vater, daß ich Sie und Eminenz störe, aber Sie haben Ihre Brille im Speisesaal vergessen und ich dachte, Sie würden sie brauchen.«

Sie legte die Brille auf ein Tischchen neben dem Stuhl ihres Vaters.

Er sah sie an, und als sie sich zum Gehen wandte, rief er: »Warte, Isabelle! Ich war eben im Begriff, Seiner Eminenz zu erzählen, daß ich in deine Heirat mit Michel de Croix eingewilligt habe und die Hochzeit im Herbst stattfinden wird.«

Einen Augenblick lang stand Isabelle mit weit aufgerissenen Augen da, als könne sie nicht fassen, was sie eben gehört hatte. Dann huschte ein Strahlen über ihr Gesicht, das sie noch schöner erscheinen ließ.

»Papa, meinen Sie das ernst?« fragte sie leise.

»Es ist mein voller Ernst«, erwiderte der Herzog. »Wie ich Seine Eminenz eben zu unterrichten beabsichtigte, sind deine Mutter und ich der Überzeugung, daß Michel de Croix der richtige Mann ist, mit dem du glücklich werden wirst.«

Der Kardinal ließ sich nicht täuschen. Er wußte sehr wohl, daß der Herzog sich erst in dem Augenblick, in dem ihm ein anderer Bewerber um die Hand seiner Tochter genannt worden war, für den entschieden hatte, dem er vorher keineswegs gewogen gewesen war.

Damit hatte der Kardinal nicht gerechnet; er zog sich jedoch sehr diplomatisch aus der Affäre.

Er brachte es fertig, Isabelle zur geplanten Hochzeit zu beglückwünschen, ihr seinen Segen zu geben und dabei völlig aufrichtig zu wirken.

»Eminenz, ich bedauere zutiefst, daß Ihre Reise vergeblich war«, sagte der Herzog, nachdem Isabelle den Raum verlassen hatte.

»Ich sehe es nicht so«, entgegnete der Kardinal. »Es war mir eine große Ehre und ein Vergnügen, Sie wieder einmal besuchen zu können, Durchlaucht, und ich möchte der Hoffnung Ausdruck verleihen, daß ich Sie bald in Paris als Gast begrüßen darf.«

»Sehr liebenswürdig von Ihnen«, bedankte sich der Herzog. Ihre Blicke trafen sich. Es bedurfte keiner Worte, um auszudrücken, daß beide wußten, was geschehen war.

Als der Kardinal wieder in der Kutsche saß und im Geiste die Tochter des Herzogs von seiner Liste strich, fragte er sich erstmals, ob die ihm übertragene Aufgabe tatsächlich so einfach wäre, wie er und die Herzogin es sich vorgestellt hatten.

Ursprünglich war er davon ausgegangen, daß es äußerst schwierig sein würde, den Herzog zu einer Heirat zu bewegen; nun aber, legte man das Verhalten des Herzogs de Foucauld-Fleury zugrunde, schien sich die Suche nach der Braut als kompliziert zu erweisen.

Der Marquis d'Urville gab sich keine Mühe, seine wahren Gefühle zu verbergen und sie wie der Herzog hinter wohlgewählten Worten zu verstecken.

»Ich soll einverstanden sein, daß Henriette den Savigne heiratet?« rief er entrüstet. »Eminenz, Sie müssen nicht bei Sinnen sein, wenn Sie nur einen Augenblick daran glauben, daß ich irgendeine Frau, geschweige denn meine eigene Tochter, diesem Lüstling, diesem Schwein, das den Namen de Savigne in den Dreck gezogen hat, anvertrauen würde!«

Der Marquis, ein Mann von untersetzter Gestalt, ereiferte sich derart über dieses Ansinnen, daß er feuerrot im Gesicht wurde und der Kardinal befürchtete, ihn könnte der Schlag treffen.

»Es war doch nur ein Vorschlag, mein lieber Marquis«, versuchte der Kardinal ihn zu besänftigen.

»Aber ein Vorschlag, den man mir nie hätte unterbreiten dürfen«, schäumte der Marquis. »Meint die Herzogin denn im Ernst, ich wäre taub und würde nicht hören, welche Geschichten man sich über ihren Sohn erzählt? Glaubt sie, daß ich blind wäre und keine Zeitungen lesen könnte?«

Er hielt kurz inne, um nach Luft zu schnappen, und fügte dann hinzu:

»Wenn Sie mich fragen, Eminenz, dann verschwenden Sie nur Ihre Zeit. Kein Vater, dem das Wohlergehen seiner Töchter am Herzen liegt, würde erlauben, daß eine von ihnen das Schloß Savigne betritt – geschweige denn seinen Besitzer heiratet! Ich persönlich würde meinem Kind eher den Tod als dieses Schicksal wünschen!«

Das war eine deutliche Sprache, dachte sich der Kardinal, als er vom Schloß des Marquis wegfuhr, und er rechnete mit einer ähnlichen Antwort des Vicomte de Boulaincourt, doch nach der Ankunft auf dessen Sitz mußte er feststellen, daß in der Woche zuvor die Verlobung seiner Tochter bekanntgegeben worden war.

Dem Kardinal entging jedoch nicht, daß der Vicomte sehr erleichtert darüber war, damit nicht in die unangenehme Lage geraten zu sein, eine Verbindung mit dem Haus de Savigne zurückweisen zu müssen.

»Ich nehme an, Eminenz, daß Sie Paris schon verlassen hatten, als die Verlobungsanzeige in einigen Zeitungen erschien«, erklärte er dem Kardinal. »Meine Gemahlin und ich haben diese Heirat schon seit Jahren geplant und gefördert, und es erfüllt uns mit tiefer Befriedigung, wenn wir nun sehen können, daß meine Tochter und ihr Verlobter einander in großer Liebe zugetan sind.«

Wieder gab der Kardinal den Beteiligten seinen Segen. Dann fuhr er wieder über die staubigen Straßen, wissend, daß ihm kein anderes Ziel blieb als das Schloß Savigne, um dort über den totalen Mißerfolg seiner Mission zu berichten.

»Es muß doch noch andere junge Damen geben«, versuchte er sich einzureden.

Dann erinnerte er sich jedoch daran, daß die Herzogin die Liste der Mädchen aus der näheren und weiteren Umgebung, die als Schwiegertöchter in Frage kämen, sehr kritisch durchgegangen war.

Es blieb also nun nur noch die Möglichkeit, überlegte sich der Kardinal, andere Regionen in die Suche einzubeziehen, etwa den Süden, Westen oder Norden Frankreichs, wo der Name de Savigne noch einen anderen Klang besaß als in diesen Departements, die so nahe bei Paris lagen.

Er hoffte nur, die Herzogin würde nicht darauf bestehen, daß er persönlich eine solche Familie aufsucht.

Nicht nur seine vielfältigen Pflichten erforderten eigentlich seine dauernde Anwesenheit in Paris, nein, er fühlte sich dort auch recht wohl und war es leid, in der Kutsche über schlechte Straßen zu holpern und ständig in fremden Betten zu schlafen.

»Ich hätte mich niemals auf diese Sache einlassen dürfen«, sagte er sich in einem Anflug von Verärgerung.

Er wußte aber auch, daß ihn sein Gewissen aufgrund seiner Verwandtschaft mit der Herzogin und seines engen freundschaftlichen Verhältnisses mit dem verstorbenen Herzog nicht eher ruhen lassen würde, bevor er nicht alles in seiner Macht Stehende versucht hatte, ihren Sohn vor sich selbst zu bewahren.

Ganz wie es seiner Glaubenszuversicht entsprach, betete der Kardinal, daß Gott einen Weg finden möge, einem armen Sünder zu helfen, der sicherlich noch nicht rettungslos verloren war.

Als die Kutsche um eine Kurve fuhr, sah der Kardinal, als wäre dies eine direkte Antwort auf sein Gebet, einen Wegweiser mit der Aufschrift: Monceau-sur-Indre, 5 Kilometer.

Der Kardinal hob die Hand.

»Die Kutsche anhalten!« befahl er.

Der Kaplan, ein ernster, blaß aussehender und vom vielen Fasten ausgezehrter junger Mann, der ihm gegenübersaß, schreckte hoch.

»Die Kutsche anhalten, Eminenz?« fragte er sichtlich überrascht.

»Sie haben doch gehört, was ich sagte«, antwortete der Kardinal, und der Kaplan beeilte sich, seinen Befehl weiterzugeben.

Die sechsspännige Kutsche hielt an, und einer der berittenen Diener in der farbenprächtigen Livree des Kardinals, die die Kutsche begleiteten, kam zum offenen Fenster.

»Sie wünschen, Eminenz?«

»Die Kutsche soll wenden und zum Schloß Monceau fahren«, ordnete der Kardinal an. »Es befindet sich, nachdem man die Kirche passiert, am Ortsausgang.«

»Wie Sie wünschen, Eminenz!«

Das Wenden der Kutsche an einem geeigneten Platz ein kurzes Stück die Straße entlang erwies sich als etwas umständlich, doch bald fuhr das Gespann die gleiche Strecke wieder zurück und bog in den schmalen Weg ein, der zum kleinen Dorf Monceau führte.

Unweit der Kirche gelangte die Kutsche durch ein schmiedeeisernes Tor, das dringend einen neuen Anstrich benötigt hätte, auf eine kleine Allee, über der die Bäume so dicht zusammengewachsen waren, daß sie wie ein grünes Gewölbe wirkten und ihre Zweige hin und wieder das Dach der Kutsche streiften.

Am Ende der Allee stand das kleine Schloß mit seinen spitzen gotischen Türmchen.

Das Schlößchen spiegelte sich in einem kleinen See, zu dem sich ein Bach aufgestaut hatte.

Das Gebäude war von Bäumen umrahmt, die sein graues Mauerwerk größtenteils verdeckten.

Als die Kutsche auf dem Platz vor dem Portikus wendete und der Kardinal das Schlößchen betrachtete, erinnerte es ihn noch stärker an ein Dornröschen-Schloß als bei seinem letzten Besuch.

Da sie nicht erwartet wurden, sah der Kaplan den Kardinal fragend an und erhoffte sich von ihm Anweisungen.

»Erkundigen Sie sich, ob der Graf de Monceau zu Hause ist«, forderte er ihn auf, und der Kaplan stieg aus der Kutsche, nachdem ihm ein älterer Diener den Schlag geöffnet hatte.

Bald darauf kam er wieder zurück.

»Ein Diener sagte, der Graf befände sich in der Bibliothek und er würde ihm die Ankunft Eurer Eminenz mitteilen.«

Der Kardinal verließ die Kutsche und stieg langsam die Stufen hinauf.

Kaum hatte er die oberste erreicht, eilte ein Mann mit ausgestreckten Armen durch die Eingangshalle auf ihn zu, um ihn willkommen zu heißen.

»Xavier!« rief er. »Welch eine freudige Überraschung!«

Er trat auf den Kardinal zu, ergriff seine Hände, erinnerte sich dann plötzlich seines Ranges, ging vor ihm in die Knie und küßte seinen Ring.

»Mein lieber Gérard«, sagte der Kardinal. »Ich fuhr an der Abzweigung zum Dorf vorbei und mußte plötzlich daran denken, daß wir uns schon sehr lange nicht mehr gesehen haben.«

»Kommen Sie herein! Kommen Sie mit in die Bibliothek! Bei einem Glas Wein müssen Sie mir erzählen, was seit unserem letzten Zusammentreffen geschehen ist.«

»Das würde einige Zeit in Anspruch nehmen«, erklärte der Kardinal schmunzelnd.

»Sie bleiben doch zum Abendessen? – Wenn Sie möchten, können Sie gern auch über Nacht bleiben!«

»Ich werde auf Schloß Savigne erwartet; aber wenn das Abendessen früh gereicht würde, nähme ich die Einladung sehr gerne an.«

Der Graf zeigte sich hocherfreut, führte seinen Gast in die Bibliothek und gab dem Diener an der Tür den Auftrag, Wein zu bringen.

Der Kardinal hatte inzwischen auf einem der wenigen Stühle Platz genommen.

Überall sah er nur Bücher.

Er hatte es nie für möglich gehalten, so viele Bücher in einem einzigen Raum, noch dazu einem solch großen, zu sehen.

Nicht nur die Wandregale waren vollgestellt mit Büchern; in jeder Ecke, auf jedem Stuhl, auf jedem Tisch stapelten sich Bücher, und es war nicht zu übersehen, daß der Graf vor der Ankunft des Kardinals an seinem Schreibtisch gearbeitet hatte.

Auf ihm lagen Manuskripte und Bücher, ein Teil davon aufgeschlagen, aus denen Papierfetzen als Lesezeichen herausragten.

Nachdem der Graf zu ihm hinübergekommen war, musterte ihn der Kardinal und sagte dann:

»Laß mich dich anschauen, Gérard. Du hast dich kaum verändert seit den Tagen, die wir gemeinsam verbrachten.«

»Das ist schon sehr lange her«, bemerkte der Graf.

Er war ein stattlicher Mann trotz seiner nachlässigen Kleidung, die auszudrücken schien, daß ihm alles, was ihn von seinen Büchern abhielt, überaus lästig war, und er wirkte für sein Alter noch recht jugendlich.

Er hatte kaum graue Haare, während die des Kardinals schon fast weiß waren. Seine Augen funkelten, wenn er sprach, und er schien ständig zu lächeln.

»Erzähle mir von dir, Xavier«, forderte er den Kardinal auf. »Ich weiß, daß du ein wichtiger und einflußreicher Mann in Paris geworden bist.«

»Ich wollte, es wäre so«, seufzte der Kardinal, »Heutzutage hören nur noch wenige Menschen auf das, was die Kirche zu sagen hat.«

»Ich fürchte, daß dem tatsächlich so ist«, pflichtete der Graf bei, »aber ich wußte schon damals, als wir beide noch wissensdurstige Studenten waren, daß du es einmal sehr weit bringen würdest, während ich...«

Er wies mit einer Geste auf seinen Schreibtisch.

»Ich glaube mich zu erinnern, daß du doch ein Buch veröffentlicht hast«, warf der Kardinal ein.

»Es sind sogar zwei«, erwiderte der Graf, »aber wer liest sie schon? Die Menschen interessieren sich nicht mehr für die Vergangenheit; sie sind zu stark damit beschäftigt, in der Gegenwart zu leben.«

»Dennoch, was auch immer in der Welt geschieht, Historiker leisten für zukünftige Generationen eine überaus wertvolle Arbeit«, stellte der Kardinal fest. »Wenn ich sterbe, werde ich sehr schnell vergessen sein, aber deine Bücher, Gérard, wird man wahrscheinlich noch in einigen hundert Jahren lesen.«

Der Graf lachte, und sein Lachen klang jungenhaft.

»Du bist immer noch der gleiche, Xavier, und versuchst, denen, die dir zuhören, Mut zu machen. Ich erinnere mich sehr gut an deine ersten Predigten in der schmucklosen, kleinen Kirche im Armenviertel um den Montparnasse. Anfangs kamen nur wenige Gläubige – waren es nicht zwölf beim ersten Mal? – und zum Schluß waren es so viele, daß sie nicht alle einen Platz in der Kirche fanden!«

Wieder seufzte der Kardinal.

»Es war eine schwere Zeit, Gérard. Aber glaube mir, manchmal kommt mir der Gedanke, daß ich niemals glücklicher war als damals.«

In seiner Stimme schwang etwas mit, was den Grafen veranlaßte, ihn forschend anzusehen und die Feststellung zu treffen:

»Du wähltest den schwierigeren Weg, indem du dich gegen die üblichen Lebensinhalte – Heim, Frau und Kinder – entschieden hast. Ich habe dich damals wegen dieses Entschlusses bewundert, und ich bewundere dich auch heute noch deswegen.«

Ein Diener betrat die Bibliothek und brachte eine Flasche Wein und zwei Gläser auf einem Tablett.

Auf dem Tisch war kein Platz für das Tablett; schließlich behalf er sich damit, daß er es auf einem Bücherstapel abstellte.

Der Kardinal sah mit Wohlgefallen, daß es sich bei dem Wein um einen hiesigen handelte, für den er ja eine besondere Vorliebe hatte. Er nippte genießerisch an dem ihm gereichten Glas, bevor er Gérard bat:

»Erzähle mir doch mehr von dir. Ich war mir sicher, daß du in der Ehe glücklich wirst, obwohl ich ja leider nicht bei der Hochzeit zugegen sein konnte.«

»Ich hatte volles Verständnis dafür, daß es dir wegen deiner vielen Verpflichtungen nicht möglich war. – Weißt du eigentlich, daß es fast zwanzig Jahre sind, seitdem wir uns das letzte Mal gesehen haben? Und trotzdem kann ich mich noch sehr genau an viele Dinge erinnern, über die wir gesprochen haben.«

»Als ob es gestern gewesen wäre«, murmelte der Kardinal mehr zu sich selbst.

»Ich wünschte, du hättest Fleur gekannt«, fuhr der Graf fort. »Sie war nicht nur sehr schön, sondern auch hochintelligent. Sie half mir beim Schreiben meiner Bücher, sie verschönte mein Leben auf eine Weise, wie es nur wenigen Männern vergönnt sein dürfte.«

»Sie weilt nicht mehr unter uns?« fragte der Kardinal.

»Sie starb vor beinahe drei Jahren«, antwortete der Graf.

In seiner Stimme schwang ein Ton mit, der dem Kardinal verriet, in welch tiefes Leid er durch ihr Ableben gestürzt worden war.

»Mein tiefstes Mitgefühl«, sagte der Kardinal. »Es stimmt mich auch traurig, daß ich nichts von ihrem Dahinscheiden gehört habe. Ich wäre bestimmt gekommen, um zu versuchen, dir Trost zuzusprechen.«

Als er dies gesagt hatte, stellte er sich die Frage, ob er damit nicht vielleicht gelogen hatte.

Hätte er sich wirklich von allen seinen Verpflichtungen in Paris freigemacht, wäre er wirklich in die Touraine gefahren, um einem Freund beizustehen, auch wenn es sich bei ihm um Gérard de Monceau gehandelt hätte, der ihm in seiner Jugendzeit so viel bedeutet hatte?

»Niemand hätte mir damals helfen können«, unterbrach der Graf seine Gedankengänge. »Gott sei Dank war Syrilla bei mir.«

»Syrilla?« erkundigte sich der Kardinal.

»Meine Tochter«, erklärte ihm der Graf. »Bei ihrer Geburt dachten wir daran, sie von dir taufen zu lassen, aber du warst bereits sehr bekannt geworden, Xavier. Du hattest schon die ersten Etappen des Aufstiegs zu deiner jetzigen Position hinter dich gebracht.«

Der Graf lächelte und fügte dann hinzu:

»Wir haben oft über dich gesprochen, meine Gemahlin und ich. Sie war stets begierig zu erfahren, wieviel mir unsere Freundschaft in unserer Jugend bedeutet hatte. Wir lebten hier so ruhig und abgeschieden auf dem Lande, daß wir es nicht wagten, in die Welt einzudringen, in der du eine so wichtige Rolle spielst.«

»Erzähle mir von Syrilla«, schlug der Kardinal vor.

Die Augen des Grafen leuchteten plötzlich auf, als er sagte:

»Sie ist so liebenswürdig, verständig und hübsch. Ich werde dir ein Porträt von ihr zeigen, das ein junger Maler, der im Dorf weilte, vor kurzem angefertigt hat. Er bat darum, Syrilla malen zu dürfen, und ich finde, das Bild ist ihm ausgezeichnet gelungen.«

Er erhob sich, ging durch den Raum, wo, wie der Kardinal erkennen konnte, von Büchern beinahe verdeckt, eine Staffelei mit einer noch nicht gerahmten Leinwand stand.

Der Graf hatte sie eben von der Staffelei genommen, als ein schlankes Mädchen in einem weißen Kleid durch die zum Garten führende Tür hereinkam.

Es lief durch den Raum, und dem Kardinal fiel auf, daß es sich mit ungewöhnlicher Anmut bewegte.

Es schien, als würde dieses Mädchen schweben, denn die Füße berührten kaum den Boden, und ihr weiter Rock streifte beim Vorbeihuschen die Bücherstapel.

»Papa!« rief es mit einer fröhlichen, melodiösen Stimme. »Ich muß Ihnen etwas Aufregendes erzählen!«

»Was ist es denn, mein liebes Kind?« fragte der Graf.

»Ich war mit Jacques im Park, bei den neugeborenen Lämmern, als etwas Außergewöhnliches geschah.«

»Sag es mir doch!«

»Er hob eines der Lämmer hoch, das wie tot im Gras lag. Ich dachte schon, es sei ihm nicht mehr zu helfen. Aber als Jacques es so im Arm hielt, öffnete er ihm das Maul und blies hinein. Er blies sehr kräftig, und es war, als würde er dem Lamm seinen Atem einhauchen. Sie werden es nicht glauben, aber es wurde wieder lebendig!«

»Das klingt in der Tat ungewöhnlich«, bestätigte der Graf.

»Es war etwas Außergewöhnliches!« stellte Syrilla fest. »Ist es möglich, daß ein Mensch einem anderen Geschöpf neues Leben einhauchen kann?«

»Das Leben kommt von Gott«, warf der Kardinal ein, »aber bisweilen fällt uns das Privileg zu, es anderen Geschöpfen wiedergeben zu dürfen.«

Syrilla drehte sich um und sah ihn an, als nähme sie erst jetzt von seiner Gegenwart Kenntnis.

Als sie sich zu ihm umwandte, sah der Kardinal, daß sie sehr hübsch, aber ganz anders aussah, als er sie sich vorgestellt hatte.

Sie hatte blondes Haar, tiefblaue Augen, einen hellen Teint und ganz leicht gerötete Wangen.

Sie hatte eine zierliche Figur, und als sie auf ihn zuging, stellte er erneut fest, daß sie sich mit der Grazie einer Ballerina bewegte, wie er es bisher bei sehr wenigen Frauen beobachtet hatte.

»Das ist meine Tochter Syrilla«, erklärte der Graf voller Stolz.

Syrilla sank vor dem Kardinal auf die Knie und küßte seinen großen Smaragdring.

»Verzeihen Sie mir, Eminenz«, bat sie. »Ich wußte nicht, daß mein Herr Vater Besuch hat.«

»Ich bin ein alter Freund«, erwiderte der Kardinal, »und bedauere es sehr, daß ich bis vor wenigen Augenblicken überhaupt nicht von dir wußte.«

Syrilla lächelte, und er bemerkte zwei Grübchen in ihren Wangen.

»Ich weiß, wer Sie sind«, sagte sie, »denn Papa hat viel von Ihnen gesprochen. Sie müssen sich sehr gut verstanden haben, als Sie beide noch Studenten waren.«

»Das kann man mit Fug und Recht behaupten«, erwiderte der Kardinal, »und es ist mein Fehler, daß dein Vater und ich uns beinahe aus den Augen verloren haben.«

»Nun sind Sie aber endlich einmal hier«, stellte Syrilla mit Genugtuung fest. »Darf ich mir Ihre Pferde ansehen? Sie sind bestimmt mit einem großen Gefolge gekommen.«

»Nur zu«, antwortete der Kardinal. »Ich bin sicher, sie freuen sich ebenso, deine Bekanntschaft zu machen, wie ich es getan habe.«

»Bevor du dich so mit den Pferden Seiner Eminenz beschäftigst, daß du alles andere vergißt«, unterbrach der Graf, »sage der Köchin, daß Seine Eminenz zum Abendessen bleibt und sie in der Kürze der Zeit ihr Bestes versucht, denn wir müssen heute früher essen.«

»Sie können nicht die Nacht über bleiben?« fragte Syrilla den Kardinal.

»Ich fürchte, nein«, erwiderte er, »doch ich freue mich darauf, mit dir und deinem Vater zu speisen.«

»Es ist uns eine große Ehre, aber seien Sie nicht enttäuscht wegen der einfachen Kost, die Ihnen aufgetischt werden wird.«

Sie schenkte ihm ein Lächeln, bevor sie zur Tür ging.

Der Kardinal sah ihr nach. Als sie die Tür hinter sich geschlossen hatte, wandte er sich an den Grafen:

»Ich kann dir zu einer so hübschen Tochter nur gratulieren. Gérard, ich glaube, es ist das erste Mal, daß ich dich beneide.«

»Sie ist reizend, nicht wahr? Und ganz wie ihre Mutter.«

Überzeugt, daß der Kardinal gern noch mehr erfahren würde, fügte er rasch hinzu:

»Fleur stammte aus der Normandie, und das ist die Erklärung für Syrillas blaue Augen und ihr blondes Haar. Ich habe schon oft gedacht, daß sie eigentlich nicht wie eine Französin aussieht, aber sie fühlt und denkt wie eine Französin. Außerdem kann sie so gut kochen wie eine Französin; du mußt also nicht befürchten, daß dir das Abendessen nicht schmecken wird.«

Er machte eine kleine Pause, bevor er beinahe wehmütig sagte:

»Erinnerst du dich an das kleine, etwas schäbige Lokal am linken Seine-Ufer, das wir regelmäßig besuchten, weil es billig war?«

»Natürlich erinnere ich mich!«

»Ich habe erst jetzt im Augenblick wieder daran gedacht. Wie schön war es, wenn wir uns samstags abends dort trafen und bis in die frühen Morgenstunden diskutierten.«

»Und der Rauch war so dick, daß man nicht von der einen Ecke in die andere sehen konnte«, ergänzte der Kardinal.

»Ich glaube, es waren diese Streitgespräche, die in mir den Wunsch zu schreiben weckten.«

Sie tauschten eine Zeitlang Erinnerungen aus, bis der Graf auf die Uhr schaute und sagte:

»Ich nehme an, daß du dich vor dem Abendessen etwas frisch machen möchtest?«

Er hielt einen Moment inne, weil ihm ein Gedanke gekommen war:

»Du reist doch sicherlich nicht allein. Wird ein Kardinal nicht auch, wie ein Bischof, immer von einem Kaplan begleitet?«

»Mein Kaplan ist sehr darauf aus, alle Versuchungen des Fleisches zu meiden«, erwiderte der Kardinal. »Deshalb fastet er so oft, daß es so aussieht, als würde ich ihn schlecht behandeln, was jedoch keineswegs der Fall ist! Heute ist einer seiner absoluten Fastentage; er wird uns kaum Gesellschaft leisten, sondern lieber in der Kutsche sitzen oder spazierengehen wollen.«

»Bist du dir dessen sicher?« fragte der Graf. »Ich möchte auf keinen Fall ungastlich erscheinen.«

»Und ich möchte nicht, daß Kaplan Pagerie, dieser, wie ich leider sagen muß, etwas langweilige Mensch, uns in unserer Freude über unser Wiedersehen stört.«

Und es folgten in der Tat recht vergnügliche Stunden.

Zum Abendessen wurden Gerichte aus erlesenen Zutaten serviert, die so fein zubereitet waren, wie es nur Franzosen zu schätzen wissen, und der Wein aus dem eigenen kleinen Weinberg des Grafen mundete wie ein Nektar, der nur darunter leiden würde, wollte man ihn anderswohin transportieren.

Nicht nur das Essen, auch die Gespräche trugen zum Gelingen des Abends bei.

Die beiden alten Freunde wetteiferten miteinander, Geschichten aus der Studentenzeit zu erzählen, über die sie und Syrilla sich so köstlich amüsierten, daß ihnen die Tränen in den Augen standen.

Syrilla wünschte sich, daß häufiger alte Freunde ihres Vaters zu Besuch kämen und ihn von seinen Büchern weglockten, die er sonst nur selten für länger als eine Stunde im Stich ließ.

Als der Kardinal Syrilla so beobachtete und ihr zuhörte, kam ihm immer wieder in den Sinn, daß sie zu den schönsten und ungewöhnlichsten jungen Frauen gehörte, denen er je begegnet war.

Aber nicht nur ihre Schönheit fiel ihm auf; in ihrem Gesicht fand sich eine gewisse geistige Schönheit, die er bei anderen Frauen, besonders bei jenen, denen er in Paris begegnete, vermißte.

Wenn sie ungezwungen lachte und gelegentlich eine geistreiche Bemerkung in ihre Unterhaltung einfließen ließ, traf sie genau den richtigen Ton.

Er bemerkte ebenfalls, daß sie nicht nur intelligent war, sondern auch sehr gebildet, was nicht verwunderte, wenn man an ihren Vater dachte.

Er erzählte einen Witz auf Lateinisch, den sie sofort verstand und mit einem griechischen Zitat beantwortete, genau wie es ihr Vater vor vielen Jahren getan hatte, wenn sie sich mit Worten duellierten.

Die Zeit verging, und der Kardinal dachte daran, daß er eigentlich Anweisung geben sollte, seine Kutsche vorfahren zu lassen.

Doch im Grunde wollte er noch nicht abreisen.

Dieser Abend war eine willkommene Abwechslung in seinem sonst von der Pflicht diktierten Alltag gewesen, ein Intermezzo, das ihm mehr bedeutete, als er mit Worten ausdrücken könnte.

Als er mit dem Grafen wieder in die Bibliothek ging, kam ihm plötzlich ein Gedanke.

»Wie alt ist Syrilla eigentlich?« fragte er den Grafen.

»Sie ist im Januar achtzehn geworden«, antwortete dieser. »Ich muß leider eingestehen, daß sie hier mit mir ein wenig abwechslungsreiches Leben führt, aber, wie du siehst, scheint sie damit zufrieden zu sein, und ich könnte mir keine liebevollere und aufmerksamere Tochter wünschen.«

»Mit achtzehn sollte sie aber auch schon ans Heiraten denken«, meinte der Kardinal.

Der Graf blickte etwas verlegen drein.

»Natürlich habe ich mich schon mit diesem Gedanken befaßt, Xavier, aber Syrilla und ich leben hier ziemlich zurückgezogen, erhalten keine Einladungen und sprechen auch kaum welche aus. Es gibt sicher junge Männer in der Umgebung, die in Frage kämen, aber wir lernen sie nicht kennen.«

Der Kardinal dachte einen Augenblick nach.

Würde er seiner Eingebung folgen, so müßte er sich nun verabschieden und diese kleine Oase des Friedens ungestört zurücklassen; andererseits wäre es ja möglich, daß eine höhere Macht ihn aus einem ganz besonderen Grund hierhergeleitet hatte.

Er konnte sich nicht erklären, wie er auf diesen Gedanken kam, denn das, was er vorschlagen wollte, war ohne Zweifel eine Ungeheuerlichkeit gegenüber diesem außergewöhnlichen Mädchen, das offensichtlich nichts von der Welt und vom Bösen in ihr wußte.

»Ich darf es nicht tun!« sagte er sich.

Doch dann sah er plötzlich wieder die Herzogin vor sich, wie sie ihn flehentlich anblickte, und war überzeugt davon, daß sie nicht mehr lange zu leben hatte.

Konnte er unverrichteter Dinge zu ihr zurückkommen, sie so enttäuschen?

Er räusperte sich.

»Gérard«, begann er, »du hast mich noch nicht gefragt, warum ich mich eigentlich um diese Zeit in der Touraine aufhalte.«

»Ich nehme an, daß es etwas von großer Wichtigkeit ist, das dich von Paris weglockt«, erwiderte der Graf.

»Ich betrachte es auch als eine wichtige Aufgabe, eine Braut für den Herzog de Savigne zu suchen«, antwortete der Kardinal.

»Für den Besitzer des Schlosses Savigne? Ein herrliches Bauwerk! Du weißt sicher, Xavier, daß es eine große historische Bedeutung hat, weil im Mittelalter...«

»Ich kenne seine Geschichte sehr gut«, unterbrach ihn der Kardinal, denn er wußte, daß es schwierig sein würde, zum eigentlichen Gesprächsthema zurückzukehren, wenn der Graf sich in historischen Betrachtungen erging.

»Was ich dich fragen möchte ist, ob du dir vorstellen könntest, daß Syrilla den Herzog heiratet.«

Der Graf blickte ihn erstaunt an, und dem Kardinal war dadurch klar, daß ihm der Gedanke an diese Verbindung noch nie gekommen war.

»Du meinst – er hat das richtige Alter?«

»Nun, er ist knapp über dreißig, stammt aus einer angesehenen Familie und verfügt über große Besitztümer.«

Er machte eine kleine Pause, und als ihm nichts mehr einfiel, was er über den Herzog noch sagen könnte, fügte er hinzu:

»Syrilla wäre bestimmt eine strahlend schöne Herzogin.«

Der Graf lief nachdenklich hin und her, bevor er antwortete:

»Meine Frau und ich haben uns oft darüber unterhalten, was wir tun werden, wenn Syrilla ins heiratsfähige Alter kommt. Ich habe dir verschwiegen, Xavier, daß Fleur vorher schon einmal verheiratet war. Als wir uns kennenlernten und sofort ineinander verliebten – eine Liebe auf den ersten Blick –, war sie noch nicht lange verwitwet und bereits fünfunddreißig.«

Es war ihm anzumerken, wie schmerzlich diese Erinnerungen für ihn waren, als er fortfuhr:

»Deshalb waren wir dankbar für jedes Jahr, das wir miteinander erleben durften, und als Syrilla geboren wurde, erschien es uns als eine große Gnade Gottes.«

»Das kann ich verstehen«, sagte der Kardinal mitfühlend.

»Fleur war in ihrer ersten Ehe sehr unglücklich gewesen. Sie war als junges Mädchen mit einem viel älteren Mann verheiratet worden, der sich als rücksichtsloser Tyrann entpuppte. Weil sie in dieser ihr aufgezwungenen Ehe soviel erdulden mußte, schworen wir uns, daß wir Syrilla ein ähnliches Schicksal unter allen Umständen ersparen wollen.«

Der Kardinal schien abermals eine ablehnende Antwort zu erhalten. Aber wenn er ehrlich zu sich war, hatte er selbst keine großen Hoffnungen gehabt, als er sein Anliegen unterbreitete.

Der Graf de Monceau war zwar arm und spielte im gesellschaftlichen Leben keine Rolle, weil er wie ein Einsiedler lebte, doch von Geburt und Erziehung her war er den Savignes durchaus ebenbürtig.

Wenn der Herzog Syrilla zur Frau nähme, würde er sich damit keineswegs herablassen und unter seinem Stand heiraten.

Es war jedoch wieder einmal der Fall, so erkannte der Kardinal, daß die Familie der jungen Frau nicht einwilligen wollte, und er stand wieder am Anfang seiner Bemühungen, für den aus einer der ältesten Familien Frankreichs stammenden Herzog eine Braut zu finden.

»Meine Gattin und ich kamen überein, zum gegebenen Zeitpunkt Syrilla ganz allein entscheiden zu lassen, ob sie den in Frage kommenden Mann heiraten möchte«, unterbrach der Graf die Gedankengänge des Kardinals. »Wie du dir denken kannst, hatte Fleur eine tiefe Abneigung gegen eine Vernunftehe.«

»Ja, das ist ja auch nur zu verständlich. – Vergessen wir also die Sache; da Syrilla den Herzog de Savigne nicht kennt, hat es auch kaum einen Sinn, sie zu fragen.«

Und sie wird auch nicht die Gelegenheit haben, ihn kennenzulernen, fügte der Kardinal in Gedanken hinzu.

Er erinnerte sich, daß die Herzogin ihm in ihrem Brief geschrieben hatte, daß Aristide sich geweigert hätte, seine Braut vor der Hochzeit zu sehen, und vermutete, daß Aristide inzwischen längst wieder nach Paris zurückgekehrt war in jene üble Gesellschaft, deren Ausschweifungen bei ihm Ekel erregten, wenn er nur daran dachte.

»Es wird immer später, Gérard«, nahm er das Gespräch wieder auf, »und ich glaube, ich muß mich nun auf den Weg machen.«

»Nein, warte noch ein wenig!« rief der Graf. »Du hast mir diesen Vorschlag unterbreitet, der hauptsächlich Syrilla betrifft, und ich finde es deshalb nur recht und billig, daß du ihn ihr gegenüber noch einmal wiederholst.«

Er lächelte, und seine Augen blitzten schelmisch, als er fortfuhr:

»Auch wenn es sonst nicht viel bewirken wird, so ist es doch für sie wenigstens eine gute Übung darin, die Avancen hartnäckiger Verehrer zurückzuweisen. Nun, da du mich darauf aufmerksam gemacht hast, muß ich versuchen, etwas weniger an mich und mehr an die Zukunft meiner Tochter zu denken.«

»Ich hielte es für sehr lobenswert, wenn du das tätest«, sagte der Kardinal. »Du möchtest vielleicht viel lieber in der Vergangenheit leben, mein lieber Gérard, aber Syrilla muß sich in der Gegenwart zurechtfinden. Und außerdem ist sie sehr hübsch.«

»Ausnahmsweise nehme ich den Rat an, den du mir predigst, Xavier, und bekenne, daß ich gefehlt habe. Ich werde ein neues Kapitel aufschlagen...«

»... in deinem Leben hoffentlich und nicht in einem Buch«, unterbrach ihn der Kardinal, »denn das wäre fatal, weil du nämlich über dem Gedruckten alles andere vergessen würdest!«

Beide lachten so herzlich, wie es unter guten Freunden, die schon oft miteinander scherzten, möglich ist.

Der Graf ging dann nach einer Weile zur Tür, öffnete sie und rief nach Syrilla.

Sie kam angelaufen und sagte zu ihm:

»Ich bin sicher, Sie werden mir sagen wollen, daß Seine Eminenz zur Abreise bereit ist. Ich habe mich inzwischen darum gekümmert, daß sein Gefolge nicht hungern mußte. Nur der Kaplan weigerte sich, etwas zu essen oder zu trinken, ja sogar mir zuzulächeln!«

»Ich glaube nicht, daß es viele Männer gibt, denen dies gelingt«, sagte der Kardinal zu ihr, als sie in die Bibliothek gekommen war.

»Er sieht sehr unglücklich aus«, bemerkte Syrilla. »Könnte es möglich sein, daß Seine Eminenz sehr streng zu ihm sind?«

»Er ist sich selbst gegenüber sehr streng«, erwiderte der Kardinal. »Ich glaube, daß für ihn sogar das Lachen zu den Versuchungen des Teufels gehört.«

»Hoffentlich ist das nicht so, denn wenn es so wäre, müßten wir drei eine lange Zeit im Fegefeuer zubringen!«

Sie sah so reizend aus, wie sie zu ihm hochblickte, ihn dabei mit strahlenden Augen anlächelte, so daß ihre beiden Grübchen wieder sichtbar wurden, daß der Kardinal wünschte, er wäre seiner ersten Eingebung gefolgt und hätte nichts unternommen, was ihr seelisches Gleichgewicht stören könnte. Aber nun war es bereits zu spät.

»Seine Eminenz hat mir eine Frage gestellt«, hörte er den Grafen sagen, »die ich meiner Meinung nach an dich weitergeben sollte.«

»Wie lautet sie, Papa?«

»Seine Eminenz hat mich gefragt, ob du bereit wärst, die Frau des Herzogs de Savigne zu werden!«

Als der Graf sprach, hoffte der Kardinal inständig, daß Syrilla noch nie etwas über den jungen Herzog gehört hatte, denn er wollte nicht mitansehen müssen, wie sich ihr Gesichtsausdruck in Erschrecken oder Verachtung verwandelte.

Noch schlimmer wäre es für ihn, müßte er in ihren Augen jenen Ekel lesen, den er selbst verspürt hatte, als er von einigen der ungeheuerlichen Eskapaden des Herzogs erfuhr.

Aber zu seiner großen Verwunderung spiegelte sich erst ungläubiges Erstaunen, dann Freude in ihren Augen.

»Den Herzog de Savigne?« fragte sie leise. »Meinen Sie wirklich... den Herzog?«

»Du weißt doch – das Schloß Savigne liegt nicht weit von hier«, erklärte ihr der Graf.

»Ja, ich weiß. Ich bin einmal mit Mama dort gewesen«, erinnerte sich Syrilla.

Sie sah den Kardinal fragend an.

»Aber… wieso interessiert er sich… für mich?«

»Der Herzog möchte heiraten«, erklärte ihr der Kardinal, »und es würde die Herzogin und auch mich sehr freuen, wenn du ihn als deinen zukünftigen Ehemann erwählen würdest.«

Als er dies sagte, hoffte er, Gott möge ihm nicht nur verzeihen, was er eben ausgesprochen hatte, sondern auch, daß er es gewagt hatte, diesem Kind reinen Herzens auch nur vorgeschlagen zu haben, die Frau von Aristide de Savigne zu werden.

Es entstand eine kleine Pause, und es schien dem Kardinal, als würden Syrillas Augen immer heller leuchten, als sei in ihrem Innern ein strahlendes Licht entzündet worden – wieso, konnte er sich nicht erklären.

Die beiden Männer verhielten sich noch immer abwartend, bis Syrilla schließlich mit leiser, doch klarer Stimme sagte:

»Es wäre eine Ehre… eine große Ehre für mich… und ich wäre sehr stolz, die Frau des Herzogs de Savigne werden zu dürfen!«

Einen Augenblick lang war der Kardinal sprachlos.

Er starrte Syrilla an, als hätte er nicht richtig verstanden, was sie gesagt hatte. Dann meldete sich der Graf zu Wort:

»Meinst du das ernst, was du gesagt hast?«

»Ja, Papa.«

»Aber du kennst den Herzog ja überhaupt nicht.«

»Ich habe ihn einmal… gesehen, und ich habe schon sehr oft an ihn denken müssen.«

Der Graf sah sie verwundert an. Dann sagte er, unsicher zögernd:

»Wenn du… also wirklich willst…«

Dem Kardinal schien es, als fiele es ihm schwer, seine Gedanken zu ordnen, einen klaren Gedanken zu fassen.

Er wandte sich an Syrilla:

»Ihre Durchlaucht die Herzogin wird hocherfreut sein, wenn ich ihr deine Entscheidung mitteile. Ich bin sicher, daß du morgen einen Brief von ihr erhältst, in dem sie dich und deinen Vater bittet, sie auf Schloß Savigne zu besuchen.«

Er wartete darauf, daß Syrilla oder der Graf etwas sagten, doch als dies nicht geschah, fuhr er fort:

»Ich sollte nicht versäumen, darauf hinzuweisen, daß die Herzogin sehr krank ist – so krank, daß sie wahrscheinlich nicht mehr lange zu leben hat. Ich schlage deshalb vor, die Hochzeit so bald wie möglich abzuhalten. Sie könnte schon nächsten Monat stattfinden, wenn du einverstanden bist... und natürlich auch der Herzog.«

Vor den letzten Worten mußte er unwillkürlich stocken.

Er traute es Aristide nämlich durchaus zu, im letzten Moment von seinem Versprechen zurückzutreten und sich zu weigern, das Mädchen, das seine Mutter für ihn ausgesucht hatte, auch zu heiraten.

Außerdem war der Kardinal überzeugt davon, daß die Hochzeit nicht stattfinden würde, ganz gleich, wie weit die Vorbereitungen schon vorangeschritten wären, wenn die Herzogin vorher sterben würde.

»Ich bin mit allem einverstanden, was der Herzog und seine Mutter für richtig halten«, sagte Syrilla.

Dieses beinahe unnatürliche Leuchten in ihrem Gesicht, das sich der Kardinal einfach nicht erklären konnte, war immer noch nicht aus ihrem Gesicht gewichen.

Er wollte keinen Moment daran glauben, daß Syrilla nur darauf aus war, sich mit dem Namen einer angesehenen Familie zu schmükken, stammte sie doch selbst aus einem Adelsgeschlecht.

Doch bei Frauen kann man sich eben nie ganz sicher sein. Vielleicht war es die Erfüllung ihres Ehrgeizes, Herzogin zu werden.

Aber als dem Kardinal dieser Gedanke durch den Kopf ging, verwarf er ihn rasch wieder. Es konnte nicht so sein.

Nein, da mußte es etwas anderes geben – etwas, das sich hinter ihrem schnellen Akzeptieren seines Vorschlags und ihrer offensichtlichen Begeisterung über die beabsichtigte Heirat verbarg und sich seinem Verständnis entzog.

Aber wer könnte begeistert sein bei dem Gedanken, den Herzog de Savigne zu heiraten, fragte sich der Kardinal voller Zynismus.

Wer außer einem Mädchen, das keinen gesellschaftlichen Umgang hatte, konnte noch nicht von den Dingen, die man sich über ihn erzählte, oder den Abgründen des Lasters, die er schon erforscht hatte, gehört haben?

Als der Graf bemerkte, daß seine Tochter so überwältigt war, daß ihr das Sprechen schwerfiel, sagte er:

»Wir werden warten, bis wir von der Herzogin hören, und ich werde mich, wenn du abgereist bist, mit Syrilla weiter über diese Angelegenheit unterhalten, um sicherzugehen, daß sie auch wirklich will, für was sie sich eben entschied.«

Der Kardinal war überzeugt davon, daß auch der Graf nichts von dem schlechten Ruf wußte, der dem jungen Herzog vorauseilte.

Andererseits konnte er sich aber auch nicht des Verdachts erwehren, daß der Graf, dieser scharfsinnige wie einfühlsame Mann, der ihm früher so nahegestanden hatte und ihn deshalb gut kannte, einen Pferdefuß hinter seinem Vorschlag vermutete.

Vielleicht spürte er, daß er nicht mit ganzem Herzen hinter ihm stand.

Doch die Würfel waren bereits gefallen.

Nachdem Syrilla den Vorschlag angenommen hatte, blieb ihm nun nichts anderes übrig, als zum Schloß Savigne zu fahren und der Herzogin diese Nachricht zu überbringen, die, so wußte er, hocherfreut sein würde über das, was er ihr zu berichten hatte.

Kummer bereitete ihm nur, daß er sich seinem alten Freund gegenüber wie ein Verräter – ein Judas in der Kardinalsrobe – vorkam.

Er war sich fast sicher gewesen, daß, wenn der Graf seinen Vorschlag nicht zurückgewiesen hätte, es Syrilla an seiner Stelle getan hätte; nun hatte er zwar erreicht, was er von Anfang an wollte, doch konnte er sich über seinen Erfolg nicht freuen.

»Vielleicht ändert sie ihre Meinung doch noch«, versuchte er sich zu trösten.

Er verabschiedete sich von seinen Gastgebern. Der Graf und Syrilla standen auf der Treppe und winkten ihm nach, und er beugte sich aus dem Fenster, um ihren Gruß zu erwidern.

Als er Syrilla mit ihren blonden Haaren in ihrem weißen Kleid vor dem grauen Gemäuer stehen sah, kam es ihm vor, als wäre sie nicht von dieser Welt. Sie sah eher aus wie eine Nymphe, die dem silberglänzenden See entstiegen war, in dem sich das Schlößchen spiegelte, oder wie ein Engel, der vom Himmel herabgekommen war, um die gewöhnlichen Sterblichen zu verwirren.

Syrilla und Aristide de Savigne!

Der Kardinal erschauerte bei diesem Gedanken, und wie böse Geister erschienen ihm die Überschriften in den Zeitungen, in denen die skandalösen Eskapaden des Herzogs in aller Ausführlichkeit berichtet wurden.

Er sah im Geiste eine lange Reihe von Frauen vor sich, die alle in Verbindung mit dem Herzog genannt worden waren, und von denen viele ihn in aller Öffentlichkeit verflucht hatten; viele von ihnen hatten psychisch gelitten, weil sie in seiner Gesellschaft Herz und Verstand verloren hatten.

Und Syrilla, jung, unschuldig, frisch und zart wie eine Blume, sollte sich gegenüber einem Mann behaupten, für den das Laster ein ständiger Begleiter und Liebe ein unbekanntes Wort war!

»Gott, vergib mir meine Schuld! Ich habe eine Freveltat begangen, für die es keine Vergebung geben kann«, warf sich der Kardinal selbst vor.

Auch die Gebete, die er sprach, während die Kutsche mit Ziel Schloß Savigne über die Straßen holperte, konnten ihm keinen Trost spenden.

3

Als sich Syrilla dem Bett näherte, öffnete die Herzogin die Augen.

Einen Augenblick betrachtete sie die weiße Traumgestalt neben ihrem Bett. Als Syrilla ihre Hand zu ihren Lippen führte, fragte sie:

»Seid ihr nun verheiratet?«

»Ja, geliebte Schwiegermutter, wir sind nun Mann und Frau«, flüsterte Syrilla.

Es schien, als erfülle sich der Blick der Herzogin mit neuem Leben, als kehre die Farbe zurück in ihr blasses Gesicht.

»Ich habe dafür gebetet, daß ihr beiden miteinander glücklich werdet«, sagte sie. »Wo ist Aristide?«

»Er wird später zu Ihnen kommen«, antwortete Syrilla. »Es sind noch nicht alle Gäste gegangen.«

Sie wollte ihre Schwiegermutter nicht dadurch beunruhigen, daß sie ihr erzählte, was geschehen war, nachdem sie zusammen mit dem Herzog die kurze Strecke von der Kapelle zum Schloß zurückgefahren war: er war zuerst ausgestiegen und, während die Diener ihr noch beim Aussteigen mit ihrer langen Schleppe halfen, in der Eingangshalle verschwunden.

Als die Gäste nacheinander eintrafen, hatte sie noch gehofft, er würde sie zusammen mit ihr empfangen; als er es nicht tat, nahm sie an, er fühle sich nicht wohl.

In der überfüllten Kapelle war es in der Tat sehr heiß und stickig gewesen.

Die in Seide und Satin gekleideten Gäste standen dicht gedrängt, und der Duft von Parfüm vermischt mit dem der Blumen und dem des Weihrauchs schien erdrückend.

Syrilla selbst hatte kaum noch atmen können.

Schuld daran war zum Teil auch der dichte Schleier aus Brüsseler Spitze, der seit Generationen von Bräuten der Familie de Monceau getragen wurde, und sie hatte nur gehofft, daß sie nicht zu erhitzt aussah, wenn er gelüftet und der Herzog zum ersten Mal ihr Gesicht sehen würde.

Als dieser Moment dann gekommen war, vermied er es, in ihre Richtung zu blicken, und auf der Rückfahrt zum Schloß in der offenen Kutsche konzentrierte er sich darauf, den Dienern und Pächtern auf seiner Seite gelangweilt zuzuwinken.

Syrilla, die sich schon seit jeher gut in andere Menschen einfühlen konnte, spürte von dem Moment an, als sie neben ihm vor dem Altar stand, daß etwas ihn beunruhigte und bedrückte.

Von ihm gingen Schwingungen aus, die ganz anders waren als die Aufregung und die Ehrfurcht, die sie verspürte, da sie nun das Sakrament der Ehe mit ihm eingehen sollte.

Sie hatte sich damit abgefunden, daß es dem Herzog nicht möglich war, sie vor den Hochzeitsfeierlichkeiten zu sehen, und die ihr genannte Entschuldigung, wichtige Geschäfte würden ihn in Paris aufhalten, schien ihr völlig plausibel.

Ihr Vater hingegen war deswegen beunruhigt gewesen und hatte sie mehr als einmal mit sorgenvollem Gesicht gefragt, ob sie denn auch wirklich den Herzog ehelichen wolle.

»Ich hätte es gerne gesehen, wenn du dich einmal mit ihm getroffen hättest, bevor du seine Frau wirst«, meinte er durchaus zurecht.

»Ich weiß, Papa, doch verstehe ich, daß es ihm bei der gebotenen Eile wegen der angegriffenen Gesundheit seiner Mutter nicht mehr möglich war.«

»Ihr werdet beide den Rest eueres Lebens füreinander haben«, klagte der Graf. »Meiner Meinung nach hätte ein Aufschub um einige Tage nicht geschadet.«

»Der Kardinal hat alles so arrangiert«, erwiderte Syrilla.

Sie hatte nicht die Absicht, mit ihrem Vater zu streiten, und enthielt sich deshalb jeder Äußerung, als ihr Vater die Angelegenheit noch weiter besprechen wollte.

Er sah sie verwundert an, denn sie hatte sich in einer Weise verändert, die er sich nicht erklären konnte.

Als er versuchte, sie nach den Gründen für ihren Wunsch, den Herzog zu heiraten, zu fragen, mußte er zum ersten Mal feststellen, daß zwischen ihm und seiner Tochter eine Barriere bestand; er hoffte zwar inständig, sie würde sich ihm anvertrauen, doch sie tat es nicht.

Er tröstete sich mit der Tatsache, daß sie nicht allzuweit von ihm leben würde, wenn sie erst einmal verheiratet war. Von Monceau-sur-Indre bis zum Schloß Savigne war es nur etwas mehr als eine Stunde.

Nichts konnte ihn jedoch über das Wissen hinwegtrösten, daß er sie sehr vermissen werde, würde er sich auch noch so tief in seine Bücher vergraben.

In Syrillas Augen war ein Leuchten, und auf ihren Lippen lag ein Lächeln, das jeden, der sie kannte, auf den Gedanken brachte, er habe sie noch nie so schön und so glücklich gesehen.

Als sie die Gäste im großen Ballsaal des Schlosses empfing, gab es unter ihnen kaum jemanden, der sich nicht anerkennend über ihre Schönheit äußerte.

Als die Kutschen die lange Auffahrt hochfuhren, dann in den Hof einbogen, um ihre farbenfroh gekleideten Insassen vor den Marmorstufen des Schlosses abzusetzen, war Pierre de Bethune an Syrillas Seite getreten.

Sie stand auf dem ihr bezeichneten, mit Rosen und Lilien geschmückten Platz, und fragte sich schüchtern, was sie tun sollte, denn der Herzog war noch immer nicht wieder erschienen.

»Ich bin der Verwalter des Herzogs«, stellte sich Pierre de Bethune ihr vor. »Da der Herzog im Moment nicht aufzufinden ist, darf ich Ihrer Durchlaucht deshalb vorschlagen, daß Ihr Herr Vater vorerst mit Ihnen die Gäste begrüßt?«

»Sie wissen nicht, wo sich mein Gemahl befindet?« fragte Syrilla besorgt.

»Ich nehme an, daß er irgendwo im Park spazierengeht und bald wieder zurück sein wird.«

»Ja, natürlich«, akzeptierte Syrilla seine Erklärung. »Es wäre sehr freundlich von Ihnen, wenn Sie meinen Herrn Vater bitten würden, zu mir zu kommen.«

Ihr Vater leistete der von Pierre de Bethune überbrachten Bitte unverzüglich Folge, und Syrilla bemerkte, als er den Platz neben ihr einnahm, daß ihn das Verhalten des Bräutigams aufs äußerste befremdete.

Es ergab sich jedoch keine Gelegenheit, sich darüber zu unterhalten, denn die Gäste, vom Zeremonienmeister mit lauter Stimme angekündigt, defilierten bereits in den Ballsaal.

Syrilla kannte kaum einen von ihnen, und sie wünschte sich, sie könnte statt dessen die Diener, Bauern und Pächter begrüßen, die in der großen Scheune auf dem Gut des Fürsten bewirtet wurden und unter denen sie viele Bekannte hatte.

Nach dem Empfang nahmen die dreihundert Gäste an der Tafel im prächtigen Speisesaal, der im Mittelalter gebaut worden war und zu den größten in der Touraine zählte, Platz.

Der Herzog war noch immer nicht erschienen, und Syrilla wäre sich, allein am Kopf der Tafel neben einem leeren Stuhl sitzend, sehr verloren vorgekommen, hätten nicht alle ihr möglichstes getan, damit sie sich wohl fühlen konnte.

Trotzdem dauerte ihr das Hochzeitsmahl mit den vielen aufeinanderfolgenden Gängen zu lange.

Wie zu erwarten, wurden auserlesene Speisen serviert.

Die Köche hatten schon seit Wochen Vorbereitungen getroffen, um die Spezialitäten dieses Landstrichs zuzubereiten.

Es gab Carpe à la Chambord, Karpfen nach dem Rezept des Leibkochs von Franz I.

Langue de bœuf en paupiette – gefüllte Ochsenzungen-Rouladen – gehörten zu den Lieblingsgerichten von Heinrich II., doch die Mehrzahl der für die Touraine typischen Gerichte waren Beispiele für die klassische Einfachheit ländlicher Küche.

Wie von Syrilla erwartet, wurde Lachs aufgetragen, der in der Loire gefangen worden war, Geflügelleber in Aspik, wie man sie gerne in Amboise aß, sowie der in Bourgueil so beliebte Hasenpfeffer.

Der Weißwein und der Rotwein, beide aus den Weinbergen des Herzogs, mundeten den Gästen, wie sie Syrilla immer wieder versicherten, besser als alle anderen edlen Tropfen aus dieser Gegend, und es war augenscheinlich, daß sie sich amüsierten.

Nur Syrilla störte sich an der Abwesenheit des Bräutigams, hielt sie für einen großen Fehler, und konnte nur hoffen, nicht selbst der Grund für sein Verschwinden zu sein.

Pierre de Bethune hatte ihr gesagt, daß die Herzogin sie beide zu sehen wünschte, sobald es ihnen irgendwie möglich wäre, ihre Räume aufzusuchen.

Syrilla wußte, daß es für sie eine bittere Enttäuschung gewesen war, daß sie bei der Trauung nicht anwesend sein konnte.

»Ich muß wieder gesund werden! Ich werde gesund sein!« hatte sie sich immer wieder gesagt, seitdem der Hochzeitstag festgesetzt worden war.

Aber weil sie mit jedem Tag schwächer und gebrechlicher zu werden schien und wegen der Hitze hatten sich die Ärzte nicht von ihrem Urteil, die Anstrengungen wären zu groß für sie, abbringen lassen.

Bei ihren Besuchen im Schloß nach Bekanntgabe der Verlobung hatte Syrilla festgestellt, wie empfindlich die Herzogin auf alles reagierte, was den Herzog betraf.

Sie wollte deshalb unter allen Umständen vermeiden, ihre Schwiegermutter zu beunruhigen, und erzählte ihr deshalb nichts vom seltsamen Verhalten des Herzogs nach der Trauung.

»Es war sehr freundlich von dir, mich aufzusuchen«, hauchte die Herzogin.

»Ich wäre viel eher gekommen, doch es war nicht möglich«, erwiderte Syrilla. »Ich dachte schon, das Essen würde nie zu Ende gehen, und alle aßen, als hätten sie in Erwartung des Festes eine Woche lang gefastet.«

»Ist der Kardinal schon abgereist?« fragte die Herzogin.

»Seine Eminenz war gezwungen, sofort nach der Trauung nach Paris zurückzufahren. Ich wünschte, Sie hätten seine Predigt hören können: sie war sehr schön und erbauend – wie der ganze Gottesdienst.«

Syrilla schien es so, als hätte das Hochamt eine besonders segensreiche Bedeutung für ihre Ehe.

Sie war zwar tief beeindruckt von der Feierlichkeit und Würde des Gottesdienstes, doch entging ihr dabei nicht, daß das alles den Mann, der neben ihr kniete, nicht im geringsten bewegte.

Sie sagte sich, sie würde es sich nur einbilden, doch in ihrem Herzen wußte sie, daß sie sich nicht täuschte.

»Du mußt zurück zu den Gästen gehen, mein liebes Kind«, sagte die Herzogin. »Ich danke dir, daß du zu mir gekommen bist, und sage Aristide, er möchte mich besuchen, sobald es ihm seine Verpflichtungen als Bräutigam erlauben.«

»Ja... natürlich...«

Syrilla beugte sich zu ihr hinunter und küßte ihre Schwiegermutter auf die Wange. Danach knickste sie und küßte auch ihre Hand, bevor sie sich zum Gehen wandte.

Als sie ging, betete die Herzogin wieder dafür, daß dieses wunderschöne Mädchen ihren Sohn so glücklich machen würde, wie sie es sich für ihn wünschte.

Nachdem Syrilla das Schlafgemach der Herzogin verlassen hatte, lief sie den breiten Gang entlang, der vom Südflügel zu den anderen Teilen des Gebäudes führte.

Sie nahm an, daß nun fast alle Gäste gegangen waren und niemand es ihr verübeln würde, wenn sie ihr eigenes Schlafgemach aufsuchte und die große, diamantene Krone absetzte.

Sie war sehr schwer und ganz offensichtlich für jemanden angefertigt worden, der nicht so zierlich war wie sie. Ihr selbst wäre es viel lieber gewesen, hätte sie, wie sonst üblich, einen Kranz aus Orangenblüten tragen können.

Die Herzogin hatte ihr jedoch erklärt, diese Krone würde seit Generationen von den Bräuten des Hauses Savigne getragen.

Weil es Syrillas Wunsch war, alles zu tun, was man von ihr erwartete, hatte sie keinen Gedanken daran verschwendet, sich der Familientradition zu widersetzen.

In einem hatte sie jedoch nicht nachgegeben. Sie hatte darauf verzichtet, die anderen prächtigen Juwelen anzulegen, die ebenfalls Familienerbstücke waren: das Halsband aus Diamanten so groß wie Centimestücke, die schwere Halskette aus makellosen Perlen, die Armbänder und schweren Ringe.

Sie betrachtete den einfachen goldenen Ring, den ihr der Herzog an den Finger gesteckt hatte: er genügte ihr vollkommen als Schmuck, ihn würde sie als ihr kostbarstes Kleinod hüten.

Sie hatte bemerkt, daß sie zitterte, als ihre Hand in der des Herzogs lag und sie das Ehegelübde ablegten. Sie hatte ihm dabei durch den Schleier ins Gesicht geblickt und ihre Erwartungen bestätigt gesehen – er war ein sehr gut aussehender, stattlicher Mann.

Der Kardinal hatte die Trauformel gesprochen:

»Ego conjugo vos in Matrimonium, in Nomine Patris, et Filii, et Spiritus Sancti.«

Danach hatte er den Ring gesegnet, dem Herzog gereicht, und dieser streifte dann den Ring über Syrillas Finger mit den Worten:

»Vor Gottes Angesicht nehme ich Dich an als meine Frau. Trag diesen Ring als Zeichen der Liebe und Treue. Ich nehme Dich an als meine Frau und verspreche Dir die Treue in guten und bösen Tagen, in Gesundheit und Krankheit. Ich will Dich lieben, achten und ehren, solange ich lebe.«

Syrilla fühlte, wie sie erschauerte, als er diese Worte mit fester Stimme sprach, und bat Gott aus tiefstem Herzen, daß sie ihm eine würdige Ehegefährtin sein könne und er sie lieben würde.

Nun, wenn alle Gäste gegangen waren, würden sie allein sein und erstmals miteinander sprechen können.

Sie war inzwischen im Mittelteil des Schlosses angelangt und konnte vom oberen Ende der Treppe aus durch das offene Portal sehen, daß draußen nur noch zwei oder drei Kutschen standen.

Sie war gerade im Begriff, zu ihrem Schlafgemach zu gehen, das *Chambre de la Reine* genannt wurde, weil es an das *Chambre du Roi* angrenzte, wo der Herzog schlief, als sie Stimmen hörte.

Sie ging an einem der Prunkzimmer vorüber, die die Gäste als Garderobe benützten, sah zwei Damen darin und überlegte sich, ob die Höflichkeit nicht von ihr forderte, sich von ihnen zu verabschieden.

Sie zögerte noch, ob sie das Zimmer betreten solle, als sie eine der Damen sagen hörte:

»Der Herzog ist natürlich seit dieser schrecklichen Tragödie nicht mehr derselbe. Viele sagen, daß sie ihn völlig verändert hat.«

»Welche Tragödie?«

»Sie müßten sich eigentlich erinnern, denn sie erregte großes Aufsehen – aber nein, Sie können ja nichts davon wissen, denn Sie waren damals noch zu jung.«

»Was ist denn damals geschehen?«

»Die Geliebte des Herzogs, die Frau, von der es sogar hieß, er wolle sie heiraten, wurde erwürgt.«

»Erwürgt? Von wem?«

»Von einem Mann, einem gewissen Astrid.«

»Und weshalb?«

»Aus Eifersucht.«

»Wie hieß sie denn?«

»Zivana Mezlanski. Sie war eine bekannte Ballerina in Paris und hatte große Erfolge auf der Bühne, als sich der Herzog Hals über Kopf in sie verliebte.«

»In eine Tänzerin? Seine Mutter, die Herzogin, wird darüber nicht gerade erfreut gewesen sein!«

»Soweit ich weiß, war die Mezlanski eine außergewöhnliche Person und Künstlerin, und der Herzog war noch sehr jung, gerade einundzwanzig.«

»Sie sagten, sie wurde erwürgt?«

»Ein abscheuliches Verbrechen – es muß schrecklich für ihn gewesen sein. Es heißt...«

Die Frau begann zu flüstern, so daß Syrilla nicht genau verstehen konnte, was sie sagte, aber sie schnappte ihre letzten Worte auf:

»...Frauen bedeuten ihm nun nichts mehr!«

Sie war unfreiwilliger Zeuge dieser Unterhaltung geworden, war, ohne es sich zu überlegen, stehengeblieben, um zuzuhören, und als sie schon weitergehen wollte, hörte sie, wie die ältere der beiden Damen noch hinzufügte:

»Irgendwo hier im Schloß hat er zum Andenken an diese Frau einen Schrein eingerichtet, in dem er alles aufbewahrt, was ihn an sie erinnert, sogar ihre Ballettschuhe. Niemand außer ihm darf diesen Raum betreten.«

»Im Ernst?«

»Ich scherze nicht. Anfangs sprach alle Welt davon, doch im Laufe der Jahre geriet es, wie so viele andere Dinge, in Vergessenheit.«

»Ich muß sagen«, erklärte die jüngere Frau lachend, »der Herzog sieht wirklich so aus, als hätte er dieses Ereignis nicht vergessen und trauere immer noch seiner ersten Liebe nach. Ich habe noch nie einen Mann gesehen, der bei seiner Hochzeit so schwermütig und kummervoll dreinschaute.«

»Mir ist das auch aufgefallen«, bestätigte die ältere. »Aber nun müssen wir endlich gehen. Wir sind bestimmt die letzten Gäste.«

Syrilla erschrak; wenn die beiden gleich aus dem Zimmer kommen würden, würden sie bemerken, daß sie ihr Gespräch belauscht hatte.

Sie raffte ihr Kleid und lief, so schnell sie konnte, den Gang entlang, um zu vermeiden, daß sie gesehen wurde.

Sie stürzte in ihr Schlafgemach und schloß die Tür hinter sich.

Danach schritt sie zu der mit feinem Schnitzwerk verzierten Frisierkommode und starrte in den von zwei Amoretten gehaltenen, goldgerahmten Spiegel, ohne daß sie darin ihr Spiegelbild erblickte.

Nun fing sie langsam an zu verstehen: Ihr hätte alles schon von Anfang an klar sein müssen. Wie einfältig war sie doch gewesen!

Sie fragte sich, warum ihr weder das seltsame Verhalten des Herzogs, der sie auf keinen Fall vor der Trauung sehen wollte, aufgefallen war, noch die Tatsache, daß alle Vorbereitungen von seiner Mutter in die Wege geleitet worden waren.

Sie hätte blind sein müssen, um bei ihren Besuchen bei der Herzogin nicht erkennen zu können, daß ihr sehr viel daran gelegen war, daß ihr Sohn heiratete.

Die Herzogin hatte Syrilla Porträts von ihm gezeigt, die seit seiner Geburt jeweils im Abstand von wenigen Jahren angefertigt schienen, und ihr häufig zu verstehen gegeben, daß sie sich nichts sehnlicher wünschte, als daß ihrem einzigen Sohn Kinder geboren würden.

Immer wieder hatte sie Syrilla gesagt, das Schloß sei viel zu groß für ein einziges Kind.

»Es tat mir leid, mit ansehen zu müssen, wie einsam Aristide in seiner Jugend war«, hatte sie traurig erzählt. »Sein Vater und ich versuchten unser Bestes. Wir nahmen andere Kinder zeitweise bei uns auf, luden Jungen aus der Umgebung ein, an seinem Unterricht teilzunehmen, doch konnten sie ihm Geschwister nicht ersetzen.«

»Das konnten sie nicht«, hatte Syrilla bestätigt.

»Vielleicht ist er deswegen... so... zurückhaltend geworden«, sagte die Herzogin nachdenklich. »Vielleicht ist er auch nicht so zugänglich und... extrovertiert wie viele junge Männer seines Alters.«

Syrilla hatte dieser Aussage damals kaum Bedeutung zugemessen.

Sie hatte sich natürlich gefreut, die Porträts des Mannes zu sehen, der ihr Gatte werden sollte, und sie war gerührt gewesen, als ihr die Herzogin eines davon schenkte.

Sie hatte jedoch eigene Vorstellungen davon gehabt, wie der Herzog dachte und fühlte, aber nun...

Sie war verunsichert, und die Begeisterung, die der Kardinal an ihr bemerkt hatte und von der sie seit dem Zeitpunkt, als sie erfuhr, daß sie den Herzog heiraten würde, erfaßt war, schien zu weichen.

Der Herzog betrat das Schloß durch eine der in den Park führenden Terrassentüren und stellte mit Genugtuung fest, daß alle Gäste bereits gegangen waren.

Da er annahm, daß die Bediensteten inzwischen schon damit begonnen hatten, den Ballsaal und den Speisesaal aufzuräumen und zu reinigen, ging er in den Flügel des Schlosses, in dem sich die große Bibliothek befand, in der sich sein Vater häufig aufgehalten hatte.

In diesem Raum standen außer vielen Büchern aber auch einige der feinsten Truhen und Tische.

Als sich der Herzog in einem der tiefen, bequemen Sessel niedergelassen hatte, dachte er mit einiger Erleichterung daran, daß er morgen wieder nach Paris zurückfahren würde.

Er war nun verheiratet und hoffte beinahe verzweifelt, daß seine Mutter endlich zufrieden sein würde.

Als er damals nach seiner Einwilligung in die von ihr gewünschte Heirat das Schloß verlassen hatte, war ihm während des Rittes der Gedanke gekommen, er sei in eine Falle getappt.

Er wollte nicht glauben, daß seine Mutter trotz ihres zerbrechlichen Aussehens so krank war, wie sie es ihm geschildert hatte, und als ihn dann der Kardinal in seiner Pariser Wohnung besuchte, beschlich ihn der Verdacht, daß er es ihm zu verdanken hatte, daß er sich nun in dieser unangenehmen Lage befand.

»Deine zukünftige Gattin ist sehr schön«, berichtete ihm der Kardinal.

Der Herzog hatte nur verächtlich den Mund verzogen.

Er war überzeugt, daß seine Vorstellungen von weiblicher Schönheit und die des Kardinals sich sehr deutlich voneinander unterschieden. Außerdem war Paris voll von schönen Frauen, und nirgendwo sammelten sich mehr auf einem einzigen Fleck als in seinem Haus.

Es gab im Grunde nur eine einzige Sache, die er zu gerne erfahren hätte.

»Warum, Eminenz, haben Sie ausgerechnet eine de Monceau als meine Braut ausersehen?« fragte er deshalb. »Ich hatte immer vermutet, daß eine Tochter des Herzogs de Foucauld-Fleury die besten Aussichten hätte, denn diese Familie und die unsrige haben doch gemeinsame Vorfahren.«

»Die einzige, noch unverheiratete Tochter des Herzogs ist bereits einem anderen versprochen«, lautete die Antwort des Kardinals.

»Nein, wirklich? Lassen Sie mich nachdenken, wer sonst noch in dieser gottverlassenen Gegend wohnt. Die Töchter aus vornehmem Hause müßten doch eigentlich bei Ihnen Schlange gestanden sein, als Sie Ihre Wahl trafen.«

Die Spötteleien des Herzogs reizten den Kardinal so sehr, daß er mit der Wahrheit nicht hinter dem Berg hielt.

»Die Verlobung der Tochter des Vicomte de Boulancourt war eine Woche vor meinem Besuch bekanntgegeben worden, und der Marquis d'Urville erklärte mir unmißverständlich, daß er seine Tochter lieber tot sähe, als sie dir zur Frau zu geben!«

Wenn der Kardinal gehofft hatte, den Herzog mit diesen offenen Worten zu schockieren, sah er sich getäuscht.

Der Herzog warf nur lachend den Kopf zurück, und einen Augenblick lang schien es, als vergäße er seinen Zynismus.

»Respekt vor d'Urville! Wenigstens ist er ehrlich. Ich glaube, der Graf de Monceau denkt in Wirklichkeit ebenso, nur erschien ihm die Aussicht auf ein Herzogtum viel zu verlockend, als daß ihm wegen seiner Tochter Skrupel kamen.«

»Ganz im Gegenteil«, widersprach der Kardinal. »Weder mein Freund, der Graf de Monceau, noch seine Tochter haben je etwas von deinem zweifelhaften Ruf gehört.«

Der Herzog sah ihn skeptisch an.

»Ich versichere dir, daß ich die reine Wahrheit gesagt habe. Der Graf lebt wie ein Einsiedler, und seine Tochter kennt nur das Dorf, in dem sie lebt, weiß nichts davon, wie es draußen in der Welt zugeht.«

»Wie entzückend«, lachte der Herzog hämisch. »Eine Landpomeranze, die nur den eigenen Stall kennt und auch nach Stall riecht!«

Dem Kardinal schoß vor Zorn das Blut in den Kopf, und einen Moment lang verspürte er den für einen Geistlichen unziemlichen Wunsch, mit einem Schlag ins Gesicht des Herzogs dafür zu sorgen, daß dieses hämische Grinsen daraus verschwand.

Dann jedoch riet ihm ein weiser Instinkt, der ihm schon oft den richtigen Weg gewiesen hatte, zu schweigen.

Sollte der Herzog doch selbst herausfinden, ob Syrilla eine »Landpomeranze« war! Er würde sehr bald eingestehen müssen, daß er sich geirrt hatte!

Der Herzog, der ja nicht am Hochzeitsmahl teilgenommen hatte, war hungrig und durstig.

Er erhob sich, um nach einem Diener zu klingeln, und ließ sich dann wieder in dem Sessel nieder.

Ein Lakai trat ein, sichtlich überrascht, den Herzog hier zu finden.

»Sie haben geläutet, Durchlaucht?«

»Ich möchte etwas zu essen und eine Flasche von unserem besten Wein!«

Der Lakai entfernte sich rasch, um den Befehl auszuführen.

Der Herzog sah sich in der Bibliothek um und erinnerte sich plötzlich an ein lange Jahre zurückliegendes Gespräch, das hier stattgefunden hatte. Er sah seinen Vater am Schreibtisch und seine Mutter auf der Couch sitzen.

Er hörte sich ihnen von einem Mädchen erzählen, das er in Paris kennengelernt hatte.

»Sie ist schön, Mama, schön wie ein Engel! Sie ist zwar eine Tänzerin, aber sie ist die Tochter eines russischen Fürsten!«

»Warum steht sie dann auf der Bühne?« fragte sein Vater, ohne sich zu ihm umzudrehen.

»Weil sie außergewöhnliches Talent besaß, erlaubten ihr ihre Eltern, die Ballettschule des Kaiserlich Russischen Balletts zu besuchen. Sie wissen ja, daß Tänzer in Rußland ganz anders angesehen sind als hierzulande.«

»Ist sie wirklich so schön?« hatte seine Mutter gefragt.

»Ich möchte, daß Sie sie kennenlernen, Mama. Darf ich sie mitbringen, wenn sie vom Theater freibekommt? Sie proben gerade für ein neues Ballett, aber ich könnte sie vielleicht dazu überreden, am Samstagnachmittag mit mir hierherzukommen und am Sonntag wieder zurückzufahren.«

Die Herzogin antwortete beinahe ohne zu zögern:

»Aber natürlich, lieber Aristide! Deine Freunde und Freundinnen sind uns jederzeit willkommen!«

Er hatte damals das Gefühl gehabt, daß es wegen dieser Einladung zwischen seinen Eltern zu einer Auseinandersetzung kommen würde; er jedoch hatte erreicht, was er wollte, küßte seine Mutter und ging von der Bibliothek hinaus in den Park.

Jede Blume, jedes Blatt, das sich im Wind bewegte, ließen ihn an Zivana denken.

Er hatte sich nie vorstellen können, daß es einer Frau möglich war, sich so graziös zu bewegen oder eine solche Anziehungskraft auszuüben, daß sie ihm bisweilen wie ein Zauberwesen vorkam.

Sie hat nicht nur mein Herz erobert, sondern auch meinen Verstand und meine Phantasie, sagte er zu sich.

Für ihre Schönheit konnte er sich keinen besseren Rahmen denken als das prächtige Schloß, das seiner Familie gehörte, und den See, in dem sich die Türmchen und Zinnen und Statuen spiegelten.

»Ich bin so glücklich!« rief er aus, als Zivana und sein Zuhause sich in seiner Phantasie so untrennbar verknüpft zu haben schienen, und fragte sich, ob ein Mann jemals größeres Glück erfahren könnte.

Er wurde in seinen Erinnerungen gestört durch die Diener, die große Tabletts mit Speisen hereinbrachten und sie auf einem Beistelltisch abstellten. Aber inzwischen war ihm der Appetit vergangen.

»Gieß mir ein Glas Wein ein«, befahl er einem Diener, »und melde der Herzogin, daß ich zu ihr kommen möchte.«

Der Diener verbeugte sich, führte das ihm Aufgetragene aus, und der Herzog trank einen Schluck.

Dabei fiel ihm ein, daß er um so schneller das Leben, das ihm vertraut war und für das er sich bewußt entschieden hatte, wiederaufnehmen konnte, je eher er die Pflicht erfüllte, die man von ihm erwartete.

Ihm fiel auch ein, daß er überhaupt nicht wußte, wie das Mädchen, das ihm angetraut worden war, aussah. Seine Mutter hatte ihm nach seiner Ankunft am gestrigen Abend zwar gesagt, daß sich unter den Hochzeitsgeschenken ein Porträt der Braut befände, das der Graf überreicht hätte, doch hatte er kein Interesse gehabt, es sich anzusehen.

»Was spielt es eigentlich für eine Rolle, wie sie aussieht?« fragte er sich, denn nach der heutigen Nacht würde er sie verlassen.

Nur eine einzige Frau hatte in seinem Leben eine Rolle gespielt, und diese Frau...

Sein Blick verdüsterte sich und er trank einen großen Schluck aus dem Glas, das er in der Rechten hielt.

Die quälenden Erinnerungen bewirkten, daß sich die Falten unter seinen Augen noch vertieften, und die zynische Verachtung in seinem Gesichtsausdruck verlieh ihm ein beinahe unheimliches Aussehen.

Er stand auf, und als er dies tat, bemerkte er sein Ebenbild in einem Spiegel an der Wand.

Er prostete sich im Spiegel zu.

»Ich trinke auf die Nachwelt!« rief er, »und auf den zukünftigen Herzog, der dafür sorgen wird, daß der Name weiterbesteht, den ich so berühmt gemacht habe!«

Er hielt das Glas noch erhoben, als er hörte, daß hinter ihm die Tür geöffnet wurde.

Einen Moment hielt er inne, bevor er sich umwandte, und glaubte dann, seinen Augen nicht trauen zu können, denn da stand nicht die Gattin, die er erwartet hatte, sondern ein junges Mädchen, das beinahe noch ein Kind war.

Sie blieb stehen und sah ihn an, und er starrte ungläubig auf ihr blondes Haar, das vor der Bücherwand wie Sonnenlicht strahlte, auf ihre makellose Haut und in ihre blauen Augen.

Eine Zeitlang sahen sie sich so in die Augen. Einem plötzlichen Impuls folgend, so, als könne sie es nicht erwarten, vor ihm zu stehen, ging Syrilla auf ihn zu.

Der Herzog war ein zu guter Frauenkenner, als daß ihm die Anmut, mit der sich ihr schlanker Körper bewegte, nicht aufgefallen wäre.

Sie machte eine tiefe Verbeugung vor ihm, und als sie sich wieder erhob, sagte sie zu ihm:

»Monseigneur! Ich habe mir so sehr gewünscht, mit Ihnen zu sprechen!«

Der Herzog schien sprachlos.

»Wie... haben Sie mich eben genannt?«

Syrilla errötete leicht, als sie antwortete:

»Mon... seigneur.«

»Diese Anrede steht normalerweise nur kirchlichen Würdenträgern oder Prinzen königlichen Geblüts zu.«

»Ich bin mir... dessen bewußt, aber... wie ein Prinz kamen Sie mir... seit jeher vor.«

»Seit jeher?« fragte er nach.

»Seitdem ich Sie das erste Mal sah.«

Der Herzog hob die Augenbrauen.

»Ich kann mich nicht an eine Begegnung mit Ihnen erinnern.«

Syrilla lachte.

»Es würde Ihnen auch kaum gelingen. Ich sagte, ich hätte Sie gesehen, und das entspricht der Wahrheit, aber es ist höchst unwahrscheinlich, daß Sie mich unter tausend – nein, bestimmt zweitausend anderen Menschen bemerkten.«

Der Herzog wies mit der Hand in Richtung auf das Sofa.

»Warum setzen Sie sich nicht und erzählen mir genaueres?« schlug er ihr vor.

Syrilla tat, wie ihr geheißen, und der Herzog lehnte sich wieder in den Sessel, aus dem er erst vor kurzem aufgestanden war.

Sein Blick ließ nicht von Syrillas Gesicht.

Der Kardinal hatte recht, mußte er sich eingestehen, sie ist ungewöhnlich hübsch, aber nur Gott weiß, was ich mit einem Kind diesen Alters gemeinsam haben soll.

Das war ja auch nicht weiter wichtig, denn morgen würde er nach Paris zurückfahren.

»Was wollten Sie mir denn nun erzählen?« ermunterte er Syrilla, die schweigend dasaß.

»Ich dachte gerade, daß Sie genauso aussehen wie vor neun Jahren... nein, das stimmt nicht. Sie sehen... traurig aus im Gegensatz zu damals... und ich kenne den Grund.«

»Ich kann Ihnen nicht folgen«, unterbrach sie der Herzog. »Sagen Sie mir, wann genau Sie mich das erste Mal sahen.«

»Ich dachte, Sie würden es inzwischen erraten haben – anläßlich des Turniers, das hier im Schloß an Ihrem einundzwanzigsten Geburtstag veranstaltet wurde.«

»Aber natürlich!« rief er. »Ich hatte es fast schon vergessen. Mein Vater und meine Mutter ließen die Tradition der mittelalterlichen Turniere wieder aufleben.«

»Und Sie waren der Ritter... der Weiße Ritter«, sagte Syrilla, und es klang beinahe zärtlich.

Der Klang ihrer Stimme und ihr Blick verrieten dem Herzog, daß sie von seinem Auftreten in der scheinenden Rüstung, die einem seiner Vorfahren gehört hatte, stark beeindruckt gewesen war.

Die Turnierkämpfe waren sorgfältig arrangiert und oft geprobt worden.

Sein Widersacher, der Schwarze Ritter, hatte zwei leichte Siege errungen; er hatte ihn deshalb herausgefordert und natürlich besiegt, wie es verabredet war, denn das Gute mußte ja über das Böse triumphieren.

Er erinnerte sich nun an den Applaus und die Hochrufe, die von der Tribüne erschallten, wo die adligen Frauen und Mädchen von den umliegenden Schlössern in mittelalterlichen Kostümen saßen.

Die Zuschauer, die aus nah und fern gekommen waren, um diesem illusteren Schauspiel beizuwohnen, waren fröhlich und ausgelassen, nicht zuletzt deswegen, weil Bier und Cidre in Strömen flossen.

Dem Herzog fiel wieder ein, daß ihm eine der Damen eine Schleife als Zeichen ihrer Gunst überreicht hatte, doch während des Zweikampfes hatte er nur an Zivana gedacht, deren Bild er in einem Medaillon um den Hals trug.

Vielleicht erschien er so schneidig, weil er für jemanden kämpfte, den er liebte.

»Neun Jahre ist das nun her«, sagte er mehr zu sich selbst.

»Und ich war damals gerade neun Jahre alt«, holte ihn Syrilla wieder in die Gegenwart zurück. »Ich habe Ihren Blick nie vergessen... und Ihr Auftreten beeindruckte jeden, der Sie sah.«

»Aber alles war doch nur Spiel.«

Beide schwiegen eine Zeitlang. Dann wandte sich Syrilla wieder an den Herzog:

»Monseigneur, darf ich Ihnen... etwas erklären... jetzt, da wir... allein sind?«

»Ja, natürlich«, erwiderte der Herzog. »Bis jetzt hatten wir ja die Gelegenheit zu einem Gespräch noch nicht.«

»Ich verstand nicht... ich wußte bis vor kurzem nicht... was Sie fühlen.«

Der Herzog war verblüfft.

Es fiel ihm schwer zu glauben, daß seine Mutter diesem Kind mitgeteilt hatte, wie er sich sein Leben als Ehemann vorstellte.

Er hatte seine Absichten noch am gestrigen Abend gleich nach seiner Ankunft der Herzogin recht deutlich auseinandergesetzt, als sie so redete, als würde er längere Zeit auf Schloß Savigne bleiben.

»Ich habe mich Ihren Wünschen gebeugt, Mama«, hatte er energisch erklärt. »Ich gebe meine Freiheit auf, weil Sie mich darum gebeten haben, und ich werde meinen Teil dazu tun, daß Sie das Enkelkind bekommen, das Sie sich so sehnlich wünschen, aber das ist auch schon alles!«

Er hielt einen Moment inne, schien auf eine Reaktion zu warten, und fügte dann hinzu:

»Wir beide, Sie und ich, haben ein Abkommen getroffen, und ich werde meinen Teil erfüllen.«

»Was meinst du damit, Aristide?«

»Ich meine damit, daß ich nach Paris zurückgehen und dort weiter so leben werde, wie ich es gewöhnt bin.«

»Für... immer?« stammelte die Herzogin.

»So lange, wie ich es für richtig halte. Meine Gattin wird hierbleiben, und Sie können ihr Gesellschaft leisten, aber ich werde nicht dulden, daß sie sich auf irgendeine Weise in meine Angelegenheiten mischt, genausowenig wie ich mich um die ihren kümmern werde.«

»Aber... Aristide!...« rief die Herzogin verzweifelt.

»Es hat keinen Sinn, sich darüber noch länger zu unterhalten, Mama. Weder Worte noch Taten können mich von meinem Entschluß abbringen. Eine Nacht sollte genügen, um dafür zu sorgen, daß Ihre sehnsüchtigsten Hoffnungen in Erfüllung gehen, und damit habe ich meine Schuldigkeit getan.«

Er wußte, daß er ihr sehr weh tat, als er diese Sätze sagte. Andererseits meinte er, so hart auftreten zu müssen, um sich von den zarten Banden befreien zu können, mit denen die Herzogin schon einmal versucht hatte, ihn an sich zu ketten, und gescheitert war.

Es folgte ein langes Schweigen. Der Herzog bemerkte, daß seine Mutter mit den Tränen kämpfte.

Er ging zur Tür.

»Gute Nacht, Mama«, hatte er noch gewünscht und dann rasch das Schlafgemach verlassen, bevor sie etwas erwidern konnte.

Nun, so sagte er sich, müsse er also seiner Gattin seinen Standpunkt darlegen, und überlegte, wie er es anfangen sollte.

Weil ihm so schnell nichts einfallen wollte, forderte er Syrilla in einem ziemlich barschen Ton auf:

»Sagen Sie mir nun endlich, was Sie sich vom Herzen reden wollen!«

Syrillas Augen weiteten sich, als habe er sie erschreckt.

Plötzlich tat sie etwas, was er überhaupt nicht erwartet hatte. Sie stand auf, kam auf ihn zu und kniete neben seinem Sessel nieder.

»Ich wußte bis zum heutigen Tag nicht, welchen Schicksalsschlag Sie vor neun Jahren erlitten haben«, flüsterte sie.

Der Herzog erstarrte.

»Wer hat es Ihnen erzählt?«

»Niemand. Nachdem ich das Gemach Ihrer Mutter verlassen

hatte, belauschte ich unfreiwillig eine Unterhaltung zwischen zwei Damen. Die ältere sprach davon, wie verliebt Sie waren... und auf welch tragische Weise... diese Liebe endete. Monseigneur... nun verstehe ich alles!«

»Was verstehen Sie?«

»Daß Sie nur Ihrer Mutter zuliebe geheiratet haben, daß Sie Ihr Leben einem Ideal verschrieben haben und nur um Ihrer Mutter willen auf ihren Wunsch eingegangen sind.«

Der Herzog schwieg, und nach einer Weile fuhr Syrilla fort:

»Ich habe schon immer gewußt, daß Ihr ganzes Denken und Handeln von edlen Motiven bestimmt wird, und diese große, unsterbliche Liebe hatte ich von Ihnen erwartet.«

Der Herzog starrte sie ungläubig an, während sie mit ihren blauen Augen zu ihm hochblickte und hinzufügte:

»Es ist die reine, selbstlose Liebe, die von den Troubadouren besungene Minne, der verehrten Frau bis zum Tode zu dienen, der Sie sich verschrieben haben. – Nun, da ich weiß, was geschah, verspreche ich Ihnen, daß ich Ihnen niemals eine Last sein und Ihnen so helfen werde, daß niemand irgend etwas davon erfährt.«

»Wovon erfährt?«

»So wie Ihre Liebe zu rein und selbstlos ist, als daß Außenstehende über sie sprechen sollten, so wird auch die zwischen uns getroffene Vereinbarung ein Geheimnis bleiben. Ich bin zwar... dem Namen nach... Ihre Gattin, doch ich werde den von Ihnen gewählten Weg respektieren... und Sie so wenig wie möglich behelligen.«

Vielleicht das erste Mal in seinem Leben war der Herzog so überrascht, daß er vergeblich nach Worten suchte.

Syrillas bewundernder, beinahe schon Verehrung ausdrückender Blick entging ihm nicht, ebensowenig der ehrfürchtige Ton in ihrer Stimme, als spräche sie von etwas Heiligem.

Wie, so fragte er sich, könnte er diesem Kind erklären, daß er sich nicht einem hohen Ideal verpflichtet hatte und daß das, was damals geschehen war, ihn so zynisch und verbittert hatte werden lassen?

Es kostete ihn einige Mühe, die richtigen Worte zu finden, als er sie fragte:

»Wollen Sie mir damit sagen, daß Sie es richtig fänden, wenn ich Sie nicht zu meiner Frau machen würde?«

»Ich weiß, daß Sie es tun würden, weil Sie sich gegenüber Ihrer Mutter verpflichtet fühlen, ich weiß aber auch, daß Sie es gegen Ihre innerste Überzeugung täten... und... selbst wenn Sie mich nur küßten... bereits das Gefühl hätten, die Liebe, an der Ihr Herz hängt... zu verraten.«

Sie wandte fast schüchtern den Blick von ihm.

»Die eine Dame, die ich belauschte, sagte, hier im Schloß befände sich eine Art Schrein, in dem Sie alles aufbewahren, was der Frau gehörte, die Sie lieben. Ich kann verstehen, daß auch Ihr Herz dort ist.«

Sie hielt einen Moment inne, bevor sie fortfuhr:

»Die Dame sagte auch, daß Frauen Ihnen nun nichts mehr bedeuten. Da ich eine Frau bin, vor dem Gesetz sogar Ihre Gattin, kann ich Ihnen nichts bedeuten, und damit... habe ich mich bereits... abgefunden.«

Sie sah ihm wieder ins Gesicht und fügte noch hinzu:

»Ich glaube nicht, daß ein anderer Mann so nobel und edel sein könnte wie Sie. Ich habe Sie schon als kleines Mädchen geliebt, und nun liebe und verehre ich Sie noch mehr, so sehr, daß ich es kaum in Worte fassen kann.«

Dem Herzog kam alles wie ein Traum vor.

Wie konnte er ihr nur erklären, daß sie das, was sie zufällig mit angehört hatte, völlig falsch verstand?

Frauen bedeuteten ihm nichts!

Er mußte fast lachen, als er an die vielen Frauen – es waren wohl Hunderte – dachte, die er schon gehabt hatte, so viele, daß er sich in den meisten Fällen weder an ihr Gesicht noch an ihren Namen erinnern konnte.

Aber wie sollte er das seiner Gattin sagen, die zu seinen Füßen kniete und voller Ehrfurcht zu ihm wie zu einem Heiligen hochblickte.

Unter all den Frauen, die er kennengelernt hatte, war noch keine gewesen, die ihn so angeschaut hatte, und diese völlig neue Erfahrung verursachte bei ihm gleichzeitig ein gewisses Unbehagen.

Es fiel ihm sichtlich schwer, die richtigen Worte zu finden, um Syrilla zu erklären, daß sie einen falschen Eindruck gewonnen hatte.

»Sie sahen mich als den Weißen Ritter, als Sie neun Jahre alt waren und ich einundzwanzig«, begann er. »Ich bin jetzt dreißig und habe mich in den letzten Jahren sehr verändert.«

Ein Lächeln huschte über Syrillas Gesicht.

»Das ist nur natürlich. Mein Vater sagt, daß der, der nicht mit jedem Jahr, jedem Monat, jeder Minute weiser wird, ein Narr bleibt! Wir sind in diese Welt gesetzt worden, um zu lernen, und je älter wir werden, desto mehr wissen wir und, so meine ich, desto mehr sollten wir fühlen.«

Sie unterstrich das Gesagte mit einer etwas hilflos wirkenden Geste, als fürchte sie, der Herzog würde sie mißverstehen.

»Ich glaube, ich weiß, wie Sie fühlten, als Sie dieser Schicksalsschlag traf. Sie müssen völlig niedergeschmettert gewesen sein, aber meiner Überzeugung nach leben Sie heute viel intensiver für Ihr Ideal als damals.«

Ihre Stimme klang fast zärtlich, als sie fortfuhr:

»Und trotzdem waren Sie bereit, um Ihrer Mutter willen alles zu opfern, was Ihnen lieb und teuer ist. Das war sehr, sehr nobel von Ihnen, aber ich habe von Ihnen auch nichts anderes erwartet.«

Der Herzog bemerkte, daß ihn das, was Syrilla sagte, irgendwie faszinierte.

»Sie dürfen sich keine solch romantischen Vorstellungen von mir machen«, sagte er hastig. »Ich bin schließlich auch nur ein Mensch und bestimmt nicht der edle Ritter, als der ich vielleicht in der Rüstung erschien.«

Syrilla erhob sich, und der Herzog sah plötzlich ihre Grübchen.

»Nun sprechen Sie aber sehr geringschätzig von sich und verleugnen Ihre eigene Größe, Monseigneur«, widersprach sie ihm, »ich werde Ihnen jedoch dabei nicht zuhören. Ich spüre, daß Sie über mich nachdenken, aber ich bitte Sie... Sie dürfen es nicht tun. Ich bin zufrieden, voll und ganz zufrieden damit, Ihre Gattin sein und Sie bewundern zu dürfen, weil Sie so sind, wie ein Mann sein sollte.«

Sie ließ ihm keine Zeit für eine Entgegnung, sondern lief quer durch den Raum und blieb vor einem Fenster stehen.

Das Sonnenlicht durchflutete ihr Haar, und der Herzog dachte für einen Augenblick, sie würde einen Heiligenschein tragen, als sie sagte:

»Es gibt so viele Dinge, die wir gemeinsam unternehmen können. Ich würde gern in Ihre Weinberge gehen, ich möchte, daß Sie mir die wertvollen Gegenstände zeigen, die es hier im Schloß gibt, denn ich bin sicher, ein jeder hat eine interessante Geschichte, und ich würde gern dabeisein, wenn Sie im See fischen.«

Wieder wurden ihre Grübchen sichtbar, als sie ihm mit einem Lächeln erklärte:

»Sie wissen überhaupt nicht, daß der See für die Nachbarn eine große Versuchung ist. Gleich mehrere Herren haben mir heute erzählt, es würde sie sehr reizen, die großen Forellen zu angeln, weil Sie so selten hier sind. Und einer der Nachbarn hat sogar angedroht, er werde das Wild, das sich viel zu stark vermehrt hat, selbst jagen, wenn Sie nichts unternehmen.«

Ich muß ihr sagen, daß ich morgen früh nach Paris zurückfahre, dachte der Herzog, doch irgendwie kamen ihm diese Worte nicht über die Lippen.

Er erhob sich, und Syrilla kam auf ihn zu.

Vertrauensvoll wie ein Kind legte sie ihre Hand in die seine.

»Glauben Sie, daß uns vor dem Souper noch genügend Zeit bleibt, hinauszugehen und uns den Park anzusehen?« fragte sie ihn. »Ich hatte es mir schon bei jedem meiner Besuche vorgenommen, doch dann dachte ich, es wäre schöner, wenn wir es gemeinsam tun würden.«

Sie hielt kurz inne.

»Ich würde mich freuen, wenn ich sehen dürfte, wo Sie als kleiner Junge gespielt haben, und ganz besonders gern möchte ich dorthin, wo ich Sie das erste Mal sah – in den Teil des Parks, wo die Turnierkämpfe stattfanden.«

Der Herzog sagte sich, es wäre nach seinem Verhalten nach der Trauung durchaus angebracht, ihr nun einen kleinen Gefallen zu erweisen.

»Ich bin sicher, daß wir genügend Zeit dafür haben, und außerdem kann das Souper warten, bis wir so weit sind.«

Syrilla sah ihn mit strahlenden Augen an.

»Aber was werden die Köche sagen, wenn unseretwegen die Soufflés zusammenfallen?«

»Sollen sie doch zusammenfallen!« erwiderte der Herzog.

4

Syrilla gelang es mit einiger Mühe, ihr Pferd zum Stehen zu bringen. Dann drehte sie sich um und rief:

»Gewonnen! Ich habe gewonnen, Monseigneur!«

Der Herzog ritt zu ihr und stellte dabei für sich anerkennend fest, daß er noch keine bessere Reiterin gesehen hatte.

Sie waren im Park um die Wette geritten, auf dem gleichen Gelände, wo das Turnier stattgefunden und Syrilla ihn als Ritter in scheinender Rüstung gesehen hatte.

Schon als sie das Pferd, ein edles Vollbluttier aus seinem Stall, bestiegen hatte, wußte er, daß sie sehr gut mit Pferden umgehen konnte.

Mit seinem Hengst hätte er sie beim Wettgalopp dennoch mit Leichtigkeit schlagen können.

Er verstand selbst nicht warum, aber einem Impuls folgend hatte er sie das Ziel als erste erreichen lassen.

So etwas war ihm in den letzten Jahren nie in den Sinn gekommen, weil er stets bestrebt war, die Frau in seiner Gesellschaft selbst bei Kleinigkeiten spüren zu lassen, daß sie sich ihm unterzuordnen habe.

»Sie sind hervorragend geritten«, gratulierte er ihr, als er seinen Hengst neben ihr anhielt.

Sie sah zu ihm auf und erwiderte:

»Ich habe das Gefühl, Monseigneur, daß Sie wieder einmal ganz Kavalier waren.«

»Sie sind eine aufmerksame, ich sollte vielleicht besser sagen, sehr intelligente Beobachterin.«

»Ich bin sicher, daß Sie das auch von Ihrer Gattin erwarten. Sie sind selbst ein so kluger Mann, daß ich fürchte, ich langweile Sie mit meiner Dummheit.«

»Woher wollen Sie denn wissen, daß ich klug bin?« fragte sie der Herzog und war gespannt auf ihre Antwort.

»Ihre Mutter hat mir all die Auszeichnungen gezeigt, die Sie von der Schule und der Universität erhielten.«

»Für Bücherwissen, das ich wie ein Papagei nachplappere!« sagte der Herzog verächtlich.

»Sie erwarten doch nicht von mir, daß ich Ihnen das glaube«, widersprach ihm Syrilla. »Papa sagt immer, es komme nicht darauf an, was man liest, sondern auf die Tatsache, daß dabei dem Verstand neue Horizonte eröffnet werden.«

»Ich habe es schon lange aufgegeben, nach neuen Horizonten zu suchen.«

»Das ist nicht wahr«, unterbrach ihn Syrilla, »und wenn Sie mich für intelligent halten, dann nur, weil ich stets davon überzeugt war, ich sollte mich eines Tages so mit Ihnen unterhalten können, wie wir es jetzt tun.«

Es war in der Tat außergewöhnlich, kam es dem Herzog Stunden später in den Sinn, daß er sich mit Syrilla unterhalten konnte, wie es ihm mit anderen Frauen nie möglich gewesen war.

Wenn überhaupt einmal eine Unterhaltung mit einer Frau zustande gekommen war, dann drehte sie sich stets um die Frau selbst und den Reiz, den sie auf ihn ausübte.

Dabei war jedes Wort doppeldeutig, jeder Satz eine Herausforderung nicht an den Verstand, sondern die Instinkte.

Bei Syrilla war das ganz anders.

Sie stellte ihm unzählige Fragen, weil sie sich für alles interessierte, trug aber auch ihre Gedanken und Gefühle zum Gespräch bei, das der Herzog dadurch so anregend fand, wie er es schon lange nicht mehr erlebt hatte. Er merkte, daß Syrilla vieles von ihrem Vater gelernt hatte.

Gleichzeitig entwickelte sie eigene Gedanken und betrachtete die

Dinge aus einem ganz anderen Blickwinkel, als er eigentlich erwartet hatte.

»Wie können Sie soviel über den Orient wissen«, fragte er sie, als sie über dieses Thema diskutierten, »wenn Sie, wie Sie mir selbst sagten, noch nie eine Reise unternommen haben?«

Syrillas Augen sahen ihn strahlend an.

»Man kann die ganze Welt bereisen und dabei doch nichts Neues lernen«, erklärte sie ihm. »Ich würde die Orte, über die wir gesprochen haben, gerne besuchen. Andererseits habe ich beinahe das Gefühl, schon einmal dort gewesen zu sein, denn ich habe mich so mit ihnen beschäftigt, daß ich sie ganz deutlich vor mir sehe.«

»Die meisten Mädchen Ihres Alters denken eher an Männer als an Bücher und die Ruinen des Altertums.«

»Ehrlich, ich habe auch die ganze Zeit an einen Mann gedacht und versucht, mich so zu vervollkommnen, daß ich seiner würdig bin.«

Der Herzog war skeptisch.

»Es muß in Ihrem Leben doch noch andere Männer gegeben haben als diesen Weißen Ritter, von dem Sie ja nicht wußten, daß Sie ihn einmal näher kennenlernen sollten.«

»Natürlich gab es andere Männer«, antwortete Syrilla. »Zum Beispiel den Pater, der immer wegsah, wenn ich in der Kirche einen neuen Hut trug. Ich glaube, er hielt mich für eine der Versuchungen des Heiligen Antonius!«

Sie lächelte, so daß ihre Grübchen wieder sichtbar wurden, als sie fortfuhr:

»Dann war da noch der Sohn des Bauern Bastie. Er brachte mir einmal ein halbes Schwein, um mir so seine Zuneigung zu beweisen, doch als er es mir gab, wurde er dabei so rot, daß man kaum noch zwischen ihm und dem Schwein unterscheiden konnte.«

Der Herzog mußte unwillkürlich lachen.

»Syrilla, Sie wissen ganz genau, daß ich etwas anderes gemeint habe. Auf dem großen Schloß in der Nähe von Monceau mußten sich doch viele junge Adlige aufgehalten haben, die, dessen bin ich sicher, die ganze Gegend abgesucht haben nach einem Mädchen, das so aussah wie Sie!«

»Unser Schlößchen haben sie dabei wohl übersehen, und das war mir nur recht, denn ich lebte dort glücklich und zufrieden mit Papa und konnte von Ihnen träumen.«

»Offen gesagt, ich kann nicht an diese Begeisterung für einen Mann, den Sie nur ein einziges Mal sahen, glauben«, sagte der Herzog spöttisch. »Sie halten mich wohl für sehr leichtgläubig, obwohl der Gedanke für mich sehr schmeichelhaft wäre, daß Ihnen mein Anblick, den Sie erhaschten, als Sie noch nicht einmal den Kinderschuhen entwachsen waren, die ganzen Jahre so viel bedeutete.«

»Aber es ist wahr, Monseigneur«, beteuerte Syrilla, und dabei klang ihre Stimme so aufrichtig, daß es nicht gespielt sein konnte. »Bedenken Sie dabei auch, daß ich Sie zwar nur einmal, als meine Mutter und ich das Schloß besuchten, sah, aber Bilder von Ihnen in vielen Büchern aus Papas Bibliothek hatte.«

Der Herzog verstand nicht, was sie meinte.

»Die Bilder zeigten den Heiligen Georg, Sir Galahad, Jason auf der Suche nach dem Goldenen Vlies oder Odysseus, wie er sich am Schiffsmast festbinden ließ, als er an der Insel der Sirenen vorbeifuhr«, erklärte sie ihm. »Aber wer auch immer dargestellt war, für mich waren Sie es.«

Ihre Augen leuchteten auf, als sie fortfuhr:

»Ich habe mir oft Geschichten ausgedacht, in denen Sie einen Drachen töteten und unzählige andere heldenhafte Taten vollbrachten.«

Der Herzog schwieg noch immer.

»Richtiger wäre es gewesen, wenn ich Sie mir als Troubadour vorgestellt hätte, der die immerwährende Liebe besingt.«

Der Herzog räusperte sich so, daß man es als ein Zeichen von Verärgerung deuten konnte, und deshalb beeilte sich Syrilla mit einer Entschuldigung.

»Verzeihen Sie, Monseigneur, meine Impertinenz, von Ihrer hehren Liebe zu sprechen. Ich werde es nie wieder tun.«

Der Herzog erhob sich aus dem Sessel, in dem er die ganze Zeit nach dem Abendessen neben Syrilla gesessen war, und schritt zum Fenster, um die letzten Strahlen der hinter hohen Bäumen versinkenden Sonne zu genießen.

»Keiner von uns beiden sollte etwas, was der andere zu ihm sagt, als Impertinenz auffassen«, begann er nach einer Weile. »Ich halte es für äußerst wichtig, daß wir offen zueinander sind, und deshalb möchte ich...«

Er hielt inne, weil er nach Worten suchte, das auszudrücken, was er empfand, aber bevor er die rechten Worte fand, war Syrilla von der Couch aufgesprungen und zu ihm gekommen.

»Ich hatte gehofft, daß Sie das sagen, Monseigneur. Ich konnte stets ganz offen mit Papa sprechen, alles sagen, was mir in den Sinn kam, und es wäre mir zuwider, wenn zwischen uns irgendwelche Barrieren bestünden. Ich liebe Sie, und ich kann Ihnen nichts anderes schenken als meine Gedanken.«

Der Herzog wollte schon sagen, sie könne ihm erheblich mehr schenken, doch ihr unschuldiger Blick machte es ihm unmöglich.

Beinahe abrupt wechselte er das Thema.

»Erzählen Sie mir, warum Sie sich so anmutig bewegen können. Sie müssen sehr viel Tanzunterricht erhalten haben.«

Syrilla lachte.

»Die einzigen, die mich in Monceau-sur-Indre in dieser Kunst hätten unterweisen können, wären die Vögel oder die Rehe im Wald gewesen.«

»Wollen Sie damit sagen, daß Sie nie tanzen gelernt haben?«

Verwundert registrierte er ihren ängstlichen Blick, als sie ihm antwortete:

»Ich hoffte, Sie würden mir diese Frage nicht stellen.«

»Warum?«

»Weil... ich noch nie getanzt habe... mit einem Mann, meine ich.«

»Sie haben noch nie einen Ball besucht?« fragte der Herzog ungläubig.

»Nach Mamas Tod gab es niemanden, der mich zu einem Ball begleitet hätte, auch wenn ich eingeladen gewesen wäre«, erklärte ihm Syrilla. »Und Papa wäre es ein Greuel gewesen, sich in Schale werfen und bei den Witwen sitzen zu müssen.«

Sie versuchte zu lächeln, doch wieder blickte sie eher ängstlich, als sie vorschlug:

»Ich möchte keinesfalls, daß Sie sich deswegen... mit mir schämen müssen. Vielleicht finden wir jemanden, der mich das Tanzen lehrt, damit ich, wenn ich es beherrsche, mit Ihnen zu einem Ball gehen kann.«

»Das eilt nicht«, beschwichtigte sie der Herzog sofort.

»Ich weiß, Sie haben keine Zeit für solchen Zeitvertreib, und ich wollte Sie deshalb auch fragen, ob ich Ihnen bei Ihrer Arbeit in Paris irgendwie behilflich sein kann.«

»Meiner Arbeit?« fragte der Herzog sichtlich überrascht.

»Ihre Mutter hat mir davon erzählt.«

»Aha. Und was hat sie gesagt?«

»Ich fragte sie, was Sie in Paris tun würden, und sie antwortete mir: ›Mein Sohn sorgt sich um die Menschen, die unglücklich sind.‹«

Der Herzog lächelte darüber, wie geschickt seine Mutter der Wahrheit ausgewichen war. Jedenfalls war es ihr gelungen, ihrer Schwiegertochter eine plausible Antwort auf eine peinliche Frage zu geben.

»Ich habe schon so viel über die Armut und das Elend in den Armenvierteln gehört«, fuhr Syrilla fort, »und wie die Menschen oft hungern müssen oder bei Krawallen verletzt oder gar getötet werden.«

»Ich fürchte, das ist leider so«, bemerkte der Herzog.

Er mußte daran denken, daß er sich noch nie um diese Dinge gekümmert, sondern immer nur gehofft hatte, daß sein Eigentum von den Revolutionären nicht angetastet würde.

»Ich habe von Ihnen auch nichts anderes erwartet, als daß Sie diesen Leuten helfen«, begann Syrilla wieder. »Vielleicht könnte ich, wenn es Ihnen genehm ist, mit Ihnen ab und zu nach Paris fahren und mir ansehen, wie Sie dort wirken.«

Der Herzog stellte sich plötzlich Syrilla auf einem seiner berüchtigten Feste vor. Er wußte nur zu gut, daß sie von Frauen wie Susanne, Aimie und Rosette zutiefst schockiert sein würde.

»Ich wünsche nicht, daß Sie nach Paris kommen«, sagte er ungehalten.

»Ich habe nicht die Absicht, etwas zu tun, das Sie nicht wünschen«, erwiderte Syrilla. »Andererseits haben auch die Heiligen die Hilfe ihrer Schüler nicht verschmäht.«

Und etwas schüchtern fügte sie noch hinzu:

»Ich bin eine sehr gelehrige und willige Schülerin... wie Sie wissen.«

»Wir sprachen ursprünglich vom Tanzen und nicht von den erbärmlichen Verhältnissen in Paris«, lenkte der Herzog ab. »Wenn Sie nicht tanzen lernen und nie zu den Gesellschaften gehen, zu denen Sie als meine Gattin sicherlich eingeladen werden, was nützen dann all die hübschen Kleider in Ihrer Aussteuer?«

Syrilla sah an sich herunter auf ihr rosa Tüllkleid mit dem weiten, mit Rosenknospen und blauen Bändern verzierten Rock.

»Ich habe noch nie zuvor schöne Kleider besessen. Wußten Sie, daß Ihre Mutter sie mir geschenkt hat?«

»Ich wußte es nicht.«

»Ihre Mutter war sehr großzügig. Sie erkannte, daß ich nicht wußte, was in Mode ist, weil ich mit Papa so zurückgezogen lebte; sie schickte deshalb meine Maße mit einer Beschreibung meines Aussehens nach Paris und diese eleganten Kleider kamen von dort. Ich bin ihr zu großem Dank verpflichtet.«

Der Herzog vermutete hinter der Großzügigkeit seiner Mutter den Wunsch, er möge Syrilla attraktiv finden. Es bestand kein Zweifel, daß sie in den Kleidern, die ihre weißen Schultern frei ließen und ihre schmale Taille betonten, sehr hübsch aussah.

Aber neben ihrer Schönheit war da noch etwas anderes, das sie von anderen Frauen unterschied.

Es war ihre Lebendigkeit, die Art und Weise, wie sie vor Lebensfreude sprühte, wie ihre Augen strahlten, wenn sie sprach oder lachte.

»Ich muß Ihrer Mutter erzählen, daß Sie meine Kleider bewundert haben«, unterbrach sie seine Gedankengänge. »Außerdem... verzeihen Sie mir, wenn ich Sie um etwas... sehr Persönliches bitte?«

»Ich dachte, wir hatten schon vereinbart, offen zueinander zu sein.«

»Dann sagen Sie bitte Ihrer Mutter, wie sehr Sie sie... lieben und wieviel sie Ihnen bedeutet. Sie sind ihr einziger Lebensinhalt. Sie denkt ständig an Sie, betet für Sie, und ich glaube, daß sie jedes Wort, das Sie zu ihr sagten, in ihrem Herzen bewahrt hat.«

Der Herzog antwortete nicht, und nach einer Weile wandte sich Syrilla wieder an ihn:

»Sie ist so glücklich, daß Sie nun verheiratet sind. Ich glaube, wenn Sie sich geweigert hätten, ihrem Wunsch zu entsprechen, wäre sie gestorben, weil sie nichts mehr gehabt hätte, wofür es sich zu leben lohnte.«

»Hat sie Ihnen das gesagt?« fragte der Herzog unwirsch.

»Nein, natürlich nicht«, erwiderte Syrilla, »aber ich fühlte es, als sie mit mir über Sie sprach und ich ihre strahlenden Augen sah, als ich im Hochzeitskleid in ihr Schlafgemach kam.«

»Ich hätte mit Ihnen zu ihr gehen sollen.«

»Ich weiß nun, weshalb Sie unauffindbar waren, aber Sie dürfen bei Ihrer Mutter nie den geringsten Verdacht aufkommen lassen, daß wir uns nicht wie... ein normales Paar verhalten.«

»Sie wissen, daß sie sich von mir einen Erben wünscht«, sagte der Herzog zögernd.

Syrilla nickte, und er fuhr fort:

»Haben wir das Recht dazu, ihr etwas zu verweigern, was sie sich so sehnlichst wünscht?«

Er wartete gespannt auf Syrillas Antwort.

»Ich habe mir darüber... schon einige Gedanken gemacht und bin zu dem Schluß gekommen, daß Sie einen Sohn haben müssen, der eines Tages... Ihren Titel und Ihren großen Besitz erbt.«

»Und wie stellen Sie sich die Lösung dieses Problems vor?«

»Ich dachte mir... aber halten Sie mich bitte nicht für anmaßend... daß Sie mich vielleicht irgendwann, wenn wir uns länger kennen, als eine... gute Freundin betrachten, eine Freundin, die Ihnen... ein Kind schenken könnte.«

Bevor der Herzog ihr etwas entgegnen konnte, fügte sie hinzu:

»Ich weiß, es wird Ihnen schwerfallen, mich so zu sehen, und außerdem bin ich... nicht ganz sicher, wie ein Mann und eine Frau...

sich lieben müssen... um ein Kind zu bekommen.«

Sie machte eine kleine Pause, bevor sie fortfuhr:

»Sie werden mich zwar nie... von ganzem Herzen lieben können... aber ich wäre glücklich... sehr, sehr glücklich... wenn ich Ihnen... einen Sohn gebären dürfte.«

Der Herzog tat einen Schritt auf sie zu. Bevor er sie jedoch berühren konnte, sagte sie:

»Ich spreche natürlich nur von einer möglichen Lösung... in ferner Zukunft. Es werden Jahre vergehen, bevor es Ihre Gefühle zulassen... sich mir so... zu nähern... und ich möchte nicht, daß Sie glauben, ich sei mir Ihrer Größe und Güte und der Bedeutung Ihres Keuschheitsgelübdes nicht bewußt.«

Sie wußte die Miene des Herzogs nicht zu deuten und beeilte sich deshalb, sich zu entschuldigen:

»Bbb... bitte verzeihen Sie, daß ich schon wieder davon sprach, aber Sie haben mich gefragt... und ich habe Ihnen wieder nur... meine Gedanken geschildert.«

»Und ich höre Ihnen mit großem Interesse zu; Syrilla.«

Nun war die Gelegenheit gekommen, sagte sich der Herzog, ihr reinen Wein einzuschenken und ihr die Wahrheit in aller Deutlichkeit darzulegen.

Aber irgendwie verpaßte er den richtigen Zeitpunkt und merkte zu spät, daß er bereits wieder von anderen Dingen redete und das Gespräch nicht mehr in die von ihm gewünschten Bahnen lenken konnte.

Als er später zu seinem Gemach ging, war er jedoch fest entschlossen, sich ihr romantisches Geschwätz nicht noch länger anzuhören.

Er würde Syrilla ein für allemal klarmachen, daß er ihr Ehemann war und beabsichtige, auf seinen Rechten als solcher zu bestehen.

Er dachte daran, wie er jeden anderen Mann auslachen würde, wenn er davon erführe, daß die romantischen Träumereien eines jungen Mädchens ihn davon abhielten, mit ihr zu schlafen und ihr gegenüber so aufzutreten, wie es ein Mann gegenüber seiner Angetrauten tut.

Ihm fiel eine ganze Reihe von schlüpfrigen Anekdoten und Witzen über impotente Ehemänner ein und er beschloß, dem ganzen Unsinn ein Ende zu bereiten und nach Paris zurückzukehren, je eher, desto besser!

Als ihm sein Kammerdiener beim Auskleiden half, wußte er selbst nicht mehr, was er von sich halten sollte. Ich werde alt, sagte er zu sich, wenn es mir, der ich bisher jede Frau herumbekommen habe, die mir gefiel, nicht gelingt, einem unbedarften Ding von achtzehn Jahren klarzumachen, was ich von ihm will!

Wahrscheinlich liegt es ganz einfach an ihrer Unkompliziertheit, daß es mir so schwerfällt, aber im Grunde ist sie wie jede andere Frau, die sich ziert und mir etwas vorspielt, und beileibe nicht die Unschuld, als die sie erscheinen möchte.

Er ärgerte sich zwar über den ihr gegenüber bewiesenen Mangel an Durchsetzungsvermögen, mußte sich aber gleichzeitig eingestehen, daß keine Frau, sei sie eine noch so gute Schauspielerin, den bewundernden, ehrfürchtigen Blick, mit dem Syrilla ihn angesehen hatte, und den aufrichtigen Klang in ihrer Stimme nur vortäuschen könnte.

»Das ganze Gerede von dem Ritter in seiner glänzenden Rüstung ist einfach absurd!« rief der Herzog aus, nachdem der Kammerdiener ihn alleingelassen hatte. »Wenn meine Freunde hören würden, daß Syrilla so von mir spricht, würden sie sich totlachen!«

Er wußte besser Bescheid über seinen zweifelhaften Ruf als seine Kritiker. Amüsiert, beinahe mit Stolz las er die Berichte in den Zeitungen über seine Eskapaden.

Er war in vollster Absicht angetreten, sich über alle Konventionen hinwegzusetzen, das Gefühl vieler Menschen für Anstand und Sitte zu verletzen und zum Inbegriff für Ausschweifungen und Unmoral zu werden.

Es war ihm gelungen, doch seltsamerweise wurde dadurch der tiefe Schmerz, der ihn zu diesem Verhalten veranlaßt hatte, nicht gelindert, die seiner Seele zugefügte Wunde nicht geheilt.

»Verdammt, ich werde nachgiebig und sentimental!« rief er.

Er sah sich um in dem großen Schlafgemach mit den holzgetäfelten Wänden, den Deckenmalereien und dem riesigen Himmelbett, dessen Kopfende das Wappen des Königs schmückte.

Plötzlich fühlte er Wut und Ärger in sich aufsteigen.

»Es ist dieses verfluchte Schloß!« schrie er heraus. »Es sind die Geister meiner Vorfahren, die mir über die Schulter gucken! Ich gehe zurück nach Paris in die Gosse, wo ich hingehöre und ich mich wirklich zu Hause fühle!«

Es hörte sich an, als wolle er sich seinen Ahnen widersetzen, sie herausfordern.

Gleichzeitig fühlte er, wie sie aus dem Jenseits nach ihm griffen, ihn wieder in ihren Kreis hineinzuziehen und zu beeinflussen versuchten.

Sie riefen ihm zu. Er meinte ihre Stimmen zu hören, die Verachtung in ihren Augen zu sehen.

»Ich werde nicht auf euch hören!« wollte er schreien. »Ich bin euch einmal entflohen und werde euch wieder entfliehen!«

Er nahm eine Kerze vom Nachttisch. Durch das Hochheben begann die Flamme zu flackern, Wachs lief am Kerzenhalter herunter und tropfte auf den Teppich.

Der Herzog schritt zur Verbindungtür zwischen dem *Chambre du Roi* und dem *Chambre de la Reine*.

Zwischen beiden Räumen befand sich ein schmaler Durchgang mit Kleiderschränken und dem Badezimmer des Herzogs. Das zum *Chambre de la Reine* gehörende Badezimmer lag am anderen Ende der Suite.

Lautlos schritt er über den dicken Teppich.

Er trug einen samtenen Morgenrock über seinem Nachthemd; seine Füße steckten in Samtpantoffeln, auf die seine Insignien aufgestickt waren.

Es war viele Jahre her, seit er das letzte Mal die Tür zum *Chambre de la Reine* geöffnet hatte. Er war noch ein Kind gewesen und seine Eltern hatten diese Gemächer bewohnt.

Morgens war er immer zwischen beiden Räumen hin- und hergelaufen, um sich erst vom Frühstück seiner Mutter einen Bissen zu holen und dann zuzuschauen, wie sich sein Vater von seinem Kammerdiener rasieren ließ.

Das Gemach seiner Mutter war stets vom Duft der Blumen, die zu allen Jahreszeiten in großen Schalen auf den vergoldeten Tischen standen, und dem von ihr benutzten Parfüm, das eine sehr eigene Note hatte, erfüllt gewesen.

Es schien dem Herzog, als könne er den Duft von Blumen wahrnehmen, doch es roch nach einem anderen Parfüm.

Der Duft dieses Parfüms war ihm am späten Nachmittag an Syrilla aufgefallen und hatte ihn an Frühlingsblumen erinnert. Er hatte es für den Duft von Jasminblüten, die zu den ersten Frühlingsboten gehörten, gehalten.

Ihm fiel plötzlich auf, daß er sehr lange in seinem Schlafgemach gesessen hatte und es schon recht spät sein mußte.

Als er die Hand nach dem Türgriff ausstreckte, kam ihm der Gedanke, daß Syrilla vielleicht schon schlief.

In diesem Falle wollte er sie nicht erschrecken, drückte deshalb die Klinke ganz sachte herunter, öffnete langsam die Tür und sah durch den Spalt in das Zimmer hinein.

Aber Syrilla schlief noch nicht, wie ihm ein Blick auf das leere, mit blaßblauer Seide bezogene Bett verriet.

Im Kerzenlicht sah er Syrilla im Betstuhl knien, der mit Blick zur Wand dem Bett gegenüber stand.

Dieser Betstuhl hatte sich schon an diesem Platz befunden, als seine Mutter noch hier wohnte, doch hatte er sie nie darin beten gesehen.

Syrilla kniete nun dort, nur mit ihrem weißen Nachtgewand bekleidet, und das Kerzenlicht schimmerte golden in ihrem blonden Haar.

Sie hielt die Hände fest zusammengepreßt wie ein Kind, den Kopf gesenkt und die Augen geschlossen.

Der Herzog stand immer noch an der Tür und beobachtete sie, als sie plötzlich den Kopf hob und zu dem Bild aufschaute, das über dem Beichtstuhl hing.

Der Herzog kannte es sehr gut.

Einer seiner Vorfahren hatte es aus Florenz mitgebracht: die Kopie eines Gemäldes von Botticelli.

Es war früher sein Lieblingsbild gewesen und zeigte die Madonna mit dem Kind auf dem Schoß umgeben von Engeln, die eine Krone über ihr Haupt hielten.

In diesem Augenblick erkannte der Herzog, daß Syrillas Schönheit vom gleichen Geist beseelt war, wie sie sich in den Gesichtern der von Botticelli gemalten Engel spiegelte.

Syrilla hatte immer noch nicht bemerkt, daß sie beobachtet wurde; auf ihrem Gesicht lag ein Leuchten überirdischen Ursprungs.

Der Herzog wußte, für wen sie betete und was sie in ihrem Gebet erflehte.

Dann, als hätte die Reinheit ihres Herzens eine unsichtbare Barriere zwischen ihnen aufgebaut, die er nicht zu überschreiten wagte, schloß er leise die Tür und ging zu seinem Schlafgemach zurück.

Der Herzog frühstückte in einem kleinen, ovalen Raum, der ausschließlich für die erste Mahlzeit des Tages reserviert war. Die Strahlen der Morgensonne durchfluteten das Zimmer.

Er hatte sich gerade eine reichliche Portion kleiner, gebratener Fische servieren lassen, als Syrilla das Zimmer betrat.

»Bitte... behalten Sie Platz, Monseigneur«, bat sie, als er sich erheben wollte. »Ich bin etwas früher aufgestanden, weil es so ein herrlicher Tag ist, und ich mich freuen würde, wenn Sie heute mit mir, wie versprochen, zu den Weinbergen reiten würden.«

»Ich habe mein Versprechen nicht vergessen«, erwiderte der Herzog. »Vor einer Stunde schickte ich deshalb dem Gutsverwalter die Nachricht, in der ich unseren Besuch ankündigte. Ich bin sicher, er wird nicht eher ruhen, bis wir alle verschiedenen Jahrgänge, die in den Kellern lagern, probiert haben. Seien Sie also vorsichtig, damit Sie auf dem Nachhauseweg nicht vom Pferd fallen!«

»Ich glaube nicht, daß ich sehr viel trinken werde«, entgegnete Syrilla ganz ernst.

»Und ich werde schon dafür Sorge tragen, daß es nicht geschieht.«

Sie lächelte ihn auf eine Weise an, die, so kam es ihm in den Sinn, in jedem Mann den Wunsch wecken würde, sich um sie zu kümmern.

»Sie haben schon gefrühstückt?« fragte er sie.

»Ja, danke, aber leider nicht so ausgiebig und reichlich wie Sie. Darf ich es wagen, mir eines Ihrer Croissants zu stibitzen? Um ein wenig Honig wage ich überhaupt nicht zu bitten. – Ich bin sicher, der Honig von Ihren Bienen schmeckt besser als irgendein anderer in der ganzen Touraine.«

Sie wartete seine Erlaubnis nicht ab und begann, ein Croissant mit Butter und Honig zu bestreichen.

»Wenn ich alles glauben würde, was Sie sagen, dann müßte ich mir sehr viel einbilden, und das nicht nur in bezug auf meine Person, sondern auf alles, was ich besitze«, stellte der Herzog sichtlich amüsiert fest.

»Und warum tun Sie es nicht? Sie können doch stolz sein auf alles, was Sie besitzen. Erst gestern zum Beispiel hörte ich Ihren Reitknecht sagen, von hier bis Nizza gäbe es kein besseres Pferd als das, das Sie reiten.«

Der Herzog mußte lachen.

»Und mein Kuhhirte glaubt wahrscheinlich auch, daß meine Kühe bessere Milch geben und besseres Fleisch liefern als irgendein anderes Rindvieh von hier bis Cherbourg!«

»Ich bin überzeugt, daß dem so ist«, erwiderte Syrilla ganz im Ernst. »Und die Hochzeitsgäste haben mir immer wieder versichert, wie köstlich Ihre Weine seien!«

Der Herzog beendete sein Frühstück und sagte dann:

»Ich kann mich nicht erinnern, wann ich das letzte Mal so großen Appetit hatte. Es muß wohl daran liegen, daß die Luft hier viel besser ist als anderswo!«

Er wollte mit dieser Bemerkung in erster Linie Syrilla necken.

Doch wußte er auch, daß seine Appetitlosigkeit am Morgen nicht an der schlechteren Luft in Paris lag, sondern an den Unmengen, die er am Abend zuvor trank, und seinen anderen Ausschweifungen.

Heute aber fühlte er sich frisch und unternehmungslustig. Er folgte Syrilla in die Eingangshalle, wo ihm ein Diener Hut, Reitpeitsche und Handschuhe reichte.

Draußen warteten bereits die Stallburschen mit den Pferden.

Während sie die Treppe hinuntergingen, musterte der Herzog Syrillas Reitkleid aus weißem Pikee, wie es gerade in Paris Mode war, und stellte fest, daß es ihr noch besser stand als das blaßgrüne, das sie gestern getragen hatte.

Ein Reitknecht half ihr in den Sattel, und der Herzog war gerade im Begriff, auf seinen Hengst zu steigen, der wegen seines wilden Temperaments von zwei Stallburschen gehalten werden mußte, als Pierre de Bethune gelaufen kam.

»Durchlaucht«, rief er schon von weitem, »ein Brief ist aus Paris gekommen, den Sie noch unbedingt lesen müssen.«

»Wirklich unbedingt?« fragte der Herzog.

»Es handelt sich um eine Angelegenheit von höchster Dringlichkeit, und ein Kurier steht bereit, Ihre Antwort an Monsieur Layfette zu überbringen.«

Layfette war der Anwalt des Herzogs, und wenn Pierre sagte, es sei dringend, dann traf das sicher zu.

Er sah Syrilla an, deren Pferd schon unruhig tänzelte, und sagte:

»Reiten Sie schon langsam voraus. Ich werde Sie bald einholen.«

Sie lächelte zurück und rief:

»Halten Sie bitte Monseigneur nicht zu lange auf, Monsieur de Bethune. Wir wollen uns vor dem Mittagessen noch viel ansehen!«

»Ich werde mein Bestes tun, Madame«, versprach Pierre. Er warf ihr noch einen letzten bewundernden Blick zu und eilte dann dem Herzog nach, der bereits die Treppe wieder hinaufgegangen war.

»Was ist es denn?« fragte er, als Pierre ihn eingeholt hatte und sie Seite an Seite den Gang zu Pierres Büro entlangschritten.

»Ich fürchte, etwas Unangenehmes.«

Pierre de Bethune gab dem Herzog das Schreiben des Anwalts, und er las es mit Stirnrunzeln.

Eine der übel beleumundeten Kokotten, die für kurze Zeit sogar seine Favoritin gewesen war, war verhaftet worden.

Die Polizei hatte in ihrem Besitz eine Reihe von Gegenständen gefunden, darunter einige sehr wertvolle, die sie ihren Liebhabern gestohlen hatte.

Unter dem Diebesgut befand sich ein Smaragdring des Herzogs

mit seinem Monogramm, mehrere goldene Schmuckstücke, die ebenso einfach als die seinen zu identifizieren waren, und mit Edelsteinen besetzte Manschettenknöpfe.

Der Anwalt schrieb in seinem Brief an den Herzog, die Polizei bitte ihn und die anderen Bestohlenen, gegen die Diebin Klage einzureichen.

Dies würde für sie die Verurteilung zu einer langen Gefängnisstrafe bedeuten, aber auch, daß die Namen der Kläger vor Gericht genannt würden.

Der Herzog las das Schreiben langsam und gründlich. Dann sagte er:

»Der Ring oder die Manschettenknöpfe wären kein großer Verlust, die goldenen Schmuckstücke hingegen sind alte Familienerbstücke. Karl der Große schenkte sie einem meiner Vorfahren. Ich würde sie sehr gerne wiederbekommen.«

»Halten Sie es nicht für möglich, daß die Polizei sie an Sie zurückgibt, ohne daß Sie die Frau vor Gericht bringen?«

»Sie wird der Polizei erzählen, ich hätte sie ihr geschenkt. Solche Frauen sind nie um eine Ausrede verlegen«, erwiderte der Herzog.

»Dann wollen Sie also Anklage erheben lassen?«

Der Herzog zögerte mit einer Antwort.

Er wußte selbst nicht warum, aber plötzlich verspürte er eine große Abneigung dagegen, ganz Paris erfahren zu lassen, daß er sich mit dieser diebischen Kokotte eingelassen hatte. Sie hatte ihre Reize, das ließ sich nicht leugnen, doch fand der Herzog es besonders verwerflich, daß sie, während er schlief, die Manschettenknöpfe aus seinem abgelegten Hemd entfernt hatte.

Er dachte einen Moment lang nach. Dann sagte er entschlossen:

»Ich werde keine gerichtlichen Schritte einleiten. Benachrichtigen Sie alle Juweliere und alle Hehler, die Diebesgut dieser Art aufkaufen, daß ich bereit bin, jedes Schmuckstück zurückzukaufen, das mein Wappen trägt.«

»Ich hatte gehofft, Sie würden sich so entscheiden.«

Der Herzog zog die Augenbrauen hoch.

»Warum, Pierre?«

Einen Augenblick lang glaubte er, sein Verwalter würde ihm nicht den wahren Grund nennen, doch Pierre de Bethune antwortete ihm beinahe trotzig:

»Die Herzogin würde sonst davon erfahren... und es würde sie sehr schwer treffen.«

Der Herzog schwieg. Pierre wartete eigentlich darauf, daß er ihn für seine offenen Worte maßregeln würde, wie er es schon so oft getan hatte.

Zu seiner Überraschung sagte der Herzog nur ganz ruhig:

»Ja, Pierre, es würde sie treffen.«

Er verabschiedete sich, um Syrilla nachzureiten, doch vor Pierres Büro wartete sein Gutsverwalter auf ihn.

Dieser hatte eine Reihe von Beschwerden vorzubringen von Pächtern, die den Pachtzins im Vergleich zum schlechten Zustand der Gebäude viel zu hoch fanden.

Es dauerte ziemlich lange, bis der Herzog ihn loswurde, und als er schließlich auf seinen Hengst stieg, der sich inzwischen noch wilder gebärdete, war natürlich Syrilla schon längst außer Sichtweite.

Syrilla hatte eigentlich nicht beabsichtigt, sich so weit vom Schloß zu entfernen, doch sie ritt ein ausgeruhtes Pferd, das gerne galoppierte.

Als sie sich schließlich einmal umblickte, merkte sie, daß sie das prächtige Gebäude nicht mehr sehen konnte.

Sie war so weit durch den Park geritten, daß sie sich nun vor dem angrenzenden, dichten Wald befand. Die Schneise, durch die sie und der Herzog zu den Weinbergen gelangen wollten, lag ihrer Ansicht nach irgendwo zu ihrer Linken.

Sie mochte jedoch ohne den Herzog nicht weiterreiten und hielt deshalb ihr Pferd an, um sich nach ihm umzusehen. Da bemerkte sie, daß eine Gruppe von Männern aus dem Wald getreten war.

Sie sah überrascht zu ihnen hinüber und stellte dabei fest, daß es einfache Landarbeiter waren, die aber alle einen langen Stock, einige sogar uralte Hellebarden in den Händen hielten.

Sie stellten sich im Kreis um ihr Pferd auf und einer von ihnen hielt es am Zaumzeug.

»Wer sind Sie... und was wollen Sie?« fragte Syrilla etwas ängstlich.

»Wo ist der Herzog?« wollte einer der Männer wissen.

Der Frager sah wenig vertrauenerweckend aus; er hatte langes Haar, das ihm fast bis auf die Schultern hing, und schmutzige, zerlumpte Kleidung.

Die anderen Männer waren ähnliche abenteuerliche Gestalten, und die in ihren Gesichtern zu lesende finstere Entschlossenheit ließ bei Syrilla ein Gefühl des Unbehagens aufkommen.

In Monceau-sur-Indre war vor zwei Jahren von der Revolution nichts zu spüren gewesen, doch hatte diese Tatsache Syrilla nicht davon abgehalten, Berichte über die Ereignisse in anderen Teilen Frankreichs zu lesen.

Sie wußte, daß in Paris zweitausend Menschen getötet und über fünftausend verwundet worden waren.

Beinahe in jeder größeren Stadt waren, wie sie von Verwandten ihrer Mutter aus der Normandie erfahren hatte, Opfer der Aufstände zu beklagen gewesen.

Der Mann, der ihr Pferd am Zaumzeug hielt, zog es nun in den Wald hinein.

»Was tun Sie denn?« forderte Syrilla eine Erklärung.

»Du kommst mit uns!« bekam sie zur Antwort.

»Sie dürfen mich nicht entführen!« schrie Syrilla. »Sie wissen doch selbst, daß es Ihnen überhaupt nichts nützen, sondern nur schaden würde! Wenn Sie dem Herzog etwas mitzuteilen haben, dann kommen Sie zum Schloß und bitten ihn, Sie anzuhören!«

»Und als Belohnung werden wir dann ausgepeitscht oder sogar erschossen, stimmt's?« erwiderte der Mann spöttisch. »Wir wollten uns heute früh den Herzog schnappen, aber der Fang, den wir jetzt gemacht haben, ist auch nicht schlecht. Und es ist doch nur richtig, daß die neue Herzogin gleich einmal sieht, wie ihre Leute leben!«

In seiner Stimme schwang ein bedrohlicher Unterton mit, der es Syrilla ratsam erscheinen ließ, sich nicht mit ihm herumzustreiten.

Die anderen Männer unterhielten sich leise miteinander. Sie sahen alle so grimmig aus, daß ihr nichts anderes blieb, als sich zu fügen und ihnen zu gehorchen.

Auch wenn der Herzog nun zu ihnen stoßen würde, könnte er kaum etwas ausrichten; Syrilla hatte sogar Angst um ihn, denn die groben Stöcke und die Hellebarden der Männer stellten wirksame Waffen dar gegen einen Mann, der nur eine Reitpeitsche bei sich hatte.

Urplötzlich kamen ihr die von den Aufrührern verübten Gewalttaten in den Sinn, und ihr Herz begann schneller zu schlagen.

Sie dachte nicht nur daran, daß vor neununddreißig Jahren viele Menschen unter der Guillotine eines gewaltsamen Todes gestorben waren. Seitdem hatte es unzählige Fälle gegeben, in denen auch Adlige, die auf dem Lande lebten, von Bauern überfallen und sogar getötet worden waren. In einigen Fällen kannten die Bauern kein Erbarmen gegenüber den Frauen und Kindern der Aristokraten.

Obwohl Syrilla sich fürchtete, hielt sie den Kopf hoch erhoben und versuchte, die rüden Bemerkungen und derben Scherze, die die Männer machten, während sie hinter ihrem Pferd hertrotteten, zu überhören.

Als dieser seltsame Zug den Wald durchquert hatte, sah sie dann zum ersten Mal die Weinberge des Herzogs, die sich kilometerweit zu erstrecken schienen.

An den Reben waren zwischen dem dichten Blattwerk bereits die ersten, wenn auch noch sehr kleinen Trauben zu erkennen, was auf eine ertragreiche Lese im Herbst hoffen ließ.

Die Männer schlugen nun nicht den Weg durch die Weinberge ein, sondern bogen nach rechts ab und folgten dann dem Pfad, der am Waldrand entlangführte. Nach einiger Zeit erreichten sie ein Tal, dessen Eingang durch die Bäume fast verdeckt war und in dem ein kleiner Bach floß.

Nach ungefähr einer halben Stunde gelangte die Gruppe in die Nähe eines kleinen Dorfes.

Auch um dieses Dorf herum waren Weinberge angelegt, doch Syrilla sah sofort, daß etwas nicht in Ordnung war.

Die Rebstöcke trugen keine Blätter, keine Knospen oder Triebe.

»Sehen Sie sich nur mal richtig um!« forderte sie der Mann auf, der neben ihrem Pferd lief. »Sie sind doch aus der Gegend, glaube ich, und sollten deshalb wissen, wie ein gesunder Weinberg ausschaut.«

»Ich sehe, daß diese Rebstöcke absterben ... oder bereits abgestorben sind«, erwiderte Syrilla. »Was ist denn geschehen?«

Der Angesprochene lachte nur laut und häßlich.

»Sie will wissen, was passiert ist!« rief er den anderen zu. »Sollen wir's ihr sagen? Vielleicht will sie den Wein trinken, der da wächst!«

Er sprach in einem solch häßlich-spöttischen Ton und schien derart aggressiv, daß Syrilla am liebsten vor ihm weggelaufen wäre.

»Es ist doch ganz offensichtlich, daß diese Rebstöcke krank sind«, sagte sie eingeschüchtert. »Warum wurden sie denn nicht ausgegraben und verbrannt?«

Ihre Frage wurde mit Hohngelächter und Gejohle beantwortet.

»Wenn die Herzogin schon so gescheit ist und weiß, was gemacht werden muß, warum sagt sie's dann nicht dem Herzog, damit der den Befehl dazu gibt?«

Wieder erscholl Hohnlachen, doch aus dem Stimmengewirr konnte Syrilla heraushören, daß die verödeten Weinberge der Grund für die Unzufriedenheit der Leute waren und sie deshalb den Herzog sprechen wollten.

Sie fragte sich, warum bisher noch nichts unternommen worden war, doch wagte sie es nicht, weitere Fragen zu stellen, bevor sie nicht genau wußte, was geschehen war.

Als sie nach einem kurzen Stück Wegs das Dorf erreicht hatten, konnte Syrilla erkennen, daß einige der Häuser recht baufällig waren.

Aus der Entfernung hatten sie noch ganz hübsch ausgesehen, doch jetzt aus der Nähe fielen ihr die schadhaften Dächer, die teilweise mit Säcken verhängten Fenster und die schief in den Angeln hängenden Türen auf.

Einige Kinder liefen neugierig auf die Dorfstraße, als sie vorbeiritt, und ein Blick sagte ihr, woran es hier mangelte.

Die Menschen hier hatten nicht genug zu essen!

Die Gesichter der Frauen, die in den Haustüren standen, waren grau und eingefallen, die Gesichter der Kinder waren so schmal, daß die Backenknochen deutlich hervorstanden, und ihre Ärmchen so dünn, als wären sie nur Haut und Knochen.

Syrilla und die Gruppe der Männer bewegten sich langsam an der Häuserreihe vorbei, und Syrilla hatte das Gefühl, die Frauen seien schon zu apathisch, um zu schreien oder sie auszubuhen, wie es die Männer zuvor getan hatten.

Plötzlich stürzte eine ältere Frau mit einem Bündel im Arm aus einem der Häuser.

Der Mann, der Syrillas Pferd führte, hielt an, und die Frau lief auf den hochgewachsenen Mann zu, der die ganze Zeit rechts von ihm gegangen war.

Sie streckte ihm das Bündel, das sie im Arm gehalten hatte, entgegen, und Syrilla sah von oben, daß ein Säugling darin eingewickelt war – ein kleines, runzliges Etwas mit geschlossenen Augen, das erst vor kurzem geboren worden sein mußte.

»Tot!« schrie die Frau. »Es ist tot! Aber das ist ja auch kein Wunder, wenn die Mutter keinen Bissen zu essen hat!«

Der Mann starrte einen Augenblick auf das tote Kind, dann sah er zu Syrilla hoch.

»Das ist alles eure Schuld! Die Schuld von euch hohen Herrschaften! Ihr habt meinen Sohn umgebracht, und deshalb sollt ihr alle verrecken!«

Er schien Syrilla die Worte ins Gesicht zu spucken, doch sie hörte nicht zu. Sie sah auf das Neugeborene, und plötzlich erinnerte sie sich an etwas.

Ohne jemanden zu bitten, ihr zu helfen, stieg sie vom Pferd, ging auf die Frau zu und nahm das Kind in ihre Arme.

Sie berührte sein Gesicht zärtlich mit den Fingern und spürte, daß es noch warm war, obwohl es ansonsten kein Lebenszeichen mehr von sich gab.

Sie beugte den Kopf nach unten und tat das, was Jacques bei dem Lamm getan hatte.

Sie holte tief Luft und blies sie, so fest sie konnte, in den halb geöffneten Mund des Neugeborenen.

Die Umstehenden waren so überrascht von ihrem Handeln, daß

sie regungslos verharrten und keine Anstalten machten, sie davon abzuhalten.

Nachdem sie das vierte Mal dem Kind ihren Atem eingehaucht hatte, bewegte es eines seiner Händchen und wimmerte schwach.

Dieses Wimmern war kaum vernehmlich, doch die Umstehenden hatten es gehört.

»Ein Wunder!« flüsterte die Frau, die das Kind aus dem halb verfallenen Haus getragen hatte.

Dann fing der Säugling an, laut zu schreien.

»Das Kind lebt! Es lebt! Ein Wunder ist geschehen! Gelobt sei Gott! Ein Wunder!«

Das Kind schrie immer noch, Syrilla hüllte es wieder enger in die grobe Decke, in die es gewickelt war, und reichte es der Frau.

»Bringen Sie es zu seiner Mutter zurück«, trug sie ihr auf. »Sagen Sie ihr, sie soll es schön warm halten und so bald wie möglich füttern.«

Die Frau stand mit offenem Mund da und brachte kein Wort heraus. Als sie weggegangen war, bemerkte Syrilla, daß alle sie ungläubig ansahen.

Einen Moment lang schien es, als wären sie alle zu Salzsäulen erstarrt. Dann bekreuzigten sich die Frauen.

»Das war mein Sohn!« sagte der hochgewachsene Mann neben Syrilla völlig unnötig.

»Ich glaube, er wird leben«, erklärte Syrilla ruhig. »Aber nun schlage ich vor, Sie erzählen mir, was geschehen ist und warum die Rebstöcke abgestorben sind.«

5

Alle redeten auf einmal, und einen Augenblick lang fiel es Syrilla schwer, aus dem Stimmengewirr zu erkennen, wovon gesprochen wurde.

Dann verstand sie ein einziges Wort – Zünsler – und wußte, was geschehen war.

Ihr Vater hatte ihr oft genug erklärt, welche Gefahren den Reben durch Schädlinge drohen. Er hatte ihr vom Traubenwickler erzählt, der 1771 erstmals in der Champagne beobachtet worden war.

Die Raupen der ersten Generation spinnen die Blüten zusammen und fressen sie; die der zweiten Generation, die im Sommer auftreten, entwickeln sich in und an den Trauben, die deshalb verfaulen.

Auch die Engerlinge und die Koschenille, die ihre Eier im Juni ablegt und deren Larven ungefähr einen Monat später die Rebentriebe und die Unterseite der Blätter befallen und sie aussaugen, können große Schäden verursachen.

Die Winzer fürchten diese Schadinsekten, doch am meisten fürchten sie den Zünsler, einen großen Falter mit gelblichem Körper und gelben Flügeln.

Der Graf hatte Syrilla erklärt, daß die Raupen des Zünslers in der Rinde des Rebstocks überwintern und dann im Frühling die Reben einspinnen und die Blüten, Triebe und Blätter fressen.

Syrilla hatte ihm damals aufmerksam zugehört. In Monceau-sur-Indre hatten sie jedoch Glück gehabt; die Trauben waren Jahr für Jahr problemlos gereift, und der Graf hatte viel Freude gehabt an den Weinen, die in die Fässer gefüllt wurden.

Nun sah Syrilla erstmals mit eigenen Augen, welche verheerenden Schäden der Zünsler in einem Weinberg anrichten konnte.

Sie wußte nur zu gut, daß nichts mehr zu retten war, daß die Rebstöcke mitsamt dem Wurzelwerk vernichtet werden mußten.

Ein etwa fünfundzwanzigjähriger Rebstock ist so fest im Boden verwurzelt, daß enorme Anstrengungen nötig sind, um ihn herauszureißen.

Es war nur möglich, wenn man um den abgestorbenen Rebstock die Erde aushob, eine Kette um ihn wand und ein Pferd vorspannte.

Gewöhnlich erfolgten diese Maßnahmen, sobald die ersten Anzeichen eines Befalls festgestellt wurden, und Syrilla fragte sich, warum in diesem Weinberg die Rebstöcke stehengeblieben waren.

Als sie sich Gehör verschaffen konnte, erkundigte sie sich danach, was der Gutsverwalter des Herzogs unternommen hatte, nachdem er durch die Männer von der Krankheit erfahren hatte.

»Er sagte zu uns, wir sollten uns irgendwo anders Arbeit suchen«, antwortete ein älterer Mann.

»Und das war Ihnen nicht möglich?« fragte Syrilla.

»Wer will uns denn in dieser Jahreszeit?« riefen mehrere Männer fast gleichzeitig. »Im Herbst vielleicht – aber seit drei Monaten, seit Anfang April haben wir kein Geld mehr gekriegt.«

Nun verstand Syrilla, weshalb sie so zerlumpt aussahen und an Auszehrung litten.

Die Dorfbewohner schilderten ihr eindringlich, daß sie anfangs, als die Männer versuchten, in der näheren und weiteren Umgebung Arbeit zu finden, wenigstens noch Kartoffeln und Gemüse zu essen gehabt hätten.

Schließlich hätten sie jedoch in ihrer Verzweiflung, weil die Kinder so fürchterlich litten, die Ziegen und die Hühner geschlachtet, aber danach natürlich keine Milch und keine Eier mehr gehabt.

Als sie dann von der Hochzeit des Herzogs hörten, hätten sie nur noch den einzigen Ausweg gesehen, ihn durch gewaltsames Vorgehen auf ihre hoffnungslose Lage aufmerksam zu machen.

Aus dem, was Syrilla hörte, konnte sie schließen, daß es der hochgewachsene Mann, dessen Sohn sie eben das Leben gerettet hatte, gewesen war, der vorgeschlagen hatte, den Herzog zu entführen.

Die Männer hatten gewußt, daß der Herzog, wenn er sich auf Schloß Savigne befand, jeden Morgen einen Ritt im Park unternahm, und daher beschlossen, ihm dort aufzulauern und ihn zu zwingen, mit ihnen ins Dorf zu kommen und die miserablen Verhältnisse dort persönlich in Augenschein zu nehmen.

Sie waren sehr überrascht gewesen, als Syrilla ganz allein im Park geritten war, und die Herzogin hatte den Eindruck, daß es den Männern nicht wohl in ihrer Haut war, anstelle ihres fürstlichen Herrn eine Frau als Geisel genommen zu haben.

»Der Herzog wird kommen, um Sie zu suchen«, sagte einer der Männer voller Bedenken, »denn er wird seine junge Frau nicht so schnell verlieren wollen.«

Einige lachten über diese Bemerkung, doch klang dieses Gelächter nicht mehr so feindselig und höhnisch wie auf dem Weg ins Dorf.

Die Männer sahen sie jetzt nicht nur respektvoll, sondern beinahe ehrfürchtig an; ganz sicher hatte das Wunder, das Syrilla nach Meinung der Frauen vollbracht hatte, auch auf sie Eindruck gemacht.

Während sie mit den Männern sprach, die im Kreis um sie herumstanden, hatten sich auch die Frauen und Kinder hinzugesellt.

Viele Kinder hatten Abschürfungen und Wunden im Gesicht und an den Händen, Zeichen für ihre ungenügende Ernährung.

Die Menschen hier hatten kein Geld, um Zwirn zu kaufen, mit dem sie ihre zerrissenen Kleider flicken konnten, geschweige denn Geld, um Nägel zu bezahlen, mit denen sie die zerbrochenen Fensterläden reparieren oder die losen Türangeln befestigen konnten.

Der Bach führte zwar Wasser, doch Syrilla schien es, als wären die Frauen aufgrund der mangelhaften Ernährung zu schwach, um dort ihre Wäsche zu waschen, und ihre blassen Gesichter und der teilnahmslose Blick in ihren Augen bestätigten ihren Eindruck.

Nachdem sie sich geduldig angehört hatte, was die Männer vorzubringen hatten, sagte sie schließlich:

»Ich glaube, es ist nicht nötig, daß ich Ihnen versichere, daß der Herzog keine Kenntnis von den Vorgängen hier auf seinem Besitz hat. Ich bin überzeugt davon, daß es nicht auf seine Anweisungen hin geschah, daß Ihnen kein Lohn gezahlt wurde.«

Es regte sich kein Widerspruch, und sie fuhr deshalb fort:

»Ich werde zum Schloß zurückreiten und Seine Durchlaucht den Herzog bitten, hierherzukommen und sich selbst davon zu überzeugen, wie schlecht es Ihnen geht. Ich weiß, daß er dann unverzüglich die notwendigen Schritte einleiten wird, damit Ihnen geholfen wird.«

Als sie dies sagte, ging sie auf ihr Pferd zu, doch bevor sie es erreichen konnte, stellte sich ihr der große Mann in den Weg.

»Wir lassen Sie nicht weg. Sie müssen hierbleiben. Wer sagt uns denn, daß der Herzog uns nicht dafür bestraft, daß wir Sie entführt haben? Vielleicht schickt er seine Leute oder sogar Soldaten, die uns aus unseren Häusern vertreiben, wie's uns der Stellvertreter vom Gutsverwalter angedroht hat.«

In seiner Stimme schwang der Trotz des Verzweifelten mit, und

Syrilla spürte, wie wieder eine leichte Angst in ihr aufstieg, als sie sah, daß, ausgelöst durch diese Worte, die wilde Entschlossenheit in die Mienen der anderen Männer zurückkehrte.

Es kostete sie zwar einige Mühe, aber es gelang ihr, den Mann anzulächeln.

»Nun gut«, erwiderte sie ihm. »Ich werde hier bei Ihnen bleiben, aber einer von Ihnen bringt Seiner Durchlaucht einen Brief, in dem ich erkläre, was mit mir geschehen ist. Bringt mir bitte Tinte und Papier.«

Ihre Bitte war offensichtlich nicht so ohne weiteres zu erfüllen, und während man sich bemühte, das Gewünschte zu beschaffen, wagten sich die Frauen näher an Syrilla heran, bestaunten sie mit großen Augen, und die eine oder andere versuchte, ganz vorsichtig ihren Reitrock zu berühren.

Als sie ihnen aufmunternd zulächelte, faßten sie Zutrauen und fragten sie um Rat wegen der Kinder.

Syrilla war sich sicher, daß ihnen außer der Nahrung nicht viel fehlte, wußte aber auch, daß es wegen des fehlenden Geldes wenig Sinn hatte, Salben oder Tinkturen für die Wunden zu empfehlen.

Sie sprach mit ihnen deshalb darüber, welche Speisen sie für Kinder am geeignetsten hielt, vorausgesetzt, frisches Obst und Gemüse, aber auch Eier und der in der Touraine in keinem Bauernhaus fehlende Ziegenkäse wären verfügbar.

Als das Schreibpapier, ein Tintenfaß mit sehr blasser Tinte und eine Feder, die von einem der Männer schnell noch gespitzt werden mußte, gebracht worden waren, setzte sich Syrilla auf den für sie bereitgestellten Stuhl an einen groben Holztisch, der bestimmt schon lange nicht mehr geschrubbt worden war, und schrieb den Brief.

Als sie damit fertig war, faltete sie den Bogen und wandte sich an die Männer:

»Ich meine, um Zeit zu sparen, sollte einer von Ihnen, der reiten – gut reiten – kann, mein Pferd nehmen.«

»Das geht nicht – es wird sofort heißen, wir haben es gestohlen«, erhielt sie zur Antwort.

»Dann soll der Betreffende eben nicht ganz bis zum Schloß, sondern bis an den Rand des Parks reiten, das Pferd dort anbinden und das letzte Stück Weges zu Fuß gehen. Wenn Seine Durchlaucht meine Nachricht gelesen hat, kann der Bote dann Seine Durchlaucht hierher geleiten.«

Der hochgewachsene Mann hatte immer noch Bedenken.

»Woher haben wir denn die Garantie, daß er allein kommt? Wenn er seine bewaffneten Leute mitbringt, werden wir kämpfen, und dann wär's möglich, daß Sie dabei verletzt werden.«

»Seine Durchlaucht wird ohne jede Begleitung kommen, weil ich ihn darum gebeten habe«, versuchte Syrilla, die Bedenken zu zerstreuen.

Sie merkte, daß die Männer weiter skeptisch blieben. Andererseits schien es für ihren Vorschlag keine Alternative zu geben.

Drei der Männer behaupteten von sich, erfahrene Reiter zu sein, und Syrilla bestimmte den jüngsten als Boten. Er war zudem auch der leichteste und hatte sich, während sie den Brief schrieb, liebevoll um ihr Pferd gekümmert und es getätschelt.

Er stieg auf und ritt schweigend davon. Syrilla aber spürte, daß die Männer zwar mutig und entschlossen klangen, wenn sie mit ihr sprachen, im Grunde jedoch mit einigem Unbehagen auf das Ergebnis ihrer Entführungsaktion warteten.

Um ihnen das Gefühl zu vermitteln, alles werde gut ausgehen, setzte sie sich entspannt unter den Baum, der in der Dorfmitte stand, und begann, sich mit den Frauen zu unterhalten.

Bald saßen alle um sie herum; viele hatte ihre Kinder auf dem Arm.

Syrilla erzählte ihnen von ihrer Kindheit in Monceau-sur-Indre, daß ihre Mutter sehr früh gestorben sei und sie sie sehr vermißt hatte.

Sie erwähnte auch, daß sie den Herzog das erste Mal anläßlich des Turniers zu seinem einundzwanzigsten Geburtstag gesehen hatte.

Viele Frauen konnten sich noch an das Turnier erinnern und nickten zustimmend, als sie beschrieb, welch ein prunkvolles Ereignis es gewesen sei. Syrilla erfuhr von ihnen, daß der alte Herzog damals allen seinen Landarbeitern einen Wochenlohn extra bezahlt hatte.

»Jede von euch, die den jungen Herzog damals als Ritter erlebt hat, wird wissen, daß er sich stets für die Sache der Gerechtigkeit einsetzt«, sagte sie, »und aus diesem Grund dürft ihr gewiß sein, daß er die Mißstände beseitigen wird, wenn er erfährt, wie ihr leidet.«

Nachdem der Herzog Syrilla vergeblich im Park gesucht hatte, war er zum Schloß zurückgekehrt in der Hoffnung, sie sei auf einem anderen Weg dorthin zurückgeritten und er habe sie nur verpaßt.

»Sie ist nicht hier, Durchlaucht«, berichtete ihm Pierre de Bethune.

»Aber wo könnte sie dann sein?« fragte der Herzog. »Ich glaube nicht, daß sie ohne mich zu den Weinbergen geritten ist. Ich bin sogar durch den Wald und ein kleines Stück über die Felder geritten, aber nirgends war etwas von ihr zu sehen.«

»Und in ihrem weißen Reitkleid ist die Herzogin bestimmt nicht zu übersehen«, ergänzte Pierre.

Die beiden Männer standen auf der Treppe vor dem Schloß, und während sie sich unterhielten, schweifte der Blick des Herzogs immer wieder über den Park, als erwarte er, Syrilla würde jeden Augenblick zwischen den Bäumen erscheinen.

»Es ist schon etwas seltsam«, meinte Pierre de Bethune. »Halten Sie es nicht für möglich, daß ihr etwas zugestoßen ist oder das Pferd sie abgeworfen hat?«

»Ich habe noch nie eine Frau gekannt, die so gut reitet wie Madame«, wandte der Herzog ein, »und selbst wenn ihr Pferd sie abgeworfen hätte, wäre es sicherlich schon längst zum Stall zurückgekehrt.«

»Ja, das stimmt«, pflichtete Pierre bei.

In diesem Moment sah der Herzog einen Mann durch die großen, schmiedeeisernen Tore der Einfahrt zum Hof gehen.

Er beobachtete ihn ziemlich gleichgültig. Als aber der Mann nicht, wie er es erwartet hatte, auf den Dienstboteneingang, sondern auf die Treppe zuging, stieg in ihm das Gefühl auf, dieser Mann habe etwas mit dem Verschwinden von Syrilla zu tun.

Als der Mann immer näher kam, sah Pierre de Bethune, daß er einen Brief in der Hand hielt.

Am Fuß der Treppe blieb der schmale junge Mann in seiner zerrissenen Kleidung stehen und blickte zum Herzog und Pierre de Bethune hoch.

»Wer von Ihnen ist der Herzog de Savigne?« fragte er.

Der Herzog ging zwei Stufen auf ihn zu.

»Ich bin es!« rief er ungehalten.

»Dann ist das für Sie!« sagte der junge Mann und hielt ihm den Brief entgegen.

Der Herzog nahm ihn und öffnete ihn rasch.

Er begann zu lesen, und Pierre de Bethune, der ihn dabei genau beobachtete, sah, wie sich seine Stirn in Falten legte.

»Wo befindet sich Ihre Durchlaucht die Herzogin?« fragte er barsch.

»Sie ist bei uns in Tauxise«, erwiderte der junge Mann.

»Aber warum? Was ist geschehen?« erkundigte sich Pierre, der seine Neugier nicht zähmen konnte.

Der Herzog gab ihm Syrillas Nachricht, und er las:

Monseigneur!
Die Leute, die einen Ihrer Weinberge versorgen, sind sehr schlecht behandelt worden, und das, wie ich meine, völlig zu Unrecht, denn es ist nicht ihre Schuld, daß der Weinberg vom Zünsler befallen ist. Sie hatten die Absicht, Sie hierher zu bringen, damit Sie mit eigenen Augen sehen können, wie sie leiden. Ich bin nun an Ihrer Stelle in ihrem Dorf. Ich habe ihnen zugesichert, daß Sie, sobald Sie diesen Brief erhalten haben, ohne jede Begleitung hierherkommen und nach dem Rechten sehen. Der Überbringer dieser Nachricht wird Ihnen den Weg zeigen.
In tiefer Verehrung
Ihre liebende Gattin
Syrilla

»Sie halten Madame als Geisel fest!« sagte Pierre de Bethune leise mit belegter Stimme.

Der Herzog wandte sich zu ihm um, und als sich die Blicke der beiden Männer trafen, wußte jeder, was der andere befürchtete.

Der Herzog winkte den Stallburschen herbei, der etwas abseits stand und seinen Hengst hielt.

Der Bursche kam auf sie zu.

»Sie dürfen nicht ohne Begleitung reiten, Durchlaucht«, flüsterte Pierre, »es könnte für Sie gefährlich werden!«

»Sie haben die Nachricht von Madame gelesen«, entgegnete ihm der Herzog. »Sie hat mich gebeten, allein zu kommen.«

»Vielleicht wurde sie dazu gezwungen«, wandte Pierre ein.

»Das ist durchaus möglich«, gab ihm der Herzog recht. »Trotzdem bleibt mir keine andere Wahl, als ihrer Bitte zu entsprechen.«

»Lassen Sie noch jemand mitkommen, oder nehmen Sie zumindest eine Waffe mit.«

»Ich habe das Gefühl, daß Madame darauf vertraut, daß ich ihren Wünschen so entspreche, wie sie es formuliert hat«, erwiderte der Herzog ruhig.

»Aber Monsieur, hören Sie auf mich...« bat Pierre de Bethune, doch der Herzog hatte sich bereits in den Sattel geschwungen.

»Muß ich noch länger auf dich warten, junger Mann?« fragte er den Überbringer der Botschaft.

»Ich habe ein Pferd, Durchlauchter Herzog. Ich habe es im Park festgebunden.«

»Dann lauf schon voraus und hole es«, wies der Herzog ihn an.

Der junge Mann lief über den Hof zurück in den Park, und der Herzog wandte sich noch einmal an Pierre:

»Lassen Sie den Gutsverwalter holen und hier auf meine Rückkehr warten. Ich erwarte von ihm eine Erklärung – eine plausible Erklärung.«

»Monsieur, lassen Sie mich Sie begleiten«, bat Pierre de Bethune erneut.

Der Herzog sah aus dem Sattel auf ihn herab.

»Madame wünscht, daß ich allein komme, Pierre. Ich habe das Gefühl, sie stellt sich mich in der Rolle des Weißen Ritters vor, und in diesem Fall benötige ich keine fremde Hilfe, um den Drachen zu töten!«

Seine Stimme klang leicht amüsiert, was Pierre erstaunte.

Als der Herzog davonritt, konnte er ihm nur verwundert nachblicken.

Syrilla wußte schon beinahe nicht mehr, was sie den Dorfbewohnern noch erzählen könnte, und hatte vom stundenlangen Reden eine ganz trockene Kehle.

Aber sie sagte sich, sie habe kein Recht, sich zu beschweren, wenn sie sah und hörte, wie die Kinder nun, da sich die Aufregung über ihr Erscheinen gelegt hatte, vor Hunger wimmerten und schrien.

Sie hatte auch beobachtet, daß die Männer, die um sie herumsaßen und sie offensichtlich bewachten, auf kleinen Holzstücken herumkauten, als könnten sie so ihre knurrenden Mägen etwas beruhigen.

Die ganze Zeit über hatte sie den Waldrand im Auge gehabt, den Pfad, auf dem die Männer sie ins Dorf gebracht hatten.

Diesen Weg mußte auch der Herzog kommen, und als sie dann endlich die Silhouetten zweier Pferde vor dem Hintergrund der hohen Bäume wahrnahm, schlug ihr Herz vor Freude schneller.

Sie hatte gewußt, er würde sie nicht enttäuschen!

Ganz im geheimen hatte sie doch gefürchtet, der Herzog würde wegen der allgemein verbreiteten Angst vor Übergriffen von Aufrührern entgegen ihrem ausdrücklichen Wunsch in Begleitung seiner Leute kommen.

Doch nun bestand kein Zweifel mehr: er war allein gekommen!

Als Syrilla die stattliche Erscheinung des Herzogs auf seinem schwarzen Hengst in der Ferne sah, war ihr, als könne sie ihm ihre Liebe wie eine Welle entgegenschicken.

Zusammen mit den Dorfbewohnern beobachtete sie, wie der Herzog sich dem Dorf näherte.

Er ritt im Galopp, und schien nun, da ihm sein Begleiter gezeigt hatte, wo Tauxise lag, seinem Rappen die Sporen zu geben, um noch schneller ins Dorf zu gelangen.

Langsam erhoben sich die Männer, Frauen und Kinder. Als der Herzog die ersten Häuser erreicht hatte, lief Syrilla auf ihn zu.

Es schien ihr, als habe er nur Augen für sie; er schwang sich aus dem Sattel, nahm ihre ihm entgegengestreckten Hände in die seinen und küßte sie.

»Sind Sie wohlauf?« fragte er besorgt.

»Sie sind gekommen! Ich wußte, Sie würden kommen!« rief sie.

»Sie baten mich, ohne Begleitung zu kommen.«

»Ich bin dankbar, daß Sie es taten. Sie werden hier gebraucht.«

»Weshalb?«

Syrilla zeigte auf die Weinberge.

»Sie können es selbst sehen.«

»Was ist die Ursache?«

»Der Zünsler!«

Es schien, als habe Syrilla damit das Stichwort gegeben, denn nun meldeten sich auch die Männer zu Wort, die seit der Ankunft des Herzogs stumm und wie gebannt dagestanden hatten.

»Ja – der Zünsler!« pflichtete der große Mann bei. »Wir sind nicht schuld dran, daß die Rebstöcke eingegangen sind, haben aber deswegen kein Geld gekriegt und sind am Verhungern! Wirklich am Verhungern, Durchlaucht! Schauen Sie mal unsere Frauen an, unsere Kinder und uns!«

Der Herzog sah sich um, wie ihm empfohlen.

»Ihr habt Euren Lohn nicht erhalten?« erkundigte er sich.

Seine Frage löste einen vielstimmigen Aufschrei aus, alle wollten ihm erzählen, wie lange sie schon kein Geld bekommen hatten, wie sie gezwungen worden waren, sich anderweitig nach Arbeit umzusehen, aber keine fanden, und wie sie schließlich in ihr Dorf zurückgekehrt waren, weil sie sonst nirgends bleiben konnten.

Die Stimmen der Männer waren lauter und leidenschaftlicher geworden, als sie dem Herzog ihre Beschwerden vortrugen und ihm schilderten, wie sie behandelt worden waren; dennoch konnte er Syrillas Stimme vernehmen, als sie leise sagte:

»Die Kinder leiden Hunger. Ich konnte eines von ihnen vor dem Tod bewahren, aber viele andere werden sterben, wenn nichts unternommen wird – die Zeit drängt!«

Der Herzog hob die Hand und bat um Ruhe; erstaunlicherweise gehorchten ihm die Dorfbewohner.

»Ich habe mir eure Klagen und Beschwerden angehört«, begann er, »und muß euch zugestehen, daß sie gerechtfertigt sind. Ich werde euch Männern nun Anweisungen geben und erwarte, daß sie ausgeführt werden.«

Syrilla erschien es, als hielten alle den Atem an, als der Herzog fortfuhr:

»Ihr vernichtet unverzüglich die Rebstöcke, rodet den Weinberg und pflanzt, wie unter solchen Umständen üblich, Kartoffeln und Senf. Diese Arbeiten werden sich zwar über Monate hinziehen, doch ihr wißt ebenso wie ich, daß in diesen Weinbergen in den nächsten fünf Jahren kein Wein angebaut werden darf.«

Der Herzog sah in die Runde der Männer, die ihm aufmerksam zuhörten.

»Ich werde darüber hinaus in den nächsten Wochen herauszufinden versuchen, ob es besser wäre, dieses Dorf aufzugeben und an anderer Stelle auf meinem Besitz wieder aufzubauen oder im Westen von Tauxise einen Teil des Waldes zu roden und dort neue Weinberge anzulegen.«

Er zeigte auf das in Frage kommende Gelände:

»Wenn der Boden dort geeignet ist und die Lage genügend Sonne bekommt, sehe ich keinen Grund, weshalb das von den Einwohnern von Tauxise bewirtschaftete Gebiet nicht vergrößert werden sollte.«

Ungläubiges Staunen verschaffte sich hörbaren Ausdruck, als die Männer die Pläne des Herzogs begriffen hatten.

»Uns wäre das lieber, was Sie zuletzt gesagt haben, Durchlaucht«, sagte der große Mann nach einer Weile. »Die meisten von uns sind hier geboren.«

»Wir werden das Problem selbstverständlich gründlich durchleuchten müssen«, versicherte der Herzog, »und ich würde gern eure Meinung dazu hören, ob die Anlage eines neuen Weinberges sich wirklich lohnen würde.«

Vielstimmiges Gemurmel war die Antwort auf sein Angebot, doch diesmal drückte es Zustimmung aus und unterschied sich wesentlich von dem, das Syrilla zuvor gehört hatte.

Der Herzog wandte sich nun an die Frauen, die hinter den Männern standen:

»Ich bin mir, in Übereinstimmung mit meiner Gattin, darüber bewußt, daß sofort etwas für die Frauen und Kinder – eigentlich für euch alle getan werden muß. Ihr werdet unverzüglich euren Lohn erhalten und für die Monate, in denen ihr kein Geld bekommen habt, voll entschädigt werden.

Ich beabsichtige nun, zum Schloß zurückzureiten und anzuordnen, daß vom Gut Ziegen und Hühner hier ins Dorf gebracht werden. Ich werde auch Mehl und Getreide aus meinen Speichern schikken lassen, damit ihr wieder backen könnt.«

Diesmal freuten sich die Frauen; ihr Jubel war so spontan und gleichzeitig so schwach, daß Syrilla spürte, wie ihr die Tränen in die Augen traten.

Der Herzog zog sein Portemonnaie aus der Tasche und sagte:

»Ich befürchte, ich habe nur wenig Geld bei mir, es sollte jedoch reichen, damit ihr euch im nächsten Dorf das Nötigste kaufen könnt, bis das von mir Versprochene hier eintrifft. Ich werde dafür sorgen, daß es ohne Aufschub, spätestens am Nachmittag, gebracht wird.«

Wieder jubelten die Dorfbewohner, und der Herzog fügte hinzu:

»Ich glaube, es ist nun Zeit, daß ich meine Gattin nach Hause bringe.«

Die Männer wichen auseinander, um dem Herzog und Syrilla den Weg zu ihren Pferden freizumachen, und viele Frauen fielen auf die Knie, um den Saum ihres Kleides zu küssen, als sie an ihnen vorüberging.

Sie hatten gerade die Pferde erreicht, als die ältere Frau, die bei Syrillas Eintreffen im Dorf das scheinbar tote Kind gebracht hatte, aus einem der Häuser gelaufen kam.

Sie hielt den laut schreienden Säugling im Arm und bat Syrilla:

»Segnen Sie ihn, Durchlaucht. Segnen Sie das Kind, dem Sie das Leben wiedergegeben haben. Sie sind ein Engel, den Gott geschickt hat!«

Während sie sprach, kniete die Frau auf der staubigen Straße nieder und hielt ihr den Säugling entgegen.

Einen Augenblick zögerte Syrilla, doch dann legte sie die Hand zärtlich auf den Kopf des Kindes.

»Dieser Junge ist bereits von Gott gesegnet«, sagte sie. »Nicht ich, sondern Gott hat ihm das Leben wiedergegeben, denn alles Leben kommt von ihm.«

Alle Umstehenden hörten zu, als Syrilla fortfuhr:

»Ich möchte vorschlagen, diesen Jungen auf den Namen des Mannes zu taufen, der euch geholfen hat und, wie ich weiß, euch eine bessere Zukunft ermöglichen wird.«

Sie lächelte dem Herzog zu, während sie sprach, und fügte leise, doch für alle verständlich hinzu:

»Er heißt Aristide!«

»Es wäre eine große Ehre für uns, Durchlaucht«, erklärte der Vater des Kindes.

»Dann bin auch ich erfreut darüber, daß dein Sohn meinen Namen tragen soll«, erwiderte der Herzog.

Dann hob er Syrilla in den Sattel. Als er auf seinen Rappen stieg, rief er den Dorfbewohnern noch zu:

»Je früher wir zum Schloß zurückkehren, desto eher werden die von mir versprochenen Lebensmittel und Tiere bei euch eintreffen.«

Er wendete sein Pferd, und Syrilla folgte ihm. Ein Stück des Weges liefen einige Frauen noch neben ihr her, versuchten, ihren Rock zu berühren, und riefen ihr Dankesworte zu. Am Dorfausgang blieben sie zurück, und Syrilla winkte ihnen zu, bis sie und der Herzog am Waldrand angelangt waren.

Sie ritten eine Weile schweigend dahin, doch dann fragte der Herzog:

»Hatten Sie keine Angst?«

»Nur am Anfang«, gestand Syrilla. »Aber nachdem ich dem Kind das Leben gerettet hatte, wußte ich, daß sie mir nichts antun würden.«

»Erzählen Sie mir, wie Sie es gemacht haben.«

Syrilla schilderte ihm, wie der Schäfer ihres Vaters das Lamm gerettet und der Kardinal ihr erklärt hatte, daß alles Leben von Gott käme, die Menschen es aber bisweilen anderen wiedergeben könnten.

»Ich habe noch nie etwas ähnlich Außergewöhnliches gehört!« rief der Herzog aus.

»Sie hatten die Absicht, Sie zu entführen und Ihnen Gewalt anzutun«, berichtete ihm Syrilla, »doch ich habe ihnen erklärt, daß Sie keine Kenntnis haben könnten, von dem, was vorgefallen sei.«

Der Herzog schwieg einen Augenblick und sagte dann:

»Trotzdem geben Sie mir die Schuld daran, daß solche Dinge auf meinem Besitz geschehen können.«

Syrilla schwieg.

»Sagen Sie mir doch die Wahrheit«, forderte sie der Herzog erneut auf.

Sie hatte das Gefühl, als wolle er sie zwingen, ihm die Schuld an den Vorkommnissen zuzuweisen.

»Ich verstehe, Monseigneur«, sagte sie schließlich, »welcher edlen Aufgabe Sie sich damit verschrieben haben, den Armen von Paris zu helfen; aber Sie werden auch hier gebraucht, hier bei Ihren eigenen Leuten.«

Es schien, als wolle der Herzog ihr antworten, doch statt dessen munterte er sein Pferd zu einem schnelleren Trab auf. Syrilla wußte nicht, wie sie sich seinen plötzlich veränderten Gesichtsausdruck erklären sollte.

Als sie das Schloß erreichten, wartete Pierre de Bethune bereits auf sie.

Sichtlich erleichtert lief er die Stufen hinunter und ihnen entgegen.

»Wie geht es Ihnen, Madame?« erkundigte er sich sofort.

»Danke, gut«, antwortete Syrilla, »aber Seine Durchlaucht will einige Anweisungen geben, die unverzüglich ausgeführt werden sollen.«

Dann fügte sie noch hinzu:

»Bitte, tragen Sie dafür Sorge, daß alles schnellsten erledigt wird. Es ist dringend... sehr dringend.«

Sie wußte, daß Pierre de Bethune ihrer Bitte entsprechen würde, und ging ins Schloß. Der Herzog blieb zurück und gab kurze, knappe Befehle in einer Art, die, so hatte sie den Eindruck, nicht nur seinen Verwalter, sondern auch seine Bediensteten erstaunte.

Sie fühlte sich etwas erschöpft, als sie nach oben in ihr Gemach ging.

Ihre Zofen halfen ihr beim Umkleiden. Als sie wieder nach unten ging, war sie sehr hungrig, schämte sich dessen jedoch ein wenig, denn sie mußte daran denken, wie die Dorfbewohner gelitten haben mußten, die so lange nur wenig oder überhaupt nichts zu essen gehabt hatten.

Als sie in den Salon kam, wo der Herzog auf sie wartete, drückte er ihr ein Glas Wein in die Hand.

»Trinken Sie«, sagte er. »Ich glaube, Sie haben es jetzt nötig.«

»Ich bin sehr durstig«, gestand Syrilla.

Nun aber konnte sie nicht länger warten mit der Frage, die ihr so am Herzen lag:

»Ist das von Ihnen Zugesagte schon ins Dorf geschickt worden?«

»Nicht alles«, erwiderte der Herzog. »Es wird einige Zeit dauern, bis die Ziegen und Hühner nach Tauxise gebracht werden können. Um die Zeit dazwischen zu überbrücken, habe ich größere Mengen an Nahrungsmitteln wie Schinken, Fisch und Brot aus den Vorratskammern des Schlosses zur Verfügung gestellt.«

»Ich danke Ihnen... danke. Ich wußte, daß Sie so großzügig helfen würden!« rief Syrilla.

Sie meinte, der Herzog würde sie mit einem seltsamen Blick ansehen. Nach einer Weile fragte sie ihn dann:

»Haben Sie mit dem Gutsverwalter gesprochen?«

»Er ist schon hier. Ich habe bereits vor meinem Ritt ins Dorf Anweisung gegeben, ihn zu holen. Ich werde ihn noch etwas warten lassen. Inzwischen müßte er aber wissen, weshalb ich ihn herzitierte.«

»Haben Sie die Absicht, ihn zu entlassen?«

Der Herzog überlegte einen Augenblick.

»Ich frage mich, ob er sich stärker an diesen Menschen versündigt hat als ich. Sie haben ganz richtig gesagt, daß ich für diese Misere die volle Verantwortung zu tragen habe.«

»Er hat unmenschlich gehandelt«, entgegnete Syrilla, »und das würden Sie nie tun!«

Sie hatte den Eindruck, als wolle der Herzog etwas sagen, doch in diesem Augenblick erschien ein Diener, der sie zum Mittagessen in den kleinen Speisesaal bat.

»Auch wenn Sie sich nicht müde fühlen, Sie sind es sicher, denn Sie hatten ein Erlebnis, das große Nervenstärke erforderte.«

»Ich möchte lieber... bei Ihnen bleiben«, widersprach Syrilla.

»Ich werde nun mit dem Gutsverwalter und seinem Stellvertreter sprechen«, sagte der Herzog. »Ich habe den Verdacht, daß es keine angenehme Unterhaltung sein wird, und möchte, offen gesagt, nicht, daß Sie bei ihr zugegen sind.«

»Ich werde mich etwas hinlegen. Aber ich hätte eine Bitte an Sie, Monseigneur: Können wir morgen die Weinberge besichtigen? Ich hatte mich so darauf gefreut, sie zu sehen.«

»Wir werden sie morgen besichtigen«, versprach der Herzog.

Er sah, wie ihre Augen aufleuchteten. Als sie gegangen war, überlegte sich der Herzog, daß seine Rückkehr nach Paris im Moment nicht ratsam wäre, denn es gab hier noch einiges zu erledigen.

Warum, fragte er sich beinahe zornig, wurde sein Besitz nicht so mustergültig verwaltet wie zu Lebzeiten seines Vaters?

Aber schon, als er sich diese Frage stellte, wußte er die Antwort darauf; nur hatte er Angst, sie sich selbst einzugestehen.

Syrilla legte sich auf das große Bett in ihrem Schlafgemach, in dem im Laufe der Jahrhunderte schon viele Königinnen Frankreichs übernachtet hatten.

Ihr gefiel das geräumige Zimmer mit der Wandverkleidung aus blaßblauem Brokat und dem prächtigen Deckengemälde, das Venus umgeben von Amoretten zeigte und dessen weiche Rosa- und Blautöne mit denen des Teppichs harmonierten.

Eine leichte Brise fing sich in den seidenen Vorhängen, und Syrilla war, als erklänge Musik.

»Ich bin glücklich«, sagte sie zu sich selbst, »glücklicher, als ich es mir je vorzustellen wagte, und alles nur wegen Monseigneur. Er ist ein wunderbarer Mann!«

Sie mußte daran denken, was sich am Morgen ereignet hatte, und fügte hinzu: Daß hier einiges im argen liegt, hat seine Ursache nur darin, daß er so lange in Paris gewesen ist.

Sie sprach ein kurzes Gebet, in dem sie darum bat, daß der Herzog hier auf seinem Schloß und seinem Besitz so viele Aufgaben vorfinden würde, daß er nicht so bald den Wunsch verspüren möge, nach Paris zurückzukehren.

Sie werden ihn dort vermissen, sagte sie sich, doch auch hier ist seine Anwesenheit erforderlich – dringend sogar!

Nicht nur die Einwohner von Tauxise und den anderen Dörfern brauchten den Herzog. In ihrem Herzen sehnte sich Syrilla danach, mit ihm in der Ruhe und Beschaulichkeit der Touraine zu leben.

Syrilla fürchtete sich vor dem großen und lauten Paris; sie würde sich in den gehobenen Gesellschaftskreisen, in denen sich der Herzog ihrer Meinung nach bewegte und von denen sie so gut wie nichts wußte, sehr verloren, unerfahren, ja linkisch vorkommen.

Wäre ihre Mutter noch am Leben, sagte sie sich, würde sie sich wahrscheinlich nicht so fürchten. Ihr Vater hatte sie nie in die Gesellschaft eingeführt, und aus diesem Grund würde sie aus Unkenntnis der Spielregeln bestimmt viele Fehler machen.

»Herr im Himmel«, betete sie, »gib, daß Monseigneur den Wunsch verspürt, hierzubleiben, wo wir glücklich sind und es so schön ist… und niemand sich zwischen uns drängen kann.«

Sie wußte selbst nicht recht, was sie mit den letzten Worten meinte, doch sie fühlte instinktiv, daß ihr Glück durch eine unbekannte Macht gefährdet war.

Sie konnte nicht sagen, von wem diese Macht ausging: möglicherweise von der Aufgabe, der er sich in Paris verschrieben hatte, möglicherweise von den Menschen, mit denen er dort in Berührung kam.

Es gelang ihr nicht, die Gefahr genauer zu beschreiben, die sie auf sich zukommen sah.

Sie wußte nur, daß sie existierte, daß sie sich wie eine dunkle Wolke am Horizont abzeichnete, obwohl der Herzog nicht mehr davon gesprochen hatte, abzureisen.

»Ich liebe ihn! Ich liebe ihn mit jeder Faser meines Herzens! Himmlischer Vater, gib, daß er auch mich nur ein klein wenig liebt, daß er bei mir sein möchte – mehr erbitte ich nicht!«

Sie betete voller Inbrunst. Da sie nun doch etwas erschöpft war, schlief sie nach kurzer Zeit ein.

Sie erwachte erst wieder, als ihre Zofen mit dem Badewasser hereinkamen, und stellte zu ihrer Überraschung fest, daß es bereits Zeit war, sich für das Abendessen anzukleiden.

Beim Blick auf die Uhr dachte Syrilla, sie habe wertvolle Stunden, die sie lieber in Gesellschaft des Herzogs verbracht hätte, mit Schlafen vergeudet.

Inzwischen würde die Unterredung mit dem Gutsverwalter und dessen Stellvertreter wohl beendet sein, und vielleicht könnten sie im Park spazierengehen oder auf der Terrasse sitzen und sie könnte sich mit ihm unterhalten, so wie sie es mochte.

»Beeile dich, Marie!« rief sie ihrer Zofe zu. »Bring mir mein schönstes Kleid! Ich möchte so bald wie möglich nach unten, denn Durchlaucht kleidet sich gewöhnlich sehr früh um.«

Trotzdem dauerte es natürlich einige Zeit, bis sie gebadet und eines der eleganten Kleider angezogen hatte, das von der Herzogin in Paris bestellt worden war.

Sie wählte ein weißes, mit blauen Bändern und kleinen Sträußen rosafarbener Rosenblüten besetztes Tüllkleid.

Als die Zofe ihr ins Kleid half, hoffte Sybilla, es würde dem Herzog gefallen. In seiner Gegenwart suchte sie immer, einen bewundernden Blick von ihm zu erhaschen.

Sie legte eines der Hochzeitsgeschenke an, eine Kette aus Diamanten mit einem herzförmigen Medaillon.

Syrilla hatte sich überlegt, den Herzog, wenn sie sich etwas länger kannten, zu bitten, ein kleines Porträt von sich malen zu lassen, das sie dann in diesem Anhänger tragen konnte.

Als sie schließlich mit dem Ankleiden fertig war, dankte sie ihrer Zofe und lief schnell aus ihrem Zimmer auf den Gang zur großen Treppe, die hinunter in die große Halle führte.

Weil sie es so eilig hatte, den Herzog zu sehen, rannte sie die

Treppe hinunter und flog förmlich durch die Halle hin zum Salon, wo sie den Herzog vermutete.

Als ein Lakai ihr die Tür öffnete und sie in den Salon trat, mußte sie zu ihrer Enttäuschung feststellen, daß er leer war.

Doch dann sah sie den Herzog draußen auf der Terrasse stehen und lief in Richtung auf die offene Tür.

Als sie sie beinahe erreicht hatte, hörte sie draußen Schritte und sah, wie Pierre de Bethune auf den Herzog zuging, der an der Balustrade lehnte und auf den See hinunterblickte.

»Durchlaucht«, rief Pierre ihn an, und seine Stimme klang besorgt. »Aus Paris sind eben Zeitungen eingetroffen, in denen berichtet wird, daß Astrid vor drei Tagen aus dem Gefängnis entlassen wurde!«

Der Ton in Pierres Stimme ließ Syrilla erstarren. Sie stand an der offenen Tür noch im Salon und machte sich nicht bemerkbar, weil sie sich an diesen Namen erinnerte und das Gespräch der beiden nicht stören wollte.

»Astrid?« fragte der Herzog. »Dann muß er seine Strafe verbüßt haben. Er war zu acht Jahren verurteilt worden, wenn ich mich recht erinnere.«

»Er ist frei, Durchlaucht, und Sie müssen deshalb auf der Hut sein!«

Der Herzog schwieg, und nach einer Weile fuhr sein Verwalter fort:

»Sie wissen ja, er schwor, Sie zu töten!«

»Das ist schon so lange her, Pierre. Während der Zeit im Gefängnis hat sich sein Zorn sicher gelegt.«

»Ich halte das für sehr unwahrscheinlich, Durchlaucht«, widersprach Pierre de Bethune. »Er ist vermutlich immer noch der gefährliche, unberechenbare Verbrecher!«

Er hielt kurz inne, bevor er mit Schaudern hinzufügte:

»Ich höre ihn immer noch, wie er Sie von der Anklagebank aus anschrie. Es klang so, als sei er nicht bei Sinnen.«

»Er war nicht bei Sinnen«, bestätigte der Herzog. »Aber nun ist er frei, Pierre, und ich kann nichts dagegen unternehmen.«

»Außer, daß Sie auf der Hut sind.«

»Was sollte ich denn Ihrer Meinung nach tun?« fragte der Herzog.

Syrilla schien es, als würde sich der Herzog etwas lustig machen.

»Ich werde sofort Anweisung geben, daß hier im Schloß nachts die Wachen verdoppelt werden«, erwiderte Pierre de Bethune. »Bewaffnete Männer werden mit Wachhunden im Park patrouillieren und von mir angewiesen, sofort zu schießen, wenn sie Astrid zu Gesicht bekommen.«

»Ich glaube, Sie dramatisieren die Situation sehr stark, Pierre. Außerdem: wenn er mich erwürgt, wäre das vielleicht sogar poetische Gerechtigkeit.«

»Sie sollten nicht so darüber reden, Durchlaucht«, kritisierte Pierre, »und ich bitte Sie um der Herzogin willen nichts Unüberlegtes zu tun.«

Syrilla wollte nun nicht länger nur zuhören, sondern auch ins Gespräch eingreifen, und trat hinaus auf die Terrasse.

Die beiden Männer wandten sich zu ihr um, als sie ihre Schritte hörten.

Syrilla lief auf den Herzog zu.

»Ich habe gehört, worüber Sie sich unterhielten. O Monseigneur, Sie sind in Gefahr!«

»Pierre hat übertrieben«, antwortete der Herzog ruhig und gelassen. »Ich befinde mich nicht in Gefahr. Dieser Mann hat acht Jahre im Gefängnis verbringen müssen, und ich nehme nicht an, daß er sich nach acht weiteren sehnt.«

»Aber... aber er hat Ihnen doch gedroht«, sagte Syrilla leise.

»Wer eines Mordes überführt wurde, sagt viel dummes Zeug«, entgegnete der Herzog.

»Aber... aber warum wurde er denn nicht... zum Tode verurteilt?« begehrte Syrilla zu wissen.

»Es war ein Verbrechen aus Leidenschaft, und in einem solchen Fall urteilen die Geschworenen meist recht milde.«

Syrilla wollte etwas sagen, doch der Herzog ließ sie nicht zu Wort kommen.

»Ich wünsche nicht, mich noch länger über diese Angelegenheit mit Ihnen zu unterhalten. Vergessen Sie, was Sie gehört haben. Meiner Meinung nach ist das Schloß für uns der sicherste Ort und, wir können uns getrost in Pierres Obhut begeben.«

Während er sprach, warf er Pierre de Bethune einen bedeutungsvollen Blick zu, und dieser wußte, daß er sich nun zurückzuziehen hatte.

»Ich bitte um Verzeihung, Durchlaucht, daß ich dieses Thema zur Sprache gebracht habe«, sagte er. »Ich habe mir sicher grundlos Sorgen gemacht.«

Er verbeugte sich und entfernte sich. Syrilla sah zum Herzog auf.

»Monseigneur«, bat sie, »seien Sie äußerst vorsichtig. Wenn Ihnen etwas zustoßen würde… bräche für mich eine Welt zusammen… und ich würde nicht mehr weiterleben wollen!«

6

Als sie nach dem Essen wieder in den Salon zurückgingen, bat Syrilla den Herzog:

»Monseigneur, erzählen Sie mir bitte, was Sie unternommen haben.«

Er wußte, worauf sie anspielte, setzte sich in einen Sessel und antwortete:

»Ich habe den Gutsverwalter und seinen Stellvertreter entlassen. Beide wußten sehr wohl, was in Tauxise geschehen war.«

»Ich bin so froh. Ich darf überhaupt nicht daran denken, wie sehr diese armen Menschen leiden mußten, und möglicherweise ergeht es anderen ebenso.«

»Ich werde dafür Sorge tragen, daß etwas Ähnliches nicht mehr geschehen wird«, sagte der Herzog entschlossen. »Der Gutsverwalter kam aus der Nähe von Bordeaux und war mir wärmstens empfohlen worden, doch ich meine, es wäre besser, wenn ich meine Weinberge in Zukunft einem Mann anvertraue, der hier aus der Gegend stammt und die besonderen Verhältnisse in der Touraine kennt.«

»Papa sagt immer, daß Leute, die hier aufgewachsen sind und die für unseren Landstrich typischen Probleme kennen, besser wären als solche aus anderen Regionen Frankreichs.«

»Ihr Vater hat recht, und ich hoffe, Syrilla, daß Sie in Zukunft sich nie mehr Sorgen machen müssen wegen irgendwelcher Vorkommnisse auf meinem Besitz.«

Der Herzog sah in Syrillas ausdrucksvolles Gesicht und wußte sofort, daß ihr etwas Kummer bereitete.

»Was beunruhigt Sie denn?«

Sie zögerte mit ihrer Antwort. Dann sagte sie leise:

»Ich möchte Ihnen... keine Unannehmlichkeiten bereiten.«

»Ich habe den Eindruck, Sie möchten mir etwas sagen, und ich bitte Sie, Syrilla, mir gegenüber ganz offen zu sein.«

Sie zögerte immer noch, und deshalb fügte der Herzog hinzu:

»Sie sind schließlich meine Gattin, und alles, was hier im Schloß oder auf meinem Besitz geschieht, betrifft nicht nur mich, sondern auch Sie, fällt zum Teil auch in Ihren Verantwortungsbereich.«

»Ich hatte das vergessen.«

»Es gilt jedoch trotzdem, und deshalb sollten Sie mir sagen, was Sie bedrückt.«

»Ich weiß, ich sollte nichts... auf Dienstbotenklatsch geben«, begann sie leise, »aber sie haben immer etwas zu reden... auch meine Zofe Marie, wenn sie mich ankleidet.«

»Ich kenne das«, lächelte der Herzog. »Mein Kammerdiener Gustave hält mir auch oft Standpauken.«

»Maries Bruder arbeitet in den Stallungen, und er hat Marie erzählt, daß... während Ihrer Abwesenheit die Pferde... häufig nicht bewegt... und auch sonst vernachlässigt werden.«

»Was meinen Sie mit ›vernachlässigt‹?« erkundigte sich der Herzog beinahe ärgerlich.

»Ich weiß, daß Ihr Stallmeister schon sehr alt ist... und im Winter sehr unter seinem Rheumatismus leidet. Er überläßt daher alle Arbeiten den Reitknechten, die nicht so gewissenhaft sind, und manchmal bekommen die Pferde kein Futter und kein Wasser.«

Syrilla wagte nicht, den Herzog anzusehen, während sie sprach. Es war ihr peinlich, ihm von solchen Dingen berichten zu müssen, denn ihrem Empfinden nach sollte alles in der Umgebung des Herzogs perfekt sein.

Der Herzog erhob sich.

»Es ist nicht zu glauben«, rief er aus. »Warum kann ich mich nicht auf meine Bediensteten verlassen?«

Er schien so verärgert, daß Syrilla erst nach einigem Zögern eine Antwort auf seine Frage zu geben versuchte:

»Mama hat einmal gesagt, Diener wären wie Schauspieler: Sie brauchten den Beifall, oder anders ausgedrückt, man muß sie loben. Geschieht dies nicht, so meinen sie, niemand würde ihre Leistung würdigen, und sie geben sich deshalb kaum noch Mühe!«

Der Herzog ging zum offenen Kamin und stellte sich so hin, daß er ihr den Rücken zuwandte.

»Damit wollen Sie mir wieder einmal sagen, daß ich mich persönlich um die Stallungen kümmern sollte, wie es bei den Weinbergen erforderlich war«, sagte er.

»Ich möchte Sie... keinesfalls in Verlegenheit bringen..., indem ich Ihnen diese Dinge erzähle, aber es ist wahr: wenn der Garten schön gepflegt ist und niemand ihn bewundert, warum sollte sich der Gärtner dann besondere Mühe geben?«

Und nach kurzem Zögern fügte sie noch leise hinzu:

»Wenn Ihre Pferde in sehr guter Verfassung sind... und Sie nicht hier sind, um zu reiten, wem... macht es da noch Spaß, für sie zu sorgen?«

Sie konnte zwar das Gesicht des Herzogs nicht sehen, war sich aber sicher, daß er mürrisch dreinblickte, und bat ihn deshalb nach einer Weile:

»Bitte, seien Sie... mir nicht böse, weil ich Ihnen... das alles sage, aber... Sie selbst haben mich aufgefordert, ganz offen... mit Ihnen zu sprechen.«

»Ich wünsche, daß Sie mir stets das sagen, was Sie für die Wahrheit halten«, erwiderte der Herzog, »und ich glaube, daß Sie stets die Wahrheit sagen.«

»Das ist so, und Sie wissen sicher auch, daß ich Sie nie und nimmer belügen würde.«

»Sie sind ganz anders als die meisten Frauen, die ich kenne«, bemerkte er zynisch.

»Das ist kein Kompliment für mich. Im Vergleich mit den... hochintelligenten und... bildhübschen Frauen, die Sie in Paris kennen, muß ich Ihnen... langweilig und... ungebildet vorkommen.«

In ihrer Stimme schwang tiefe Schwermut mit. Der Herzog schien auf ihre Feststellung etwas entgegnen zu wollen, entschied sich jedoch anders.

»Es war ein langer, ereignisreicher Tag für Sie, Syrilla«, sagte er, »und ich vermute, daß Sie sehr müde sind. Ich schlage vor, Sie gehen nun zu Bett, und wir setzen unsere Unterhaltung morgen fort.«

»Ich würde aber... lieber bei Ihnen bleiben... und mit Ihnen sprechen«, wandte sie ein.

»Muß ich Ihnen erklären, daß ich über einiges nachdenken will? Das, was heute geschehen ist, zwingt mich, neue Überlegungen anzustellen, und hat möglicherweise meinem Leben eine andere Richtung gegeben.«

Syrilla verstand nicht, was er damit meinte, spürte jedoch, daß sie nicht darauf beharren durfte, bei ihm bleiben zu wollen.

Statt dessen erhob sie sich und ging auf ihn zu.

»Ich möchte Ihnen sagen, wie... stolz ich heute morgen war, als ich Sie auf das Dorf zureiten sah. Ich hatte den Dorfbewohnern versprochen, Sie würden... alle Probleme lösen, doch sie hatten mir... nicht wirklich geglaubt.«

Sie sah ihn bewundernd an und fuhr fort:

»Aber Sie sind doch gekommen! Ein strahlendes Licht schien Sie zu umgeben, und ich wußte, Sie würden die Menschen von Tauxise wieder glücklich machen.«

»Ich sagte vorher noch zu Pierre, ich würde ausziehen, den Drachen zu töten«, warf der Herzog etwas abschätzig ein.

»Und genau das taten Sie dann«, erklärte Syrilla lächelnd.

»Ich befürchte jedoch, es gibt noch andere Drachen, um die Sie sich kümmern müssen.«

Während sie sprach, sah sie ihm in die Augen, und er erwiderte ihren Blick.

Nun geschah etwas, was Syrilla sich nicht erklären konnte: Ihr Herz schlug ihr bis zum Hals und ihre Lippen öffneten sich, weil ihr das Atmen schwerfiel.

Für einen Augenblick schien es ihr, als würde alles um sie herum versinken und sie und der Herzog stünden allein im Sonnenschein auf einem hohen Berg.

Die Stimme des Herzogs holte sie unsanft wieder in die Wirklichkeit zurück:

»Gehen Sie zu Bett, Syrilla, und lassen Sie mich mit meinen Gedanken allein.«

Er küßte ihr die Hand, und sie machte einen tiefen Knicks. Als sie den Salon verließ, konnte sie an nichts anderes mehr denken als an den Moment, als seine Lippen ihre Hand berührt hatten.

Marie half Syrilla beim Auskleiden, löschte die Kerzen, nachdem sie zu Bett gegangen war, und wandte sich zum Gehen, als Syrilla sie bat:

»Zieh die Vorhänge am mittleren Fenster zurück. Es ist noch nicht ganz dunkel, und ich möchte sehen, wie die Sterne aufgehen. Außerdem ist es sehr heiß hier.«

»Wie Sie wünschen, Durchlaucht. Ich hoffe nur, daß die Helligkeit des Morgens Sie nicht zu früh weckt.«

»Ich möchte früh aufstehen«, erwiderte Syrilla, »denn es gibt viel zu tun.«

Doch eigentlich meinte sie mit diesem Satz, sie wolle so früh wie möglich die Gesellschaft des Herzogs suchen.

Als sie allein war, beobachtete sie den immer dunkler werdenden Abendhimmel, an dem die ersten Sterne wie winzige Diamanten funkelten.

Sie stellte sich vor, wie sie sich im See spiegelten, und fragte sich, ob es auf der ganzen Welt einen schöneren Platz geben könnte als das Schloß Savigne.

Oder einen großartigeren Mann als seinen Besitzer! flüsterte sie zu sich selbst.

Sie mußte wieder an das seltsame Gefühl denken, das sie ergriffen hatte, als sie ihm in die Augen gesehen hatte.

Sie hatte nicht gelogen, als sie ihm erzählte, sie hätte, als er auf das Dorf zuritt, wo sie ihn so sehnsüchtig erwartete, den Eindruck gehabt, stahlender Lichterglanz würde ihn umgeben.

Einen Augenblick lang war es ihr so vorgekommen, als trüge er die silbern glänzende Rüstung wie damals anläßlich des Turniers, als sie ihn zum ersten Mal gesehen hatte.

Sie hatte sich damals in ihn verliebt, doch erkannte sie nun, daß es die Schwärmerei eines kleinen Mädchens gewesen war: Sie hatte ihn die ganzen Jahre als eine mythische, beinahe gottähnliche Erscheinung verehrt.

Nun aber hatte sie begonnen, den Herzog als Mann, als Wesen aus Fleisch und Blut, zu sehen, und mußte sich eingestehen, daß sich ihre Liebe zu ihm in den letzten Tagen gewandelt hatte.

An ihrem Hochzeitstag hatte sie noch geglaubt, sie würde ihn weiterhin als die Verkörperung alles Edlen und Erhabenen verehren, aber seitdem hatte sich ein unmerklicher Wandel vollzogen, der ihr Herz nun aus einem anderen Grund vor Freude schneller schlagen ließ, wenn sie ihn sah.

Als er ihr die Hand geküßt hatte, hatte sie sich nichts sehnlicher gewünscht, als daß er ihre Lippen küßte.

»Ich liebe ihn! Ich liebe ihn!« jubelte ihr Herz. »Und ich meine, die Liebe zu ihm ist nun die einer Frau!«

Empfindungen, die sie zuvor noch nie gekannt hatte, ließen ihren Körper erbeben, und weil sie ihr fremd waren und sie sich ein wenig vor ihnen fürchtete, stand sie auf und ging hinüber zum Betstuhl.

Sie kniete auf dem Samtkissen nieder, faltete die Hände, senkte den Kopf und sprach die Gebete, die ihre Mutter sie schon in frühester Kindheit gelehrt hatte.

Nach dem Ave Maria bat sie ihren Schöpfer inständig, er möge es so einrichten, daß der Herzog sie liebe aus dem Gefühl heraus, er brauche sie.

»Laß ihn seine andere Liebe vergessen, laß ihn an mich denken. Laß ihn mich ein wenig lieben, ein wenig nur, so wie ein Mann eine Frau liebt.«

Es kam ihr in den Sinn, daß es vielleicht nicht richtig von ihr sei, darum zu bitten, doch sie sehnte sich von ganzem Herzen nach dem Herzog, und das auf eine völlig andere Art als je zuvor.

Mit jeder Faser ihres Körpers sehnte sie sich nach ihm, ihre Lippen erhofften eine Berührung durch die seinen; sie stellte es sich himmlisch vor, wenn er sie in seine Arme nähme.

»Ich liebe ihn! Oh, Herr, ich liebe ihn! Laß diese Liebe Gnade finden vor Deinen Augen, kommt sie doch von Dir, ist sie doch ein Teil von Dir. Ich liebe ihn so, daß ich an nichts anderes denken kann als an ihn.«

Syrilla wußte nicht, wie lange sie schon betete. Sie befand sich in einem solchen Aufruhr der Gefühle, daß sie all ihre Kraft ins Gebet legte, als wollte sie erzwingen, daß Gott sie erhörte.

Als sie sich schließlich durch diese Anstrengung erschöpft fühlte, sprach sie das Gloria, wie sie es von ihrer Mutter gelernt hatte, und beendete damit ihre Gebete.

Als sie sich bekreuzigte, hörte sie am Fenster ein Geräusch. Sie meinte, daß vielleicht ein Vogel oder eine Fledermaus gegen die Scheibe geflattert war.

Sie wandte sich, immer noch im Betstuhl kniend, um und sah einen dunklen Schatten, der den inzwischen sternenübersäten Himmel halb bedeckte.

Während sie wie gebannt zu dem Fenster starrte und sich fragte, was es wohl sein könnte, schien der Schatten immer größer zu werden.

Verwirrt, doch im Moment ohne Furcht, erhob sich Syrilla langsam.

Plötzlich erkannte sie in dem Schatten die Umrisse eines Mannes!

Ihr stockte das Blut in den Adern, als ihr bewußt wurde, um wen es sich handeln mußte und welche Gefahr dies bedeutete!

Es bestand kein Zweifel daran, wer in das Schloß einzudringen versuchte, wen er suchte und warum!

Mit einem Schreckensschrei aus tiefster Seele stürzte sie auf ihn zu.

Der Herzog saß lange Zeit noch im Salon, bis er schließlich, nachdem er bei seinen Überlegungen zu keinem Ergebnis gekommen war, nach oben in sein Schlafgemach ging.

Sein Kammerdiener wartete dort schon auf ihn. Gustave schien zu spüren, daß sein Herr nicht zum Plaudern aufgelegt war, und half ihm deshalb schweigend beim Auskleiden. Danach wünschte er ihm eine gute Nacht und schloß die Tür hinter sich.

Der Herzog erwiderte seinen Gruß nicht.

Er ließ die Kerzen brennen und legte sich beinahe trotzig ins Bett, so als könnte er sich zum Schlafen zwingen. Als er sich in die Kissen zurücklehnte, wußte er, daß es ihm nicht gelingen würde.

Er hatte am Abend über seine Zukunft nachdenken wollen, doch statt dessen hatten ihn, obwohl er versuchte, sie zu verdrängen, Erinnerungen an Astrid geplagt.

Die Szene im Gerichtssaal erschien wieder so lebhaft vor seinem geistigen Auge, als hätte sie sich erst gestern abgespielt.

Der Herzog hörte, wie Astrid ihn mit Schimpfwörtern überhäufte, ihn verfluchte und schwor, ihn früher oder später mit bloßen Händen zu töten.

»Du wirst sterben, du aufgeblasener Lackaffe!« hatte er geschrien, als die Gendarmen ihn in die Zelle abführten. »Du wirst genauso sterben wie Zivana, ganz blau im Gesicht und nach Luft schnappend! Du wirst sterben und deine schwarze Seele wird in der Hölle landen!«

Dies war der traurige Höhepunkt eines schrecklichen und demütigenden Prozesses gewesen, der, wie der Herzog selbst wußte, seinen Charakter und seine Persönlichkeit verändert hatte.

Er hatte gehofft, vergessen zu können, und bei dem Versuch, diese Erinnerungen aus seinem Gedächtnis zu löschen, die Abgründe der Verworfenheit ausgelotet und sich in einem Morast von Scheußlichkeiten gewälzt, die sich kein normaler Mensch vorstellen konnte.

Doch war es ihm nicht möglich gewesen, das aus seinem Bewußtsein zu streichen, was er durch den Prozeß erfahren hatte.

Er erinnerte sich daran, wo er Jules Astrid erstmals gesehen hatte.

Der spätere Mörder war in einer der Nummern im *Théâtre des*

Variétés aufgetreten, in dem auch Zivana als Tänzerin engagiert war.

Der Herzog hatte Astrid damals für eine schillernde Persönlichkeit gehalten und erfahren, daß er in seinem Leben schon vieles versucht hatte.

Astrid hatte zunächst als Gehilfe eines Löwenbändigers und als Akrobat in einem Zirkus gearbeitet.

Wegen seines guten Aussehens und sicheren Auftretens machte ihm eine wandernde Schauspieltruppe das Angebot, kleinere Rollen zu übernehmen, und weil es schon immer sein heimlicher Wunsch gewesen war, Schauspieler zu werden, kehrte er dem Zirkus den Rücken und schloß sich der Truppe an.

In den folgenden Jahren wurde er in allen männlichen Rollen im Repertoire der Truppe eingesetzt und brachte es schließlich vom Neben- zum Hauptdarsteller.

Ein Theateragent aus Paris wurde auf ihn aufmerksam und bot ihm an, zusammen mit einer alternden Diva, die den Anforderungen eines mehraktigen Theaterstücks nicht mehr gewachsen war, in einem Sketch aufzutreten.

Dieser Sketch, für den die Diva dennoch eine hohe Gage fordern konnte, erhielt glänzende Kritiken und wurde von den beiden bisweilen an einem Abend in zwei oder drei Variétés aufgeführt.

Obwohl Zivana und Jules Astrid im gleichen Theater auftraten, besaß der Herzog keinen Anhaltspunkt dafür, daß sie sich kannten.

Erst während der Gerichtsverhandlung wurde ihm bewußt, daß die beiden ihre Liaison nicht nur vor ihm, sondern auch vor der alternden, äußerst eifersüchtigen Schauspielerin geheimgehalten hatten, die von ihrem Bühnenpartner erwartete, daß er die Rolle des Liebhabers nicht nur im Theater, sondern auch in ihrem Privatleben spielte.

So deutlich, als würden die Szenen hier in seinem Schlafgemach noch einmal nachgestellt, sah der Herzog Jules Astrid vor sich, wie er seinen Part spielte und dabei den Applaus der weiblichen Zuschauer herausforderte und wie er, als der Richter das Urteil verkündete, ihn mit wutverzerrtem Gesicht angeschrien und beleidigt hatte.

»Ich darf nicht an ihn denken – ich darf einfach nicht!« versuchte sich der Herzog einzureden.

Er erinnerte sich jedoch auch daran, wie oft er vergeblich versucht hatte, diese schlimmen Erinnerungen zu verdrängen, und sich in seiner Verzweiflung dem Alkohol zugewandt, in flüchtige Abenteuer gestürzt, Ablenkung gesucht hatte in den Orgien, die in seinem Haus in Paris veranstaltet wurden, und in den Exzessen, um deretwegen sich viele seiner besten Freunde angewidert von ihm abgewandt hatten.

Nun, da er Astrid vergessen zu haben glaubte, kamen die peinigenden Visionen wieder zurück.

Er fürchtete sich nicht vor einer Verletzung, die ihm der aus dem Gefängnis Entlassene zufügen könnte, denn er konnte sich nicht vorstellen, dem ehemaligen Schauspieler an Körperkraft unterlegen zu sein.

Gewiß gab es da stets noch, wie Pierre de Bethune es sorgenvoll geäußert hatte, die Möglichkeit, daß Astrid ihn hinterrücks erschoß oder erdolchte.

Doch gegen einen solchen feigen Angriff gab es keinen Schutz, es sei denn, er würde sich freiwillig in ein Gefängnis begeben und dort Tag und Nacht bewachen lassen.

»Und wenn er mich umbringt, was würde das für einen Unterschied machen?« fragte sich der Herzog. Doch für ihn selbst überraschend mußte er sich die Antwort geben, daß er nicht sterben wollte.

Nach dem Prozeß und den für ihn schockierenden Erkenntnissen hatte er seinem Leben kein Ende setzen, es aber zumindest radikal ändern wollen.

Wäre er dabei gestorben, hätte er es beinahe als eine Erlösung empfunden.

Nun aber hatte er plötzlich den Wunsch, weiterzuleben.

Niemals zuvor hatte ihm sein Leben etwas bedeutet, nie hatte er einen Sinn darin gesehen.

Aber wenn er schon hier in dieser Welt existieren mußte, dann wollte er sich eben ohne Rücksicht auf andere amüsieren, hatte er entschieden. Doch nun in der Dunkelheit seines Schlafgemachs stellte er sich die Frage, ob ihm das Leben, das er geführt hatte, überhaupt jemals Freude gemacht hatte. Hatte er sich nicht manchmal in seinem Innersten vor sich selbst und den unbeschreiblichen Perversitäten, die er kennengelernt hatte, geekelt?

Hatten ihm die Verbitterung und der Zynismus, die sein Denken derart bestimmten, daß er sich nun im Rückblick sagen mußte, er wäre zuweilen nicht ganz bei Verstand gewesen, etwas anderes eingebracht als ein Gefühl tiefster Selbsterniedrigung?

Warum mache ich mir überhaupt solche Gedanken? fragte er sich.

Warum ließ der Gedanke an Astrids Entlassung aus dem Gefängnis die Gefühle der Verzweiflung und der Abscheu wieder auferstehen, die ihn nach dem Prozeß übermannt hatten? Und doch waren seine damaligen Empfindungen nicht mit den jetzigen zu vergleichen.

Ich bin älter, habe keine Ideale mehr, die zerstört werden könnten, und kann nicht mehr tiefer sinken, als ich schon gesunken bin, sagte sich der Herzog sarkastisch.

Und trotzdem verspürte er nun den Drang zu leben.

Ganz plötzlich kam ihm die Einsicht, daß er die letzten acht Jahre sinnlos vergeudet hatte, gab es doch so viel, was er mit seiner Zeit und seinem Geld hätte anfangen können.

Diese Erkenntnis ließ ihn vom Bett aufstehen, ans Fenster gehen, die Vorhänge zurückziehen und hinaus in die Nacht starren.

Während er das tat, fiel ihm ein, daß er seit seiner Kindheit den See und die Gärten des Schlosses nicht mehr im Sternenlicht betrachtet hatte.

Damals hatte ihn die Schönheit dieses Anblicks so beeindruckt, daß er gewünscht hatte, ein Teil dieser mystisch-ätherischen Szenerie zu sein.

Gleichzeitig hatte ihn großer Stolz erfüllt, daß dies alles sein kleines Königreich, sein Besitz war, daß er zum Schloß Savigne gehörte wie dessen Geschichte zu seinem Leben.

Er sah, wie sich die Sterne im See spiegelten, ein silberner Schimmer auf der glatten Wasseroberfläche, und die Silhouetten der großen Bäume sich gegen den Himmel abhoben.

Der Duft von Blumen erfüllte die Luft, und es schien ihm, als könnte er den Duft von Levkojen wahrnehmen, die zu den Lieblingsblumen seiner Mutter gehörten.

Als er sie am Nachmittag aufgesucht hatte, hatte er gespürt, wie sehr sie sich darüber freute, daß er noch hier auf dem Schloß und nicht, wie von ihm beabsichtigt, schon längst nach Paris zurückgekehrt war.

Zum ersten Mal seit vielen Jahren hatte es keiner Worte bedurft, um auszudrücken, was beide empfanden.

»Du hast mich sehr glücklich gemacht, Aristide«, hatte seine Mutter ihm zugeflüstert.

Der Arzt hatte dem Herzog nahegelegt, nicht zu lange bei ihr zu bleiben, denn sein Besuch könne sie zu sehr anstrengen.

»Ihrer Durchlaucht, der Herzogin-Witwe, geht es zwar so gut wie schon lange nicht mehr, doch wäre es ein großer Fehler, wenn sie sich schon zuviel zumuten würde.«

»Ich werde Sie morgen wieder besuchen«, hatte er zum Abschied zu ihr gesagt und daran, wie plötzlich ihre Augen aufgeleuchtet hatten, abgelesen, daß sie genau das von ihm hatte hören wollen.

Als er ihr die Hand küßte, spürte er, wie sich ihre Finger für einen Augenblick fest um die seinen schlossen.

»Gott segne dich, mein geliebter Sohn«, hatte sie gehaucht.

Er hatte sich zwar gesagt, es sei absurd, doch beim Verlassen ihres Gemachs hatte er tatsächlich das Gefühl gehabt, von nun an unter dem Schutz Gottes zu stehen.

Wie ein Blitz kam ihm plötzlich der Gedanke, daß nur zwei Menschen ihn von den quälenden Erinnerungen an Astrid erlösen könnten: seine Mutter und Syrilla.

Ihre Gebete würden die Dämonen, die ihn verhöhnten und verspotteten, und die Geister, die ihn schon so lange verfolgten, von ihm fernhalten.

Doch dann sagte er sich wieder, auch Gebete könnten keine Gefahr für Leib und Leben abwehren.

Und in diesem Moment fühlte er eine solche Gefahr ganz nahe.

Er konnte es sich nicht erklären, aber er konnte sie beinahe körperlich spüren, als löste sie ein Kribbeln aus.

Da war eine Gefahr – eine Gefahr, die immer näher kam – eine Gefahr, die sein Leben bedrohte.

Der Herzog spürte sie so intensiv, daß er vom Fenster zu der Kommode ging, die neben seinem Bett stand, und eine Schublade aufzog.

Diese prächtige Kommode aus Rosenholz mit feinen Intarsien aus Elfenbein war eine von zweien, die vorzüglich zur gesamten Einrichtung des *Chambre du Roi* paßten.

In der obersten Schublade lag eine geladene Pistole.

Der Herzog hatte sich noch über sich selbst lustig gemacht, als er sie, eingedenk der Worte von Pierre de Bethune, man müsse damit rechnen, daß Astrid hierherkam, noch vor dem Auskleiden geladen hatte.

Aber konnte überhaupt ein Mann, sei er auch noch so besessen von dem Gedanken, ihn zu töten, den Sperrgürtel durchbrechen, den Pierre de Bethune, wie der Herzog wußte, um das Schloß hatte legen lassen?

Er hatte die Schritte der Männer gehört, die ihre Runde machten. Er hatte erfahren, daß die Wildhüter und Jäger angewiesen worden waren, ständig Patrouillengänge in den Gärten, im Park und an den Waldrändern durchzuführen.

Das alles ist übertriebene Panikmache! sagte der Herzog verächtlich zu sich selbst. Pierre ist ein Angsthase und ich ein Idiot, weil ich mich von ihm und seiner Ängstlichkeit anstecken lasse!

Er konnte noch so verächtlich von den Sicherheitsvorkehrungen sprechen, die Gefahr war immer noch zu spüren, schien näher und immer näher zu kommen.

Er wußte selbst nicht warum, aber er öffnete die Tür zu dem Durchgang, der zu Syrillas Gemach führte.

Wenn schon nicht an meine, so muß ich doch an ihre Sicherheit denken, versuchte er, seine eigenen Ängste zu entschuldigen.

Er konnte kein einziges, verdächtiges Geräusch hören und kam sich deshalb lächerlich vor; je eher er in sein Gemach zurückkehrte, desto besser.

Wenn ich nun jede Nacht diese Anwandlungen bekomme, dauert es bestimmt nicht lange, bis ich vollkommen verrückt werde! sagte er noch zu sich selbst. Er trat in sein Zimmer und war eben im Begriff, die Tür hinter sich zuzuziehen, als er Syrilla schreien hörte.

Der Herzog machte auf dem Absatz kehrt und lief in Windeseile zurück. Als er die Tür zu Syrillas Gemach erreichte, hörte er sie ein zweites Mal schreien.

»Sie werden Monseigneur nichts antun! Sie werden ihn nicht töten!«

In der Dunkelheit konnte der Herzog Syrilla in ihrem weißen Nachtgewand erkennen, wie sie sich vor dem Sternenhintergrund gegen einen großen, dunklen Schatten wehrte.

Dann erkannte er in dem Schatten auch die Umrisse von Kopf und Schultern eines Mannes, der mit Syrilla kämpfte.

Wie ein Messerstich durchfuhr ihn die Gewißheit, daß Astrids Hände sich um Syrillas Hals geschlossen hatten.

»Du mußt sterben! Genauso sterben wie Zivana!« hörte er den Mörder brüllen wie ein wildes Tier.

Mit der Treffsicherheit eines geübten Schützen schoß der Herzog Astrid in die Stirn.

Dieser taumelte zurück und fiel mit einem dumpfen Aufprall zu Boden, und der Herzog eilte zu Syrilla, die zu Füßen des Mörders niedergesunken war, und hob sie auf.

Er konnte nicht erkennen, ob sie verletzt war, und trug sie deshalb, ohne sich noch einmal nach dem Mann umzudrehen, den er eben erschossen hatte, vorsichtig hinüber in sein Gemach.

Er setzte sie ganz langsam auf seinem Bett ab, und als ihr Kopf in die weichen Kissen sank, krampfte sich sein Herz zusammen bei dem Gedanken, sie könnte tot sein.

Ihre Augen waren geschlossen, und an ihrem Hals waren die Abdrücke zu sehen, die Astrids Finger hinterlassen hatten; der Herzog erschrak, als er daran dachte, daß sie sich dunkel verfärben würden, wenn der Eindringling sie erwürgt hatte. Der Herzog klingelte verzweifelt nach seinem Kammerdiener, ging wieder zurück zum Bett, kniete nieder und legte sein Ohr auf Syrillas Brust.

Ihr Herz schlug noch; er konnte es ganz deutlich hören. Wenigstens war sie nicht tot.

Er erhob sich, deckte sie mit der samtenen Tagesdecke zu, kniete wieder nieder und sah sie einen langen Augenblick an. Dann stand er auf und riß die Tür auf, um Hilfe herbeizurufen.

Da sah er auch schon Gustave, seinen Kammerdiener, sich hastig die Jacke zuknöpfend, auf ihn zueilen.

»Hol sofort einen Arzt!« rief der Herzog ihm zu, »Und sage Monsieur de Bethune, er möge so schnell wie möglich hierherkommen. Es ist sehr dringend!«

Der Diener machte sofort kehrt und lief den Weg zurück, den er gekommen war, doch da kam ihm bereits Pierre de Bethune entgegen.

»Was ist geschehen?« fragte er den Herzog schon von weitem. »Ich dachte, ich hätte einen Schuß gehört.«

»Richtig gehört!« erwiderte der Herzog knapp. »Ich habe Astrid getötet. Er war im Gemach von Madame!«

»Wie war das möglich?« keuchte Pierre de Bethune, als er dem Herzog gegenüberstand.

»Ich nehme an, er hat sich an einem Seil vom Dach heruntergelassen. Wir hätten uns daran erinnern sollen, daß er Akrobat gewesen ist.«

»Mein Gott!« stieß Pierre de Bethune hervor. »Aber was ist mit Madame?«

Er folgte dem Herzog in dessen Schlafgemach und sah Syrilla auf dem Bett liegen.

»Er hat versucht, sie zu erwürgen«, erklärte der Herzog.

»Versucht?!«

Pierre de Bethune sprach ganz leise, denn im Schein der Kerzen erschienen Syrillas Wangen sehr blaß, und ihr blondes Haar umgab ihr Gesicht wie ein Heiligenschein.

Wie zuvor der Herzog, so kniete auch er neben dem Bett nieder, legte seine Finger auf ihr Handgelenk und fühlte nach ihrem Puls.

»Gott sei Dank! Sie lebt!«

Auch er bemerkte die feuerroten Male, die die Hände des Mörders an ihrem Hals hinterlassen hatten, und als er seinen Blick wieder dem Herzog zuwandte, sah er ihm an, daß er ebenfalls an eine mögliche Schädigung des Gehirns dachte.

Der Herzog nahm den Leuchter von der Kommode und trug ihn an das Bett, um Syrillas Gesicht genauer betrachten zu können.

Unter dem Eindruck des ersten Schreckens hatte er geglaubt, Syrillas Augenlider würden sich schwarz verfärben, doch nun merkte er, daß es nur ein Schatten gewesen war.

Er seufzte erleichtert auf, und dieser Seufzer kam aus tiefstem Herzen.

Er stellte den Leuchter wieder ab und sagte:

»Erkundigen Sie sich bitte, ob bereits ein Diener weggeritten ist, um den Arzt zu holen, und vergewissern Sie sich, daß dieser Unmensch auch wirklich tot ist. Ich glaube, ich traf ihn in die Stirn.«

Pierre de Bethune erhob sich wortlos und ging durch die Verbindungstür zu Syrillas Schlafgemach.

Der Herzog kniete wieder am Bett nieder. Nach einer Weile bemerkte er, daß Syrillas Augenlider zuckten.

»Syrilla!«

Er rief sie leise und mit belegter Stimme an.

Einen Augenblick schien es, als irre ihr Blick ziellos hin und her, und er wartete mit angehaltenem Atem darauf, daß sie auf seinen Anruf reagierte. Als sie sein Gesicht erkannte, huschte ein schwaches Lächeln über ihre Lippen.

Sie versuchte zu sprechen, doch es gelang ihr nicht. Als sich ihre kleine, zitternde Hand auf ihren Hals zubewegte, sagte der Herzog:

»Sprechen Sie nicht. Dieser Unhold hat Sie am Hals verletzt. Aber wenn Sie mich verstehen können, so versuchen Sie, etwas mit dem Kopf zu nicken.«

Ihr Blick hing an seinen Lippen, als er sie fragte:

»Haben Sie Schmerzen?«

Fast unmerklich schüttelte sie den Kopf, und als der Herzog erkannte, daß die Befürchtungen, sie könne eine Gehirnerschütterung davongetragen haben, grundlos waren, nahm er ihre Hand und küßte sie.

»Bleiben Sie ruhig liegen. Ich habe bereits nach dem Arzt geschickt; er muß jeden Augenblick hier eintreffen. Sie dürfen sich nicht bewegen – es muß für Sie ein schreckliches Erlebnis gewesen sein, doch nun ist alles vorbei.«

Er sah, daß sie zu sprechen versuchte, und wußte, was sie ihn fragen wollte.

»Es ist mir nichts geschehen«, sagte er, und seine Stimme klang sehr zärtlich! »Sie versuchten, mein Leben zu retten, Syrilla, und es ist Ihnen gelungen! Ich hörte Sie schreien, und als ich in Ihr Gemach kam, sah ich, wie Sie mit ihm kämpften. Ich erschoß ihn, konnte aber nicht verhindern, daß er Sie würgte.«

Er sah, daß sie verstand, was er sagte, aber auch, daß das Rot der Würgemale dunkler zu werden schien und sie ihr Schmerzen bereiten mußten.

»Wenn ich nur wüßte, was ich für Sie tun könnte! Wenn ich Ihnen etwas zu trinken geben würde, würde Ihnen das wahrscheinlich nur weh tun.«

Syrillas Finger schlossen sich fest um die seinen, und der Herzog verstand, daß sie nichts anderes wollte, als daß er bei ihr blieb und ihre Hand hielt.

»Sie sind in Sicherheit – jetzt und für immer!« beruhigte er sie.

Das war alles, was sie hören wollte, und sie antwortete ihm wieder mit einem flüchtigen Lächeln.

Die Erleichterung, die er verspürte, konnte er nicht anders ausdrücken als durch Liebkosungen, und seine Lippen berührten immer wieder küssend ihre zarte Hand.

Als Syrilla erwachte, drangen goldene Sonnenstrahlen durch die Vorhänge in das Zimmer und verrieten ihr, daß es schon früher Vormittag sein mußte.

Langsam kehrten ihr die Ereignisse der letzten Nacht wieder ins Gedächtnis zurück, und sie erinnerte sich schwach, daß der Doktor gekommen war und ihr eine bittere Arznei eingeflößt hatte, worauf sie in tiefen Schlaf gefallen war.

Plötzlich bemerkte sie, daß sie sich nicht in ihrem Gemach befand.

Sie erkannte im Halbdunkel die geschnitzten, vergoldeten Blenden über den drei Fenstern und die hohen, wuchtigen Möbelstücke, die so ganz anders waren als die zierlichen in ihrem Zimmer.

Sie begann, sich auch daran zu erinnern, daß sie versucht hatte, Astrid davon abzuhalten, einen Mordanschlag auf den Herzog auszuüben, und seine Hände sich fest um ihren Hals geschlossen hatten.

Eigentlich, so dachte sie nun im Nachhinein, war es wahnwitzig von ihr gewesen, sich im Nachthemd und ohne irgendeine Waffe einem Mann entgegenzustellen, der von dem Gedanken besessen war, den Herzog zu töten.

Aber sie hatte einzig und allein daran gedacht, den Mann, den sie liebte, vor dem Tod zu bewahren, und nicht an die Gefahr für ihr eigenes Leben.

Erst als sie keine Luft mehr bekam und glaubte, sterben zu müssen, hatte sie einen verzweifelten Schrei ausgestoßen in der Hoffnung, er würde sie aus der Gewalt dieses Unholds retten.

Und er hatte sie gerettet!

Bevor sie in tiefe Bewußtlosigkeit gefallen war, hatte sie noch einen Schuß gehört und sofort gewußt, wer ihn abgefeuert hatte.

Dann hatte er neben ihr gekniet, sein Gesicht ganz nah bei dem ihren, und hatte ihre Hand geküßt – daran konnte sie sich deutlich erinnern! Obwohl sie sich ganz schwach und der Wirklichkeit entrückt fühlte, hatte sie fasziniert an seinen Lippen gehangen, hatte sie nicht aufhören wollen, ihm zuzuhören, als er zu ihr sprach.

»Er lebt, und wir beide sind zusammen«, hatte sie gedacht.

Daß sie verletzt war, ihr Hals geschwollen, wie sie spürte, bedeutete nichts im Vergleich zu der Tatsache, daß ihm nichts geschehen war.

Nun hoffte sie nur noch, daß sie dadurch nicht Zeit ihres Lebens entstellt sein würde, denn sie wollte schön aussehen – für ihn. Noch etwas benommen von der Arznei, die ihr der Doktor gegeben hatte, tastete sie mit der Hand ihren Hals ab.

Die Haut reagierte empfindlich auf jede Berührung. Das Schlukken bereitete ihr Schmerzen, doch waren sie nicht mehr so heftig wie letzte Nacht, als ihr der Arzt dieses äußerst unangenehm schmekkende Medikament eingeflößt hatte.

Sie merkte, daß sie nicht allein in diesem Raum war, denn jemand kam auf das Bett zu. Es war Marie.

»Sie sind aufgewacht, Durchlaucht?« fragte sie. »Der Doktor hat mir aufgetragen, Ihnen nach dem Aufwachen etwas zu trinken zu geben, das die Schmerzen in Ihrem Hals lindern wird.«

Sie gab Syrilla keine Zeit, ihr zu antworten, sondern holte das bereits gefüllte Glas, legte den Arm um die Schultern ihrer Herrin und stützte sie, so daß sie leichter trinken konnte.

Was auch immer in diesem Glas war, es schmeckte jedenfalls nicht so abscheulich wie das, was ihr in der Nacht verabreicht worden war.

Syrilla glaubte, Honig und Glyzerin herauszuschmecken, und erinnerte sich daran, daß sie diese Mixtur als Kind von ihrer Mutter erhalten hatte, wenn sie einen rauhen Hals hatte.

Marie bettete sie vorsichtig wieder auf die Kissen und erkundigte sich:

»Gibt es noch etwas, daß ich für Sie tun könnte, Durchlaucht? Bemühen Sie sich nicht, zu sprechen, sondern zeigen Sie ganz einfach darauf. Ich werde Sie schon verstehen.«

Syrilla deutete auf die Vorhänge, und Marie zog sie zurück. Der Sonnenschein durchflutete den Raum, und Syrilla sah sich um.

Sie befand sich im Gemach des Herzogs, lag in seinem Bett!

Der Gedanke daran versetzte sie in leichte Erregung, doch dann sagte sie sich, es wäre nur, weil er wohl – und das zu recht – angenommen hatte, sie würde nicht in dem Zimmer schlafen wollen, in dem er den Angreifer getötet hatte.

Sie war erleichtert darüber, daß Astrid nun keine Gefahr mehr für den Herzog darstellte, und erinnerte sich daran, wie sehr sie um sein Leben gefürchtet hatte.

Es kam Syrilla seltsam vor, daß Astrid versucht hatte, sie zu erwürgen, und sie so beinahe auf die gleiche Weise umgekommen wäre wie Zivana.

Das erste Verbrechen hatte dem Herzog das Herz gebrochen und ihn veranlaßt, sein Leben der Frau zu widmen, die er geliebt hatte und in all den Jahren nicht vergessen konnte.

Ihr Tod hätte ihn bestimmt nicht so tief getroffen, und doch hoffte sie, es hätte ihn ein wenig berührt, wenn sie durch die Hand des Mannes gestorben wäre, den er verabscheute und der ihm nach dem Leben trachtete.

Astrid war tot, aber Zivana, so ging es Syrilla durch den Sinn, lebte in seiner Erinnerung.

Sie hatte es bewußt vermieden, über den Raum, zu dem nur der Herzog Zutritt hatte, nachzudenken. Weil sie in der Gesellschaft des Herzogs so glücklich gewesen war, hatte sie jeden anderen Gedanken daran verdrängt.

Aber nun war es ihr unmöglich, sich nicht daran zu erinnern, daß Zivana hier im Schloß weiterlebte, weil der Herzog ihr Bild immer noch in seinem Herzen trug.

Seine Fähigkeit zu lieben war zusammen mit den Dingen, die ihn an sie erinnerten, eingeschlossen in jenem Schrein. Zum ersten Mal in ihrem Leben wurde Syrilla von Eifersucht gepeinigt – von einem Schmerz, den sie wie Messerstiche empfand und der für sie viel unangenehmer war als die Wunden an ihrem Hals.

Sie begehrte die Liebe des Herzogs für sich, wünschte sich sehnlichst, daß er in ihr eine begehrenswerte Frau sah, die auf ihn ebenso anziehend wirkte, wie Zivana es getan hatte.

Sie hatte geglaubt, sie würde sich mit seiner Freundschaft, seiner Gesellschaft und dem Privileg, ihn verehren zu können wie in ihrer Kindheit, begnügen können. Aber es war ihr nun zuwenig – viel zuwenig!

Die Gefühle, die sie empfunden hatte, als sie sich dem Mörder entgegenstellte, waren die leidenschaftliche Reaktion einer Frau, die ihn als Mann und als ihren Ehegatten liebte.

Ich möchte, daß er hier neben mir liegt. Ich möchte seine Frau sein. Ich möchte, daß er mich küßt und liebkost! ging es ihr durch den Sinn.

Doch im gleichen Augenblick wußte sie auch, daß zwischen ihm und ihr wie ein Engel mit flammendem Schwert die Liebe zu einer anderen Frau stand und immer stehen würde, der Frau, die schon vor Jahren gestorben war – und deren Andenken er mit dem Schrein bewahrte.

In diesem Augenblick schien es Syrilla, als stürze sie in eine Hölle, die ihr ganz allein vorbehalten war und von der es für sie kein Entrinnen gab.

Am Abend zuvor hatte sie erkannt, daß sie den Herzog nun auf eine ganz andere Weise liebte.

Nun, da sich ihr Körper und ihre Seele in glühendem Verlangen nach ihm verzehrten, da sie ihn so unsagbar begehrte, schien es ihr unmöglich, ihn weiterhin zu sehen, ohne ihm ihre Gefühle zu offenbaren.

Vielleicht wäre es doch das beste, dem Wunsch seiner Mutter zu entsprechen und ihm den Sohn zu schenken, der die Erbfolge sichern würde.

Doch allein schon bei diesem Gedanken widersetzte sich ihr ganzes Wesen, wenn sie sich vorstellte, er würde sie liebkosen und eigentlich eine andere Frau liebkosen wollen, er würde sie küssen, und es käme ihm vor, als küsse er Staub und Asche, weil er nur an Zivana dachte.

Zivana! Zivana!

Dieser Name spukte in ihrem Kopf herum, bis sie meinte, er würde ihr von überall her zugerufen.

Sie befand sich in einem solchen Aufruhr der Gefühle, daß sie sich von einer Seite auf die andere wälzte, ohne es zu merken.

Plötzlich hörte sie, wie Marie an der Tür mit jemandem flüsterte:

»Ich glaube, Ihre Durchlaucht hat leichtes Fieber.«

Syrilla spürte, wie ihr Herz stockte und dann wie wild weiterschlug. Sie öffnete die Augen, und sie strahlten dem Mann entgegen, der durch das Zimmer auf sie zukam.

»Sie sind wach!« bemerkte er völlig überflüssig. Sie streckte ihre Hände nach den seinen aus, und es gelang ihr, ihm mit rauher, brüchiger Stimme, die so gar nicht zu ihr paßte, zu antworten:

»Mir… mir geht… es… gut.«

»Sie können sprechen! Oh, Syrilla, Sie können ja schon wieder sprechen!«

Ein Ausdruck freudiger Erleichterung war im Gesicht des Herzogs nicht zu verkennen, und Syrilla klammerte sich an ihn, als wäre er für sie der Rettungsanker, der allein ihr Sicherheit geben konnte.

»Mir... mir... geht... es... gut«, flüsterte sie, »...Sie sind... nun sicher.«

»So sicher wie in Abrahams Schoß«, antwortete der Herzog. »Aber das wichtigste ist nun, daß Sie so schnell wie möglich wieder gesund werden.«

»Mir geht's... gut, ...jetzt wo... Sie da sind«, konnte sie ihm erwidern.

Und ihr Herz jubelte über den Blick in seinen Augen.

7

»Bitte, Herr Doktor, ich fühle mich ganz wohl. Lassen Sie mich schon aufstehen!« bat Syrilla den Arzt inständig.

»Ihre Schwiegermutter, die Herzogin-Witwe, redete so lange auf mich ein, bis ich, eigentlich wider besseres Wissen, ihr erlaubte, nach Aix-les-Bains zu reisen«, sagte der Doktor lächelnd, »und jetzt wollen Sie mich überreden, bei Ihnen ein ähnliches Risiko einzugehen?«

»Schwiegermama will verreisen?« fragte Syrilla erstaunt.

Der Doktor nickte. »Ihrer Durchlaucht, der Herzogin, geht es gesundheitlich so gut wie schon lange nicht mehr. Ich bin der Meinung, daß es hauptsächlich an ihrer seelischen Verfassung liegt. Sie freut sich so sehr über die Ehe ihres Sohnes.«

Syrilla schwieg; nach einer Weile fuhr der Doktor fort:

»Sie will unbedingt zur Kur nach Aix-les-Bains, und zugleich will sie, wie ich glaube, Sie mit Ihrem Gatten alleinlassen. Sie wird schon morgen abreisen, und wenn sie sich während der Reise schont, dürfte die Reise ihr nicht schaden.«

»Es freut mich, das zu hören«, sagte Syrilla.

Sie schaute den Arzt erwartungsvoll an, und nach kurzem Zögern willigte dieser ein:

»Nun, Durchlaucht, Sie lassen mir wohl keine andere Wahl. Sie dürfen aufstehen und unten zu Abend essen, aber danach müssen Sie sich sofort wieder ins Bett legen. Morgen werden wir dann sehen, wie es Ihnen geht.«

»Gut, Herr Doktor.«

Dabei klang ihre Stimme fröhlich, und das Strahlen in ihren Augen war nicht zu übersehen.

»Sie hatten ein fürchterliches Erlebnis«, sagte der Arzt, »aber Sie sind noch jung und haben sehr viel Mut. Ich bin fest davon überzeugt, daß Sie sich rasch wieder erholen werden.«

Als er gegangen war, setzte sich Syrilla in ihrem Bett auf. Sie mußte sich entscheiden, was sie für das gemeinsame Abendessen mit dem Herzog anziehen würde.

Seit zwei Tagen lag sie nun im Bett; sowohl der Doktor als auch der Herzog hatten darauf bestanden. Am ersten Tag nach dem grausamen Vorfall hatte sie sich tatsächlich sehr benommen gefühlt und hatte ein fast unerträgliches Pulsieren im Hals.

Nun aber waren die Schmerzen vergangen, nur die Würgemale an ihrem Hals hatten sich grün und blau verfärbt. Sie fühlte sich wohl und langweilte sich in ihrem Bett; sie wollte viel lieber zusammen mit dem Herzog sein.

Insgeheim hatte sie Angst, der Herzog könnte das Leben auf dem Schloß ohne ihre Gesellschaft eintönig finden und womöglich nach Paris zurückkehren.

Obgleich er nie darüber gesprochen hatte, ahnte sie, er würde sie nicht nach Paris mitnehmen. Und nun, da sie um die Ereignisse in der Vergangenheit wußte, als er jahrelang nicht hier auf dem Schloß gewesen war, war sie um so besorgter.

Aber nicht nur deswegen sehnte sie sich mit einer Intensität, die von Stunde zu Stunde wuchs, danach, den Herzog zu sehen.

Das völlig neue Gefühl der Liebe zu ihm, das sie entdeckt hatte, überkam sie, so daß es ihr schwerfiel, ihre Empfindungen ihm gegenüber zu verbergen, als er zu ihr kam, ihre Hand küßte und sich nach ihrem Befinden erkundigte, und, so erschien es ihr zumindest, viel zu kurz blieb.

Nein, es durfte nicht sein; sie könnte ihm unmöglich erzählen, wie sehr sie ihn liebte, wie sehr sie sich nach seiner Umarmung sehnte.

Der Herzog hatte sie aus ihrem Schlafgemach in sein eigenes getragen: Wie war es möglich, fragte sie sich nun, daß es ihr nicht bewußt geworden war?

Weil der Herzog glaubte, sie würde nicht so bald in ihr Gemach zurückkehren wollen, nachdem dort ein Mann getötet worden war, hatte man sie im *Chambre du Roi* gelassen.

In dieser Umgebung kam es ihr vor, als wäre der Herzog ganz nahe bei ihr, als läge er neben ihr, und sie müßte nur den Arm ausstrecken, um ihn zu berühren.

Marie, die das Zimmer betreten hatte, nachdem der Doktor gegangen war, unterbrach ihre Gedankengänge.

»Herr Doktor sagte, Sie dürften aufstehen, Durchlaucht, und unten zu Abend essen. Es freut mich sehr für Sie! Aber ich glaube, wenn er den Herzog spricht, wird er darauf bestehen, daß das Abendessen früher serviert wird.«

»Auch ich wünsche das«, antwortete Syrilla.

Sie hatte nur das Verlangen, den Herzog so schnell wie möglich zu sehen.

Sie würde ihn ansehen, ihm zuhören können, und vielleicht würden sie, den Anweisungen des Doktors zum Trotz, nach dem Abendessen im Salon kurz zusammensitzen können.

»Was wünschen Sie zu tragen, Durchlaucht?« fragte Marie. Das war natürlich eine wichtige Frage, die zu entscheiden nicht leichtfiel.

Syrilla verwarf ein Kleid nach dem anderen, und als sie dann nach einem duftenden Bad in dem von ihr schließlich gewählten Kleid vor dem Spiegel stand, überlegte sie noch, ob nicht ein anderes doch besser gewesen wäre.

Dabei hätte sie keine bessere Wahl treffen können: Das Kleid stand ihr ausgezeichnet.

Es war aus rosafarbenem Tüll und so raffiniert geschneidert, wie es nur die Pariser Salons können: Der Tüllrock bauschte sich um ihre schmale Taille, und das enganliegende Oberteil unterstrich die Rundungen ihres Busens.

Der breite Spitzenbesatz am Dekolleté war mit winzigen Paillettensternchen besetzt, und das gleiche Sternchenmuster glitzerte an dem drapierten Rock und an ihren Satinschuhen.

»Einfach hinreißend, Durchlaucht!« rief Marie bewundern aus. »Es ist das schönste Kleid, das ich jemals gesehen habe.«

Syrilla mußte lächeln und zugleich daran denken, ob wohl auch der Herzog es schön finden würde.

Er hatte schließlich jahrelang in Paris gelebt und war es nun einmal gewöhnt, elegant und ausgefallen gekleidete Frauen zu sehen. Schöne Kleider allein konnten ihn sicherlich nicht beeindrucken wie sie und Marie, hatten sie doch beide noch nie eine Reise gemacht und nichts anderes kennengelernt als das Leben auf dem Lande.

Nur die Würgemale an ihrem Hals blieben ein Problem. Die blauen Flecken hoben sich deutlich von ihrer hellen Haut ab, und sie befürchtete, der Herzog würde sie häßlich finden.

Durch sie würde er auch an den Vorfall erinnert werden und könnte möglicherweise darauf bestehen, daß sie sich sofort wieder ins Bett legte.

Die Diamanten- und Perlenketten in ihrem Schmuckkasten waren ihr zum Teil zur Hochzeit geschenkt worden, zum Teil gehörten sie zum Familienschmuck der Savigne. Für ihren Geschmack waren sie aber alle zu schwer und pompös. Außerdem waren sie so auffallend, daß sie möglicherweise die Aufmerksamkeit des Herzogs auf die Würgemale lenken würden, und gerade das wollte sie ja vermeiden.

Statt dessen band sie mit Maries Hilfe eine schmale Tüllschleife um ihren Hals und befestigte an der Seite, wo die blauen Flecken am deutlichsten zu sehen waren, zwei kleine, weiße Orchideen aus einem der Blumensträuße, die ihr Zimmer schmückten.

Die Blumen betonten die jugendliche Frische ihres Aussehens. Außer dem Ehering, der ihre schmale Hand zierte, trug sie keinen Schmuck.

Syrilla warf noch einen letzten Blick in den Spiegel und wandte sich dann zur Tür.

»Verzeihen Sie, Durchlaucht, die Frage: Möchten Sie sich vielleicht heute abend in Ihre eigenen Räume zurückziehen?« bemerkte Marie, als Syrilla an der Tür angekommen war.

»Ganz recht... vielleicht ist es das beste. Der Herzog möchte sicherlich wieder sein Gemach für sich haben.«

Sie fragte sich, ob sie wohl an Astrid denken müßte und die Situation, als sein dunkler Schatten am Fenster erschien und sie nicht wußte, was es war, noch einmal durchleben würde.

Dann sagte sie sich jedoch, es wäre töricht von ihr und würde nicht ihrer Erziehung entsprechen, wenn sie sich so ängstigte. Außerdem schlief ja der Herzog gleich nebenan und würde es sicher hören, wenn sie nach ihm rief.

Dieser Gedanke ließ Syrilla freudig erbeben, doch dann kam sie mit sich überein, ihn nur zu rufen, wenn es wirklich dringend wäre. Würde er nur aus Höflichkeit oder Rücksicht zu ihr kommen, wäre das für sie noch schlimmer, als wenn sie mit ihren Ängsten allein fertig werden müßte.

Sie ging langsam hinunter in den Salon, wo der Herzog sie erwartete.

Als sie auf ihn zuging, sah sie in seinen Augen jenen bewundernden Blick aufblitzen, nach dem sie stets suchte. Ihr Herz schlug wie wild, und eine seltsame, wundervolle Erregung ergriff von ihr Besitz, als sie feststellte, daß sie beide allein waren.

»Ich hoffe, Sie überanstrengen sich nicht«, sagte er leise.

»Aber nein, keineswegs! Ich wäre schon gestern gerne aufgestanden, doch der Arzt hat es mir nicht gestattet.«

»Ich habe ihm ja auch gesagt, er solle auf keinen Fall irgendein Risiko eingehen«, antwortete der Herzog. »Sie bedürfen noch einige Tage lang äußerster Schonung.«

»Ja, ich sehe das ein«, hörte Syrilla sich sagen.

Es war schon seltsam, daß sie etwas ganz anderes sagte, als sie eigentlich meinte.

Sie konnte es sich nicht erklären, aber es schien ihr, als würde sie unbewußt auf ein Gefühl reagieren, das der Herzog empfand und das sie nicht kannte; jedenfalls war es ein sehr angenehmes, wundervolles Gefühl.

Der Herzog bot ihr seinen Arm an und geleitete sie in den kleinen Speisesaal.

Während die Diener ihnen die einzelnen Gänge servierten, die für Syrilla viel zu opulent ausgefallen waren, erzählte ihr der Herzog von der Inspektion seines Besitzes, von seinen Plänen mit den Weinbergen und dem Besuch, den er dem Dorf Tauxise am Nachmittag abgestattet hatte.

»Geht es den Menschen dort besser?« erkundigte sich Syrilla.

»Es ist Ihr Verdienst, daß ich dort glückliche und zufriedene Leute angetroffen habe. Die Männer leisteten Schwerstarbeit in den Weinbergen, wo sie die kranken Rebstöcke herausrissen, die Frauen wuschen ihre Wäsche oder nähten und flickten, und die Kinder sahen so aus, als hätte man sie gerade erst gründlich abgeschrubbt.«

Syrilla lachte.

»Ich kann mir vorstellen, daß die Kinder von dieser Behandlung nicht gerade erbaut waren.«

»Ich versprach den Dorfbewohnern, daß Sie, wenn Sie sich wieder besser fühlen, nach Tauxise kommen würden. Sie sprechen von Ihnen wie von einer Heiligen, die ihnen der Himmel geschickt hat.«

»Ich möchte nicht, daß sie das tun«, wandte Syrilla ein. »Es war mir unangenehm, fast peinlich, als die Frauen niederknieten und meinen Rock berührten.«

»Sie haben ein Wunder vollbracht«, entgegnete der Herzog, »und sie werden es Ihnen nie vergessen.«

Er hielt kurz inne und fügte dann noch hinzu:

»Und ich werde auch nicht vergessen, was Sie für diese Leute, für die wir Verantwortung tragen, getan haben.«

Syrilla fühlte, wie sie errötete, und senkte den Blick. Der Herzog schien daraufhin bemüht, von anderen Dingen zu sprechen.

Nach dem Abendessen gingen sie zurück in den Salon. Syrilla befürchtete, er würde sie gleich wieder in ihr Gemach schicken wollen.

Sie lief deshalb an das offene Fenster und blickte in den Garten hinaus.

Die Sonne versank gerade hinter den hohen Bäumen im Park, und das Purpurgold des Abendhimmels spiegelte sich im See. Es war ein solch wunderschöner Anblick, daß Syrilla überwältigt fragte:

»Kann es einen schöneren Ort auf der Welt geben?«

»Das habe ich mich auch schon oft gefragt«, antwortete der Herzog. »Aber bitte, Syrilla, kommen Sie doch zu mir. Ich möchte mit Ihnen sprechen.«

In seiner Stimme schwang ein Ton mit, der sie veranlaßte, sich sofort umzudrehen und ihn anzusehen.

Er sprach in einem feierlichen Ton, und sie hatte plötzlich Angst davor, er wolle ihr mitteilen, daß er abreisen würde.

Sie war nervös, ihre Hände zitterten; sie faltete die Hände, damit der Herzog es ihr nicht anmerkte.

Der Herzog suchte offensichtlich nach Worten.

»Syrilla«, begann er, »am Abend unseres Hochzeitstages erzählten Sie mir, Sie seien Ohrenzeuge eines Gesprächs zwischen zwei Damen geworden, in dem die Bemerkung fiel, es gäbe hier im Schloß einen Raum, zu dem nur ich Zutritt hätte.«

Er sprach nicht weiter. Sie spürte, daß er eine Antwort von ihr erwartete, deshalb erwiderte sie mit leiser, ängstlicher Stimme:

»J... ja, ich... habe das... gehört.«

»Sie sagten auch, wenn ich mich recht erinnere, es sei ein Schrein, in dem sich mein Herz befände.«

Wieder sah er sie an. Nun konnte sie ihm nur mit einem kaum vernehmlichen Flüstern antworten:

»Ja..., das habe... ich... gesagt.«

»Ich möchte, daß Sie mit mir in diesen Raum gehen und sich ansehen, was darin ist«, sagte der Herzog. »Es ist tatsächlich ein Schrein, den ich meiner Liebe errichtet habe.«

Syrilla war, als erstarrte sie zu Stein.

Ihr Herz, das eben noch wie wild geschlagen hatte, schien auszusetzen; in ihren Adern schien plötzlich Eiswasser zu fließen, das sie derart lähmte, daß sie keinen klaren Gedanken mehr fassen konnte.

Sie versuchte zu sprechen, doch kein einziges Wort kam über ihre Lippen.

»Wollen Sie mir nun bitte folgen?« forderte sie der Herzog mit ernster Stimme auf.

Sie nickte nur, und Seite an Seite durchquerten sie den Salon. An seinem Schreibtisch hielt der Herzog kurz inne, um den Schlüssel mitzunehmen, der dort lag.

Was hat das alles zu bedeuten? fragte sich Syrilla verzweifelt.

Warum zeigte er ihr gerade jetzt den Raum, den er dem Andenken an Zivana geweiht und den sie seit der Hochzeit zu vergessen versucht hatte?

Sie erschrak, als ihr plötzlich der Gedanke kam, er wolle ihr damit noch einmal erklären, daß Zivana ihm alles bedeutete und er es nicht länger ertragen könnte, daß sie mit ihm verheiratet war.

Er will mich loswerden, durchfuhr es Syrilla wie mit tausend Messerstichen.

Sie gingen schweigend die große Treppe hoch. Oben angelangt, bog der Herzog in jenen Gang ein, der in den Teil des Schlosses führte, den Syrilla nicht kannte; man hatte ihr gesagt, die Räume in diesem Flügel seien unbenutzt.

Am Ende dieses Ganges befand sich eine Treppe, die nach oben führte, und Syrilla vermutete, sie würden auf einen der Türme hinaufsteigen.

Am Ende dieser Treppe erreichten sie eine Tür. Syrilla wußte nun sicher, daß sie in einem der vier großen Türme des Schlosses waren.

Der Herzog reichte ihr den Schlüssel, den er in der Hand hielt, und trat zur Seite.

Sie nahm ihn wie im Traum entgegen, fühlte jedoch, daß es ihr nicht möglich sein würde, das zu tun, was er von ihr erwartete.

Die Eifersucht auf diese tote Frau schien sie wie eine Flutwelle zu überrollen, ließ sie zittern und beben und flößte ihr eine Angst ein, wie sie sie noch nie in ihrem Leben kennengelernt hatte.

Wie konnte sie je mit einer Frau konkurrieren, die noch neun Jahre nach ihrem Tod die Liebe eines Mannes ganz für sich beanspruchte?

Mit einer Frau, die für ihn zu einer Heiligen und zum Inbegriff der Vollkommenheit geworden, für ihn aber auch verloren war?

Aber weil Syrilla nicht auszudrücken vermochte, was sie bewegte, weil sie sich wie eine Marionette in den Händen des Herzogs fühlte, steckte sie den Schlüssel ins Schloß.

Das schwere Schloß ließ sich überraschend leicht öffnen, als sei es erst vor kurzem geölt worden.

Einen Moment zögerte Syrilla noch, doch als der Herzog nichts unternahm, stieß sie die Tür auf.

Syrilla war überrascht, wie groß dieses Turmzimmer war. Auf dem Boden lagen Teppiche, und die letzten Strahlen der Abendsonne fielen durch die offenen Fenster. Doch nicht nur von ihnen wurde der Raum erhellt.

Große Kerzen in goldenen Kerzenhaltern brannten zu beiden Seiten eines Gemäldes, das inmitten eines Meeres aus weißen Blüten stand.

Syrilla konnte den Duft von Lilien, Rosen und Nelken wahrnehmen, als sie langsam, als hätte sie Blei in den Füßen, darauf zuging.

Doch das Bild zeigte nicht, wie sie es erwartet hatte, eine Fremde. Es war ein Porträt von ihr!

Sie erkannte es sofort, denn es handelte sich um jenes, das ihr Vater so geliebt und dem Herzog zum Hochzeitsgeschenk gemacht hatte.

Verwirrt betrachtete sie es. Mit weit aufgerissenen, angsterfüllten Augen wandte sie sich dann dem Herzog zu.

Er stand nur einen Schritt hinter ihr und sagte:

»Sie wollten sehen, wessen Bild ich in meinem Herzen trage.«

Einen Augenblick lang verstand Syrilla nichts. Als dann das Eis in ihren Adern zu schmelzen schien und ein ungekanntes Glücksgefühl von ihr Besitz ergriff, sagte der Herzog in einem überraschend barschen Ton:

»Ich habe Ihnen viel zu erzählen, Syrilla. Nehmen Sie Platz!«

Sie sah ihn verwundert an, bemerkte neben sich einen damastbezogenen Sessel und setzte sich bereitwillig, denn sie hatte den Eindruck, sie könne sich nicht länger auf den Beinen halten.

Sie wußte überhaupt nicht mehr, wie ihr geschah. Aufgewühlt in ihrem Innersten durch das, was der Herzog gesagt hatte, und die Tatsache, daß ihr Porträt der einzige Gegenstand in diesem Raum war, fühlte sie sich geblendet durch das Kerzenlicht.

Der Herzog ging zum offenen Fenster und lehnte sich dagegen.

»An unserem Hochzeitstag hörten Sie davon«, begann er, »daß ich eine Tänzerin namens Zivana Mezlanski geliebt und nach dem Mord an ihr alle Andenken an sie hierhergebracht und einen Schrein errichtet hätte.«

Während er sprach, sah er nicht Syrilla an, sondern ihr von Kerzen und Blumen umgebenes Porträt.

Er schien darauf zu warten, daß sie ihm antwortete, und nach einer Weile bestätigte sie:

»Ich... hörte das, wie ich... Ihnen bereits sagte.«

»Es entsprach auch der Wahrheit. Ich war einundzwanzig, als ich Zivana kennenlernte. Sie war für mich die ausdrucksvollste und eleganteste Tänzerin und die schönste Frau, die ich je gesehen hatte.

Ich verliebte mich in sie – besser gesagt, ich verfiel, wie es nur ein junger, unerfahrener Mann konnte, einer Frau, die aus einer anderen Welt kam als die, die ich bis dahin kannte.«

Syrilla preßte die Hände zusammen.

In seiner Stimme schwang tiefer Schmerz mit, der sich auch auf sie übertrug.

»Vor Zivana kannte ich nur wenige Frauen und unter ihnen keine, die ein Leben wie sie führte. Ich hielt sie in jeder Beziehung für vollkommen und wollte daher, daß sie meine Gattin würde.«

Er holte tief Luft.

»Ich bat sie, mich so schnell wie möglich zu heiraten und mit mir hier auf Schloß Savigne zu leben.«

Syrilla fragte sich, weshalb er ihr das alles erzählte. Sie wußte, daß es ihn schmerzte, sich an die Vergangenheit zu erinnern, und versuchte, nicht an ihre, sondern seine Gefühle zu denken.

»Zivana fand viele Entschuldigungen dafür, daß wir nicht unverzüglich heiraten konnten«, fuhr der Herzog fort, »und wurde meine

Geliebte, obwohl ich diese Tatsache im Grunde als einen Verrat an der Größe und Reinheit unserer Liebe erachtete.«

Er hielt kurz inne, bevor er beinahe zornig hinzufügte:

»Ich war ein Narr, Syrilla, ein blutjunger Tor, der nichts von den Realitäten des Lebens wußte!«

Dieser Satz schien lange nachzuhallen, und der Herzog zwang sich zu einem ruhigeren Ton:

»Zivana hielt mich mit Versprechungen hin – sie würde mich heiraten, wenn ihr Vertrag mit dem Variété ausgelaufen sei – als sie ihre vorletzte Saison im Ballett absolvierte. Sie hatte immer wieder Ausreden parat, die ich ihr abnahm, weil mir nichts anderes übrigblieb. Wie sollte ich auch wissen, daß es Ausreden und Lügen waren? Ausreden, die ich leichtgläubig akzeptierte!«

Syrilla machte eine Geste, als wollte sie ihn trösten, doch er ließ sich nicht unterbrechen:

»Sie wissen, was dann geschah. Zivana wurde von Jules Astrid erwürgt, und ich fand sie tot auf dem Boden ihrer Garderobe liegend.«

»Es muß für Sie... ein schreckliches Erlebnis... gewesen sein«, flüsterte Syrilla.

»Ich glaube, ich war dem Wahnsinn nahe und machte mir die schwersten Vorwürfe, denn ich war überzeugt, ich hätte den Mord verhindern können, wenn ich nach der Vorstellung nicht aufgehalten worden und zum verabredeten Zeitpunkt zu ihr in die Garderobe gekommen wäre.«

»Sie... wußten, wer sie... umgebracht hatte?«

»Ein anderer Schauspieler hatte Astrid aus Zivanas Garderobe kommen sehen«, erwiderte der Herzog. »Und als er dann untertauchte, war offensichtlich, wer ihr Mörder war.«

»Aber... er wurde doch... gefaßt?«

»Ja, aber erst nach einem halben Jahr. In dieser Zeit trauerte ich um Zivana als die Frau, die meine Gattin hätte werden sollen.«

Der Herzog hatte Syrilla seit Beginn dieses Gespräches nicht angesehen, und sie glaubte den Grund dafür zu erraten: Er konnte den Gedanken nicht ertragen, daß sie nun den Platz von Zivana einnahm, die er von ganzem Herzen geliebt hatte.

»Astrid wurde verhaftet und vor Gericht gestellt«, fuhr der Herzog fort und sprach dabei schneller als zuvor, als wollte er rasch zum Ende seiner Schilderung der Ereignisse kommen.

»Während des Prozesses erfuhr ich dann die Wahrheit.«

»Die... Wahrheit?« fragte Syrilla verwundert.

»Er war Zivanas Geliebter gewesen – sie hatte nicht mich, sondern ihn geliebt!«

»Oh... nein!« flüsterte Syrilla kaum hörbar.

»Die Briefe, die sie an ihn geschrieben hatte, wurden vor Gericht verlesen. Durch sie erkannte ich, daß es die Zivana, wie ich sie mir vorstellte, nie gegeben hatte. Sie war eine wilde, ungebildete Russin, die einem groben, brutalen Mann hörig gewesen war, der alle Frauen wie Dreck behandelte und nur zur Erfüllung seiner Begierden mißbrauchte.«

Der Herzog sprach mit solcher Bitterkeit, daß es Syrilla kaum mehr ertragen konnte, ihm zuzuhören.

Sie wußte nicht, daß er sich gerade wieder daran erinnerte, wie die Briefe vor Gericht verlesen und für Astrid als mildernder Umstand gewertet worden waren.

Diese leidenschaftlichen Briefe, Dokumente von Gewalt und brennendem Verlangen, hatten so ganz der Sensationslust der Prozeßbesucher entsprochen, dem Herzog hingegen das Gefühl tiefster Demütigung vermittelt.

Zivana hatte sich auch über ihn schriftlich geäußert.

»Aristide ist noch sehr jung und weiß nichts von der Liebe, doch er ist reich, und wir brauchen sein Geld. Du glaubst nicht, wie ich leide, wenn ich mit ihm zusammen bin und doch viel lieber bei Dir wäre. Ich liege in seinen Armen und frage mich, mit wem Du zusammen bist, und ich will nur Dich und brauche Dich, mein ganzer Körper sehnt sich und verlangt nach Dir!«

Es wurden Dutzende von Briefen vorgelegt, geschrieben von einer Frau, die einen Mann mit der ihrem Volk eigenen Leidenschaft liebte und dadurch zwischen tiefster Schwermut und unbeschreiblichen Glücksgefühlen schwankte.

Durch die Briefe wurde enthüllt, daß Astrid sie aus Eifersucht geschlagen hatte und sie seine Brutalität als einen Liebesbeweis ansah.

Sie liebte ihn; trotzdem betonte sie immer wieder, daß der Herzog reich sei und sie beide alles brauchten, was sie ihm ablisten könne.

Doch das Geld hatte Astrids Eifersucht nicht beschwichtigen können.

In einem Wutanfall, ausgelöst vermutlich durch einen Streit darüber, daß sie neben ihm noch einen anderen Geliebten hatte, hatte er sie erwürgt.

Während des mehrere Tage dauernden Prozesses war der Herzog durch die tiefste aller Höllen gegangen.

Als das Urteil verkündet und Astrid eines Verbrechens aus Leidenschaft für schuldig befunden wurde, war aus dem Jüngling mit hohen Idealen ein verbitterter und zynischer Mann geworden, der nur noch Haß in seinem Herzen trug.

Der Herzog hatte Syrilla inzwischen den Rücken zugekehrt und sah mit leerem Blick aus dem Turmfenster.

»Ich habe nicht die Absicht, Ihnen Einzelheiten aus meinem Leben in Paris während der letzten acht Jahre zu erzählen«, sagte er. »Sie würden sie sowieso nicht glauben können, und ich will, weiß Gott nicht, daß Sie vielleicht auch noch Verständnis für sie aufbringen.«

Er hielt einen Augenblick lang inne.

»Nur soviel will ich Ihnen sagen: Ich habe mich nicht einer noblen Aufgabe gewidmet, wie Sie es sich vorstellen. Statt dessen beging ich jeden Verstoß gegen Anstand und Sitte, den man sich nur vorstellen kann. Ich war tief verletzt worden und wollte nur noch andere verletzen.

Mit jeder Frau, die mir begegnete, versuchte ich, mich an Zivana zu rächen. Ich haßte die Frauen, nützte sie schamlos aus. Wenn ich ihr Leben zerstört oder sie weinend und verzweifelt zurückließ, war ich zufrieden. Weil eine Frau mich unglücklich gemacht hatte, meinte ich, ich müßte alle anderen unglücklich machen!«

Die erlittene Kränkung schwang sehr stark in seiner Stimme mit, und Syrilla hatte eher sie als die Worte wahrgenommen, als er sprach.

»Mein Verhalten war eine Schande für meinen Namen und die Tradition meiner Familie«, fuhr der Herzog fort. »Man machte mir deswegen Vorhaltungen, doch ich lachte nur darüber.«

Er holte tief Luft, bevor er Syrilla gestand:

»Niemand wird es gewagt haben, es Ihnen zu hinterbringen, doch ich bin zum Inbegriff alles Niederen und Verworfenen geworden, zu einem Wüstling und Lüstling – zu einem Mann, der den Namen einer angesehenen Familie in den Schmutz gezogen hat.«

Diese Sätze stellten eine solche schonungslose Selbstanklage dar, daß Syrilla spürte, wie ihr die Tränen in die Augen traten.

Er erwartete offensichtlich nicht, daß sie ihm etwas entgegnete, und fuhr fort:

»Als mich meine Mutter bat zu heiraten, um den Fortbestand unseres Geschlechts zu sichern, sagte ich ihr, ich würde mich keinesfalls an der Suche nach meiner Braut beteiligen. Ich beabsichtigte, eine Nacht – eine einzige – hier zu verbringen und dann in die Gosse zurückzukehren, aus der ich gekommen war.«

Nun fand auch Syrilla ihre Stimme wieder.

»Warum... haben Sie es... denn nicht getan?«

»Weil Sie so ganz anders waren, als ich erwartet hatte. Sie führten mir etwas vor Augen, von dem ich nicht mehr wußte, daß es existierte. Sie glaubten an mich, erinnerten mich an Träume, die vor neun Jahren zerstört worden waren, die Träume von einer Frau, die unschuldig und rein ist und geistig wie körperlich anziehend auf einen Mann wirkt.«

»Und dann...?« fragte Syrilla.

»Dann verliebte ich mich in Sie!« antwortete der Herzog. »Damit wir uns nicht falsch verstehen: Ich kämpfte dagegen an! Ich kämpfte gegen alles, was Sie verkörperten, was Sie sind; doch als ich Sie dann mit Astrid kämpfen sah, als ich Sie in mein Zimmer trug und glaubte, Sie seien tot, wußte ich, daß ich mein Herz unwiederbringlich an Sie verloren hatte.

In diesem Augenblick erkannte ich, daß meine Gefühle für Zivana die Schwärmereien eines jungen Mannes gewesen waren, der das Leben nicht kannte und wenig Sinn für die wahren Werte besaß. Meine

Gefühle für Sie, Syrilla, sind ganz anders. Ich bin nun ein erwachsener Mann und liebe Sie mit Herz und Verstand und, wenn ich eine hätte, was ich bezweifle, mit meiner Seele.«

Er gestikulierte mit den Händen.

»Sie füllen mein Leben so aus, daß darin kein Platz mehr ist für etwas anderes. Sie sind die Vollkommenheit in Person. Aber ich weiß nur zu gut, daß ich Ihrer völlig unwürdig bin.«

Syrilla wollte ihn unterbrechen, doch es gelang ihr nicht.

»Nach meinem verabscheuungswürdigen Verhalten während der letzten Jahre bin ich mir nicht einmal sicher, ob es für den ›reuigen Sünder‹ überhaupt einen Weg zurück gibt.«

Leidenschaft verlieh seinen Worten Nachdruck, als er fortfuhr:

»Ich will Sie, Syrilla, ich will Sie unbedingt als meine Gattin – als meine Frau. Aber was kann ich Ihnen bieten? Ich bin gewiß nicht der edle Ritter, für den Sie mich halten, nicht der Held, wie er nur in Ihrer Phantasie existiert!«

Er hielt inne, um dann zynisch hinzuzufügen:

»Ich bin mir nicht einmal sicher, ob die Liebe, die ich für Sie empfinde, überhaupt rein und ohne Hintergedanken ist, wenn ich mir vor Augen halte, welch gemeiner Mensch ich geworden bin!«

Er atmete tief ein, bevor er ihr einen Vorschlag unterbreitete, der wie eine Herausforderung klang:

»Die Antwort liegt ganz allein bei Ihnen. Wenn Sie mich so nehmen, wie ich bin, verspreche ich Ihnen hoch und heilig, daß ich versuchen werde, so zu werden, wie Sie es sich wünschen. Aber ich will Sie nicht belügen – geben Sie sich keinen Illusionen über mich hin! Wenn Sie mich so betrachten, wie es Ihnen Ihre Erziehung gebietet, bin ich für Sie indiskutabel – ein Mann, mit dem Sie nichts gemein haben können. Aber die Entscheidung müssen Sie fällen.«

Die Stimme des Herzogs schien im Raum zu verklingen, und dann war es still. So still, daß Syrilla meinte, sie würde nicht einmal mehr atmen, und auch der Herzog schien den Atem anzuhalten.

Plötzlich erhob sich Syrilla und ging zu ihm ans Fenster.

Er drehte sich nicht nach ihr um. Er hörte sie nur flüstern:

»Sagen Sie... mir bitte, warum Sie... obwohl ich Ihnen meine Gedanken offenbarte ... mich nach unserer Hochzeit ... nicht zur Frau machten ... wie Sie es ... beabsichtigten?«

»Ich hatte es vor«, erwiderte der Herzog, »doch am ersten Abend war ich von dem, was Sie mir sagten, so überrascht, daß ich um eine Antwort verlegen war. Als ich am zweiten Abend in Ihr Gemach kam, beteten Sie gerade, und ich fühlte, daß ich Ihre Reinheit und Vollkommenheit nicht antasten durfte.«

Er hörte Syrilla seufzen. Dann sagte sie:

»Genauso ... hätte sich ... der edle Ritter ... verhalten, an den ich ... glaubte. Aber ... genau wie sich ... Ihre Gefühle für mich ... gewandelt haben, hat sich ... auch meine Liebe zu Ihnen ... gewandelt.«

Der Herzog hatte ihr aufmerksam zugehört, erwiderte jedoch nichts. Nach einer Weile sagte sie zärtlich:

»Ich liebe Sie nun nicht mehr als meinen Monseigneur, als jemanden, der sich einem hohen Ideal verschrieben hat, sondern als Mann! Ich liebe Sie, Aristide, und sehne mich danach, Ihre Frau zu werden ... wenn Sie es wollen.«

Der Herzog wandte sich zu ihr um.

»Wollen? Und ob ich Sie will! Aber haben Sie auch wirklich über alles, was ich Ihnen gesagt habe, nachgedacht, Syrilla?«

»Warum sollte ich darüber nachdenken? Für mich sind Sie stets ... der Inbegriff alles Edlen gewesen. Was in der Vergangenheit geschah, betrifft mich nicht. Ich möchte ... die Zukunft mit Ihnen teilen, eine Zukunft, die wir ... wenn Sie mich so lieben, wie ich Sie ... gemeinsam hier auf Schloß Savigne ... erleben können.«

Sie bemerkte, wie die Augen des Herzogs aufstrahlten, und obwohl er sich nicht bewegte oder sie berührte, meinte sie, er wäre ihr nähergekommen.

»Wissen Sie wirklich, was Sie sagen?« fragte er. »Ich liebe Sie, Syrilla, wie ich in meinem ganzen Leben noch nie jemanden geliebt habe! Aber Sie werden mir dabei helfen müssen, die Dinge wieder zu entdecken, an die Sie glauben und an die ich vor langer Zeit ebenfalls glaubte.«

Und beinahe mitleidheischend fügte er hinzu:

»Ich habe sie verloren und befürchte, ohne sie kann ich Sie nicht glücklich machen.«

»Zu meinem Glück… brauche ich nur Sie.«

Wie unter einem Zwang streckte Syrilla ihm die Arme entgegen, und der Herzog riß Syrilla förmlich an sich.

»Ich liebe dich, ich verehre dich, ich bete dich an! Hilf mir, Syrilla, der Mann zu werden, an den du all die Jahre geglaubt hast, der es jedoch nicht einmal wert ist, den Boden küssen zu dürfen, auf dem du stehst.«

»Du bist alles, was… ich mir jemals… erträumte… oder wünschte«, hauchte Syrilla.

Der Herzog zog sie noch näher an sich, und ganz vorsichtig, als wagte er es nicht, sie zu berühren, suchten seine Lippen die ihren.

Es war ein zärtlicher Kuß – der Kuß eines Mannes, der sich etwas Heiligem mit Ehrfurcht nähert.

Als sich ihre Lippen berührten, schien es Syrilla, als würde ein gleißendes Licht sie einhüllen, das nicht von außen kam, sondern aus ihren Herzen.

Sie drängte sich noch enger an den Herzog, und ihre Körper schienen miteinander zu verschmelzen.

Sie spürte, wie ihre Lippen den Druck der seinen erwiderten und in ihrem Herzen ein Feuer entfacht wurde, das ihren ganzen Körper durchströmte und ihr ein Hochgefühl vermittelte, das schöner war, als sie es sich je erträumt oder vorgestellt hatte.

»Ich liebe dich! Ich liebe dich!« wollte sie ihm sagen, doch es gelang ihr nicht.

Der Herzog hielt ihre Lippen mit einem Kuß verschlossen, mit dem er sich ihr ganz hingab, wohl wissend, daß er sie damit um das bat, was sie ihm nur aus Liebe geben könnte.

Als er sich schließlich von ihren Lippen löste, ihre strahlenden Augen und die vor Glückseligkeit geröteten Wangen sah und bemerkte, wie heftig sie atmete, gab er einen Laut von sich, der zum einen Ausdruck seiner Freude, zum anderen Ausdruck tiefer Reue war.

»Du bist so schön, mein Liebling, so vollkommen in jeder Beziehung. Ich habe dir gesagt, daß ich deiner nicht würdig bin, und doch habe ich mich so unsterblich in dich verliebt, daß ich nie von dir lassen kann.«

»Ich... gehöre dir... schon seit... neun Jahren.«

»Aber warum wußte ich nichts davon? Warum spürte ich deine Liebe nicht, die mich vor mir selbst hätte retten können?«

»Vielleicht erscheint dir... unsere Liebe... um so wundervoller... und kostbarer, weil du... so gelitten hast.« Er schloß sie wieder in seine Arme.

»Beinahe hätte ich dich wieder verloren. Wenn es diesem Unhold gelungen wäre, dich zu töten, hätte ich mir nichts anderes gewünscht als einen schnellen Tod in tiefster Erniedrigung.«

»Es war dir... ebensowenig bestimmt... zu sterben... wie mir«, antwortete Syrilla. »Der Grund dafür... ist, so glaube ich..., daß es... noch viel zu tun gibt... für dich. Du wirst... hier gebraucht. Deine Leute brauchen dich. Und ich brauche dich! Ich möchte... bei dir sein. Jetzt... und für immer!«

»So wird es auch sein!« versprach der Herzog. »Aber du mußt mir helfen, mein Herz, die Untaten, die ich begangen habe, vergessen zu machen, damit die Leute wieder Achtung haben vor dem Namen der Savigne, weil du seine Zierde bist.«

»Wir werden... gemeinsam... alles tun, was man... von uns erwartet. Aber liebst du mich... liebst du mich auch wirklich?«

Ihre Frage war die eines Kindes, dem man seine Zuneigung immer wieder beteuern und beweisen mußte, und der Herzog küßte erst ihre Stirn, dann ihre Augenlider, bevor er sagte:

»Ich werde mein ganzes Leben dafür brauchen, dir zu sagen, wie sehr ich dich verehre, und dich so glücklich machen, wie ich es mir wünsche. Aber nun, mein kleiner Liebling, mußt du die Anordnungen des Arztes befolgen und zu Bett gehen.«

»Ich möchte... aber bei dir bleiben... ich will nicht... allein sein«, protestierte Syrilla.

Der Herzog lächelte nur und flüsterte ihr ins Ohr:

»Wer sagt denn, daß ich dich alleinlasse?«

Syrillas Herz hüpfte vor Freude. Doch dann fragte sie ängstlich, als fürchtete sie, ihn nicht richtig verstanden zu haben:

»Du meinst...?«

»Ich meine«, antwortete der Herzog, »daß du meine Frau bist und es ab jetzt keine Barrieren, Geheimnisse oder verschlossenen Räume mehr geben wird. Wir werden zusammensein, wie es uns seit Anbeginn der Welt bestimmt ist, und ich werde dich lehren, mich so zu lieben, wie ich dich liebe.«

»Das... habe ich mir... gewünscht«, sagte Syrilla leise, »darum, geliebter Aristide, habe ich... stets gebetet.«

»Worauf warten wir dann noch?« fragte der Herzog. Während er sprach, hob er sie hoch.

Er verschloß ihre Lippen mit einem Kuß und trug sie fest an sein Herz gedrückt die Treppe im Turm hinunter. Die Tür zum Turmzimmer blieb hinter ihnen sperrangelweit offen.

Spiel der Herzen

Aus dem Englischen von Dagmar Hartmann

Titel der Originalausgabe:
A Gamble with Hearts
Originalverlag: Pan Books Ltd., London

I

1868

Es goß in Strömen, und der von den Bergen herüberwehende Wind war bitter kalt, als ein Gentleman in den Hof der Poststation einritt.

Die erleuchteten Fenster, das Stimmengewirr und das fröhliche Lachen waren angenehm nach einem langen Ritt, bei dem das Wetter ungemütlicher gewesen war als der Schlamm und die unebene Straße.

Der Mann schwang sich aus dem Sattel und wartete, bis sein Diener auf einem anderen Pferd vorritt und ihm die Zügel abnahm. Erst dann ging der Mann in den Gasthof.

Als er durch die Tür trat, war er überrascht, einen illustren Kreis um ein großes Holzfeuer versammelt zu sehen. Sie saßen in dem niedrigen Raum und tranken und rauchten.

Er ging zum Wirt hinüber, der damit beschäftigt war, Bier in Tonkrüge zu schenken, und erklärte mit bestimmtem Ton:

»Ich wünsche für die Nacht ein Zimmer für mich selbst und eines für meinen Diener.«

»Unmöglich, mein Herr«, antwortete der Wirt, ohne den Blick zu heben.

Doch dann sah er auf. Als er die Erscheinung des Reisenden wahrnahm, sagte er mit völlig anderem Ton:

»Es tut mir außerordentlich leid, mein Herr, daß ich Ihnen nicht zu Diensten sein kann. Aber Tatsache ist, daß wir bereits mehr Gäste haben, als wir unterbringen können.«

Der Herr schaute sich um.

»Woher kommen die alle?« fragte er neugierig.

Er erkannte sehr wohl, daß es sich hier nur um eine kleinere Poststation handelte, und er hatte gewiß nicht erwartet, hier elegante Damen in Seidenkleidern und kostbaren Pelzen und Herren in modischen, enganliegenden Jacketts und Mänteln anzutreffen, die mit Zobel besetzt waren.

»Ein Steinschlag hat die Schienen blockiert, mein Herr. Diese

Reisenden befinden sich alle auf dem Weg nach Baden-Baden. Sie zogen es vor, Schutz in meinem Gasthof zu suchen, anstatt die Nacht im Zug zu verbringen.«

»Ich hoffe doch, Sie können mir irgend etwas zu essen geben?«

»Gern, mein Herr. Es wird mir ein Vergnügen sein. Aber ich kann Ihnen nur mit dem größten Bedauern versichern, daß wir wirklich keine Bettkammer mehr frei haben.«

Während der Wirt noch sprach, trat seine Frau, eine untersetzte, stämmige Frau mit Spitzenkappe und weißer Schürze, an seine Seite und flüsterte ihm etwas ins Ohr.

Der Wirt schien zu zögern. Dann sagte er:

»Ich wage es kaum, Euch diesen Vorschlag zu machen, mein Herr, aber es gibt noch eine Kammer im Speicher, die unbesetzt ist. Für gewöhnlich wird sie einem Diener zugewiesen. Aber Ihr könntet euch zumindest niederlegen, und es wäre angenehmer, als die Nacht im Stuhl zu verbringen.«

»Ich nehme es!« sagte der Fremde kurz angebunden. »Und wenn mich jetzt jemand im Speiseraum bedienen wollte? Ich möchte Wein bestellen.«

Als er sich umdrehte und zum Speisesaal hinüberging, folgten ihm die Blicke der Wirtin bewundernd.

Kein Zweifel, er sah nicht nur gut, sondern auch vornehm aus und trug seine Kleider mit der nachlässigen Eleganz, die ihn als Engländer auswies.

Ebenso wie ihrem Mann waren auch ihr der goldene Siegelring und die Perle in seiner Krawatte nicht entgangen.

Aber es war nicht nur der Eindruck von Reichtum und Eleganz, der sie dem Herrn nachstarren ließ, bis er nicht mehr zu sehen war. Da war noch etwas anderes, etwas, das auch die anderen Frauen dazu bewegt hatte, ihm einen zweiten Blick zu schenken, als er durch den überfüllten Raum schritt.

Da es bereits spät war, war der Speisesaal leer, mit Ausnahme von ein paar älteren Männern, die vor einer Flasche Port hockten.

Der Neuankömmling nahm an einem Tisch nahe des offenen Kamins Platz. Als der Kellner herbeieilte, um seine Bestellung entgegenzunehmen, sah er die Speisekarte gründlich und sorgfältig durch und wählte dann seine Speisen mit einer solchen Kenntnis aus, daß es ihm mehr Respekt eintrug, als man den meisten Reisenden entgegenbrachte.

Nachdem er nur kurz gewartet hatte, brachte man ihm gut

gekochten Hecht, zartes Geflügel, Wildbret in einer Marinade aus Wein und eine Auswahl an Obstspeisen, die alle sehr appetitlich aussahen.

Der Wein war nicht überragend, aber gut trinkbar, und nachdem er eine große Menge verzehrt hatte – es war seine erste Mahlzeit an diesem Tage –, lehnte sich der Herr in seinem Stuhl zurück und nippte seinen Port.

Ihm war warm, er hatte keinen Hunger mehr, und wie immer das Bett auch sein mochte, er wußte, daß er gut schlafen würde.

Der Speisesaal war jetzt leer, und in dem Raum, der noch voller Reisender gewesen war, als er eintraf, war es jetzt viel ruhiger.

Die meisten der Frauen hatten sich nach oben in die Zimmer zurückgezogen, die ihnen zugewiesen worden waren, und die Männer, die noch am Kamin saßen und rauchten, nickten mit den Köpfen, offensichtlich zu müde, um sich noch zu unterhalten.

Der Herr sah sich nach dem Wirt um. Er war dabei, seinen Umsatz an Getränken zu errechnen, die an diesem Tag verkonsumiert worden waren.

»Ist mein Zimmer für mich bereit?« fragte der Herr.

»Euer Diener hat Eure Habe bereits hinaufgebracht, mein Herr. Ich kann nur noch einmal mein Bedauern darüber ausdrücken, daß ich Euch keine würdigere Bettstatt zu bieten habe.«

»Ich werde schon zurechtkommen«, meinte der Fremde großzügig.

»Wenn Ihr bitte die Treppe hinaufsteigen würdet, mein Herr. Der Raum befindet sich unter dem Dach. Es ist gleich die erste Tür, wenn Ihr ganz oben ankommt.«

»Ich werde es schon finden«, antwortete der Herr und schlenderte langsam die Eichentreppe hinauf, bis er schließlich den Dachboden erreichte. Hier war es so niedrig, daß er den Kopf beugen mußte.

Er wußte sehr wohl, daß in einem solchen Gasthof die Speicherkammern, die ja direkt unter dem Dach lagen, im Sommer heiß und im Winter kalt waren, und so war er erleichtert, als er das Feuer im Kamin entdeckte.

Das Zimmer war klein und enthielt ein Bett, das an einer Wand stand, und einen Stuhl.

Das Bett hatte offensichtlich schon bessere Tage gesehen. Es war wohl von einem der besseren Zimmer im Gasthof in den Speicher geschleppt worden, damit es aus dem Weg war.

Es war ein hohes, plumpes Kastenbett, wie es die deutsche Hausfrau liebte, und die Vorhänge, die einst für Intimität gesorgt hatten, waren jetzt dünn und voller Löcher.

Aber auf den ersten Blick konnte der Herr sehen, daß die groben Leintücher sauber waren, und er war ziemlich sicher, daß die Matratze aus Gänsefedern und somit außerordentlich bequem war.

Er zündete eine Kerze an, die auf dem Kaminsims stand. In diesem Augenblick hörte er den Schrei aus dem Nebenzimmer.

Während der Herr stillstand und lauschte, hörte er einen zweiten Schrei, und dann noch einen, und noch einen.

Da die Schreie gedämpft klangen, ging der Herr durchs Zimmer zur gegenüberliegenden Wand, um zu hören, was dort vor sich ging.

Zu seiner Überraschung hörte er eine Frauenstimme auf englisch sagen:

»Nein … nein … bitte nicht … schlagen Sie mich nicht mehr … ich … es tut mir leid, sage ich Ihnen … es tut mir … leid … ich wollte … es nicht tun.«

»Ob du das wolltest oder nicht, du weißt, was du getan hast, und ich werde dafür sorgen, daß du so etwas nie wieder tun wirst!« erwiderte eine böse, ebenfalls weibliche Stimme.

Man hörte das Geräusch einer Peitsche, und jeder weitere scharfe Knall zog einen halbunterdrückten Schrei nach sich. Wieder flehte die Stimme:

»B-bitte … bitte … nicht mehr … ich konnte … nichts dafür … ich schwöre es … ich konnte … nicht anders.«

Das Geräusch der Peitsche klang fast monoton herüber, bis die Schreie schwächer wurden.

»Das soll dir eine Lehre sein«, erklärte die Frauenstimme scharf, »eine Lehre, die du so bald nicht vergessen wirst. Wenn wir in Baden-Baden sind, wirst du mir gehorchen und tun, was ich will. Andernfalls liefere ich dich der Polizei aus, und die werden dich nach Paris zurückschicken, wo du auf die Guillotine geschickt wirst. Ist das klar?«

Keine Antwort wurde hörbar, und die Frau fuhr mit verächtlicher Stimme fort:

»Du wirst mir gehören und genau das tun, was ich sage! Andernfalls werden die Prügel, die du heute nacht von mir bekommen hast, ein Nichts sein im Vergleich zu dem, was du dann bekommen wirst. Denk darüber nach, Selina, – denk gut darüber nach.«

Jemand knallte eine Tür zu und entfernte sich mit energischen Schritten über die Treppe nach unten.

Gerade wollte der Herr sich wieder seinem gemütlichen Feuer zuwenden, als er verzweifeltes Weinen hörte. Es klang herzzerreißend.

Der Herr lauschte einen Augenblick, ehe er resolut durchs Zimmer schritt.

»Das geht mich überhaupt nichts an«, sagte er zu sich.

Aber er konnte dem Weinen nicht ausweichen: Selbst am äußersten Ende seines Zimmers konnte er es noch hören, und er wußte, daß er nicht würde schlafen können, solange es anhielt.

Einen Augenblick kämpfte er innerlich mit sich. Dann nahm er die Kerze vom Kaminsims, öffnete die Tür und trat auf den Korridor hinaus.

Er ging ein paar Schritte, bis er zum Nebenzimmer kam. Ein Schlüssel steckte in der Tür. Die Frau hatte ihn sicherlich umgedreht, als sie nach unten ging. Wer immer dort weinte, war eingeschlossen.

Wieder zögerte der Herr einen Augenblick. Dann klopfte er leise an die Tür.

Das Weinen brach ab. Plötzliche Stille trat ein. Der Herr klopfte erneut.

Als er keine Antwort erhielt, wartete er eine Sekunde, öffnete dann die Tür und betrat das Zimmer.

Es sah fast genauso aus wie das seine, nur brannte hier kein Feuer im Kamin. Auf einem Tischchen neben dem Bett stand eine Kerze.

Der Herr blieb an der Tür stehen. Im Licht seiner eigenen Kerze und der anderen auf dem Tisch konnte er eine zusammengekauerte Gestalt auf dem Bett ausmachen.

Zuerst dachte er, es wäre ein Kind. Doch dann erhob sich ein Gesicht vom Kissen, und er blickte in zwei sehr große, tränennasse Augen in einem kleinen, herzförmigen Gesicht.

Tränen liefen über die bleichen Wangen des Mädchens, und das helle Haar fiel ihr über die Schultern.

»W ... was ... wollen ... Sie?«

Es gab keinen Zweifel: Aus ihrer Stimme klang Entsetzen. Sanft antwortete der Herr:

»Sie brauchen keine Angst zu haben. Ich bin nur gekommen, um zu sehen, ob ich Ihnen helfen kann.«

Das Mädchen auf dem Bett holte Luft, und die Tränen strömten aus ihren Augen, als sie mit gebrochener Stimme antwortete:

»Mir kann ... niemand helfen.«

»Sind Sie da ganz sicher?«

»G-ganz sicher«, antwortete sie.

Der Herr wartete einen Augenblick, bevor er sagte:

»Da wir beide Engländer in einem fremden Land sind, können wir vielleicht über Ihr Problem sprechen.«

Er glaubte, so etwas wie Hoffnung in ihrem Gesicht aufleuchten zu sehen, ehe sie antwortete:

»Sie ... Sie sind sehr ... freundlich ... aber Sie können ... mir nicht helfen ... es ist unmöglich.«

Der Herr lächelte.

»Ich habe eine sonderbare Abneigung dagegen, daß mir jemand erklärt, ein Problem wäre unlösbar. Ich bin schon immer der Meinung gewesen, daß man mit jeder Schwierigkeit fertig werden kann. Man muß nur wissen, wie.«

Die Augen des Mädchens ruhten auf seinem Gesicht, und er hatte das Gefühl, sie überlegte, ob sie ihm trauen könnte.

»Ich verspreche Ihnen, Sie allein zu lassen, wenn Sie das wünschen. Aber wenn Sie so weiterweinen, dann machen Sie es mir unmöglich zu schlafen.«

»Sie ... haben gehört ... was passiert ist?« fragte das Mädchen leise.

»Ich habe es gehört.«

»Es gibt keinen Grund, warum ich Sie mit meinem Problem belasten sollte.«

»Wie ich bereits sagte, wir kommen aus demselben Land, und ich bin außerordentlich neugierig zu erfahren, warum man Sie so grausam behandelt.«

Bei diesen Worten betrachtete er ihren Körper, und sie machte eine kleine, nervöse Geste der Scham.

Sie trug nur ein dünnes, hochgeschlossenes Baumwollnachthemd mit langen Ärmeln. Im Licht der Kerzen waren die Blutflekken leicht zu erkennen, die die Peitschenstriemen auf ihrem Rükken verursacht hatten.

»Ich würde vorschlagen«, meinte der Herr ruhig, aber bestimmt, »daß Sie unter die Bettdecke kriechen, wo es wärmer ist. Ich werde mich derweil umdrehen, und dann können Sie mir erzählen, was Sie getan haben, um solche Strafe auf sich zu laden.«

Während er sprach, durchquerte er das Zimmer, um seine Kerze auf das schmale Kaminsims zu stellen.

Die Fensterläden waren geschlossen, aber dennoch war das Zimmer kalt, und er dachte voll Bedauern an das Feuer, das nebenan in seinem eigenen Schlafzimmer so warm brannte.

Er hörte das Geräusch einer Bewegung hinter sich, und dann sagte eine leise, noch immer verschreckte Stimme:

»Ich... ich bin... im Bett.«

Er drehte sich um.

Sie hatte sich aufgesetzt, hielt sich die Decke vor die Brust. Ihr blondes Haar fiel über die Schultern und ließ sie aussehen, als wäre sie gerade einem Märchen entstiegen.

Der Herr ging auf sie zu und sah sich dabei um, ob es einen Stuhl gab, auf den er sich setzen konnte. Doch der einzige in diesem Zimmer war von den Kleidern des Mädchens bedeckt. So setzte er sich auf den äußersten Rand ihres Bettes.

»So, nun erzählen Sie mir, warum Sie hier sind«, forderte er sie auf.

Als er das sagte, sah er sie an und erkannte, daß sie selbst mit diesem tränenverschmierten Gesicht noch ungewöhnlich schön war. Ja, sagte er sich selbst, ich habe schon lange kein so schönes Mädchen mehr gesehen.

Ihre Haut war nahezu durchsichtig, ihre Augen hatten das tiefe Blau des Mittelmeers oder vielleicht auch von Enzian.

Ihre Nase war klein und gerade. Die Lippen zitterten noch, aber er konnte dennoch sehen, daß sie einen schönen Schwung hatten.

»Wer sind Sie?« erkundigte er sich.

»Mein Name ist... Selina Wade.«

»Und ich heiße Quintus Tiverton. So, damit hätten wir uns einander vorgestellt.«

Er lächelte, als er das sagte, und es war ein verführerisches Lächeln, wie alle Frauen gefunden hatten, seit er es zum erstenmal als Mittel eingesetzt hatte. Damals hatte er noch in der Wiege gelegen.

»W... wollen Sie wirklich, daß... ich Ihnen... von mir erzähle?« fragte Selina zögernd.

»Ich bitte darum«, antwortete Quintus Tiverton, »andernfalls, so versichere ich Ihnen, werde ich die ganze Nacht wach liegen und mich fragen, was die Wahrheit ist.«

»Sie ... Sie werden entsetzt sein ... wenn Sie sie hören.«

Ein Lächeln umspielte seine Mundwinkel, als er antwortete: »Ich kann Ihnen versichern, Miß Wade, daß mich nichts entsetzt.«

Selina seufzte leise und lehnte sich in die Kissen zurück.

Es war eine unwillkürliche Geste, und die Striemen auf ihrem Rücken ließen sie zusammenzucken. Hastig richtete sie sich wieder auf.

»Wie konnte es irgend jemand wagen, Sie so zu behandeln?« fragte Quintus Tiverton scharf.

»Ich ... ich nehme an ... es ist meine eigene Schuld«, antwortete Selina. »Aber ... ich konnte wirklich nichts anderes tun ... wirklich nicht!«

»Ich glaube Ihnen. Aber Sie müssen mir zuerst einmal erzählen, was ich Ihnen glauben soll.«

Wieder lächelte er und merkte, daß Selina, die seit dem Augenblick, als er ihr Zimmer betreten hatte, gezittert hatte, nun ruhiger zu werden schien.

»Es ist alles so ... verwirrend. Als Mrs. Devilin mich bat, mit ihr nach Frankreich zu gehen, dachte ich, ich würde es aufregend finden ... ein Abenteuer, aber es war ... entsetzlich!«

»Wer ist Mrs. Devilin?« erkundigte sich Quintus Tiverton.

»Ich habe sie bei der Arbeitsvermittlung kennengelernt«, antwortete Selina.

»Fangen Sie ganz von vorne an«, bat Quintus Tiverton. »Wer sind Ihre Eltern, und wo wohnen sie?«

»Meine Eltern sind beide tot. Wir haben in Little Cobham in Surrey gelebt.«

»Das kenne ich. Was hat Ihr Vater gemacht?«

»Er hatte ein wenig Grundbesitz, Land, das er gekauft hatte, nachdem er aus der Armee ausgetreten war. Er war Hauptmann bei den Husaren.«

Der Mann hörte zu, sagte aber nichts, und so fuhr sie fort: »Er hatte seine Pension, und Mama besaß ein wenig eigenes Geld. Aber als Papa starb und seine Pension nicht länger gezahlt wurde, stellte ich fest, daß Mamas Geld bereits ausgegeben war. Wir hatten nichts mehr.«

»Das Haus gehörte Ihnen nicht?«

»Das dachte ich, aber eine Hypothek lastete darauf.«

Selina seufzte leise.

»Ich hatte immer gedacht, ich würde weiter daheim leben, wenn Papa einmal etwas zustoßen würde. Ich hätte mir eine respektable Frau nehmen können, die bei mir gewohnt hätte ... aber dann erfuhr ich, daß das Haus mir nicht mehr gehörte.«

Etwas Kindliches, Verlorenes lag in der Art, wie sie das sagte, und nach einem Moment bohrte Quintus Tiverton:

»Und was geschah dann?«

»Mein Onkel erklärte mir, ich könnte bei ihm wohnen, aber ganz offensichtlich wollte er mich eigentlich nicht bei sich haben. Er ist Pastor und muß mit wenig Geld auskommen. Es ist so schon schwer genug für ihn.«

Sie machte eine kleine Bewegung mit der Hand und meinte dann: »Als ich meinem Onkel vorschlug, ich würde mir eine Arbeit suchen, schien er erfreut. Also fuhr ich nach London.«

»Allein?«

»Es gab ja niemanden, der mit mir hätte fahren können. Onkel Bertram hatte zuviel zu tun.«

»Verstehe. Weiter.«

»Ich wußte natürlich, daß ich mich an eine Stelle für Arbeitsvermittlung zu wenden hatte«, fuhr Selina fort. »Ich dachte, dort würde man mir raten, nach welcher Art von Arbeit ich suchen sollte. Ich ... ich bin leider nicht sehr ... talentiert.«

Als er in ihr Gesicht sah, in die großen, auf ihn gerichteten Augen, dachte Quintus, daß ein so hübsches Mädchen eigentlich auch nicht viele Talente zu besitzen brauchte.

Aber er sagte nichts, wartete begierig darauf, daß Selina mit ihrer Erzählung fortfuhr.

»Ich hatte gerade erst angefangen, der Sekretärin im Büro zu erklären, was ich wollte, in der Hoffnung, sie könnte mir einen Rat geben, als eine andere, ältere Frau neben sie trat und sagte: ›Ich glaube, Mrs. D'Arcy Devilin würde diese junge Frau gerne sehen.‹

›Interessiert sie sich denn nicht für Betty Sheffield?‹ fragte die Sekretärin.

›Nein. Sie ist nicht hübsch genug.‹

Ich fand, daß sich das ziemlich sonderbar anhörte. Aber ehe ich noch irgendwelche Fragen stellen konnte, wurde ich in ein kleines Zimmer geführt. Ich vermutete, daß dort die Arbeitgeber mit den Bewerbern zusammengeführt wurden.«

Selina holte tief Luft.

»In einem Sessel saß dort die schönste und eleganteste Damc, die ich jemals gesehen hatte.«

Quintus Tiverton hörte aufmerksam zu, und während Selina ihre Geschichte weitererzählte, mit leiser, zögernder Stimme, wobei sie manchmal stockte und anfing zu zittern, bekam er ein sehr lebhaftes Bild davon, was geschehen war.

Er erkannte – wozu Selina nicht fähig gewesen war –, was hinter der Unterhaltung steckte und wie leicht ein Mädchen vom Lande sich von der Erfahrenheit dieser Frau verwirren ließ, die eine so verführerische Stelle zu bieten hatte.

Für Selina hatte Mrs. D'Arcy Devilin in ihrem weiten, raschelnden Satinrock, dem eleganten Taftmantel und dem mit langen Federn besetzten Hut wie ein Wesen aus einer anderen Welt ausgesehen.

Sie und ihre Eltern hatten in Little Cobham ein sehr zurückgezogenes Leben geführt.

Auch wenn sie gelegentlich die Damen der Grafschaft gesehen hatte, wenn sie ihrer Mutter einen Besuch machten, oder wenn sie selbst zu einem Empfang geladen war, so war Selina doch von dem eleganten Auftreten der Mrs. Devilin tief beeindruckt.

Später sollte sie erfahren, daß dies der Pariser Chic war. Aber im Augenblick war sie vollauf damit beschäftigt, die Dame zu bewundern, die sie von Kopf bis Fuß musterte, und sich ein wenig verlegen zu fühlen, als die Dame ihr mit scharfer Stimme Fragen stellte und sie mit einem durchdringenden Blick ihrer dunklen Augen bedachte.

»Ich benötige eine Gesellschafterin für meine Nichte, die bei mir in Paris lebt«, sagte sie. »Und ich kann es nicht ertragen, häßliche oder dumme Frauen um mich zu haben. Ich wünsche jemanden, der gebildet ist, der weiß, wie man mit wichtigen Personen richtig umgeht, die häufig mein Haus besuchen, und der die Grazie besitzt, die für junge Damen der Gesellschaft unbedingt erforderlich ist.«

»Ich ... ich bin nicht sicher ... was Sie darunter verstehen, Ma'am«, stammelte Selina.

»Sie müssen tanzen können. Sie müssen sich über verschiedene Themen zu unterhalten wissen, aber vor allen Dingen müssen Sie zuhören können.«

»Ich bin sicher, daß ich das kann«, antwortete Selina.

»Sie sind gewiß vorzeigbar«, fuhr die Dame mit ihrer harten Stimme fort. »Aber Ihre Kleider sind entsetzlich.«

»Soviel ich weiß, Ma'am, kommt die junge Frau vom Lande«, warf die Dame aus dem Büro ein.

Mrs. Devilin warf ihr einen ungeduldigen Blick zu.

»Ich glaube, Mrs. Hunt, ich würde dieses Mädchen lieber unter vier Augen sprechen.«

»Selbstverständlich, Madam, ich verstehe«, antwortete Mrs. Hunt.

Sie knickste und verließ das Zimmer. Selina blieb nervös vor Mrs. Devilin stehen.

»Sie dürfen sich setzen«, sagte diese großzügig. »Und nun beantworten Sie meine Fragen wahrheitsgemäß und genau.«

»Ich werde es versuchen«, antwortete Selina mit ihrer sanften Stimme.

»Sie sind Waise?«

»Ja, Madam.«

»Was für Verwandte haben Sie noch?«

Selina wunderte sich, daß es wichtig sein sollte, daß sie noch einen Onkel hatte, bei dem sie wohnen konnte, bis sie eine Stellung fand; außerdem eine Cousine in Schottland, die sie nie gesehen hatte; und eine zweite in Cornwall, die so alt war, daß es überhaupt keinen Sinn hatte, ihr auch nur noch einen Brief zu schreiben.

»Sie sind also bereit, nach Frankreich zu kommen?« erkundigte sich Mrs. Devilin.

»Ich würde sehr gerne reisen«, antwortete Selina, »und ich habe mir schon seit langem ganz besonders gewünscht, Frankreich und Italien kennenzulernen.«

»Ich wohne in Paris«, erklärte Mrs. Devilin. »Können Sie morgen mit mir abreisen?«

»Es gibt keinen Grund, warum ich es nicht könnte«, antwortete Selina.

»Ihr Onkel wird Sie nicht daran hindern?«

»Aber natürlich nicht, Madam. Er wird sich freuen, daß ich eine Stelle gefunden habe, auch wenn es in einem fremden Land ist.«

»Also gut. Treffen Sie mich morgen um halb zehn in Sheriff's Hotel. Nehmen Sie nur wenig Kleider mit. Ich werde Sie in Paris neu einkleiden lassen. In den Kleidern, die Sie jetzt tragen, würden Sie zum Gespött aller werden.«

Aufgeregt kehrte Selina nach dem Gepräch zu ihrem Onkel zurück und erzählte ihm, daß sie ihm nicht länger zur Last fallen würde.

»Paris?« meinte er nachdenklich. »Nach allem, was ich so höre, ist Paris nicht gerade die geeignete Stadt für ein alleinstehendes junges Mädchen.«

»Ich glaube nicht, daß man Mrs. Devilins Nichte erlauben wird, ohne Anstandsdame irgendwohin zu gehen, Onkel Bertram«, hatte Selina geantwortet. »Mrs. Devilin erschien mir sehr streng.«

»Das hoffe ich«, sagte ihr Onkel. »Bist du sicher, daß es klug von dir war, gleich die erste Stelle anzunehmen, die man dir angeboten hat? Es könnte doch sein, daß es welche gibt, die dir lieber gewesen wären.«

»Mir gefällt diese hier sehr gut, Onkel Bertram. Du weißt doch, daß Papa mir immer von seinen Reisen ins Ausland erzählt hat, in der Zeit, als er noch in der Armee war. Ich finde den Gedanken herrlich, daß ich jetzt ein bißchen von der Welt zu sehen bekomme.«

»Es wird schon in Ordnung sein«, murrte ihr Onkel. »Aber vielleicht sollten wir ein paar Erkundigungen über diese Mrs. Devilin einziehen. Du sagst, sie wäre in der Agentur bekannt gewesen?«

»Allerdings. Als sie Mrs. Hunt hereingerufen und ihr erklärt hat, daß sie mich einstellen wollte, hat Mrs. Hunt gesagt: ›Ich hoffe bloß, Madam, daß Sie mit den anderen Mädchen, die ich Ihnen in der Vergangenheit geschickt habe, zufrieden gewesen sind.‹«

Mrs. Devilin hat gelacht. »Viel zu sehr, Mrs. Hunt! Sie sind so attraktiv und charmant gewesen, daß sie beide schon geheiratet haben. Eine einen sehr reichen Mann, die andere einen Adligen.«

»Das ist schön für sie, Madam«, rief Mrs. Hunt aus.

»Aber ärgerlich für mich!« erwiderte Mrs. Devilin. »Deshalb habe ich Sie heute erneut aufgesucht; denn ich muß sagen, daß ich sehr zufrieden mit den Diensten bin, die Sie mir erwiesen haben.«

»Wir tun unser Bestes, Madam. Darf ich mir erlauben hinzuzufügen, daß wir das bei weitem größte und exklusivste Vermittlungsbüro in London haben. Unsere Kundschaft ist sehr vornehm. Ich sage immer zu meiner Assistentin, daß sich unsere Kundenliste liest wie eine Seite aus dem Debrett!«

Nachdem Selina ihre Geschichte erzählt hatte, wartete sie auf den Kommentar ihres Onkels.

»Das klingt allerdings sehr gut, Selina«, hatte er gesagt.

Trotzdem klang Zweifel aus seiner Stimme, und Selina wußte, daß ihn der Gedanke immer noch beunruhigte, daß sie nach Paris ziehen wollte. Aber ihre Aufregung kannte keine Grenzen.

In jener Nacht hatte sie nicht schlafen können. Sie hatte ihren kleinen Lederkoffer gepackt und hatte wach gelegen, hatte abwechselnd Gott dafür gedankt, sie so gut beschützt zu haben, und gerätselt, was sie in Paris wohl alles erwarten würde.

Sie und Mrs. Devilin waren im Zug nach Dover gefahren, hatten den Ärmelkanal überquert und dann einen Zug nach Paris genommen.

Es war eine lange, ermüdende Reise gewesen, aber sie waren zweiter Klasse gefahren, und Selina hatte sich von Luxus und Bequemlichkeit umgeben gefühlt.

Erst als sie in Paris eintrafen, überraschte Mrs. Devilin sie mit der Nachricht, daß ihre Nichte nicht im Haus wäre.

Es war ein langes, schmales, graues Gebäude in einem, so erklärte man ihr, vornehmen Teil von Paris, ganz in der Nähe der Rue de St. Honoré.

Sie hatte angenommen, daß es Mrs. Devilin gehörte, doch aus ein paar Bemerkungen der Diener hatte sie gehört, daß es nur gemietet war, ja, Mrs. Devilin hatte es vor ihrer Rückkehr aus England nicht einmal gesehen.

Es war Mrs. Devilins Ehemann gewesen, Mr. D'Arcy, der alle Vorkehrungen getroffen hatte. Er war ein Mann mittleren Alters, prunkvoll übertrieben gekleidet, mit kühnen, unverschämten Augen. Selina zuckte vor ihm zurück, kaum daß sie sich sahen.

Er musterte sie langsam, genüßlich, impertinent, als wäre sie ein Pferd, das zum Verkauf angeboten worden wäre. Dann sagte er: »Ich gratuliere dir, Celestine. Ich hätte selbst keine bessere finden können.«

»Ich dachte mir schon, daß du erfreut sein würdest«, antwortete Mrs. Devilin. »Hast du ihm erzählt, daß wir kommen werden?«

»Er ist schrecklich ungeduldig. Aber er wird noch ein wenig warten müssen, bis du diesem Kind ein paar Kleider gekauft hast.«

»Das ist mir klar«, antwortete Mrs. Devilin. »Sag der Schneiderin, sie soll gleich morgen früh hierherkommen und alles mitbringen, was sie hat. Sie weiß schon, was wir brauchen können.«

»Ja, natürlich«, antwortete D'Arcy Devilin.

Selina verstand nicht, worüber sie redeten.

Sie wurde in ihr Zimmer gebracht, und ein Diener, der sich sehr vertraulich gab, trug ihren Koffer hinauf.

Was sie überraschte, war die Tatsache, daß das Haus so klein war. Sie stellte fest, daß es außer ihrem eigenen Zimmer nur noch ein anderes Schlafzimmer in diesem Stockwerk gab, und dort schlief Mrs. Devilin.

Im Erdgeschoß gab es ein kleines Wohnzimmer. Dort wurde ihr ein leichtes Mahl serviert, ehe sie zu Bett ging, und sie sagte sich, daß sich im ersten Stock gewiß der Salon befand, in dem sie zweifellos am kommenden Tag sitzen würden.

Sie war aber zu müde, um sich den Kopf wegen des Hauses zu zerbrechen. Ja, sie konnte nicht einmal mehr über sich selbst nachdenken. Statt dessen beugte sie sich aus dem Fenster, ehe sie zu Bett ging, und versuchte, in der Dunkelheit zu erkennen, wie Paris aussah.

Am nächsten Morgen traf die Schneiderin ein. Mrs. Devilin erteilte ihr mit ihrer scharfen, autoritären Stimme, die Selina unterwegs als beunruhigend, ja sogar als furchterregend empfunden hatte, Befehle.

Selina war sehr empfindsam, und sie hatte das Gefühl, von Mrs. Devilin ging etwas aus ... Je näher sie sie kennenlernte, desto mehr fühlte sie sich wie eine Katze, der man das Fell gegen den Strich streichelt.

Aber auch wenn Mrs. Devilins Ton scharf war – sie hatte immer nur freundlich zu Selina gesprochen.

»Wann werde ich Ihre Nichte kennenlernen?« fragte Selina, während die Schneiderin Maß nahm.

»Später«, antwortete Mrs. Devilin gleichgültig. »Sie ist im Augenblick nicht in Paris.«

»Dürfte ich mir dann die Stadt ein wenig ansehen, wenn noch Zeit bleibt?« bat Selina vorsichtig.

»Heute nachmittag wirst du dafür keine Zeit haben. Nach der Anprobe der Kleider kommt die Friseuse, um dir das Haar zu waschen. Anschließend müssen wir verschiedene Kleinigkeiten kaufen, Schuhe, Handschuhe, ein, zwei Nachthemden. Und danach möchte ich, daß du dich ausruhst.«

»Aber was passiert denn heute abend?« Selinas Augen sprühten.

Sie fragte sich, ob Mrs. Devilin sie vielleicht ins Theater oder zu einer Gesellschaft mitnehmen wollte.

Es war alles sehr aufregend und ganz und gar nicht so, wie sie es erwartet hatte.

Mrs. Devilin antwortete nicht sofort. Später, am Nachmittag, aber erklärte sie Selina: »Ich muß dir etwas sagen – ich weiß, daß du dich sehr darüber freuen wirst.«

»Worüber?«

»Da ist ein Herr, der dich unbedingt heiraten möchte.«

»Mich heiraten?« rief Selina verblüfft aus.

»Er ist sehr reich und sehr vornehm«, antwortete Mrs. Devilin, »und du bist wirklich eine ausgesprochen vom Glück gesegnete junge Frau.«

»Aber warum sollte er mich heiraten wollen? Er hat mich nie gesehen.«

»Ich habe ihm erzählt, wie schön du bist, und da er Witwer ist, braucht er eine Frau.«

»Ich kann nicht glauben, daß das ... wahr ist. Wer ist dieser ... dieser Herr?«

»Der Marquis de Valpré, ein sehr alter Freund von mir. Um ehrlich zu sein, Selina, als ich nach London gefahren bin, hat er mich gebeten, eine junge und charmante Frau für ihn zu suchen.«

»A-aber er muß d-doch unzählige Frauen in F-frankreich kennen«, stammelte Selina.

»Er liebt englische Mädchen, vor allem, wenn sie blond sind«, erklärte Mrs. Devilin lächelnd. »Laß mich noch einmal betonen, Selina, daß er sehr wichtig ist. Ja, er ist eines der wichtigsten Mitglieder der französischen Gesellschaft. Die Valprés sind eine alte, aristokratische Familie.«

»Ich bin natürlich sehr ... geehrt, daß er ... an mich denkt. Aber bitte, Madam, verstehen Sie ... ich kann ... keinen Mann heiraten, den ich nicht ... liebe.«

»Mein liebes Kind, du bist hier in Frankreich!« schalt Mrs. Devilin. »In Frankreich werden Ehen immer arrangiert. Von Liebe ist erst die Rede, wenn ein Paar Mann und Frau geworden ist.«

»In England ist das anders, jedenfalls bei den einfachen Leuten. Wenngleich ich glaube, daß die adligen Familien ihre Ehen immer noch ...«

Ihre Stimme erstarb, weil sie auf Mrs. Devilins Gesicht einen Ausdruck sah, der ihr angst machte.

»Willst du etwa Schwierigkeiten und Probleme machen?« fragte sie, und ihre Stimme war hart und unbeugsam. Selina fuhr zusammen.

»Nein ... wirklich nicht. Ich möchte ... den M-marquis gern kennenlernen und ... mit ihm reden. Vielleicht, wenn wir uns ... kennenlernen ...«

»Wenn du ihn erst kennengelernt hast, wirst du ihn gewiß lieben – wenn es das ist, was du dir erhoffst«, meinte Mrs. Devilin verächtlich. »Es dürfte dir nicht schwerfallen, wenn du daran denkst, daß es für ein mittelloses, unwichtiges Mädchen wie dich wundervoll sein wird, Geld und schöne Kleider zu besitzen und sich in den reichen, vornehmen Kreisen der Pariser Gesellschaft zu bewegen.«

Sie lächelte ein wenig.

»Es heißt, es hat niemals eine Zeit gegeben, die so extravagant, so luxuriös ist wie das Zweite Empire; die Juwelen sind prachtvoll, Selina; die Kleider lassen sich kaum beschreiben. Der Marquis kann dich zu einer der beneidetsten Frauen in Paris machen.«

Das klang allerdings wundervoll, sagte sich Selina. Aber sie hatte sich niemals vorgestellt, daß ausgerechnet ihr etwas Derartiges passieren würde.

Sie hatte davon geträumt, daß es irgendwo auf der Welt einen Mann geben würde, der sie lieben und sie bitten würde, seine Frau zu werden! Aber eine Ehe mit einem Mann, den sie niemals gesehen hatte, von dem sie nichts wußte, war erschreckend.

Mrs. Devilin wischte jeglichen Protest beiseite.

»Du wirst den Marquis heute abend kennenlernen«, sagte sie. »Du wirst allein mit ihm dinieren, und du wirst ihn charmant finden. Er ist erfahren, ein Mann von Welt, und wenn du deine Karten klug ausspielst, Selina, – er kann sehr großzügig sein.«

Selina verstand nicht, was sie damit meinte, aber sie beschloß, sich zu weigern, den Marquis zu heiraten, wenn sie ihn nicht mochte, ganz gleich, was Mrs. Devilin oder irgend jemand sonst dazu zu sagen hätte.

Gleichzeitig wurde ihr bewußt, daß sie nur wenig eigenes Geld besaß. Ja, sie fürchtete schon fast, daß es nicht ausreichen würde, um davon die Rückfahrt nach England zu bezahlen.

Sie wußte, daß sie ihre Stelle verlieren würde, wenn sie nicht tat, was Mrs. Devilin wollte. Man würde sie rücksichtslos abschieben, und zweifellos ohne eine Entschädigung.

Sie wollte lieber nicht darüber nachdenken, was dann passieren konnte. Statt dessen versuchte sie bloß, sich optimistisch einzureden, daß der Marquis wirklich so charmant war, wie Mrs. Devilin gesagt hatte, und daß sie ihn mögen und mit der Zeit sogar liebenlernen würde.

Komisch, dachte Selina, da hatte sie erwartet, eine Arbeit zu finden, und jetzt sollte sie verheiratet werden.

Alle hatten immer gesagt, eine Ehe wäre die einzige Karriere, die einer Frau offenstand. Offensichtlich war das die Wahrheit.

Aber die Ehe mit einem unbekannten Mann war etwas, an das sie nicht einmal in ihren verzweifeltsten Augenblicken gedacht hatte.

Sie hatte viele solcher Augenblicke gehabt, als ihr klargeworden war, daß sie nach dem unerwarteten und plötzlichen Tod ihres Vaters mittellos dastand. Er hatte ihr keinen Pfennig hinterlassen, um für ihre Zukunft vorzusorgen.

Nach dem Tod ihrer Mutter hatte Selina den Haushalt sehr sparsam mit nur einem Diener geführt, und ihr Vater schien mit ihren Bemühungen immer sehr zufrieden gewesen zu sein.

Sie waren arm gewesen, aber irgendwie war es ihnen immer gelungen, recht gemütlich und bequem zu leben.

Als sie allein auf sich gestellt war, hatte sie Abend für Abend zitternd im Bett gelegen bei dem Gedanken, was vor ihr lag. Zum erstenmal mußte sie jetzt lernen, selbst für sich zu sorgen.

Und jetzt sollte sie, wenn sie Mrs. Devilin Glauben schenken konnte, jemanden heiraten, der sehr reich und charmant war; jemanden, der sie schützen und für sie sorgen würde.

Sie würde der Pariser Gesellschaft angehören. Auch wenn sie keine Ahnung hatte, was das mit sich brachte, so würde es doch bestimmt ganz anders sein als alles, was sie sich jemals vorgestellt hatte, als sie ihr ruhiges Leben in Little Cobham führte.

Nach dem Stadtbummel mit Mrs. Devilin ruhte Selina sich aus. Sie hatte ein wenig von Paris gesehen und fand es bezaubernd und aufregend.

Sie hatte von Baron Haussman und seinem Bauprogramm gelesen, davon, wie er und der Kaiser Napoleon III. die Stadt verändert hatten.

»Es gibt so viel, das ich sehen und erforschen möchte«, hatte Selina sich gesagt, als sie ins Haus zurückgekehrt waren. »Vielleicht kann ich den Marquis überreden, Ausfahrten mit mir zu machen. Er hat gewiß schöne Pferde, und ich möchte den Place de la Concorde, die Champs-Élysées und den Bois de Boulogne sehen.«

Sie hatte sich niedergelegt und ausgeruht, wie Mrs. Devilin es ihr aufgetragen hatte. Als die Zofe kam, um sie zu rufen, brachte sie ein Kleid mit, das soeben von der Schneiderin geliefert worden war.

Es war aus weißer Seide und Spitze, und Selina sah darin sehr jung aus. Aber gleichzeitig hatte es Chic und war verführerisch, wie Selina es niemals erwartet hätte.

Das Dékolleté war sehr tief – zu tief, um den Anstand zu wahren, fand sie –, das enge Mieder schmiegte sich um die sanft geschwungenen Brüste, und die breite Satinschärpe betonte ihre schmale Taille.

Hinten war das Kleid gerafft, weißer Tüll fiel wie ein Wasserfall rauschend herab und bewegte sich wie winzige Wellen, wenn sie ging.

Die Krinoline war ein Jahr zuvor abgeschafft worden; die Kleider wurden jetzt hinten gerafft, und die neue, modische Silhouette erschien Selina äußerst merkwürdig.

Aber sie wußte auch, daß sie in ihrem ganzen Leben noch nicht so hübsch ausgesehen hatte. Ihr Haar, das am Mittag frisch gewaschen worden war, hatte die Friseuse so gekämmt, daß es jetzt in langen Locken vom Hinterkopf fiel.

Ehe sie ihr Kleid anzog, kam Mrs. Devilin in ihr Zimmer, bestäubte ihr Gesicht mit einem Hauch von Puder, rötete ihre Lippen mit einem Stift und legte Maskara auf ihre Wimpern.

»Ich glaube nicht, daß es meiner Mutter recht gewesen wäre, daß ich Kosmetik benutze«, wandte Selina schüchtern ein.

»In Paris würdest du nackt aussehen, wenn du ohne ausgehen würdest«, antwortete Mrs. Devilin scharf. »Und ich möchte, daß du heute abend besonders verführerisch aussiehst. Der erste Eindruck ist sehr wichtig, Selina, und ich möchte, daß der Marquis dich für schön hältst.«

Selina war schon fast fertig, als zu ihrer Überraschung Mr. Devilin an der Tür ihres Zimmers erschien.

»Laß sie das unterschreiben, Celestine«, sagte er zu seiner Frau.

Er reichte Mrs. Devilin ein Schriftstück. Dann sagte er: »Ich gehe jetzt. Sag dem Mädchen, daß es nicht erwähnt, daß ich hiergewesen bin.«

»Ich hatte es nicht vergessen«, antwortete Mrs. Devilin.

Sie nahm das Papier und machte der Zofe ein Zeichen, das Zimmer zu verlassen. Dann sagte sie zu Selina:

»Du hast gehört, was mein Mann gesagt hat. Es ist wichtig, daß du ihn dem Marquis gegenüber nicht erwähnst.«

»Warum nicht?«

»Weil der Marquis mich für eine Witwe hält.«

»Eine Witwe?«

»Das ist eine lange Geschichte«, sagte Mrs. Devilin hastig. »Ich will dich nicht damit langweilen. Ich war mit Mr. Devilin verheiratet. Dann verließ er mich für lange Zeit, und ich dachte, er wäre tot. Ich lernte den Marquis kennen und erzählte ihm, ich wäre Witwe. Kurz darauf tauchte Mr. Devilin wieder auf.«

Sie machte eine kurze Pause, ehe sie hinzufügte: »Ich hatte bislang noch keine Gelegenheit, dem Marquis zu erklären, daß er wieder in mein Leben zurückgekehrt ist. Ich bin sicher, daß du das verstehen und mein Geheimnis wahren wirst, Selina.«

»Aber natürlich«, versicherte ihr Selina eilig.

»Hier ist jetzt ein kleines Schriftstück. Ich möchte, daß du es unterzeichnest«, fuhr Mrs. Devilin fort.

»Was ist das?«

»Oh, das ist bloß eine Formalität. Hat damit zu tun, daß du dich in Paris aufhältst«, beruhigte Mrs. Devilin sie. »Es ist französisch, du wirst es also nicht verstehen.«

»Ich kann Französisch lesen«, erklärte Selina. »Papa hat darauf bestanden, daß ich Fremdsprachen lernte, und da ich immer gehofft habe, eines Tages Gelegenheit zum Reisen zu bekommen, erhielt ich nicht nur Unterricht in Deutsch und Französisch, sondern habe auch viele Bücher in beiden Sprachen gelesen.«

Sie fand, daß Mrs. Devilin verärgert aussah.

»Nun, vielleicht sollte ich es besser erklären«, sagte sie nach einem Augenblick. »Wenn der Marquis dir Geld gibt, dann erwarte ich meinen Teil davon, da ich dich auf meine Kosten nach Paris habe kommen lassen.«

»Ich verstehe nicht ...«

»Mit Schmuck wird es schwieriger«, fuhr Mrs. Devilin fort. »Natürlich wirst du mir von Zeit zu Zeit ein Armband oder eine Brosche geben, aber mit Geld ist es leichter. Ich werde eine bestimmte Summe bei dir holen, je nachdem, wieviel du erhältst, und zwar jede Woche. Ich lasse nicht zu, daß du mich betrügst,

Selina, oder versuchst, etwas zu verstecken, was mir als Belohnung dafür zusteht, daß ich den Marquis in dein Leben gebracht habe.«

»Aber Sie würden mich doch gewiß nicht auffordern, das Geld meines Mannes fortzugeben, ohne ihn vorher zu fragen?« Selinas Stimme klang erstaunt und verwirrt. »Außerdem: Wenn er möchte, daß Sie das bekommen, kann er es Ihnen da nicht gleich selbst geben?«

»Du wirst dieses Papier unterschreiben«, erklärte Mrs. Devilin mit der Stimme, die Selina so fürchtete, »oder du wirst den Marquis nie kennenlernen. Mehr noch, ich werde dich ohne einen Pfennig auf die Straße hinausjagen und ohne einen Fetzen am Leibe.«

Die Art, wie sie sprach, ließ Schlimmes befürchten, und Selina sagte hastig:

»Aber natürlich unterschreibe ich... es ist bloß... ich möchte keinen... keinen Ärger mit dem... Marquis deswegen.«

»Es gibt keinen Grund, warum er von unserer kleinen Abmachung erfahren sollte. Er war in der Vergangenheit sehr großzügig zu mir, und zweifellos wird er es in Zukunft ebenfalls sein. Das bleibt ein Geheimnis zwischen dir und mir, Selina, aber es ist auch eine Verpflichtung, und ich erwarte, daß du dich daran hältst.«

»Ja... natürlich«, murmelte Selina nervös.

Sie warf einen Blick auf das Dokument. Ein Satz schien ihr ins Auge zu springen, als sie es übersetzte: »Fünfzig Prozent, so lange die Verbindung andauert.«

»Kann eine Ehe als ›Verbindung‹ bezeichnet werden?« fragte sie sich selbst.

Aber Selina wußte, daß sie nichts anderes tun konnte, als zu unterschreiben und zu hoffen, daß sie keinen Ärger bekommen würde, weil sie Geld gab, das man ihr für andere Kosten zukommen lassen würde.

Wollte Mrs. Devilin tatsächlich die Hälfte ihres Haushaltsgeldes haben? Aber vielleicht stimmten die Gerüchte, und die französischen Männer gingen so großzügig mit ihrem Geld um, daß der Marquis niemals vermissen würde, was sie ausgab.

Das alles war ziemlich verwirrend, aber sie unterschrieb das Papier. Mrs. Devilin schenkte ihr ein Lächeln und besprühte sie mit Duftwasser.

»Der Marquis wird jeden Augenblick eintreffen«, sagte sie. »Ich habe angeordnet, daß ihr im Salon diniert. Es ist ein köstliches und teures Mahl, Selina, das aus einem Restaurant gebracht worden ist, dem ›Maison d'Or‹, das glücklicherweise nicht weit von hier liegt. Sorge dafür, daß er eine Menge Wein trinkt, und vor allen Dingen vergiß nicht, charmant zu sein. Tu alles, was er von dir verlangt.«

»Was könnte er von mir verlangen?« fragte Selina ein wenig nervös.

Mrs. Devilins Augen verengten sich.

»Du wirst schon sehen. Aber vergiß nicht, Selina: Wenn du den Marquis beleidigst oder aufregst, werde ich sehr böse sein – sehr, sehr böse! Ja, ich könnte dich sogar ohne Zeugnis aus meinem Haus werfen, ganz gewiß aber ohne Lohn.«

Mit diesen Worten war Mrs. Devilin aus Selinas Zimmer gegangen und hatte sie allein zurückgelassen.

Die Tür war jedoch offenstehen geblieben, so daß Selina die Haustürklingel hören konnte.

Sie vernahm bald darauf eine Männerstimme und wußte, daß der Marquis über die erste Treppe in den Salon hinaufging.

Dort würde Mrs. Devilin warten, um ihn zu begrüßen.

Selina bekam plötzlich Angst. Was geschah hier mit ihr? Wie war sie in diese merkwürdige Lage geraten? Sie sollte einen Mann heiraten, den sie nie im Leben gesehen hatte, und wenn sie ihm nicht gefiel, würde man sie auf die Straße werfen.

Wie klug war ihr Onkel gewesen, als er vorschlug, sie sollten erst mehr über Mrs. Devilin wissen, ehe sie mit ihr nach Frankreich fuhr.

Selinas Hände waren kalt, sie zitterte, als der Diener schließlich an die Tür ihres Schlafzimmers klopfte und ihr ausrichtete, daß sie unten im Salon erwartet würde.

Selina fühlte sich wie auf dem Weg zur Guillotine, als sie langsam die Treppe hinabstieg. Die Schleppe ihres weißen Kleides raschelte leise über den Boden, als sie sich bewegte.

Sie warf sich selbst einen Blick in dem langen Spiegel zu und erkannte, wie schön sie aussah, und doch ganz anders als sie selbst.

Ihre Augen waren groß und dunkel, und sie hatte das Gefühl, nicht atmen zu können.

Der Diener öffnete die Tür zum Salon.

»Mademoiselle Selina Wade, Monsieur le Marquis!« verkündete er.

Selina machte ein paar Schritte ins Zimmer hinein und blieb dann wie angewurzelt stehen, unfähig, sich zu bewegen.

2

Selinas Stimme erstarb. Dann sagte sie mit einer kleinen, zittrigen Geste ihrer Hände:

»Ich kann ... Ihnen nicht beschreiben ... wie er aussah.«

Quintus Tiverton, den Blick auf ihr Gesicht geheftet, meinte ruhig: »Ich halte es für wichtig, Selina, daß Sie mir jede Einzelheit erzählen. Ich habe von dem Marquis de Valpré gehört. Aber ich bin ihm nie persönlich begegnet.«

»Er war ... alt«, sagte Selina nach einem Moment, »viel älter, als ich erwartet hatte, und klein ... kaum so groß wie ich ... Aber ... das war es nicht ...«

»Was dann?«

»Es war der Ausdruck auf seinem Gesicht. Er sah ... nun, ich glaube, das richtige Wort ist ... lüstern aus ... abstoßend und ganz anders als alle anderen Männer, die ich gesehen habe!«

Zögernd beschrieb sie, wie sie ein paar Sekunden lang unfähig gewesen war, sich zu bewegen. Der Marquis war durch den Salon zu ihr gekommen, hatte ihre kalten Finger in seine Hand genommen und sie an die Lippen gezogen.

»Sie sind bezaubernd«, hatte er gesagt, »und viel schöner, als ich erwartet hatte.«

»Sie ... sind wirklich der ... Marquis de Valpré?«

Sie hatte die wilde Hoffnung, daß dies alles nur ein Scherz war; daß der echte Marquis jemand ganz anderer war und daß dieser kleine, alte Mann ihn nur spielte.

»Das ist mein Name«, erwiderte der Marquis. »Aber kommen Sie, setzen Sie sich, Selina. Ich bin sicher, Sie möchten gern ein Glas Wein.«

Selina nahm das Glas entgegen, das er ihr in die Hand gab, einfach weil sie nicht die Kraft hatte, es abzulehnen.

Sie starrte den Marquis weiterhin an, hatte das Gefühl, er mußte ein Wesen aus einem Alptraum sein, nicht der Mann, den Mrs. Devilin ihr als ihren künftigen Ehemann auserkoren hatte.

Er war elegant gekleidet, tatsächlich sogar eleganter als alle Männer, die sie je gesehen hatte.

Aber die Art, wie er sie unter herabhängenden Lidern anstarrte, dieses Lächeln auf den bleichen Lippen – jeder Instinkt sagte ihr, daß dieser Mann gefährlich war.

Sie überlegte verzweifelt, was sie tun sollte! Sollte sie auf der Stelle davonlaufen, nachdem sie dem Marquis erklärt hatte, noch ehe er mehr sagen konnte, daß sie ihn nicht heiraten würde? Daß sie es nicht einmal in Erwägung ziehen könnte?

Doch ehe sie einen Entschluß fassen konnte, wurde die Tür geöffnet, und Diener erschienen, um das Dinner zu servieren.

Der Marquis streckte eine Hand aus und führte Selina zu dem Tisch in der Mitte des Raumes.

Als seine Finger sie berührten, wußte sie, daß ihre instinktive erste Reaktion richtig gewesen war. Sie empfand plötzlich einen Abscheu, wie sie ihn nie zuvor kennengelernt hatte. Ihr ganzer Körper schien vor ihm zurückweichen zu wollen.

»Laßt uns essen, hübsche Dame, und erzählen Sie mir von Ihrer faszinierenden, kleinen Person«, sagte der Marquis.

Ein Lakai in kunstvoller Livree, von dem Selina annahm, daß er der Kammerdiener des Marquis selbst sein mußte, hielt zuerst für sie und dann für seinen Herrn einen Stuhl bereit.

Zum erstenmal sah Selina sich um und stellte fest, daß der Salon größer war, als sie erwartet hatte.

Vor den Fenstern hingen schwere Vorhänge und Schabracken, und an den holzgetäfelten Wänden standen Louis-XIV.-Konsolentischchen, über denen Spiegel an den Wänden hingen.

Das ganze Zimmer war in Blaßblau und Grau gehalten und wurde nur von Kerzen erhellt. Es verfügte über Charme und Eleganz, wie sie in den anderen Räumen des Hauses nicht anzutreffen waren.

Dann entdeckte Selina am anderen Ende des Raumes eine Tür, die halb offenstand. Dahinter konnte sie zu ihrer Überraschung ein Bett sehen.

Auch dieses Zimmer war von Kerzen erhellt. Sie konnte sie in den Leuchtern zu beiden Seiten des Himmelbettes sehen.

»Dort«, so dachte sie, »wird Mrs. Devilins Nichte schlafen, wenn sie kommt.«

Und ganz plötzlich, wie ein Blitz aus heiterem Himmel, durchfuhr sie die Erkenntnis, daß es keine Nichte gab!

Die ganze Geschichte war erfunden! Hatte Mrs. Devilin nicht erzählt, der Marquis hätte sie vor ihrer Fahrt nach England gebeten, eine Frau für ihn zu suchen?

Aber wenn es keine Nichte gab, warum brannten dann Kerzen im Nebenzimmer?

Während die Fragen sich in ihrem Kopf jagten, redete der Marquis auf Selina ein.

»Es gibt so viele Dinge hier in Paris, die ich Ihnen zeigen möchte«, sagte er. »Soviel ich weiß, sind Sie noch nie zuvor hier gewesen.«

»N... nein«, stammelte Selina.

Es war das erste Wort, das sie sagte, seit sie das Zimmer betreten hatte, und sie dachte, wie linkisch, wenn nicht taktlos, sie aufgrund ihrer Schüchternheit und Furcht wirken mußte.

Aber in den Augen des Marquis stand ein Ausdruck, den sie nur als Bewunderung deuten konnte; und da war auch noch etwas anderes, etwas, das sie nicht zu benennen wagte.

»Paris ist eine Stadt der schönen Frauen«, fuhr der Marquis fort, »und ich weiß, Selina, und ich irre mich niemals in meiner Beurteilung, daß Sie sie alle übertreffen werden.«

»Ich fürchte, diesmal... irren Sie... Monsieur«, antwortete Selina.

Sie hielt es für klug, dem Marquis auf der Stelle klarzumachen, daß, was immer er vorzuschlagen hatte, nicht von Interesse war und daß sie niemals seine Frau werden würde, ganz gleich, was er ihr dafür bieten würde.

»Etwas Schreckliches und Abstoßendes geht von ihm aus!« sagte sie sich und fragte sich gleich darauf, wie sie so sicher sein konnte.

»Morgen«, sagte der Marquis, als hätte sie überhaupt nicht gesprochen, »werde ich mit Ihnen eine Ausfahrt im Bois machen. Dort werden Sie alle berühmten Schönheiten in ihren Wagen paradieren sehen.«

»Vielen Dank, aber ich... ich habe vielleicht... anderes zu tun.«

Der Marquis warf ihr einen scharfen Blick zu, ehe er sagte: »Wenn Sie meinen, daß wir zuerst einen Juwelier aufsuchen sollten, dann werde ich Sie nicht enttäuschen. Ich frage mich, welche Steine Ihnen am besten stehen werden. Alle Frauen lieben Diamanten, aber sie sind fast zu kalt und hart für Ihre junge Haut.«

»Ich... das meinte ich nicht... Monsieur«, sagte Selina eilig.

»Was meinten Sie dann?«

Selina betrachtete die Diener, die abwartend hinter ihren Stühlen standen, und mit einem Lächeln auf den Lippen sagte der Marquis:

»Wir werden später darüber sprechen. Jetzt lassen Sie mich erzählen, wohin wir sonst noch fahren werden. Ich möchte Sie meinen Freunden vorführen – dem Publikum in der Opéra, das mehr auf die Zuschauer als auf die Vorführung achtet, und natürlich müssen wir im Café Anglais dinieren.«

»Wo ist das?«

»Dort werden Sie alle Millionäre mit ihren schönen Damen sehen. Darf ich noch einmal sagen, wie stolz ich mich schätze, eine so begehrenswerte Frau zu begleiten.«

Es gab keinen Zweifel, er versuchte, charmant zu sein. Selina wußte, es war falsch, nach einem Makel zu suchen, aber es fiel ihr schwer, seinen Worten zu lauschen, während sie seine Blicke auf sich spürte.

Sie war verlegen wegen des tiefausgeschnittenen Dekolletés ihres Kleides, und als sich der Marquis von einem der köstlichen Gerichte nahm, die einander in schneller Folge ablösten, nützte sie die Gelegenheit und zupfte an ihrem Kleid.

Es gelang ihr, es ein wenig höher zu ziehen, so daß seine Blicke nicht länger auf dem kleinen Tal zwischen ihren Brüsten haften konnten.

»Nach dem Essen muß ich ihm sagen, daß ich ihn nicht heiraten kann«, plante sie, »und wenn möglich, muß ich es sagen, noch ehe er seinen Antrag macht. Er wird sich schämen, daß ein unwichtiges englisches Mädchen ihn zurückweisen wird! Trotzdem muß ich ihn dazu bringen, mich zu verstehen, und ihn bitten, dafür zu sorgen, daß Mrs. Devilin nicht böse mit mir ist.«

Allein der Gedanke an Mrs. Devilin ließ Selina erzittern.

In ihrer Stimme hatte so viel Heftigkeit gelegen, als sie erklärte, sie würde Selina ohne Zeugnis und ohne Geld aus dem Haus werfen, sollte sie nicht genau das tun, was der Marquis von ihr wünschte.

Vielleicht wäre der Marquis verständnisvoll. Schließlich würde er wohl kaum eine Braut heiraten wollen, die zögerte und ihn nicht einmal mochte, sagte sie sich.

Sie holte tief Luft.

›Mochte‹ – das Wort war noch zu freundlich. Sie wußte nicht warum, aber tatsächlich haßte sie den Marquis. Es schien vielleicht unvernünftig, aber das Gefühl war nun einmal da: Sie haßte ihn. Sie wußte, daß sie schreien würde, wenn er in ihre Nähe kam.

Das Dinner dauerte lange Zeit, und während der Marquis redete, entwickelte Selina verzweifelt einen Plan, was sie ihm sagen würde, sobald die Diener das Zimmer verlassen hatten.

Endlich zogen die Lakaien sich zurück. Der letzte, der ging, war der persönliche Diener des Marquis. Er blickte sich um und löschte dann – ganz überflüssigerweise, wie Selina fand – noch ein paar der Kerzen.

Der Marquis trat zum Kamin, und als sich die Tür schloß, sagte er:

»Endlich sind wir allein. Wie entzückend und schön das ist, Selina, und wie bezaubernd du in jeder Hinsicht bist. Es wird ein herrliches Erlebnis sein, wie ich es schon lange nicht mehr gehabt habe, dich in die Freuden der Liebe einzuweihen.«

Selina verschränkte verzweifelt die Finger und sagte dann sehr leise:

»Ich fürchte ... Monsieur ... es hat ein ... Mißverständnis gegeben ...«

»Was für ein Mißverständnis?« fragte der Marquis.

Er hielt ein Glas Cognac in der Hand, und während er daran nippte, sagte Selina:

»Mrs. Devilin hat mir gesagt, ich müßte tun ... was Sie wollen ... aber das ist mir ... unmöglich.«

»Nichts ist unmöglich! Nicht, wenn es um dich und mich geht, Selina, und ich finde dich äußerst begehrenswert. Ja, du hast mich vollkommen gefesselt.«

Er streckte die Arme nach ihr aus, während er sprach, aber Selina sprang vom Sofa auf, ehe er sie berühren konnte, und starrte ihn mit verängstigten Augen an.

»Es tut mir leid, Monsieur ... aber ich muß das jetzt klarstellen, ein für allemal ... ich kann Sie nicht ...«

Sie kam nicht weiter, weil der Marquis sich erhoben hatte und mit ausgestreckten Armen auf sie zugegangen war. Selina mußte kämpfen, um sich von ihm zu befreien.

Sie fühlte, wie ihr Kleid zerriß, als sie auf die andere Seite des Tisches lief. Schnell atmend sah sie zu, wie der Marquis nun ebenfalls in die Mitte des Zimmers schritt.

»Du bist anbetungswürdig!« sagte er mit belegter Stimme. »Du bist wie ein kleiner Vogel, der hilflos flattert, aber seiner Gefangennahme doch nicht entgehen kann.«

»Sie müssen mich anhören!« rief Selina verzweifelt.

»Wir werden später reden«, antwortete der Marquis. »Im Augenblick will ich nichts weiter als deine weichen Lippen küssen und deinen Körper dicht an meinem spüren.«

Die Art, wie er diese letzten Worte sagte, ließ Selina entsetzt nach Luft schnappen.

Die Tatsache, daß der Diener des Marquis einige der Kerzen im Salon gelöscht hatte, ließ diejenigen im Schlafzimmer noch heller leuchten.

Jetzt war sich Selina des erhellten Zimmers und des Bettes im Kerzenlicht überdeutlich bewußt.

Warum war es da? Auf wen wartete es?

Als hätte der Marquis ihre Gedanken gelesen, sagte er:

»Du wirst mir gehören, Selina. Du brauchst dir wegen meiner Großzügigkeit keine Gedanken zu machen, aber ich will dich, und du kannst mir nicht entkommen.«

»Sie dürfen ... mir nicht ... nahe kommen!« antwortete Selina. »Ich werde das nicht ... zulassen.«

»Und wie willst du mich aufhalten?«

Er kam um den Tisch herum auf sie zu.

Mit einem leisen Aufschrei rannte sie zur Tür, aber ehe sie sie erreichte, hatte sich der Marquis so flink bewegt, wie sie es bei ihm nie für möglich gehalten hätte, und war vor ihr dort.

Wieder streckte er die Arme aus und zog sie fast grob an sich.

Mit einer Kraft, von der sie nicht geahnt hatte, daß sie sie besaß, kämpfte sich Selina frei. Sie stand jetzt mit dem Rücken am Serviertisch und funkelte den Marquis an.

»Lassen Sie mich gehen«, flüsterte sie. »Bitte ... lassen Sie mich gehen.«

Noch während sie sprach, erkannte sie, daß eine solche Bitte vergebens war.

In seinen Augen stand ein Feuer, das sie noch niemals in den Augen eines Mannes erblickt hatte, und auf seinem Gesicht lag ein Ausdruck, der ihn fast wie einen Dämon aussehen ließ.

Er starrte auf ihre wogenden Brüste, auf die bleichen Wangen, in die entsetzten Augen! So unschuldig sie auch war, wußte Selina doch, daß sie ihn erregte.

Langsam und entschlossen entledigte er sich seines enganliegenden Abendanzugs, warf die Jacke auf den nächstbesten Stuhl.

Sein Hemd war aus feinstem Linnen und so dünn, daß sie die dichte Matte dunkler Haare auf seiner Brust sehen konnte.

»Ich kriege dich schon noch, Selina«, sagte er. »Und laß dir gesagt sein, daß ich eine Jagd liebe. Eine Frau, die sich hingibt, kann langweilig sein, aber jemand, der so jung und begehrenswert ist wie du, wird nur noch verführerischer, wenn er schwer zu erobern ist.«

Er machte einen Schritt auf sie zu, als er das sagte, und jetzt endlich verstand Selina, was er zu tun beabsichtigte.

Nicht die Ehe war es, die der Marquis ihr antrug, sondern etwas so Erniedrigendes und Beschämendes, daß sie wußte, daß sie eher sterben würde, als dies über sich ergehen zu lassen.

Er kam näher, und obwohl sie wieder einmal den Wunsch verspürte, von ihm fortzulaufen, hatte sie plötzlich das Gefühl, ihre Beine wären zu schwach, um sie zu tragen.

Sie fuhr mit den Händen hinter sich, als suchte sie Halt an dem Tisch. Dabei entdeckte sie, daß das Besteck, das sie beim Essen nicht benötigt hatten, noch immer auf dem Sideboard ausgebreitet lag.

Fast ohne ihren Willen schlossen sich ihre Finger um einen hölzernen Griff, als der Marquis, die Blicke in ihre Augen versenkt, bis sie sich fast hypnotisiert fühlte, sie erreichte.

»Du regst mich auf, wie noch keine Frau vor dir mich aufgeregt hat«, erklärte er. »Es fasziniert mich, daß du Angst vor mir hast, Selina, weil ich ein Mann bin. Ein Mann, der dich aus einem verängstigten Kind in eine Frau verwandeln wird.«

Er sprach leise, langsam, als würde der bloße Klang seiner Worte ausreichen, um ihn zu erregen, und wieder streckte er die Arme nach ihr aus.

»Ich will dich haben!« schrie der Marquis. »Du gehörst mir, Selina, und es gibt kein Entrinnen!«

Seine Arme legten sich um sie, und während er sie umschlang, hob Selina die Hand, die den hölzernen Griff umklammerte und hieb mit aller Kraft zu.

Im Kerzenlicht sah sie die dünne, spitze Klinge aufleuchten, fühlte, wie sie sich in die Brust des Marquis bohrte, alles mit nahezu überraschender Leichtigkeit.

Er stöhnte auf, seine Augen weiteten sich, sein Mund öffnete sich. Dann fuhren beide Hände hinauf zu dem Schaft des Messers, der aus seiner Brust ragte, er taumelte rückwärts und fiel.

Fast lautlos stürzte sein Körper auf den Teppich. Während Selina dort stand, sich mit der linken Hand immer noch am Tisch abstützte und ihn anstarrte, floß das Blut scharlachrot über sein weißes Hemd.

Einen Augenblick lang konnte sie einfach nicht glauben, daß es wirklich geschehen war; daß sie den Marquis daran gehindert hatte, sie in die Arme zu nehmen, und daß sie ihn deshalb getötet hatte.

Sie war sicher, daß er tot war. Seit dem ersten Stöhnen, das über seine Lippen gekommen war, als sie zustach, hatte er keinen Laut mehr von sich gegeben. Sein Mund hatte sich noch weiter geöffnet, die Augen waren noch größer geworden, aber jetzt war kein Ausdruck mehr in ihnen.

Sein ganzer Körper schien geschrumpft, und als er so dort lag, erschien ihr sein Gesicht noch lüsterner und abstoßender.

Eine lange Weile konnte Selina sich nicht rühren. Nur das Blut schien sich rot und schreckenerregend über die Brust des Marquis auszubreiten.

Dann plötzlich, mit einem Laut, der ein Schrei hätte sein sollen, ihr aber in der Kehle steckenblieb, rannte sie zur Tür.

»Hilfe! Hilfe!« rief sie.

Es war schwer, Quintus Tiverton zu erklären, was danach geschehen war, aber sie erinnerte sich vage daran, daß sie möglicherweise das Bewußtsein verloren hatte.

Als sie schließlich wieder hören konnte, was vorging, wurde sie von Mrs. Devilin verflucht und beschimpft, war aber unfähig zu verstehen, was die Frau zu ihr sagte.

Mit geschlossenen Augen lag sie da und hoffte, daß Mrs. Devilin glauben würde, sie wäre immer noch bewußtlos.

Erst nach einer geraumen Weile erkannte Selina, daß man einen Diener geschickt hatte, um Mr. Devilin zu holen, und daß dieser jetzt im Salon stand und auf die Leiche des Marquis hinabstarrte.

»Wer weiß davon?« erkundigte er sich in scharfem Ton.

»Niemand«, antwortete Mrs. Devilin, ebenfalls auf französisch. »Sein Diener ist nach dem Essen gegangen, und als ich Jacques nach dir schickte, habe ich ihm nicht gesagt, warum ich dich brauchte.«

Mr. Devilin hatte die Tür zum Salon geschlossen, als er eintrat. Jetzt durchquerte er das Zimmer und begab sich an Selinas Seite.

»Du Närrin!« schalt er wütend, »warum, zum Teufel, mußtest du ihn umbringen?«

»Übergib sie der Polizei«, kreischte Mrs. Devilin hysterisch. »Sie soll für das Verbrechen bestraft werden, das sie begangen hat! Die Guillotine wartet schon auf sie!«

»Bist du verrückt?« fragte Mr. Devilin wütend. »Glaubst du etwa, sie würde dich nicht verraten, wenn die Polizei sie ins Verhör nimmt? Und ich würde womöglich auch noch in die Sache hineingezogen! Es steht zu viel auf dem Spiel, Celestine, um Risiken dieser Art einzugehen.«

»Aber was können wir dann tun?«

»Du und dieses Mädchen, ihr müßt das Land verlassen«, erklärte er. »Bring sie nach Baden-Baden und sieh zu, daß du sie bei erster Gelegenheit los wirst.«

Er machte eine Pause und sagte dann: »Es ist einzig und allein deine Schuld, weil du sie nicht gebrochen hast, ehe sie den Marquis traf.«

»Sie schien so einfach, so fügsam zu sein«, verteidigte sich Mrs. Devilin.

»Nun, sie hat bewiesen, daß sie das nicht ist. Es sollte aber immerhin in deinen Kräften stehen, sie auf die eine oder andere Weise zu überreden, zu tun, was man ihr sagt.«

Wieder warf er einen Blick auf den Toten am Boden. Dann sagte er:

»Ich habe eine ganze Menge Geld für sie ausgegeben – das will ich zurück, ebenso wie die Summe, die der Marquis dir gezahlt hat.«

»Gott sei Dank hat er bezahlt«, meinte Mrs. Devilin leise. »Du findest das Geld unten in einer Schublade.«

»Ich werde es an mich nehmen und auch sonst alles forträumen, sobald ihr fort seid.«

»Heißt das – wir sollen sofort fahren?«

»Natürlich! Ich werde eine Kutsche bestellen, die euch zum Bahnhof bringt. Dort könnt ihr auf den Zug warten. Um sieben Uhr früh fährt einer.«

Er dachte nach, ehe er sagte:

»Du mußt natürlich deinen Namen ändern und ihren auch. Bläu es der Kleinen ein, daß sie niemals von einer ›Mrs. Devilin‹ gehört hat, und auch nicht von mir.«

»Sie hält dich für meinen Ehemann.«

»Was sie angeht, so gibt es mich gar nicht. Das kannst du doch wohl in sie hineinprügeln?«

»Ich werde ihr noch eine ganze Menge Dinge einprügeln, ehe ich fertig bin«, erklärte Mrs. Devilin boshaft.

»Ein Jammer, daß du das nicht getan hast, ehe es passiert ist.

Der Marquis war eine gute Einkommensquelle, wie du wohl weißt.«

»Wie willst du morgen früh erklären, daß er tot ist?«

»Ich weiß nichts davon«, antwortete Mr. Devilin. »Du bist es, nach der man suchen wird, Celestine.«

»Also so hast du dir das Spielchen gedacht!«

»Warum nicht? Was mich angeht, so habe ich nie von ihm gehört. Es wird schwierig werden, Celestine, – täusche dich nicht –, mich überhaupt mit ihm in Verbindung zu bringen, und wenn du weißt, was gut für dich ist, dann wirst du es gar nicht erst versuchen, nicht einmal, wenn die Polizei dich erwischen sollte.«

»Ich werde schon dafür sorgen, daß die mich nicht kriegen, und wenn ich in der Zwischenzeit diese Verrückte hier umbringen muß.«

»Noch eine Leiche würde peinlich werden«, meinte Mr. Devilin. »Sorg einfach dafür, daß sie zu verängstigt ist, um zu reden. Das dürfte doch nicht allzu schwierig sein.«

Er wandte sich um, als er das sagte, packte Selina am Arm und zerrte sie grob aus dem Sessel hoch, in den sie gesunken war, als sie das Bewußtsein verlor.

»In Zukunft wirst du tun, was man dir sagt«, erklärte er, »oder du endest in der Seine, genauso tot wie der Mann, den du umgebracht hast. Du kannst von Glück sagen, daß wir bereit sind, deine Haut und deinen hübschen Kopf zu retten. Aber täusch dich nicht – wenn du versuchst, uns zu verraten – bringe ich dich um!«

Sein Gesicht war dem Selinas ganz nahe, als er ihr diese Worte wütend entgegenschleuderte, und als sie instinktiv einen Schritt nach hinten machte, holte er aus und schlug ihr hart ins Gesicht.

»Geh und packe deine Kleider in einen Koffer«, befahl er. »Ich kümmere mich später noch um dich, keine Angst.«

»Das ist ein Versprechen!« fügte Mrs. Devilin hinzu.

Eine Hand an die brennende Wange gepreßt, ging Selina ein wenig unsicher zur Tür, wobei sie es vermied, den Körper des toten Marquis anzusehen. Dann ging sie die Treppe hinauf in ihr Zimmer.

Erst jetzt fragte sie sich verzweifelt, wie sie jemals aus diesem schrecklichen Alptraum entfliehen könnte, der sie immer fester gepackt zu halten schien.

»Gott ... helfe ... mir«, flüsterte sie.

Selina strich sich mit zitternden Fingern das Haar aus der Stirn.

»Wir haben einen Zug am frühen Morgen genommen«, fuhr sie fort, »und hätten heute abend in Baden-Baden sein sollen, wenn nicht die Felsen auf die Geleise gefallen wären. Es saßen noch andere Leute in unserem Abteil, und Mrs. Devilin hat kein Wort mit mir gesprochen.«

Sie brach ab. Dann sagte sie:

»Ich hätte das nicht sagen dürfen. Sie nennt sich jetzt Madame Bryen, und ich bin ihre Nichte.«

»Dann ist das also das erstemal, daß sie Sie geschlagen hat?« erkundigte sich Quintus Tiverton.

»Ja, aber sie wird es wieder tun ... und wieder ... weil ich so ... solche Angst habe ... und am Ende werde ich tun müssen ... was sie von mir ... verlangt.«

»Sie wissen, was das ist?« fragte er.

»Mrs. Dev ... ich meine, Madame Bryen hat es mir erzählt ... heute abend, als sie heraufkam ... nachdem ich zu Bett gegangen war. Sie hat zugegeben, daß der Marquis niemals ... daran gedacht hat, mich zu heiraten ... er wollte mich als seine ... Geliebte.«

Quintus Tiverton sah, wie bei diesen Worten die Röte in Selinas Wangen stieg. Sie wurde dadurch nur noch schöner, fand er, als sie es ohnehin schon war.

»Ich war so ... dumm ... daß ich es nicht ... gleich begriffen habe«, murmelte Selina.

Quintus Tiverton hatte aus der Geschichte viel mehr erfahren, als sie ihm erzählt hatte.

Er erinnerte sich, gehört zu haben, daß der Marquis de Valpré ein Faible für ganz junge Mädchen hatte, und selbst in der ausschweifenden Pariser Gesellschaft des Zweiten Empire galt er als ausgesprochener Wüstling.

Tiverton hatte auch einen vagen Verdacht, wer der Mann war, den Selina unschuldigerweise für Mrs. Devilins Ehemann gehalten hatte.

Es gab zwei oder drei Kuppler in Paris, die den Adel und selbst den Kaiser mit Frauen versorgten. Sie rafften enorme Vermögen zusammen, und da es möglich war – wenn sie es wollten –, ihre vornehmen Kunden zu erpressen, verfügten sie über Macht.

Englische Mädchen, jung und blond, wurden ständig nach Paris eingeführt, und es gab nur wenig, was die Behörden beider Länder dagegen unternehmen konnten.

Die Herren, die sie verführten, hatten allesamt eine Position inne, die es ihnen ermöglichte, jegliche offiziellen Nachforschungen im Keim zu ersticken. Und außerdem war man fast einhellig der Meinung, daß Frauen nur dazu da waren, um als Spielzeug der Männer zu dienen.

Das Zweite Empire war das goldene Zeitalter der Kurtisanen, und die ›Großen Kokotten‹ hatten Paris in den Ruf einer Stadt des Lasters und der Wollust gebracht, die von keiner anderen Hauptstadt Europas übertroffen wurde.

Quintus Tiverton war sich wohl im klaren darüber, daß ein Mädchen, das nicht so sensibel und wohlerzogen war wie Selina, sich angepaßt hätte, hätte man es einer Welt zugeführt, in der seine Schönheit intelligente und wichtige Männer angezogen hätte.

Wie die anderen Damen der Halbwelt hätte sie ein riesiges Vermögen machen und im Luxus leben können, wie ihn sich gewöhnliche Frauen nicht einmal zu erträumen wagten.

Aber er konnte verstehen, daß Selina einen Mann wie den Marquis de Valpré nicht akzeptieren konnte. Ohne daß man es ihr hätte sagen müssen und ohne die Welt zu kennen, in der er lebte, hatte sie gewußt, daß er böse war und schlecht und daß jeder Kontakt mit ihm sie verletzen mußte.

Quintus Tiverton fragte sich jetzt, wie er sie vor den Folgen der Situation bewahren konnte, in die sie sich gebracht hatte.

Aber er konnte ihr nicht helfen. Schließlich hatte er seine eigenen Probleme. Es hatte keinen Sinn, sich auch noch die ihren aufzuhalsen. Das Licht der Kerzen sagte ihm, daß ihre Schönheit sie in Tausende unmöglicher Situationen bringen würde, vor denen sie nur ein Ehemann bewahren konnte.

Entschieden wandte er sich von ihren flehenden Augen ab.

»Es tut mir leid für Sie, Selina. Ich wünschte, ich könnte Ihnen helfen.«

»B ... bitte, helfen Sie mir«, sagte sie so leise, daß er ihre Stimme kaum hören konnte.

»Das einzige, was ich tun könnte, ist, Ihnen ein wenig Geld zu geben. Verstecken Sie es irgendwo, und wenn Sie dieser Frau in Baden-Baden entfliehen können, dann nehmen Sie einen Zug nach Holland. Dort können Sie die Überfahrt auf einem Schiff nach England buchen.«

Er tastete in seiner Tasche, während er sprach, und sagte lächelnd:

»Es tut mir leid, aber ich bin im Augenblick selbst etwas knapp. Deshalb kann ich Ihnen nicht soviel geben, wie ich es gern tun würde. Aber hier sind zehn Pfund. Das wird reichen, um die Fahrkarten zu bezahlen. Passen Sie nur gut auf, daß Ihre Wächterin das Geld nicht findet.«

Er legte die Geldscheine vor Selina, aber sie rührte sie nicht an.

»Wie kann ich... fliehen?« fragte sie. »Vielleicht hat sie einen anderen Mann wie den Marquis für mich. Vielleicht wartet er schon in Baden-Baden.«

Quintus Tiverton war ganz sicher, daß Mrs. Devilin, oder wie immer sie sich jetzt nannte, keine Schwierigkeiten haben würde, einen Mann für Selina zu finden.

Baden-Baden war um diese Jahreszeit voll von Kupplern und Zuhältern aus allen großen Städten Europas.

Wenn Mrs. Devilin Hilfe brauchte, um Selina loszuwerden, dann würden sie ihr nur zu gern diesen Gefallen tun.

Die Stadt würde voll sein von Millionären, die im Kasino spielen und mit schönen Frauen gesehen werden wollten. Genauso, wie sie nur auf hervorragenden Pferden reiten oder in den schönsten Kutschen mit den besten Gespannen fahren wollten. Eine Mätresse war das Symbol für gesellschaftlichen und finanziellen Status.

Je mehr Geld sie für Kokotten ausgaben, desto mehr wurden sie von ihren Zeitgenossen bewundert, und um so größere Mühe gaben sich die Frauen untereinander, um den Neid ihrer Rivalinnen auf ihren Reichtum zu erregen.

Quintus Tiverton konnte sich noch an die Extravaganzen erinnern, die die Kurtisanen in Paris ihren Liebhabern entlockten.

Cora Pearl zum Beispiel, eine englische Halbweltdame, die vom Duc de Morny ausgehalten wurde, ließ sich von einem ihrer Liebhaber eine Schachtel mit glacierten Maronen überreichen, von denen jede einzelne in einen Tausend-Franc-Schein gewickelt war.

Prinz Napoleon hatte ihr eine große Wagenladung Orchideen bringen lassen. Sie gab ein Abendessen, streute die teuren Ochideen auf den Boden und tanzte als Matrose verkleidet darauf herum.

Cora gab ein Vermögen für Einladungen aus. Eines Tages wettete sie mit ihren Gästen, sie würde ihnen Fleisch anbieten, das keiner von ihnen zu zerschneiden wagen würde.

Sie ließ sich auf einem riesigen Silbertablett von vier Männern hereintragen. Sie war nackt und mit Petersilie garniert.

Quintus Tiverton konnte sich nicht vorstellen, daß Selina solche Dinge tun würde. Aber eines Tages würde es vielleicht dazu kommen.

Es war ein Jammer, daß jemand, der so reizend war, so leiden sollte, nur weil er schön war. Aber so war die Welt nun einmal!

»B ... bitte«, flehte Selina, »bitte, verstecken Sie mich. Bitte, nehmen Sie mich mit, wohin Sie auch reisen.«

Ihre Stimme hatte etwas Kindliches, und Quintus fiel es schwer, abzulehnen. Aber er verhärtete sein Herz.

»Es tut mir leid«, antwortete er, »aber Sie wissen ja nicht, was Sie da verlangen. Ich bin kein reicher Mann, Selina.«

»Ich will Ihr Geld nicht. Wenn Sie mich bloß ... beschützen könnten ... bis ich nach England zurückkehren kann ... oder eine gute Stelle finde.«

Quintus Tiverton konnte nicht anders, er mußte sich einfach fragen, welche gute Stelle für ein so hübsches Mädchen wie Selina wohl offenstand. Keine Frau mit Augen im Kopf würde sie einstellen, es schien, als würde sie unweigerlich zur Kokotte werden, einfach, weil sie zu schön war, um irgend etwas anderes zu sein.

»Ich würde Ihnen nicht viel ... Kosten machen«, sagte Selina, »und wenn ich bei Ihnen wäre ... müßte ich keine ... Angst haben.«

»Woher wollen Sie das wissen?« fragte Quintus Tiverton fast grob. »Sie haben mich vor heute nacht noch niemals gesehen. Ich könnte genauso schlimm, ja, sogar schlimmer als der Marquis de Valpré sein.«

»Ich weiß, daß Sie freundlich sind. Und ein ... ein ... Gentleman.«

»Das ist kein Grund, um mir zu trauen«, erklärte Quintus Tiverton trotzig.

»Aber ich weiß, daß ich Ihnen trauen kann«, beharrte Selina. »Ich weiß es tief in meinem Innern ... genauso, wie ich wußte, daß ich ...«

Sie brach ab, als brächte sie es nicht über sich, die Worte auszusprechen.

»Ich habe Ihnen bereits gesagt: Alles, was ich tun kann, ist, Ihnen Geld zu geben«, sagte Quintus Tiverton. »Warten Sie, bis diese Frau, die Sie in den Klauen hat, ausgegangen ist und sie allein läßt, und dann fliehen Sie.«

Noch während er sprach, wußte er, daß Mrs. Devilin nicht so dumm sein würde, Selina allein zu lassen, außer, wenn sie eingeschlossen war. Er hatte gehört, daß in den Bordellen von London und Paris die Frauen wie Gefangene gehalten wurden und daß es für sie kein Entkommen mehr gab, wenn sie sich erst in den Händen einer ›Madam‹ befanden.

Nach allem, was bereits geschehen war, würde Mrs. Devilin kein Risiko mehr eingehen.

Er sah Selina an und wandte sich wieder ab. Das Mädchen war so schrecklich jung.

Als sie mit ihren Händen gestikuliert hatte, um zu illustrieren, was sie erzählte, war das Laken herabgerutscht. Durch das schlichte Baumwollnachthemd konnte Quintus Tiverton die Umrisse der kleinen, noch nicht voll entwickelten Brüste erkennen.

Wütend sagte er sich, daß es eine Schande sei, daß Frauen auf solche Weise ausgebeutet würden.

Aber wie sollte er etwas daran ändern?

Entschlossen sprang er auf die Füße.

»Ich werde jetzt gehen und Sie schlafen lassen, Selina«, sagte er. »Verstecken Sie das Geld, das ich Ihnen gegeben habe. Vielleicht sieht alles gar nicht mehr so schlimm aus, wenn Sie erst in Baden-Baden sind.«

Selina sah ihn an, und er bemerkte das Entsetzen und die Angst in ihren Augen.

»Sie wird... mich schlagen... bis ich... tue, was sie... von mir verlangt!«

»Verdammt!« rief Quintus Tiverton wütend, »es muß doch eine Möglichkeit geben, wie Sie ihr entkommen können!«

Selina antwortete nicht. Sie sah ihn nur an, und er wußte, was sie dachte.

»Das ist unmöglich!« sagte er nach einem Moment. »Wie kann ich mit leeren Taschen und einem Mädchen, das ich bis zum heutigen Abend noch nie gesehen habe, in Baden-Baden ankommen? Die ganze Sache ist einfach lächerlich!«

Er durchquerte das Zimmer und starrte in den Kamin.

»Sie haben sich den falschen Mann ausgesucht. Ich kann Ihnen nicht helfen, Selina. Wissen Sie eigentlich, wer ich bin?«

»Jemand, der sehr nett zu mir gewesen ist.«

Quintus Tiverton drehte sich um.

»Das meine ich nicht. Aber Sie müssen wissen, daß ich ein

Spieler bin, und das Leben eines Spielers ist schwierig und gefährlich.«

»Ich würde... keine Mühe machen. Bitte... nehmen Sie mich mit.«

»Sie sollten mich das nicht bitten«, antwortete er. »Wenn ich auch nur ein Fünkchen Verstand gehabt hätte, hätte ich Sie weinen lassen, anstatt hierherzukommen und Mitleid für Sie zu empfinden, so sehr, daß ich...«

Er hörte auf zu reden und ging ein paar Schritte im Zimmer auf und ab.

»Es ist Wahnsinn! Das wissen Sie ebensogut wie ich.«

»Könnten Sie... mich bitte... anhören?« bat Selina.

»Nur, wenn Sie etwas Vernünftiges zu sagen haben.«

»Ich glaube, das ist es.«

»Nun – also?«

Mit einer kleinen Bewegung ihrer Hand wies Selina auf das Fußende ihres Bettes, wo er zuvor gesessen hatte, und fast zögernd nahm er wieder Platz.

»Ich habe bloß gedacht«, erklärte Selina mit ihrem atemlosen Stimmchen, »wenn Sie mich mitnehmen... nach Baden-Baden oder wohin immer Sie reisen... daß es möglich sein müßte, daß Sie einen Ehemann für mich finden – einen richtigen Ehemann, der... freundlich und verständnisvoll sein würde.«

Quintus Tiverton sah sie an.

»Dann sind Sie bereit, eine Ehe zu akzeptieren?«

Selina warf hilflos die Hände nach oben.

»Was könnte ich sonst tun? Ich habe keinerlei Talente. Ich bin nicht geschickt, außer wenn es darum geht, einen Haushalt zu führen. Es muß doch einen Mann geben, irgendwo, der... mir keine Angst macht, und ihm würde ich eine... gute Frau sein.«

Quintus Tiverton sagte einen Augenblick lang überhaupt nichts. Dann meinte er:

»Ich nehme an, das wäre eine Möglichkeit. Ich bin sicher, daß es Männer gibt, Selina, – wir müssen sie nur finden –, die Ihre Schönheit so unwiderstehlich finden, daß sie bereit sein werden, einen Ehering herauszurücken.«

»Dann, bitte, darf ich... mit Ihnen kommen?«

Er sah sie lange an.

Ihre Schönheit hatte etwas ätherisches, fast vergeistigtes, und er fragte sich, ob er nicht vielleicht doch nur träumte, ob diese ganze

Unterhaltung nicht nur ein Teil seiner Einbildung war. Schließlich sagte er fast grob:

»Wenn ich Sie mitnehme, versprechen Sie mir dann, mir zu gehorchen? Und wenn ich einen Ehemann finde, der freundlich und anständig ist, wie Sie sagen, werden Sie ihn dann akzeptieren?«

Er sah ein plötzliches Licht in Selinas Augen, und ihr Gesicht schien von einer neuen Schönheit belebt zu werden.

»Heißt das ... Sie nehmen mich mit?«

»Nur, wenn Sie mir Ihr Ehrenwort geben, daß Sie tun, was ich sage.«

»Ich ... verspreche es. Wenn Sie mich nur ... von hier fortbringen.«

»Wahrscheinlich werde ich mir morgen früh sagen, daß ich verrückt bin und einen Arzt aufsuchen sollte«, meinte Quintus Tiverton. »Aber im Augenblick sehe ich keine andere Möglichkeit.«

»Können wir ... sofort reisen?« fragte Selina.

»Ich möchte etwas schlafen, und Sie sollten das auch tun. Aber wir werden das Gasthaus verlassen, ehe die anderen Leute wach werden. Um welche Zeit steht Mrs. Devilin gewöhnlich auf?«

»Man hat uns heute abend gesagt, daß wir um acht Uhr dreißig unten sein sollen, um auf einen Wagen zu warten, der uns zum Zug bringen wird«, erzählte Selina.

»Sehr gut. Dann reisen wir um sechs Uhr ab. Ich werde um fünf Uhr dreißig an die Wand klopfen. Sobald Sie angezogen sind, bringe ich Sie nach unten.«

Er sah sich im Zimmer um und sah Selinas eckige Truhe unter einem Fenster stehen.

»Wir werden reiten. Sie können also nur mitnehmen, was Sie in ein Tuch oder einen Mantel wickeln und am Sattel befestigen können.«

Er seufzte und fügte hinzu:

»Ich nehme an, daß ich Ihnen ein paar neue Kleider kaufen muß, wenn wir in Baden-Baden sind.«

»Ich ... komme gewiß mit dem aus, was ich habe«, sagte Selina.

Quintus Tiverton lächelte.

»Wenn ich mich nicht sehr irre, sind das nicht die Kleider, die inmitten einer Versammlung der bestangezogensten Damen Europas unbedingt die Aufmerksamkeit auf sich ziehen würden.«

»Aber müssen wir denn nach Baden-Baden fahren?« erkundigte sich Selina nervös.

»Das ist mein Ziel. Wie ich Ihnen bereits gesagt habe, Selina, bin ich ein Spieler. Und ohne eingebildet klingen zu wollen, darf ich vielleicht noch hinzufügen, ein guter. Das muß man auch sein, wenn man davon leben will.«

»Sie sehen so reich aus«, sagte Selina und warf einen Blick auf seinen elegant geschnittenen Mantel und die makellose Krawatte.

»Gehört alles zum Spiel«, meinte er leichthin. »Sie werden noch lernen, Selina, daß wir alle unsere Bühnenausstattung haben, und bei Ihnen heißt das eine Kollektion schöner Kleider.«

»Ich kann nicht zulassen, daß Sie eine Menge Geld für mich ausgeben«, protestierte Selina. »Aber vielleicht kann ich es zurückzahlen, wenn ich erst verheiratet bin.«

»Und genau wie Mrs. Devilin erwarte ich auch genau das von Ihnen. Schließlich, wenn wir uns schon auf dieses verrückte Abenteuer einlassen, können wir auch erfolgreich dabei sein. Piraten erwarten nun einmal, daß sie die Beute davonschleppen können.«

»Das klingt aufregend, und ich bin sicher, daß es das auch sein wird... wenn ich bei Ihnen bin.«

Ein leichtes Trällern war in Selinas Stimme, das er vorher nicht vernommen hatte, und er fand, daß ihre Augen leuchteten wie Sterne. Doch dann machte er sich über sich selbst lustig und fand sich sentimental.

»Wir sind zusammen im Geschäft, Selina«, erklärte er mit fester Stimme, »und wir müssen uns bei allem, was wir tun, wie Geschäftspartner verhalten.«

»Ja, natürlich.« Ihr Ton verriet ihm, daß sie nicht verstand, was er sagen wollte.

»Schon gut«, sagte er, wie zu sich selbst. »Zuerst müssen wir sorgfältig darauf achten, daß wir Sie den Klauen des Drachens entreißen, der Sie hierher gebracht hat, in dieses Gasthaus.«

»Genau das ist sie – ein Drachen – und ein ausgesprochen furchterregender dazu! Und Sie müssen natürlich der Heilige Georg sein – schließlich retten Sie mich und sind Engländer.«

»Lassen Sie mich von Anfang an klarstellen«, erklärte Quintus Tiverton entschieden, »daß ich kein Heiliger bin, Selina. Ich bin ein dickköpfiger, hartherziger Spieler, und ich habe das ungute Gefühl, daß ich soeben eine Menge Geld für eine höchstwahrscheinlich unglückliche Wette aufs Spiel gesetzt habe.«

»Nein, da irren Sie sich«, widersprach Selina. »Ich bin ganz sicher, daß ich Ihnen Glück bringen werde! Ich weiß nicht, wie oder warum, aber ich habe das Gefühl in meinem Innern, und wenn ich dieses Gefühl habe, irre ich mich niemals!«

Quintus Tiverton nahm die Geldscheine auf, die er auf ihr Bett gelegt hatte, und stand auf.

»Hoffen wir, daß Sie recht haben, Selina. Auf jeden Fall müssen Sie jetzt schlafen. Wir haben morgen einen langen Weg vor uns, und nach der harten Strafe, die Sie heute abend erhalten haben, wird der Ritt morgen höchst unerfreulich für Sie werden, gelinde ausgedrückt.«

»Das macht nichts. Mir macht überhaupt nichts etwas aus, solange Sie mich nur wirklich mitnehmen.«

Sie machte eine kurze Pause, und er sah die plötzliche Sorge in ihrem Gesicht, als sie hinzufügte:

»Sie nehmen mich doch mit? Sie werden nicht einfach in die Nacht verschwinden, und morgen früh werde ich feststellen müssen, daß Sie nicht mehr... da sind?«

Flehentlich sah sie ihn an, und er versuchte, ihren traurigen Augen zu entgehen, der ganzen bedauernswerten Erscheinung, die sein Herz rührte.

Einen kurzen Augenblick lang zog er sogar in Erwägung, ihr zu sagen, er hätte seine Meinung geändert; daß er sich nicht in eine Situation bringen durfte, die für ihn so viele Schwierigkeiten und Probleme nach sich ziehen würde.

Quintus Tiverton hatte in seinem Leben viele Frauen gekannt. Während er reiste und in den Jahren in Paris hatte es immer Frauen gegeben, die die Arme nach ihm ausgestreckt, die ihm ihre Lippen und ihre weichen Körper angeboten hatten.

Er wäre ein Lügner gewesen, hätte er nicht zugegeben, daß er weit mehr über das andere Geschlecht wußte als die meisten Männer seines Alters. Und gerade deswegen war er sich sicher, daß Selina genauso war, wie sie zu sein schien.

Sie war unschuldig, rein und gut, wie nur wenige der Frauen, die er getroffen hatte.

»Warum, in Gottes Namen, belaste ich mich in diesem Fall also mit ihr?« fragte er sich.

Eine Mätresse war eine Sache. Er war oft genug mit einer gereist und hatte in den meisten Fällen festgestellt, daß es ein Fehler gewesen war. Denn Frauen zeigten sich von der besten Seite, wenn man sie nicht von einem Land in ein anderes verpflanzte.

Doch den Anstandshüter für ein Mädchen zu spielen, das gerade erst dem Schulzimmer entflohen war, das nichts vom Leben und schon gar nichts von der Gesellschaft wußte, auf die sie in Baden-Baden stoßen würden, war eine Erfahrung, die neu für ihn war.

Er sah alle möglichen Probleme vor sich, die phantastischsten Situationen!

Plötzlich schoß ihm der Gedanke durch den Kopf, daß es nicht gerade günstig war, wenn ein möglicher Ehemann für Selina – den er schließlich finden wollte! – sie für seine, Quintus Tivertons, Mätresse halten würde.

»Ich sage Ihnen, was wir tun müssen, Selina«, sagte er laut. »Wir müssen uns als Bruder und Schwester ausgeben.«

Sie sah ihn einen Moment überrascht an. Dann sagte sie:

»Aber natürlich! Ich dachte gerade, daß die Leute es vielleicht ein wenig merkwürdig finden würden, wenn wir zusammen ohne Anstandsdame reisen.«

»Wir können wohl kaum Mrs. Devilin als Anstandsdame mitnehmen«, meinte Quintus Tiverton lachend.

Er sah, wie Selina bei dem Namen zusammenzuckte.

»Vergessen Sie sie«, fügte er scharf hinzu. »Von diesem Augenblick an spielt sie in Ihrem Leben keine Rolle mehr.«

»Nehmen wir einmal an … nur eine Vermutung … sie sieht uns in Baden-Baden? Sie könnte allen Leuten sagen, daß Sie nicht mein Bruder sind.«

»Das halte ich für unwahrscheinlich. Außerdem wird sie die Jagd aufgeben, Selina, sobald Sie erst einmal frei von ihr sind. Schließlich weiß sie sehr wohl, daß Sie sie bloßstellen könnten, wenn sie versuchen sollte, Sie bloßzustellen.«

»Ja … natürlich«, stimmte Selina nervös zu.

»Also, von diesem Augenblick an sind Sie meine Schwester. Ihr Name ist Selina Tiverton, und da wir morgen reisen, werde ich Ihnen ein wenig über meine Familie erzählen, nur für den Fall, daß wir einem meiner Freunde in Baden-Baden begegnen.«

»Werden sie es nicht für merkwürdig halten, daß Sie plötzlich eine Schwester haben?«

»Zufällig habe ich eine«, erklärte er. »Sie ist ein wenig jünger als Sie und somit noch nicht in die Gesellschaft eingeführt. Erwarten Sie also bitte nicht noch mehr Schwierigkeiten, als wir ohnehin schon bekommen werden. Nehmen wir die Dinge einfach, wie sie kommen.«

Er lächelte und fuhr fort:

»Das ist ohnehin meine Philosophie – alles zu akzeptieren, was das Schicksal für mich bereithält – selbst, wenn es zufällig eine junge Frau ist, die in Schwierigkeiten steckt.«

»Wie kann ich ... Ihnen danken?«

»Das ist im Augenblick nicht nötig. Ehrlich gesagt, wenn es etwas gibt, was ich verabscheue, dann sind das Menschen, die übertrieben dankbar sind. Ich fühle mich dann immer unwohl.«

»Aber trotzdem müssen Sie wissen, daß ich Ihnen wirklich ... äußerst dankbar bin.«

»Warten Sie nur, bis wir dieses Gasthaus und alles, was dazugehört, hinter uns gelassen haben. Ich bin müde, Selina, und Sie haben mir eine Menge gegeben, über das ich nachdenken muß. Ich gehe zu Bett. Und ich hoffe, daß ich schlafen kann. Ich würde vorschlagen, daß Sie dasselbe tun.«

»Werden Sie auch nicht vergessen, mich zu wecken? Was ist, wenn Sie verschlafen?«

»Ich kann immer zu jeder Zeit aufwachen, zu der ich aufzuwachen wünsche«, behauptete Quintus Tiverton. »Ich habe mir diese Fähigkeit im Laufe der Jahre angeeignet, und sie ist außerordentlich nützlich. Um genau fünf Uhr dreißig werde ich an die Wand klopfen. Aber jetzt schließe ich Sie ein, nicht, um Sie daran zu hindern, fortzulaufen, sondern damit kein anderer Besucher Ihre Nachtruhe stört!«

»Ich werde versuchen zu schlafen«, versprach Selina. »Aber ich wünschte, es wäre schon morgen.«

»Das kommt schon«, versprach er. »Da können wir nun wirklich sicher sein. Gute Nacht, Selina. Ich hoffe, ich werde einen guten, empfehlenswerten Bruder abgeben.«

»Ich bin sehr stolz und dankbar, Ihre Schwester sein zu dürfen«, sagte Selina leise.

Er wandte sich der Tür zu. Als er nach der Klinke griff, drehte er sich noch einmal um.

Das Kerzenlicht, das auf Selinas goldenem Haar schimmerte und ihr herzförmiges Gesichtchen beleuchtete, zeigte eine ganz andere Person als das verschreckte, weinende Mädchen, das er vorgefunden hatte, als er das Zimmer betreten hatte.

»Gute Nacht«, sagte sie leise, »Gott segne Sie ... dafür, daß Sie so ... gut sind.«

Quintus Tiverton versperrte die Tür von außen, zog den Schlüssel ab und ging in seine eigene Dachkammer.

Er ertappte sich bei dem Gedanken, daß die letzte Frau, die zu ihm gesagt hatte ›Gott segne dich‹, seine eigene Mutter gewesen war.

3

Es war sehr heiß, und der Himmel war wolkenlos. Jetzt, da Selina und Quintus Tiverton die Berge weit hinter sich gelassen hatten, konnten sie es sich gar nicht mehr vorstellen, daß es am Vorabend so kalt und windig gewesen war.

Während sie langsam ins Tal hinabritten, tauchten neben ihnen die ersten hohen Nadelbäume des Schwarzwalds auf.

Wie Quintus Tiverton vorhergesagt hatte, fühlte sich Selina sehr steif, und ihr Gesäß schmerzte von den Schlägen, die Mrs. Devilin ihr verabreicht hatte.

Trotzdem – sie hätte noch weit Schlimmeres ertragen können, ohne sich zu beklagen, denn sie war über alle Maßen glücklich, entflohen zu sein und sich nicht länger vor der Zukunft fürchten zu müssen.

Als Quintus Tiverton an ihre Wand geklopft hatte, war sie bereits wach gewesen. Sie hatte nicht länger als eine Stunde oder so schlafen können, so groß war ihre Angst gewesen, er könnte ohne sie abreisen.

Beim ersten Klopfzeichen war sie aus dem Bett gesprungen und hatte sich hastig angekleidet. Zum Glück hatte sich in ihrem Koffer ein Reitkleid befunden, das sie daheim im Sommer getragen hatte.

Selina war überzeugt, daß sie in dem billigen Aufzug schäbig wirken würde, verglichen mit den Reitern in Baden-Baden. Die Farbe stand ihr jedoch ausgezeichnet.

Das tiefe Blau spiegelte das Blau ihrer Augen wider, und als sie in den kleinen, gesprungenen Spiegel an der Wand blickte, sah sie, daß Kummer und Angst, die ihr Gesicht am Vortag verzerrt hatten, jetzt verflogen waren.

Wie Quintus Tiverton ihr aufgetragen hatte, packte sie nur das Allernotwendigste in den Mantel, den sie aus England mitgebracht hatte.

Sie zögerte, als sie das weiße Kleid sah, das Mrs. Devilin für sie hatte anfertigen lassen und das sie zum Dinner mit dem Marquis getragen hatte.

Ihr erster Impuls war, sich entsetzt davon abzuwenden und zu hoffen, daß sie es nie wiedersehen müßte, denn es würde sie nur allzusehr an das Geschehene erinnern.

Doch dann sagte ihr die Vernunft, daß das Kleid tatsächlich sehr attraktiv war und wahrscheinlich auch sehr teuer. Wenn sie es zurücklassen würde, würde das nur bedeuten, daß Quintus Tiverton noch mehr Geld für sie ausgeben mußte, um sie für ihr Abenteuer angemessen einzukleiden.

»Ich werde es mitnehmen«, sagte sich Selina.

Aber sie konnte ein leises Schaudern nicht unterdrücken, als sie sah, daß es an der Schulter zerrissen war, dort, wo der Marquis sie gepackt hatte.

Es klopfte an der Tür, und Quintus Tiverton trat ein.

»Fertig?« fragte er leise.

Selina erwartete, daß er sagen würde, sie hätte zuviel dabei, aber er warf nur einen Blick auf das Bündel, das am Boden lag, und fragte über die Schulter:

»Kommst du damit zurecht, Jim?«

Ein kleiner, drahtiger Mann mit faltigem Gesicht und listigen Augen kam von der Treppe herein.

Er berührte kurz die Stirn in Selinas Richtung, und Quintus Tiverton erklärte:

»Ich habe Jim gesagt, daß Sie mit uns reisen und daß Sie meine Schwester sind.«

Nach einem Blick auf den Diener war Selina überzeugt, daß man ihm trauen konnte.

Ohne ein Wort nahm er den Mantel vom Boden auf, schob ihn unter den Arm und ging ihnen voran die Treppe hinunter.

Jeder Schritt, den sie machten, erschien Selina so laut, daß sie sich einbildete, sie müßten die anderen Bewohner des Gasthauses wecken. Vielleicht würde Mrs. Devilin an die Tür kommen, um nachzusehen, was dort vor sich ging.

Aber sie erreichten die Halle ohne Zwischenfall, und der Wirt verabschiedete sich so unterwürfig unter vielen Verbeugungen von ihnen, daß Selina sicher war, daß Quintus Tiverton ihn gut bezahlt und auch ihre Rechnung übernommen hatte.

Im Hof warteten schon drei gesattelte Pferde, die von einem Knecht gehalten wurden.

Fragend sah Selina Quintus Tiverton an.

»Ich habe ein Pferd für Sie gemietet«, erklärte er. »Es war das beste, das der Wirt auftreiben konnte. So lange es Sie an unser Ziel bringt, haben wir keinen Grund zur Klage.«

»Nein, wirklich nicht«, meinte Selina, »und vielen Dank auch.«

Sie hatte schon halb befürchtet, sie müßte mit ihm oder seinem Diener zusammen im Sattel sitzen, und als sie jetzt auf ihrem eigenen Pferd die Zügel in die Hand nahm, fühlte sie sich erleichtert und vergnügt.

Selina spürte, daß es ein gutes Pferd war, wahrscheinlich besser als die, die sie in den letzten Jahren hatte reiten müssen, als ihr Vater angefangen hatte, sowohl an ihrem Pferdebestand wie auch an allem anderen zu sparen.

Sie ritten in der Morgensonne davon, und erst als sie ein paar Meilen vom Gasthaus entfernt waren, schlug Quintus Tiverton vor, daß sie irgendwo zum Frühstück einkehren sollten.

»Ich weiß, daß Sie so schnell wie möglich von hier fortkommen möchten«, sagte er, »aber ich bin hungrig, und ich bin sicher, Sie sind es auch. Ich könnte mir vorstellen, daß Sie gestern abend nicht sehr viel gegessen haben.«

Selina warf ihm einen kurzen Blick zu, als wollte sie ihm zu verstehen geben, wie erfreut sie über sein Verständnis war, und er dachte bei sich, wie unglaublich hübsch sie doch aussah.

Er hatte schon halb befürchtet, ihre Schönheit wäre eine Illusion im Kerzenlicht gewesen, aber in der klaren Morgensonne war sie sogar noch reizender, als er sie in Erinnerung hatte.

Es war fast unmöglich, so fand er, daß eine Frau eine klarere oder durchsichtigere Haut besaß. Ihr Haar hatte das Gold der Morgensonne, und ihre Augen das Blau des Enzians, der an den Hängen der Alpen wuchs.

Mit einem Gefühl der Zufriedenheit versicherte er sich, daß sie nicht lange in seinen Händen bleiben würde.

Sie wollte heiraten, was die Bewerberzahl ein wenig einschränken würde. Aber wenn sie ihre Meinung änderte, wenn sie nach Baden-Baden kamen, dann würden Hunderte von Männern ihr bereitwillig ihr Vermögen zu Füßen legen und ihr ihren Schutz anbieten.

Sie frühstückten in einem kleinen Gasthaus, wo das Essen einfach, aber gut war und dicke Sahnehauben die riesigen Tassen mit Kaffee krönten.

»Erzählen Sie mir von sich!« bat Selina. »Wenn wir Freunde von Ihnen treffen, möchte ich keine Fehler machen.«

»Mein Vater – oder vielmehr unser Vater«, antwortete Quintus Tiverton, »war der ehrenwerte General Sir Henry Tiverton, der für seine Tapferkeit im Kampf ausgezeichnet wurde und die Grenadiere befehligte. Er ist letztes Jahr gestorben, meine Mutter drei Jahre zuvor.«

Als er seine Mutter erwähnte, lag ein Ton in seiner Stimme, der Selina heraushören ließ, daß er nicht von ihr sprechen wollte. So fragte sie eilig:

»Wo liegt Ihr Zuhause?«

»In Kent. Es ist ein kleines Herrenhaus mit dreihundert Morgen Land, das an einen großen Besitz angrenzt.«

Jetzt hatte seine Stimme einen zornigen Klang.

Vorsichtig sah Selina ihn an, ehe sie fragte:

»Gibt es sonst noch etwas... was ich wissen sollte?«

»Ich halte es für unwahrscheinlich, daß irgend jemand Sie ins Kreuzverhör nehmen sollte. Sollte es dennoch geschehen, lautet unsere Geschichte, daß Sie in einem Seminar für junge Damen in Paris gewesen sind und ich Sie jetzt heimbringe, daß wir aber beschlossen haben, unterwegs in Baden-Baden eine Rast einzulegen.«

»Ein kleiner Umweg«, meinte Selina lächelnd.

»Genau das würde jeder von mir erwarten, bei dem Ruf, den ich habe«, antwortete Quintus Tiverton.

»Warum sind Sie ein Spieler?« wollte sie wissen.

»Weil ich Geld brauche.«

»Es muß doch auch andere Möglichkeiten geben, das zu verdienen.«

»Wenn es die gibt, dann bin ich nicht in der Lage, sie einzusetzen«, antwortete er abrupt.

Wieder hatte Selina den Eindruck, daß es sich um ein Thema handelte, das er nicht diskutieren wollte.

Er zahlte die Rechnung, und sie brachen wieder auf. Selina war von der Schönheit der Landschaft wie verzaubert; der dunkle, romantische Schwarzwald schien erfüllt von den geheimnisvollen Märchenfiguren, von denen sie in ihren Büchern gelesen hatte.

Sie bogen um eine Ecke. Die Straße fiel hier steil ab. Plötzlich entdeckten sie, daß weiter unten etwas Unheilvolles vor sich ging.

Quintus Tiverton zügelte sein Pferd. In der Ferne konnten sie eine sehr elegante, offene Kutsche sehen. Die Pferde bäumten sich und wieherten, als hätten sie Angst; der Kutscher zerrte an den Zügeln.

Männer in geflickten Kleidern befanden sich zu beiden Seiten des Gefährts. Selina und ihre Begleiter konnten einen Schuß durch die Luft schallen hören. Ein Mann in der Kutsche fiel nach hinten.

»Räuber!« stieß Quintus Tiverton aus, zog zwei Pistolen aus seinem Sattel und sagte zu seinem Diener:

»Sollen wir hinreiten, Jim?«

»Das wäre das beste, Sir«, antwortete Jim lakonisch.

»Bleib hier, Selina«, befahl Quintus Tiverton.

Ehe sie protestieren konnte, spornten die beiden Männer ihre Pferde an und galoppierten den Hügel hinab auf die Kutsche zu, wobei sie aus vollem Halse brüllten.

Quintus Tiverton feuerte einen Schuß auf einen Mann ab, der ein Gewehr in der Hand hielt und neben der Kutsche stand. Der Mann stürzte zu Boden, und fast augenblicklich wurden die restlichen Banditen von Panik ergriffen.

Sie rannten davon, suchten Schutz zwischen den Bäumen und waren schon verschwunden, ehe Quintus Tiverton und Jim den Wagen erreichten.

Quintus Tiverton feuerte noch einen Schuß in die Richtung ab, in der sie davongestürzt waren. Dann wandte er sich den Passagieren der Kutsche zu.

Eine modisch gekleidete, sehr attraktive Frau mit schmalem Gesicht und großen, dunklen Augen rief auf französisch:

»Grâce à Dieu, Monsieur, sind Sie gekommen! Diese Teufel haben den Duc d'Aumale verwundet.«

Quintus Tiverton sprang von seinem Pferd und stieg in die Kutsche. Der Herzog lag in den Kissen und umklammerte seinen verletzten Arm.

Schon sickerte das Blut durch sein feines Jackett, aber er beherrschte sich bewundernswert, und es gelang ihm sogar, tapfer zu sagen:

»Ich habe mich noch nie so ohnmächtig gefühlt wie jetzt, ohne eine Waffe, um eine Dame zu beschützen.«

»Wenn wir Euren Mantel ausziehen könnten, Sir«, sagte Quintus Tiverton, »könnten wir zumindest das Blut zum Stehen bringen, bis Ihr einen Arzt aufsuchen könnt.«

»Wie hätten wir ahnen können, daß die Räuber sich so dicht

an die Stadt wagen?« rief die Dame empört aus, während Quintus Tiverton sich anschickte, den Herzog seiner Jacke zu entledigen.

»Haben sie irgend etwas Wertvolles mitgenommen?« erkundigte er sich.

»Sie hatten mein Geld und meinen Schmuck verlangt«, antwortete sie, »und als der Herzog mit ihnen stritt, haben sie geschossen!«

Sie schluchzte laut auf.

»Oh, Henri, ich hätte ihnen gern alles gegeben, wenn du nur nicht leiden müßtest.«

»Zum Glück hat dich dieser Herr davor bewahrt, ein solches Opfer bringen zu müssen, Léonide«, entgegnete der Herzog.

Quintus Tiverton warf einen Blick auf die Dame, während er den blutdurchtränkten Ärmel des Hemdes aufrollte.

»Ich dachte mir doch, daß ich Sie erkannt habe, Madame«, sagte er mit einem leicht amüsierten Unterton in der Stimme. »Wir haben uns das letzte Mal in Paris getroffen, auf einer Gesellschaft, die die Marquise de Prava in ihrem prächtigen Haus in den Champs-Élysées gegeben hat.«

»Aber natürlich! Ich hielt Ihr Gesicht gleich für vertraut!« rief nun auch die Dame aus. »Sie sind Engländer, und an jenem Abend waren Sie mit Cora Pearl dort.«

»Das war ich tatsächlich. Und Sie sind die berühmte Madame Léonide Leblanc. Darf ich Ihnen sagen, wie sehr ich es genossen habe, Sie vor einigen Jahren am Théâtre des Variétés zu sehen.«

»Ich fühle mich geschmeichelt, daß Sie sich an mich erinnern«, entgegnete Madame Leblanc lächelnd, aber noch ehe Quintus Tiverton etwas entgegnen konnte, kam Selina zu der Kutsche geritten. Sie hatte gesehen, was geschehen war, und als sie jetzt langsam vorwärts ritt, schaute sie ein wenig furchtsam auf den toten Mann am Boden.

Der Lakai, der zu Beginn der Katastrophe nach vorne zu den Pferden gestürzt war, hatte die nervösen Tiere jetzt unter Kontrolle.

Der Herzog, wenngleich besorgt wegen seiner Wunde, die ihm jegliche Farbe aus dem Gesicht gezogen hatte, bemerkte Selina zuerst.

»Sie sind in Begleitung einer Dame, Monsieur?« fragte er.

Es gab nur eine kaum merkliche Pause, ehe Quintus Tiverton antwortete:

»Meine Schwester. Darf ich bekannt machen – Miß Selina Tiverton – Madame Léonide Leblanc und Seine Königliche Hoheit, der Duc d'Aumale.«

Selina neigte den Kopf, ein wenig verlegen angesichts solch vornehm klingender Namen, aber Madame Leblanc rief:

»Ihre Schwester! Sie bringen sie nach Baden-Baden?«

»Eigentlich bringe ich sie nach England zurück«, antwortete Quintus Tiverton. »Sie hat in Paris eine Schule besucht, aber ich konnte nicht widerstehen, ihr die eleganteste Stadt Europas zu zeigen, und sie kann sich glücklich schätzen, hat sie doch in diesem Augenblick die schönste Frau Frankreichs vor sich.«

Madame Leblanc stieß ein klingendes Lachen aus.

»Sie schmeicheln mir, Monsieur. Aber Ihre reizende Schwester wird von den jungen Frauen, die das Kasino aufsuchen, gewiß nicht ausgestochen werden.«

»Vielen Dank«, sagte Quintus Tiverton, während Selina errötete und liebenswert verwirrt aussah.

Quintus Tiverton hatte ein paar Taschentücher um den Arm des Herzogs gebunden, um die Blutung zu stillen. Jetzt legte er ihm sein Jackett um die Schultern und drängte ihn:

»Ihr müßt Euch beeilen, Sire, und einen guten Arzt aufsuchen, der die Kugel entfernt. Ich muß Euch wohl nicht erst sagen, daß Ihr von Glück sagen könnt, nur eine Fleischwunde davongetragen zu haben. Hätten die Banditen Euch in die Brust geschossen, hätte das außerordentlich gefährlich sein können.«

»Jetzt schäme ich mich nur noch mehr, als ich es ohnehin schon getan habe«, antwortete der Herzog, »weil ich Madame Leblanc begleitet habe, ohne ihr angemessenen Schutz gewähren zu können. Ich werde die Stadtgrenze von Baden-Baden niemals mehr verlassen, ohne eine Pistole und Begleitschutz mitzunehmen.«

»Das wäre eine weise Maßnahme«, stimmte Quintus Tiverton zu. »Wie Ihr wohl wißt, verlieren die Geschichten über die Vermögen, die an den Spieltischen gewonnen werden, und über die Juwelen der schönen Frauen nicht an Wirkung. Es gibt immer jemanden, der nur allzu bereit ist, einem reichen Mann die Taschen zu leeren.«

Während er sprach, trat er aus der Kutsche, und Madame Leblanc beugte sich vor und streckte ihm die Hand hin.

»Wie können wir Ihnen danken, Monsieur Tiverton? Wir stehen beide sehr tief in Ihrer Schuld.«

»Ich hoffe, Sie werden mir gestatten, daß ich Sie aufsuche«, sagte Quintus Tiverton, als er ihre Hand küßte.

»Sie wissen, daß wir ausgesprochen beleidigt wären, wenn Sie das nicht täten«, antwortete Madame Leblanc. »Ich erwarte Sie schon heute abend. Wir müssen unbedingt Pläne schmieden, wie wir Sie und Ihre charmante Schwester unterhalten können – wenn sie Sie begleitet.«

Vor diesen letzten Worten machte sie eine kaum merkliche Pause, und Quintus Tiverton wußte ganz genau, was sie damit andeuten wollte. So erwiderte er:

»Meine Schwester und ich würden uns geehrt fühlen, wenn wir Sie wiedersehen dürften, Madame.«

Wieder küßte er ihre Hand. Dann fuhr der Wagen davon. Madame Leblanc winkte, aber die Augen des Herzogs ruhten auf Selina.

Quintus Tiverton blieb einen Augenblick stehen und sah dem Wagen nach, bis er verschwunden war. Dann starrte er auf den toten Banditen hinab.

»Sieh mal nach, ob er irgend etwas Wertvolles bei sich hat, Jim. Es wäre doch ein Jammer, wenn seine miesen Freunde sich daran ergötzen könnten.«

Jim, der das Pferd seines Herrn und sein eigenes gehalten hatte, übergab Quintus Tiverton die Zügel und beugte sich über den Räuber. Die Kugel, die ihn getroffen hatte, war direkt über dem Herzen in seinen Körper gedrungen, und sein Hemd war blutbefleckt. Selina wandte den Kopf ab, als Jim die Taschen des Mannes durchsuchte und den kleinen Beutel öffnete, den er über der Schulter getragen hatte.

»Ein paar tausend Francs, Sire, zwei goldene Uhren und ein Dutzend Ringe«, verkündete er.

»Wir werden den Schmuck im Rathaus abgeben«, erklärte Quintus Tiverton. »Zweifellos wird es dafür eine Belohnung geben. Das Geld brauchen wir nicht zu erwähnen.«

»Nein, natürlich nicht, Sire.«

Die beiden Männer bestiegen ihre Pferde und ritten weiter.

»Wer war diese Dame?« fragte Selina.

Es schien ihr, als würde Quintus Tiverton ein wenig zögern, ehe er antwortete:

»Madame Léonide Leblanc hat sich einen Namen als Schauspielerin gemacht, als sie noch kaum mehr als ein Kind war, und sie ist oft in Paris aufgetreten. Sie hat viele Teile der Erde bereist und ist eine außergewöhnlich erfolgreiche Spielerin.«

Er machte eine Pause, ehe er beeindruckt hinzufügte:

»Es heißt, daß ihr Gewinn in Bad Homburg mehr als eine halbe Million betragen hat!«

Selina stieß einen überraschten Ausruf aus, und Quintus fuhr fort:

»In Baden-Baden hat sie zweimal die Bank gesprengt, aber das Geld fließt ihr durch die Finger wie Wasser.«

»Sie ist sehr attraktiv«, murmelte Selina.

»Das findet der Herzog wohl auch.«

»Sind Sie verlobt und wollen heiraten?«

Quintus Tiverton lächelte über ihre Naivität.

»Nein, wirklich nicht. Aber es ist eine sehr wichtige Liaison, und Madame Leblancs prächtige Wohnung am Boulevard Haussman enthält Kunstgegenstände, die den Neid von ganz Paris erwecken.«

»Heißt das...«, meinte Selina leise, »daß Madame Leblanc... die Mätresse des Herzogs ist?«

»Schockiert Sie das?«

»N-nein«, antwortete Selina ein wenig unsicher. »Aber sie ist so schön, so elegant, daß es mir merkwürdig erscheint, daß sie nicht verheiratet sein soll.«

»Sie war verheiratet«, berichtete Quintus Tiverton. »Ich glaube, ihr Mann war ein deutscher Fotograf. Aber zum Glück ist er verschwunden.«

Er sah den überraschten Ausdruck auf Selinas Gesicht und haßte sich fast selbst, weil er nicht gelogen hatte, weil er sie nicht so unwissend gelassen hatte, wie sie es war.

Doch dann sagte er sich, daß Selina früher oder später erwachsen werden müßte und daß es außerdem noch eine Menge mehr über Léonide Leblanc zu sagen gab, was er verschwiegen hatte.

Sie war intelligent, sehr ehrgeizig und amüsant und gehörte zu den zwölf berühmtesten Kurtisanen in Paris.

Doch im Gegensatz zu den anderen war sie außergewöhnlich gutmütig und bekannt für ihre Freundlichkeit. Dennoch hatte sie von den Männern oder Kennern der Stadt den Spitznamen »Madame Maximum« erhalten.

Vielleicht bezog sich das auf ihre Gebühren oder ihre Fähigkeiten, höchstwahrscheinlich aber auf die Anzahl ihrer Liebhaber.

Wie ein Franzose Quintus Tiverton gegenüber bemerkt hatte: »Léonide ist eine moderne Ninon de Lenclos. Aber selbst wenn Sie sie ganz oben auf den Mont Blanc schaffen, mein Lieber, wäre sie doch immer noch erreichbar.«

Quintus Tiverton war sich sehr wohl der Tatsache bewußt, daß der Duc d'Aumale, Grand Seigneur de Chantilly, der vierte Sohn von König Louis Philippe, wichtiger war als alle ihre vorherigen Beschützer, und außerdem über alle Maßen in sie verliebt.

Er war ein sehr vornehmer Herr, und unter seinem Schutz konnte Léonide die vornehmsten Herren von ganz Frankreich, und auch die intelligentesten, bewirten.

Es könnte Selina gesellschaftlich schaden, so entschied Quintus Tiverton, in der Gesellschaft von Léonide Leblanc gesehen zu werden, aber dort würde sie Männer treffen, die sich nicht der Langeweile der respektableren Häuser unterwerfen wollten.

Außerdem war er sich klar darüber, daß die aristokratische Gesellschaft niemanden in ihrer Mitte willkommen heißen würde, ganz gleich, aus welch guter Familie er stammte, der zwar so hübsch war wie Selina, dabei aber über keinerlei Besitz verfügte.

Während sie weiter in Richtung Baden-Baden ritten, kam er zu dem Schluß, daß nichts ihm hätte nützlicher sein können als die Tatsache, daß er sich nicht nur Léonide Leblanc, sondern darüber hinaus auch noch den Duc d'Aumale verpflichtet hatte, ehe sie ihr Reiseziel auch nur erreicht hatten.

Er hatte bereits entschieden, daß sie die erste Nacht im ›Hotel Stephanie-les-Bains‹ verbringen würden. Es war das älteste und wichtigste Hotel in Baden-Baden. Es war auch das teuerste. Quintus Tiverton war sich darüber klar, daß er nur sehr wenig Geld flüssig hatte.

Aber das Kasino wartete schon auf ihn, und wie alle Spieler war er überzeugt, daß das Glück ihm hold sein würde, wenn er erst einmal an den grünen Tischen sitzen würde.

Selina war sehr still, als sie in die hübsche, alte Stadt einritten. Sie dachte an Madame Léonide Leblanc und fragte sich, wie sie mit einer Frau konkurrieren sollte, deren Augen heller zu funkeln schienen als ihr Schmuck und deren Erscheinung so vornehm und chic gewesen war. Sie war überzeugt, daß sie sich in ihrer Gegenwart immer linkisch und unbedeutend fühlen würde.

»Angenommen, niemand bemerkt mich überhaupt und Mr. Tiverton empfindet mich als eine Last?« dachte sie.

Sie schauderte, als sie sich vorstellte, wie sie sich schämen würde, wenn sie von seiner Großzügigkeit abhängen würde, sein Geld ausgeben müßte, nachdem sie sich ihm aufgedrängt hatte, obwohl sein Instinkt ihm geraten hatte, sie allein zu lassen.

»Ich muß es lernen, attraktiv zu sein«, nahm Selina sich vor. »Wie kann ich charmant und faszinierend werden wie die Dame in der Kutsche?«

Es erschien ihr ein hoffnungsloses Unterfangen, und als sie schließlich in ihre Zimmer im ›Hotel Stephanie‹ geführt wurden und man ihr weniges Gepäck nach oben gebracht hatte, starrte sie verzweifelt auf ihr weißes Kleid. Es war zerknittert, nachdem sie es im Mantel verpackt hatte. Selina dachte verzweifelt, daß es doch besser gewesen wäre, sie hätte das Geld genommen, das Quintus Tiverton ihr geboten hatte, und hätte davon ihre Fahrkarte zurück nach England bezahlt.

Ihr blieb jedoch nur wenig Zeit zum Nachdenken, denn kaum waren sie angekommen, da erteilte Quintus auch schon Befehle – ein Schneider, ein Friseur, eine Schneiderin, ein Schuhmacher und ein Handschuhmacher wurden in ihr Zimmer gerufen.

Sie besaßen angrenzende Zimmer im zweiten Stock. Quintus Tiverton hatte das Beste verlangt, was das Haus zu bieten hatte, aber das Hotel war voll und die Räume im ersten Stock bereits alle belegt.

»Das Gepäck kommt später«, hatte er bei ihrer Ankunft erklärt. »Der Zug aus Paris wurde durch einen Steinschlag aufgehalten, und meine Schwester und ich haben beschlossen, lieber hierherzureiten, als zu warten, bis die Geleise wieder freigeräumt waren.«

»So etwas kommt immer wieder vor, mein Herr«, bemerkte der Geschäftsführer des Hotels mitfühlend.

»In der Zwischenzeit müssen wir unsere Garderobe auffüllen.«

Quintus Tiverton hatte ein Auftreten, das Respekt schuf, und Selina kam es so vor, als würden alle unverzüglich davonstürzen, um seinen Befehlen zu gehorchen.

Fast noch ehe sie die Dinge ausgepackt hatte, die in ihren Mantel gewickelt waren, erschien die Schneiderin, und Quintus Tiverton bestellte eine so große Anzahl von Kleidern, daß es Selina den Atem verschlug.

Sie versuchte ihn zu überzeugen, daß sie es nicht übertreiben durften, aber das war vor den Augen der Schneiderin ein schwieriges Unterfangen.

»Ich kaufe nur, was ich sofort bekommen kann«, erklärte Quintus Tiverton in fließendem Deutsch, was noch autoritärer klang, als wenn er französisch gesprochen hätte.

»Meine Mädchen werden die ganze Nacht hindurch arbeiten, mein Herr«, versicherte ihm die Schneiderin. »Die meisten von ihnen sind Französinnen und kommen aus Paris, sind also sehr geschickt.«

Stoffe wurden ihnen vorgelegt, Satin, Lamé, Tüll, Samt. Skizzen wurden angefertigt oder geändert, und schließlich wurde ein Auftrag erteilt, dessen Kosten enorm waren. Die Schneiderin, überwältigt von dieser Herrschaft, zog sich knicksend rückwärts aus dem Zimmer zurück.

Selina wollte gerade sagen, daß es unmöglich für sie sei, so viele Dinge zu akzeptieren, aber Quintus Tiverton war bereits in sein Zimmer gegangen, wo der Schneider schon auf ihn wartete.

Der Friseur, der vom Hotel empfohlen worden war, frisierte Selinas Haar, das Zimmermädchen nahm ihr weißes Kleid mit, um es zu flicken und zu bügeln, und schneller, als sie es für möglich gehalten hätte, war sie fertig.

Sie sah elegant und modisch aus, wie zwei Abende zuvor in Paris, als sie dem Marquis gegenübergestanden hatte.

Das Mädchen zupfte noch einmal an ihrem Kleid, und schon klopfte es an der Verbindungstür, und Quintus Tiverton erkundigte sich auf englisch:

»Darf ich hereinkommen?«

»Ich bin fertig.«

Sie wartete ängstlich und fragte sich, ob er ihr Äußeres gutheißen würde oder vielleicht der Meinung war, etwas wäre falsch.

Mit Hilfe des Zimmermädchens war es ihr sogar gelungen, ein wenig Tüll in dem Ausschnitt ihres Kleides zu befestigen. Jetzt war es viel bescheidener, züchtiger, und Selina sagte sich, sie hätte es niemals so tragen dürfen, wie es gewesen war. Sie hätte wissen müssen, daß sich keine anständige Frau in einem so gewagten Kleid gezeigt hätte.

Quintus Tiverton blieb an der Tür stehen. Selina war von ihm vollkommen überwältigt!

Schon in seinen Reitkleidern war er ausgesprochen attraktiv gewesen, aber im Abendanzug ...! Die fleckenlose Eleganz seines steifen weißen Hemdes und der enganliegende Frack ließen ihn größer und eindrucksvoller erscheinen, als er ohnehin schon war.

Selina befürchtete, er könnte sie allein zurücklassen, weil sie nicht elegant genug war, um ihn zu begleiten. Doch da lächelte er und sagte mit einer Stimme, die sie verführerisch fand:

»Ich zweifle nicht daran, daß eine große Anzahl von Männern, die ich nie zuvor kennengelernt habe, heute abend meine Bekanntschaft suchen, nachdem sie meine hübsche Schwester gesehen haben.«

»Dann sehe ich... anständig aus?«

»Sie sehen sehr schön aus. Das möchten Sie doch hören, nicht wahr?«

»Nur, wenn es die... Wahrheit ist.«

»Ich glaube, wir sollten übereinkommen, uns immer nur die Wahrheit zu sagen. Ich hätte es zu einem Teil unseres Abkommens machen sollen.«

Bei seinem Eintritt hatte sich das Mädchen taktvoll zurückgezogen. Jetzt sagte Selina:

»Sind Sie ganz sicher, daß ich Ihnen keine Schande machen werde? Wenn Sie es lieber hätten, daß ich allein hier bleibe, bis morgen meine neuen Kleider eintreffen, dann werde ich das tun.«

Quintus Tiverton sah sie an.

»Sehen Sie in den Spiegel, Selina! Es ist nicht nötig, daß ich Ihnen sage, was Sie ebensogut selbst sehen können.«

»Ich bin... unsicher und schüchtern.«

Er lächelte.

»Kommen Sie. Das hier ist der Anfang unseres Abenteuers, der erste Schritt nach vorn, und keiner weiß, was vor uns liegt.«

Später war es schwer für Selina, sich an alles zu erinnern, was geschehen war. Es war alles so aufregend gewesen.

Sie hatten in dem großen Speisesaal des Hotels zu Abend gegessen. Von hier aus hatte man einen Blick über den Garten, der von einem kleinen Fluß begrenzt wurde, der neben der schönen Lichtenthaler Allee entlanglief, auf der bei Tage die Kutschen fuhren.

Doch jetzt war es zu spät, als daß Selina noch viel hätte sehen können, und außerdem war sie nach ihrem langen Ritt schrecklich hungrig.

Das Essen war köstlich. Sie aßen, wie Quintus Tiverton ihr erklärte, die Spezialitäten des Schwarzwalds: Wildpastete und einen cremigen Käsekuchen, darüber hinaus so viele andere Gerichte, daß Selina sie sich nicht alle merken konnte.

»Morgen werden Sie Rosenkuchen essen.«

»Rosenkuchen?« übersetzte Selina erstaunt.

»Oder Froschschenkel, wenn Ihnen das lieber ist«, spottete er und lachte, als sie ihr Gesicht verzog.

Weil Selina so interessiert war, erzählte er ihr, daß Baden-Baden seit dem Jahre 125 nach Christus ein Kurort war, damals noch unter dem Namen Aurelia Aquensis bekannt.

Römische Soldaten hatten ihre Gesundheit zurückerhalten, weil sie das Baden-Badener Wasser getrunken und darin gebadet hatten, und im Mittelalter kamen jährlich dreitausend Gäste, um eine Kur zu machen.

»Gibt es einen König von Baden?« erkundigte sich Selina.

»Es ist ein unabhängiges Land, das von dem Markgrafen von Baden und den Herzögen von Zähringen regiert wird«, antwortete Quintus Tiverton. »Tatsächlich ist das eine der ältesten Dynastien in Europa. Man hat dem Markgrafen eine Königskrone geboten, aber er hat sie abgelehnt. Nur den Titel eines Großherzogs von Baden hat er angenommen.«

»Werde ich sie sehen?« Selina hatte ein kindliches Interesse an Königshäusern.

»Sie werden zweifellos an den Rennen teilnehmen. Das Rennen ist sehr wichtig und wird ebenso zum Treffpunkt der vornehmen und adligen Gesellschaft, wie das Royal Ascot in England.«

Er erzählte Selina so vieles, was sie interessant fand, und nach dem Essen meinte sie:

»Es war herrlich, was Sie mir alles erzählt haben. Ist Ihnen eigentlich bewußt, daß ich, mit Ausnahme des Abends, als ich mit dem Marquis diniert habe, noch niemals allein mit einem Herrn zu Abend gegessen habe?«

»Ich wünschte, ich wäre der erste gewesen«, entgegnete Quintus Tiverton. »Aber ich bin entzückt, zumindest Ihre zweite Wahl gewesen zu sein.«

»Es war nicht meine... Wahl, wie Sie... sehr wohl wissen«, protestierte Selina.

»Vergessen Sie es«, sagte er, als er sah, wie sich ein Schleier über das glückliche Gesicht legte. »Vergessen Sie alles, was geschehen ist, ehe wir uns trafen. Wenn man eine Rolle spielt, ist es immer am klügsten, sich in sie hineinzuversetzen.«

»Das versuche ich ja. Ich versuche zu glauben, daß ich Ihre... Schwester bin.«

Als sie diese Worte sagte, schaute sie zu ihm auf, und ihre Blicke trafen sich. In seinen Augen lag ein Ausdruck, den sie nicht verstand. Doch als sie ihn fragend anschaute, sagte er:

»Kommen Sie, wir müssen ins Kasino. Ich vergaß Ihnen zu sagen, daß ich Madame Leblanc heute abend nicht aufgesucht habe. Ich erhielt eine Nachricht von ihr. Sie lädt uns beide ein, mit ihr und dem Herzog in seiner Villa zu soupieren. Ich bin sicher, daß Ihnen das Spaß machen wird.«

»Ja, natürlich.«

Doch gleichzeitig war sie ein wenig traurig und mußte sich eingestehen, daß sie viel lieber allein mit Quintus Tiverton soupiert hätte.

Ein Wagen brachte sie die kurze Strecke zum Kasino. Es sah von außen aus wie ein klassischer Tempel, von innen – wenngleich Selina das natürlich nicht erkannte – wie das Schloß von Versailles.

Selina bestaunte die Statuen von Göttinnen, die riesige Leuchter auf den Köpfen trugen, und einen weißen Saal, der im Stil Louis XVI. ausgestattet war.

Sie flanierten durch den Salon Pompadour, eine Kopie des Zimmers der Madame Pompadour im Trianon, und den Grünen Saal im Renaissance-Stil Louis XIII.

Alles war sehr luxuriös und verwirrend, und es fiel Selina schwer, sich nicht fest an Quintus Tivertons Arm zu klammern, aus Angst, ihn zu verlieren.

Doch weitaus eindrucksvoller als das Kasino selbst waren die Menschen darin. Nie hätte sie sich vorgestellt, daß sich so viele elegant gekleidete Personen auf so wenig Platz versammeln könnten.

Die Männer waren vornehm. Tatsächlich, so erfuhr sie später, trugen sie die ehrenvollsten und adligsten Namen Europas und Rußlands. Die Frauen waren atemberaubend.

Die Gewänder waren bestickt, drapiert, in Falten gelegt, mit Reifröcken versehen, mit Bändchen und Spitzen besetzt, und alle wetteiferten in einem Kaleidoskop der Farben miteinander.

Aber wenn ihre Kleider sensationell waren, so waren sie doch nichts im Vergleich mit ihrem Schmuck. Es schien nahezu unmöglich, daß die langen, weißen Hälse, die schlanken Arme ein solches Vermögen an Edelsteinen tragen konnten, ohne unter dem Gewicht zusammenzubrechen.

Selina fühlte sich fast nackt inmitten der blitzenden Diamanten,

Saphire, Rubine und Smaragde. Sie hatte keine Ahnung, daß sie in Wirklichkeit auffiel wie eine Lilie in einem Gewächshaus mit den exotischsten Orchideen.

Quintus Tiverton führte Selina langsam auf die Spieltische zu. Wie er es vorgesehen hatte, schien eine große Anzahl von Männern bereit, seine Bekanntschaft zu machen.

Als einer stehenblieb, um mit ihm zu reden, tauchten unverzüglich zwei, drei andere auf, um sich vorstellen zu lassen. Doch als er ihnen die Hand schüttelte, ruhten ihre Blicke auf Selina.

»Meine Schwester!« Er mußte diese beiden Worte wohl einhundertmal wiederholt haben, ehe er zu Selina sagte, als könnte er sich nicht länger zurückhalten:

»Ich möchte spielen. Komm und stell dich hinter mich und versuche, das Spiel zu verstehen.«

Selina tat, was er ihr gesagt hatte, und sah die goldenen Münzen, die am Rand des Tisches aufgehäuft waren, und die Finger, die wie Klauen danach griffen.

Zum erstenmal beobachtete sie Männer und Frauen, die sich aufs Glücksspiel konzentrierten, erkannte die Intensität ihrer Gefühle, wenn sie Geld verloren oder gewannen.

Am Anfang des Spiels fürchtete sie, daß Quintus Tiverton verlieren würde. Sie war sich klar darüber, daß er sich seit ihrer Ankunft in Baden-Baden bereits hoch verschuldet hatte.

Da war die Hotelrechnung zu zahlen, die Kleider, die er für sie, und die Anzüge, die er für sich selbst bestellt hatte. Und zum Abendessen hatte man ihnen einen goldenen Wein serviert, den Quintus Tiverton als eine ›besondere Rebe‹ bezeichnet hatte.

»Was passiert nur, wenn er verliert?« fragte sich Selina.

Ihre Finger umklammerten die Rückenlehne seines Stuhles, bis sie erleichtert feststellte, daß der Stapel aus goldenen Münzen vor ihm wuchs. Sie hatte das Gefühl, daß er ihre Existenz vollkommen vergessen hatte, während er spielte.

Ja, als einer der Herren, denen sie vorgestellt worden war, an ihre Seite trat, war sie überzeugt, daß Quintus Tiverton von ihrer Unterhaltung nichts hörte.

»Darf ich Ihnen etwas zu trinken holen, Mademoiselle?« fragte der Franzose.

»Nein, danke. Ich sehe meinem Bruder zu.«

»Soll ich Ihnen das Spiel erklären? Oder sind Ihnen die Regeln bereits bekannt?«

»Es ist alles ziemlich verwirrend für mich.«

»Lassen Sie mich Ihr Lehrer sein. Kommen Sie mit mir an den nächsten Tisch.«

Ein wenig zögernd, aber in der Annahme, es könnte undankbar aussehen, wenn sie ablehnte, ließ sich Selina zu einem Tisch führen, an dem Roulette gespielt wurde.

Sie sah zu, wie der kleine, weiße Ball auf- und niederhüpfte und wie das Geld derjenigen eingesammelt wurde, die auf die falsche Nummer gesetzt hatten, während ihr Begleiter ziemlich ausführlich und weitschweifig erklärte, wieviel für die einzelnen Nummern oder Kombinationen gezahlt wurde.

Dann, als der Croupier rief: *»Faites vos jeux, Messieurs et Mesdames!«* sagte Selina: »Ich bin sicher, daß es diesmal die Neunundzwanzig wird!«

»Dann müssen wir darauf setzen«, erklärte ihr Lehrer hastig.

Er legte mehrere Goldstücke auf die Zahl, noch während Selina die Hand ausstreckte, um ihn zurückzuhalten.

»Ich könnte mich ... irren«, protestierte sie.

Ehe er antworten konnte, erklang die Stimme des Croupiers: *»Vingtneuf – noir, impair et passe.«*

»Ich hatte recht!« freute sich Selina.

»Es heißt, daß eine hübsche Frau immer gewinnt, wenn sie das erste Mal spielt. Das ist schon Tradition«, erzählte der Franzose lächelnd.

Als der Gewinn ausgehändigt wurde, strich er den goldenen Stapel vom Tisch und drückte die Münzen Selina in die Hand.

»Sie gehören nicht ... mir!« wandte sie ein.

»Es war Ihre Wette«, antwortete er.

»Aber das kann ich nicht annehmen, Monsieur«, sagte sie schnell. »Es war Ihr Geld, das Sie riskiert haben.«

»Aber Ihre Inspiration!«

»O nein, bitte. Ich kann das nicht alles annehmen!«

Sie sprach so ernst, daß der Franzose sagte: »Jeder kann sehen, Mademoiselle, daß Sie nicht an Kasinos gewöhnt sind. Aber wenn es Ihnen lieber ist, dann geben Sie mir von dem Gewinn das Geld zurück, das ich gesetzt habe. Ich nehme es aber nur unter der Bedingung an, daß Sie mir sagen, auf welche Zahl ich jetzt setzen soll.«

»Ich hätte Angst ... es noch einmal ... zu versuchen«, stammelte Selina.

»Bitte, versuchen Sie es«, bat der Franzose.

Selina hatte keine Handtasche, in die sie ihr Geld hätte stecken können. So hielt sie es immer noch in den Händen, obgleich das lästig war, und beobachtete nervös die Roulettekugel.

Sie war so sicher gewesen, daß es die Neunundzwanzig sein würde. War es möglich, daß die Kugel ein zweitesmal auf dieser Nummer verharren würde?

»Faites vos jeux, Messieurs et Mesdames!«

Die Stimme des Croupiers war ausdruckslos. Als er den Ball in Bewegung gesetzt hatte, sagte Selina:

»Sept.«

Der Franzose beugte sich vor und legte ein Geld auf den Tisch, gerade als der Croupier rief:

»Rien ne va plus!«

Es entstand eine Pause, und dann fügte er hinzu:

»Sept – rouge, impair et manque.«

Selina hatte zum zweitenmal gewonnen und sah den Mann an ihrer Seite mit leuchtenden Augen an.

»Jetzt habe ich keine Schulden mehr bei Ihnen.«

»Sie müssen es noch einmal versuchen«, beharrte er, aber Selina schüttelte den Kopf.

»Nein, ich bin sicher, daß ich kein Glück mehr haben würde. Ich bin kein Spieler. Ich muß meinem Bruder erzählen, was passiert ist.«

Sie wandte sich von ihrem Begleiter ab und eilte zu dem Tisch zurück, an dem sie Quintus Tiverton zurückgelassen hatte.

Als sie dort ankam, erhob er sich soeben.

»Sieh nur, was ich gewonnen habe!« rief sie aufgeregt. »Möchtest du es haben?«

Sie schob das Gold in seine Hände, und während sie es tat, blickte sie in sein Gesicht.

»Du hast... verloren!« sagte sie kaum hörbar flüsternd.

»Ich habe verloren«, bestätigte er.

»Dann wird dir das hier Glück bringen. Ich bin ganz sicher! Ich fühle es, genauso, wie ich wußte, welche Zahl am Roulette-Tisch gewinnen würde.«

»Meinst du das im Ernst?« fragte Quintus Tiverton. »Es ist dein Geld, Selina.«

»Erwartest du wirklich, daß ich es für mich behalte, nachdem ich dir mehr schulde, als ich jemals zurückzahlen kann?«

Er sah sie an. Dann sagte er schnell:

»Nein, ich glaube, das würdest du nicht tun. Darf ich mit deinem Geld spielen, Selina?«

»Es gehört dir«, sagte sie leise, »und es wird dir Glück bringen.«

Quintus Tiverton nahm die Münzen entgegen und durchquerte den Saal.

Selina folgte ihm.

Sie wollten gerade in den Blauen Salon gehen, in dem Baccarat gespielt wurde, als ein Mann ausrief:

»Hallo, Tiverton. Ich hätte mir denken können, Sie hier zu treffen. Gewinnen Sie?«

»Im Gegenteil«, antwortete Quintus Tiverton.

»Na ja, Glück im Spiel – Pech in der Liebe«, meinte der Mann mit einem Seitenblick auf Selina.

»Darf ich Ihnen meine Schwester vorstellen? Sie werden es zwar unhöflich finden, aber ich habe Ihren Namen vergessen.«

»Wilton. Wir haben uns in Kairo kennengelernt, erinnern Sie sich?«

»Aber ja, natürlich. Selina, darf ich dich mit Sir John Wilton bekannt machen, einem sehr galanten Soldaten.«

»Ich bin nicht mehr in der Armee. Trinken Sie etwas mit mir?«

»Ich habe den dringenden Wunsch, Baccarat zu spielen. Aber ich wäre Ihnen dankbar, wenn Sie sich ein Weilchen um meine Schwester kümmern könnten. Ich sehe es nicht gern, wenn sie allein herumsteht.«

»Nein, natürlich nicht. Setzen wir uns doch, Miß Tiverton. Ich habe das Gefühl, daß Sie das erste Mal in einem Kasino sind.«

»Wie kommen Sie darauf?«

»Ich kann diese Frage zwar beantworten, aber es wird eine Weile dauern«, erwiderte Sir John.

Tatsächlich sagte er viele schmeichelnde Dinge zu Selina, aber sie konnte ihm nur mit halbem Ohr zuhören, denn sie dachte die ganze Zeit über an Quintus Tiverton und wünschte, daß er gewinnen würde.

Sie war sicher, daß das Geld, das sie ihm gegeben hatte, ihm Glück bringen würde, genauso, wie sie gewußt hatte, welche Zahl beim Roulette erscheinen würde.

»Später steht er vielleicht neben mir, und ich kann für ihn gewinnen, wie ich es für den Franzosen getan habe«, dachte sie.

Dann fiel ihr ein, was Sir John gesagt hatte:

»Glück im Spiel – Pech in der Liebe.«

Hatte Quintus Tiverton Glück in der Liebe? Sie wußte so wenig von ihm. Wer war Cora Pearl, die ihn begleitet hatte, als er Madame Leblanc in Paris getroffen hatte?

War sie vielleicht eine wunderschöne Schauspielerin? Oder war sie Quintus Tivertons Mätresse gewesen?

Selina verstand nicht, warum es ihrem Herzen einen merkwürdigen, kleinen Stich versetzte, sich ihn mit einer schönen Geliebten vorzustellen.

Es muß viele Frauen in seinem Leben gegeben haben, dachte sie, weil er so attraktiv ist, so freundlich, so wunderbar in jeder Beziehung!

Er hatte gesagt, daß er ›hartherzig‹ sei, aber wer sonst hätte ihr geholfen, Mrs. Devilin zu entkommen, hätte sie mit hierher nach Baden-Baden genommen und wäre bereit gewesen, einen Ehemann für sie zu suchen?

Es war ein beklemmender Gedanke, nach einem anderen Mann Ausschau halten zu müssen. Aber sie wußte, daß sie Quintus Tiverton nicht enttäuschen durfte.

Er hatte ihr das Versprechen abgenommen, daß sie den Mann akzeptieren mußte, den er für sie finden würde, und plötzlich fragte sie sich, ob Sir John Wilton wohl der Mensch sein könnte, den sie suchten.

Sie drehte sich um und sah ihn mit aufgerissenen Augen an, als sähe sie ihn zum erstenmal.

»Sie sind reizend! Einfach reizend!« erklärte Sir John, »aber das haben Ihnen sicher schon viel zu viele Männer gesagt.«

Selina schüttelte den Kopf.

»Dann lassen Sie mich wiederholen, was ich gerade gesagt habe«, fuhr Sir John fort. »Sie sind unglaublich schön, Miß Tiverton, so schön, daß es mir Sorgen macht, daß Ihr Bruder Sie an einen Ort wie diesen gebracht hat.«

»Warum nicht?« fragte Selina.

»Weil ich finde, Sie sollten sich in den Ballsälen Londons aufhalten und bei den Empfängen anwesend sein, die in den großen, englischen Häusern gegeben werden. Sie fühlen sich bestimmt in der Atmosphäre des Buckingham-Palastes heimisch.«

Selina lachte leise.

»Es ist nicht wahrscheinlich, daß ich dort eingeladen werde.«

»Warum nicht?« erkundigte sich Sir John.

»Nun ... einmal bin ich sicher, daß mein Bruder sich das nicht leisten könnte.«

Sie hatte sagen wollen, daß sie nicht wichtig genug sei, doch dann war ihr eingefallen, wer sie sein sollte.

Sir John sah sie überrascht an.

»Hält der Earl ihn kurz?« fragte er. »Nun ja, es überrascht mich eigentlich nicht. Ich vermute, Arkley haßt Ihren Bruder. Das ist verständlich, aber er ist ein harter Mann.«

Selina war verwirrt. Wer war der Earl? Sie konnte sich nur erinnern, daß Quintus Tiverton von seinem Vater und seiner Mutter gesprochen hatte.

»Wo wohnen Sie denn hier in Baden-Baden, Sir John?« versuchte sie, das Thema zu wechseln.

»Meine Frau und ich sind Gäste des Markgrafen«, antwortete Sir John. »In ihrem Schloß ist es immer recht langweilig, und nach dem Essen ist es mir gelungen, zu entkommen. Jetzt, wo ich Sie kennengelernt habe, bin ich besonders froh, daß ich fortgelaufen bin.«

Selina seufzte erleichtert auf.

Eines war jedenfalls sicher: Quintus Tiverton würde nicht von ihr erwarten, daß sie Sir John heiratete.

4

Quintus Tiverton kehrte aus dem Baccarat-Zimmer zu Selina und Sir John zurück.

Sie warf ihm schnell und besorgt einen Blick zu und hoffte, daß er gewonnen hätte. Aber sein Gesicht war vollkommen ausdruckslos. Aber wahrscheinlich würde ein wahrer Spieler keinerlei Gefühle zeigen, was sein Spiel anbetraf.

Sie saßen und unterhielten sich mit Sir John Wilton, während Quintus Wein trank, als am anderen Ende des Saales beträchtliche Aufregung entstand.

Selina sah eine Frau in prächtigem Gewand, bedeckt mit Diamanten, die am Arm eines sehr vornehm aussehenden Mannes mit kleinem Kaiserbart langsam durch den Salon schritt.

»Caroline Letessier!« sagte Quintus Tiverton, fast, als spräche er zu sich selbst.

»Ich dachte, sie wäre in Rußland«, meinte Sir John.

»Seine Kaiserliche Hoheit ist bei ihr, also werden sie wohl zurückgekehrt sein«, widersprach Quintus Tiverton trocken.

Es war schwer, sich vorzustellen, daß irgend jemand so viele Diamanten gleichzeitig tragen konnte. Caroline Letessier funkelte tatsächlich wie einer der Kristallüster, die über ihrem Kopf hingen.

»Sie war acht Jahre lang fort«, erzählte Quintus Tiverton, »und trotzdem sieht sie kaum anders aus als damals, als sie im Théâtre du Palais-Royal erschien.«

»Da haben Sie recht«, stimmte Sir John zu. »Ich kann mich noch gut an sie aus meiner Junggesellenzeit erinnern. Ich fand damals, daß sie mehr Charme hatte als jede andere Frau in Paris, und sie war obendrein auch sehr intelligent.«

Inzwischen waren alle auf Caroline Letessier aufmerksam geworden, und junge Männer eilten durchs Kasino, um sie zu umschwärmen.

»Gehen wir, bezeigen wir dem Großherzog unseren Respekt«, schlug Sir John vor. Selina war entzückt, daß sie Gelegenheit haben sollte, die Diamanten aus der Nähe zu betrachten.

Sie durchquerten den Salon, mußten aber feststellen, daß es unmöglich war, mit einem der beiden zu sprechen.

Alle schienen zu reden, jeder versuchte, den anderen zu übertönen, man sprach nicht nur Englisch und Französisch, sondern auch Deutsch. Caroline Letessier antwortete mit so viel Witz und Fröhlichkeit, daß jedes einzelne ihrer Worte zu funkeln schien.

Selina stellte fest, daß sie über eine spontane Grazie und ein ausgesprochen ausdrucksvolles Gesicht verfügte, während ihr Lächeln einfach verführerisch und bezaubernd war.

»Sie ist tatsächlich vollkommen unverändert!« hörte sie Sir John staunend zu Quintus Tiverton sagen.

»Da stimme ich Ihnen zu. Ich hätte diese vielfarbigen, diamantenen Schmetterlinge, die in ihr schwarzes Haar gestreut sind, überall auf der Welt wiedererkannt.«

Sir John lachte.

»Ich frage mich, ob sie noch immer den goldenen Apfel besitzt, in dem sie ihren Puder aufbewahrt hat und der immer auf dem plüschbezogenen Rand ihrer Schminkkiste stand.«

»Dazu gehörte ihr Spiegel, ihr mit Diamanten besetztes Lorgnon, ja, alles an ihr war immer sehr elegant«, meinte Quintus Tiverton.

»Paris muß sie vermißt haben.« Sir John lächelte. »Hoffen wir, daß sie jetzt, wo sie aus St. Petersburg zurückgekehrt ist, die Absicht hat, hierzubleiben.«

»Acht Jahre sind eine lange Zeit«, sagte Quintus Tiverton nachdenklich.

In diesem Augenblick entdeckte Caroline Letessier ihn und stieß einen leisen Schrei des Entzückens aus.

»Quintus!« rief sie, »wie schön, dich hier zu sehen.«

Die sie umringenden jungen Männer öffneten ihren Kreis, um es Quintus Tiverton zu ermöglichen, sie zu begrüßen. Er zog ihre beiden Hände an seine Lippen. »Darf ich sagen, wie entzückt wir alle sind, dich daheim willkommen zu heißen?«

»Nicht halb so entzückt wie wir, daß wir wieder zurück sind.«

»Wir haben viel über euch gehört. Du mußt ein großer Erfolg gewesen sein«, fuhr Quintus Tiverton fort, »aber Rußlands Gewinn war unser Verlust.«

Der Großherzog, der mit jemand anderem gesprochen hatte, streckte ihm jetzt die Hand hin.

»Ich freue mich, Sie zu sehen, Tiverton.«

»Sie nehmen mir das Wort aus dem Mund, Kaiserliche Hoheit«, erwiderte Quintus Tiverton.

»Wir sind erst gestern angekommen«, berichtete der Großherzog, »und sind heute zum erstenmal im Kasino. Vor Ihnen stehen ›Monsieur und Madame Letessier‹, und so wollen wir auch bekannt sein.«

Alle lachten. Aber in diesem Augenblick erklärte Hortense Schneider, eine Schauspielerin, die so viele königliche Liebhaber gehabt hatte, daß sie als ›le passage des Princes‹ bekannt geworden war, mit lauter Stimme und für alle hörbar, die Caroline Letessier umringten:

»Ich habe zu meiner Zeit ja schon gemästete Kälber gesehen, aber nicht eines, das so hübsch gewesen wäre wie dieses hier!«

Einen Augenblick herrschte betretenes Schweigen. Dann erwiderte Caroline Letessier mit scharfer, abgehackter Stimme und eisigem Ton:

»Und ich habe noch nie eine so häßliche Kuh gesehen!«

Jetzt sprach alles durcheinander. Ein paar Herren verlangten Satisfaktion von Lord Carrington, der Hortense Schneider begleitete; andere wandten sich an den Großherzog, der zwar außerordentlich zornig aussah, aber nur wenig sagte.

Es entstand ein solcher Lärm, daß der Direktor des Kasinos erschien, um dem Grund für die Unruhe nachzugehen.

Inzwischen verlangten die rivalisierenden Parteien, daß entweder Caroline Letessier oder Hortense Schneider aufgefordert werden sollten, das Kasino zu verlassen. Doch noch ehe der Direktor etwas sagen konnte, erhob sich der Sohn der Großherzogin von Baden an einem der Tische.

Er durchquerte das Zimmer, zog Caroline Letessiers Hand an seine Lippen und sagte:

»Schönheit und Witz sind etwas, das bedauerlicherweise gefehlt hat, ehe Sie in Baden angekommen sind.«

Dann bot er Caroline Letessier seinen Arm und führte sie zum Roulette-Tisch. Diejenigen, die gegen sie gewesen waren, blieben mit dümmlichen, betretenen Gesichtern zurück.

»Warum hat diese Frau das gesagt?« fragte Selina Quintus Tiverton leise. Sie hätte nie gedacht, daß sich Damen, die so elegant gekleidet und mit so prächtigem Schmuck versehen waren, sich so vulgär benehmen würden.

»Caroline Letessiers Stiefvater war Schlachter«, erklärte Quintus Tiverton. »Auch wenn sie von den größten Männern in Paris gefeiert worden ist, im Théâtre Michel in St. Petersburg aufgetreten ist und den Großherzog vollkommen für sich eingenommen hat, so hat sie doch nie ihre bescheidene Herkunft vergessen.«

Er lachte.

»Es ärgert sie immer noch, wenn man sie daran erinnert.«

Selina fand es ausgesprochen seltsam, daß sich diese Frauen trotz ihrer prachtvollen Erscheinung, trotz der Tatsache, daß sie von solch vornehmen Herren begleitet wurden, immer noch benehmen konnten wie die Fischweiber.

Als sie Hortense Schneider anschaute, stellte sie fest, daß sie fast ebenso viel Schmuck trug wie Caroline Letessier.

Noch merkwürdiger fand sie es, daß Frauen, die aus solch einfacher Umgebung stammten, es fertigbrachten, einen solchen Reichtum anzuhäufen. Und ganz besonders seltsam erschien es ihr, daß Quintus Tiverton sie alle so gut kannte!

Dieser Gedanke kam ihr noch einmal, als sie später am Abend in der Villa des Duc d'Aumale zum Soupé eintrafen.

Es war schon nach Mitternacht, als sie das Kasino verließen, und als sie im Wagen saßen, konnte Selina sich nicht verkneifen, die Frage zu stellen, die sie schon die ganze Zeit über gequält hatte.

»Habe ich dir ... Glück gebracht?«

Sie hatte den Eindruck, daß Quintus Tiverton ein wenig zögerte, ehe er antwortete:

»Die Antwort lautet ja, wenngleich ich es nicht liebe, meine Verluste oder Gewinne zu diskutieren.«

»Ich weiß, ich hätte nicht fragen sollen, aber ich bin so neugierig.«

Selina machte eine kleine Pause und fuhr dann fort:

»Es war so aufregend, als erst die Neunundzwanzig und dann die Sieben gewann!«

»Dein französischer Freund war äußerst beeindruckt von deinen hellseherischen Fähigkeiten«, bemerkte Quintus Tiverton trocken. »Er saß später am Baccarat-Tisch neben mir und erzählte mir von deinen Vorhersagen.«

»War es falsch von mir, das Geld von ihm anzunehmen, als er darauf bestand?« erkundigte sich Selina.

»Ich hätte dich für sehr dumm gehalten, wenn du es nicht getan hättest. Tatsächlich warst du sogar sehr großzügig, weil du ihm erlaubt hast zu behalten, was er bei der zweiten Nummer gewonnen hat.«

In seiner Stimme lag ein Unterton, der Selina das Gefühl gab, sie hätte sich doch ein wenig dumm benommen.

Nach einer Weile meinte sie:

»Aber es wäre doch bestimmt nicht richtig von mir gewesen, wenn ich ... Geld von einem fremden ... Mann angenommen hätte?«

»Richtig? Es ist schwer zu sagen, wo das Richtige aufhört und das Falsche anfängt, wenn es darum geht, ob man ißt oder hungert.«

Selina dachte einen Moment darüber nach. Dann sagte sie:

»Da ich weiß, wieviel du für mich ... ausgegeben hast ... erkenne ich jetzt ... daß es dumm von mir war, nicht alles ... anzunehmen, das zu geben er ... bereit gewesen wäre.«

Schweigen senkte sich über sie. Schließlich sagte Quintus Tiverton, und es war, als müsse er sich jedes einzelne Wort mühsam entreißen:

»Nein! Du hattest recht, natürlich hast du dich richtig verhalten! Ich mache mir bloß einfach Sorgen, wie ich mich anständig um dich kümmern kann. Bislang mußte ich mir nur meinetwegen Gedanken machen.«

Die Laterne im Wagen, in deren Innern eine Kerze flackerte, beleuchtete sein Gesicht, und Selina sah ihn besorgt an.

»Es tut mir leid, daß ich ... solch eine ... Last bin.«

»Ich wage zu behaupten, daß das nicht von langer Dauer sein wird«, erwiderte er fast scharf. »Du hast heute abend im Kasino auf jeden Fall großen Eindruck gemacht. Ich bin mit Einladungen zu Gesellschaften förmlich überschüttet worden. Und ich mache mir nicht vor, daß meine eigene Beliebtheit der Grund dafür gewesen wäre.«

Selina zögerte, ehe sie sagte:

»Ich bin froh ... daß du dich meiner ... nicht geschämt hast.«

»Hast du dir wirklich eingebildet, daß das möglich gewesen wäre?« fragte Quintus Tiverton in merkwürdigem Ton.

Ehe Selina antworten konnte, hielt die Kutsche vor der überdachten Eingangstür einer prächtigen Villa, die ein wenig oberhalb der Stadt lag und von riesigen Gärten umgeben war.

Man meldete sie an. Sie fanden den Herzog in einem Lehnstuhl sitzen, den Arm in einer Schlinge, während Léonide Leblanc in raschelnder grüner Seide und mit einer Unmenge von Smaragden geschmückt eine große Anzahl von Gästen unterhielt.

Sie streckte Quintus Tiverton die Hände entgegen und rief:

»Hier ist mein galanter Retter! Ich habe diesen Herren gerade erzählt, Quintus, wie diese Halsabschneider bei deinem Auftauchen das Weite suchten, obwohl sie dir und deinem Diener zahlenmäßig überlegen waren.«

»Ich hatte Glück, daß ich euch von Diensten sein konnte«, entgegnete Quintus Tiverton bescheiden.

Madame Leblanc wandte sich Selina zu.

»Ich hoffe, Sie haben sich von dem Schock erholt, einen toten Banditen am Boden liegen und Seine Königliche Hoheit aus einer Schußwunde bluten zu sehen, Miß Tiverton.«

»Es muß erschreckend für Sie gewesen sein, Madame«, erklärte Selina mit ihrer leisen Stimme. »Sie waren sehr tapfer.«

»Ich glaube, wir haben uns beide bewundernswert mutig verhalten«, meinte Léonide Leblanc. »Kommen Sie, ich möchte Sie meinen Freunden vorstellen.«

Sie betete eine Menge illustrer Namen herunter, viel zu viele, als daß Selina sie sich alle hätte merken können. Aber sie machte bei jeder Vorstellung einen graziösen Knicks, und als ihre Gastgeberin weiterschritt, fand sie sich von einigen Herren umringt, die begierig waren, mehr über das Abenteuer zu hören, in das sie hineingezogen worden war.

»Es ist wirklich eine Schande, daß diese mörderischen Halunken so nahe an die Stadt herankommen dürfen«, bemerkte einer der Gäste. »Ich werde die Angelegenheit persönlich beim Markgrafen zur Sprache bringen. Er muß auf einem besseren Schutz der Menschen in Baden-Baden bestehen.«

Jeder schien eine Geschichte zu erzählen zu haben, wie er selbst im Wald von Räubern überfallen worden war, oder von Freunden, die ein ähnliches Erlebnis gehabt hatten wie Madame Leblanc und der Herzog.

Während sie sich unterhielten, entging es Selina nicht, daß die Herren im Salon den Damen ungefähr im Verhältnis eins zu fünf überlegen waren.

Kurz nach ihrer Ankunft trafen auch Caroline Letessier und der Großherzog aus dem Kasino ein.

Léonide Leblanc begrüßte sie überschwenglich, und es bestand kein Zweifel daran, daß der Herzog d'Aumale entzückt war, sein russisches Gegenstück zu sehen.

»Warum seid ihr zurückgekommen?« wollte er wissen, und Selina, die in der Nähe der beiden edlen Herren stand, hörte den Großherzog erwidern:

»Caroline hatte schon seit geraumer Zeit Warnungen erhalten, daß sie ihren Aufenthalt in meinem Land zu sehr ausgedehnt hatte. Die Zarin haßt Frauen, die schöner sind als sie selbst, und ganz besonders jene, die mehr Aufmerksamkeit erhalten!«

Der Duc d'Aumale lachte.

»Ich hätte gedacht, die Tatsache, daß Caroline Schauspielerin ist, hätte ausgereicht, um sie vor der Aufmerksamkeit der Geheimpolizei zu schützen.«

»Für die ist niemand immun!« antwortete der Großherzog mit scharfer Stimme. »Schließlich wurde es zu gefährlich für sie zu bleiben.«

»Und Sie sind mitgekommen«, bemerkte der Herzog d'Aumale, und ein leises Lächeln umspielte seine Lippen.

»Es ist mir gerade noch gelungen«, erklärte Seine Kaiserliche Hoheit trocken. »Mein Onkel hat Anweisungen nach Berlin gesandt, ich sollte umgehend nach Petersburg zurückkehren.«

Der Herzog d'Aumale zog die Brauen hoch, während der Großherzog fortfuhr:

»Der Polizeichef versuchte, meine Rückkehr zu fordern, und als ich zu ihm sagte: ›Sie würden es nicht wagen, mich zu verhaften‹, antwortete er: ›Nein, Eure Kaiserliche Hoheit, aber wir können Euren Wagen vom Zug abhängen, so daß es für Euch unmöglich wird, die Reise fortzusetzen!‹«

»Großer Gott!« rief der Herzog d'Aumale aus. »Und wie haben Sie das Problem gelöst?«

»Auf die übliche Weise. Gibt es irgendein Land, in dem das Geld nicht lauter spricht als alle Worte?«

Die beiden Herren lachten. Selina schaute zu Caroline Letessier hinüber und fragte sich, was sie so attraktiv machte, daß ein Mann wie der Großherzog von Rußland ihretwegen das Mißfallen seines Onkels und seines Kaisers erregte. Aber es gab keinen Zweifel daran, daß der Großherzog nicht der einzige Mensch war, der sie fesselte: Quintus Tiverton lachte über alles, was sie sagte.

In ihren Augen lag etwas Herausforderndes, wenn sie ihn anschaute, und Selina mußte mit einem leichten Stich im Herzen feststellen, daß ihre roten Lippen, wenn sie sich zu einem unwiderstehlichen Lächeln verzogen, wirklich sehr einladend wirkten.

»Warum kann ich nicht so sein?« fragte sie sich fast traurig.

Doch dann wurde ihre Aufmerksamkeit von Madame Leblanc abgelenkt.

»Ich möchte Sie einem Landsmann von Ihnen vorstellen, Miß Tiverton«, sagte sie. »Lord Howdrith hat ausdrücklich darum gebeten, Ihnen vorgestellt zu werden.«

Während Selina graziös in einen tiefen Knicks versank, dachte sie, daß Lord Howdrith der am englischsten aussehende Engländer war, den sie je gesehen hatte.

Er war groß, blond und blauäugig und hatte das träge Flair der Überheblichkeit, das charakteristisch für die Engländer zu sein schien.

»Unsere Gastgeberin erzählte mir, daß Sie gerade erst in Baden-Baden angekommen sind«, bemerkte Lord Howdrith.

Auch seine Stimme war sehr englisch, mit kultiviertem Ton, ein wenig schleppend, und Selina dachte, daß selbst die Banalität seiner Worte charakteristisch war.

»Ja, wir sind heute nachmittag gekommen«, stimmte sie zu, »und wie Eure Lordschaft zweifellos gehört haben, wurden wir gleich in ein Abenteuer verwickelt, noch ehe wir die Stadt überhaupt erreicht hatten.«

»Das muß äußerst aufregend gewesen sein«, meinte Lord Howdrith.

Er wandte den Kopf und schlug vor:

»Wollen wir uns setzen? Ich finde diese Angewohnheit des endlosen Herumstehens ausgesprochen langweilig. Ich kann es mir einfach nicht erklären, warum Ausländer niemals Stühle zu besitzen scheinen.«

Selina spürte, daß sie nichts anderes tun konnte als einzuwilligen, und so gingen sie ein Stück durch den Salon zu einem samtbezogenen Sofa in einer Ecke zwischen zwei Tischen, auf denen exotische Gewächshausblumen standen.

»Bleiben Sie und Ihr Bruder lang?« wollte seine Lordschaft wissen.

»Ich habe keine Ahnung. Wir sind auf dem Weg zurück nach England.«

Sie hatte Angst, gefragt zu werden, wohin sie sich wenden würden, wenn sie erst in England wären. Um in diesem Fall keinen Fehler zu machen, sagte sie deshalb schnell: »Warum sind Sie in Baden-Baden?«

»Der Grund ist der, daß ich zwei Pferde habe, die an den Rennen teilnehmen werden, und ich hoffe bei beiden, daß sie gewinnen.«

»Erzählen Sie mir von ihnen«, sagte Selina.

Es fiel ihr leicht, den Worten Lord Howdriths nicht übermäßig genau zu folgen und gleichzeitig zuzusehen, was im Hauptteil des Zimmers geschah.

Quintus Tiverton befand sich immer noch an Caroline Letessiers Seite, und als sie das Gesicht zu seinem emporhob, konnte Selina die juwelenbesetzten Schmetterlinge sehen, die in ihrem Haar funkelten.

Hatte er sie in der Vergangenheit geliebt? fragte sie sich. Hatte die lebhafte, attraktive Schauspielerin ihm etwas bedeutet? Hatte sie in seinem Leben eine Rolle gespielt?

Sie fragte sich, warum es ihr weh tat, daran zu denken, und warum sie mit ihrer eigenen Erscheinung plötzlich so unzufrieden war, daß sie schon wünschte, überhaupt nicht zu der Gesellschaft gegangen zu sein.

Am nächsten Tag hätte sie eines ihrer neuen Kleider tragen können, und sie wußte, daß die ihr besser standen als das, welches sie anhatte.

Doch dann erkannte sie, daß sie überempfindlich war. Nie zuvor hatte sie ein so schönes Kleid besessen, wie sie es jetzt trug, und sie zweifelte daran, daß die Kleider, die jetzt für sie angefertigt wurden, sie neben den glitzernden Paradiesvögeln wie Léonide Leblanc und Caroline Letessier weniger unbedeutend aussehen lassen würden.

Kein Wunder, daß Quintus Tiverton mich für eine Last hält, wenn das hier die Frauen sind, bei denen er sich wohl gefühlt hat, dachte sie.

Obwohl sie nichts vom gesellschaftlichen Leben wußte, verstand Selina doch, daß vornehme, intelligente und wichtige Männer und schöne Frauen, die nicht prüde waren, für einen ungebundenen Junggesellen sehr amüsante Gesellschaft darstellten.

»Natürlich sind diese Menschen aufregender als spröde, anständige Mädchen«, sagte sich Selina.

Während sie das noch dachte, sah sie Caroline Letessier Quintus Tiverton auf die Wange küssen, während diejenigen, die sie umringten, über etwas lachten, was sie gesagt hatte.

»Ich habe Sie gefragt, Miß Tiverton«, sagte Lord Howdrith, »ob Sie mir erlauben würden, Sie morgen zu besuchen und vielleicht zu einer Fahrt durch den Schwarzwald einzuladen?«

Erschrocken erkannte Selina, daß sie kein Wort von dem gehört hatte, was er gesagt hatte.

»Das ist sehr freundlich von Ihnen, aber ich muß zuerst herausfinden, welche ... Pläne ... mein Bruder für uns ... gemacht hat.«

»Ich werde selbst mit ihm reden. Wir waren zusammen in Eton, wo er sich, wie Sie sich wohl erinnern, auf dem Kricketfeld ausgezeichnet hat.«

»Ja, ja, natürlich«, versicherte Selina hastig.

Ein kleines Orchester war erschienen und schickte sich an, einen Walzer von Offenbach zu spielen.

Léonide Leblanc eröffnete den Tanz mit Quintus Tiverton, und noch ehe Lord Howdrith Selina auffordern konnte, erschien ein Franzose, an dessen Namen sie sich nicht mehr erinnerte, und entführte sie auf die Tanzfläche.

Augenblicklich überhäufte er sie mit einschmeichelnden Komplimenten.

»Sie sind bezaubernd! Sie sind wie ein Stern, der vom Himmel gefallen ist! Neben Ihnen verblassen alle Diamanten und wirken vulgär!«

»Ich finde, Sie sind recht unfair unserer Gastgeberin gegenüber«, meinte Selina bescheiden.

Doch in der Stimme des Franzosen schwang ein Ton mit, der sie einschüchterte.

Sie konnte es nicht erklären, genausowenig wie die Tatsache, daß in seinen Augen ein Ausdruck lag, der sie vage an den Marquis erinnerte.

»Warum sind wir uns nicht schon früher begegnet?« fuhr er fort. »Sie sind aus Paris gekommen? Ich dachte, jede schöne Frau in dieser Stadt der schönen Frauen zu kennen.«

»Ich ... bin dort zur Schule gegangen«, erklärte Selina schnell, als ihr einfiel, daß dies die Rolle war, die sie spielen sollte.

»Schule!« rief er aus. »Das erklärt alles! Und wer hat Sie nach Baden-Baden gebracht?«

»Mein Bruder«, antwortete Selina und bemerkte den überraschten Ausdruck in seinem Gesicht, als er sagte:

»Ihr Bruder? In diesem Fall ...«

Er beendete den Satz nicht, und Selina hatte das Gefühl, es wäre beleidigend gewesen, wenn er es getan hätte.

Sie wußte nicht, warum, aber sie verspürte nicht den Wunsch, noch einmal mit dem Franzosen zu tanzen.

Als das Orchester eine Pause machte, entfernte sie sich von ihm und ging zu Lord Howdrith zurück, der immer noch auf dem Sofa saß, wo sie ihn zurückgelassen hatte.

»Bitte, Mademoiselle, verlassen Sie mich nicht«, flehte der Franzose. »Wir müssen noch einmal tanzen. Ich kann nicht zulassen, daß Sie entfliehen.«

»Wenn Sie mich bitte entschuldigen, ich möchte mich gerne ausruhen«, antwortete Selina. »Ich habe einen langen Tag hinter mir und bin sehr müde.«

Sie setzte sich bei diesen Worten neben Lord Howdrith, und der gekränkte Franzose entfernte sich.

»Hat der Kerl Sie verärgert?« erkundigte sich Lord Howdrith auf englisch.

»Nicht direkt. Aber ich finde Komplimente, von denen ich weiß, daß sie nichts bedeuten, ein wenig peinlich.«

»Ich hätte gedacht, daß Sie inzwischen daran gewöhnt wären.«

»Bis heute sind mir noch nicht viele gemacht worden«, antwortete Selina.

»Bis heute?« wiederholte Lord Howdrith.

»Das ist die erste Gesellschaft, die ich besuche, seit ich erwachsen bin«, erzählte Selina ihm.

Das war die Wahrheit. Seit dem Tod ihrer Mutter hatte es nur wenig Einladungen gegeben, und schon gar keine wie diese hier.

Sie fand, daß Lord Howdrith sie überrascht ansah, und war dankbar, als Quintus Tiverton nach dem Tanz mit Caroline Letessier zu ihnen kam.

»Ich habe das Gefühl, Selina, daß du gerne nach Hause fahren möchtest.«

»Ich möchte dich nicht von hier fortholen, wenn du dich gut amüsierst«, meinte Selina.

»Ich bin zu einem Spielchen in einer privaten Villa eingeladen worden«, erzählte Quintus Tiverton. »Wenn ich dich also jetzt ins Hotel zurückbringe, habe ich meine Pflicht getan.«

Selina hätte ihm gern gesagt, daß sie ihn weder von der Gesellschaft fortholen noch daran hindern wollte, direkt zu einer anderen Einladung zu gehen, aber sie wußte, daß sie nicht allein ins Hotel fahren konnte.

Sie stand auf.

»Gute Nacht, Lord Howdrith«, sagte sie höflich.

»Ich werde Sie morgen nachmittag im Hotel aufsuchen«, antwortete er. »Wäre Ihnen zwei Uhr recht?«

Selina schaute Quintus Tiverton an.

»Ich bin sicher, daß Selina Ihre Einladung mit Entzücken annehmen wird«, sagte dieser. »Gute Nacht, Howdrith.«

»Gute Nacht, Tiverton.«

Selina verabschiedete sich von ihren Gastgebern. Dann, als sie schon auf die Tür zugingen, kam Caroline Letessier hinter ihnen hergelaufen.

»Ich muß dich sprechen, Quintus«, sagte sie leise, eine Hand auf seinen Arm gelegt. »Du weißt ja, wo ich wohne. Kommst du mich morgen besuchen?«

»Wie könnte ich eine solche Einladung ablehnen?« fragte er, als er ihre Hand an die Lippen zog.

»Gute Nacht, Caroline«, fügte er hinzu. »Und übertreibe es nicht. Ich habe gehört, daß hier alles mehr oder weniger ruhig und friedlich war, bis zu deiner Ankunft.«

»Dann ist es ja Zeit, daß alle aufwachen«, meinte Caroline Letessier, und der Schalk blitzte aus ihren Augen.

Quintus Tiverton lachte, küßte noch einmal ihre Hand, legte

einen Arm um Selina und führte sie zur Tür.

Nachdem der Lakai der Villa einen Wagen für sie gefunden hatte, fuhren sie ins Hotel Stephanie.

»Madame Letessier ist sehr ... attraktiv«, sagte Selina leise.

»Das war sie schon immer«, antwortete Quintus Tiverton.

»Hast du sie in Paris kennengelernt?«

»Vor vielen Jahren bereits, bei meinem ersten Besuch. Sie war eine typische Pariserin.«

»Und das ... bewunderst du?« fragte Selina und dachte daran, daß Caroline Letessiers dunkle Haare, die unregelmäßigen Züge und blitzenden Augen das genaue Gegenteil ihrer eigenen Erscheinung darstellten.

»Ich habe noch niemanden kennengelernt, der Caroline nicht bewundert hätte«, sagte Quintus Tiverton kurz angebunden.

Sie schwiegen, bis sie das Hotel erreichten.

»Wirst du allein zurechtkommen?« erkundigte sich Quintus Tiverton, als er sie durch die Tür in die strahlend hell erleuchtete Halle führte.

»Ja, natürlich. Wann kommst du zurück?«

»Du wirst dann schon längst schlafen«, antwortete er lächelnd. »Sagen wir, irgendwann gegen Morgen? Das ist die übliche Zeit für einen Spieler.«

Er sah, wie ihre Augen sein Gesicht musterten, und fügte leise hinzu: »Geh ins Bett und mach dir keine Sorgen, Selina. Du hast einen prächtigen Einstand gehabt. Du warst heute abend ein voller Erfolg. Alle haben dich bewundert.«

Er sah, wie ihr bei diesem Kompliment die Röte in die Wangen schoß.

»Danke«, flüsterte sie. »Gute Nacht, Quintus.«

Es war das erste Mal, daß sie seinen Vornamen benutzte, aber sie sagte sich, wenn sie schon so taten, als wären sie Geschwister, dann mußte sie sich auch daran gewöhnen.

Kaum lag sie im Bett, schlief sie auch schon ein. Nach der Strafe, die sie am Vorabend erhalten hatte, und dem langen Ritt an diesem Tag war sie mehr als müde. Sehr viel später fuhr sie aus dem Schlaf auf, weil im Nebenzimmer eine Tür zufiel.

Sie konnte ein schwaches Licht durch die Vorhänge vor ihren Fenstern fallen sehen und wußte, daß Quintus recht gehabt hatte, als er sagte, er würde nicht vor der Morgendämmerung zurückkehren.

Sie verspürte den unwiderstehlichen Impuls, ihn zu rufen und ihm zu sagen, daß sie wach war. Ob er beim Spiel gewonnen hatte?

Dann sagte sie sich, daß es ihn nur verärgern würde, wenn sie ihn fragte, und vielleicht würde er sogar zornig, weil sie ihn zu beobachten schien und die Zeit seiner Rückkehr bemerkte.

Kein Mann mochte es, wenn man ihm nachspionierte, und sie hatte das Gefühl, daß gerade Quintus Tiverton kämpfen würde, um seine Unabhängigkeit zu bewahren.

Er hatte nie geheiratet, und doch mußte es Frauen gegeben haben, viele schöne Frauen, Frauen wie Caroline Letessier.

Selina erinnerte sich daran, wie er über Caroline Letessiers Späße gelacht hatte; wie er ihre Wange geküßt hatte und daß sie ihn gebeten hatte, sie morgen aufzusuchen.

Hatte sich Quintus Tiverton deshalb so gefreut, daß sie mit Lord Howdrith ausfahren würde? Bestimmt würde er sie nicht in Caroline Letessiers Villa mitnehmen wollen.

Selina war plötzlich traurig und besorgt.

Sie erkannte, daß sie eine Last war, und es gab keinen Zweifel, daß Quintus Tiverton sie so schnell wie möglich loswerden wollte, nämlich sobald er einen angemessenen Ehemann für sie gefunden hatte.

Sah er in Lord Howdrith einen angemessenen Ehemann?

Sie wußte nichts von ihm. Vielleicht war er verheiratet, wie Sir John Wilton. Außerdem – war es wahrscheinlich, daß ein englischer Adliger, einer, der sich seiner eigenen Wichtigkeit bewußt war, wie sie vermutete, sie heiraten wollte?

Nein, Quintus Tiverton würde jemanden suchen müssen, der weniger wichtig war. Aber konnten sie einen gewöhnlichen Mann in den Salons von Caroline Letessier oder Léonide Leblanc treffen?

Es gab so viele Schwierigkeiten und Probleme, so viele Fragen, die nicht zu beantworten waren, daß Selina plötzlich Angst vor dem bekam, was vor ihnen lag.

Dann sagte sie sich, daß sie dankbar sein müßte.

Wäre Quintus Tiverton nicht gewesen, wäre sie in diesem Augenblick eine Gefangene von Mrs. Devilin, wäre vielleicht erneut von ihr geschlagen worden, kaum daß sie in Baden-Baden eingetroffen wären.

»Ich habe wirklich Glück, großes Glück«, flüsterte sie. Aber sie mußte ein Schluchzen unterdrücken.

Am nächsten Morgen war Selina schon fast angekleidet, als an die Verbindungstür geklopft wurde.

»Darf ich hereinkommen?« fragte Quintus Tiverton.

»Oh, du bist schon wach!« rief sie. »Ich hatte erwartet, daß du heute morgen sehr spät aufstehen würdest.«

Er betrat das Zimmer in Reithosen.

»Ich will die Spinnweben und den Dunst von Wein und Zigarren vertreiben, indem ich mindestens eine Stunde reite. Um ehrlich zu sein, ich werde zum Rennplatz gehen.«

»Darf ich mitkommen?« bat Selina.

Quintus Tiverton zögerte einen Moment. Dann sagte er:

»Ich habe überhaupt nicht daran gedacht, aber wenn es dir Spaß macht, kannst du mich begleiten. Du kannst Jims Pferd reiten. Das ist besser als das, das wir im Gasthof gemietet haben.«

»Ich bin bereit, auf allem zu reiten, das vier Beine hat, wenn ich dich nur begleiten kann«, erklärte Selina.

»Dann beeil dich!« befahl er, »und wenn du fertig bist, habe ich dir etwas zu erzählen.«

Eines der Gewänder, die Quintus Tiverton für sie gekauft hatte und welches glücklicherweise fertig war, war ein Reitkostüm. Es war sehr elegant und entsprach der von Kaiserin Eugénie eingeführten Mode. Der Stoff war weißer Pikee. Dazu gehörte ein Hut mit schmaler Krempe, der mit einem Tüllschleier geschmückt war, dessen Blau die Farbe von Selinas Augen hatte.

Sie erkannte an Quintus' Miene, daß er mit ihrer Aufmachung äußerst zufrieden war, und als sie zum Rennplatz ritten, sagte er:

»Das Kostüm, das du da trägst, war sein Geld ganz sicher wert.«

»Ich bin dankbar, daß du so denkst«, antwortete Selina. »Ich hätte mich niemals in den Kleidern in Baden-Baden sehen lassen können, die ich gestern getragen habe.«

»Allerdings nicht«, stimmte er lächelnd zu. »Wenngleich es für die respektable Miß Tiverton vielleicht eher angebracht war als das, was du jetzt trägst.«

»Muß ich denn respektabel sein?« fragte Selina und dachte an die Fröhlichkeit von Caroline Letessiers Gesicht. Aber eigentlich meinte sie es nicht so ernst.

Quintus Tiverton antwortete ernst: »Das ist die Rolle, die du dir ausgesucht hast, und es ist äußerst wichtig, daß die Leute sich über diese Tatsache im klaren sind.«

»Meinst du ...«, fing Selina an.

Dann erinnerte sie sich daran, wie der Franzose, mit dem sie am Vorabend getanzt hatte, sie auf eine Weise angesehen hatte, die sie abstoßend fand, und wünschte sich instinktiv, nicht noch einmal mit ihm zu tanzen.

Doch noch ehe sie etwas sagen konnte, meinte Quintus Tiverton:

»Was ich dir erzählen wollte, war, daß ich beschlossen habe, vom ›Stephanie‹ in eine Villa zu ziehen, von der ich gestern nacht gehört habe, daß sie zu vermieten ist. Ich habe Jim hingeschickt, damit er sie sich heute morgen ansieht, und wenn sie angemessen erscheint, werden wir noch heute einziehen.«

»Eine Villa?« rief Selina überrascht. »Aber das ist doch bestimmt sehr teuer?«

»Viel billiger, als wenn wir im ›Stephanie‹ bleiben«, entgegnete Tiverton.

Sie fand, daß sich seine Stimme grimmig anhörte, und nach einem Moment meinte sie vorsichtig:

»Können wir es uns nicht mehr leisten?«

»Wir konnten es uns von Anfang an nicht leisten«, erklärte er, »aber ich konnte kaum von dir erwarten, am Wegesrand zu übernachten. Diese Villa ist klein und in der Nähe der vornehmen Lindenstraße, und wenn wir nicht zum Essen eingeladen werden, können wir daheim etwas Einfaches zu uns nehmen. Jim ist daran gewöhnt, billig auf dem Markt einzukaufen.«

»Das ist eine wundervolle Idee«, sagte Selina aufgeregt. »Können wir sie uns ansehen?«

»Nach unserem Ausritt«, versprach Quintus Tiverton. »Zuerst brauche ich Bewegung.«

Sobald sie offenes Feld erreichten, wo man galoppieren konnte, raste er davon, und Selina stellte erfreut fest, daß sie mit ihm mithalten konnte.

Sie wußte, daß sie gut ritt, und es war eine Freude zu wissen, daß sie in ihrem weißen Pikeekostüm sehr elegant aussah und daß ihr Pferd, wenn auch nicht das allerbeste, so doch sehr gut war.

Als sie fast eine Meile galoppiert waren, zügelte Quintus Tiverton sein Pferd und sah in Selinas gerötetes Gesicht, auf ihre lächelnden Lippen.

»Jetzt geht's schon besser!« erklärte er. »Wenn man nur an der frischen Luft spielen könnte, dann würde es mir sehr viel mehr Spaß bereiten.«

»Hast du gestern nacht gewonnen?« erkundigte sich Selina.

Sie wußte, daß sie diese Frage besser nicht gestellt hätte; doch sie kam über ihre Lippen, ehe sie es verhindern konnte.

»Ich habe zuerst eine Menge gewonnen«, antwortete Quintus Tiverton, »doch bei den letzten paar Spielen hat mein Gastgeber fast alles zurückgewonnen, was einer von uns an sich gebracht hatte.«

»Wie heißt er?« wollte Selina wissen.

»Baron Bernstorff«, antwortete Quintus Tiverton. »Er ist Deutscher und, wie ich glaube, ein sehr reicher Mann. Außerdem ist er ein ausgezeichneter Spieler.«

»Besser als du?«

»Ich bin nicht sicher. Er hat ganz plötzlich eine beträchtliche Summe von mir zurückgewonnen, die ich im Laufe der ersten drei oder vier Stunden gewonnen hatte. – Um ehrlich zu sein, Selina, ich frage mich schon die ganze Zeit über, was ich falsch gemacht habe. Es kommt nicht oft vor, daß ich in meinem eigenen Sport geschlagen werde.«

»Wirst du wieder mit ihm spielen?«

»Aber gewiß! Dieselben Gäste, die auch letzte Nacht dort waren, sind erneut eingeladen worden.«

»Vielleicht wirst du heute nacht wirklich erfolgreich sein.«

»Ich war erfolgreich, verdammt noch mal!« rief Quintus Tiverton zornig aus. »Das ist es ja, was mich so ärgert. Wenn man eine Glückssträhne hat, kommt es nur sehr selten vor, daß sie sich im allerletzten Moment wendet – gerade als wir entschieden hatten, daß es Zeit zum Heimgehen wäre.«

»Ich kann verstehen, daß das sehr ärgerlich sein muß«, meinte Selina mitfühlend. »Aber du bist so klug, daß ich überzeugt bin, daß du heute abend gewinnst, und diesmal wirst du es behalten.«

»Du machst mir Mut! Hoffen wir, daß du recht behältst.«

Sie ritten in die Stadt zurück, und nach einigen Schwierigkeiten fanden sie die Villa, von der Quintus Tiverton gehört hatte, daß sie zu vermieten wäre.

In dem Augenblick, als Selina sie sah, wußte sie, daß sie gern dort bleiben würde.

Das Haus war klein und von hohen Hecken und Zypressen umgeben. Im Garten entdeckte Selina einen kleinen Springbrunnen, dessen Wasser aus einem Delphin sprudelte, den ein kleiner, dicker Cupido in den Armen hielt.

Das Haus bestand aus nur vier Zimmern: einem Salon und einem Eßzimmer im Erdgeschoß und zwei Schlafzimmern im ersten Stock, jedes mit einem eigenen Bad.

Es war wunderschön eingerichtet, und Selina stieß Rufe des Entzückens aus, als sie von einem Zimmer ins andere ging.

»Wie kann das nur zu vermieten sein?« staunte sie.

»Es gehört einer sehr erfolgreichen Pariser Schauspielerin«, erzählte er. »Sie war zu Anfang der Saison hier, weil sie an die Wirksamkeit der Quellen glaubt. Aber sie muß in einem neuen Stück auftreten, und so ist sie nach Paris zurückgekehrt und hat ihren Verwalter angewiesen, das Haus an jemanden zu vermieten, von dem sie sicher sein kann, daß er nichts durcheinanderbringen wird.«

Er lächelte und fügte hinzu: »Das Geld ist wirklich nicht wichtig. Sie steht unter dem Schutz von Prinz Napoleon.«

Selina war einen Moment still. Dann fragte sie:

»Ist denn jede Frau in Baden-Baden eine Kokotte?«

»Du sagst das in einem sehr mißbilligenden Ton«, warf Quintus Tiverton fast aggressiv ein.

»Nein... nein, natürlich nicht«, erwiderte Selina hastig. »Es ist bloß... die Männer wirken so vornehm, und die Damen...«

Sie brach ab.

»Nun, sprich zu Ende«, forderte er sie rauh auf.

»Sie sind so... reizend«, stammelte Selina. »Aber als es gestern abend diesen... diesen Streit gab, wurden sie plötzlich... nun ja... ziemlich gewöhnlich.«

»Wenn du die Frömmigkeit respektabler Häuser suchst, wenn du die gesellschaftliche Elite kennenlernen willst, dann hättest du nicht mit mir kommen dürfen«, fuhr Quintus Tiverton sie an.

Selina wußte, daß er wütend war. Sie ging auf ihn zu, reckte flehentlich die Hände und sagte:

»B... bitte, du darfst nicht denken, daß ich kritisieren will. Ich versuche doch bloß, ein Leben zu verstehen, von dem ich nicht einmal wußte, daß es existierte. Ich wußte nicht, daß es Frauen wie Madame Letessier und Madame Leblanc gibt. Aber wie du schon sagtest – sie sind viel amüsanter, fröhlicher und lebhafter als andere Damen.«

Quintus Tiverton ignorierte ihre ausgestreckten Hände und trat ans Fenster.

Sie standen in dem Schlafzimmer, das der Schauspielerin gehören mußte. Es war ganz in blaßrosa Satin gehalten, und die Vorhänge des Himmelbettes fielen von einer goldenen Kuppel herab, auf der sich nackte, pausbäckige Engel tummelten, über deren Köpfen Tauben flogen.

Die Bettdecke bestand aus kostbarer Spitze auf Satin, und der Aubusson-Teppich war eine Symphonie aus Rosen und blauen Bändern. An allen Wänden hingen Spiegel und warfen ihr Bild von allen Seiten zurück. Scheu blickte Selina in Quintus Tivertons zorniges Gesicht.

»Es tut mir leid... wenn ich etwas Falsches gesagt habe«, entschuldigte sich Selina verzweifelt. »Du warst so freundlich zu mir, so wundervoll! Du darfst nicht denken, daß ich Fehler suche oder etwas anderes als außerordentlich dankbar bin.«

»Ich will deine Dankbarkeit nicht. Ich versuche, das zu tun, was am besten für dich ist, aber ich vermute und in meinem Herzen weiß ich, daß es falsch ist.«

»Warum sollte es falsch sein?«

»Weil du nicht mit diesen Frauen verkehren solltest. Du hättest niemals von Kokotten oder den Halbweltdamen hören dürfen, und ganz bestimmt dürftest du keine Mätressen kennenlernen, die ihre Liebhaber zur Schau stellen wie ihre Diamanten.«

»Ich... habe keine... andere Wahl«, sagte Selina, »und wenn du nicht gewesen wärest... du weißt, was dann aus mir geworden wäre.«

»Ich weiß es, und ich glaube, das ist meine einzige Entschuldigung. Ich hoffe nur, daß sich die Dinge wirklich so entwickeln, wie ich es erwarte.«

»Und was erwartest du?«

»Du kennst die Antwort. Aber nun komm, Selina. Das Haus ist das richtige für uns, und wenn uns die Geister der vorherigen Bewohner heimsuchen, dann können wir niemand anderem als uns selbst die Schuld daran geben.«

Er klang so wütend, daß Selina nichts einfiel, was sie hätte sagen können. So folgte sie ihm bloß nach unten und fragte sich, wie sie so dumm hatte sein können, ihn wütend zu machen.

Schweigend fuhren sie ins Hotel zurück. Jim hatte bereits Anweisung gegeben, ihre Sachen zu packen. Ihre Kisten warteten bereits unten auf einen Wagen, der sie zur Villa bringen sollte.

Selina wartete besorgt, während man Quintus Tiverton die Rechnung vorlegte.

Plötzlich durchfuhr sie ein Schreck! Wenn er sie nun nicht bezahlen konnte? Aber er zog ein Bündel Scheine aus der Tasche und legte die geforderte Summe galant auf den Tisch.

Danach bestiegen sie erneut ihre Pferde, während Jim ihr Gepäck auflud.

Als sie über eine Brücke ritten, die den Fluß überquerte, meinte Selina ganz leise:

»War es sehr... teuer?«

»Wenn du die Wahrheit hören willst – ich bin praktisch pleite. Ich muß heute nacht gewinnen, oder du mußt noch einmal versuchen, die Gewinnzahl beim Roulette zu erraten.«

»Soll ich das tun?«

»Nein!« antwortete er wütend. »Ich will nicht, daß du in diese Sachen hineingezogen wirst. Ich werde das Geld auf die eine oder andere Weise aufbringen. Alles, was du tun mußt, ist, dich Lord Howdrith von deiner besten Seite zu zeigen. Er ist ein eingebildeter, protziger Kerl, schon immer gewesen, aber er ist reich und unverheiratet, und er könnte ein Herz haben, das er verlieren kann, wenngleich ich das bezweifle.«

Quintus Tiverton sprach so abwertend, daß Selina innerlich zitterte.

Was sollte sie sagen? Was konnte sie tun, damit alles besser aussah? Es war allein ihre Schuld, daß er so viel Geld ausgegeben hatte, und sie wußte, daß heute abend ihre Kleider eintreffen würden, und es würde unmöglich für ihn sein, die Rechnung zu begleichen.

Aber Jim war es nicht nur gelungen, all ihr Gepäck in die Villa zu bringen. Er hatte außerdem noch Zeit gefunden, Lebensmittel für ihr Abendessen zu kaufen.

»Kannst du kochen?« fragte Quintus Tiverton Selina.

»Natürlich. Und ohne eingebildet klingen zu wollen, glaube ich sagen zu können, daß ich eine gute Köchin bin.«

»Dann nimmst du Jim diese Aufgabe besser ab. Er hat zwei linke Hände, wenn es darum geht, mehr als ein Steak zuzubereiten.«

Weil sie froh war, sich etwas ablenken zu können, zog Selina schnell das weiße Reitkostüm aus und ein einfaches Kleid an und lief in die Küche hinunter.

Es war kein besonderes Mahl, das sie zubereitete, aber es war wunderbar gekocht, und als sie zusah, wie er ein Omelett mit feinen Kräutern und ein Wiener Schnitzel aß, stellte sie erfreut fest, wie gut es ihm schmeckte.

Zum Abschluß gab es den berühmten Käsekuchen, von dem Quintus Tiverton ganz begeistert war.

Sie saßen in dem kleinen Eßzimmer, das in einem Porzellanblau gehalten war. Der Tisch war mit dem feinsten Leinen gedeckt. Das allein mußte bereits ein Vermögen gekostet haben.

Plötzlich mußte Selina lachen.

»Was amüsiert dich so?« fragte Quintus Tiverton.

Seine schlechte Laune schien vergangen zu sein, nachdem er ein paar Glas Wein getrunken und alles gegessen hatte, was sie für ihn zubereitet hatte.

»Ich dachte gerade, wie komisch es ist. Alles hier in der Villa ist so teuer, so wertvoll. Du und ich sind nach der neuesten Mode gekleidet. Wir haben Pferde draußen; einen Diener, der für uns sorgt; das einzige, was uns fehlt, ist Geld!«

Sie lachte wieder.

»Wir befinden uns im reichsten, luxuriösesten Badeort der Welt, aber wenn wir ehrlich mit uns selbst sind, müssen wir zugeben, daß wir bettelarm sind.«

»Ich finde das nicht übermäßig witzig«, fing Quintus Tiverton an, aber als er dann Selina anschaute, mußte auch er lachen.

»Du hast recht«, sagte er. »Es ist lustig, aber du hast zwei Dinge vergessen, über die wir verfügen und die weitaus wichtiger sind als alles andere.«

»Und was ist das?« wollte Selina wissen.

»Mein Kopf und deine Schönheit«, antwortete er. »Ich habe das Gefühl, daß die beiden die Trümpfe im Spiel sind.«

5

Als sie neben Lord Howdrith in seinem Wagen saß, schaute Selina sich um.

Baden-Baden war sehr französisch: der Stil der Häuser, sowohl der Geschäfte wie auch der Privathäuser, wies eine Eleganz auf, die man sonst in deutschen Städten nicht fand.

Sie fuhren die hübsche Lichtenthaler Allee entlang, vorbei an den Gärten des Kurhauses, durch die der Duke of Hamilton einmal, einer Wette entsprechend, ein Kalb an einem blauen Band geführt haben sollte. Jedenfalls erzählte Lord Howdrith dies Selina.

Aber obwohl Selina Lord Howdriths Wagen, seine Pferde und seine geschickte Führung des Gespannes gefielen, mußte sie doch immerzu an Quintus Tiverton denken.

Nachdem sie gegessen hatten, hatte Quintus einen Blick auf seine goldene Armbanduhr geworfen und gesagt:

»Dein englischer Bewunderer wird in etwa zwanzig Minuten hiersein.«

Selina sah ihn überrascht an, und er erklärte:

»Ich habe eine Nachricht im ›Stephanie‹ hinterlassen, wo Lord Howdrith eine Suite gemietet hat, damit er weiß, daß wir hierher gezogen sind. Soviel ich weiß, wollte er doch heute nachmittag mit dir ausfahren?«

»Ich hatte es vergessen. Was machst du?«

Sie wußte, daß sie gehofft hatte, sie würden gemeinsam etwas unternehmen, aber Quintus Tiverton antwortete:

»Was erwartest du anderes von einem Spieler, als daß er spielt? Ich kehre an die Spieltische zurück.«

»Mit dem Baron?«

»Er hat dieselben Gäste eingeladen wie gestern abend. Es handelt sich um drei französische Millionäre, einen Russen, dessen Reichtum unübertroffen ist, einen Österreicher, dessen Pferde so hervorragend sind, daß sie zweifellos praktisch jedes Rennen in der nächsten Woche gewinnen werden, und natürlich meine Wenigkeit.«

Er machte eine Pause. Dann fügte er mit einem Lachen, das nur wenig Humor beinhaltete, hinzu:

»Tatsächlich bin ich der einzige Berufsspieler von allen, und auch der einzige, der wirklich Geld braucht.«

»Ich bin sicher, daß du heute nachmittag gewinnst«, erklärte Selina optimistisch.

»Ich muß. Ich bin noch immer wütend auf mich selbst, weil ich gestern nacht alles verloren habe, was ich gewonnen hatte.«

»War es eine sehr große Summe?«

»Sie hätte uns auf jeden Fall für ein paar Wochen aller Sorgen enthoben«, erwiderte er.

»Ich wünschte, ich könnte mitkommen«, meinte Selina und seufzte leise.

»Unsinn!« widersprach er scharf. »Du weißt, daß du dich bei Lord Howdrith einschmeicheln mußt, und man muß dich sehen. Es ist sehr wichtig für die Damen, die ihre Schönheit in Baden-Baden zeigen wollen, daß sie am Nachmittag eine Ausfahrt machen.«

Es entstand eine kleine Pause. Dann fragte Selina leise:

»Können wir heute abend hier zusammen essen?«

Während sie die Frage stellte, dachte sie daran, daß sie Quintus Tiverton ein paar Gerichte kochen könnte, die er wirklich genießen würde. Sie hatte keine Zeit gehabt, für ihr Mittagessen etwas Besonderes zu planen.

Er schien über ihre Frage nachzudenken. Dann sagte er:

»Wir haben bereits ein halbes Dutzend Einladungen erhalten, einschließlich einer von Madame Leblanc und einer weiteren von Madame Letessier.«

Selina wartete, den Blick auf sein Gesicht geheftet.

»Welche ziehst du vor?«

Er sah auf sie herab, ihre Blicke trafen sich, und ganz plötzlich war es für Selina unmöglich, sich zu rühren, und es fiel ihr sogar schwer zu atmen.

Sie hatte das Gefühl, daß sie ohne Worte etwas sehr Intimes sagten.

Dann wandte sich Quintus Tiverton ab und sagte scharf:

»Wir werden bei Madame Letessier dinieren. Da sie und der Großherzog neu in Baden-Baden sind, wird jeder wünschen, in ihrer Villa eingeladen zu werden. Es wird dein Prestige heben, zu ihren ersten Gästen zu zählen.«

Selina wollte einwenden, daß sie es bei weitem vorziehen würde, allein mit ihm zu essen, aber sie wußte, daß Quintus Tiverton nicht darauf hören würde. Sie hatte bereits gelernt, daß er von ihr erwartete, zu gehorchen, wenn er diesen stahlharten Unterton in der Stimme hatte. Und außerdem – hatte sie ihm nicht ihr Ehrenwort gegeben zu tun, was er wollte?

Sie durchquerte den Salon, trat an das Fenster und sah auf den kleinen Garten hinaus.

»Sei sehr charmant zu Lord Howdrith«, fuhr er fort. »Er könnte nützlich sein – man kann nie wissen.«

Selina hätte gern gefragt, ob sie nur Menschen kennenlernen würden, die jetzt oder in Zukunft nützlich für sie sein würden. Doch dann sagte sie sich, daß eine solche Frage ihn zweifellos verärgern mußte.

»Wirst du hiersein ... wenn ich zurückkomme?« fragte sie.

»Natürlich werde ich zurückkommen, um mich umzuziehen. Und ich denke, daß deine neuen Kleider bis dahin eingetroffen sein werden. Es ist wichtig, daß man dich bemerkt, wenn wir später im Kasino eintreffen, wohin wir zweifellos gehen werden.«

»Aber was ist mit deinem Spiel mit dem Baron?« fragte Selina.

»Ich werde heute nachmittag so viel gewinnen, daß ich mich heute abend dir widmen kann«, antwortete er und sah die Freude in ihren Augen.

»Beeil dich, damit du fertig wirst, Selina«, fügte er scharf hinzu. »Engländer mögen es nicht, wenn man sie warten läßt!«

»Das stimmt. Mein Vater ist immer wütend geworden, wenn Mama und ich zu spät kamen, vor allem, wenn es die Pferde unruhig werden ließ.«

»Bei einem Franzosen darfst du unzuverlässiger sein«, fügte er hinzu, als hinge er seinen eigenen Gedanken nach.

Er machte eine Pause, und Selina wartete ab.

»Was wolltest du sagen?« fragte sie nach einer Weile.

»Ich wollte sagen, daß ein Franzose für dich kaum von Nutzen sein wird«, antwortete er. »Laß uns eines ganz klar sagen, Selina, da du von diesen Dingen ja keine Ahnung hast: Die Ehe eines Franzosen wird immer arrangiert. Ein französischer Bräutigam erwartet als Gegenleistung für seinen Namen, daß seine Braut ein großes Vermögen, entweder Geld oder Land, in die Verbindung einbringt.«

»Ich möchte sowieso keinen Franzosen heiraten!« erklärte Selina, die an den Marquis dachte.

»Du wirst auch keine Gelegenheit dazu bekommen. Also konzentriere dich auf die Engländer und die Deutschen. Sie sind die einzigen, die außerhalb ihrer engsten gesellschaftlichen Kreise heiraten oder in Erwägung ziehen würden, eine Frau zu ehelichen, die nichts weiter mitbringt als ihre Schönheit.«

Selina fragte sich, warum es ihr weh tat zu hören, wie Quintus Tiverton von ihrer Ehe sprach.

›Es ist nicht nur das, was er sagt, sondern auch, wie er es sagt‹, dachte sie.

In seiner Stimme lag etwas, das ihr das Gefühl gab, er wäre ihr Feind. Aber dann wies sie sich zurecht. Er war so freundlich, so rücksichtsvoll gewesen, hatte über ihre Probleme und ihre Zukunft nachgedacht, und es wäre außerordentlich undankbar von ihr, wenn sie jetzt nicht versuchen würde, ihm in jeder Beziehung zu gefallen.

Sie wartete, dachte, daß er noch mehr sagen würde, aber er schloß abrupt:

»Geh und zieh dich um, Selina. Ich habe dir bereits gesagt, daß du Lord Howdrith nicht warten lassen darfst!«

Selina eilte hinauf in ihr Schlafzimmer. Sie stellte fest, daß Jim bereits die Kleider ausgepackt hatte, die er aus dem ›Stephanie‹ gebracht hatte.

Außerdem fand sie ein Nachmittagskleid und einen Hut, die gekommen sein mußten, während sie gegessen hatten.

Das Kleid war sehr hübsch. Der Rock war vorne drapiert und fiel hinten in sanften Falten zu Boden, während das enge Mieder Selinas winzige Taille betonte.

Es war aus Baumwolle, mit rosa Streifen auf weißem Grund, während Mieder und Drapierungen die Farbe der Rosen hatten, die draußen im Garten blühten.

Dazu gehörte ein attraktives Hütchen, das mit rosa Knospen geschmückt war. Als Selina sich im Spiegel betrachtete, dachte sie, daß sie aussah wie ein Dresdner Porzellanfigürchen. Nie zuvor hatte sie so attraktiv ausgesehen.

»Ich frage mich, ob ich Quintus darin gefalle?«

Sie nahm ihre Handschuhe und ihr Täschchen, die zu dem Kleid paßten, und eilte in den Salon hinab.

Zu ihrer Enttäuschung war Quintus Tiverton nicht mehr dort. So begab sie sich in die Küche und fragte Jim, wo er wäre.

»Der Herr ist ausgegangen, Miß. Ich habe ihm eine Droschke gerufen, sobald Sie nach oben gegangen sind.«

»Er hat sich nicht einmal von mir verabschiedet«, beklagte sich Selina traurig.

»Ich nehme an, Miß, daß er es eilig hatte, Karten in die Hände zu bekommen. Das ist auch sehr wichtig. Schließlich sind unsere Taschen leer, und wir haben noch nicht einmal die Anzahlung für dieses Haus geleistet.«

Jim sagte ›wir‹, als würde er zur Familie gehören, und Selina wußte, daß er sich so sehr mit Quintus Tiverton identifizierte, daß er das auch tatsächlich tat.

»Die Devise heißt ›Wir gegen den Rest der Welt‹«, sagte sie sich. »Quintus, Jim und ich, und irgendwie müssen wir gewinnen.«

Ihr schoß die Frage durch den Kopf, was geschehen würde, wenn ihre Heiratspläne sich verwirklicht haben würden, wenn sie die beiden anderen verlassen und mit dem Ehemann fortgehen mußte, den Quintus Tiverton für sie zu finden beabsichtigte.

Ihr wurde kalt bei diesem Gedanken, aber dann beruhigte sie sich damit, daß es noch nicht soweit war und daß es noch keinen Grund zur Aufregung gab, bis der Tag gekommen war.

Vielleicht würde ihr niemals jemand einen Antrag machen. Dann konnte sie als Quintus Tivertons Schwester leben, solange er für sie bezahlen konnte.

»Bitte, lieber Gott, laß ihn gewinnen«, betete sie, als sie einen Wagen vor dem Haus vorfahren hörte.

Es gab keinen Zweifel daran: Lord Howdrith war vorgefahren. Sein Wagen, schwarz mit gelben Rädern, die mit seinem Wappen versehen waren, war ebenso elegant wie die beiden Pferde, die ihn zogen.

Selina erkannte augenblicklich, daß sie vom Besten waren und daß ihre silberne Ausstattung ebenso vornehm war wie die Uniform des Lakaien, der hinter ihnen auf einem kleinen Sitz hockte und dessen hoher Hut poliert worden war.

Als Lord Howdrith seine Pferde anhielt, öffnete Selina die Tür der Villa und trat auf die Treppe hinaus.

Sie sah die Bewunderung in seinen Augen, als er den Hut zog, und als der Lakai ihr in den Wagen half, sagte er:

»Sie sind die pünktlichste Frau, die ich jemals ausgeführt habe.«

»Mein Bruder hat mir gesagt, Sie würden zornig sein, wenn ich Sie warten ließe«, antwortete Selina.

»Glauben Sie wirklich, daß ich jemals mit Ihnen zornig sein könnte?«

In seiner Stimme lag ein herzlicher Unterton, der sie überraschte. Am Vorabend hatte er so kühl und zurückhaltend gewirkt, fast so, als müsse er sich zwingen, freundlich zu sein. Jetzt lächelte er ihr vertraulich zu und trieb seine Pferde an, die schmale Auffahrt hinunter.

»Ist es denn nicht gefährlich, wenn wir in den Wald fahren?« erkundigte sich Selina ein bißchen nervös.

Sie hatte nicht den Wunsch, Banditen zu begegnen, wenn nicht Quintus Tiverton an ihrer Seite war.

»Wir entfernen uns nicht weit von der Stadt«, versprach Lord Howdrith. »Außerdem sind mein Lakai und ich beide bewaffnet, und ich verspreche Ihnen, Miß Tiverton, daß Sie mir vertrauen können. Ich werde gut auf Sie achtgeben.«

Die Straßen, die er entlangfuhr, waren sehr schön, mit schattigen Bäumen und Gärten und Villen zu beiden Seiten.

Aber Selinas Gedanken entfernten sich immer wieder. Sie überlegte, wie Quintus Tiverton wohl mit dem Baron zurechtkommen mochte.

Wie wunderbar es doch wäre, wenn er heimkommen würde und erklären könnte, er hätte genug Geld gewonnen, so daß sie sich für mindestens eine Woche keine Sorge mehr zu machen brauchten! Dann könnte er mehr Zeit mit ihr verbringen, und vielleicht könnten sie allein sein.

Es war eine Freude, sich vorzustellen, wie sie in der Villa zusammen frühstücken könnten, aber noch aufregender wäre es, ihm sein Mittag- oder Abendessen zubereiten zu dürfen.

Selina plante im Geiste sogar schon die verschiedenen Mahlzeiten und stellte für Jim die Einkaufsliste zusammen.

Sie war so froh, daß ihre Mutter darauf bestanden hatte, daß sie kochen lernte, und daß ihr Vater sehr wählerisch gewesen war, wenn es um sein Essen ging.

Quintus Tiverton hatte in Paris gelebt, also würde er französische Gerichte mögen, und es würde ein leichtes sein, Butter und Sahne, Trüffel und Kräuter zu bekommen, die für die französische Küche wesentlich waren.

Sie fuhr zusammen, als Lord Howdrith unerwartet sagte:

»Sie sind sehr schweigsam, Miß Tiverton.«

»Ich habe die Fahrt genossen«, antwortete Selina schnell.

»Ich hatte gehofft, daß Sie das sagen würden. Und vielleicht hinzufügen, daß Sie gern mit mir ausfahren?«

»Das tue ich. Ich glaube, Sie sind sehr erfahren im Umgang mit Pferden. Ich bin sicher, daß sie eine sichere Hand beim Reiten haben. Mein Vater hat immer erklärt, daß das allein einen guten Reiter ausmachen würde.«

»Sie sagen genau die Dinge, die ich hören möchte«, erklärte Lord Howdrith lächelnd. »Soll ich darauf reagieren, indem ich Ihnen sage, wie schön Sie sind? Ich habe gestern abend schon gedacht, daß sie eine der schönsten Frauen sind, die ich je gesehen habe. Heute kann ich diese Meinung nicht mehr teilen: Sie sind die Schönste!«

Selina sah ihn überrascht an.

»Das ist sehr... freundlich, aber ich... dachte immer, daß Engländer keine Komplimente machen.«

»Ich mache Ihnen kein Kompliment. Ich bemerke nur eine Tatsache.«

Selina starrte geradeaus und fragte sich, was sie darauf erwidern sollte. Sie hatte nicht erwartet, eine derartige Unterhaltung mit Lord Howdrith führen zu müssen. Wie unerfahren und scheu sie doch war!

Madame Letessier würde ganz genau wissen, was sie antworten mußte, wenn ein Herr ihr so etwas sagen würde. Zweifellos würde sie witzig und schlagfertig sein, würde ein Bukett von Worten mit derselben Eleganz in Empfang nehmen, die für alles, was sie tat, charakteristisch war.

»Kein Wunder, daß Quintus sie so bewundert«, dachte Selina, »wo ich mich benehme wie ein albernes Schulmädchen!«

Lord Howdriths nächste Bemerkung war irgendwie tröstend.

»Sie sind so unverdorben, Selina. Das finde ich so faszinierend an Ihnen.«

Selina riß die Augen auf, als er sie so anredete. Sie wußte sehr wohl, daß es ein wenig überstürzt von ihm war, jetzt schon ihren Vornamen zu benutzen. Sie kannten sich erst so kurze Zeit.

Ja, ihre Mutter wäre überrascht gewesen, wenn einer ihrer Bekannten jemals so mit ihr gesprochen hätte.

Die Vornamen wurden nur benutzt, wenn sich die Menschen schon sehr, sehr lange kannten, und auch dann nur unter vier Augen.

Selina war ziemlich überrascht gewesen zu hören, wie Léonide Leblanc nach ihrem Zusammentreffen mit den Banditen den Herzog d'Aumale als Henri angeredet hatte, während sie sich später am Abend der betont förmlichen Anrede ›Mein Herzog‹ oder ›Eure Königliche Hoheit‹ bedient hatte.

Caroline Letessier hatte in fast jedem Satz ›Eure Kaiserliche Hoheit‹ gesagt, wenn sie sich mit dem Großherzog unterhielt.

Als hätte er ihre Gedanken erraten, meinte Lord Howdrith nach einer Weile:

»Ich sehe, Sie sind überrascht, daß ich Sie Selina genannt habe. Ich weiß zwar, daß wir uns erst kennengelernt haben, aber ich habe das Gefühl, Sie schon sehr lange zu kennen. Und was noch mehr ist, Selina, ich möchte Sie noch sehr viel besser kennenlernen.«

Selina sah ihn an und wandte sich dann wieder ab.

»Vielleicht hätte ich das noch nicht sagen sollen. Aber ich habe gestern abend schon gesehen, daß praktisch jeder Mann im Raum bereit gewesen wäre, Ihnen einen Antrag zu machen, einen Vorschlag. Obgleich behauptet wird, daß die Engländer nur zögernd zu einem Entschluß kommen, kann ich Ihnen doch versichern, daß ich meinen bereits getroffen habe.«

Selina umklammerte in ihrem Schoß die Finger.

›Was will er mir nur sagen?‹ fragte sie sich.

Es war doch unmöglich, daß er sie bereits um ihre Hand bitten wollte. Das war nach einer so kurzen Bekanntschaft nicht möglich, und außerdem war sie überzeugt davon, daß er sie nicht für wichtig genug hielt, um seine Frau zu werden.

»Denk über mich nach, Selina. Heute abend können wir dann noch weiter über uns sprechen.«

Er hatte seine Stimme gesenkt, und Selina wußte, daß er Angst hatte, der Lakai neben ihm könnte ihn belauschen.

Schweigend fuhren sie noch ein paar Minuten weiter. Dann erkannte Selina, daß sie wieder auf dem Weg zurück in die Stadt waren.

»Wo essen Sie heute abend?« wollte Howdrith wissen.

»Bei Madame Letessier.«

Während sie das sagte, fiel ihr ein, wie herzlich Caroline Letessier Quintus Tiverton begrüßt hatte, und sie wünschte, daß sie nicht zur Villa des Großherzogs gehen, sondern bei Madame Leblanc dinieren würden.

»Ich bin ebenfalls beim Großherzog eingeladen«, erzählte Lord Howdrith gerade. »Ich habe ihn kennengelernt, als ich in Rußland war. Er ist ein sehr intelligenter Mann.«

Er lachte, ehe er fortfuhr:

»Es muß Ihnen seltsam erscheinen, genau wie mir, wie sich diese weltberühmten Adeligen entspannen, wenn sie nach Baden-Baden kommen.«

»Ich nehme an, Seine Königliche Hoheit ist in Rußland sehr wichtig?« Selina sagte es nur, um überhaupt etwas zu sagen, und war erleichtert, daß Lord Howdrith nicht mehr über sie beide sprach.

»Das ist er allerdings wirklich. Und seine Zuneigung zu Caroline Letessier hat einen großen Skandal hervorgerufen. Der Zar war alles andere als erfreut.«

»Das sagte der Großherzog gestern abend«, bemerkte Selina.

»Auf einem Ball, bei dem ich anwesend war, wurde Madame Letessiers Kleid während eines Walzers zerrissen. Seine Kaiserliche Hoheit reparierte den Schaden, indem er die Stücke mit seinem Orden zusammenhielt!«

Selina lächelte.

»Das muß merkwürdig ausgesehen haben.«

»Sie trug es prachtvoll«, schwärmte Lord Howdrith. »Aber sie ist ja auch eine außergewöhnliche Frau.«

›Das findet Quintus auch‹, sagte sich Selina und wünschte wieder einmal, daß sie an diesem Abend nicht beim Großherzog dinieren würden.

Sie erreichten die kleine Villa. Lord Howdrith zügelte sein Gespann, nahm Selinas Hand und führte ihre Finger an seine Lippen.

»Muß ich Ihnen noch sagen, wie sehr ich den heutigen Nachmittag mit Ihnen genossen habe?«

»Es war sehr freundlich von Ihnen, mich zu der Ausfahrt einzuladen«, erwiderte Selina formell.

»Wir müssen das sehr, sehr oft zusammen tun«, erklärte Lord Howdrith. »Da Sie sich ebenso für Pferde interessieren wie ich, ist es wieder ein gemeinsames Thema.«

Selina entzog ihm ihre Hand.

»Vielen Dank, Mylord«, meinte sie ziemlich verschreckt.

Dann stand sie auf der Treppe und sah zu, wie er davonfuhr, wobei er den Hut zog, eine Geste, die sein Diener gleich nachahmte.

»Er ist ganz anders, als ich erwartet habe«, sagte sie sich und betrat das Haus.

Sie mußte noch lange warten, bis Quintus Tiverton zurückkam. Ihr war es nicht möglich, sich auf irgend etwas zu konzentrieren.

Sie versuchte, die Zeitung zu lesen, aber die Worte schienen vor ihren Augen zu verschwimmen. Ständig lauschte sie auf den Wagen, der ihn zurückbringen würde.

Selina ging nach oben in ihr Zimmer und legte die Sachen zurecht, die sie an diesem Abend tragen wollte. Sie fing noch nicht an, sich umzuziehen, weil sie bei seiner Rückkehr erst mit ihm reden wollte, und sie wußte, daß er nicht in ihr Schlafzimmer kommen würde, wenn sie bereits angefangen haben sollte, sich auszukleiden.

Drei Kleider waren inzwischen geliefert worden. Sie alle waren außerordentlich attraktiv, aber Selina wußte auch, daß sie außerordentlich teuer waren, und der Mut drohte sie zu verlassen.

Sie wählte ein blaßblaues, das sie an die Farbe des Himmels erinnerte, als sie und Quintus Tiverton zusammen von dem Gasthaus fortgeritten waren.

Selina wußte, daß sie niemals die Freude vergessen würde, die sie empfunden hatte, als sie Mrs. Devilin entfliehen konnte und wußte, daß Quintus Tiverton sie beschützen würde.

Wie konnte ich nur das Glück haben, daß er in der Nebenkammer im Dachboden untergebracht war, gerade, als ich ihn am meisten brauchte? fragte sie sich. Wenn das Gasthaus nicht so voll gewesen wäre, hätte er niemals meine Schreie vernommen und hätte mich niemals retten können.

Als sie hörte, wie der Wagen vor dem Haus hielt, lief sie aufgeregt durch den schmalen Flur, um Quintus Tiverton auf der Treppe zu erwarten, während er den Kutscher entlohnte.

Als er sich umwandte und sie den Ausdruck in seinem Gesicht sah, wußte sie, daß er nicht gewonnen hatte.

Er ging an ihr vorbei in den Salon.

»Ich weiß, was du mich fragen willst«, sagte er mit rauher Stimme. »Die Antwort lautet: das, was gestern abend passiert ist, ist heute nachmittag wieder passiert.«

»Du hast verloren?«

»Ich habe verloren, was ich gewonnen hatte. Praktisch alles.«

»Hattest du viel gewonnen?«

»Eine ganze Menge, genau wie jeder andere Mann am Tisch. Doch bei den drei letzten Spielen hatte unser Gastgeber phänomenales Glück. Ich kann kaum glauben, daß so etwas möglich ist.«

Die Art, wie er das sagte, ließ Selina fragen:

»Du glaubst, daß das Spiel nicht ganz... in Ordnung war?«

»Ich bin fast sicher, daß es das nicht war. Aber ich war auf der Hut, Selina, und obwohl ich jede Bewegung beobachtet habe, die er gemacht hat, jede Karte, die er in die Hand nahm, konnte ich doch nichts sehen, was nicht absolut in Ordnung gewesen wäre.«

»Könnte es wirklich Glück gewesen sein, daß er in der letzten Minute gewonnen hat, genau wie gestern abend?« erkundigte sich Selina.

»Das frage ich mich selbst schon die ganze Zeit, aber ich kann die Antwort nicht finden.«

»Hast du … noch Geld … übrig?« fragte Selina zögernd.

»Ein bißchen, weil ich instinktiv befürchtete, daß so etwas passieren könnte. Ich habe aufgehört, aber nicht, ehe ich mit einem Blatt, das mir unschlagbar erschien, ein Vermögen verloren hatte. Ich habe immer noch genug, um den Baron heute abend herauszufordern, und das habe ich auch vor.«

Selina stieß einen leisen Schrei aus.

»Ist das klug? Nimm einmal an, er gewinnt wieder und dir bleibt gar nichts mehr?«

Quintus Tiverton schritt durch den Salon und wieder zurück.

»Ich bin überzeugt, daß da etwas nicht mit rechten Dingen zugeht. Die anderen haben es einfach als Pechsträhne hingenommen, aber ich bin mir nicht so sicher. Ich habe einfach das Gefühl, daß mit dem Glück des Barons etwas nicht stimmt.«

»Aber was könnte er getan haben, was du nicht bemerkt hast?«

»Genau das frage ich mich auch. Hinter mir war kein Spiegel, keine Möglichkeit also für ihn, mir in die Karten zu sehen. Vor jedem neuen Spiel wurde ein frischer, versiegelter Pack Spielkarten geöffnet. Nichts deutet darauf hin, daß etwas nicht in Ordnung ist, nur mein Instinkt.«

»Ich war schon immer der Ansicht, man sollte seinem Instinkt trauen. Wie wünschte ich, ich könnte heute abend mit dir kommen! Ich habe das Gefühl, ich könnte spüren, was der Baron tut, genauso, wie ich die Zahlen erspürt habe, die beim Roulette gewannen.«

»Leider ist das unmöglich«, antwortete Quintus Tiverton.

Dann blieb er in der Mitte des Zimmers stehen.

»Aber warum eigentlich? Warum solltest du nicht mit mir kommen? Man würde dich in einer rein männlichen Gesellschaft nicht gerade willkommen heißen – aber wenn es den Baron ärgert, was macht das schon? Wenn ich heute nacht verliere, werde ich sowieso nicht mehr in der Lage sein, mit ihm zu spielen.«

»Heißt das, du nimmst mich mit?« fragte Selina atemlos.

»Ich werde mir eine Entschuldigung ausdenken müssen, daß ich dich nicht mit unserer Gastgeberin vom Dinner im Kasino zurücklasse, sondern dich mit in die Villa des Barons nehme.«

Er überlegte, stieß dann plötzlich einen erfreuten Ausruf aus. »Ich hab's!«

Selina sah ihn an.

»Wir werden nicht mit dem Großherzog dinieren«, erklärte er,

»sondern hier. Anschließend fahren wir in die Villa des Barons, und ich werde ihm erklären, daß du Angst gehabt hättest, allein in dem leeren Haus zu bleiben.«

»Könntest du das tun?« fragte Selina.

»Ich habe die Absicht, es zu tun. Das ist die Lösung, Selina. Ich hoffe nur, daß du sensibel genug bist, um herauszufinden, was mir entgangen ist. Ich bin absolut davon überzeugt, daß ich entweder beschränkt bin oder aber der Baron ein Magier ist.«

»Ich bin sicher, daß ich dir helfen kann«, rief Selina. »Und ich bin ja so schrecklich froh, daß wir zusammen hier essen können.«

Sie aßen spät, weil Jim nicht nur eine Nachricht zu Madame Letessier bringen mußte, sondern auch noch die Zutaten kaufen mußte, die Selina für Quintus Tivertons Dinner benötigte.

Da sie nur wenig Zeit hatte, machte sie nicht den Fehler, etwas zu Kompliziertes zu planen. Statt dessen bereitete sie etwas ganz Einfaches zu, was er aber mit großem Genuß verspeiste.

»Ich dachte, du hättest gesagt, du hättest keinerlei Talente«, meinte er lächelnd, als Jim die Teller des letzten Ganges abräumte.

»Es sind keine, die besonders bemerkenswert wären«, antwortete Selina. »Ich glaube kaum, daß mich irgend jemand als Köchin einstellen würde.«

»Sie würden es vielleicht schon wollen, aber ich habe das Gefühl, daß der Rest des Personals Einwände erheben würde! Zu viele Gäste würden sich geneigt fühlen, dich in der Küche aufzusuchen, und das würde gewiß das Protokoll in den Räumen der Dienerschaft durcheinanderbringen.«

Selina lachte.

»Du hast bestimmt recht, aber zum Glück ist Jim nur zu froh, daß er nicht für dich kochen muß. Er hat mir erzählt, daß du sehr kritisch wärest.«

»Ich denke bestimmt nicht daran, irgend etwas zu kritisieren, das du bislang für mich gekocht hast. Im Gegenteil, ich kann dir nur mein Kompliment aussprechen und hoffen, daß dieser hohe Standard deiner Küche nicht nachläßt.«

»Wenn ich mehr Zeit gehabt hätte, hättest du ein noch besseres Essen bekommen«, sagte Selina. »Wenn du morgen hier dinieren willst, verspreche ich dir ein Festmahl, das einem Lukullus alle Ehre machen würde.«

»Das hängt natürlich davon ab, ob wir es uns überhaupt leisten können, etwas zu essen«, antwortete Quintus Tiverton.

Selina dachte an seine Worte, als sie nach dem Essen hinauf ging, um einen Umhang zu holen, den sie über ihrem blauen Kleid tragen konnte.

Als sie gekocht hatte, hatte sie sich in eine große Schürze gehüllt. Die Hitze des Herdes hatte ihr die Farbe in die Wangen getrieben und ein paar kleine Locken gelöst, die sich um ihre Stirn kräuselten.

Sie sah sehr jung und lieblich aus, als sie die Treppe hinabkam. Quintus Tiverton erwartete sie in der Halle.

»Ich hätte dich ins Kasino führen sollen. Du hättest eine Sensation abgegeben«, sagte er. »Statt dessen kommst du nun mit zu einer langweiligen Gesellschaft, wo eine Menge Männer nur Augen für die Geldstapel vor sich auf dem Tisch haben werden.«

»Ich bin glücklich, solange ich nur bei dir sein kann«, antwortete Selina.

Wieder einmal trafen sich ihre Blicke, und sie sahen einander an, ehe Quintus Tiverton sich abrupt abwandte.

»Komm«, forderte er sie auf. »Ich kann nur hoffen, daß sich der Abend nicht zu lange hinzieht – um deinetwillen.«

»Es wird nichts geschehen – erst in den letzten zwanzig Minuten des Spiels?« fragte Selina, als sie in die gemietete Kutsche stiegen, die draußen auf sie wartete.

»Das vermute ich. Mir kommt es so vor, als ob der Baron wartet, bis einer oder zwei seiner Gäste ein Vermögen gewonnen haben, und dann greift er sie an. Heute nachmittag waren der Franzose, der auch schon gestern nacht verloren hat, und ich die Opfer.«

Er seufzte.

»Vielleicht irre ich mich, Selina, aber ich habe in diesen Dingen Erfahrung, und ich vermute, daß alle Spieler zum großen Teil von ihrer Intuition abhängen. Meine sagt mir, daß hier etwas nicht in Ordnung ist.«

»Dann muß ich herausfinden, was das ist«, sagte Selina leise.

»Du bist sehr verständnisvoll«, bemerkte Quintus Tiverton. »Die meisten Frauen wären verärgert und würden es hassen, daß sie nicht zu den Gesellschaften gehen können, die heute abend gegeben werden, und daß sie sich nicht in all ihrer Pracht im Kasino zeigen können.«

»Du weißt, daß ich lieber mit dir zusammen bin«, sagte Selina einfach.

»Aber das solltest du nicht vorziehen!« antwortete er. »Du mußt gesehen werden, bewundert werden, Aufmerksamkeit erregen. Das weißt du ebensogut wie ich.«

»Wenn ich ehrlich sein soll, weiß ich, daß ich nichts davon möchte«, antwortete Selina. »Komplimente machen mich verlegen, und ich möchte wirklich nicht im Mittelpunkt der Aufmerksamkeit stehen.«

»Dann bist du ganz anders als der Großteil deines Geschlechtes«, erklärte Quintus Tiverton trocken.

Selina sagte nichts darauf, fragte sich nur, ob er sie für undankbar hielt, nachdem er all das Geld für sie ausgegeben hatte.

Doch dann sagte sie sich, daß er sie aufgefordert hatte, die Wahrheit zu sagen, und die Wahrheit war, daß sie noch niemals ein Dinner mehr genossen hatte als das, welches sie soeben zusammen eingenommen hatten.

Sein hübsches Gesicht ihr gegenüber am Tisch zu sehen, zu wissen, daß er sich mit ihr unterhielt und nicht von anderen Frauen abgelenkt wurde, war ein Entzücken, das sich nicht in Worte fassen ließ.

Als sie sich der Villa des Barons näherten, schob Selina ihre Hand in die von Quintus Tiverton.

»Ich werde beten, daß ich dir helfen kann«, sagte sie. »Ich bin sicher, daß ich dir Glück bringen werde. Ich weiß es!«

Er zog ihre Finger an seine Lippen, und als sie seinen Mund auf ihrer Haut fühlte, durchlief sie ein Schauer des Entzückens. Sie fragte sich, wie es sein würde, wenn Quintus Tiverton ihre Lippen küßte.

Bei diesem Gedanken fing ihr Körper an zu glühen, aber schon warf sie sich vor, daß sie albern wäre.

War es überhaupt wahrscheinlich, daß er sie zu küssen wünschte, wenn Madame Letessier ihn mit einladenden Augen ansah und kühn genug war, ihn vor aller Augen auf die Wange zu küssen?

Die Villa des Barons war sehr eindrucksvoll. Mindestens ein halbes Dutzend Lakaien in prachtvoller Livree stand bereit, um ihnen aus dem Wagen zu helfen, Selinas Umhang entgegenzunehmen und Quintus' Hut und Cape.

Ein Butler geleitete sie durch die Halle, riß zwei große Mahagonitüren auf und verkündete:

»Miß Selina Tiverton und Mr. Quintus Tiverton, Herr Baron!«

Selina sah den überraschten Ausdruck auf dem Gesicht des Barons, und Quintus Tiverton erklärte schnell:

»Ich muß mich entschuldigen, Baron, daß ich meine Schwester mitbringe, aber wir sind heute in eine neue Villa gezogen und hatten noch keine Zeit, viele Bedienstete einzustellen. Meine Schwester hatte Angst, allein zu bleiben, und ich war sicher, daß Sie Verständnis haben würden.«

»Ich bin geehrt von der Anwesenheit Miß Tivertons«, erwiderte der Baron mit kehliger Stimme. »Aber ich fürchte auch, daß es für sie schrecklich langweilig werden wird.«

»Ich bin es zufrieden, ein Buch oder die Zeitung zu lesen«, erklärte Selina. »Ich möchte Ihnen auf keinen Fall zur Last fallen.«

»Das würden Sie niemals«, erklärte der Baron galant. »Dennoch wünschte ich, ich hätte eine Möglichkeit, Sie zu unterhalten.«

»Ich bin zufrieden, einfach mit meinem Bruder hierzusein«, sagte Selina. »Ich kann mich nur dafür entschuldigen, so feige zu sein, daß ich nicht ohne ihn in der Villa zu bleiben wagte.«

»Das kommt davon, daß ich als Anstandsdame meiner Schwester hier in Baden-Baden fungiere, anstatt sie, wie ich es hätte tun sollen, nach England zurückzubringen«, erzählte Quintus Tiverton.

Selina sah den Baron an. Er war ein dicklicher Mann mittleren Alters mit charakteristischen deutschen Zügen und festem grauen Haar. Von seinem Gesicht konnte man eigentlich gar nicht viel sehen, weil er einen schweren Bart und eine Brille trug. Selina fand, daß er in seiner autoritären Art fast aggressiv wirkte.

Die Franzosen der Gesellschaft machten ihr sofort die ausgefallensten Komplimente, und während sie ein wenig über ihre Schmeicheleien errötete, sagte der Baron:

»Jetzt, wo wir alle hier sind, lassen Sie uns an die Arbeit gehen. Da Miß Tiverton darauf wartet, daß ihr Bruder sie heimbringt, bin ich sicher, daß es das beste für uns sein wird, nicht so lange zu spielen wie letzte Nacht.«

»Ich habe nicht die Absicht, so lange zu bleiben«, erklärte einer der Gäste des Barons. »Ich muß schon früh aufstehen, um mein Pferd beim Rennen zu sehen. Ich habe gute Hoffnungen, daß eines meiner Tiere diesem Engländer Lord Howdrith die ›Goldene Peitsche‹ abjagt. Auch wenn er ganz sicher zu sein scheint, daß er Baden-Baden mit diesem großen Preis verlassen wird.«

Erst jetzt fiel Selina ein, daß Lord Howdrith bei Madame

Letessier auf sie warten würde. Würde er sich fragen, was geschehen war? Könnte er glauben, sie hätte die Einladung absichtlich ausgeschlagen, weil sie ihn nicht wiedersehen wollte?

Wie auch immer, sagte sich Selina, es war nicht wichtig. Das einzige, was zählte, war, daß sie die Kartenspieler beobachten sollte, um zu sehen, was der Baron unternahm, um so erfolgreich am Spieltisch zu sein.

Der Tisch stand in der Mitte des Zimmers. Direkt darüber befand sich ein strahlender Kristalleuchter mit Gaslampen. Es war unmöglich, daß einer der Spieler aus seiner unmittelbaren Umgebung Vorteile zog.

Selina, die neben dem Kamin Platz genommen hatte, sah, daß die Kartenpäckchen, die auf einem kleinen Tisch neben dem Baron lagen, alle in weißes Papier gewickelt und versiegelt waren.

Sie holte tief Luft, als sie die große Geldsumme sah, die jeder Spieler vor sich aufgestapelt hatte.

Quintus Tivertons Stapel war beträchtlich niedriger als die anderen. Dennoch war es wahrscheinlich alles, was er besaß.

Der Baron verteilte die Karten, und die Spieler machten ihre Einsätze. Er bot denjenigen Karten an, die kaufen wollten. Als sie anfingen, gegeneinander zu bieten, lauschte Selina den verschiedenen Tonlagen ihrer Stimmen.

Quintus' Stimme war absolut ausdruckslos, aber der Franzose konnte ein kleines, eifriges Lispeln nicht unterdrücken, wenn er gewann. An einem zögernden Unterton konnte man heraushören, wenn er sich nicht sicher war, ob seine Karten gut genug waren.

Als der Abend verstrich, bemerkte Selina auch, daß einige der Spieler sich durch Kleinigkeiten verrieten.

Manchmal klopften sie mit ihren Fingern auf den Tisch, wenn sie einen Moment unentschieden waren; die Augenlider eines der Männer zuckten, wenn er eine gute Hand hatte; ein anderer schluckte ein wenig krampfhaft; ein dritter hatte einen Muskel auf der Wange, der zuckte.

Nur der Baron ließ sich nichts anmerken, und Quintus war genauso ausdruckslos. Niemand, der ihn beobachtete, konnte irgendeine Information aus dem, was er tat oder sagte, ziehen.

Eine Stunde verging, dann eine zweite. Zwischen den einzelnen Spielen brachten Diener Getränke und Sandwiches.

Als die dritte Stunde anfing, sah Selina, daß Quintus Tiverton einen riesigen Stapel von Goldmünzen vor sich aufgebaut hatte.

Als der Baron die Karten austeilte, erhob sie sich und verließ das Zimmer. Sie fand mehrere Lakaien in der Halle und fragte nach dem Weg zu einem Schlafzimmer.

Ein Lakai führte sie nach oben und öffnete die Tür zu einem eindrucksvollen, reich geschmückten Schlafgemach.

Vom Schlafzimmer ging ein Badezimmer ab, das insgesamt drei Türen besaß. Eine führte auf den Flur, eine in das Schlafzimmer, in das man sie geführt hatte, und eine andere befand sich an der gegenüberliegenden Wand.

Nachdem sie sich die Hände gewaschen hatte, öffnete sie ganz vorsichtig die dritte Tür. Wie sie es erwartet hatte, führte sie in ein anderes Schlafzimmer. Sie erkannte auf den ersten Blick, daß dies das Zimmer des Barons war.

Die Gaslampen waren herabgedreht, aber man konnte leicht ein riesiges, häßliches Mahagonibett, einen Frisiertisch mit kreisrundem Spiegel und einen immensen, geschnitzten Schrank erkennen, der fast die gesamte Wand einnahm.

Selina ging durch das Zimmer. Wenn jemand kommen und sie entdecken würde, wollte sie erklären, daß sie nach einem Kamm oder einer Bürste suchte, um sich das Haar zu ordnen.

Sie sah sich den Frisiertisch an und stellte fest, daß sie sich tatsächlich im Zimmer des Barons befand, denn die silbernen Bürsten waren mit dem Wappen verziert, das sie auch auf den Knöpfen der Livreen der Bediensteten gesehen hatte.

Zwei Haarbürsten, zwei Kleiderbürsten und verschiedene Fläschchen mit silbernem Verschluß standen und lagen dort, alle mit demselben Schmuck.

Alles war makellos sauber und ordentlich, wie Selina lächelnd feststellte.

Auf dem Frisiertisch lagen außerdem noch zwei Brillen.

›Er geht auf Nummer Sicher, damit er auf jeden Fall eine Reservebrille hat‹, sagte sich Selina. ›Vielleicht ist sein Augenlicht ohne Brille so schlecht, daß er die Karten nicht sehen kann.‹

Sie betrachtete sich selbst im Spiegel und stellte fest, daß sie sehr attraktiv aussah.

›Ein Glück, daß ich gute Augen habe‹, dachte sie. ›Was könnte schlimmer für eine Frau sein, als wenn sie eine Brille tragen müßte?‹

Sie erinnerte sich, daß Quintus Tiverton erzählt hatte, Madame Letessier benutze ein Lorgnon.

›Wenn ich alt bin, werde ich das auch nehmen. Es ist doch viel attraktiver als eine Brille‹, ging es ihr durch den Kopf.

Während sie darüber nachdachte, nahm sie die eine Brille des Barons und setzte sie auf ihre kleine Nase. Sie war wirklich außerordentlich häßlich!

Aber als sie durch die Brille in den Spiegel schaute, stellte sie fest, daß die Augen des Barons so schlecht nicht sein konnten.

Sie sah wie durch Fensterglas.

»Vielleicht braucht er sie nur zum Lesen«, murmelte sie vor sich hin.

Dann schaute sie die Pillenfläschchen an und fragte sich, ob das Kleingedruckte auf dem Etikett größer oder deutlicher lesbar sein würde.

Neben den Fläschchen lag ein sehr schmaler, spitzer Pinsel.

Der Baron schien kein Mann zu sein, der Bilder malte! Aber dann erinnerte sich Selina daran, daß ihre Mutter manchmal einen Pinsel benutzt hatte, um ihre Augenbrauen ein wenig dunkler zu tönen, wenn sie zu einer wichtigen Einladung ging.

»Ich finde, ein Gesicht sieht ohne Augenbrauen ausdruckslos aus«, hatte sie Selina mit leisem Lachen erklärt. »Aber erzähl deinem Vater bloß nicht, daß ich so eitel bin, meine aufzudunkeln. Er liebt es nicht, wenn man die Schönheit betont oder unterstützt.«

Aber der Baron würde wohl kaum seine Augenbrauen schminken. Erst dann bemerkte Selina, daß die Spitze des Pinsels ein ganz klein wenig leuchtete.

Es war ihr ein Rätsel, wozu der Pinsel benutzt wurde. Dann merkte sie, daß eine kleine Flasche neben den Pillenfläschchen auf die gleiche Art leuchtete.

Sie nahm die Brille ab, um sich die Sache näher anzuschauen, und stellte fest, daß der Pinsel und das Fläschchen nun eine ganz gewöhnliche braune Farbe zeigten.

Verwirrt hielt sie die Brille wieder vor ihre Nase und verstand, daß sie etwas Wichtiges entdeckt hatte.

Hastig öffnete sie die Schubladen des Frisiertisches. Die oberste enthielt Taschentücher, die darunter Krawatten. In der untersten Schublade fand sie Kartenspiele...

Die meisten von ihnen befanden sich in ihren versiegelten Umschlägen, aber zwei Päckchen wurden von Gummibändern zusammengehalten. Neben ihnen lag ein anderer Pinsel und ein kleines Töpfchen Klebstoff. Selina untersuchte die Karten, zuerst ohne

Brille, dann mit Brille. Auf der Mitte mehrerer Karten befand sich ein winziger, leuchtender Punkt.

Sie drehte sie um – die Bilderkarten waren gekennzeichnet. Schnell schob sie die Karten zurück und schloß die Schublade. Dann nahm sie die Brille und lief durch das Schlafzimmer ins Bad hinüber. Sie schloß die Verbindungstür, versteckte die Brille in ihrem Täschchen, das aus demselben blauen Satin gefertigt war wie ihr Kleid. Gleich darauf ging sie die Treppe hinunter und zurück in den Salon.

Die Spieler wandten bei ihrem Eintreten nicht einmal den Kopf. Selina setzte sich in den Sessel, wo sie auch vorher gesessen hatte, und nahm ihre Zeitung wieder auf.

Sie warf einen Blick auf die Uhr. Es ging auf ein Uhr morgens zu.

Eine Viertelstunde später, als ein Spiel zu Ende ging und Getränke und Sandwiches die Runde machten, sagte der Baron:

»Ich finde, wir sollten noch drei Spiele machen und dann Tiverton erlauben, seine Schwester heimzubringen. Ich habe das Gefühl, daß eine so charmante, schöne Dame sich sehr langweilen muß.«

Selina stand auf und ging zum Tisch hinüber.

»Es war sehr interessant, Ihnen zuzusehen«, erklärte sie, »und sehr freundlich von Ihnen, mir zu erlauben, hierzubleiben.«

»Es war mir ein Vergnügen«, sagte der Baron mit dem Versuch, galant zu sein, und nippte dabei an seinem Wein.

Er nahm seine Brille ab und putzte sie mit einem großen, weißen Taschentuch.

Selina, die ihn genau beobachtete, bemerkte, daß er die Brille in die Tasche gleiten ließ, als er sie fertig geputzt hatte.

Einen Augenblick später holte er wieder eine Brille hervor, und sie war ganz sicher, daß es nicht die war, die er ursprünglich getragen hatte.

Sie wandte sich an Quintus Tiverton.

»Du siehst müde aus, Quintus«, sagte sie leise, aber doch für alle Spieler an seiner Seite gut hörbar. »Du weißt doch, daß du immer Kopfschmerzen bekommst, wenn du lange Karten spielst, ohne deine Lesebrille zu tragen. Bitte, setze sie jetzt auf, sonst bist du morgen früh wieder schlecht gelaunt.«

Während sie sprach, tat sie so, als zöge sie die Brille, die sich in ihrer Handtasche befand, aus seiner Jackentasche. Gleichzeitig berührte sie seinen Arm, damit er nicht protestierte.

Er war jedoch viel zu gewitzt, um nicht zu verstehen, daß sie einen Grund für ihr Handeln haben mußte.

»Du bist schlimmer als eine Ehefrau!« sagte er gutgelaunt, nahm ihr die Brille ab und setzte sie auf.

Der Baron, der sich mit dem Herrn neben sich am anderen Ende des Tisches unterhalten hatte, öffnete ein neues Päckchen Spielkarten und fragte:

»Sind wir alle fertig?«

Selina kehrte zu ihrem Sessel zurück, in dem sie den ganzen Abend über gesessen hatte.

Sie hielt es für unklug, näher an den Tisch heranzurücken, aber sie war überzeugt, daß Quintus inzwischen die winzigen, leuchtenden Punkte auf den Rückseiten der Karten bemerkt haben würde, die jeder Spieler dicht vor seine Brust hielt, damit sie nicht von seinen Nachbarn eingesehen werden konnten.

Nach einem Augenblick legte Quintus seine eigenen Karten auf den Tisch und hielt eine Hand darüber.

Der Baron fing an, seine Einsätze zu steigern. Selina erschienen die Summen astronomisch. Ein Spieler nach dem anderen schied aus, bis nur noch Quintus und der Baron übrigblieben.

Als die Wetten höher und höher gingen, hörte Selina einen Unterton von Ärger in der Stimme des Barons, der schließlich seine Karten niederlegte. Quintus hatte gewonnen.

Zwei weitere Spiele wurden gemacht, und jedesmal war Quintus der Gewinner.

»Ich verstehe das nicht«, bemerkte der Baron rauh, »mein Glück scheint mich verlassen zu haben!«

Es bestand kein Zweifel daran, daß er außer sich war, als er sich erhob und seinen Stuhl mit wütender Gebärde zurückschob.

»Sie dürfen Tiverton seine Rache nicht verübeln«, meinte einer der Franzosen. »Schließlich hat er gestern abend und heute nachmittag sehr viel verloren.«

Offensichtlich nur mit großer Anstrengung brachte der Baron brummend hervor: »Nein, nein, natürlich nicht! Spielen wir morgen noch einmal?«

Quintus Tiverton sammelte gerade seinen Gewinn ein. Nachdem er sein Taschentuch gefüllt und verknotet hatte, sagte Selina:

»Vielleicht passen noch ein paar Münzen in meine Tasche.«

Es blieben aber noch immer Münzen übrig, die Quintus in der Hand tragen mußte.

»Ein reizender Abend, Baron«, sagte er. »Ich kann Ihnen gar nicht sagen, wie ich ihn genossen habe.«

»Kommen Sie also morgen?« fragte der Baron.

Es war allerdings mehr eine Feststellung als eine Frage.

»Ich bin nicht ganz sicher«, antwortete Quintus. »Ich habe das Gefühl, ich habe meine arme, kleine Schwester schrecklich vernachlässigt und muß das wiedergutmachen, indem ich sie zu einigen der vielen amüsanten Gesellschaften begleite, zu denen wir beide eingeladen sind.«

»Wenn Sie am Nachmittag nicht kommen können, erwarte ich Sie am Abend.«

Die autoritäre Note in der Stimme des Barons war nicht zu überhören.

»Warten Sie nicht auf mich, wenn ich nicht pünktlich bin«, meinte Quintus Tiverton. »Wie ich bereits sagte, hängt es einzig und allein von meiner Schwester ab.«

»Ich kann mir keinen besseren Grund denken, ein Spiel auszuschlagen«, sagte einer der Franzosen. »Lassen Sie uns alle die entzückende Miß Tiverton begleiten!«

»Ich werde Sie hier erwarten!« sagte der Baron scharf.

Sie verabschiedeten sich von den anderen Spielern, und erst als sie von der Villa fortfuhren, legte Quintus Tiverton seine Arme um Selina und drückte sie an sich.

»Du wundervolles Mädchen!« rief er. »Wie hast du das nur herausgefunden? Woher hast du gewußt, was er getan hat?«

Staunen und Jubel sprachen aus seiner Stimme, als er Selina dicht an seine Brust zog.

Als sie in seinen Armen lag und sein Gesicht ganz nah an dem ihren spürte, wußte sie, daß sie ihn liebte!

6

Als sie in der Villa ankamen, trug Quintus Tiverton das Geld in Salon und legte die Münzen auf einen kleinen, runden Tisch.

Entzückt sah Selina zu, wie er die Stapel ordnete, bis sie fast den ganzen Tisch bedeckten.

»Wieviel hast du gewonnen?« fragte sie atemlos.

»Fast eintausend Pfund in englischem Geld. Das wird uns wenigstens eine Weile über Wasser halten.«

»Dann können wir unsere Schulden bezahlen?«

»Das erledigen wir morgen«, stimmte er zu.

Dann lehnte er sich in seinem Sessel zurück und forderte sie auf: »Und nun erzähl mir genau, was passiert ist.«

Selina erzählte, wie sie nach oben gegangen war und das Schlafzimmer des Barons betreten hatte.

»Ich wußte nicht, wonach ich suchte, aber ich fühlte, daß ich irgend etwas finden könnte, was mir einen Hinweis geben würde.«

Sie fuhr damit fort zu erklären, wie sie die Brille aufgesetzt hatte, um festzustellen, wie sie damit aussah.

»Und was geschah dann?« wollte Quintus Tiverton wissen.

»Ich sah einen kleinen Pinsel und konnte mir beim besten Willen nicht denken, wozu der Baron ihn benötigte.«

»Niemand würde ihn für einen Künstler halten«, stimmte Quintus Tiverton ihr zu.

»Und ich bemerkte die leuchtende Spitze.«

Selina erklärte, wie sie dann die Flasche auf dem Frisiertisch gefunden hatte, die Karten in der untersten Schublade, und daneben einen zweiten Pinsel und ein Töpfchen mit Klebstoff.

»Ich verstehe trotzdem nicht, warum der Baron, der doch offensichtlich sehr reich ist, sich dazu erniedrigt, Geld durch Betrug zu gewinnen«, meinte Selina.

»Er ist reich, das ist wahr, aber es gibt Männer, die es einfach nicht ertragen können, Geld zu verlieren, ganz gleich, wie reich sie auch sein mögen.«

Quintus machte eine kurze Pause, als würde er nachdenken, und fügte dann hinzu:

»Ich bin überzeugt, daß der Baron die ganze Zeit über anständig gespielt hat, bis auf die letzten Spiele. Und ich bilde mir sogar ein, daß er die Brille nicht gewechselt hätte, wenn er Geld gewonnen hätte.«

»Ich frage mich, ob er sonst auch eine Brille trägt?«

»Ich habe ihn schon mit einem Monokel gesehen, wenn er nicht am Kartentisch sitzt«, erzählte Quintus Tiverton, »aber das ist bei vielen Männern einfach eine Spielerei. Wie du schon sagtest, scheinen die Brillengläser nicht geschliffen zu sein. Ich nehme an, daß er keine Unterstützung benötigt.«

»Was wirst du nun tun?« wollte Selina wissen.

»Nichts!« antwortete Tiverton.

»Vielleicht wird ihm klar, was passiert ist, wenn er eine seiner Brillen vermißt.«

»Ja, das ist sehr wahrscheinlich. In diesem Fall wird er mich gewiß nicht weiter bedrängen, seine Gastfreundschaft anzunehmen, wie er es heute abend getan hat.«

»Er kann dir nichts anhaben?« fragte Selina.

Quintus Tiverton schüttelte den Kopf.

»Es gibt nichts, was er tun könnte, ohne sich selbst zu verraten. Schließlich würde schon der leiseste Verdacht, daß das Spiel gezinkt ist, auch den eifrigsten Spieler vom Tisch des Barons fernhalten.«

»Trotzdem wird er dein Feind sein, und ich habe Angst«, sagte Selina.

Quintus Tiverton lächelte über die Angst in ihrer Stimme.

»Ich verspreche dir, Selina, daß ich gut auf mich aufpasse.«

»Ich mag den Baron nicht«, sagte sie leise, »und wir sind in einem ... fremden Land.«

Während sie sprach, hatte sie den schrecklichen Gedanken, daß der Baron auf einem Duell bestehen könnte, oder, was noch schlimmer wäre, Männer anheuern würde, die Quintus Tiverton umbrachten, vielleicht in einer dunklen Nacht, wenn er aus dem Kasino zurückkehrte.

Sie hatte davon gehört, daß solche Dinge geschahen, und sie war ganz sicher, nachdem sie den Baron gesehen hatte, daß er fähig war, zu solchen Mitteln zu greifen, wenn sie seinen Zwecken dienlich waren.

»Du sollst dir meinetwegen keine Sorgen machen«, sagte Quintus Tiverton.

Er nahm ihre Hand und sah den fragenden Blick ihrer Augen.

Sie wandte ihm das Gesicht zu, und einen Augenblick lang konnte sich keiner von ihnen rühren. Plötzlich hörten sie eine Kutsche vor der Tür halten.

Selina sprang auf die Füße.

»Das könnte der Baron sein«, flüsterte sie.

Auch Quintus Tiverton erhob sich und räumte die Goldmünzen vom Tisch in eine Schublade.

Sie hörten das Klingeln der Türglocke und kurz darauf eine Männerstimme.

Jim öffnete die Tür zum Salon und sagte:

»Lord Howdrith für Sie, Sir.«

Selina fühlte, wie ihre Spannung nachließ.

Lord Howdrith sah in seiner Abendkleidung außerordentlich elegant aus, als er jetzt ins Zimmer trat.

»Verzeihen Sie mir, daß ich so spät komme, aber als ich an der Villa vorüberkam, sah ich Licht. Daher nahm ich an, daß Sie noch wach wären.«

»Wir sind gerade erst zurückgekommen«, sagte Quintus Tiverton. »Kommen Sie herein, Howdrith, setzen Sie sich. Möchten Sie ein Glas Wein?«

»Danke, nein. Ich habe ein reichliches und exotisches Dinner beim Großherzog genossen. Ich hatte erwartet, Sie beide dort ebenfalls anzutreffen.«

Selina schaute Quintus Tiverton an.

»Als ich heute nachmittag mit Seiner Lordschaft ausgefahren bin, dachte ich, daß wir dort dinieren würden«, erklärte sie.

»Wir mußten unsere Pläne ändern«, sagte Quintus Tiverton, »aber ich bin sicher, daß viel zu viele Gäste anwesend waren, als daß sie uns besonders vermißt haben könnten.«

»Ich habe Ihre Schwester vermißt«, bekannte Lord Howdrith.

Er setzte sich auf das mit blauem Brokat bezogene Sofa.

»Sind Sie sicher, daß ich Ihnen nichts anbieten kann?« fragte Quintus Tiverton.

»Nichts«, entgegnete Lord Howdrith entschieden. »Aber ich hätte gern unter vier Augen mit Ihnen gesprochen, wenn das möglich wäre.«

»Dann werde ich mich jetzt zurückziehen«, sagte Selina. »Nochmals vielen Dank, Mylord, für die vergnügliche Ausfahrt.«

Sie versank in einem Knicks, während Lord Howdrith sich erhob und erklärte: »Ich möchte Sie morgen zum Schloß des Markgrafen fahren. Es ist äußerst eindrucksvoll.«

»Ich bin nicht sicher, wie unsere Pläne aussehen«, sagte Selina hastig.

Sie hoffte, daß sie mit Quintus zusammensein konnte, jetzt, wo es nicht so dringend notwendig war, daß er am Nachmittag Karten spielte.

»Wir werden unsere Pläne beim Frühstück besprechen«, sagte dieser, als hätte er ihre Gedanken erraten. »Schlaf gut, Selina, und nochmals vielen Dank.«

Sie wußte, wofür er ihr dankte, und lächelte ihm über die Schulter zu, als sie sich zur Tür wandte.

Lord Howdrith öffnete sie für sie, und sie sagte nochmals gute Nacht, ehe sie die Halle durchquerte und die Treppe hinauf in ihr Zimmer ging.

Es war ärgerlich, fand sie, daß Lord Howdrith gerade in dem Augenblick eintraf, als sie und Quintus Tiverton allein waren.

Als er ihre Hand berührt hatte, war sie von einem so aufregenden Gefühl ergriffen worden, das so ganz anders war als alles, was sie jemals gefühlt hatte, daß sie gespürt hatte, daß sie ihn über alles liebte.

Wahrscheinlich habe ich ihn von dem Augenblick an geliebt, als er in mein Speicherzimmer kam, als ich geweint habe, vermutete sie. Er sah so gut aus, so elegant, daß er ihr wie ein Wesen aus einer anderen Welt erschienen war, das gekommen war, um sie aus der tiefsten Verzweiflung zu befreien.

Dann hatte er sie mit sich genommen, und jeder Augenblick, den sie zusammen verbracht hatten, war ein Entzücken und eine Freude gewesen.

»Ich liebe ihn!« sagte sie sich jetzt, als sie durch ihr Zimmer ging und in den Spiegel am anderen Ende des Raumes sah.

»Ich liebe ihn!« wiederholte sie. »Aber es ist unmöglich, daß er mich jemals lieben wird.«

Bescheidenheit sagte ihr, daß sie ihm zuwenig zu bieten hatte. Sie war weder schlagfertig noch amüsant, noch talentiert. Sie wußte nicht zu flirten oder provozierend auszusehen wie die anderen Frauen, die er anbetete. Und was das Schlimmste war: sie hatte kein Geld!

Sie schluchzte leise auf, als ihr einfiel, wieviel sie ihn schon gekostet hatte.

»Ich bin nichts weiter als eine kostspielige Belastung für ihn«, sagte sie sich streng und wünschte sich wie nie zuvor in ihrem Leben, sie hätte Reichtum, vielleicht ein Haus und Ländereien, die sie dem Mann bieten konnte, den sie liebte.

»Das ist es, was Quintus haben sollte«, sagte sie sich, »Landbesitz, ein Haus, das seiner wert ist, und einen Stall mit den besten Pferden.«

Sie war überzeugt, daß er nicht länger am Spiel interessiert sein würde, wenn ihm dies alles gehörte. Ja, vielleicht würde er sich dann nicht einmal mehr für hübsche Frauen wie Caroline Letessier interessieren. Der bloße Gedanke an sie war wie ein Dolch, der sich in ihr Herz bohrte.

Nachdem Selina gegangen war, trat unten erst einmal Schweigen ein. Dann fragte Quintus Tiverton:

»Warum wollten Sie mich sprechen?«

»Ich wollte mit Ihnen über Selina reden«, antwortete Lord Howdrith.

»Ich höre«, erwiderte Quintus Tiverton, ziemlich grimmig.

»Ehe ich England verließ«, fuhr Lord Howdrith fort, »fuhr ich noch nach Dover, wo ich mich nach Calais einschiffte. Unterwegs verbrachte ich einige Zeit bei einem Cousin, der in Canterbury, Kent, lebt. Sie haben eine fünfzehnjährige Tochter, die eine Freundin bei sich zu Besuch hatte. Ihr Name war Annette Tiverton!«

Einen Augenblick lang herrschte Stille. Dann sagte Quintus Tiverton:

»Selina ist nicht meine Mätresse. Aufgrund von Umständen, die zu erzählen unnötig ist, war ich mehr oder weniger gezwungen, die Rolle eines Vormundes zu übernehmen. Die einfachste Art, unsere Beziehung zu erklären, erschien mir, sie als meine Schwester auszugeben.«

»Es ist Pech, daß ich gerade Ihre wahre Schwester kennengelernt hatte«, sagte Lord Howdrith.

»Lassen Sie mich wiederholen, daß meine Beziehung zu Selina nicht anders ist, als wenn sie tatsächlich meine Schwester wäre.«

»Das will ich glauben, nachdem ich Selina kennengelernt habe«, sagte Lord Howdrith. »Ich habe jedoch das Gefühl – wenn Sie mir erlauben, das zu sagen –, daß Ihre Position ein wenig schwierig, ja gefährlich ist. Ich würde Selina gern meinen Schutz anbieten.«

Einen Augenblick herrschte absolute Stille. Dann sagte Quintus Tiverton:

»Die einzige Art von Schutz, die ich für Selina akzeptieren würde, wäre ein Ehering.«

Jetzt war es an Lord Howdrith, zu erstarren. Nach einer Weile sagte er:

»Glauben Sie wirklich, Sie können gerade in den Kreisen, in welchen wir uns begegnet sind, einen Ehemann für sie finden?«

»Selina ist eine Dame, wie Sie unzweifelhaft selbst gesehen haben werden«, antwortete Quintus Tiverton. »Ihre Eltern, die verstorben sind, waren angesehene, ehrbare Leute.«

»Dennoch befindet sie sich jetzt durch Ihre Vermittlung in der Gesellschaft der *›Grandes Horizontales‹* von Paris.«

»Das wird ihr nur wenig schaden, solange ich mich um sie kümmere«, erklärte Quintus Tiverton, und sein Ton war hart.

»Das ist natürlich Ansichtssache. Ich wäre sehr großzügig zu Selina. Ja, ich bin sogar bereit, etwas Geld für sie anzulegen.«

Quintus Tiverton erhob sich.

»Es gibt nichts weiter zu besprechen«, erklärte er scharf. »Ich bin entschlossen, einen Ehemann für Selina zu finden, wenngleich ihr die letzte Wahl überlassen bleibt. Aber ich kann Ihnen versichern, daß sie eine andersartige Beziehung niemals auch nur für einen Augenblick in Erwägung ziehen würde.«

Er machte eine Pause, ehe er hinzufügte:

»Der Grund dafür, daß sie bei mir ist, ist der, daß sie Angst vor einem französischen Schwein hatte, das ihr dieselben Vorschläge machte wie Sie.«

Auch Lord Howdrith erhob sich nun, machte allerdings keine Anstalten zu gehen. Statt dessen durchquerte er den kleinen Salon, ging hin und her, ehe er schließlich sagte:

»Ich bin ein sehr reicher Mann, Tiverton, und ich bin überzeugt, daß ich Selina weit mehr Sicherheit und Bequemlichkeit bieten kann als Sie.«

»Und wenn Sie ihrer müde sind, was dann?« fragte Quintus Tiverton.

»Sie wird finanziell unabhängig sein. Aber ich denke nicht, daß ich einer so schönen Dame vor Ablauf vieler, vieler Jahre müde sein werde.«

»Selina ist nicht aus dem Stoff, aus dem Kokotten gemacht sind. Sie hat ein sehr behütetes Leben geführt und weiß nichts von der Welt. Ihre Jugend und Unschuld mögen Ihnen im Moment reizvoll erscheinen, aber wenn sie dahin sind ...«

»Ich sagte bereits, ich werde dafür sorgen, daß sie mit Geld, einem eigenen Haus in London und natürlich einem Wagen und Pferden versehen sein wird.«

Quintus Tiverton lachte, und es war kein schönes Lachen.

»Genau das, was Sie jeder hübschen, kleinen Chorsängerin oder Dame aus der Halbwelt anbieten würden, die Ihr Gefallen erregt«, höhnte er. »Großer Gott, Mann, wir sprechen über Selina! Haben Sie sie eigentlich jemals richtig angesehen?«

»Ich muß gestehen, daß sie das schönste Wesen ist, das ich je gesehen habe«, antwortete Lord Howdrith, »aber ich bin noch nicht bereit, irgend jemanden zu heiraten. Ich genieße meine Freiheit.«

»Dann haben wir uns nichts mehr zu sagen«, erklärte Quintus Tiverton. »Gute Nacht, Howdrith. Ich werde Selina raten, Ihre Einladung für eine Ausfahrt morgen nachmittag nicht anzunehmen. Sie hat eine Menge anderer Einladungen erhalten, und einige davon sind entschieden mehr von Vorteil als die Ihre.«

»Heißt das, daß da noch jemand ist?« fragte Lord Howdrith.

»Die Antwort auf diese Frage ist wohl offensichtlich«, erwiderte Quintus Tiverton. »Darf ich Sie nochmals daran erinnern, daß wir von Selina reden.«

Er machte eine kurze Pause, ehe er verächtlich hinzufügte:

»Wenn Sie in der Halle beim Hinausgehen die Augen offenhalten, können Sie die enorme Anzahl von Karten sehen, die heute nachmittag hier abgegeben worden sind. Hinzu kommt, wie ich vermute, eine beachtliche Anzahl im ›Stephanie‹, da nicht jeder weiß, daß wir umgezogen sind.«

Quintus Tiverton öffnete bei diesen Worten die Tür, aber der Lord ging immer noch nicht.

»Versuchen Sie doch, vernünftig zu sein, Tiverton«, sagte er. »Ich würde gern selbst mit Selina sprechen.«

»Es gibt nichts, was Sie ihr zu sagen hätten, und ich werde nicht zulassen, daß Sie sie aufregen. Aber eines kann ich Ihnen sagen: Sie wäre entsetzt, wenn nicht empört gewesen, wenn sie zufällig die Unterhaltung mit angehört hätte, die wir soeben geführt haben.«

Er holte tief Luft, ehe er fortfuhr, und seine Stimme war wie ein Peitschenhieb:

»Selina ist keine Ware, die über den Tresen verkauft wird, und auch kein Pferd, das an den Meistbietenden abgegeben wird. Gute Nacht, Howdrith, und machen Sie sich nicht die Mühe, noch einmal hierherzukommen.«

Während er das sagte, durchquerte Quintus Tiverton die Halle und zog die Haustür auf.

Lord Howdriths Wagen wartete draußen, und ein Lakai sprang herab. Seine Lordschaft konnte nichts weiter tun, als hinauszugehen und in seinen Wagen zu steigen. Quintus Tiverton wartete nicht einmal, bis der andere davonfuhr, und schloß die Haustür hinter sich.

Einen Moment blieb er in der Halle stehen. Als er gerade die Gaslampen herabdrehen wollte, erschien Selina oben an der Treppe.

»Ich habe Seine Lordschaft abfahren hören. Was hat er gewollt?«

Quintus Tiverton sah zu ihr hinauf.

Sie trug einen einfachen, weißen Baumwollumhang, den sie selbst genäht hatte. Ohne die teure Eleganz ihres Abendkleides und mit dem offen über die Schulter fallenden, hellen Haar sah sie unbeschreiblich jung und lieblich aus.

Er schaute sie stumm an. Nach einer Weile kam Selina die Treppe herunter.

»Was hat er gewollt?« fragte sie wieder.

Ohne sie anzusehen, ging Quintus Tiverton aus der Halle in den Salon und fing an, die Lampen zu löschen.

»Nichts Wichtiges«, antwortete er. »Geh zu Bett, Selina.«

Zögernd blieb sie stehen und beobachtete ihn, während er durchs Zimmer ging. Schließlich sagte sie leise:

»Er wollte... meinetwegen... mit dir sprechen, nicht wahr?«

»Wie kommst du darauf?« erkundigte sich Quintus Tiverton.

»Er hat heute etwas gesagt, was mich überrascht hat. Er war ganz anders als gestern abend.«

»Was hat er denn gesagt?«

Selina hatte den Eindruck, daß seine Stimme zornig klang, und sah ihn flehentlich an, als sie antwortete:

»Es war eigentlich nicht so sehr das, was er sagte, sondern mehr ein Eindruck, den ich hatte. Er will mich nicht heiraten, nicht wahr?«

»Nein, das will er nicht«, bestätigte Quintus Tiverton.

Selina schaute ihn an. Nach einem Augenblick meinte sie dann ganz leise:

»Hat er etwas anderes vorgeschlagen?«

»Ich weigere mich, darüber zu sprechen«, erklärte Quintus Tiverton abrupt. »Howdrith ist für dein Leben nicht wichtig. Vergiß ihn. Es gibt eine Menge anderer Männer, die dir den Hof machen werden, die nur allzu bereit sein werden, mit dir zu tanzen und dir ihre Gastfreundschaft anzubieten. Aber es ist jetzt auch nicht mehr so eilig, daß wir einen Ehemann für dich finden.«

»Oh, darüber bin ich ja so froh... so froh! Und wenn wir nicht übertreiben, wird das Geld bestimmt für lange Zeit reichen.«

»Geld reicht niemals für lange Zeit«, erklärte Quintus Tiverton, »aber wir haben wenigstens eine kleine Summe, auf die wir zurückgreifen können, und ich muß nicht jedesmal, wenn ich einen Sovereign auf den Tisch lege, daran denken, daß das bedeuten kann, daß wir ohne Mittag- oder Abendessen auskommen müssen.«

»Könnten wir nicht einfach ein paar Tage genießen, ohne daß du spielen mußt?« fragte Selina zögernd.

»Ich wünschte, die Antwort könnte ›Ja‹ sein«, antwortete Quintus Tiverton, »aber leider ist das die einzige Art, wie ich Geld verdienen kann. Und laß es mich noch einmal sagen: Das, was ich heute gewonnen habe, wird nicht ewig reichen.«

Er sah den Ausdruck auf Selinas Gesicht und wandte sich von ihr ab, als er fortfuhr:

»Die Saison hier wird bald vorüber sein. Alle werden nach Paris zurückkehren.«

»Müssen wir ... müssen wir nach ... Paris fahren?« fragte Selina.

Er wußte, daß sie an den Marquis dachte, und antwortete:

»Es gibt auch noch andere Städte, aber die sind nicht so reizvoll.«

»Warum können wir nicht nach England fahren?« wollte Selina wissen.

Schweigen senkte sich über sie, und schließlich erklärte Quintus Tiverton:

»Weil es für mich unmöglich ist, heimzukehren, und ich denke, ich sollte dir sagen, weshalb.«

»Es gibt keinen Grund, warum du das solltest, wenn du es nicht möchtest«, versicherte ihm Selina eilig.

»Dann lassen wir die Dinge, wie sie sind«, antwortete er. »Geständnisse sind immer unerfreulich und in den meisten Fällen langweilig. Statt dessen möchte ich dich lieber bitten, mir zu vertrauen, zu glauben, daß ich das tue, was für uns beide am besten ist.«

»Du weißt, daß ich dir vertraue, und ich möchte mich nicht in dein Privatleben einmischen. Du weißt, daß ich glücklich bin, wenn ich nur bei dir sein kann.«

Ihre Stimme stockte, und jetzt sah Quintus Tiverton sie an – das kleine, herzförmige Gesicht, die blauen, verängstigten Augen, das helle Haar, das im Licht der einen Gaslampe leuchtete, die noch nicht ausgelöscht worden war.

In den flachen Slippern wirkte sie klein und fast wesenlos, wie aus einem Traum, und etwas Vergeistigtes, Ätherisches umgab ihre Schönheit. Quintus Tiverton konnte sich nicht erinnern, so etwas jemals bei einer anderen Frau gefunden zu haben.

»Ich möchte dir nicht zur Last fallen«, sagte Selina, und ihre Lippen schienen ein wenig zu beben, als sie sprach. »Du warst so freundlich, so unglaublich ... wundervoll zu mir. Ich möchte nur, was du möchtest ... was immer das auch sein mag.«

»Was ich möchte und was ich zu tun habe, sind zwei ganz verschiedene Dinge«, sagte Quintus Tiverton.

»Warum?« erkundigte sich Selina.

»Weil ich an dich denken muß«, antwortete er, »weil dein ganzes Leben, deine ganze Zukunft davon abhängen, was jetzt passiert. Ich könnte mir selbst niemals verzeihen, wenn du unglücklich werden würdest.«

»Ich bin glücklich ... sehr ... sehr glücklich, solange ich bei dir sein kann«, antwortete sie.

Selina sprach so eindringlich, daß sie instinktiv die Hände nach ihm ausstreckte. Sie waren einander so nahe, und sie hatte das Gefühl, daß er vielleicht die Arme um sie legen würde, sie an sich ziehen würde, wenn sie ihn nur berühren konnte.

Mit jeder Faser ihres Körpers wollte sie ihm nah sein.

Und dann sagte er ganz abrupt, mit einer Stimme, die unnatürlich laut und fast grob klang:

»Geh jetzt zu Bett, Selina! Es ist zu spät für dich, noch hier unten zu sein und mir zur Last zu fallen, wenn du längst schlafen solltest. Du mußt morgen schön aussehen, oder hast du vergessen, warum wir in Baden-Baden sind?«

Hätte er sie ins Gesicht geschlagen, der Schock hätte nicht größer sein können.

Ihre Hände fielen herab. Sie fühlte Tränen in ihre Augen steigen, wandte sich ab und rannte von ihm fort.

Sie durchquerte die Halle und lief die Treppe hinauf. Erst als sie oben angekommen war, hörte sie ihn hinter sich herkommen. Er holte sie ein, als sie oben im Flur stand.

»Verzeih mir, Selina, bitte, verzeih mir. Ich hätte nicht so zu dir reden sollen, aber manchmal ist es wirklich zu schwer für mich.«

Sie wandte ihm den Kopf zu, konnte ihn aber nicht sehen, denn Tränen verschleierten ihren Blick.

»Ich bin dankbar, außerordentlich und über alle Maßen dankbar für das, was du heute abend getan hast. Morgen werden wir über uns sprechen, aber nicht jetzt, nicht hier. Nicht, wenn du so aussiehst.«

Sie verstand den Ton in seiner Stimme nicht. Doch plötzlich ging er über den Treppenabsatz, öffnete die Tür zu seinem Zimmer, ging hinein und warf die Tür hinter sich zu.

Sie starrte ihm verwirrt nach.

Was hatte sie gesagt? Was getan? Warum war er so außer sich?

Sie konnte nicht verstehen, warum alles plötzlich so schiefgehen konnte, nachdem sie so glücklich gewesen waren, ehe Lord Howdrith gekommen war.

Selina ging in ihr Zimmer und setzte sich auf ihr Bett.

»Ich liebe ihn!« murmelte sie vor sich hin. »Wenn ich... einen anderen... heiraten muß...«

Bei dem Gedanken daran, was vor ihr lag, liefen ihr Tränen über die Wangen. Aber Quintus Tiverton hatte ja bislang noch keinen Ehemann für sie gefunden, und bis er es geschafft haben würde, könnten sie zusammensein.

Es bedeutete unbeschreibliches Glück, an ihn zu denken, selbst jetzt, da die Zukunft dunkel und erschreckend vor ihr lag. Aber es war auch eine Erleichterung zu wissen, daß der unbekannte Ehemann noch nicht aufgetaucht war und daß es sich nicht um Lord Howdrith handelte.

Selina wachte in dieser Nacht mehrmals auf, als wollte sie sich vergewissern, daß sie noch immer in der Villa und nicht fern von Quintus Tiverton war.

Sie sagte sich immer wieder, daß sie jeden Augenblick, in dem sie zusammen waren, genießen mußte. Diese Erinnerungen würden sie ihr Leben lang trösten.

Aber da die Jugend von Natur aus optimistisch ist, lief sie am nächsten Morgen die Treppe hinab, um Jim dabei zu helfen, Quintus Tivertons Frühstück vorzubereiten.

Ein neuer Tag war angebrochen, sie hatten Geld, und sie war ganz sicher, daß ihr noch einige Zeit mit Quintus Tiverton vergönnt war.

Als Quintus Tiverton nach unten kam, hatte Selina bereits ein köstliches Frühstück für ihn zubereitet.

Jim hatte es irgendwie fertiggebracht, schon knuspriges, frisches Brot, Croissants und einen Becher Schwarzwaldhonig zu kaufen.

Es gab sahnige Butter, Kaffee, der köstlich duftete, und Gerichte aus Fisch, Eiern und Nieren; letztere, so hatte Jim Selina informiert, gehörten zu den Lieblingsgerichten seines Herrn.

Quintus betrat den Frühstücksraum mit einem Lächeln auf den Lippen. Er sah makellos gepflegt und in Selinas Augen einfach prachtvoll aus.

»Ich hatte schon eine Ahnung, daß du für mich kochen würdest«, sagte er. »Nicht nur, daß ich die köstlichen Düfte gerochen habe, die die Treppe hinaufzogen, ich habe dich auch lachen gehört. Mahlzeiten, die unter Lachen zubereitet werden, sind immer die besten, davon bin ich überzeugt!«

»Jim hat mir von einigen eurer Abenteuer in der Vergangenheit erzählt.«

»Ich drehe ihm den Hals um, wenn er indiskret ist«, erklärte Quintus Tiverton, aber Selina bemerkte fröhlich, daß er ausgesprochen gutgelaunt war.

Während sie frühstückten, wurde an die Tür geklopft. Sie konnten Jim hören, der in der Halle herumhantierte. Nach ein paar Minuten kam er ins Eßzimmer:

»Da sind so viele Blumen, Sir, die vom ›Stephanie‹ herübergeschickt worden sind – es würde reichen, um ein Geschäft aufzumachen. Außerdem ein Korb von einem anderen Herrn und ein ganzer Haufen Karten! Wenn ich mich nicht irre, werden Sie heute nicht eine Mahlzeit hier einnehmen.«

Er legte eine Anzahl von Umschlägen vor Quintus Tiverton auf den Tisch.

Weil sie neugierig war, erhob sich Selina vom Tisch und spähte in die Halle hinaus. Jim hatte die Wahrheit gesagt. Es waren wirklich genug Blumen, um ein Geschäft aufzumachen.

Nie zuvor hatte sie einen solchen Blütentraum gesehen! Die riesigen, mit Satinschleifen verzierten Körbe, die Bouquets, die auf Tischen und Stühlen lagen, waren überwältigend.

»Wer kann mir all die geschickt haben?« rätselte Selina.

Sie nahm die Karten auf, die zu den duftenden Geschenken gehörten, und kehrte damit ins Speisezimmer zurück.

»Wer sind deine Bewunderer?« erkundigte sich Quintus.

Er schlitzte den Umschlag auf, den er in der Hand hielt, nachdem Jim ihm aus dem Salon einen spitzen Brieföffner gebracht hatte.

»Ich habe von den meisten noch nie etwas gehört. Aber ich

nehme an, daß ich ihnen in der vorletzten Nacht bekannt gemacht worden sein muß. Oh, da ist auch eine von Lord Howdrith.«

Quintus Tiverton antwortete nicht. Nach einem Augenblick sagte sie:

»Muß ich mich dafür bedanken und ihm schreiben? Es wäre sicher sehr ungezogen, das nicht zu tun.«

»Das hat keine Eile«, meinte Quintus Tiverton knapp. »Warten wir erst einmal ab.«

»Was?«

»Seinen nächsten Schritt«, erwiderte er rätselhaft.

Er blickte auf die Nachrichten hinab, die offen auf dem Tisch vor ihm lagen.

»Du bist auf jeden Fall eine Sensation in Baden-Baden. Wie Jim schon sagte, wird es für uns nicht notwendig sein, Geld für unser Essen auszugeben.«

»Aber ich koche gern für dich«, protestierte Selina. »Nimm also bitte nicht jede Einladung an.«

»Du solltest mich nicht bedienen. Du solltest nichts tun, was dich mehr erschöpft, als wenn du die Hand ausstreckst, damit man sie dir küßt, oder den Komplimenten liebestoller Schwäne lauschst.«

Selina lachte.

»Die meisten davon sind doch Lügen! Zum Glück glaube ich nicht eines davon; somit kann ich dir versprechen, nicht vor Stolz zu platzen.«

»Aber du hast allen Grund dazu«, sagte er leise.

Als sie jetzt in der Morgensonne am anderen Ende des Tisches saß, fand er sie noch reizender als am Vorabend.

Ihr Kleid war ganz schlicht, aber die Farbe stand ihr. Er hatte das Gefühl, daß alles, was Selina trug, wie einfach es auch sein mochte, durch den Zauber ihrer Schönheit in eine prachtvolle Kreation verwandelt wurde.

Der Ausdruck auf ihrem Gesicht war sehr glücklich und aufgeregt. Er wußte aber, daß er das Strahlen ihrer Augen mit einem groben Wort auslöschen konnte, daß er das Glück fortwischen könnte, indem er einen zornigen Unterton in seine Stimme legte.

›Sie ist verletzlich‹, sagte er sich. ›Viel zu sensibel für diese Art von Leben. Und doch gibt es keine Alternative – oder?‹

»Selina, wie findest du Lord Howdrith?«

»Warum fragst du mich das?« fragte sie. »Ich dachte, wir würden ihn nicht wiedersehen.«

»Es wäre möglich für dich, solltest du es wünschen«, antwortete Quintus Tiverton.

»Er ist ganz nett, aber ich möchte nicht mit ihm ausgehen, wenn ich mit dir zusammensein kann.«

Quintus Tiverton antwortete nicht, und sie sagte:

»Nach allem, was du gestern nacht gesagt hast, hielt ich es für unwahrscheinlich, daß er mich noch einmal fragen würde.«

Wieder gab Quintus Tiverton keine Antwort. Er hielt einen Umschlag in den Händen und starrte mit merkwürdigem Ausdruck darauf, ehe er sagte:

»Hier ist ein Brief für dich, und wenn ich mich nicht irre, so ist er von Howdrith.«

Er hielt ihn ihr hin, und einen Augenblick lang zauderte Selina, ihn entgegenzunehmen.

»Woher weißt du, daß er von ihm ist?« erkundigte sie sich.

»Er ist aus dem ›Stephanie‹. Ich glaube, Lord Howdrith ist im Augenblick der einzige, den wir kennen, der dort wohnt.«

Nachdenklich nahm Selina den Brief aus seiner Hand. Sie hatte das Gefühl, er würde etwas beinhalten, was sie nicht hören wollte. Sie wußte nicht, warum, aber sie verspürte den Impuls, den Brief zu zerreißen oder sich zu weigern, ihn zu öffnen.

Aber da Quintus Tiverton offensichtlich wartete und da sie wirklich nichts anderes tun konnte, öffnete sie langsam den Umschlag und zog ein Blatt Papier heraus.

»Was schreibt er?« fragte Quintus Tiverton.

Seine Stimme klang ungeduldig, und Selina starrte auf das Papier in ihrer Hand. Dann las sie laut:

»Meine liebe Selina,

ich möchte sehr gern mit Ihnen sprechen und würde es begrüßen, wenn ich Sie gegen Mittag aufsuchen und allein antreffen könnte.

Bitte, schlagen Sie mir diese Bitte nicht ab, denn sie ist äußerst wichtig für mich und, wie ich hoffe, für Sie.

Hochachtungsvoll
verbleibe ich
Ihr Sie anbetender
Howdrith«

Selinas Stimme erstarb. Sie schaute Quintus an.

»Was soll das... heißen?« fragte sie. »Was möchte Lord Howdrith... mir... sagen?«

Nach einer kleinen Pause antwortete Quintus trocken:

»Ich habe das Gefühl, unser Spielchen ist aufgeflogen.«

»Was... meinst du... damit?«

»Ich will dir die Wahrheit sagen. Gestern abend machte Lord Howdrith den Vorschlag, dein Beschützer zu werden.«

Er sah, wie Selina blaß wurde, und fuhr fort:

»Das war keine so große Beleidigung, wie es dir jetzt vielleicht erscheinen mag. Weißt du, er hat zufällig meine richtige Schwester in England getroffen.«

»Oh...!« stieß Selina hervor. »Und da hat er gedacht...«

»Ich denke, daß er zuerst annahm, daß wir einander sehr viel bedeuteten. Aber ich wies ihn zurecht, was das anbetraf, und erzählte ihm, daß ich tatsächlich nur dein Wächter bin.«

»Und... er hat dir geglaubt?«

»Ich glaube schon, nicht, weil ich die Wahrheit erzählt habe, sondern weil er dich kennengelernt hat.«

Selina sah ihn verwirrt an.

»Du siehst viel zu unschuldig und rein aus, um irgend etwas anderes zu sein, als du zu sein scheinst«, sagte Quintus Tiverton.

»Aber du hast ihm gesagt... du hast ihm gesagt... daß ich nicht... daß ich seinen Vorschlag nicht annehmen könnte?«

»Ich habe es absolut klargestellt.«

»Warum hat er mir dann noch geschrieben?« fragte Selina mit verschreckter Stimme. »Glaubst du, er hat die Absicht zu versuchen, mich zu... überreden?«

»Ich bin ganz sicher, daß er beabsichtigt, um deine Hand anzuhalten«, antwortete Quintus Tiverton.

»Meine Hand?« rief Selina aus. »Aber er... er kann mich doch nicht lieben! Er hat mich erst dreimal gesehen, und letzte Nacht konnte man nicht einmal zählen.«

»Du bist sehr schön, Selina! Wenn ich mich nicht sehr irre, möchte Howdrith dich einfach nicht an einen anderen verlieren.«

»Aber es... es gibt keinen anderen.«

»Es gibt eine Menge Wahrscheinlichkeiten, wenn man die Blumen da draußen und die Einladungen ansieht, die wir erhalten haben. Außerdem erweckte ich in Howdrith den Glauben, daß er nicht das einzige Pferd im Rennen sei.«

Selina blieb still. Dann sagte sie:

»Ich habe das Gefühl, daß du ... ihn dazu getrieben hast, daß er denkt ... er müßte mich heiraten. Wenn das wahr ist ... ich möchte keinen Mann ... unter solchen Umständen ... akzeptieren.«

Quintus Tiverton schob seinen Stuhl zurück.

»Meine liebe Selina, du mußt endlich begreifen, daß ein Mann wie Howdrith ein Glücksfall ist. Es gibt in ganz England keine Mutter, die ihn nicht als Schwiegersohn willkommen heißen würde. Daß er ihren Tricks und Fallen bislang entgangen ist, ist sicher darauf zurückzuführen – und davon bin ich überzeugt! –, daß bislang noch niemals sein Herz im Spiel gewesen ist.«

»Willst du damit sagen ... daß er sich ... in mich ... verliebt haben könnte?« fragte Selina ungläubig.

»Ich bin ganz sicher, daß genau das geschehen ist. Die Tatsache, daß er dich nicht zu seinen eigenen Bedingungen bekommen konnte, hat es für ihn zwingend notwendig gemacht, meine anzunehmen.«

»So ... möchte ich ihn nicht. Ich möchte niemanden heiraten, der dazu gezwungen worden ist, mich zu bitten, seine Frau zu werden, jemand, der mich ... wenn er die Wahl hätte ... lieber als seine ... Mätresse haben würde.«

Sie errötete, und das Rosa ihrer Wangen ließ sie noch reizender aussehen, als sie es ohnehin schon getan hatte, auch wenn das Blau ihrer Augen an eine stürmische See erinnerte.

»Bettler dürfen nicht wählerisch sein«, erklärte Quintus Tiverton trocken. »Du brauchst einen Ehemann, und das eine laß mich ganz deutlich sagen, Selina, ich hätte mich nicht einmal an jemanden herangewagt, der auch nur halb so wichtig ist wie Lord Howdrith. Und er ist sich seiner eigenen Wichtigkeit immer sehr bewußt gewesen. Er war unerträglich eingebildet, als wir zusammen in der Schule waren, und keine Prügelei, nichts, aber auch gar nichts, konnte ihn von der hohen Meinung abbringen, die er von sich selbst hatte.«

Er preßte die Lippen zusammen, ehe er fortfuhr:

»Wenn Seine Lordschaft sich tatsächlich dazu herabläßt, dir die Ehe anzutragen, dann kann ich nur sagen, daß wir einen Erfolg zu verzeichnen haben, der den von gestern abend bei weitem übertrifft.«

Selina stand vom Tisch auf und trat ans Fenster. Ohne etwas

zu sehen, starrte sie hinaus auf die Zypressen, auf das Wasser des Springbrunnens, das vor dem blauen Himmel sprudelte, auf die Blumen, die leuchtende Farbflecken in das Dunkelgrün der Hekken zauberten.

»Ich... ich möchte... ihn nicht... nicht heiraten«, sagte sie schließlich mit atemlosem, schüchternem Stimmchen.

»Er hat dich noch nicht gefragt«, erwiderte Quintus Tiverton.

»Aber er... könnte es tun«, antwortete sie, »und wenn er es tut... was soll ich dann sagen?«

»Du wirst ›ja‹ sagen«, erklärte Quintus Tiverton scharf, »und du wirst auf die Knie fallen und Gott für ein solch überraschendes Glück danken!«

Selina sagte nichts, und er fuhr fort:

»Denk doch an die Alternative. Vergiß nicht, was du für dich selbst geplant hattest: Du wolltest als Gesellschafterin oder Gouvernante in irgendeinem vornehmen Haushalt arbeiten. Dort hättest du niemals einen passenden Mann kennengelernt. Die einzige Aufregung, die dir sicher gewesen wäre, wären die lüsternen Annäherungsversuche des Hausherrn gewesen, oder vielleicht noch seines Sohnes.«

Selina wandte sich noch immer nicht vom Fenster ab, und er fuhr fort:

»Kannst du dir vorstellen, was es heißt, zu springen, wenn eine launische alte Dame oder ein verwöhntes, anstrengendes Kind nach dir rufen? Was es bedeutet, im Niemandsland zwischen Salon und Dienertrakt zu leben? Immer von den Launen deines Arbeitgebers abzuhängen und nichts weiter vor dir zu haben als ein einsames Leben im Alter, ohne einen Pfennig und ohne die Entschädigung deiner Schönheit, wenn sie erst einmal vergangen ist?«

Seine Stimme war rauh, und jetzt wandte sich Selina um und sah ihn an, sagte:

»Ich möchte... bei dir... bleiben. Du weißt, daß ich... nur das möchte. Es ist mir egal... wenn wir arm sind... oder sogar hungrig. Ich möchte bloß... bei dir... sein.«

»Das ist unmöglich!«

»Aber warum denn? Warum?« fragte Selina. »Du warst glücklich, als du nach unten gekommen bist und die Gerichte gesehen hast, die ich für dich gekocht hatte. Wir waren gestern beim Mittagessen glücklich, und auch wieder beim Abendessen.«

Ihre Augen flehten ihn an, während sie fortfuhr:

»Ich würde mich nicht in... dein Spiel einmischen, und ich würde sehr... sparsam sein. Du... müßtest mich nicht einmal mitnehmen und mich deinen... Freunden vorstellen, wenn du das... nicht willst. Ich werde mit Jim zu Hause bleiben und für dich sorgen.«

Ihre Stimme war sanft und überzeugend, und Quintus Tiverton schien angespannt auf jedes einzelne ihrer Worte zu lauschen.

Er erhob sich vom Tisch, nahm die geöffneten Briefe auf, die vor ihm lagen, und erklärte verärgert:

»Diese Diskussionen haben keinen Sinn, Selina. Du weißt ebensogut wie ich, daß du auf Dauer nicht bei mir bleiben kannst. Schon ist unsere Notlüge von Lord Howdrith durchschaut worden, und wenn es nicht Howdrith ist, der um deine Hand anhält, dann wird es jemand anders sein. Es wird Dutzende von Männern geben. Die einen schlagen dies, die anderen jenes vor. Aber ich bezweifle, daß du ein besseres Angebot erhältst, was eine Ehe angeht.«

»Willst du damit sagen, daß ich... annehmen muß... wenn er mir einen Antrag macht?«

»Du hast mir dein Ehrenwort gegeben, daß du mir gehorchen wirst, und ich verlasse mich darauf. Es ist das beste für dich, Selina. Schlag dir alles andere aus dem Kopf, und wenn Howdrith dann kommt, um um dich anzuhalten, wirst du eine verdammt glückliche junge Frau sein.«

Nachdem er das gesagt hatte, verließ Quintus Tiverton das Eßzimmer. Er durchquerte die Halle und ging in den Salon hinüber. Selina wußte, daß er das Geld an sich nehmen würde, das er am Vorabend gewonnen hatte.

Sie hatte das Gefühl, als wäre er weit fort von ihr, hätte sie leer und ausgehöhlt zurückgelassen. Nur ein unbeschreiblicher Schmerz war noch in ihr, der ihr Herz quälte.

»Ich liebe ihn!« sagte sie sich. »Ich liebe ihn! O Gott, was soll ich nur tun?«

7

Nach einer Weile folgte Selina Quintus Tiverton ins Wohnzimmer.

Wie sie erwartet hatte, stand er am Sekretär und nahm einige der Goldmünzen aus der Schublade heraus.

Als sie durch die Tür kam, rief er ihr über die Schulter zu: »Rufst du bitte Jim?«

Das war jedoch nicht nötig, denn Jim hatte seinen Herrn bereits gehört und kam in den Salon geeilt.

»Sie haben nach mir verlangt, Sir?«

»Ja. Ich möchte, daß du unsere Schulden bezahlst, die Villa, die Schneiderin und den Schneider.«

»Und gib ihm bitte noch etwas Geld zusätzlich für Lebensmittel«, bat Selina. »Ich hoffe, daß du mir erlaubst, das Mittagessen zu kochen, und auch das Abendessen.«

Quintus Tiverton antwortete nicht, fügte aber noch ein paar Münzen zu dem Stapel hinzu, den er für Jim beiseite gelegt hatte. Es war Selina plötzlich klar, daß es einzig und allein davon abhing, was Lord Howdrith sagen würde, wenn er sie um zwölf Uhr aufsuchte, ob sie heute in der Villa dinieren würden oder nicht.

Ein paar Münzen füllte Quintus Tiverton in seine Taschen.

»Ich muß sie in Geldscheine umwechseln«, bemerkte er. »Am besten gehe ich dafür ins Kasino. Das ist näher als die Bank.«

»Wirst du lange fortbleiben?« fragte Selina nervös.

Sie hatte Angst, allein zu sein, wenn Lord Howdrith kam. Aber sie wußte, daß es Quintus Tiverton ärgern würde, wenn sie das sagte, und so wagte sie es nicht, ihre Gefühle in Worte zu fassen.

»Nicht sehr lange«, erwiderte er nach einem Moment. »Aber ich möchte noch ein Weilchen ausreiten. Ich muß mich bewegen.«

Selina sehnte sich danach zu fragen, ob sie ihn begleiten dürfte, aber sie wußte, daß er es ablehnen würde.

Sie hatte das Gefühl, er wollte allein sein. Verzweifelt dachte sie, daß er erwarten würde, daß sie die Zeit damit verbrächte, sich für die Ankunft von Lord Howdrith herzurichten.

Jim hatte sein Pferd bereits vor die Tür gebracht. Quintus Tiverton ging aus dem Salon, nahm seinen Hut von dem Tischchen in der Halle und sagte, ohne sie anzusehen:

»Auf Wiedersehen, Selina. Besser, du stellst ein paar von diesen Blumen um. So ist es ja fast unmöglich, ins Haus zu gelangen.«

»Ja, selbstverständlich«, murmelte Selina unterwürfig.

Sie ging zur Tür, beobachtete, wie er sich aufs Pferd schwang, und fragte sich, ob es möglich war, daß irgendein Mann attraktiver, eleganter oder verwegener aussah als er. Er war in ihren Augen unwiderstehlich. Sie sah ihm nach, wie er die kurze Auffahrt hinab- und auf die Straße hinausritt.

Aber er sah nicht zurück.

Mit schmerzerfülltem Herzen schloß sie die Tür zur Villa. Sie hatte das Gefühl, daß dieser Schmerz sie bis ans Ende ihres Lebens nicht mehr verlassen würde.

Weil er es von ihr verlangt hatte, nahm sie dann einen der Blumenkörbe und trug ihn in den Salon.

Es war ein sehr kostspieliges Geschenk: Die Blumen waren Orchideen, und den Griff des Korbes zierten zwei riesige Satinschleifen. Das Band war ebensogut, wenn nicht besser als diejenigen, mit denen Selinas Kleider besetzt waren.

Sie ging zurück, um das nächste Blumengeschenk zu holen. Es war in der Form eines Herzens gesteckt, und Selina fragte sich, wer es geschickt haben mochte und warum ein Fremder glauben könnte, daß es ihr gefallen würde.

Sie stellte Blumen auf jeden freien Tisch im Salon und sah sich im Zimmer um. Welche Verschwendung von Geld bedeutete es doch, wenn Männer, die ihr völlig fremd waren, ihr Blumen schickten, die sie nicht haben wollte, über die sie sich auch nicht freute, da sie sich ja nicht einmal an den Absender erinnern konnte.

Am Vortag noch hätte sie verzweifelt nach einer Möglichkeit gesucht, sie gegen Geld einzutauschen, von dem sie dann Lebensmittel hätte kaufen können.

Aber heute war alles anders, weil es ihr gelungen war, Quintus vor weiteren finanziellen Verlusten zu bewahren.

›Und deshalb‹, dachte Selina, und ein wenig Wärme stahl sich in ihr Herz, ›deshalb hat es auch keine Eile, daß ich Lord Howdrith heirate, selbst wenn ich es irgendwann doch tun muß! Für den Augenblick kann ich hierbleiben.‹

Sie suchte nach Entschuldigungen, die sie vorbringen könnte, um eine plötzliche, schnelle Heirat zu verhindern.

Er würde doch bestimmt verstehen, daß sie sich erst besser kennenlernen mußten. Und dann kam ihr ein schrecklicher Gedanke: Ihr wurde bewußt, daß die Ehe mit Lord Howdrith bedeuten würde, daß sie Quintus Tiverton niemals mehr wiedersah.

Sie würde nach England gehen und ihn zurücklassen müssen! Sie hätte am liebsten laut geschrien, daß es unmöglich wäre! Daß sie es nicht tun könne, welche Vorzüge eine solche Ehe auch immer mit sich bringen mochte.

Doch eine eisige Hand preßte ihr Herz ab. Sie wußte, daß Quintus Tiverton sie nicht mehr um sich haben wollte.

Damals hatte er sie nur von dem Gasthof fortgebracht, weil sie so beharrlich gewesen war, und hatte sie nur unter der Bedingung gerettet, daß sie ihm gehorchen würde.

Er hatte gesagt, daß er jetzt nur an das denken würde, was für sie das beste war. War es nicht auch das beste für ihn? Endlich wäre er wieder frei, unbelastet und müßte sich, wie er es ausgedrückt hatte, nur um sich selbst Sorgen machen.

Selina verdeckte in einer verzweifelten Geste ihre Augen mit den Händen, als sie plötzlich ein Geräusch in der Halle hörte.

Sie dachte, daß Jim zurückgekommen wäre. ›Vielleicht hat er etwas vergessen.‹

Mit Mühe zog sie die Hände vom Gesicht zurück und versuchte, sich zusammenzureißen, damit ihr Ausdruck sie nicht verriet. Jim sollte nicht merken, daß etwas nicht in Ordnung war.

Doch als sie sich umwandte, stand sie wie angewurzelt.

Drei Männer betraten den Raum, und jeder von ihnen hatte ein Taschentuch vor sein Gesicht gezogen, so daß nur noch die Augen zu sehen waren.

Fast lautlos kamen sie auf sie zu. Als sie einen Schritt nach hinten machte und zum Schreien ansetzte, legte ihr der Mann in der Mitte mit unglaublicher Geschicklichkeit flink ein Taschentuch über den Mund, während die beiden anderen Männer sie an den Armen packten.

Sie zogen sie nach hinten, während sie versuchte, sich zu wehren, und drückten sie grob in einen Sessel.

Noch ehe sie richtig begriff, was geschah, wurde sie mit einem Taschentuch geknebelt, das hinter ihrem Kopf verknotet wurde; ihre Hände wurden auf ihrem Rücken gefesselt, ein Band um Taille und Knie gewunden, so daß sie sich nicht mehr rühren konnte.

Mit ängstlichen Augen beobachtete Selina, wie die Männer anfingen, das Zimmer zu durchsuchen.

Ein Mann öffnete die Türen einer französischen Kommode, die zwischen den Fenstern stand, ein anderer ging zum Sekretär.

Er zog die kleinen Schubladen heraus und warf sie zu Boden. Dann öffnete er eine Schublade unter der Schreibplatte! Die zweite war verschlossen. Der dritte Mann hatte sich umgedreht, um nach oben zu gehen, aber der Mann am Sekretär rief ihn zurück.

Eine lange, dünne Waffe wurde aus der Tasche des dritten Mannes geholt. Er schob sie über das Schlöß im Sekretär und öffnete die Schublade mit grober Gewalt.

In wenigen Sekunden, so erschien es Selina, hatten die Männer ihre Taschen mit Gold gefüllt, und ohne auch nur einen Blick in ihre Richtung zu werfen, verließen sie den Salon.

Sie hörte die Küchentür zufallen und erkannte, daß sie auf diesem Wege auch in die Villa eingedrungen waren.

Es war ganz still.

Alles war so schnell vor sich gegangen, daß sie kaum glauben konnte, daß es nicht nur ein Traum gewesen war.

Nur die offene Schublade mit dem erbrochenen Schloß und die kleineren Schubladen, die am Boden verstreut lagen, sagten ihr, daß es kein Wahn gewesen war.

Es war wirklich geschehen, und wieder einmal stand Quintus Tiverton ohne Geld da, abgesehen von dem, was er mitgenommen hatte, um es im Kasino zu wechseln.

Selina versuchte, sich aus ihren Fesseln zu befreien, aber es war unmöglich.

Sie war gründlich gefesselt worden, und das einzige, was sie mit ihrem Kampf erreichte, war, daß ihr das Atmen durch das Taschentuch immer schwerer fiel, das Nase und Mund verstopfte.

Sie überlegte, wie lange es dauern würde, bis Quintus Tiverton oder Jim zurückkommen und sie befreien würde. Sie waren also doch nicht so schlau gewesen!

Der Baron hatte gewonnen!

Es war ganz offensichtlich, daß es der Baron gewesen war, der seine Diener geschickt hatte, um das Geld zurückzubekommen, das er am Vorabend nicht hatte gewinnen können.

Der Baron war kein Mann, der sich gern schlagen ließ. Er mußte gemerkt haben, daß eine seiner Brillen fehlte, und hatte sich gewiß daran erinnert, daß sie Quintus Tiverton eine Brille gegeben hatte, gerade bevor die letzten drei Spiele gemacht wurden.

Drei Spiele, die Quintus nur deshalb gewonnen hatte, weil er wie sein Gastgeber mit Hilfe der markierten Karten wußte, was seine Gegner in der Hand hielten!

Verzweifelt und wütend überlegte Selina, ob es möglich wäre, den Baron noch einmal zu schlagen. Aber wie? Es gab keinerlei Beweise, daß er mit dem Diebstahl ihres Goldes zu tun hatte. Es würde sogar schwierig werden zu beweisen, daß er beim Kartenspiel betrogen hatte. Sie war überzeugt, daß er klug genug sein würde, die markierten Karten zu vernichten, ebenso wie die Leuchtfarbe, nur für den Fall, daß Quintus erzählen könnte, was geschehen war.

›Er ist schlauer als wir‹, sagte sich Selina verzweifelt, während die Fesseln in ihr Fleisch schnitten.

Die Zeit verstrich äußerst langsam, und die ganze Zeit über dachte sie an Quintus.

Es war eine so große Erleichterung gewesen zu wissen, daß sie zumindest für eine kurze Zeit nichts zu fürchten hatten. Nur eines war wirklich gut: daß Jim ihre Schulden bezahlt hatte.

Jede Minute erschien ihr wie eine Stunde. Nichts war zu hören außer dem Ticken der goldenen Uhr auf dem Kaminsims, bis plötzlich ein Wagen vor der Tür hielt.

›Lord Howdrith!‹ dachte Selina, als sie die Pferde hörte. Die Klingel schlug an. Niemand reagierte, weil Jim noch nicht zurückgekommen war, und nach einer Weile läutete der Lakai erneut.

›Vielleicht wird Seine Lordschaft weiterfahren, wenn niemand öffnet‹, dachte Selina optimistisch und hoffte, daß Jim nicht rechtzeitig zurückkommen würde, um die Tür für den Lord zu öffnen.

Sie erkannte plötzlich Quintus' Stimme. Er war zurückgekommen und sprach mit Lord Howdrith.

Dann trat Stille ein. Wahrscheinlich war Quintus ums Haus herumgegangen, um die Villa durch die Küchentür zu betreten.

Bald darauf hörte sie ihn die Halle durchqueren und die Haustür öffnen.

»Kommen Sie herein!« sagte er. »Mein Diener muß noch Einkäufe machen, und ich kann mir nicht denken, wo Selina ist. Aber wenn Sie im Salon warten, werde ich versuchen, sie zu finden.«

Eine Sekunde später öffnete er die Tür.

Selina sah die Überraschung im Gesicht beider Männer, als sie durchs Zimmer hasteten, um sie zu befreien.

Es war Quintus, der das Taschentuch hinter ihrem Kopf aufknüpfte, und sie holte tief Luft, ehe sie sprechen konnte.

»Was ist passiert? Wer war das?« wollte er wütend wissen.

»Es waren … drei Männer«, antwortete Selina, und ihre Stimme war kaum mehr als ein Wispern. »Sie trugen Taschentücher vor ihren Gesichtern. Sie haben ... alles an sich genommen ... was in der Schublade vom Sekretär ... gewesen ist.«

Während sie erzählte, löste Lord Howdrith das Seil, das ihre Handgelenke zusammenhielt, und wickelte es von ihrem Körper.

Sie versuchte aufzustehen und merkte erst jetzt, wie schwach sie sich fühlte. Fast wäre sie gestürzt, aber Quintus Tiverton legte die Arme um sie.

»Du bist geschwächt. Ich werde dir einen Brandy holen.«

»Ich hole ihn«, erbot sich Lord Howdrith.

»Sie finden ihn im Eßzimmer«, erklärte Quintus Tiverton.

Als Lord Howdrith aus dem Zimmer ging, half er Selina zum Sofa, wo sie den Kopf in die Satinkissen lehnte.

»Sie haben ... das ganze ... Geld mitgenommen!« stammelte Selina.

»Das sehe ich«, sagte er grimmig. »Sie haben dich nicht verletzt?«

»Nein ... sie haben mich nur gefesselt ... aber ich hatte ... große Angst.«

»Das glaube ich.«

Lord Howdrith kam ins Wohnzimmer zurückgeeilt, ein Glas Brandy in der Hand.

Quintus Tiverton nahm es ihm ab und hielt es an Selinas Lippen.

»Ganz vorsichtig nippen!« befahl er.

Sie tat, wie geheißen, und fühlte, wie die feurige Flüssigkeit ihre Kehle hinunterrann.

»Mehr ... nicht«, bat sie.

»Noch einen Schluck«, beharrte Quintus Tiverton. »Du siehst schrecklich blaß aus. Ich glaube, du solltest dich besser ein wenig niederlegen.«

Selina nippte an dem Brandy, wie er es ihr aufgetragen hatte. Als das Gefühl der Schwäche langsam nachließ, sagte sie:

»Ich glaube, ich werde mich wirklich hinlegen. Es war ziemlich ... schrecklich.«

»Natürlich war es das«, sagte Lord Howdrith. »Ich finde, Sie sind sehr tapfer.«

Selina erhob sich ein wenig unsicher.

»Ist auch wirklich alles in Ordnung mit dir?« erkundigte sich Quintus Tiverton. »Ich kann dich hinauftragen, wenn du möchtest.«

»Nein, es geht schon«, antwortete Selina.

Er brachte sie bis zur Tür und sah ihr dann nach, bis sie eine Hand am Treppengeländer hatte. Sie lächelte ihm schwach zu.

»Geh und ruh dich aus, Selina. Und versuche, dir keine Sorgen zu machen. Jetzt ist alles vorbei.«

Quintus Tiverton kehrte in den Salon zurück und schloß die Tür.

Selina schlich auf Zehenspitzen durch die Halle in die Küche.

›Bald ist Mittagszeit‹, dachte sie. ›Ich muß etwas zu essen für uns zubereiten.‹

Sie war erst ein paar Minuten in der Küche, als die Hintertür aufgerissen wurde und Jim eintrat. Er schleppte eine Unmenge Pakete.

»Jemand hat das Schloß aufgebrochen, Miß Selina!« rief er aus.

»Ja, ich weiß. Wir sind beraubt worden, Jim. Sie haben alles gestohlen, was der Herr in der Schublade gelassen hat.«

Jim starrte sie einen Augenblick ungläubig und enttäuscht an. Dann stellte er die Päckchen auf den Tisch und sagte:

»Es ist immer dasselbe – schnell verdient – schnell verloren! Nur gut, daß der Herr wenigstens ein bißchen Geld bei sich hatte.«

»Und daß du die Schulden bezahlt hast«, bemerkte Selina.

»Ja, das ist wahr, Miß«, stimmte Jim zu. »Aber jetzt sind wir wieder da, wo wir vorher auch waren.«

»Genau das habe ich auch gedacht«, meinte Selina verzweifelt.

Eine Weile später hörte sie, wie Quintus Tiverton Lord Howdrith nach draußen begleitete.

Der Wagen fuhr davon, und da Selina dachte, daß er jetzt zu ihr nach oben gehen wollte, rief sie:

»Ich bin hier, wenn du mich sprechen willst!«

Quintus Tiverton kam in die Küche.

»Ich habe dir gesagt, du sollst dich hinlegen.«

»Es geht mir ganz gut, und wir müssen schließlich essen. Das Mittagessen ist gleich fertig. Ich hoffe, du hast Hunger.«

»Eigentlich sollte ich antworten, daß ich zu erregt bin, aber um ehrlich zu sein, ich werde alles verschlingen, was du mir vorsetzt.«

»Das freut mich.« Selina lächelte.

»Jetzt erzähl mir genau, was passiert ist«, forderte Quintus Tiverton sie nach dem Essen auf und lehnte sich in seinem Sessel zurück.

»Es war entsetzlich. Sie haben sich so schnell bewegt, und nur ein Mann hat etwas gesagt. Er hat den anderen gerufen, damit er die verschlossene Schublade öffnete.«

»Der Baron ist schlau gewesen!« bemerkte Quintus Tiverton.

»Genau das habe ich auch gedacht, und wir waren dumm, uns einzubilden, wir könnten ihn schlagen. Du hättest das ganze Geld mitnehmen sollen.«

Sie machte eine Pause, ehe sie fragte:

»Wieviel hast du mitgenommen?«

»Ungefähr einhundert Pfund in unserem Geld.«

Selina seufzte erleichtert.

»Das reicht uns ja wenigstens für ein Weilchen.«

»Nicht in Baden-Baden«, berichtigte er. »Außerdem ist das nicht mehr ›unser‹ Problem, Selina! Ich habe mit Lord Howdrith abgemacht, daß ihr morgen früh getraut werdet.«

Selina hatte das Gefühl, sich in einen Stein verwandelt zu haben. So gern sie gerufen hätte, daß das unmöglich war, kamen ihr die Worte einfach nicht über die Lippen.

»Ich habe Lord Howdrith genau erklärt, wie es um mich steht«, fuhr Quintus Tiverton mit kalter, ausdrucks- und gefühlloser Stimme fort, »und er will dich sofort heiraten und aus Baden-Baden fortbringen.«

Er verzog leicht die Lippen, als er hinzufügte:

»Seine Lordschaft billigt die Gesellschaft nicht, in der ich mich bewege, nicht, wenn es um dich geht.«

»Aber er ... will doch bestimmt ... noch die Rennen abwarten?«

»Überraschenderweise bist du ihm wichtiger als seine Pferde«, antwortete Quintus Tiverton. »Er wird Sorge tragen, daß der Bürgermeister euch am Mittag traut. Dann werdet ihr mit dem Zug abreisen, der am frühen Nachmittag die Stadt verläßt. Die erste Station eurer Reise wird Den Haag sein.«

»Ihr scheint alles untereinander geregelt zu haben. Habe ich denn überhaupt nicht mehr mitzureden, wenn es um mich geht?«

»Nein!« erwiderte Quintus Tiverton. »Howdrith hat seinen Entschluß gefaßt, und ich denke nicht daran, ihn davon abzubringen.«

»Aber ich ... kenne ihn nicht. Wie kann ich ... einen Mann heiraten, den ... ich nicht kenne ... und der mich ... nicht kennt?«

»Du hast mir gesagt, du wärest bereit, das zu tun«, erklärte Quintus Tiverton in hartem Ton. »Und du weißt ebensogut wie ich, daß es keine Alternative gibt. Schon gar nicht jetzt.«

»Aber du kannst... mehr Geld gewinnen«, beharrte Selina. »Du hast früher gewonnen, und du wirst... wieder gewinnen.«

»Es gibt keine Garantie dafür«, erwiderte Quintus Tiverton. »Aber in deinem Fall hast du Gewißheit, Sicherheit. Du wirst Lady Howdrith, verheiratet mit einem sehr reichen Mann, und deine Position wird für den Rest deines Lebens unangreifbar sein.«

Nach einer kurzen Pause fügte er ein wenig sanfter hinzu:

»Du wirst sicher sein, Selina. Das ist es, was für eine Frau zählt. Du wirst sicher sein.«

Selina hätte ihm gern gesagt, daß sie gar nicht sicher sein wollte; sie wünschte sich keine wichtige Position, keinen Reichtum oder Ehemann. Aber sie wußte, daß Quintus Tiverton nicht nur alles, was sie sagte, übergehen würde. Er würde sie darüber hinaus verachten, weil sie versuchte, ihr Wort ihm gegenüber zu brechen.

Sie hatte ihm ihr Ehrenwort gegeben. Schließlich hatte sie ihn in die Lage gedrängt, in der sie sich jetzt befanden, hatte ihn gezwungen, ihr Vormund zu sein, und als solcher konnte er alles für sie planen, was er im Hinblick auf ihre Zukunft für richtig hielt.

Quintus Tiverton stand auf.

»Ich werde ins Kasino gehen. Vielleicht kann ich mit dem Geld, das mir geblieben ist, gewinnen.«

»Darf ich mitkommen?«

»Dein zukünftiger Ehemann hat mir ganz deutlich zu verstehen gegeben, daß er nicht wünscht, daß du in der Öffentlichkeit erscheinst. Dein Ruf als seine Frau muß über jeden Vorwurf erhaben sein; und ich bin überzeugt, daß er dich bitten wird, die Tatsache zu vergessen, daß du ein Gast von Madame Leblanc gewesen und Madame Letessier vorgestellt worden bist.«

Quintus Tiverton machte eine Pause, ehe er hinzufügte:

»Du mußt packen, Selina, und allein das sollte dich beschäftigen.«

»Können wir... hier dinieren?« bat Selina leise.

»Ich habe Howdrith überzeugt, daß es das beste für euch sein wird, wenn ihr euch nicht mehr seht, bis ich dich morgen früh zum Rathaus bringe.«

Quintus Tiverton ging zur Tür.

»Ich habe das Gefühl«, sagte er ernst, »daß ich mich nicht ganz darauf verlassen kann, daß du dich so dankbar erweist, wie du es deinem künftigen Bräutigam gegenüber sein solltest.«

Selina sagte nichts, und so meinte er noch:

»Ich bin zum Abendessen zurück; aber ich hoffe, daß unser letzter gemeinsamer Abend nicht verdorben wird. Keine dramatischen Szenen, bitte! Offen gesagt, habe ich nicht die Nerven dafür.«

Damit verließ er das Eßzimmer, und einen Moment später hörte sie die Haustür hinter ihm ins Schloß fallen.

Selina schlug die Hände vors Gesicht und weinte bitterlich.

Das Abendessen war keine glückliche Mahlzeit, obwohl Selina sich alle erdenkliche Mühe gegeben hatte, um es zu einer erinnerungswürdigen Angelegenheit werden zu lassen. Schließlich war es das letzte Mal, daß sie mit Quintus Tiverton dinieren würde.

Sie hatte alle Gerichte zubereitet, von denen Jim ihr erzählt hatte, daß es seine Lieblingsgerichte waren, und sie hatte eines ihrer hübschesten neuen Kleider angezogen und ihr Haar fast so geschickt frisiert, wie ein Friseur es getan haben würde.

Aber sie konnte den Schmerz in ihrem Herzen nicht auswischen, und sie fand es nahezu unmöglich, Quintus Tiverton ohne einen flehentlichen Ausdruck in ihren Augen anzusehen, der ihm ohne Worte verriet, wie sehr sie litt.

Während Jim im Zimmer war, sprachen sie über allgemeine Dinge.

Quintus Tiverton hatte im Kasino ein wenig Geld gewonnen, nur ein wenig, aber, so erzähte er Selina, er hatte Gelegenheit, an diesem Abend eine private Gesellschaft aufzusuchen.

»Es ist ähnlich wie bei den Kartenspielen des Barons«, erklärte er, »nur mit dem Unterschied, daß diesmal nicht falschgespielt werden wird. Der Gastgeber ist ein Mann, den ich sehr gut kenne.«

»Ich hoffe, du gewinnst.«

Aber noch während sie das sagte, wußte Selina, daß es keinen Unterschied machen würde, was sie anbetraf. Denn ganz gleich, ob er gewann oder verlor, sie würde Lord Howdrith heiraten müssen.

Nach dem Essen blieb Quintus Tiverton einen Moment sitzen und starrte in sein Glas mit Brandy, das er in der Hand hielt. Dann sagte er:

»In zwei oder drei Tagen wirst du in England sein.«

Es war nur eine Feststellung, als hinge er laut seinen Gedanken nach, aber Selina antwortete:

»Werde ich dich ... jemals ... wiedersehen?«

»Das ist eine Frage, die ich nicht beantworten kann. Wie ich dir ja schon sagte, kann ich nicht nach England kommen.«

»Warum nicht?« erkundigte sich Selina.

»Möchtest du die Antwort darauf wirklich hören?«

»Das weißt du doch.«

»Dann werde ich dir den Grund nennen, warum ich nicht in mein eigenes Land zurückkehren kann«, sagte Quintus Tiverton, und sie erkannte an der Art, wie er sprach, wie sehr es ihn schmerzte, darüber zu reden.

»Mein Vater hatte niemals viel Geld«, fing er an, »und als er sich aus der Armee zurückzog, hatte er kaum mehr als seine Pension. Er war der jüngere Bruder des Earl of Arkley, aber mein Onkel war äußerst knauserig, und wenn er selbst auch sehr reich war, so tat er doch nichts, um meinem Vater oder seinen anderen Verwandten zu helfen.«

»Sir John Wilton sagte, der Earl of Arkley würde dich hassen, aber ich wollte nicht nachfragen.«

»Er hat dir die Wahrheit gesagt«, antwortete Quintus Tiverton, »und der Grund dafür, daß er mich haßt, ist die Tatsache, daß er selbst keinen Sohn hat. Er hat drei Töchter, und seit mein Vater tot ist, bin ich der künftige Erbe des Titels.«

Selina riß vor Überraschung die Augen auf, sagte aber nichts, und Quintus Tiverton fuhr fort:

»Als ich Oxford verließ, wünschte mein Vater, daß ich mich seinem Regiment anschlösse, aber ich wußte, daß das etwas war, was wir uns eigentlich nicht leisten konnten. Es hätte eine endlose Reihe von finanziellen Opfern von seiner Seite erfordert.«

Er seufzte, ehe er fortfuhr:

»Wir haben gestritten, weil er darauf bestand, und ich ging schließlich ins Ausland, um mein Glück zu machen.«

Er lächelte ein wenig traurig, als er erzählte:

»Ich versagte kümmerlich, was das anging, aber ich genoß auf jeden Fall mein Leben.«

»In ... Paris?« wollte Selina wissen.

»Zuerst ging ich nach Paris. Die fröhliche Stadt und ihre schönen Frauen waren ein phantastisches Erlebnis für einen jungen Mann.«

»Obwohl du kein Geld hattest?«

»Ich habe von Experten den Umgang mit Karten gelernt«, berichtete Quintus Tiverton. »Es ist eine zweifelhafte Existenz, aber wenn man schlau genug ist, kann man wenigstens davon leben, und das tat ich.«

›Er muß viele schöne Frauen geliebt haben, wie Caroline Letessier‹, dachte Selina bei sich.

Als hätte er ihre Gedanken gelesen, sagte Quintus Tiverton:

»Selbst die habsüchtigsten Frauen können jungen Männern gegenüber mit ihrer Gunst sehr großzügig sein. Die Menschen waren sehr nett zu mir, Selina.«

Selina holte tief Luft. Es tat ihr weh, zu denken, welche Art von Nettigkeiten er empfangen hatte und von wem.

»Ich machte Paris zu meinem Hauptquartier«, fuhr Quintus Tiverton fort, »aber ich bereiste ganz Europa, Ägypten und andere Teile Afrikas. Nach drei Jahren fuhr ich heim, mußte aber feststellen, daß die Situation unverändert war: Mein Onkel war tyrannisch, und mein Vater mußte sich jeden Penny von ihm erbetteln.«

Er preßte die Lippen zusammen, ehe er fortfuhr:

»Die Situation mißfiel mir so sehr, daß ich erneut abreiste und diesmal nach Indien fuhr. Kurze Zeit später starb mein Vater. Ich war gerade in ein ziemlich schwieriges Geschäft verwickelt, von dem ich hoffte, daß es lukrativ sein würde, und deshalb war es mir nicht möglich, sofort nach Hause zurückzukehren.«

Er machte eine Pause, als wollte er sich in Erinnerung rufen, was dann geschehen war, und schließlich erzählte er:

»Ich schrieb jedoch an meinen Onkel, erklärte ihm meine Lage und bat ihn, einen Verwalter zu suchen, der den Besitz meines Vaters leiten sollte, bis ich zurückkommen konnte. Ich versprach, ihm Geld zu schicken, und übertrug ihm außerdem Handlungsvollmacht für die Zeit, in der ich noch im Ausland war.«

»Und was geschah?« fragte Selina.

»Mein Geschäft entwickelte sich gut. Ich schickte fast alles Geld, das ich damit verdient hatte, an meinen Onkel und kehrte heim, sobald ich dazu in der Lage war.«

Er brach ab und sah in Selinas aufmerksames, kleines Gesicht.

»Ich mußte feststellen, daß mein Onkel – ich glaube, absichtlich –, einen Mann als Verwalter für den Besitz meines Vaters eingestellt hatte, der sowohl unzuverlässig als auch ein Taugenichts war.«

»O nein!«

»In meinem ehemaligen Heim herrschten unglaubliche Zustände. Ein absolutes Durcheinander beherrschte das Bild, und außerdem hatte der Verwalter jeden Penny aufgebraucht, den ich aus Indien geschickt hatte.«

Quintus Tivertons Stimme war rauh, als er fortfuhr:

»Ich ging zu meinem Onkel und sagte ihm, was ich von ihm halten würde. In der Hitze des Augenblickes sagte ich auch noch: ›Ich werde dieses Schwein umbringen für das, was er den Menschen angetan hat, die meiner Familie über Jahre hinweg treu gedient haben. Ich werde ihn umbringen, und du bist schuld an seinem Tod!‹«

Selina schlug die Hände zusammen und holte tief Luft.

»Und was geschah dann?«

»Der Verwalter, Lee Harrow, wurde am folgenden Tag tot aufgefunden!« antwortete Quintus Tiverton. »Ich hatte ihn nicht umgebracht, aber mein Onkel glaubte, daß ich es gewesen war.«

»Wie konnte er das glauben?«

»Ich hatte kein stichhaltiges Alibi, und ich konnte meinem Onkel nur mein Wort geben, daß ich zwar wild auf den Mann geschimpft hatte, der mich beraubt hatte, daß ich aber niemals einen Menschen töten würde.«

»Aber dein Onkel hat dir nicht geglaubt?«

»Er wollte mir nicht glauben, und er sagte mir, daß ich vor Gericht gestellt werden und er gegen mich aussagen würde, wenn ich nicht England verlassen würde!«

»Wie konnte er nur so etwas tun?« rief Selina.

»Er haßt mich!« antwortete Quintus Tiverton.

»Also hast du England verlassen?«

»Ich trieb alles an Geld auf, was ich konnte, und weil ich wußte, daß mein Onkel seine Drohung wahrmachen würde, überquerten Jim und ich den Ärmelkanal. Wir beschlossen, uns langsam auf den Weg nach Baden-Baden zu machen, wo es eine Chance für mich gab, das einzige Talent auszunutzen, das ich besitze, nämlich, mich als Spieler erfolgreich zu schlagen.«

Er brach ab, sein Blick blieb auf Selinas Gesicht ruhen.

»Du weißt, was dann geschah! Ich sah mich plötzlich jemandem gegenüber, der in einer noch schlechteren Lage zu sein schien als ich selbst.«

»Du ... hast mich gerettet, obwohl du ... es dir ... nicht leisten konntest.«

»Das konnte ich ganz gewiß nicht«, stimmte Quintus Tiverton ihr zu. »Aber Ende gut, alles gut, zumindest, was dich betrifft.«

»Glaubst du das ... wirklich?«

»Ich glaube es!«

Quintus Tiverton sprang bei diesen Worten auf die Füße und fügte noch hinzu:

»Jetzt kennst du meine Geschichte: Du weißt, warum ich durch die Welt ziehe, unfähig, in dem einen Land zu leben, das ich liebe.«

»England!« sagte Selina leise.

»Ja, England!« bestätigte er, und sie hörte den Schmerz in seiner Stimme.

Dann reckte Quintus die Schultern und warf den Kopf zurück, ehe er sein Glas leerte.

»Warum so traurig sein? Es hat keinen Sinn. Es gibt immer noch vieles, über das man sich freuen, das man genießen kann, vor allem, wenn Frauen dabei sind. Lächle, Selina, auf die eine oder andere Weise wendet sich immer alles zum Besten, und wenigstens du hast allen Grund, dich auf das zu freuen, was vor dir liegt.«

Selina antwortete nicht. Aber sie stand ebenfalls auf.

»Ich muß dich ... etwas ... fragen«, sagte sie leise.

»Was?«

»Würdest du ... mich ... nur für heute nacht zu ... zu deiner Mätresse ... machen ... damit ich etwas habe, an das ich mich ... erinnern kann?«

Quintus antwortete so hart, daß Selina zusammenfuhr:

»Wie kannst du es wagen, mich so etwas zu fragen! Glaubst du etwa, daß ich dich so haben will? Ich habe dich rein und unschuldig gelassen, und genauso wirst du morgen auch heiraten.«

Es kam Selina so vor, als wäre der Ausdruck in seinem Gesicht genauso wütend wie der Klang seiner Stimme.

Er durchquerte die Halle, und einen Moment später hörte sie die Haustür hinter ihm zufallen.

Der Ton schien wieder durch die Villa zu hallen, bis es nichts mehr gab als Stille und ihr eigenes Gefühl der Verzweiflung.

Eine Ewigkeit später ging Selina die Treppe hinauf. Sie bewegte sich wie eine alte Frau und hielt sich am Geländer fest, während sie die Füße nachschleppte.

In ihrem Zimmer standen die Koffer, die sie am Nachmittag gepackt hatte.

Sie enthielten die schönen neuen Kleider, die Quintus Tiverton ihr in Baden-Baden gekauft hatte, und sie hatte so gehofft, er würde sie in denjenigen bewundern, die sie noch nicht getragen hatte.

Sie war Frau genug, um den Schimmer der Bewunderung in seinen Augen abzulesen, jedesmal, wenn sie ihm ein neues Kleid vorstellte.

Heute abend, als sie aus der Küche gekommen war und die Schürze abgenommen hatte, die sie zum Kochen trug, hatte er gesagt:

»Du siehst aus, als wärest du gerade einem Märchen entstiegen. Dich umgibt immer etwas Unwirkliches.«

Er hatte die Freude auf ihrem Gesicht gesehen, als sie diese Bemerkung hörte, und hatte sich hastig abgewandt, als fürchtete er, zuviel gesagt zu haben.

›Er bewundert mich – ja, das tut er!‹ sagte sich Selina. ›Aber er wird mich niemals lieben, nicht so, wie ich ihn liebe.‹

Sie wußte jetzt, wie dumm es von ihr gewesen war, ihm vorzuschlagen, sie zu lieben – nur einmal in der Nacht vor ihrer Hochzeit. Aber sie sehnte sich danach, seine Lippen auf ihrem Mund zu spüren und ihm nah zu sein.

Sie hatte nur eine vage Vorstellung davon, was es bedeutete, eine Mätresse zu sein, aber sie war sicher, daß es unaussprechliches Glück und Wunder bedeuten würde, wenn sie ihm sein könnte, was Caroline Letessier für ihn gewesen war.

»Ich hätte mir denken können«, sagte sie sich traurig, »daß das gegen seinen Ehrenkodex verstößt.«

Ohne daß man es ihr hätte sagen müssen, wußte sie, obwohl sie nur wenig Erfahrung mit Männern hatte, daß Quintus Tiverton ein Spieler und Abenteurer sein mochte. Aber niemals würde er etwas Unehrenhaftes tun.

Und sie war ganz sicher, daß er Lord Howdrith niemals betrügen und ihm eine Braut aushändigen würde, die nicht so rein und unschuldig war, wie er es erklärt hatte. Das wäre nicht das Benehmen eines Gentleman!

»Ich liebe ihn!« sagte sich Selina verzweifelt. »Ich liebe alles an ihm: seine Freundlichkeit, sein Verständnis, die Art, wie er gleichzeitig herrisch und sanft sein kann.«

Quintus Tiverton hatte sie tatsächlich behandelt, als wäre sie seine Schwester. Und doch war es ihr manchmal so vorgekommen, als hätte er einen besonders zärtlichen Ton in seiner Stimme nicht unterdrücken können, so, wie er das bewundernde Leuchten in seinen Augen nicht unterdrücken konnte.

»Ich liebe ihn so sehr ... wie kann ich ohne ihn leben?«

Selina weinte nicht. Sie hatte das Gefühl, daß ihre Tränen versiegt waren. Sie war wie betäubt vor Kummer.

»Wenn ich so empfinde, wird es mir vielleicht nichts ausmachen, wenn Lord Howdrith mich berührt. Es wird mir sogar egal sein, wenn er mich küßt.«

Und doch wußte sie, daß der bloße Gedanke daran schon leise Schauer durch ihren Körper laufen ließ – nicht, daß er so abstoßend gewesen wäre wie der Marquis. Aber trotzdem zog sie sich bei dem bloßen Gedanken an ihn in sich selbst zurück.

Ganz anders war es, wenn sie an Quintus Tiverton dachte. Bei ihm hatte sie das Gefühl, sie müßte sich öffnen wie eine Blume unter der Sonne. Sie wollte die Arme ausstrecken, ihr Herz öffnen, ihm nicht nur ihre Lippen, sondern ihre Seele darbieten.

»Mein Leben lang werde ich nur diese Erinnerungen haben«, sagte sich Selina. »Diese Augenblicke, in denen wir zusammen waren; diese kostbaren Tage; diese Stunden; diese Minuten, in denen ich mit ihm sprechen konnte; in denen ich seine Stimme hören und sein Gesicht sehen konnte.«

Sie wußte, wenn sie ihn morgen verließ, würde ein Teil von ihr bei ihm zurückbleiben.

Es würde nur eine leere Hülle sein, die mit Lord Howdrith nach England fuhr; die man ›M'Lady‹ nennen würde; die ihm bei Tisch gegenübersitzen und ihm Kinder schenken würde.

Bei dem Gedanken daran stieß Selina einen Schrei aus. Mit fast übermenschlicher Anstrengung zwang sie die Tränen zurück, die in ihre Augen zu treten drohten.

Es war alles hoffnungslos! Vollkommen hoffnungslos!

Es gab nichts, was sie hätte tun können, um ihr Leben zu ändern. Sie würde ertragen müssen, was ertragen werden mußte, bis sie starb.

Langsam, fast ohne nachzudenken, entkleidete sie sich. Sie nahm das neue Kleid, in dem Quintus sie bewundert hatte, und legte es oben auf ihre Truhe.

All ihre Nachthemden waren eingepackt, mit Ausnahme dessen, das sie heute nacht tragen wollte. Sie zog es über den Kopf und öffnete ihr Haar, bis es in einer leuchtenden Wolke über ihre Schultern fiel.

Sie drehte die Gaslampen aus und ließ nur eine Kerze neben ihrem Bett brennen. Dann kniete sie nieder, um zu beten, wie sie es schon als Kind getan hatte.

Die üblichen Gebete, die sie für gewöhnlich sagte, schienen unzulänglich, und so betete sie voller Inbrunst aus tiefstem Herzen:

»Bitte, lieber Gott... gib gut acht auf Quintus... laß ihn glücklich werden... und eines Tages laß ihn nach England zurückkehren dürfen. Paß gut auf ihn auf... lieber Gott... paß gut auf ihn auf... weil ich ihn so... schrecklich liebe...«

Sie betete lange, sagte wieder und wieder dieselben Worte, und als es nichts mehr zu sagen gab, hatte sie das Gefühl, daß selbst Gott aufgehört hatte, ihr zuzuhören.

Selina vergrub ihr Gesicht in die Laken des Bettes. Sie hatte das Gefühl, sich mit jeder Sekunde, die verstrich, weiter und weiter von Quintus zu entfernen. Sie hatte das Gefühl, als würde sie morgen die Sonne hinter sich lassen und als würde es von nun an für sie nur noch Finsternis geben.

»Wie kann ich das ertragen? Wie soll ich ohne ihn leben?« Sie sagte diese Worte laut, und dann sprang sie plötzlich auf.

Es hatte keinen Sinn! Sie hatte versucht, sich der Zukunft zu stellen, aber es war unmöglich! Unmöglich, ohne ihn zu leben, unmöglich, die Frau eines anderen Mannes zu werden.

Was machte es schon, was die anderen dachten? Sie war so unwichtig in dieser Welt.

Sie ging zum Schrank und nahm den Reisemantel heraus, den sie noch nicht eingepackt hatte. Es war derselbe, in dem sie ihre geringe Habe aus dem Gasthof gebracht hatte. Sie hielt ihn über ihrem Nachthemd zusammen. Fast wie im Traum durchquerte sie das Zimmer und ging langsam die Treppe hinab.

›Es muß spät sein‹, dachte sie, ›weil die Lichter in der Küche aus sind.‹

Nur ein einziger Gasballon brannte ganz niedrig in der Halle.

Die Haustür war nicht verriegelt, da Quintus noch nicht zurück war. Er hatte einen Schlüssel, so daß er allein ins Haus gelangen konnte.

Die meisten Herren erwarteten von ihren Dienern, daß sie bis zu ihrer Rückkehr warteten. Aber Quintus war immer sehr rücksichtsvoll Jim gegenüber und nahm den Schlüssel mit. Das wußte Selina.

Sie zögerte einen Moment. Das, was sie vorhatte, war böse und in den Augen der Kirche eine Sünde; aber selbst, wenn es bedeutete, daß sie in der nächsten Welt zur Hölle verdammt war, wußte sie, daß sie in dieser nicht weiterleben konnte.

Das Leben würde eine unerträgliche Hölle bedeuten, eine solche Qual, daß sie es einfach nicht ertragen konnte.

Schluchzend streckte sie die Hand aus, um die Tür zu öffnen. Aber im nächsten Moment stöhnte sie erschreckt auf.

Ihr gegenüber, mit dem Schlüssel in der Hand, stand Quintus Tiverton.

8

Einen Augenblick lang rührte sich keiner von ihnen. Dann sagte Quintus Tiverton scharf:

»Wohin wolltest du?«

Es schien, als wäre Selinas Stimme in der Kehle erstorben, sie konnte ihn nur anstarren. Ihre Augen standen riesig in ihrem bleichen Gesicht.

»Antworte mir!« befahl er. »Wohin wolltest du?«

Er trat vorwärts, als er das sagte, und instinktiv wich sie vor ihm ins Haus zurück.

Als hätte er sie gezwungen, ihm zu antworten, erwiderte sie mit kaum hörbarer Stimme:

»Z... zum... Fluß.«

Er war ganz still, sah sie nur ungläubig an, als könnte er nicht begreifen, was er da gehört hatte. Irgend etwas in Selina schien auszurasten, und während sie die Hände nach ihm ausstreckte, rief sie:

»Es hat... keinen Sinn! Ich... kann... ihn nicht... heiraten. Ich liebe... dich! Ohne dich... will ich nicht mehr... leben. Laß mich... gehen! Laß mich... mich selbst zerstören. Es gibt... keinen... anderen Weg.«

Ihre Stimme brach, und Tränen liefen über ihr Gesicht.

Mit einer flinken Bewegung, als wollte sie an ihm vorbeieilen, bewegte sich Selina auf die noch immer offene Tür zu.

Quintus Tiverton packte sie, als sie den ersten Schritt machte, und warf die Tür zu.

Als er sie an seine Brust drückte, brach sie in Tränen aus.

»Ich... liebe... dich!« schluchzte sie. »Ich liebe dich... und ich könnte es nicht ertragen... einen anderen... Mann zu... heiraten.«

Quintus Tiverton nahm sie in die Arme und trug sie die Treppe hinauf.

Sie weinte noch immer, ängstlich, verschreckt, verzweifelt, als er sie auf ihr Bett legte, und er erinnerte sich, daß sie auf dieselbe Weise geweint hatte, als er in ihre Dachkammer gekommen war, weil das Geräusch ihn so beunruhigt hatte.

Jetzt schien es ihm, daß ihre Tränen noch schmerzlicher waren, als sie in den Kissen lag. Ihre Augen waren geschlossen, während Tränen unter ihren Wimpern hervorquollen und über ihr Gesicht liefen.

»L... laß mich... gehen«, flüsterte sie, »laß mich gehen.«

Auf seinem Gesicht lag ein merkwürdiger Ausdruck, als er auf sie hinabblickte. Er stöhnte auf, beugte sich vor und küßte sie.

Einen Augenblick lang war sie ganz still vor Überraschung. Doch dann, als sich seine Lippen auf ihren bewegten, ließ sie sich mitreißen.

Es war ein Wunder, wie sie es nie erlebt hatte, und es überwältigte sie, spülte ihre Tränen fort, ließ sie alles vergessen, außer Quintus selbst.

Sein Mund war zuerst grob, als hätte er seine Selbstbeherrschung verloren und wäre, gegen seinen Willen, gezwungen, sie zu küssen.

Doch als er die Wahrheit ihrer Lippen fühlte, als er spürte, wie sie unter ihrem dünnen Nachthemd bebte, wurde sein Mund fordernder, besitzergreifender, aber gleichzeitig auch zärtlicher.

Für Selina war es, als hätten sich plötzlich die Himmel geöffnet und sie in ihr Licht eintauchen lassen, gerade als sie in finsterster Verzweiflung zu versinken drohte.

Ihr ganzer Körper erwachte zu neuem Leben, und in einem Kuß, der sie für immer und alle Zeiten mit Quintus Tiverton verband, überließ sie ihm ihr Herz und ihre Seele.

Er küßte sie, bis sie nicht mehr wußte, wo sie war. Es war ein Wunder und eine Ekstase, die alles übertraf, was sie sich in ihren kühnsten Träumen erhofft hatte.

Er nahm die Lippen von ihrem Mund, um ihre Augen und ihre Wangen zu küssen, die noch immer feucht waren von ihren Tränen. Er küßte ihre Stirn und dann ihren Hals, spürte ihren Puls schneller schlagen, denn die Berührung seines Mundes erregte sie.

Dann schmiegten sich seine Lippen wieder an ihre, nahmen Besitz von ihr, machten sie vollkommen und absolut zu seiner Gefangenen, bis sie das Gefühl hatte, sich ihm vollkommen zu unterwerfen, Körper, Geist und Seele.

Endlich, als die Zeit stillzustehen schien, hob er den Kopf und sagte heiser:

»Ich habe versucht zu tun, was ich für das beste für dich gehalten habe, mein schöner Liebling, aber du hast mich zu sehr in Versuchung geführt.«

»Ich liebe ... dich! Ach, Quintus, ich ... liebe dich«, hauchte sie.

Beim Schein der Kerzen wußte er, daß er noch nie eine Frau gesehen hatte, die so strahlend aussah, so über alle Maßen glücklich.

»Es ist Wahnsinn«, sagte er, »und du weißt es!«

»Himmlischer ... wundervoller ... Wahnsinn!« sagte sie. »Ich wußte, daß es himmlisch wäre, wenn du mich küssen würdest, aber es ist noch mehr als das.«

»Oh, mein Gott!« murmelte er kaum hörbar. »Ich kann dich nicht gehen lassen! Ich mußte mich wappnen, dich zu verlieren, Selina, aber du hast mich verführt, und jetzt ist es zu spät!«

»Du ... liebst mich?« flüsterte sie.

»Ich habe dich wohl vom ersten Augenblick an geliebt«, antwortete er. »Ich habe nie gewußt, daß eine Frau so wunderschön und dabei in jeder Beziehung doch so perfekt sein kann.«

»Meinst du das wirklich?«

Er beantwortete ihre Frage mit einem Kuß, der ihr erneut ihr Herz zu rauben schien. Doch mit Mühe löste er sich dann von ihr und setzte sich zurück.

»Wir müssen uns unterhalten, mein Schatz, und wenn du gestattest, werde ich mich etwas bequemer anziehen.«

Er erhob sich, aber Selinas Hände griffen nach ihm.

»Du wirst mich doch nicht verlassen?«

»Das ist unmöglich für mich«, antwortete er und verzog die Lippen. »Geh ins Bett, Selina. Es fällt mir schwer, vernünftig mit dir zu reden, wenn du so aussiehst wie jetzt.«

Zum erstenmal bemerkte sie, daß ihr Mantel von ihren Schultern geglitten war, als er sie aufs Bett gelegt hatte, und ihr Nachthemd war sehr durchsichtig.

Selina errötete, und als Quintus aus dem Zimmer ging, schlüpfte sie unter die Laken und lehnte sich in die Kissen zurück. Sie hatte das Gefühl, ihr Glück müßte das Zimmer mit einem Glanz und Leuchten erfüllen.

Quintus hatte die Türen offengelassen, und sie konnte ihn in seinem Schlafzimmer umhergehen hören.

Ein paar Minuten später kam er ins Zimmer zurück. Er trug jetzt einen seidenen Morgenrock, und die Rüschen seines Nachthemds hoben sich weiß von seiner braunen Haut ab. Sie fand, daß er viel jünger aussah, und gleichzeitig, wenn das überhaupt noch möglich war, attraktiver.

Er setzte sich auf die Bettkante, um sie anzusehen. Ihre riesigen Augen leuchteten, als würde ein Licht darin brennen, und ihre vom Küssen warmen Lippen lächelten sanft.

»Was hast du mit mir gemacht?« fragte er.

»Habe ich dich nicht glücklich gemacht?«

»Ich bin wie trunken von einem Glück, von dem ich nicht einmal wußte, daß es es gab! Ich sage dir die Wahrheit, Selina, wenn ich sage, daß ich nie zuvor in meinem ganzen Leben etwas Derartiges empfunden habe.«

»Ich bin froh ... so schrecklich froh«, murmelte sie. »Ich war so eifersüchtig auf die schönen Frauen, die du in der Vergangenheit geliebt hast. Ich dachte, daß ich dich niemals so anziehen könnte, wie sie es getan haben.«

»Du bist die einzige Frau in meinem Leben, die wirklich wichtig für mich ist«, antwortete er. »Aber gerade, weil ich dich liebe, wie ich nie zuvor geliebt habe, wollte ich das Richtige für dich tun.«

»Wie konntest du mich fortschicken ... wenn ich dir gehöre?« fragte sie. »Wie kann ich einem anderen Mann geben ..., was dir gehört?«

Quintus Tiverton holte tief Atem. Er nahm Selinas Hand, die auf dem Laken lag, und hielt sie ganz fest, starrte auf ihre langen, schmalen Finger und sagte schließlich:

»Hast du wirklich darüber nachgedacht, was ist, wenn du bei mir bleibst? Du hast die Chance, Selina, ein sehr bequemes, sicheres Leben zu führen, mit einem Mann von größter Wichtigkeit in der gesellschaftlichen Welt.«

»Glaubst du wirklich, daß das zählt?« fragte Selina.

»Im Augenblick vielleicht nicht«, sagte Quintus Tiverton, »aber kannst du es ertragen, jahrelang zu leben, ohne zu wissen, woher das Geld für deine nächste Mahlzeit kommen wird? Von einem Spielort zum nächsten zu reisen, zwischen Herrenhaus und Dachkammer umzuziehen, und wenn es hart auf hart kommt, alles, was du besitzt, zu verpfänden, vielleicht sogar deinen Ehering?«

Seine Stimme war ernst und leise, aber als er endete, lachte Selina nur.

»Wie dumm du doch bist!« sagte sie. »Glaubst du wirklich, daß irgend etwas davon wichtig ist? Es zählt doch nur, daß wir zusammen sind, daß ich dich lieben und für dich sorgen kann und daß wir, ganz gleich, wie schwierig und erschreckend das Leben für uns ist, doch immer noch einander haben werden.«

»Ach, Schatz, wenn du so redest, glaube ich dir. Aber ein Teil von mir steht abseits und sagt, daß ich selbstsüchtig bin.«

»Ich bin es, die selbstsüchtig ist«, sagte Selina. »Ich bin in dein Leben getreten und habe es gestört. Ich habe mich dir aufgedrängt, und jetzt kann ich dich nicht verlassen, obwohl ich weiß, daß es dir ohne mich bessergehen würde.«

»Glaubst du denn, ich möchte, daß du das tust?« fragte Quintus, und aus seiner Stimme sprach plötzlich tiefe Leidenschaft.

Wieder sah er in ihre Augen, und sie sah das Feuer in seinem Blick.

Er küßte sie nicht, wie sie es erwartet hatte, sondern sagte mit derselben, ernsten Stimme wie zuvor:

»Darf ich dich wirklich bitten, bei mir zu bleiben, wenn ich weiß, daß es Zeiten geben wird, in denen die Sorge und Armut, in der wir leben werden, ihren Tribut von deiner Schönheit fordern werden?«

Er kniff die Lippen zusammen, ehe er sagte:

»Nehmen wir einmal an, du würdest mir dann einen Vorwurf machen – nicht mit Worten. Ich weiß, daß du das niemals tun würdest, aber einfach, weil ich sehen müßte, daß deine Kleider schäbig und deine Hände abgearbeitet und wund wären, weil du für mich schuften müßtest.«

»Ich würde dich dennoch lieben«, antwortete Selina, »und solange du mich liebst, wird alles, was wir gemeinsam erleben, ein wundervolles Abenteuer sein.«

»Ach, mein Schatz, mein Schatz! Du machst es mir sehr schwer, das zu tun, was das Beste und Richtige wäre.«

»Es ist richtig für mich, bei dir zu sein«, erklärte Selina. »Wir gehören zusammen. Glaubst du das nicht auch?«

»Natürlich glaube ich es! Du hast mir vom ersten Augenblick an gehört, in dem ich dich sah, und ohne es zu erkennen, wußte ich, daß du die Frau bist, die ich mein Leben lang gesucht habe.«

»Wann warst du dir dessen sicher?« fragte Selina.

Als könnte er nicht anders, lächelte Quintus sie an.

»Ich glaube, das war in dem Moment, als ich an jenem Morgen in die Dachkammer kam und fand, daß du noch schöner warst, als ich dich in Erinnerung hatte.«

Vor Glück hielt Selina den Atem an, und er fuhr fort:

»Ich hatte schon halb befürchtet, daß es nur am Kerzenlicht gelegen hatte. Aber im Sonnenschein warst du so schön wie die Sonne selbst.«

Seine Stimme wurde tiefer, als er hinzufügte:

»Ich habe dich schon damals geliebt, und diese Liebe ist stetig gewachsen, bis es schmerzlich für mich war, dich nicht zu meiner Frau zu machen.«

»Und ... jetzt?« hauchte Selina.

Er schaute sie an und begriff, was sie von ihm wissen wollte.

»Wir werden heiraten, sobald wir in Paris sind.«

»P ... Paris?«

»Wir werden den Frühzug nehmen, gleich morgen früh«, antwortete er. »Ich glaube, um sieben Uhr geht ein Schnellzug. Ich werde einen Brief für Howdrith zurücklassen – das bin ich ihm schuldig.«

»D ... du brauchst mich nicht ... zu heiraten, wenn du ... nicht willst«, flüsterte Selina.

»Diesen Vorschlag hast du mir heute abend schon einmal gemacht. Wenn du ihn noch einmal wiederholst, werde ich sehr böse sein!«

»Ich möchte dich nicht ... anbinden.«

»Ich bin schon angebunden«, erklärte er. »An dich, mein Schatz, gefesselt durch jeden Instinkt und jedes Gefühl, dessen ein Mann fähig ist. Du gehörst mir, und ich will dich, nicht nur als Frau, sondern als meine Frau. Und wenn es Gott gefällt, Selina, dann hoffentlich eines Tages auch als die Mutter meiner Kinder.«

Selina stieß einen leisen Freudenschrei aus. Als könnte sie nicht anders, streckte sie jetzt die Arme nach ihm aus.

Er legte sich neben sie auf das Bett und zog sie dicht an sich, so daß ihr Kopf an seiner Schulter ruhte.

Seine Lippen streiften ihr Haar und ihre Stirn. Sie konnte sein Herz an ihrer weichen Brust schlagen fühlen.

»Du bist... doch nicht böse, oder?« fragte sie leise.

»Nur weil ich das Gefühl habe, du unterschätzt meine Liebe zu dir«, antwortete er. »Ich habe heute abend verstanden, was du gemeint hast, als du mich gebeten hast, dich zu meiner Mätresse zu machen, und ich wußte, daß es aus der Tiefe deines Herzens kam. Aber ich konnte nicht etwas so Perfektes zerstören, und ich wollte die Ideale nicht verletzen, die wir beide, du und ich, hochhalten.«

»Es tut mir... leid.«

»Ich muß für uns beide stark sein«, sagte Quintus, »und deshalb werde ich zwar heute nacht bei dir liegen, bis es Zeit für uns wird, aufzustehen, aber ich werde dich nicht zu meiner Frau machen, ehe wir getraut sind, bis du vor den Augen des Gesetzes und Gottes mir gehörst.«

In der Art, wie er sprach, lag etwas so Ernstes und dabei so Rührendes, daß Selina fühlte, wie ihr die Tränen in die Augen traten.

»Ich bete... daß ich so bin... wie du es von mir möchtest«, sagte sie. »Du weißt ja, daß ich sehr... unwissend bin, was viele Dinge angeht, und du mußt viel Geduld mit mir haben.«

»Du bist noch sehr jung«, sagte Quintus Tiverton, »und ich bewundere sowohl deine Unschuld als auch deine Unwissenheit. Es gibt so vieles, was ich dir zeigen möchte, mein Liebling, und dich zu lehren wird ein Erlebnis sein, das ich in meinem Leben noch nicht hatte.«

Selina schaute zu ihm auf, ohne ihn zu verstehen, und er fuhr fort:

»Du weißt, weil ich es dir erzählt habe, daß ich immer nur mit erfahrenen Frauen zusammen war; mit den Frauen, die aus Paris die fröhlichste Stadt gemacht haben, über die in aller Welt geredet wird.«

»Das macht mir ja so große Angst«, sagte Selina.

Quintus lächelte.

»Das brauchst du nie zu haben. Du bist so anders! Deine Reinheit, mein Schatz, leuchtet wie ein Licht im Dunkel, und ich bin bereit, dich nicht nur zu lieben, sondern dich anzubeten.«

Selina murmelte etwas und verbarg ihr Gesicht an seiner Brust.

Wenn er so zu ihr sprach, mit diesem Unterton in der Stimme, den sie nie zuvor gehört hatte, war ihr Glück fast unerträglich.

Quintus legte einen Finger unter ihr Kinn und hob ihr Gesicht zu sich empor.

»Ich liebe dich!« erklärte er. »Warum gibt es in keiner Sprache Worte, die wirklich ausdrücken, was ich für dich empfinde? Selbst der Ausdruck ›Liebe‹ erscheint mir in diesem besonderen Augenblick unzulänglich.«

Er küßte sie ganz sanft. Sie fühlte, daß jetzt Zärtlichkeit in seinem Kuß lag, und während in ihr eine Flamme flackerte, die ihren ganzen Körper erglühen ließ, spürte sie doch jetzt auch etwas anderes, was zuvor nicht dagewesen war.

»Ich bin ja so glücklich«, flüsterte sie, als er ihre Lippen freigab. »Ich habe das Gefühl, ich könnte sterben, weil alles so wundervoll ist.«

Er hielt sie ganz fest.

»Von jetzt an bis in alle Ewigkeit wirst du für mich leben«, sagte er, »weil ich dich niemals gehen lassen werde.«

Sie redeten und küßten sich in den langen Stunden der Dunkelheit. Zwischendurch schliefen sie ein wenig, wachten dann wieder auf und suchten einander.

Manchmal schien das Feuer, das so heftig in Quintus brannte, sie beide verzehren zu wollen, so daß Selina dachte, er müßte sie körperlich in Besitz nehmen und sie zu seiner Frau machen.

Aber seine Selbstbeherrschung verließ ihn nicht, und nur einmal ließ er sie los, atmete hastig, und sein Herz schien seine Brust sprengen zu wollen.

»Solltest du... mich... besser... verlassen?« fragte Selina schüchtern und sehr sanft.

»Nein, meine Süße«, antwortete er. »Aber deine Schönheit – deine Weichheit – deine Lippen können jeden Mann verrückt machen!«

»Es tut mir... leid!«

»Das bezweifle ich. Du wolltest mich zu deinem Sklaven machen, und du warst erfolgreich. Ich bin dein Gefangener, Selina, und ein sehr gehorsamer dazu.«

Er wandte sich ihr zu und küßte sie, bis sie nicht mehr atmen oder denken konnte, sondern nur noch fühlen und fühlen...

Als das erste Licht der Dämmerung durch die Vorhänge fiel, sagte Quintus:

»Wir müssen bald aufstehen. Ich werde Jim wecken und ihm auftragen, meine Sachen zu packen. Zum Glück sind deine Koffer bereits fertig.«

»Wir dürfen den Zug nicht versäumen«, sagte Selina, und ihre Stimme bebte ängstlich.

Sie würde sich nicht sicher fühlen, bis sie Baden-Baden und damit Lord Howdrith weit hinter sich gelassen hatten.

Sie fürchtete noch immer, daß Quintus im letzten Augenblick überzeugt werden könnte, daß es das beste für sie wäre, in der Stellung einer gesellschaftlich wichtigen Person nach England zurückzukehren.

›Ich würde ihm barfuß überallhin folgen, wohin er gehen möchte‹, dachte Selina.

Sie sah im blassen Licht, das durch die Fenster fiel, zu ihm auf und wußte, daß es für jeden anderen Mann unmöglich sein würde, sie zu fesseln.

Quintus sah so gut aus, war so unwiderstehlich männlich und gleichzeitig so rücksichtsvoll und sanft.

So, wie sie anfangs gedacht hatte, daß er der Heilige Georg war, der sie vor dem Drachen bewahrte, so hatte er sich jetzt die ganze Nacht über mit einem Idealismus verhalten, der nur für einen Mann von edlem Charakter möglich war.

Wer würde ihr glauben, wenn sie erzählte, was geschehen war?

In ihrem Herzen dankte sie Gott für das Glück, das sie in letzter Minute errettet hatte.

Wenn Quintus ein paar Minuten später heimgekehrt wäre, dann läge sie in diesem Augenblick vielleicht schon im Fluß, ein durchweichter, gefühlloser Körper, in dem jedes Leben ausgelöscht worden war.

Statt dessen konnte sie nur noch an die Freude denken, seine Frau zu sein, zu wissen, daß ihr niemals mehr irgend etwas geschehen konnte.

Während sie zu ihm emporsah und sich daran erfreute, wie gut er aussah, sah Quintus auf sie herab.

Als die Morgendämmerung aufzog und die ersten Sonnenstrahlen durch das Fenster schienen, konnte er die Umrisse von Selinas herzförmigem Gesicht sehen; ihre großen Augen, die erfüllt waren von Liebe und Vertrauen, und ihre Lippen, die seine Küsse erwarteten.

Sein Arm legte sich fest um sie, und er sagte:

»Wir sollten besser aufstehen, mein Schatz. Es gibt noch eine Menge zu tun. Ich werde Jim wecken.«

»Ich nehme an, er ist bereits wach«, antwortete Selina. »Er steht immer sehr früh auf.«

»Ich werde mich lieber vergewissern«, erklärte Quintus. »Er muß die Pferde in den Stall bringen, sie verkaufen und eine Kutsche mieten, die uns zum Bahnhof bringt.«

»Ich werde Frühstück machen, sobald ich angezogen bin.«

»Ich habe Hunger«, meinte Quintus lächelnd, »und ich nehme an, du ebenfalls.«

»Ich bin viel zu glücklich, um zu essen«, antwortete sie.

Er wollte sich gerade vom Bett erheben, als ihre Arme sich um seinen Hals legten und ihn zurückhielten.

»Ich liebe dich«, flüsterte sie. »Du hast deine Meinung doch nicht geändert? Du willst mich immer noch heiraten?«

»Sobald wir verheiratet sind, werde ich dir zeigen, wie sehr ich dich liebe«, versprach er mit tiefer Stimme. »Wenn ich jetzt damit anfange, versäumen wir den Zug.«

Trotzdem küßte er sie, und eine lange, lange Weile spürten sie in ihren Körpern das Verlangen nach dem anderen. Mit Mühe riß sich Quintus aus Selinas Armen und ging zum Fenster. Einen Augenblick stand er da und blickte auf das Wasser des Springbrunnens hinaus, das wie tausend Diamanten in der klaren Luft funkelte.

»Ich hatte erwartet, daß dies der dunkelste und traurigste Tag meines Lebens sein würde«, murmelte er leise.

»Weil ich dich verlassen sollte?« fragte Selina.

»Weil ich die Absicht hatte, dich einem anderen Mann zu übergeben, obwohl ich wußte, daß du mein Herz mit dir nehmen würdest und daß ich nie wieder vollständig sein würde.«

»Aber jetzt...?«

»Jetzt bin ich glücklich und dankbar, wie ich es gar nicht sagen kann.«

Er wandte sich um und sah sie an, und wieder dachte er, daß keine andere Frau so schön und so vollkommen natürlich aussehen konnte. Langsam ging er aus Selinas Zimmer und schloß die Tür hinter sich.

Sie stand auf, badete in kaltem Wasser und zog das hübsche, seidene Reisekleid an, das ihr Hochzeitskleid gewesen wäre, wenn sie Lord Howdrith geheiratet hätte.

Schon war es zu heiß, um die Reisejacke anzuziehen, aber sie legte alles andere, was sie besaß, in ihre Koffer und ließ nur eine hübsche, mit Blumen besetzte Kappe, ihre Handschuhe und eine kleine Handtasche draußen.

Jim würde nach oben kommen, um die Koffer zuzubinden. Was jetzt wichtig war, war Quintus' Frühstück.

»Wenn wir jetzt viel essen«, sagte sich Selina, »werden wir unterwegs nicht so hungrig sein und können Geld sparen.«

Schon plante sie ihr sparsames Leben. Gleichzeitig war sie entschlossen, daß Quintus immer nur das Beste bekommen sollte, wenn es irgendwie möglich war.

Sie rannte nach unten, fand aber niemanden in der Küche und dachte, daß Jim schon mit den Pferden unterwegs sein mußte, wie Quintus gesagt hatte.

Doch das Feuer brannte im Ofen, und es gab genug zu essen.

Sie bedeckte ihr Kleid mit einer großen, weißen Schürze, die sie schon vorher getragen hatte, und machte sich daran, die Pfannen zu erhitzen und das Essen auf dem großen Tisch vorzubereiten, der in der Mitte der Küche stand.

Wer auch immer die Villa gebaut hatte, hatte nicht vergessen, daß eine Küche ein wichtiger Raum in einem Haus ist. Sie war mit großen Holzkommoden attraktiv eingerichtet.

Der Boden war gefliest, und Kupferpfannen hingen an den Wänden.

Selina war mit ihren Vorbereitungen schon weit gekommen, als Quintus die Küche betrat.

Wie gewöhnlich war er ausgesprochen elegant gekleidet, und sie fand, daß sie ihn nie zuvor so glücklich gesehen hatte.

»Es dauert jetzt nicht mehr lange«, beruhigte sie ihn lächelnd.

»Wir haben noch eine Menge Zeit«, erwiderte er.

»Warum wartest du nicht im Eßzimmer?« schlug sie vor. »Ich habe ein Eiergericht, mit dem du anfangen kannst.«

»Ich sehe dir gern zu, und es fällt mir schwer, irgend etwas anderes anzusehen.«

Sie errötete, als sie den plötzlich leidenschaftlichen Ton in seiner Stimme hörte.

»Du machst mich ganz verlegen!« protestierte sie.

»Ich bete dich an, wenn du verlegen bist.«

Er kam näher an den Tisch heran.

»Ist es gestattet, die Köchin zu küssen?«

»Ganz gewiß nicht!« antwortete sie ernst, hob ihm aber im selben Moment die Lippen entgegen.

Er legte den Arm um sie und zog sie fast grob an sich.

»Ich liebe dich!« sagte er. »Ich kann an nichts anderes mehr denken als daran, daß ich dich liebe.«

»Mehr will ich auch gar nicht hören«, antwortete sie leise.

Seine Lippen fanden ihre, und für einen Moment wirbelte die Küche um sie herum. Als sich die Tür öffnete, trennten sie sich fast zögernd voneinander.

Jim trat ein.

»Gute Neuigkeiten, Sir. Ich habe fünfzig Pfund für die Pferde bekommen.«

»Ausgezeichnet!« rief Quintus Tiverton aus. »Das ist mehr, als ich erwartet hatte.«

»Ich gebe Ihnen das Geld, Sir.«

Er legte das Paket, das er trug, auf den Tisch und sagte: »Ich habe so schöne, frische Forellen auf dem Markt gesehen, Miß Selina, und ich dachte, das wäre genau das richtige für den Herrn zum Frühstück.«

»Oh, vielen Dank, Jim!« rief Selina freudig. »Es wird nicht lange dauern, sie zu braten!«

Sie rührte die Eier um, während Jim Quintus Tiverton das Geld übergab und dann das Paket öffnete, das er auf den Tisch gelegt hatte.

Der Fisch war in eine Seite der Tageszeitung gewickelt. Jim nahm das Blatt mit dem deutschen Aufdruck hoch, und als er die Forelle in die Pfanne legte, die Selina ihm hinhielt, sagte er:

»Das ist ja komisch, Sir!«

»Was denn?« erkundigte sich Quintus Tiverton.

»Ihr Name steht hier in der Zeitung, und auch der von Seiner Lordschaft.«

»Laß sehen!«

Quintus Tiverton nahm die Seite vom Tisch auf. Sie war dort, wo der Fisch gelegen hatte, mit Flecken übersät, aber der Absatz, auf den Jim sich bezog, stand ganz oben.

»Was steht da?« fragte nun auch Selina erschreckt.

Quintus antwortete einen Augenblick lang nicht. Dann, als würde er erst jetzt bemerken, daß Selina und Jim beide warteten, übersetzte er langsam laut:

England, September 1868

MÖRDER DEM GERICHT ÜBERSTELLT

Der Mörder des 6. Earl of Arkley wurde heute vom Magistrat dem Gericht überstellt. Ned Jarvis, ein arbeitsloser Landarbeiter, der vom Haß auf die herrschende Klasse besessen ist, hat gestern gestanden, den Earl of Arkley ermordet zu haben, als dieser im Wald nahe seines Landsitzes ausgeritten ist.

Der Gefangene gestand ebenfalls den Mord an Lew Harrow, dem Verwalter des Besitzes von Mr. Quintus Tiverton. Dieser Tod war bisher noch nicht aufgeklärt worden.

Der Earl of Arkley hinterläßt eine Frau und drei Töchter. Sein Erbe, Mr. Quintus Tiverton, bereist vermutlich das Festland, und die nötigen Schritte, ihn vom Tode seines Onkels in Kenntnis zu setzen, sind bereits eingeleitet worden.

Als Quintus Tiverton endete, herrschte völlige Stille in der Küche. Mit einem Seufzer, der aus tiefstem Herzen zu kommen schien, sagte schließlich Jim:

»Das heißt ja, daß wir heimfahren können, Sir!«

»Ja, Jim, wir können heimfahren.«

Quintus legte die Zeitung auf den Tisch, drehte sich um und verließ die Küche.

Einen Augenblick lang konnte Selina sich nicht rühren. Schließlich stellte sie die Pfanne mit dem Fisch auf den Herd und folgte Quintus.

Sie fand ihn in der Mitte des Salons stehen und vor sich hin starren, als wüßte er weder, wo er war, noch, was er tat.

Instinktiv streckte sie die Hände nach ihm aus, berührte ihn aber nicht, sondern wartete nur.

»Ich kann es nicht glauben!« sagte er nach einer Weile.

Wieder trat Schweigen ein, und schließlich sagte Selina leise:

»Jetzt... hast du alles... was du dir wünschst... und bist so wichtig... wenn du mich nicht mehr... haben willst ... verstehe ich das.«

Sie gab sich Mühe, ruhig zu sprechen, aber das Schluchzen in ihren Worten war nicht zu überhören.

Mit einem leisen Lachen drehte sich Quintus um und legte die Arme um sie.

»Wie kannst du nur etwas so Dummes sagen?« fragte er. »Ich fühle mich bloß im Augenblick wie trunken vor Glück!«

Er zog sie noch enger an sich und blickte in ihre besorgten Augen.

»Wie Jim gesagt hat, können wir heimkehren – heim zu einem neuen Leben – einem Leben, wie ich es mir immer ersehnt habe – und Gott sei Dank, brauche ich nie wieder eine Karte in die Hand zu nehmen!«

»Und du... willst mich immer noch?«

Ein zärtliches Lächeln lag auf Quintus' Lippen, als er antwortete:

»Jetzt endlich kann ich dir eine Heirat vorschlagen, die ich als ein Vormund voll und ganz gutheißen kann.«

Seine Lippen waren den ihren ganz nahe, als er fortfuhr:

»Wollen Sie, schöne Miß Selina Wade, nicht den mittellosen Spieler heiraten, der Ihnen nichts weiter als seinen Verstand bieten kann, sondern den sehr reichen und begehrenswerten Earl of Arkley?«

Er lachte vor Glück, als er zu sprechen aufhörte, aber Selina erkannte, daß er auf ihre Antwort wartete.

»Ich kenne keinen der Herren, die du beschreibst«, murmelte sie, »aber ich möchte jemanden heiraten, der so freundlich ist, so edel, daß ich weiß, daß das Leben ohne ihn unerträglich ist, aber mit ihm ein Rausch, der nicht in Worte zu fassen ist!«

»O mein Schatz! Mein perfekter, kleiner Liebling!«

Er küßte sie, als sie sich an ihn klammerte, und als er die Lippen von ihrem Mund nahm, sagte er:

»Das war mein letztes Spiel – ein Spiel der Herzen – und ich habe gewonnen! Gott weiß, es ist der größte Gewinn, den ein Spieler erhoffen kann!«

Seine Stimme schien triumphierend in dem kleinen Salon widerzuhallen, als sich Selina aus seinen Armen löste.

»Ihr müßt trotzdem immer noch essen, Mylord«, meinte sie mit spitzbübischem Lächeln. »Und das Frühstück ist fertig.«

»Dann laß uns essen«, antwortete Quintus, »denn ich möchte den Zug nach Paris auf keinen Fall versäumen. Ich habe eine wichtige Verabredung dort, wie du wohl weißt.«

»Unsere Hochzeit!« Selina lächelte ihm zu.

»Also, dann beeil dich!« sagte er ungeduldig. »Ich möchte dich zu meiner Frau machen, und welch besseren Grund zur Eile könnte es geben?«

Selina war zur Tür gegangen, während er redete. Jetzt wandte sie sich zu ihm um.

Es schien ihr, als hätte er eine schwere Last abgeschüttelt und wäre größer und sogar stolzer als vorher.

Ihre Blicke ruhten einen Moment lang auf ihm.

Dann, als könnte sie nicht anders, lief sie zu ihm und warf sich in seine Arme.

»Ich liebe dich... ach, Quintus... ich liebe dich!« rief sie. »Aber wenn du nach England zurückkehrst, wirst du dann so groß und wichtig, daß ich dich... verliere?«

Er spürte die Angst hinter ihrer Frage, und während er sie fest an sich drückte, sagte er:

»Hast du vergessen, daß wir zusammengehören? Morgen abend sind wir wie eine Person, Selina, und dann gibt es kein Entrinnen mehr, weder für dich noch für mich.«

»Das ist alles, was ich mir... wünsche«, hauchte sie.

»Du darfst nur eines nicht vergessen, mein geliebtes Herz, daß du mir gehörst, jetzt und immerdar.«

Wieder küßten sie sich zärtlich, und das goldene, göttliche Glück umhüllte sie, das nur jene kennenlernen, die im Spiel des Lebens die wahre Liebe gewinnen.

Anmerkung der Autorin

Baden-Baden, ›Die Perle des Schwarzwalds‹ in den sechziger Jahren des vergangenen Jahrhunderts, war im Sommer die Hauptstadt Europas. Die Beschreibung der Gäste dieser bezaubernden Stadt bezieht sich auf Tatsachen.

›Madame Maximus‹ – Léonide Leblanc – war mit dem Duc d'Aumale anwesend und sprengte zweimal die Bank.

1868 wurde Caroline Letessier gezwungen, Petersburg zu verlassen. Der Großherzog begleitete sie.

Sie ließen sich in einer prachtvollen Villa an der Lichtenthaler Straße nieder, und der Zusammenstoß mit Hortense Schneider im Kasino ist authentisch.

Als Léonide Leblanc im Alter von zweiundfünfzig Jahren an Krebs starb, meinte Dumas d. J. scherzhaft: »Sie wird ein Staatsbegräbnis bekommen, und der Duc d'Aumale wird die Truppen befehligen.«

Caroline Letessier sparte nichts von ihrem Vermögen. Häßlich und von aller Welt vergessen starb sie in völliger Armut.